Derek Meister
Knochenwald

Historischer
Kriminalroman

blanvalet

Verlagsgruppe Random House FSC-DEU-0100
Das für dieses Buch verwendete FSC-zertifizierte Papier
München Super liefert Mochenwangen.

1. Auflage
Deutsche Erstausgabe April 2008 bei Blanvalet,
einem Unternehmen der Verlagsgruppe Random House GmbH, München.
Copyright © by Derek Meister und
Verlagsgruppe Random House GmbH, München, 2008.
© Illustrationen und Zeichnungen: Marion Meister, 2008
Dieses Werk wurde vermittelt durch die
Literarische Agentur Thomas Schlück, Garbsen.
Umschlaggestaltung: HildenDesign, München
Umschlagmotiv: © (oben)akg-images; © (unten) Bridgeman Art Library;
Pieter Claezs: A Vanitas Still Life/Johnny van Haeften Gallery, London.
MD · Herstellung: Heidrun Nawrot
Satz: Uhl+Massopust, Aalen
Druck und Einband: GGP Media GmbH, Pößneck
Printed in Germany
ISBN 978-3-442-36850-1

www.blanvalet.de

FÜR
GERD

Alchemist und bester Abenteurer schon
in den Weiten Großburgwedels

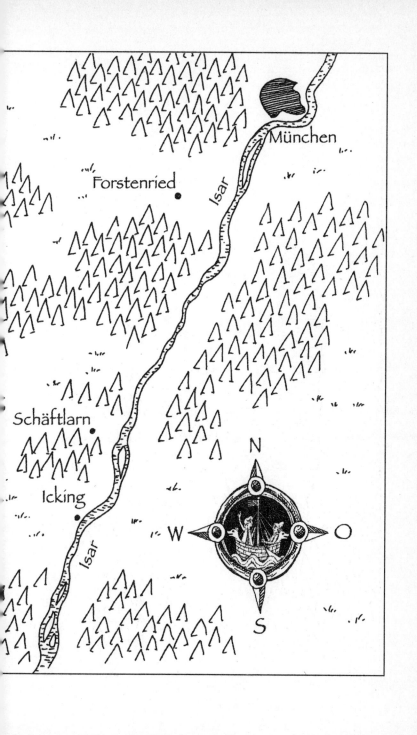

Und der Wald fraß an diesem Tage viel
mehr Volk, als das Schwert fraß.

2. Samuel 18

Prolog

Verkrüppelte Fichtenstämme schlugen dem Lichtfuchs entgegen. Der Mond wischte mit bleichem Licht hinter den Ästen vorüber, erweckte Schatten zum Leben. Dario hörte Leder reißen und sah seine Kisten vom Pferderücken rutschen und klatschend im Nassen landen. Für einen hektischen Moment befürchtete er, auch sein Weib könne vom Pferd gerissen werden.

»Hast du dich verletzt?«
»Nein. Schneller.«

Dario trat dem schweren Hengst in die Seite. Er spürte, wie das Tier trotz der umgehängten Leinensäcke noch einmal an Geschwindigkeit gewann. Das Pferd schnaubte vor Anstrengung.

»Ist er noch hinter uns?« Dario riss seinen Kopf zur Seite, doch die gedrungenen Bäume versperrten ihm die Sicht.

»Wir müssen im Wald bleiben. Wenn wir es bis zum See schaffen...«

»Da! Siehst du ihn? Dario, rechts!«

Erschrocken blickte Dario zur Seite und erkannte nur einige Lidschläge lang den Schatten eines schlanken Reiters. Der Mann beugte sich im Galopp hinab, um nicht von einem der Äste getroffen zu werden. Keine fünf, sechs Klafter neben ihnen. Als das Gestrüpp lichter wurde, erkannte Dario mehr: Der Unbekannte ritt beinahe mit ihnen gleichauf, er hatte einen Lederpanzer umgeschnallt und steckte soeben sein Schwert zurück in den Gürtel, um mit beiden Händen die Zügel fester greifen zu können. Und plötzlich erschien es Dario, als lächle der Mann ihnen zu, als verhöhne er sie beide mit einem Grinsen. Doch dann wurde Dario bewusst, dass es keine Zähne waren, die er im Mondlicht hatte aufblitzen sehen, sondern der Stahl einer Klinge.

Erneut gab Dario dem Lichtfuchs die Hacken, er konnte spüren, wie sich der Griff seiner Geliebten in seinem Wams verkrampfte, während der Hengst über morsche Baumstämme sprang. Dario wurde nach vorne gerissen, als das Pferd knöcheltief im Morast landete. Verzweifelt klammerte sich Dario an die Mähne und schrie seiner Geliebten zu, nur nicht loszulassen.

»Was tut er?« Dario versuchte, einen Blick auf den Mann zu erhaschen, doch ein Ast peitschte seine Wange und riss sie auf.

»Ich weiß nicht!« Ihre geschriene Antwort vermischte sich mit dem Schnauben des Hengstes und dem Hämmern seines Herzens.

Das Tier galoppierte zwischen Fichten und Erlen hindurch, sprang über ein hüfthohes Gebüsch, und mit einem Mal waren sie nicht mehr im dichten Wald. Schlagartig hatten sich die Bäume gelichtet, und nur noch wenige Birken, gedrungene Weiden und die verfaulten Stämme von umgeknickten Erlen des Bruchwaldes staken aus dem Morast.

Der Hengst preschte hinaus auf die Fläche des Bruchs und hinein in Farne und Riedgräser. Dario spürte, wie das schwere Tier bei jedem Schritt einsank, er riss die Zügel zurück und verhinderte mit knapper Not, dass das Pferd stürzte. Wasser spritzte bei jedem Schritt auf.

»Wir müssen zurück«, rief sie. »Dario, bitte!«

Sie hatte ja recht, aber was sollte er tun? Ihrem Verfolger

direkt in die Klinge laufen? Nervös sah Dario sich noch einmal um. Dort hinter den moosbewachsenen Weiden – kaum im blauen Mondlicht vor der dunklen Wand des Waldes zu erkennen – huschte er entlang. Doch der Schatten hielt sich hinter den Bäumen und folgte ihnen aus irgendeinem Grund nicht.

Ein jähes Aufblitzen. War es das Blitzen der Klinge, die bereits …

»Ich weiß, ich weiß! Wir … Ich … Ich versuche, dort rüberzureiten!« Dario hatte eine kleine Insel aus Büschen im Moor ausgemacht und lenkte den Lichtfuchs darauf zu. Fluchend blickte er auf die Beine des Pferdes hinab. Der Hengst hatte Mühe, die Hufe aus dem Schlick zu ziehen.

Etwas traf den Hals des Hengstes und blieb stecken. Das Tier scheute und quiekte wie ein Schwein auf der Schlachtbank. Dario wollte nach dem Ding greifen, es dem Pferd herausziehen, aber der Hengst stieg so stark in die Höhe, dass ihm die Zügel aus der Hand gerissen wurden. Plötzlich spürte Dario einen Stich in seiner Seite. Eine Spitze hatte auch ihn getroffen. Ein Wurfmesser. Er griff danach, brach es aber beim Herausreißen ab und schrie auf. Stark blutend versuchte er panisch, das Gleichgewicht zu halten, doch er rutschte zurück, traf auf seine Geliebte und spürte im selben Moment, wie auch sie den Halt verlor. Schreiend stürzten die beiden über die Kruppe des Pferdes. Dario sah noch, wie seine Frau im Morast aufschlug, dann wurde er nach vorne gerissen. Sein linker Fuß! Er steckte noch immer im Steigbügel. Mit einem Ruck wurde er herumgeschleudert, schleifte einen, zwei, drei Klafter über den schlammigen Untergrund, bis der Hengst sich in Todesschmerzen erneut aufbäumte und fiel. In Darios Richtung! Das Tier drohte ihn zu begraben, so wie es mit einer einzigen Bewegung herabsackte und ihm die Vorderläufe einknickten. Der schwere Bauch des Pferdes stürzte Dario entgegen.

Der Aufprall war gewaltig und brach Dario die Beine. Er schrie vor Schmerz auf, auch weil das Tier im Todeskampf nicht aufhörte, sich zu bewegen, und immer wieder vergeblich versuchte, sich aufzurichten.

Dann erstarb alles Schnauben. Der Lichtfuchs war tot. Lediglich Darios Schreie hallten über die Ebene.

Er wagte erst nicht, sich unter dem Pferd zu bewegen, und langsam wurden die Schmerzen zu einem dumpfen Pochen. Das kalte Nass umschloss seine Beine. Es dauerte lange, bis er sie doch unter dem schweren Pferd hervorgezogen hatte. Er versuchte, voranzurobben zu seiner Geliebten, aber der Morast war zu gierig. Mit dutzender Männer Hände zog er an ihm. Der Moorgriff war unbeugsam. Schmerzverzerrt versuchte er, sich auf die Seite zu rollen, sich abzustützen, doch der Schlick gab unter seinen Händen nach. Er hörte seine Geliebte.

Wo war sie? Panisch sah er sich um, doch sie war bereits im Morast versunken. Nur ihre Schulter und ihr Kopf blickten noch aus dem Dreck. Er wollte rufen, aber nichts drang aus seiner Kehle, denn das Moor presste ihm bereits den Brustkorb zusammen. Panisch versuchte er, sich an einem Moosgeflecht festzuhalten, sich irgendwie herauszuziehen, und versank noch tiefer. Seine letzten Blicke streiften den Waldrand. Der Mond. Die Krüppelfichten. Die Schatten.

Zu dem schlanken Mann, der sie angegriffen hatte, traten drei weitere Gestalten. Sie alle blieben am Waldrand zwischen den Fichten und stakenden Baumleichen stehen und starrten auf das Moor hinaus.

Diesmal drang tatsächlich ein Laut aus Darios Kehle. Ein lautes stöhnendes Krächzen, das sich Rabenrufen gleich zwischen den verkrüppelten Bäumen verfing, bevor es in der Schwärze des Waldes gänzlich verstummte.

Ich hör die Bächlein rauschen
Im Walde her und hin
Im Walde in dem Rauschen
Ich weiß nicht, wo ich bin.

Joseph v. Eichendorff

1

München, Juli 1392

Ein Meer aus Leibern. Wie ein Fass auf hoher See wurde Rungholt über den Münchner Markt getrieben. In Wellen schoben ihn die Pilger über den sandigen Platz mit Buden und Ständen.

Das Gedränge ließ ihn nach Luft schnappen. Jemand rammte ihm einen Ellbogen in die Seite, und Rungholt fuhr herum, um den Mann zu packen, doch kaum war er aus dem Tritt, stieß ihm ein anderer Pilger die Schulter in den Rücken. Arme rieben an Rungholts Bauch entlang, unangenehmer Atem hauchte in seinen Nacken. In Sorge um seine Geldbeutel strich er unauffällig seinen Dupsing entlang. Sie waren noch alle da.

Ich ersaufe noch in diesem stickigen Gebräu aus Sündern, dachte Rungholt. Verfluchte Pilger! Verdammte Brut. Es sind zu viele Menschen hier. Diese Stadt platzt aus allen Nähten wie das Wams eines gefräßigen Bäckers.

An diesem frühen Morgen des Jubeljahres 1392 glich München einem einzigen Volksfest. Von überall her waren Pilger in die Stadt geströmt, denn nachdem man auf dem Andechser Berg lang verschollene Heiligenreliquien gefunden hatte, war von Papst Bonifaz IX. ein Gnadenjahr ausgerufen worden. Das erste Jubeljahr außerhalb Roms. Der Pilgerweg nach München war dieser Tage gnadenvoller als der beschwerliche Weg über die Alpen nach Rom oder über die Pyrenäen nach Compostela.

Er wischte sich das Gesicht und wurde, dem Strom ausgeliefert, weiter über den Schrannenplatz geschubst. Er stolperte über ein Ferkel, das quiekend durch die Menschen flitzte. Anstatt dass er fiel, schob ihn die Menge jedoch einfach weiter. Wegen der unzähligen Wallfahrer und Marktbesucher konnte er keine zehn Klafter weit sehen, geschweige denn den kleinen Hügel hinauf zur Peterskirche, die er nun besuchen wollte.

Die Kirche auf dem Petersbergl erinnerte Rungholt an St. Jakobi, die kleine Kirche auf dem Lübecker Koberg. Auch wenn er zugeben musste, dass Sankt Peter wesentlich beeindruckender war als die kleine Kirche, bei der er zur Schule gegangen war. Mehr als fünfzig Klafter ragte ihr verputzter Turm in den blauen Himmel. Sechs Jahre war es erst her, seitdem man die gotischen Doppeltürme des Westwerks abgeschrägt und zu einem einzigen Turm verbunden hatte. Wie Lübeck hatte auch München ein großer Brand heimgesucht. Er hatte mehr als ein Drittel der Stadt vernichtet und auch vor Sankt Peter mit seinen beiden Türmen nicht Halt gemacht. Noch immer war die Südseite mit einem Holzgerüst versehen, doch auf den schmalen Brettern, die in schwindelnder Höhe um den Turm mit seinen beiden spitzgiebeligen Helmen gebunden worden waren, herrschte Ruhe. Rungholt legte den Kopf in den Nacken und schirmte seine Augen vor dem Licht ab, aber er konnte keine Arbeiter entdecken.

Dafür trat ihm ein Trottel von zahnlosem Knecht auf seinen rechten Schnabelschuh, und bevor Rungholt fluchen konnte, wurde er weiter Richtung Eingang getrieben. Am Eingang der Kirche brüllte eine Vettel ihm Preise für ihre Gänseeier entgegen. Im Durcheinander aus Pilgern, Wachen und Bauern konnte er ihre verdreckte Heuke riechen, die bereits in Fetzen von ihren Schultern fiel.

Er spürte, wie die Streitsucht in ihm aufstieg. Das alles war zu viel für ihn.

Sein Hintern brannte. Das grobe Leinen seiner Bruche, die er als Unterkleid umgeschlungen hatte, scheuerte an seiner Haut, und bei jedem Stoß, bei jedem Schritt schien der Stoff wie splittriges Holz über sein offenes Fleisch zu fahren. Das verfluchte Unterkleid trieb ihm die Tränen in die Augen, so schmerzhaft rieb es an den aufgeplatzten Blasen. Der Lohn für zwei Wochen Fahrt in einem Holzwagen.

Schnaufend wischte er sich den Schweiß vom Gesicht und versuchte, die Bruche von seinem Hintern wegzuzupfen, doch die Menschen ließen kaum eine Bewegung zu, und er war zu fett, um mit seiner Hand an die wunde Stelle zu kommen.

Endlich wurde es kühler. Rungholt war im Tross der Pilgermasse durch das Tor getreten. Schwerer Geruch von Weihrauch umhüllte ihn. Wie klebriger Nebel hing er im Langhaus und in den niedrigen Seitenschiffen der Basilika. Überall knieten Pilger. Einige rutschten auf dem Bauch liegend über den Boden, andere hatten sich in die kleinen Altarnischen zurückgezogen. Der Geruch von Wachs und Feuer vermischte sich mit dem des Weihrauchs. Ein stetes Gemurmel erfüllte den Saal und schallte zwischen Pfeilerreihen hin und her. In den verzierten Durchgängen des Lettners konnte Rungholt eine Schar Kinder sehen, die festlich gekleidet den Hochaltar in der Apsis aus gebührendem Abstand bestaunten. Die meisten Pilger hatten sich indes in einer Schlange an der Seite aufgestellt. Sie wollten spenden und so eine der vielen Stationen abschließen, die sie auf dem Weg zur Absolution zu absolvieren hatten.

Um die Absolution zu erhalten, hatte Rungholt eine Woche in der Stadt zu verweilen und musste mindestens einmal vor den Andechser Reliquien beten. Außerdem musste jeder Pilger dreimal in die vier Kirchen Münchens gehen und dort Almosen geben. Rungholt, der in München fremd war, hatte sich von seiner Tochter Margot erklären lassen, wo die Kirchen waren und wie sie hießen. Rungholt hatte in den letzten zwei Tagen bereits die Jakobskirche und die Frauenkirche besucht.

Rungholts Blick fiel auf Jesu, doch er ruhte nur kurz auf dem bemalten Corpus Christi, der als große Holzfigur an einem mächtigen Triumphkreuz hing. Zu viele Kreuze hatte er in den letzten drei Tagen in München gesehen, zu viele Jesusschnitzereien, Kruzifixe und Wandbilder, als dass der Anblick des gepeinigten Gottessohnes ihn noch hätte berühren können. Nach dem stundenlangen Anstehen und dem Gedränge wollte Rungholt nur eines: ein Bier. Er wollte endlich seine Almosen geben, kurz beten und dann in eines der Brauhäuser, um seinen Durst zu löschen.

Ohne ein weiteres Gebet ging Rungholt zwischen einer Traube Messdiener hindurch und folgte den Pilgern, die sich anstellten, um ihr Almosen abzuliefern.

Unablässig steckten die Wallfahrer Münzen in den bereits völlig abgegriffenen, hüfthohen Eichenstamm, den man an einen Pfeiler des Hauptschiffes gestellt hatte. Er war ausgehöhlt und mit Kreuzen verziert worden. Ein schweres Eisenschloss verriegelte einen armlangen Schieber. Als Rungholt einen weiteren Schritt auf den Gotteskasten zutrat, konnte er erkennen, dass die Priester den Opferstock mit einigen Steinen auf der Rückseite erweitert hatten. Wahrscheinlich wäre der Stamm auch bald übervoll gewesen.

Kaum hatte Rungholt sich angestellt, da ging ein Raunen durch die Menge. Die Wallfahrer kamen in Bewegung. Mägde tuschelten, reiche Patrizierinnen bekreuzigten sich geflissentlich, Kinder wurden festgehalten, und alle wandten ihre Köpfe einer kleinen Prozession zu.

Zwei Ministranten schwenkten Weihrauchfässchen, zwei trugen Holzkreuze. Ihnen folgten ein Bischof und drei Priester.

Ihre kostbaren Pluviale leuchteten im Sommerlicht, das durch die Türen fiel und sich im Weihrauch fing. Dann kam Herzog Johann II. Während der alte Mann seine Wallfahrer mit einem Lächeln bedachte, redete ein hochgewachsener Mann, der ihn stützte, leise auf ihn ein. Rungholt fiel es schwer, seinen Blick von den Lippen des hageren Geistlichen zu nehmen, denn der Chorherr aus Andechs, wie Rungholt die Mägde hinter sich tuscheln hörte, schien in diabolischer Sprache zu reden. Es kamen nur Knurrlaute aus seiner Kehle. Ein tierisches Brummen und Schmatzen.

Erst nachdem die Prozession einige Schritte weitergegangen war, bemerkte Rungholt seinen Fehler: Hinter dem Chorherrn führten zwei Männer ein Biest an Eisenketten durch die Menge. Unwillkürlich wich Rungholt einen Schritt zurück. Er hatte ein solches Wesen noch nie gesehen und kannte sie lediglich von Wappen. Aber diese Kreatur lebte. Ruhig trottete das Tier hinter Johann und den Geistlichen her, während sich ihm eine Nachhut aus Ratsmitgliedern anschloss. Der Löwe war schon alt, sein zerzauster Pelzkragen verfilzt, aber dennoch zeichneten sich unter seinem Fell die Muskeln beeindruckend ab.

Rungholt stockte der Atem, als das Tier plötzlich sein riesiges Maul aufriss und daumenlange Reißzähne entblößte. Mägde und Ratsfrauen schrien auf, selbst einige der Wallfahrer wichen erschrocken zurück. Zwei Weiber fielen unweit von Rungholt in Ohnmacht, und es hätte nicht viel gefehlt, und eine Panik wäre unter den Pilgern ausgebrochen. Die zwei Männer hatten das Tier jedoch gut im Griff, und Rungholt bemerkte, dass die Kreatur nicht kämpfen wollte, sondern wohl nur friedlich gegähnt hatte.

Nicht einmal ein Bullenbeißer kann diese Katze töten, dachte Rungholt entsetzt. Hier im Süden herrschen die Katzen über die Hunde. Unfassbar. Der Schurrmurr herrscht in den Gassen und Kirchen Münchens.

Die Prozession erreichte den Lettner. Kaum waren Johann, der Chorherr, die Bischöfe und die Ministranten durch den Bogen getreten und auf der anderen Seite verschwunden, lösten sich erste Pilger aus der Schlange. Neugierig strömten die Massen zum Lettner, bekreuzigten sich und flüsterten Gebete. Selbst die Vikare und Commendisten, die in den Kapellen die Memoria beteten, hatten ihre Arbeit unterbrochen.

Endlich sah Rungholt eine Chance, näher an den Opferstock zu gelangen. Er schob sich an zwei Wallfahrern vorbei, die nur Augen für Johann II. und die Bischöfe an seiner Seite hatten, und erreichte den Eichenstamm. Aber als er nach einem seiner Geldbeutelchen griff, die er am Gürtel trug, spürte er eine fremde Hand unter seiner Heuke. Einen Augenblick war er vor Schreck wie erstarrt, dann riss Rungholt den Kopf herum und blickte in das Gesicht des Zahnlosen, der ihm auf die Stiefel gestiegen war. Als habe man ihm kaltes Wasser über den Kopf gekippt, stand Rungholt einen Moment reglos da, bis er begriff.

Mit einer jähen Bewegung riss der Knecht einen von Rungholts Beuteln vom Gürtel. Er wollte fliehen, doch Rungholt gelang es, dem Mann einen Stoß zu geben. Der Dieb strauchelte, prallte gegen die Gaffer, die noch immer Johann und der Prozession zusahen, und riss einen Mann mit zu Boden. Rungholt lief los, kam aber wegen seiner Leibesfülle nicht recht in Schwung. Er spürte seine Gelenke von der abrupten Bewegung knacken und sah vor sich, wie der Dieb abrollte und wieder auf die Beine kam. Strauchelnd versuchte der Mann, sich zwischen die Pilger zu zwängen, in der Masse aus Wallfahrern und Gesindel unterzutauchen.

Mittlerweile war Rungholt fast hinter ihm. Anstatt sich zwischen den Menschen hindurchzuzwängen, rannte er die Wallfahrer einfach um. Dabei brüllte er vor Zorn und rammte sich mit Ellbogen und Schulter den Weg frei. Keine Armeslänge entfernt kämpfte sich der Dieb durch die Menschen, wie eine Forelle sich gegen den Strom schlängelt.

Rungholt holte auf, packte den Knecht an der Schulter, und ehe der Mann herumfahren und ihn schlagen konnte, hatte Rungholt ihm bereits die Faust in die Seite gerammt. Ein erneuter Schlag. Rippen brachen. Rungholts Faust schmerzte stumpf, doch er hieb ein drittes Mal zu, erwischte beim Ausholen jedoch einen Unbeteiligten mit dem Ellbogen im Gesicht. Der Mann ging mit blutender Nase zu Boden. Auch der Dieb war mittlerweile auf die Knie gesunken und keuchte. Um Rungholt herum kam die Masse in Bewegung. Ein zäher Teig rief nach Hilfe, und unzählige Hände wollten Rungholt packen.

Doch der war nicht zu stoppen. Zwar flog dem Dieb das Säckchen im hohen Bogen aus der Hand, aber Rungholt nahm es nicht wahr. Mit Gewalt entwich die Hitze seiner Wut in einem brüllendem Zischen, einem gewaltvollen Toben. Du bestiehlst mich nicht, zürnte Rungholt. Komm, du! Ich schneid dir die Hand gleich hier ab! Er drosch auf den Mann ein, hielt ihn mittlerweile im Nacken gepackt und ließ seine Faust in dessen Seite fahren. Ein bärtiger Mann wollte Rungholt an der Schulter packen und wegziehen, bekam von Rungholt aber die Stirn vor die Nase geschlagen. Weder erkannte er, dass er einem Priester die Nase gebrochen hatte, noch dass mittlerweile drei, vier Messdiener aufgeregt auf ihn einschrien.

Plötzlich hatte der Dieb ein Messer in der Hand. Sofort hatte auch Rungholt seine Gnippe gezückt; ein Klacken und Rungholts geliebtes Schnappmesser war aufgeklappt. Ohne sich von der Klinge des Fremden ablenken zu lassen, stürzte Rungholt vor. Seine Wangen brannten, er war ein glühendes Stück Zorn. Mit einem Ruck parierte er, packte den Stoßarm des Diebes mit der Linken, holte aus und wollte diesem Strolch die Augen ausstechen. Diesem Räuber ins Gesicht hacken, diesem Frevler, dieser Ausgeburt. Du hast es nicht anders verdient, ich werde...

Hände packten Rungholts Arm, vier Messdiener und der

Priester rissen an ihm, und ehe es sich Rungholt versah, hatten sie ihn herumgeschleudert.

»Loslassen«, belferte Rungholt. »Lasst mich, verflucht! Ich …«
Langsam drückten sie Rungholt zu Boden. »Der Schweinehund! Der hat … bestohlen!« Jemand kniete sich auf seinen Rücken und Rungholt blieb nichts, als zuzusehen, wie der Dieb humpelnd davonrannte und zwischen den empörten Pilgern verschwand. »Loslassen! Verteufelte Schietbüddel!«

Ihm schmerzte der Kopf. Keuchend und nach Luft ringend lag er auf dem Bauch und wurde mit der Wange auf den mit Stroh und Kies verdreckten Steinboden der Peterskirche gedrückt. Erste Rufe erschallten, man solle ihn zum Rathaus bringen, der Ruf nach Bütteln wurde laut. Der Priester entschied anders. Sich das Blut seiner Nase in die Kasel reibend, befahl er, Rungholt vor die Tür zu werfen. Es war ein Spießrutenlauf. Rungholt wurde getreten und bespuckt. Es waren nur wenige Schritte bis zum Ausgang, doch noch bevor ihm die Juliluft entgegenschlug, spürte Rungholt bereits seine Knie wegsacken. Seine Säfte verebbten, ihm schwindelte. Die Messdiener mussten ihn wie einen Schweinekadaver über den Boden ziehen. Sie ließen ihn inmitten der Wartenden vor der Kirche liegen.

»Lass dich hier nicht mehr blicken«, sagte der Gottesmann. Doch die Worte des Priesters hörte Rungholt nicht mehr, denn er hatte das Bewusstsein verloren.

2

Das Blut der zwanzig Männer. Rot ist der Schnee. Leiber vor der Scheune. Und eiskalte Nacht senkt sich über die Lichtung. Und Irena? Was war mit Irena? Sie starrt ihn an. Die Sterne ziehen über ihre Wangen, spiegeln sich auf dem Wasser, und sie ist unter dem Eis.

Das Eis ist dünn. Das Eis ist in seiner Seele, und Irena blickt ihn an. Für immer stumm. Ihr Gesicht wie schwebend unter den Schollen, und er traut sich nicht ins Wasser, um sie aus seinem Leben zu stoßen. Sie wird die Last auf seinen Schultern, sie wird der Albdruck. Und während er zu weinen versucht, wird ihm schon damals klar, dass sie immer bei ihm sein wird. Sie wird seine Hand halten. Sie wird ihn hinabdrücken. Sie wird ihn umklammern und ihn in die Hölle ziehen.

Er liebte sie. Und er …

Ich habe sie entleibt.

Ich habe Irenas Seele zerschlagen.

Ich habe ihrer aller Seelen zerschlagen.

Ich bin … Ich bin ein Mörder.

Während er am Ufer hockt und ihr Gesicht vereisen sieht, gefrieren ihm die Tränen auf den Wangen, und später erwacht er schweißgebadet.

Vom Albtraum, der einst ein alltäglicher Teil seines Lebens war, noch ermattet, wurde Rungholt vollends wach und fand sich unter einem Dach wieder, dessen roh geschlagene Balken er die letzten Nächte bereits angestarrt hatte. Obwohl er sie erkannte, wusste er für einen Moment nicht, wo er sich befand. Die Erinnerung an den Dieb, an die aufgeregte Meute und an die Messdiener kehrte erst zurück, nachdem er die Stimme seiner erwachsenen Tochter gehört hatte. Margot stritt sich mit ihrem Mann, wie sie es seit seiner Ankunft in München oft getan hatte.

Ihre Worte drangen die Stiege herauf und in die mit Stroh ausgelegte, stickige Dachkammer. Er war nicht in Riga, war nicht im Schnee. Er war auch nicht in Lübeck, wie er einen Augenblick lang angenommen hatte, sondern weit fort von der Heimat.

Rungholt schloss die Augen und horchte auf sein Herz. Es schlug gleichmäßig und ruhig. In den letzten zwei Jahren war er des Öfteren ohnmächtig geworden, hatte die Welt einen

Moment für ihn innegehalten, bis er sich auf dem Boden oder auf einem Stuhl wiedergefunden hatte. Sein Herz schmerzte die letzten drei, vier Jahren häufig. Es fühlte sich an, als säße ein böser Geist in ihm und umschlösse es mit seiner Faust. Ab und an drückte der Geist mit sanfter Kraft zu, und Rungholt dachte immer öfter, dass es Irena sei. Dieser Geist. Seine Geliebte, die er vor mehr als zwanzig Jahren getötet hatte. Töten musste. Das beklemmende Gefühl, sie hocke in ihm und halte sein Herz umklammert, war von Winter zu Winter stärker geworden. Er würde nicht mehr viele Jahre zu leben haben, das wusste Rungholt.

Niemals würde er so alt werden wie sein Freund Winfried, der sein endlos scheinendes Leben erst vor wenigen Monaten beendet hatte. Zu viele gebratene Enten waren auf dem Biersee in Rungholts Magen gelandet, den er über die Jahre wie ein tödliches Sumpfgebiet angestaut hatte.

Es war der Gedanke an Irena und der Gedanke an einen möglichen Tod, der ihn nach München getrieben hatte, der ihn die wochenlange Reise in den Süden hatte antreten lassen. Das Ahnen um die endliche Zahl der Sonnenaufgänge, die er noch sehen würde.

In der Schwüle des Abends wurde ihm auch bewusst, dass das Ziel seiner Reise, endgültig Seelenfrieden zu finden und die Gewissheit zu erlangen, doch noch seinen Platz im Himmel zu erlangen, wohl durch seinen Zornesausbruch zum Scheitern verurteilt war. Er war zum Beten in die Stadt gekommen und war aus dem Hause Gottes geworfen worden.

Erneut wurde ihm schlecht, und er spürte, wie Irena sein Herz umfasste. Ich blöder Kerl, dachte er, ich habe versagt.

Auf den Sparren konnte er Mäuse quieken hören, bevor eine Männerstimme die kurze Stille zerschnitt: »Dem geht nichts anderes als Geld im Schädel herum. Geld, Geld, Geld! Sollen seine Heringe doch verrotten! Ich will nicht, dass er länger hier wohnt.«

»Vater hat es doch nicht so gemeint, Utz.«

»Natürlich hat er es so gemeint. So und nicht anders. Der denkt doch, ich bin nicht gut genug für seine Tochter. Dem feinen Herrn bin ich nicht *reich* genug! Ich möchte, dass er auszieht.«

»Aber er ist doch erst seit drei Tagen hier.«

Rungholt rieb sich die Augen und richtete sich auf seinem Strohlager auf. Wer auch immer ihn hergebracht hatte, jemand hatte ihn bis auf die Cotte ausgezogen und seine Kleider säuberlich gefaltet. Sein wunder Hintern war verbunden, die aufgeplatzten Blasen und die offenen Wunden versorgt. Wahrscheinlich war es Margot gewesen, die den Verband aus Hanfwerg um seine Schenkel und seine Hüfte geschlungen hatte. Der Rotwein, mit dem sie den Verband heute Morgen getränkt hatte, war längst verdunstet und der Hanf trocken.

Ein Knurren war von unten zu hören. »Drei Tage … Und er schlägt sich mit unseren Priestern. Er widert mich an, dein Vater. Es ist gotteslästerlich.«

»Utz, bitte. Du weckst ihn noch auf.«

Nach seiner Ankunft in München war er ans Bett gefesselt gewesen. Zwei Tage hatte er mit wundem Hintern auf den harten Strohsäcken verbracht, bevor er sich auf den Marktplatz getraut hatte. Hinein ins Menschenmeer. Es hatte ihn aufgenommen und nun wieder ausgespuckt. Zurück in die kleine Dachkammer.

Rungholt schwang ein Bein über die gefüllten Säcke, und der Schmerz durchfuhr ihn erneut. Er biss die Zähne zusammen. Hatte nicht auch Jesu unsagbare Qualen erlitten? War der Schmerz nicht Gottes Strafe für sein lästerliches Leben? Ihn nicht mehr zu spüren hieße wohl, die Gnade Gottes zu empfangen, doch die hatte Rungholt wahrlich noch nicht verdient.

»Vater ist eben manchmal etwas herrisch.«

»Manchmal? Dein Vater ist nicht herrisch, sondern ein ungenießbarer Loadbatz'n. Was bildet er sich ein? Der feine Hanser. Trägt seinen Wanst vor sich her wie den Bug eines seiner ach so großartigen Schiffe und brüskiert mich vor meiner Frau.«

»Seiner Tochter.«

»Sei's drum.«

»Utz! Vielleicht ist er wach...«

»Soll dein Vater doch hören, was der Flößer Utz Bacher von ihm hält.«

Ja, Flößer... Ein Tagelöhner bist du. Rungholt schnaubte verächtlich. Nicht mal ein Handwerksmeister oder Händler. Ein Mann, der einem Flößer hilft, sein Holz von Tollentze die Isar hinabzutreiben, der kleine Geschäfte mit den Bauern abschließt und stolz von seinem Krimskrams spricht, den er durch Mittelsmänner aus den herzoglichen Gebieten jenseits der Alpen bezieht. Wahrscheinlich von Dieben und Taugenichtsen. Aus der Lombardei, aus Mailand, vielleicht aus Rom. Weiß Gott, woher Utz seine Kannen, Becher und Bleche bekommt. Ein gutes Geschäft hat er mit seinen mickrigen Fässchen voller Gewürzen und dem anderen Plunder bisher nicht gemacht.

Die harten Strohsäcke, auf denen Rungholt saß, waren aufgeplatzt. Halme staken heraus und pikten. Erschöpft stand er auf. Etwas Stroh hatte sich in die wunde Stelle gelegt und klebte am neuerlich aufgescheuerten Fleisch.

»Er soll ausziehen. Einen frevelhaften Schläger dulde ich nicht in meinem Haus.«

»Utz«, brummte Rungholt verächtlich, während er sich in der stickigen Kammer umsah. »Ich würde dir schon erklären, was passiert ist – meiner Tochter zuliebe. Aber du suchst doch nur einen Vorwand.« Du bist ein Taugenichts, der die ganzen Jahre, die er mit meiner Tochter verheiratet ist, ihr kein Kind schenken konnte. Die ganzen Jahre hast du bei ihr geschlafen, und ich habe keinen Enkel bekommen. Und nicht einen Witten hast du angelegt, geschweige denn rechnen gelernt. Bestimmt kannst du nicht lesen und schreiben. Armselig bist du, im Beutel und im Geiste. Ein Flößer, dem die Mäuse in seinem eigenen Haus auf den Kopf scheißen und der meiner Tochter nicht einmal ein Kleid aus Seide kaufen kann oder die Geschmeide, die sie verdient. Utz Bacher.

Trotz des ungemütlichen Lagers fühlte er sich ausgeruht, nur die Hitze machte ihm zu schaffen. Im Dachzimmer, das Rungholt wie die Räucherkammer auf seinem dritten Dachboden vorkam, stand die Sommerluft. Ein Fenster gab es nicht, aber das Licht schien durch die Ritzen und Löcher der schlecht verlegten Holzbretter, die notdürftig als Dachschindeln dienten.

Margot war es peinlich gewesen, als sie ihm vor drei Tagen dies Lager hergerichtet hatte, nachdem sich Utz geweigert hatte, Rungholt unten in ihrer Schlafecke übernachten zu lassen. Aus Unwissen und Gewohnheit hatte Rungholt nach dem Alkoven des Knechts oder der Magd gefragt, um jedenfalls dort zu nächtigen, da die beiden aber keine Bediensteten hatten, war Margot schamrot angelaufen. Wie damals, als Rungholt sie beim Küssen mit dem Nachbarjungen im Hinterhof seines Hauses in der Lübecker Engelsgrube erwischt hatte. Um seiner Tochter noch mehr Peinlichkeiten zu ersparen, hatte er schließlich so getan, als sei die Dachkammer gut genug, und hatte sich die Stiege hinaufgequält. Die steilen Stufen waren so schmal, dass er befürchtet hatte, mit seinem wohlgenährten Körper stecken zu bleiben.

»Kommt mit einem Wagen angereist, der feine Herr«, hörte er Utz von unten weiterlästern. »Muss herumgefahren werden wie ein Weibsbild und scheuert sich den Arsch wund. Nein, nein, Margot. Weil du seine Tochter bist, habe ich ihm alles durchgehen lassen. Aber bei Gott, wenn mich dein Vater noch einmal beleidigt, dann zieht er aus!«

Umständlich, den Kopf wegen des tiefen Firstbalkens eingezogen, schlüpfte Rungholt in seine Beinlinge. Er musste sich verrenken, um seinen lädierten Hintern nicht gegen einen der Balken stoßen zu lassen.

Unten knallte etwas protestierend auf den Tisch. »Wenn ihm meine Suppe nicht schmeckt, soll er ins Wirtshaus. Da kann er so viel Enten in sich reinstopfen, bis sie aus seinem blutenden Hintern wieder rauskommen! Ich bin beim Florian.«

Leise griff sich Rungholt sein Surcot und trat zur Stiege. Die ausgetretenen Stufen führten hinab ins Erdgeschoss. Er wartete, bis er die Haustür zufallen hörte, dann ging er hinunter.

Margot saß bei einer blakenden Öllampe und nähte Utz' Beinlinge. Vor ihr auf einem großen, schweren Holztisch stand, obwohl es bereits Abend war, noch immer die Daubenschale von der Morgensuppe. Die Holzschüssel war leer gelöffelt.

Einen Augenblick stand Rungholt an der Stiege und sah seiner Tochter unbemerkt zu, die mit schlanken Fingern einen neuen Faden einfädelte. Mit ihren einundzwanzig Jahren wirkt Margot wie ein altes Weib, schoss es Rungholt besorgt durch den Kopf. Sie sieht so verbraucht aus. Die Hände dreckig, von Falten durchzogen. Als sei ihr das Fleisch über die Knochen gezogen worden, selbst ihre Wangen sind eingefallen. Nicht das Gesicht der Tochter, die ich ziehen ließ.

Rungholt spürte, wie erneut Zorn in ihm aufstieg. Dieser Utz Bacher, dieser Mann brachte es nicht zustande, sein Eheweib zu ernähren. Gewiss, die beiden gaben sich alle Mühe, ihre Armut zu verbergen, doch schon nachdem Rungholt vom Wagen gestiegen war und seine Reisetruhe in die Diele hatte schleppen lassen, war ihm aufgefallen, dass das Haus keine Bodenfliesen hatte. Nur einen gestampften Lehmboden. Gut, dass seine Tochter nicht im Stroh auf nackter Erde sitzen musste, wirkten doch alle Möbel aus alten Brettern zusammengehauen. Die zwei alten Truhen passten nicht zum Geschirr, das kleine Regal an der Feuerstelle nicht zum groben

Alkoven, dem Bettschrank, der anstatt in der Mauer eingelassen zu sein, einfach nahe der Feuerstelle zusammengezimmert worden war. Eine beheizte Dornse, eine Schreibkammer, wie Rungholt sie besaß, hatte er vergeblich gesucht.

So hatte er sich die Reise nach München wahrlich nicht vorgestellt. Und Margots Leben im Süden auch nicht. Am liebsten hätte Rungholt seiner Tochter augenblicklich eine Truhe Witten hingestellt, doch der Dieb hatte ein Viertel seines Reisegeldes gestohlen, und er hatte noch mehr als vier Tage vor sich – und eine Rückfahrt von zwei, drei Wochen.

Rungholts Magen knurrte und verriet ihn.

»Vater. Haben wir dich geweckt?« Margot legte die Nadel beiseite und kam zu ihm.

»Nein, nein. Wieso?« Er tat, als habe er den Streit nicht gehört und trat zu ihr an den Tisch. »Wer hat mich hergebracht, Margot?«

»Ein paar Schützen. Die Büttel haben dich gefunden und die Schützen gerufen.« Auf seinen fragenden Blick hin fügte sie hinzu: »Die Männer vom Rat, die während des Jubeljahrs für Ordnung sorgen.« Sie strich ihm über die Wange. »Vater, du hast ganz bleich ausgesehen. Sie haben dich zum Brunnen getragen, da hat Utz dich abgeholt.«

Richtig. Er erinnerte sich schemenhaft an Utz, der ihn untergehakt und fluchend in die Schmalzgasse nahe dem Sendlinger Tor gebracht hatte. Obwohl er still sein wollte, entfuhr ihm ein Knurren. »Kann ich ja froh sein, dass er mich nicht noch ertränkt hat, hm?« Er versuchte angesichts ihres besorgten Blicks zu lächeln.

»Er hat dir doch nichts getan.« Seufzend begann Margot, die Fäden vom Tisch zu räumen. Durch die mit Leinen bespannten Fenster fiel rotes Abendlicht. »Bist du gekommen, um Streit zu suchen, Vater?«

»Ich?«, fragte er ehrlich überrascht. »Nein. Gewiss nicht.« Er sah sich im Wohnraum um. Das Holzhaus, das Utz mit in die Ehe gebracht hatte, stand in einem Stadtteil, der passenderweise Elend hieß. Es bestand nur aus einem einzigen Raum und dem Zimmerchen unter dem Dach. Das Schlafgemach war mit einem groben Leinentuch abgehangen. Kruzifixe und Erbärmdebilder hingen an den von Feuchtigkeit fleckigen Wänden, die nur schlecht mit Stroh und Lehm verputzt waren. Die Decke war pechschwarz von Ruß, weil der Rauch einfach ins Gebälk entwich. Und wenn der Wind durch die Ritzen pfiff, wurde er in die Kammer unter dem Dach gedrückt, in der Rungholt die letzten Tage geschlafen hatte. Gegenüber der Stiege konnte Rungholt den Alkoven sehen. Er stand offen. Zwei Katzen schliefen in den Strohbetten. Unweit des Bettschranks waren die Feuerstelle und daneben noch die einstigen Stallungen zu erkennen, in denen wohl einmal Schweine gestanden hatten. Nun diente ein Teil als Lager für Utz' Handelswaren. Verbeulter und dreckiger Krimskrams. Einer der Verschläge war ausgehoben worden, sodass man durch eine Falltür in einen kühlen Keller für Kartoffeln, Fleisch und Obst gehen konnte. Erneut knurrte Rungholts Magen.

»Ich bin hier, um mich von Sünde reinzuwaschen. Absolution, Margot. Absolution. Der Papst hat sie uns versprochen.«

Rungholt wurde von Margots Lachen überrascht. »Entschuldige, Vater, aber die wirst du wohl so schnell nicht bekommen. Du hast Priester Bonifatius die Nase gebrochen und bist aus der Kirche...«

Er unterbrach sie unwirsch, denn er hatte keine Lust, sich jetzt damit auseinanderzusetzen. Rungholt nahm sich die Öllampe und ging zur zusammengenagelten Falltür, zog sie auf und spähte ins Dunkel. Vier Stufen führten in den Keller hinunter, in dem man nur gebückt stehen konnte. Er würde einfach noch einmal in diese Kirche gehen und seinen Almosenschein bekommen. Dann würde er zu den Reliquien in die Alte Veste pilgern und beten – wie ein jeder Wallfahrer würde er vom Bischof seinen Ablassbrief erhalten. Er würde seine Absolution schon bekommen. Irgendwie.

Rungholt ging hinab in den Keller. Alle Haken zwischen den Regalen waren leer, und als er genauer hinsah, erkannte er, dass sie bereits verstaubt waren. Seit Wochen hatten hier kein Schinken und keine Wurst gehangen. Nur ein Sack Rüben und ein paar Äpfel lagen im Regal. Das Frischeste, argwöhnte Rungholt, sind meine Heringsfässer, die ich aus Lübeck mitgebracht und hier eingelagert habe. Einen Moment lang überlegte er, in die Kneipe zu gehen, ganz so, wie es Margots Mann gewollt hatte, und sich eine Ente zu bestellen. Er verwarf den Gedanken.

»Dieser Utz ist nicht der richtige Mann für dich, Margot.«

»Bitte, Vater, fang nicht wieder damit an. Wenn du schon Gnade in München erfahren willst. Warum kannst du dann nicht selbst etwas mehr Wohlwollen zeigen?«

»Dass ihr Geld braucht, Margot, habe ich wohl schon bemerkt.« Rungholt kam aus dem Keller. »Mach dir keine Sorgen.«

»Nicht *dieses* Wohlwollen… Du denkst wirklich an nichts anderes«, seufzte sie enttäuscht. »Geld, Geld und abermals…«

Und abermals Geld, dachte Rungholt bitter. Wer denkt an etwas anderes? Er hatte es noch niemandem gesagt, aber diesen Sommer hatte sein einstiger Reichtum zu bröckeln begonnen. Die letzten Wochen hatte Rungholt häufig wach gelegen und sich vorgestellt, der Turm seines Geldes bekomme erst Risse und stürze dann vollends in sich zusammen. Jeden Tag in den letzten Monaten hatte er die Rechnungen sorgenvoller von einer Seite seines Schreibpults zur anderen geschoben und gegrübelt, wie er die wachsenden Ausgaben wieder in den Griff bekommen könne. Sehr viel schneller, als er angenommen und jemals geglaubt hatte, waren seine Rücklagen geschmolzen. Nachdem sich seine Brauerei als ein einziges Fiasko herausgestellt hatte, hatte er versuchte, das marode Ge-

33

bäude loszuwerden, hatte jedoch selbst unter seinen Freunden niemanden gefunden, der auch nur ein Drittel von dem zahlen wollte, was er vor rund einem Jahr für das Gebäude ausgegeben hatte. Zudem kamen die Kosten für den neuen Sudkessel, die Setzrahmen, die Holzrohre und die Handwerker. Noch immer stapelten sich unbeglichene Rechnungen in seiner Scrivekamere, die er vor gut zwei Wochen seinem Kaufmannsgesellen übergeben hatte, weil Daniel in der Nordsee unterwegs war.

Er unterbrach seine Tochter, indem er die Falltür zufallen ließ. »Geschwätz! Gib es zu, ihr habt nichts zu beißen, und Kinder macht er dir auch keine«, hielt er ihr vor. Brummelnd legte er sich mit dem Bauch zuunterst auf die Bank. »Kannst du mal nachsehen?«

Sorgsam nahm Margot den trockenen Hanfverband von Rungholts Hintern, ging zur Feuerstelle und zog einen Weinkrug hinter einem leeren Butterfass hervor. Sie tränkte den Lappen. »Eine Frau ist verschwunden.«

»Na und? Was geht's mich an?«

Sie kam zur Bank zurück und tupfte die offene Wunde ab. Das Fleisch seiner Pobacken war geschwollen, Blasen waren aufgeplatzt, und einige Stellen des Wundriebs waren bereits entzündet.

»Nun, sie ist eine gute Freundin von mir, und du ... du bist doch gut in so etwas.«

Rungholt brummte abfällig, während sie das feuchte Hanfwerg auflegte, und Rungholt zuckte vor Schmerz zusammen.

»Die Frau eines befreundeten Goldschmieds«, erklärte Margot weiter.

Anstatt auf ihre Ausführung einzugehen, schlang Rungholt die Bruche wieder um seinen Hintern.

»Hat er Geld?«

Margot seufzte. »Es soll auch Männer geben, die lieben ihre Frauen so sehr, dass ihnen Geld egal ist.« Sie ging zurück zu ihrem Weinkrug und schob ihn wieder hinter das Butterfass. »Sie heißt Beatrijs. Oder sagt man *hieß*? Ihr Mann ist angesehener Goldschmied und hat Geld, doch. Ja. Er würde gewiss sein letztes Hemd geben, um sein Weib wiederzusehen.«

Mit einer abfälligen Geste nahm Rungholt seine Schecke.

»Er heißt Theobald Smidel, und ich glaube, dass er dir mit mehr als mit Geld eine Freude bereiten kann.« Lächelnd reichte Margot ihm einen Kamm aus Knochen. »Du solltest dein Haar richten.«

Fragend sah Rungholt seine Tochter an. Ihm entging das schelmische Blitzen in ihren Augen nicht.

»Er kann dich zu den Reliquien lassen«, erklärte Rungholts Tochter auf seinen fragenden Blick hin. »Dass du deine Absolution bekommst, Vater.«

Den ganzen Weg in die Taubenstube, die winzige Kaschemme am schönen Turm, hatte er sich geärgert, dass seine Tochter seine Notlage auszunutzen versuchte. Und während er der Ente die Haut abzog, grübelte er immer noch, ob nicht etwas anderes hinter ihrem Vorschlag steckte, als ihn zu seinem Seelenheil zu führen.

Obwohl Margot ihm erklärt hatte, dass Theobald Smidel im Alten Hof Goldarbeiten am Altar ausbessere und Rungholt sicherlich problemlos zu den Reliquien lassen könnte, hatte Rungholt abgelehnt.

Er hatte Margot seit gut neun Jahren nicht gesehen und bloß einige kurze Briefe von ihr erhalten. Die meisten in dem Jahr, als ihr erster Mann Gottfried Hahnemann an Fieber verstorben war. Rungholt hatte Margot mit zwölf Jahren dem Händler Hahnemann aus der Hansestadt Köln versprochen, aber die beiden hatten lediglich ein knappes Jahr miteinander verbringen können, bevor Gottfried verstarb und es Margot nach München verschlagen hatte, wo sie schließlich Bacher kennenlernte.

Rungholt hatte geweint, als Margot auf den Wagen des Kaufmanns gestiegen und aus seinem Leben verschwunden war. Sie war damals noch ein Kind gewesen, gerade einmal zwölf Jahre alt, und Rungholt hatte sich gute Geschäft mit Hahnemann versprochen, den er als sanftmütig und äußerst korrekt in Erinnerung hatte.

In den neun Jahren war Margot zur Frau und Rungholt fremd geworden. Im Gegensatz zu ihm schien sie sich über Geld und Finanzen keine Gedanken zu machen. Immerhin hatte sie Bacher geheiratet und sich nicht versündigt, indem sie mit ihm in wilder Ehe lebte. Sie liebe ihn, hatte sie in den letzten drei Tagen oft beteuert, wenn Rungholt sich über Bachers Armut abfällig geäußert hatte.

Aber war es wirklich nur Liebe, die hinter ihrem Vorschlag steckte, Smidels Weib zu suchen?

Liebe?

Rungholt musste schmunzeln. Liebe. Ja, auch er wusste, was Liebe hieß. Er hatte für sie getötet.

Es war nur eine sanfte Ahnung, aber er glaubte, dass noch etwas anderes hinter ihrer Bitte steckte.

Jetzt saß er in der Taubenstube, hatte eine Ente mit Mus bestellt und überlegt, wie er die Heringsfässer am schnellsten verkaufen konnte. Weil es ihm sicherer erschienen war, lieber Heringe anstatt allzu viele Taler aus Lübeck mitzuschleppen, hatte er mit seinem Kaufmannslehrling Daniel sechs Fässer aufgeladen. Wie der Vorfall im Alten Peter ihm gezeigt hatte, war es kein Fehler gewesen, argwöhnisch gegenüber den Bayern zu sein.

Wie die Krüge Wein auf seinem Tisch schob Rungholt die Gedanken an Gottfried Hahnemann, an seinen Schwiegersohn Utz Bacher und an seine Tochter umher. So weit ab von seinem gewöhnlichen Leben – den Freunden und Geschäftspartnern und seiner geliebten Frau Alheyd – wurde Rungholt wehmütig. Vom Wein geschwängerte Erinnerungen an seinen alten Freund Winfried kamen in ihm hoch und ließen ihn schließlich an Pater Jakobus' Worte denken.

Auch du sollst in den Himmel kommen. Schmilz den Schnee. Wann immer du betest, der Himmel wird dich erhören. Verschaffe dir Absolution. Sie wird dir zuteilwerden, denn du bist kein Mörder, Rungholt.

Aber war er das wirklich nicht? Hatte er nicht im Schnee zahlreiche Männer vorsätzlich entleibt? Hatte er Irena nicht gemordet? Grundlos. Es war Blut an seinen Händen, seit über zwanzig Jahren. Er war der Zorn gewesen, der Sturm, der die Männer zerschlagen hatte, obwohl Irena bereits tot gewesen war. Nein, er hatte die Männer gemordet, *weil* sie tot gewesen war.

Rachsucht. Ira ... Irena.

Er hatte für die Liebe getötet, aber hatte er *gemordet*?

Rungholts Blick fiel auf seine Hände, und er erschrak. Schlagartig spürte er Irena nach seinem Herzen greifen. Seine Hände waren rot. Er rieb sie und stellte fest, dass es nur der Wein war, der sie im Licht der Öllampe rot erscheinen ließ. Erleichtert trank er den Becher in einem Zug und spürte, wie angenehm das Gesöff seine Gedanken vernebelte.

Jakobus hat recht, dachte Rungholt. Ich bin nach München gekommen, um die Sündenlast zu verlieren. Ich habe zu viel Angst vor der Hölle oder dem Nichts, um tatenlos zu bleiben. Ich habe es verhunzt, ich muss es beheben. Ich muss endlich all den Schnee schmelzen, um frei zu sein. Es muss hier geschehen. Im Jubeljahr. Hier in München. Fern der Heimat. Mir muss die Sünde genommen werden. Ein für alle Mal.

3

Alle Sünden auf einen Schlag.

Beatrijs kniete betend auf der nackten Erde, die kleinen Hände gefaltet, den Blick gen Himmel zu Maria mit ihrem Sohne gerichtet. Unscheinbar, winzig hockte sie neben ihrem Mann Smidel, der beinahe doppelt so groß wie sie selbst war. Während er beinahe lebensgroß gemalt worden war, hatte der Zeichner Beatrijs zu einer hüfthohen Puppe, zu einem kleinen Menschen, einem Spielzeug neben ihrem Mann werden lassen.

Rungholt trat näher. Immerhin hatte der Maler seiner Ausführung viel Zeit gewidmet. Für Rungholt jedenfalls hatte es den Anschein, als habe er diese betende Frau besonders gemocht, oder sich an ihrer Schönheit erfreut. Einige wenige Strähnen ihres blonden Haares lugten unzüchtig unter ihrer Rise hervor, die sie sich um ihr Kinn und ihren langen Hals gelegt hatte. Den Kopf leicht schief gestellt, mischte sich in Beatrijs' bemüht ernsten Blick eine entrückte Fröhlichkeit. Ihre schlanken Finger lagen ohne Kraft aufeinander. Ein graziles Dach des Gebets. In ihren braunen Augen schimmerte ein zartes Leuchten, und ein frommes Lächeln lag auf ihrem Mund.

Ein Lächeln aus Seide, dachte Rungholt. Wie Gaze liegt es auf ihren schmalen Lippen, kaum sichtbar. Es wirkt so *lebendig.*

Alle Stifter des Heilig-Geist-Spitals hatten sich mit ihrer Familie verewigen lassen. Das Gemälde war erst in den letzten Monaten fertig geworden, denn die letzten Steine des Spitals nahe dem Rindermarkt waren noch nicht gesetzt worden. Seit ein Stadtbrand vor gut fünfundsechzig Jahren das Spital samt der Katharinenkapelle vernichtete hatte, wurde an der kleinen Hallenkirche gebaut. Anscheinend hatten die Smidels viel Geld gespendet. Selig lächelnd wartete Smidel auf seinen Segen, während Beatrijs' Augen durch noch frische Farbe blitzten. Auf ihrer Haut lag ein Schimmer.

Aber es bedurfte nur der schmalen Lippen, des Seidenlächelns, um Rungholts Herz schwerer werden zu lassen. Es war, als schmeichle ihm die Seide ihres Lächelns und zöge ihn zu sich. Er meinte die Frau schon lange zu kennen, ohne zu wissen, woher. Sie ähnelte entfernt seiner ersten Frau Johanna, die vor neun Jahren gestorben war, aber Rungholt hätte diese Ähnlichkeit nicht benennen können, er spürte nur eine beunruhigende Sehnsucht.

Das Lächeln nahm Rungholt gefangen. Er trat einen Schritt zurück und musste sich anstrengen, seinen Blick wieder zu weiten. Für einen Moment stellte er sich vor, ihre Augen wären stumpf. Das blasse Gesicht in einem dunklen Acker. Weiße Wangen voller Erde am Weg der Pilger. Die Hände gefesselt, die Rise blutrot. Der lange Hals mit einem Schnitt, und der Tod lächelt durch ihre blauen Lippen.

»Sie ist wunderschön, nicht?«

Rungholt wandte sich um. Margot kniete hinter ihm und betete. Er konnte ihr grobes Leinenhemd riechen, das zu viele Nächte im Feuchten gelegen hatte. Er brummte eine Zustimmung.

»Und er könnte mich wirklich zu den Andechser Reliquien bringen?«, fragte er noch einmal und musste vom Wein aufstoßen.

»Nun, Smidel arbeitet direkt am Altar in der Laurentius-Kapelle. Im Alten Hof. Gewiss könnte er dich in die Kirche lassen.«

»Hm.« Er half ihr auf. Kaum hatten sie die Kapelle betreten und sich durch die Pilger gedrückt, hatte Margot mit Beten begonnen. Beinahe hätte sie sich auf den Boden geworfen und wäre wie die Wallfahrer im Dreck gekrochen.

Margot ließ Rungholts Hand nicht los. »Du musst es nicht

tun, ich dachte nur, weil du hier bist und die Geistlichen schon über dich reden…« Sie sprach es kaum aus. Auch so verstand Rungholt, was sie sagen wollte. Sie hatten ihn achtkantig aus der Kirche geworfen. Angeblich tuschelten die Weiber auf dem Markt schon von dem Vorfall: Ein fetter Kaufmann, ein Pfeffersack aus dem Norden, wütet mit einem Messer im Haus Gottes und vergießt Blut vor dem Altar…

»Seit wann ist sie denn fort?«, fragte er und trat näher an das Wandbild. Er konnte dem Drang nicht widerstehen, ihr aufgemaltes Kleid zu berühren. Die Farbe war kalt, auf eigentümliche Art kälter als die Mauer.

»Seit ein paar Tagen, seit Dienstag letzter Woche.«

Das waren gut acht Tage. In seinem Rücken konnte Rungholt die Kranken des Spitals husten und jammern hören, während ein Priester ein Gebet sprach. Er drehte sich um und betrachtete einen Moment die aufgereihten Liegen. Die meisten von ihnen waren von Pilgern besetzt, die eine kostenlose Unterkunft im Spital suchten. Zwei Männer nähten ein Leichentuch über dem versteinerten Gesicht eines Greises zu. Bei jedem ihrer Stiche schwoll die Stimme des Priesters an. Sein Gebet wurde zu einer flammenden Rede über die Qualen der Hölle.

Ein Kaufmann vergießt Blut vor dem Altar des Herrn und lässt den Schnee bluten.

»Man nennt dich doch Bluthund, Vater. Da dachte ich…«, meinte Margot, die sich inzwischen ein paar Schritte neben ihm auf einen Schemel gesetzt hatte. Er sah sie erstaunt an, antwortete aber nur mit einer fahrigen Geste. *Ligawyj*, dachte er. Bluthund. Woher wusste sie das? Es ist nicht gut, dass sie davon weiß. Für Freund und Feind war er *Ligawyj* gewesen. In der Kirche von Novgorod, auf den Eisfeldern des Peipussees und später… Auch später. Einen Ruf kann man nicht ablegen wie einen dreckigen Mantel, dachte er. Wahrscheinlich hat sie es mal als kleines Mädchen gehört. *Ligawyj.*

»Selbst wenn sie … wenn sie tot ist. Sie sollte eine richtige Beerdigung bekommen. Ihre Gebeine sollten in die Erde und ihre Seele in den Himmel fahren. Sie war … ist … ein gutes Weib. Du hast zu Hause doch einige Schandtaten aufgeklärt, Vater. Vielleicht könntest du einmal nachfragen und …« Margot brach ab.

Will sie mir schmeicheln? Rungholt fragte lieber nicht nach, was für Gerüchte auf den Märkten außerhalb Lübecks die Runde machten.

»Lebt dieser Theobald wenigstens seinem Stand entsprechen?«, fragte er stattdessen.

»Jetzt fang bitte nicht wieder mit Geld an. Utz und ich sind glücklich, so wie wir leben. Wir haben nicht viel, aber wir lieben uns.«

»Fühl dich nicht immer angegriffen. Das mag ich nicht bei meiner Tochter«, schnaufte Rungholt. »*Lieben* … Sag schon, kann dieser Goldschmied meine Nachforschungen bezahlen, wenn ich es tue?«

Rungholt trat zu ihr und fühlte nach einem seiner Geldsäckchen. Er hatte nur noch drei Taler, den Rest hatte dieser Dieb. Mit einer gewohnten Geste zog er das Beutelchen vom Gürtel und eine Münze heraus. »Geh«, sagte er. »Tu ein bisschen was in den Klingelbeutel.« Er nickte zum Priester, der gerade den beiden Männern half, den Leichnam auf eine Bahre zu legen und über die Hurer und Zauberer lästerte, die das goldene Kalb angebetet hatten.

»Er genießt einen ausgezeichneten Ruf unter den Goldschmieden, soweit ich weiß.« Margot nahm das Geld und beeilte sich, es in das kleine Kästchen zu werfen, das am Eingang stand. »Seine Goldschmiedearbeiten sind sehr gefragt – immerhin arbeitet er auch für den Herzog und die Bischöfe … Ach, und er hat ein großes Haus am Rindermarkt und zwei Mägde, die ihm zur Hand gehen. Reicht das?«

Rungholt brummte zustimmend.

»Du könntest bei den Andechser Reliquien beten, ohne dich in der Menge anzustellen… Ganz in Ruhe.«

Indem er sie bei der Schulter fasste, unterbrach er seine Tochter. »Ich bin hergekommen, um Abbitte zu leisten und Absolution zu erlangen, Margot. Nicht, um wen zu suchen. Warum machst du es mir so schmackhaft? Warum soll ich dieses Weibstück wirklich finden? Warum sucht dein Utz sie nicht?«

Sie sah zu Boden, und Rungholt bemerkte, wie schwer es seiner Tochter fiel weiterzusprechen. »Der letzte Winter war schwer. Ich war schwanger, aber wir haben das Kind verloren. Wir sind fast erfroren, Vater. Beatrijs ist nicht nur meine Freundin, sie ist die Frau unseres Geldgebers. Theobald Smidel rüstet Utz' Fahrten aus, er und seine Geschäftspartner nehmen uns das meiste Holz ab, das Utz nach München bringt und… und… und die kleinen Dinge, die Utz mitbringt.«

»Kleine Dinge?«

»Der Winter steht vor der Tür. Ich will nicht erfrieren«, meinte sie hart. »Manchmal bringt Utz Gold und Edelsteine für Smidel mit. Unter der Hand.« Sie rieb sich die Augen und bekreuzigte sich. »Außerdem tue ich es dir zuliebe.« Er sah sie fragend an. »Ich will, dass du in den Himmel kommst, Vater.«

Einen Moment war er sprachlos, dann erinnerte er sich an ihre blaugeschundenen Knie. Kurz nach seiner Ankunft in München hatte er gesehen, wie sie auf dem dreckigen Boden gehockt und gebetet hatte. Und als sie aufgestanden war, hatte er die Blutergüsse gesehen. Die Stellen vom ewigen Niederknien.

Er strich ihr über Wange. »Ich komme schon in den Himmel, Margot.«

Sie sah ihm in die Augen. Rungholt war sich nicht gewiss, ob sie nach einer Lüge suchte oder wirklich nur ihre Worte wählte. Zwar konnte er in Margots Blick nichts Auffälliges erkennen, und sie wurde auch nicht rot, dennoch hatte Rungholt ein ungutes Gefühl, als sie ihm antwortete. »Auch du hast die Absolution verdient«, flüsterte sie lächelnd, und bevor Rungholt nachfragen konnte, was sie mit *auch* meinte, fügte sie an: »Wir alle haben sie verdient. Die Lossprechung aller Sünden.«

Rungholt drückte seine Tochter an die Brust. »Gewiss. Das haben wir. Ich spreche mit ihm«, meinte er, und es kam ihm vor, als tröstete er sie. Weil sie zu einer weiteren Erklärung ansetzen wollte, legte er ihr sanft den Finger auf die Lippen.

»*Ligawyj* kommt in den Himmel«, flüsterte er. »Keine Sorge.«

4

Zusammen mit Margot ging Rungholt noch am selben Abend zum Rindermarkt und klopfte an Theobald Smidels Tür. Margot hatte Rungholt nach seiner Zusage so stark geherzt, dass ihm noch immer die Brust wehtat. Er hatte seiner Tochter nichts versprochen, hatte nur eingewilligt, sich ein wenig umzuhorchen. Wenn dieses Weib namens Beatrijs wirklich seit über einer Woche verschwunden war, so gab es kaum Hoffnung. Soweit Rungholt herausgehört hatte, war kein Schreiben mit einer Geldforderung oder gar ein Lebenszeichen bei Smidel eingetroffen.

Beatrijs war einfach verschwunden, und Smidels Versuche, sie zu finden, waren gescheitert. Auch Rungholt glaubte nicht, sie nach über einer Woche wirklich finden zu können. Gewiss war die Frau längst tot, einem Unfall oder einem Raub zum Opfer gefallen. Doch er hoffte, zumindest ihre Leiche zu finden oder Smidel auf andere Weise einen Hinweis zu geben, was mit seiner Frau wirklich geschehen war. Und insgeheim hoffte er, Smidel reiche die Gewissheit, einerlei wie grausam die Wahrheit war – und er ließe ihn zu den Reliquien. Ohne seine Trippen abzuschnallen, trat Rungholt mit seiner Tochter in die Diele.

Jegliche Entschlossenheit war aus Smidels schlanken Fingern gewichen. Ein Händedruck ohne Sonne, dachte Rungholt, ein Händedruck ohne Glück. Er schätzte den Goldschmied mit den weißen Haaren auf Mitte dreißig. Er war schwer zu schätzen, denn Augenringe lagen tief in Smidels Wangen, und seine Haut schimmerte gräulich im Schein der Öllampen, die überall im Haus brannten. Die Blässe verlieh dem hageren Mann etwas Gehetztes, etwas Geisterhaftes. Dieser Mann sieht aus wie einer von Alheyds Kuchen, wenn sie zu früh von der Feuerstelle genommen worden waren, dachte Rungholt. Eingefallen. Als ob der schlanke Mann Rungholts Gedanken bestätigen wolle, ließ Smidel die Haustür kraftlos zufallen.

Einen Moment lang sahen die beiden Männer sich an, bevor Smidel ihn in die Diele bat, und Rungholt konnte feine rote Adern um Smidels stumpfe Iris erkennen. Mit einem Blick wies er Margot an, zuerst einzutreten, und folgte dem Goldschmied in den behaglichen Wohnraum, der mit kostbarem Wandschmuck behängt war. Malereien zierten die Wände und Balken, und Rungholt erkannte am gedrechselten Gestühl und den feinen Glasbechern, dass Margot sich nicht geirrt hatte: Theobald Smidel war gut betucht.

Er ist so vermögend, wie ich es einst war, schoss es Rungholt durch den Kopf, und erneut wollte sich das bittere Gefühl in ihm ausbreiten, das ihm bereits auf der tagelangen Fahrt nach München Bauchgrimmen bereitet hatte. Eine Mischung aus Trauer und Selbstmitleid. Gegen Letzteres kämpfte er stets so gut es ging an, aber dennoch war ihm angesichts der teuren Silberleuchter, bestickten Wandteppiche und des kostbaren Geschirrs zum Seufzen zumute.

»Nehmt Platz. Möchtet Ihr etwas essen? Soll ich Euch etwas bringen lassen?«

»Das wäre nett«, antwortete Rungholt, ohne zu bedenken, dass er damit vielleicht Margot vor den Kopf stieß, die zur Feuerstelle getreten war. Rungholt setzte sich auf die Bank, die unter Butzenfenstern stand. Das rote Abendlicht fiel herein und spielte mit den dicken grünen Scheiben, sodass ein merkwürdiges Violett entstand.

Anstatt selbst etwas für seinen Gast zu holen, wollte Smidel einen schlaksigen Jungen namens Imel zu sich rufen. Doch der Bursche, der etwas abseits am offenen Kamin saß, rührte sich nicht, sondern spielte lieber weiter mit einer Kunkel herum. Er benutzte das Stöckchen, auf dem eine kostbare Faser zum Spinnen gewickelt war, als Schwert und Staubbesen. Ungehorsam wischte er sich damit seine Schnabelschuhe ab und trällert versunken ein Lied. Offensichtlich hatte er kein Interesse, den Worten seines Vaters zu folgen. Verärgert erkannte Rungholt, dass der Junge die kostbare Faser zerstörte. Sie wurde viel zu dreckig, um daraus noch Garn zu spinnen. Der Junge war vielleicht sechs, sieben Jahre alt, und sein Haar stand wie Stroh vom Kopf ab. Seine Hände und Füße wirkten dürr für den sonst recht molligen Körper.

Rungholt benötigte nur einen kurzen Blick, und ihm wurde klar, dass er diesen Knirps nicht ausstehen konnte. Eigentlich mochte er Kinder, aber ungehörige Quälgeister waren ihm ein Graus.

»Imel«, rief Smidel. »Geh und bringe unserem Gast etwas Käse und Brot und etwas von dem Fisch, Kind.«

Endlich kam Bewegung in den Jungen. »Jawohl-jawohl. Brot-Brot«, trällerte er frech und grinste von einem bis zum anderen Ohr. Anstatt loszugehen, wie es sich geziemte, sprang und hüpfte er in Schlangenlinien durch die Diele und sang dabei reichlich schief: »Käse und Brot ... Käse und Brot ist ein' Arznei – pah, mir ist das einerlei.«

Rungholt musste den Kopf schütteln. Wäre sein Sohn jemals so unziemlich bei Besuch durch seine Diele gesprungen, er hätte ihn zu züchtigen gewusst. Gut, dass Rungholt nur Töchter hatte.

»Mein Sohn, er ist ein wenig... Nun, er hat Flausen im Kopf, weil er wohl noch nicht begriffen hat, was mit seiner Mutter geschehen ist«, versuchte Smidel das schlechte Benehmen zu entschuldigen. »Nehmt es ihm nicht übel. Er ist blitzgescheit, aber albert herum wie...«Smidel winkte ab. »Es ist nicht leicht. Für uns alle.«

»Wie ich hörte, habt Ihr mit meiner Tochter bereits gesprochen.«

»Sie hat Euch bereits angekündigt.« Smidel nickte. »Ihr wollt die Reliquien sehen, habe ich recht?«

Rungholt bejahte. »Ich werde sehen, ob ich eine Spur von Eurem Weibe finde«, meinte er. »Aber ich kann Euch nichts versprechen. Sie ist schon sehr lange verschollen.« Er fischte ein Holzetui aus einem Beutelchen, das er neben seinen Geldsäckchen an seinem schweren Ledergürtel trug, und schob es auf. Darin lag seine Lesebrille. Nachdem er ständig seine Brille verlegt hatte, hatte er vor einigen Wochen ein kleines Kästchen mit einer Öse anfertigen lassen. Er hatte es für eine gute Idee gehalten, seine kostbare Brille so zu schützen, aber es hatte nicht geholfen. Verärgert musste Rungholt feststellen, dass eines der kostbaren venezianischen Gläser zerbrochen war. Wahrscheinlich war es geschehen, als die Pfaffen ihn aus der Kirche geworfen hatten. Er untersuchte die Brille mehrmals grimmig, steckte sie sich schließlich trotz des gesprungenen Glases auf die Nase und begann Smidels Aussagen in seine Wachstafeln zu ritzen. »Ihr habt Euer Weib also zu einem Freund geschickt? Letzten Dienstag?«

»Ja. Ich hatte noch in der Kapelle zu tun. Die – die kleine Kirche im Alten Hof, wisst Ihr?«

Rungholt nickte, da ließ ihn ein Aufschrei herumfahren. Margot wischte sich fluchend die Augen, weil Imel sie erschreckt hatte. Der Junge hatte noch immer kein Essen geholt, sondern sich zu Margot an die Feuerstelle gestellt und ihr etwas Asche ins Gesicht gepustet. Gewiss nur Spiel, dennoch hätte Rungholt den Bengel am liebsten geschnappt und ihm eine ordentliche Tracht Prügel geschenkt. Lachend lief Imel um Margot herum und dachte nicht daran, sich bei seinem Besuch zu entschuldigen.

»Imel«, rief Smidel, und sein ungewohnt scharfer Ruf ließ den Jungen innehalten. Reumütig kam er zu Smidel gelaufen, aber Rungholt hielt ihn an seiner kleinen Schecke fest und zog ihn zu sich heran. »Entschuldige dich«, befahl er. »Los.« Rungholt drehte ihn zu Margot, doch Imel dachte gar nicht daran, irgendetwas zu sagen. Stattdessen schlug und schrie er in einem fort und wollte Rungholt treten. »Lass mich los. He! Der tut mir weh. Vater«, bettelte er. »Vater!«

Seufzend trat Smidel heran und musterte seinen Sohn. »Entschuldige dich, Imel. Du bist eine Plage, Imel. Du bist wirklich eine Plage.« Mürrisch hielt der Junge im Kämpfen inne und trat plötzlich Rungholt mit dem Hacken auf den Fuß. Der Tritt kam überraschend und schmerzhaft. Rungholt fluchte und zuckte erschrocken zurück, wobei er ein Stück aus Imels Schecke riss.

Ehe er noch einmal zugreifen konnte, war der Junge schon fortgerannt. Einen Lidschlag lang überlegte Rungholt, ob er ihm folgen und ihn verdreschen sollte.

»Ihr solltet ihm die Knute geben. Wenn es mein Sohn wäre...«, setzte Rungholt an.

»Wenn es Euer Sohn wäre, hätte er wohl auch noch eine Mutter«, seufzte Smidel.

Brummelnd warf Rungholt den Scheckenfetzen auf den Tisch.

Wenig später saßen die beiden Männer bei etwas Fisch und Brot zusammen, während Margot mit dem Jungen in der Diele spielte. Immerhin war Imel so sehr damit beschäftigt, Knochenpferdchen über die Fliesen galoppieren zu lassen, dass er keine bösartigen Angriffe mehr ausheckte.

»Ich bin von den Bischöfen und Herzog Johann beauftragt, den Altar auszubessern. Es kommen so viele Pilger, sie fassen alles an…«, erklärte Smidel, nachdem Rungholt noch einmal nach den Andechser Reliquien gefragt hatte. Smidels Worte versickerten regelrecht, noch bevor sie ihm über die Lippen kamen. Der Mann sah auf seine überaus schlanken Finger und musste sich anstrengen, alles noch einmal zu erzählen. »Beatrijs war noch kurz bei mir. Am Abend, nachdem wir die Kapelle für die Pilger geschlossen hatten. Sie war da, um mir… um mir noch einen Laib Brot zu bringen und etwas Wein. Wir haben uns nur kurz unterhalten, dann sollte sie zu Pütrich gehen.« Smidel rieb sich den Hals, als müsse er einen Klumpen kleinreiben. »Sie stand da und sah mich an, sie lächelte und winkte sogar. Sie winkte, bevor sie auf den Hof hinaustrat.« Klack-Klack trommelten seine Fingernägel auf dem Holztisch. »Das Mondlicht fiel durch die bunten Fenster der Kapelle.« Klack-Klack-Klack. »Es fiel da hindurch, wie durch eine lichte Blätterkrone, wie durch die Blätter eines Waldes, und es… Das Licht tauchte Beatrijs in goldene Flammen. Es ließ sie leuchten, versteht Ihr? Es war…«

Es war? Rungholt wartete auf ein weiteres Wort, aber wie eben waren sie Smidel einfach versickert. Wasser, das durch die Finger rinnt, bevor man trinkt. Worte, die durch die Kehle rinnen, bevor man sie spricht. Als Smidel nicht fortfuhr, fragte Rungholt: »Und das war das letzte Mal, dass Ihr Beatrijs gesehen habt?«

Smidel nickte und starrte das Farbenspiel auf dem Tisch an. »Das letzte Mal.« Die ungleichmäßigen Kreise. Grünlich, blau, violett. »Mit ihrem dummen kleinen Weidenkorb in der Hand. Wie in Kindergeschichten, versteht Ihr? Sie steht da, winkt mir zu, und das Licht taucht sie in diese Farbe. Und dann… dann ist sie fort.« Theobald Smidel starrte auf das blank polierte Holz und seine Hand, die in Lichtfarbe getaucht war. Nun reglos. Rungholt musterte den Mann, aber der Goldschmied sah nicht auf. Betroffen blickte er lediglich auf seine Finger.

»Wie in einer Mär. Das Weib winkt noch, nimmt seinen Korb und geht in den Wald und ist verschwunden … Etwas Schreckliches ist Beatrijs geschehen. Etwas Schreckliches.«

Über den Steg seiner Brille musterte Rungholt den Goldschmied abermals, jedoch verriet ihm dessen Gesicht nicht, ob Smidel nur besonders feinfühlig war oder ein Schauspiel vorführte.

Imel kam mit einer Glasschüssel an den Tisch gerannt. Er schob sie Rungholt hin, griff sich aber selbst gleich zwei Stück Brot und stopfte sie sich in den Mund.

»Browt und Käwe«, präsentierte er mampfend und lächelte Rungholt entwaffnend an. »Bist ganz schön dick.«

»Imel. Es ist gut«, rief Smidel ihn zur Besinnung. »Mit vollem Mund redet man nicht.« Er zog seinen Sohn vom Tisch fort. Woraufhin Imel seinen Vater mit einem mürrischen Blick bedachte und erst wieder hinüber zu seinen Knochenpferdchen trottete, nachdem Smidel ihn erneut ermahnt hatte.

Der Käse war köstlich, besser als alles, was Rungholt die letzten vier Tagen bei Margot bekommen hatte. Rungholt musste sich ermahnen, sich nicht wie Imel den Mund vollzustopfen.

»Ihr habt sie zu einem Freund geschickt, sagtet Ihr?« Rungholt wischte sich die Krümel von seinem Bauch.

»Ja. Sie sollte Blattgold holen. Weil ich doch noch arbeiten musste und nicht wegkonnte. Sie sollte nur kurz zu Goldschmied Pütrich, einem Freund aus der Lederergasse, und das Gold holen.«

»Ihr schickt Euer Weib, Blattgold holen? Allein? Anstatt einen Gepanzerten oder einen der … der …« Rungholt wusste nicht, wie die Münchner ihre Büttel nannten.

»…einen der *Schützen* zu schicken? Oder den Rumormeister?« Smidel lachte auf, schüttelte den Kopf und griff ebenfalls nach dem Käse. »Nein. Die wären ein großer Fehler.« Er beugte sich zu Rungholt hinüber: »Die Kunst beim Goldherumkarren besteht darin, anderen nicht zu zeigen, welche Kostbarkeit man bei sich führt. Es sind schon so einige Goldschmiede überfallen worden, die sich mit Schützen umgaben und deswegen das Gesindel auf sich zogen. Glaubt mir. Besser, niemand weiß, dass man Gold unter dem Wams trägt oder im Korb mit Hühnereiern hat.«

Rungholt brummte, war sich gleichwohl nicht sicher, ob er diese Erklärung gelten lassen sollte. Konzentriert notierte er Smidels Worte auf seinen Wachstafeln. Gewöhnlich schrieb er seine Notizen am Abend ab und strich die Tafeln glatt.

»Könnt Ihr schon etwas sagen?« Neugierig versuchte der Mann einen Blick auf Rungholts Tafel zu werfen. »Wisst Ihr schon, was geschehen ist? Habt Ihr schon eine Ahnung…«

Rungholt legte seufzend seine Brille auf den Tisch: »Ich bin kein Hellseher. Ich bin kein Hexer. Ich bin Kaufmann.«

»Geld gibt es nur, wenn Ihr meine Beatrijs findet. Utz Bacher erzählte mir von Euch und Eurer Vorliebe für Münzen. Und Eurem… Eurem Zwischenfall.« Smidel versuchte ein Lächeln, aber sein trauriges Gesicht ließ es nicht zu. Eigentlich hatte Rungholt dem Goldschmied nur sagen wollen, dass er zuerst Leute befragen und sich umsehen müsse, dass er nicht durch Handauflegen eine Verbindung zum Opfer herstellen konnte oder indem er alchemistische Sprüche ins Wachs schrieb.

Bacher, dieser Taugenichts, zürnte Rungholt. Sieht Margots Mann ähnlich, alles auszuplaudern. Nicht sehr ehrenhaft. Doch anstatt laut zu knurren, überraschte Rungholt sich selbst.

»Ich benötige vorher Geld. Ich kann nicht alles auslegen.« Wohlweislich verschwieg Rungholt, dass sein Reisegeld erschöpft war. »Ich brauche einige Taler. Es soll kein schlechtes

Geschäft für Euch sein. Bestimmt hat schon jeder arme Schlucker der Stadt nach ihr gesucht, und Ihr habt vielen Scharlatanen Münzen angeboten?« An Smidels Gesicht konnte Rungholt erkennen, dass er richtiglag. »So wie meinem Schwiegersohn Utz. Aber sie haben nichts gefunden. Keinen Anhaltspunkt. Und warum? Weil sie kein Geld hatten. Und das auch nicht.« Rungholt tippte sich gegen die Stirn, sah den Mann ernst an. »Gebt mir einen Vorschuss, und zieht es von der Summe ab, wenn ich sie gefunden habe. Ich brauche möglichst kleines Geld. Pfennige, nicht mehr... Ich muss Leute befragen, wisst Ihr. Ich brauche etwas, was ich ihnen zustecken kann. Und Ihr bezahlt mir den Rest, wenn ich Eure Beatrijs finde. Tot oder lebend. Und auch, wenn ich Euch beweisen kann, wohin sie abgereist ist. Wenn sie abgereist ist. Ihr bezahlt den Vorschuss und lasst mich Ende der Woche zu den Reliquien.«

Einen Moment befürchtete Rungholt, er habe den Mann mit dem sachlichen Gefeilsche überfordert, doch Smidel nickte. »So wird es gemacht«, sagte er und streckte Rungholt seine schlaffe Hand hin. Sofort schlug Rungholt kräftig ein.

»So ist das Geschäft besiegelt«, antwortete er und musste ein Lächeln unterdrücken.

Ein Seufzen entfuhr Smidel. Er ging an der Feuerstelle vorbei und öffnete eine breite Tür, die über Stufen zu seiner Werkstatt hinabführte. »Folgt mir.«

Kurz darauf ließ Smidel Rungholt ein paar Münzen und eine Handvoll Pfennige in die Hand rieseln. Es waren mehrere Dutzend, zwei Monatslöhne für einen Handwerker. Sie zeigten einen Mönchskopf oder einen Hund mit Blumenstängel, und Rungholt wusste, dass alle Münzen zusammen gut dreißig Witten wert waren. Zu seiner eigenen Verwunderung ertappte er sich jedoch bei einer Geste, die er bei anderen stets hasste: Er biss auf einen der Pfennige, um zu prüfen, ob er auch echt war.

Habe ich schon so viel Angst um jede Münze? Bin ich schon so tief gesunken, um meinen Geschäftspartnern nicht mehr zu trauen? Um einen Mann in Not auszupressen wie ein nasses Tuch?

Sei's drum.

Rungholt schüttelte den Kopf und trat neugierig vor, um sich die Werkstatt genauer anzusehen.

»Das alles hier ist mir nichts wert ohne sie.« Smidel nickte zum Werktisch, den Schränken und Werkzeugen. Über dem geschwungenen Werkbrett tanzte der Straßenstaub einen funkelnden Reigen. Alle Geräte, die kleinen Klöppel, die Bohrer, Zängchen und Hämmer, der Blasschlauch für die Flamme, lagen feinsäuberlich verstaut auf dem Werkbrett, als seien sie seit Tagen nicht benutzt worden. Rungholt trat näher und erkannte, dass tatsächlich auch das Lederfell, das Smidel unter dem Tisch gespannt hatte, um die Gold- und Silberreste aufzufangen, geleert worden war.

»Ihr habt seitdem…«, setzte Rungholt an.

»Ich konnte einfach nicht weiterarbeiten. Mein Kopf, ich… Ich kann nicht so tun, als sei nichts geschehen, und einfach weitermachen.«

Rungholt schlug ein Tuch beiseite, unter dem einige von Smidels Arbeiten auf ihre Vollendung warteten. Zwei Ringe, ein halbfertiges Schapel und ein großer Silberkelch, dessen hübscher Deckel Rungholt verriet, dass es sich wohl um ein Ziborium handelte. Ein Gefäß zur Aufbewahrung von Hostien. Es wunderte Rungholt, dass Smidel auch liturgische Gegenstände anfertigte und mit Silber arbeitete, denn eine Konzession für Gold *und* Silber war zumindest in Lübeck schwer zu ergattern. Es verhieß reichlich Einkommen.

»Ihr kennt Euch auch mit Silber aus? Fertigt Ihr viel für die Kirche?«

Smidel nickte, wich jedoch Rungholts fragendem Blick aus. »Ich stamme aus Nürnberg, habe dort mein Handwerk gelernt und hatte hier das Glück, als, nun, als Goldschmied bei einem Silberschmied noch einmal in die Lehre zu gehen.«

»Wann? Als Ihr mit Eurem Weib nach München kamt?«

Wieder nickte Smidel.

»Wieso glaubt Ihr nicht, es sei ein Unfall gewesen?« Rungholt griff sich vorsichtig das Schapel. Die Blumen aus Gold, die das schmale Kopfband schmückten, waren gut, aber nicht sonderlich fein gearbeitet. Rungholt hatte bei Geizriebe, dem Paternostermaker in Lübeck, filigranere Stücke gesehen. »Vielleicht ist sie gestürzt in dem ganzen Durcheinander dort draußen.«

»Ich … Ich habe noch am Abend meinen Jungen und meine beiden Mägde in alle Klöster Münchens geschickt«, erklärte Smidel. »Und selbst ins Heilig-Geist-Spital bin ich gegangen. Jeden Tag seitdem. Sie ist nicht dort. Sie ist einfach weg – sie – sie …«

Rungholt legte Smidel sanft eine Hand auf die Schulter, um den Mann zu beruhigen. »Und die Medizi?«

»Ich habe so viele aufgesucht, wie mich hereingelassen haben, und ich habe unseren Zunftmeister, den Herrn Pankraz Guardein gebeten, die Ärzteschaft zu befragen und Schützen zu schicken, die in der Stadt suchen sollen, ob sie irgendwo … irgendwo liegt.«

Er konnte nicht weitersprechen, weil er sich bemühen musste, die Tränen zurückzuhalten. »Niemand … Niemand hat sie gesehen.« Stumm schüttelte Smidel den Kopf. »Nirgends.«

Rungholt sah auf den tanzenden Staub. Beim Anblick der aufgeräumten Werkzeuge beschlich ihn ein ungutes Gefühl. Die Klöppel in Reih und Glied, die sortierten Bohrer, das abgewischte Holz – alles wirkte, als wolle Smidel seine Werkstatt schließen, als wolle er etwas beenden. Seinem Leben ein Ende setzen? Noch einmal betrachtete Rungholt den Mann. Smidel hatte sich rasiert, und auch seine Kleider waren or-

53

dentlich. Rungholt konnte es nicht beschreiben, aber es war ihm, als verschweige Smidel etwas. Und tatsächlich erschien ihm Theobald Smidels Lächeln nun aufgesetzt, auf eigentümliche Art gezwungen. Als ob der Mann sich auf die Lippe biss und dabei gleichzeitig lächelte.

Der Mann sieht aus, als schließe er einen Handel ab, den er schon beim Handschlag bereut, schoss es Rungholt durch den Kopf.

5

Wieso muss durch diese verfluchte Stadt mehr Wasser fließen, als durch Lübeck? Eine Stadt vor den Bergen und mehr Flüsse als drei Hansestädte zusammen, grollte Rungholt. Dieses München ist auf Wasser gebaut wie das ekelhafte Venedig, von dem Winfried so oft sprach. Ständig diese Bäche, Stege und Brückchen.

Zögernd ließ Rungholt seine Öllampe, die Smidel ihm mitgegeben hatte, über den dunklen Strom des Stadtbaches gleiten. Zahlreiche Nebenarme der Isar durchflossen die Gassen Münchens, und zu allem Überfluss hatten die Münchner sie auch noch erweitert, hatten wie Maulwürfe Abzweigungen und Verbindungen für ihre Mühlen und ihre Wehranlagen gegraben. Das schwarze Nass, das unter dem Schein der flackernden Lampe dahinplätscherte, ließ Rungholt hadern. Er sah sich nach Margot um, aber die hatte er ja heimgeschickt, obwohl sie gebettelt hatte mitzukommen. Die vergammelten Planken, die man über den schmalen Stadtbach geschmissen hatte, sahen nicht stabil aus. Sie endeten an einem dunklen Trampelpfad zwischen zwei Holzbuden.

Der Bach stank, weil er nicht schnell genug floss und Fäkalien und Innereien in ihm entsorgt wurden. Der unangenehme Geruch setzte sich in Rungholts Kopf fest. Das stete Plätschern des Wassers verstärkte noch seine Erinnerungen an den Schlund des Meeres. Dieses dunkle Maul, das seine Schwester und seine Eltern gefressen hatte. Augenblicklich musste er an den widerlichen Geruch von Leichen denken, an das süßliche Schwitzen der Toten und das modernde Monster Meer.

Rungholt fluchte, weil er sich nicht traute, auf die Bretter zu steigen. Er riss sich von dem Anblick des Bächleins los und sah über die Dächer auf die Sterne, die mittlerweile aufgegangen waren. Einem Rat Smidels folgend, war Rungholt nicht die Burgstraße hinuntergegangen, sondern hatte die Abkürzung zwischen zwei Häusern genommen und war einem Trampelpfad durch mehrere Hinterhöfe gefolgt. Angeblich ganz so, wie wahrscheinlich auch Beatrijs vor einer Woche zu Pütrich gelaufen war, um das Blattgold zu holen. Wenn Sie es bis zu dieser ... dieser *Brücke* geschafft hatte.

Reiß dich zusammen, Rungholt, du kindische Bangbüx! Das hier ist nicht das Meer. Das hier ist nicht die Trave. Was haben sie hier in den Bergen schon für Flüsse? Die kennen hier das Wasser doch gar nicht. Das ist nur ein Bächlein, nicht mehr. Ein Rinnsal voll Jauche. Und nur weil sein Wasser die Sterne schluckt und nach Scheiße stinkt, schwimmen keine Toten darin herum. Setz deine Füße auf die Planken, du Trottel, und geh endlich hinüber. Geh hinüber.

Sich bekreuzigend huschte Rungholt auf die Bretter. Sie ächzten und kippelten. Erschrocken sprang Rungholt vor, wollte zum anderen Ufer laufen, da brach eins der Bretter unter seinem Gewicht.

Sein linkes Bein krachte durch das Holz, und er spürte das Wasser danach greifen. Er schrie und ruderte mit den Armen. In Panik verlor er seine Lampe. Sie schlug spritzend ins Wasser und erlosch. Endlich fand er sein Gleichgewicht, zog den Fuß aus dem Brett und fiel mehr als er sprang an das andere

Ufer. Mit rasendem Herzen stand er auf dem Pfad und sah auf seine Füße. Er hatte seine Trippe verloren, und der Beinling hatte sich bis zum Oberschenkel vollgesogen.

»Ja, sie war hier.« Pütrich kratzte seinen Bart und sah sich zu den niedrigen Fenstern seiner Werkstatt um. Das verputzte Haus lag längs zur Lederergasse, die vor der Haustür so schmal war, dass kaum zwei Menschen aneinander vorbeigehen konnten. Rungholt entging die Nervosität des Mannes nicht. Ständig war der Goldschmied herumgelaufen, hatte alle Fenster geschlossen und wie beiläufig die Haustür kontrolliert. Schließlich hatte Pütrich sich hinter sein Werkbrett gesetzt und wieder zu arbeiten begonnen. »Ich habe es auch schon Pankraz Guardein gesagt. Unserem Zunftmeister«, fuhr er fort. Das Kohlefeuer ließ Pütrichs kantige Gesichtszüge wie geschnitztes Holz erscheinen. »Und natürlich auch Theo. Wir sind Freunde, müsst Ihr wissen.« Pütrich nahm einen Lesestein vom Auge, mit dem er die Gravur auf einem Ring begutachtet hatte, und offenbarte stahlblaue Augen. Der Mann hatte einen aufgeweckten Blick. Er war ein wenig älter als Smidel und im Gegensatz zu diesem von kräftiger Statur. Ein Naturbursche mit eckigem, unrasiertem Kinn und dunklem Haar, den Rungholt wegen der Muskeln und des nicht vorhandenen Bauches auf der Straße für einen Stallburschen gehalten hätte.

»Gibt es dafür Zeugen?«, fragte Rungholt, der sich nicht gewiss war, ob der gequälte Gesichtsausdruck des Mannes vom Schein des Kohlefeuers neben dem Werkbrett herrührte oder ob der Mann so verkniffen auf seine Arbeit starrte, weil er etwas zu verbergen hatte. »Nicht für Eure Freundschaft. Für Beatrijs' Besuch«, erklärte Rungholt, weil Pütrich nicht verstanden hatte, und streckte seine Schnabelschuhe zum kleinen Schmiedefeuer, vor dem er saß. Er hatte sich einen Schemel davorgezogen und trocknete seine Schuhe. Obwohl es spät war, hatte er Pütrich noch hinter seinem Brenner vorgefunden. Gemeinsam mit einem Gesellen hatte der Goldschmied bis spät in die Nacht an drei Ringen arbeiten wollen.

»Ob Beatrijs am Abend hier war? Sie hat nach dem Blattgold gefragt, das ich für Theo geschlagen habe«, erklärte er. »Damit ist sie dann gegangen.«

»Ihr habt ihr das Blattgold also gegeben?« Noch einmal ließ das Feuer die kräftigen Züge des Goldschmieds eigentümlich erstrahlen. Trotz seiner stämmigen Arme und des breiten Brustkorbs war Pütrich äußerst behände. Seine prankenhaften Maurerhände hielten ihn nicht davon ab, mit einem Stichel feine Blüten in einen Ring zu gravieren.

In aller Ruhe setzte Pütrich noch einmal den Lesestein auf und polierte die Einfassung des Rings. »Natürlich habe ich es ihr gegeben! Meint Ihr gar, ich hätte etwas mit ihrem Verschwinden… Und das Gold für mich behalten? Zwanzig Gramm Blattgold?«

Rungholt tat dem Mann nicht den Gefallen, diese Frage zu beantworten. Stattdessen stand er auf und ging zu ihm.

Obwohl Rungholt die letzten Minuten, seitdem er in die Lederergasse gekommen war, Pütrich jede Gelegenheit gegeben hatte, freimütig zu erzählen, waren die Antworten des Mannes stets knapp gewesen. Ein ungutes Gefühl, der Goldschmied wolle sich nicht widersprechen, sich nicht in seine Aussagen verwickeln, beschlich Rungholt.

»War sie aufgeregt? Hat Beatrijs irgendetwas erzählt? Oder war irgendetwas ungewöhnlich?«

Pütrich überlegte, drehte den Ring dabei hin und her.

»Vielleicht hat sie sich eigenartig benommen«, sagte Rungholt.

Gekonnt wischte Pütrich den Ring mit seinem Daumen ab und sah ihn sich noch einmal von allen Seiten an. »Nein«, antwortete er schließlich und begann, dem Ring mit einem Tuch noch den letzten Schliff zu geben. »Nein. Nicht anders als sonst.«

»Kam das öfter vor?« Rungholt zupfte an seinem Beinling, er war noch immer unangenehm kühl und klebte.

»Was?«

»Dass sie für ihren Mann Gold holte? Ganz allein.«

»Ab und an. Wir helfen uns aus, und Beatrijs kam oft zu mir. Sie ist sehr begabt, ich meine, sie hilft Theo, wo sie nur kann.« Er legte den Ring in eine kleine Truhe, die mit einem komplizierten Schloss gesichert war. Pütrich hatte sie mit schweren Ketten an einem Eisenring festgezurrt, sodass man die Mauer einschlagen musste, um sie zu stehlen. »Theobald hat viel zu tun. Jetzt, wo er für die Reliquien in der alten Veste alles herrichten muss. Weiß der Himmel, wie er das alles allein schaffen will.«

Da Pütrich nicht weitersprach, löste sich Rungholt vom Tisch und sah sich etwas um.

»Hat Beatrijs gesagt, ob sie noch jemanden besuchen wollte? Wollte sie vielleicht auf den Markt oder zu einer Freundin?«

»Zu so später Stunde? Nein.«

Rungholts Blick glitt über die Dielenbretter und blieb bei einer Reihe Abschürfungen haften. Hatte Pütrich ein schweres Möbel über das Holz gezogen? Die Schleifspuren endeten an einer eisenbeschlagenen Tür. Sie stand einen Spalt offen, und als Rungholt näher trat, konnte er einen kalten Lufthauch spüren. Leicht modriger Lehmgeruch schlug ihm entgegen. Weil sie weder zur Straße noch direkt zum Hof führen konnte, blieb Rungholt stehen und versuchte, im Spalt etwas zu erkennen.

Seufzend stand Pütrich auf und wischte an Rungholt vorbei zur Tür. »Es zieht, hm?«, sagte er und zog schnell die Tür zu. »Beatrijs wollte zurück zu Theo. Denke ich. Sie hat nichts gesagt… Hm. Wollte Beatrijs denn woandershin? Möchtet Ihr Trippen von mir?« Pütrich nickte zur Esse. Unweit des Schemels, auf dem Rungholt seine nassen Kleider gewärmt hatte, lagen einige ausgetretene Trippen im Reisig.

»Das frage ich Euch.«

»Danke, ich habe meine Trippen ja noch, und sie passen gut.«
Pütrich lächelte über seinen schlechten Witz. Skeptisch besah
sich Rungholt die Tür noch einmal genauer. Er versuchte, einen weiteren Blick hinter Pütrich zu erhaschen, aber der mus-
kulöse Goldschmied nahm Rungholt beiseite. »Ich kann Euch
nicht helfen. Beatrijs hat zu mir nichts gesagt. Sie ist nach
dem Komplet gekommen, und ich habe ihr das Gold gegeben.
Sie hat es in ihren Korb getan. Dann ist sie gegangen.«

»Mir scheint, Ihr seid der Letzte, der sie gesehen hat.«

»Was soll das heißen? Beschuldigt Ihr mich?«

Sie waren sich so nahe, dass Rungholt Wein riechen konnte.
»Gibt es dazu denn einen Grund?«, brummte Rungholt und
musterte den Goldschmied. Seine Barthaare staken wie Borsten aus seinem Kastenkinn, seine Augen suchten nervös Rungholts Miene ab. Schließlich schüttelte Pütrich den Kopf und
gab die Tür wie beiläufig frei, als habe er sie nie verstellt. Er
setzte sich wieder an sein Werkbrett, nahm jedoch die Arbeit
nur fahrig erneut auf. »Ich weiß nicht, wo Beatrijs ist. Sie
war nicht anders als sonst. Es war schon spät. Und ich wollte
nach oben.«

Er nickte zu der Tür.

»Nach oben? Darf ich mich da mal umsehen?«

»Wo? Oben?… Ungern. Ich – es ist kein passender Moment
und ich… In Gottes Namen, wenn es Theo hilft.« Achselzuckend stand Pütrich auf und legte seine Schürze über den
Werktisch.

Hinter der eisenbeschlagenen Tür, die Rungholt interessiert
hatte, schloss sich ein Fachwerkraum an. Ein schmaler Flur,
in dem mehrere Fässer und Regale mit Werkzeugen standen.
Ein Durcheinander aus Gerätschaften, Klammern, Bolzen und
Zangen. In den ersten Stock führte eine schlichte Holztreppe.
Unauffällig suchte Rungholt mit dem Blick den Boden nach

den Schleifspuren ab. Sie führten durch die Tür und endeten bei den Fässern. Gewiss hatte Pütrich sie durch seine Werkstatt gerollt und gezogen und sie hier abgestellt. Es war nichts Ungewöhnliches an ihnen, wie Rungholt enttäuscht feststellen musste, nachdem er näher herangetreten war.

Ihn fröstelte. Der feuchte Beinling kühlte aus. Es zog im Flur. Nachtluft schien geradewegs durch die Lehmmauern der Gefache zu dringen.

»Ist es wirklich notwendig, dass ...« Pütrich nickte nach oben. »Habt Ihr eine Erlaubnis vom Rumormeister, einfach so in meine Gemächer ...«

Rungholt baute sich vor dem kräftigen Mann auf. Er schätzte, dass er ein Gerangel gegen Pütrich wahrscheinlich verlieren würde.

»Nein«, antwortete Rungholt und musterte den Goldschmied mit strengem Blick. »Habe ich nicht. Aber von jemand viel Wichtigerem.«

Pütrich warf ihm einen fragenden Blick zu, und Rungholt spürte neben Unruhe nun auch, dass Pütrich irgendetwas ängstigte. Jedoch war sich Rungholt sicher, dass er selbst es nicht war.

»Von Eurem Freund Theo«, fügte er schließlich lächelnd an.

Mit einem Seufzer wich die Anspannung von Pütrich.

»Gewiss. Ich weiß ja«, sagte er und wandte sich der Treppe zu.

Rungholt folgte ihm die Stufen hinauf, Pütrichs Trippen, die sich Rungholt nun doch geliehen hatte, hallten bei jedem Schritt durch die Werkstatt. Er hatte gedacht, ein geräumiges Dachzimmer vorzufinden, die Stube eines ehrbaren und wohlbetuchten Goldschmieds, doch Pütrichs Zimmer erinnerte Rungholt an eine weitere Werkstatt. Auf Rungholts drittem Dachboden, wo er alte Altäre, Säcke und Fässer lagerte, sah es aufgeräumter aus als hier.

Das Licht von Pütrichs Öllampe offenbarte ein Durcheinander aus Eisengestellen, Tonkrügen und metallenen Kuriositäten. Behutsam trat Rungholt zwischen die Altmetallberge, die sich zwischen den Balken und Streben bis hinauf zu den Kehlbalken stapelten. Er hätte nicht sagen können, wofür die Dinge gut waren. Einige der Arbeiten waren groß wie eine Hand und erinnerten Rungholt an Schmuck, doch der meiste Kram überragte ihn mannshoch. Kästchen und Räder, die sich drehen ließen und anderes Gestänge in Bewegung setzten.

»Das macht Musik«, meinte Pütrich schlicht und führte Rungholt zwischen den Seltsamkeiten hindurch.

»Habt Ihr das alles selbst ersonnen?«

Pütrich nickte. »Manchmal habe ich Einfälle, und da... Na, ich verstehe mich aufs Löten und Klöppeln.« Er blieb bei einem kleinen Hausaltar stehen, der mit kostbaren Kelchen und Kandelabern geschmückt war. »Goldschmied bleibt Goldschmied.«

Erbärmdebilder schmückten die Balken rechts und links der Nische zum Beten. Der Goldschmied versuchte ein Lächeln, doch es war nur flüchtig. »Seht Euch nur um.« Unsicher trat Pütrich beiseite, huschte dann zu einem Schreibpult, das beinahe gänzlich von schweren Codices übersät war. Rungholt ließ seinen Blick noch ein wenig auf Pütrich ruhen. Noch immer wurde er das Gefühl nicht los, dass der Mann Angst hatte. Während Rungholt einen hängenden Teppich beiseiteschlug, der Pütrichs Schlafstätte vom Rest des Dachraumes abtrennte, begann Pütrich, die Bücher zusammenzuraffen. Er schaffte verlegen Ordnung, indem er die Schriften in eine Truhe räumte.

»Vor was habt Ihr Angst?«, fragte Rungholt geradeheraus. »Finde ich sie hier etwa doch?«

»Was?« Pütrich schüttelt den Kopf. »Wen? Beatrijs? Um Gottes willen...«

»Wovor habt Ihr dann solche Angst?«

61

»Ich? Aber ich habe doch …«, stammelte der Goldschmied. »Ich? Nein. Ich habe doch keine Angst.« Wieder dieses Lächeln über dem klotzigen Kinn. Vielleicht sollte ich ihn zu Smidel schleifen, überlegte Rungholt. Vielleicht sollten wir ihn festhalten, und dieser rotzige Bengel von Imel springt solange auf seiner Brust herum, bis er uns die Wahrheit sagt.

Weil Rungholt ihn noch immer musterte, sah Pütrich zu Boden. Ein unangenehmes Schweigen entstand, bis sich Pütrich endlich losriss und weiter Ordnung schaffte. Rungholt beließ es bei seiner Frage. Anstatt weiterzubohren, nahm er sich vor, alles auf seine Tafeln zu notieren.

Pütrichs Schlafecke war sauber und ordentlich, neben einem Schlafschrank standen ein Schemel und eine Truhe aus Kirschholz. In der Gaube eine Wasserschüssel. Direkt daneben führte eine Tür zum herausgebauten Abort. Obgleich alles ordentlich und noch nicht sehr alt schien, traute Rungholt sich nicht zur Holzlatrine vor. Er hatte von schlimmen Unfällen gehört, von morschen Balken um das Loch zum Scheißen, und keine Lust, in der Sickergrube eines Münchner Hinterhofs zu ersaufen.

Als er sich wieder Pütrich zuwandte, bemerkte er, dass Pütrich aus einer der kleinen Dachluken sah. Rungholt hatte vermutet, der Mann blicke lediglich auf das gegenüberliegende Dach, doch dann trat er hinter ihn, und ihm wurde bewusst, dass in München die Häuser ihre Dächer zur Straße hin hatten und nicht ihre Giebel, wie es in Lübeck üblich war. Rungholt konnte die verlassene Gasse im Mondlicht sehen. Die Pilger, Diebe und Mönche hatten sich zum Schlafen gebettet.

»Es ist mir zu warm hier oben, wir sollten wieder hinunter«, meinte Pütrich und wandte sich von der Luke ab. Ohne auf Rungholt zu warten, ging er zurück zu den Eisenkonstruktionen und wollte die Treppe hinunter.

Da bemerkte Rungholt, dass sich dem Haus ein Licht auf der

Ledererstraße näherte. Jemand leuchtete mit einer Öllampe und schritt zügig aus. Es war kein Nachtwächter, denn dem Mann fehlte ein Signalhorn. Stattdessen hatte er sich ein Schachbrett unter den Arm gesteckt.

»Kommt, bitte. Er darf das nicht sehen.« Pütrich war erneut an der Luke erschienen. Schnell blies er seine Lampe aus und drängte Rungholt im Dunkeln zur Eile. »Kommt. Er darf das alles nicht sehen. Passt auf, Euer Kopf.«

»Was nicht sehen?«, fragte Rungholt, der Pütrich langsam durch die Finsternis folgte. Sie gingen zwischen dem Metall hindurch. »Und wer ist das überhaupt.«

»Der Pankraz Guardein. Er ist unser Vorsteher, wisst Ihr? Nun, manchmal ist er etwas streng. Ich will nicht, dass er hier hochkommt.«

»Euer Zunftmeister?«

»Ganz recht. Er prüft unsere Goldbestände und die Münzen, wenn wir welche schlagen. Ich hab ein bisschen von dem Eisen, nun ja … beiseitegelegt.«

Rungholts Verständnis beschränkte sich auf ein Knurren. Täppisch folgte er dem Goldschmied die Treppe in den Flur mit den Fässern hinab und zurück in die Werkstatt.

Pankraz Guardein war bereits an der Tür. Ein hagerer Mann, Beine bis zum Hals und Arme dünn wie Kienspäne. Rungholt zählte ihn wegen der vielen Ringe und der mit Gold behängten Brust zu den höheren Kreisen Münchens. Mit seinem geschwungenen, dünnen Schnurrbart und seinen langen schwarzen Haaren, die wie eine festgeheftete zweite Haut seinen dicken Hals hinunter bis auf seine Schultern flossen, erinnerte der Mann Rungholt unwillkürlich an einen Aal.

»Pütrich!«, tönte der Mann. »Zeit für ein kleines Spielchen.« Der Zunftmeister stieß die Haustür vollends auf und war überrascht, vor Rungholt zu stehen. Aber der Pankraz hielt nur einen Moment inne und reckte seinen spitzen Kopf in die Höhe. Rungholt kam es vor, als beschnuppere der Mann ihn.

»Nun, wahrlich«, sagte der Zunftmeister. »Man erkennt, dass Ihr Margots Vater seid.« Ein schiefes Grinsen erschien unter dem Schnurrbart.

»Wie meint Ihr das?« Rungholt warf erst Pankraz Guardein, dann Pütrich einen Blick zu, doch der Goldschmied zuckte nur mit den Achseln.

»Nun, Ihr habt dieselben dunklen Augen wie Margot«, erklärte Pankraz und tippte sich mit dem linken Zeigefinger geradewegs in sein rechtes Auge. Er drückte seinen Finger direkt auf die Iris, ohne das Auge zu schließen. Ein Anblick, der Rungholt zusammenzucken ließ. Der Zunftmeister lachte herzhaft, griff zu und riss sich das Auge heraus. Beinahe hätte Rungholt aufgeschrien.

»Die gleichen Augen. Ihr und Margot. Ich achte auf so was.« Der Mann hielt Rungholt das Auge zwischen Daumen und Zeigefinger hin. »Pankraz. Ich bin der Guardein hier. Smidel erzählte, dass Ihr ihm helft.«

»Ihr verschreckt ja meinen Kunden, Pankraz«, meinte Pütrich lachend und klopfte dem Zunftmeister auf die Schulter. Endlich wurde Rungholt bewusst, dass das Auge nur aus Holz und bemaltem Leder war.

Nachdem sich der Mann sein Auge wieder in die Höhle gesetzt hatte, schüttelten die beiden Männer sich die Hände. Pankraz war gekommen, um mit Pütrich über das anstehende Zunftmahl zu sprechen und ein Spielchen zu wagen. Der einäugige Meister überwachte im Namen des Herzogs Johann II. nicht nur die Prägung der Münzen, wie Pütrich heimlich Rungholt zuraunte, während Pankraz Guardein die Schachfiguren aufbaute, sondern hatte es die letzten zwanzig Jahre vom äußeren in den inneren Rat Münchens geschafft. Mehrmals fragte der Guardein, ob Rungholt bereits etwas über Beatrijs herausgefunden habe. Rungholt musste verneinen. Er war ein wenig verwundert, wie schnell sich Neuigkeiten in München herumsprachen, bis ihm bewusst wurde, dass Pankraz Guardein als Zunftmeister auch Smidel unter sich hatte. Er war in einen kleinen Kreis von Goldschmieden geraten, allesamt gut betuchte Männer.

6

Über vier Stunden lang befragte Rungholt am nächsten Tag entlang Beatrijs' Weg zwischen Pütrichs Werkstatt und dem Alten Hof die Händler, Bürger und Mönche. Er ging von Laden zu Laden, von Werkstatt zu Werkstatt, aber niemand konnte sich an Beatrijs erinnern oder schien sie am Abend ihres Verschwindens wahrgenommen zu haben. Weder hatten sie jemanden aus Pütrichs Goldschmiede herauskommen sehen noch jemanden auf dem Hinweg erkannt.

Es war, wie Smidel gesagt hatte: Beatrijs war einfach verschwunden.

Rungholts Hintern begann durch das viele Gehen wieder zu bluten, und er spürte den Verband an seiner Haut. In der Nacht war er schreiend erwacht und hatte erst beim erneuten Einschlummern bemerkt, dass er sich Blut von den Umschlägen ins Gesicht geschmiert hatte. Wahrscheinlich hatte er sich besudelt, als ein riesenhafter Löwe ihn aus dem Wald heraus angesprungen hatte.

Um ein wenig zu verschnaufen, suchte er den Schatten einer schmalen Nebengasse des Tals auf. Er hatte sich kaum durch ein hölzernes Drehrad gedrückt, das Fuhrwerke davon abhielt, die bohlenausgeschlagene Gasse zu benutzen, und seine Bruche zurechtgezogen, da traten vier Bettler vor ihn. Sofort bemerkte Rungholt ihre gierigen Blicke. Sie starrten wie angriffslustige Hunde auf seine Beutelchen, die er am Gürtel trug. Nur gut, dass er in der Nacht den größten Teil von Smidels Geld in die Strohkissen von Margots hartem Gästela-

65

ger gestopft hatte. Möglichst unauffällig sah Rungholt sich nach einem Fluchtweg um. Die Gasse war so eng, dass die Häuserdächer sie überschattete. Zerschlagene Weinfässer, die jemand als Brennholz nutzen wollte, lehnten an einem Gatter. Verwinkelte Häuser mit Ecken voller Kot zogen sich im Schatten dahin. Trotz des hellen Tages endeten die Holzbohlen in Finsternis. Erst jetzt bemerkte Rungholt, dass er auf einen langen Holzsteg getreten war, den die Münchner über einen ihrer Bäche gebaut hatten, damit sie zu ihren Häusern gelangen konnten. Unbehaglich sah er auf seine Füße, musterte dann jedoch lieber wieder die Häuser. Niemand blickte aus den schlanken Fensterluken, keine Hausierer boten ihre Waren feil, Rungholt konnte keine Mägde oder Knechte sehen. Er befürchtete, es könne gar eine Sackgasse sein und wollte sich nicht vorstellen, wie er vor den Bettlern durch die kotigen Rinnsale davonlief, nur um an einer nackten Backsteinmauer oder im Bach sein Leben zu verteidigen. Du dummer Kerl, schalt er sich. In Lübeck wärst du niemals in eine solche Gasse abgebogen.

Ein Bettler auf Krücken humpelte mit einem jungen Burschen vor, der nur eine Bruche trug und ansonsten nackt war.

»Was wollt ihr«, herrschte Rungholt die beiden an, ohne die anderen aus den Augen zu lassen. Heimlich tastete Rungholt nach seiner Gnippe. Er mochte die hinterhältige Waffe, die er verdeckt tragen und mit der er blitzschnell zustechen konnte. Das kleine Klappmesser hatte ihm bisher stets gute Dienste geleistet.

Nachdem die beiden sich nicht einig wurden, wer zu sprechen beginnen sollte, zückte Rungholt das Messer offen. »Noch einen Schritt!«, rief er dem Kerl mit den Krücken zu, »und ich steche dir das Auge aus. Wäre nicht das erste Mal. Und ihr anderen – ihr bleibt, wo ihr seid.«

Die beiden sahen unsicher auf Rungholts Klappmesser, verstellten ihm aber dennoch weiterhin den Weg. Hinter den

Bettlern konnte Rungholt im Tageslicht den Pilgerstrom auf der Talstraße sehen. Eine Traube Mägde mit Körben voller Essen ging im goldenen Licht vorüber. Die Frauen lachten. Niemand warf einen Blick zwischen die Häuser.

»Ist … ist … ist gut, Herr.« Der junge Bursche fuchtelte entschuldigend mit den Armen. Der Gestank seiner Bruche ließ Rungholt schlucken. »Sie … sie is' in 'nen Wagen rein.«

Rungholt verstand nicht. Erst als ein weiterer Bettler den Krückenmann beiseitestieß, um dem Burschen beim Sprechen zu helfen, dämmerte Rungholt, dass sie ihn vielleicht doch nicht überfallen wollten. Der stämmige Mann, der eine vor Eiter und Blut schwarz verkrustete Kopfbinde trug, erklärte, dass sie sich bei der Rossschwemme ausgeruht hätten, als sie Beatrijs mit einem Mann gesehen hatten.

»Woher wisst ihr, dass es sie war?«, fragte Rungholt. »Es ist eine Woche her.«

»Ein hübsches Weibsbild mit Rise. Braune Augen, lange blonde Haare und kostbare Kleider. Sie war es gewiss.«

Rungholt blieb skeptisch.

»Das Weib, das Ihr sucht, is' freiwillig in einen Wagen eingestiegen«, beeilte sich der Bettler mit dem Kopfverband zu sagen.

»Freiwillig? Ich dachte, es war ein Mann bei ihr?«

»Und?«, der Bursche zog seine Bruche hoch. »Schinderbein sagt, wie es war. Da war ein Mann, und sie ist mit dem mit.«

»Sie hat sich nicht gewehrt? Hat sie geschrien? Um sich geschlagen?«

»Nee«, der Bettler zupfte an seinem dreckigen Kopfverband herum. »Die hat sich nich' gewehrt, hat die sich nich.«

»Gar nicht?«

»Er hatte sie im Arm«, meinte der Krückenmann. »Sie ist freiwillig eingestiegen, glaubt uns.«

»Im Arm eines Mannes. Hm …«, meinte Rungholt und winkte dem halbnackten Burschen, einen Schritt näher zu treten.

67

»Hatte er sie vielleicht so im Arm?« Mit einem Mal packte Rungholt den überraschten Bettlerjungen und zog ihn zu sich. Blitzschnell drückte er dem Mann seine Gnippe in die Seite. Der Junge schrie auf, konnte sich aber nicht befreien, ohne dass Rungholt ihn ernstlich verletzt hätte. »Wie hat er sie denn umarmt?«

»Herr, bitte. Tut ihm nichts«, mischten sich der stämmige Bettler mit dem Verband und der Krückenmann ein.

»Hat er sie so umarmt? Könnte doch sein? Die eine Hand legt er ihr auf die Schulter oder um die Hüfte, und die andere hält ein Messer? Er war doch nahe bei ihr, oder? So nah? So? So nahe, wie ich dir jetzt bin?« Rungholt stieß den Jungen lachend beiseite. »Ihr lügt doch, ihr Pack. Ihr wollt doch nur mein Geld. Und jetzt geht mir aus den Augen!«

»Wir wollen Geld, natürlich«, entrüstete sich der Bursche und tastete seine Seite ab, ob Rungholt ihn auch nicht verletzt hatte. »Sonst würd'n wir ja nix sagen.« Er kicherte blöde.

Der Krückenmann strich sich seine Haare aus dem Gesicht. »Es kann sein… Ich mein', kann sein, dass der Mann die bedroht hat. Wissen wir nich'. Aber glaubt uns, es war die Frau, und sie ist eingestiegen.«

»Sie ist eingestiegen«, bestätigte auch der Bettler mit dem Kopfverband. »Sie hat sich nicht gewehrt, Herr. Der eine Mann hatte das Weibstück im Arm.«

»Der *eine* Mann?«

Die Bettler verstanden nicht.

»Da war noch ein zweiter Mann?«, wollte Rungholt wissen.

»Ja. Da war noch einer. Der hat auf die beiden am Wagen gewartet, saß schon auf dem Pferd auf. Der hat den Wagen dann auch gelenkt, ist mit dem Gaul vorweg.«

»Alt? Jung?«

»Schwer zu sagen.« Der Bursche kratzte sich an der Bruche und grinste seinen Kumpanen frech zu. Er wollte erst Geld.

68

»Ihr bekommt euer Almosen, wenn ihr mir alles erzählt«, meinte Rungholt.

»Können wir Euch denn trauen«, fragte der Krückenmann. Rungholt lächelte. »Kann ich es denn?«

Einen Moment waren die vier verwirrt und wussten nicht recht, was sie tun sollten. Rungholt half ihnen beim Überlegen, indem er so tat, als wolle er gehen. Er ließ sich seine Angst nicht anmerken und wollte zwischen ihnen einfach hindurch auf die helle Straße.

»Er... er war älter!«, meldete sich hastig der Krückenmann zu Wort.

»Ja, Herr. Älter als der Mann, der sie... sie *umarmt* hat«, warf der Stämmige ein. »Er saß schon auf dem vorgespannten Gaul. Der hatte einen Bart, glaub ich.«

»Nein, Schinderbein! Der Alte hatte 'n Bart. Der aufm Gaul war.«

»Wo ist der Wagen hingefahren?«

»Von der Rossschwemm runter«, ereiferte sich der Bursche. »Losgeprescht ist der. An der Veste lang und ins Tal. Hat fast ein paar Pilger umgefahren.«

»Ins Tal?«

»Die breite Straße. Die zum Isartor führt, Herr.«

»Gut.« Obwohl es Rungholt zuwider war, klappte er seine Gnippe zu und löste einen der Geldbeutel. Er wog ihn in der Hand, damit die Männer es klimpern hören konnten. »Ein alter Mann auf dem Pferd. Und der junge, schlanke Mann, der sie... der sie im Arm hatte?«

»Der war unheimlich. Weiße Haare. Und im Gesicht so ganz... »Der Bursche musste das Wort suchen. »So ganz zerkratzt war der.«

»Zerkratzt?«

»Ja... Nein.« Der Stämmige suchte nach dem richtigen Wort und schob abermals an seinem Kopfverband herum. »Die Haut war rot oder blau. Ja, eher blau. Hier und hier.« Der

Bettler zeigte auf seine linke Wange und dann ein Stück seinen Hals hinab. »Rote Flecken. Als wenn er sich mit 'ner Pferdebürste schrubbt.«

Der Krückenmann und der Bursche lachten blöd. Auch der vierte Bettler, der sich die ganze Zeit ruhig verhalten hatte, musste losprusten. Im Gegensatz zu den anderen dreien fing der Mann sich jedoch nicht wieder, sondern gluckste wie irrsinnig weiter. Mit einem schnellen Schlag hieb der Krückenmann mit seiner Krücke zu.

»Schnauze!«, schrie er viel zu laut.

Rungholt zog das Beutelchen auf und ließ zwei Münzen in seine Hand gleiten. »Du meinst ein Feuermal. Meinst du ein Feuermal?«, fragte er den Mann mit dem Verband. Der überlegte, denn er konnte wohl mit dem Wort nichts anfangen, aber schließlich nickte er.

»War wie bei einem blauen Fleck, aber ich glaub, der Junge hat sich nicht geprügelt. Wenn man's Feuermal nennt, isses wohl eins.«

»Und wie alt war er? Älter als er hier?« Rungholt zeigte auf den halbnackten Burschen.

Erneutes Nicken der Runde.

»Jung. Aber nich' so alt wie Ihr«, gluckste der Bursche und wollte Rungholt doch tatsächlich in den Bauch piken. Ehe es sich der junge Mann versah, hatte er statt der Münzen wieder Rungholts Gnippe vor der Nase.

»Gut«, sagte Rungholt. »Ein Mann, älter als er. Weiße Haare. Feuermal an der linken Wange. Schlank. Eine Frage noch«, zischte er dem Burschen zu. »Du willst sie doch gewiss beantworten… Wie sah der Wagen aus?«

»'n Wagen für Damen, also, äh, nich' für Fässer oder so«, beeilte sich der Bursche zu antworten, und seine Augen sprangen zwischen Messer und Geldbeutel hin und her.

»Ja«, pflichtete der Krückenmann bei. »Lasst den Kurzen, er hat Euch nichts getan.« Er spuckte vor Rungholts Füße.

»Es war ein Kobelwagen mit einem großen Speichenrad. Und an der Seite eine Ente. Oder'n Schwan oder so. Mehr haben wir nicht gesehen.« Murmelnd stimmten die anderen ihrem Freund zu.

»Hm. Ein Vogel also«, knurrte Rungholt. »Betet ein paar Vaterunser für mich.« Mit einer schnellen Bewegung warf er einige Taler in die Gasse, wo sie klimpernd zwischen den Holzbohlen liegen blieben. Wie ausgehungerte Tiere sich auf Kartoffelschalen stürzen, stürzten die Bettler an Rungholt vorbei. Er war kaum ins Tal eingebogen, da hörte er sie bereits lauthals hinter sich um die wenigen Pfennige streiten.

Die Sonne blitzte auf den Schindeln, und nach den Minuten in der dunklen Nebengasse erschien ihm München wie ein helles Paradies. Er atmete durch. Für einen Moment kam ihm die Stadt unter dem blauen Himmel wie das goldene Dorf seiner Kindheit vor. Das Hämmern der Handwerker, das Lachen der Bürger, die Bußgesänge der Pilger und der stete Fluss an bunten Kleidern und neuen Eindrücken – all dies erinnerte ihn an das fröhliche Treiben, dem er als Kind so gerne beigewohnt hatte. An die ersten Jahre seines Lebens in der goldenen Stadt, die längst zur Legende geworden war, weil das Meer all ihre Häuser in der Groten Mandränke gefressen hatte. 1362 war die Flut gekommen und hatte ihm Schwester und seine Eltern entrissen, hatte ihr buckliges Haus hinter dem Deich fortgeschwemmt. Die Stadt seiner Kindheit, Rungholt, hatte er nie mehr besuchen können. Nicht, weil er nicht gewollt hätte, sondern weil es sie nicht mehr gab.

Rungholt wurde vom Pilgerstrom aufgenommen, und die Körper der anderen schoben ihn voran. Im Gegensatz zu gestern beruhigte ihn die Nähe der Menschen, die Enge der Leiber.

Die Julihitze ließ ihn schwer atmen, und der Schweiß brannte in seinen wunden Stellen. Er brauchte über zwanzig Minuten, um die wenigen Meter bis zur Rossschwemme zu gehen. Nicht nur die Menschenmassen, die sich auch im Graggenauer Viertel auf den Füßen standen, sondern vor allem die Stadtbäche machten Rungholt den Weg schwer.

Um über die kaum klafterbreiten, stinkenden Rinnsale zu gelangen, hatte er sich mittlerweile eine List erdacht: Er blieb einfach vor den Brückchen und Stegen stehen, starrte auf seine Schnabelschuhe und ließ sich von der Masse hinüberschieben. Er ließ sich schubsen, bis sich die Menge auf der anderen Seite verlief und er wieder Atem holen konnte.

Wasser in der Stadt war ihm ein Graus, doch nun kam er nicht umhin, sich die Rosschwemme am Hofgraben etwas genauer anzusehen. Es war eine kleine Furt. Ein Stück des Torantsbaches war aufgestaut und mit einem Zaun umfriedet worden, damit nicht jedermann die Schwemme für seine Pferde nutzen konnte. An der Seite der Senke hockten drei Wäscherinnen auf einem Holzsteg und walkten Kleider, während eine Gruppe Knechte gut gelaunt zwei schwere Kaltblüter am Ufer des Baches schrubbte. Eine schmale Holzbrücke führte zu einem prunkvollen Badhaus, das Rungholt mit seinen fröhlichen Farben einladend zuraunte, endlich ein wohlverdientes Bad zu genießen.

Direkt vor einer Mühle füllten ein paar Pilger ihre Wasserschläuche auf. Mit flauem Gefühl beobachtete Rungholt, wie einige Kinder im Wasser des Torantsbaches herumtollten. Obwohl die Flutkatastrophe beinahe dreißig Jahre zurücklag, schauderte ihn der Anblick. Arglose Kinder im Wasser.

»Rungholt?« Eine Stimme riss ihn aus seinen Gedanken. Pankraz Guardein stand unter einem der weißen Leinenbaldachine, die ein Getreidelager überspannten, und redete mit zwei Bütteln. Der einäugige Zunftvorsteher winkte ihn herbei.

»Wie weit seid Ihr mit Euren... Euren Untersuchungen, Hanser? Auf alles schon ein Auge geworfen?« Er lachte über seinen verbrauchten Witz. »Ich habe doch recht, dass Ihr noch immer nach Theos Weib, der Beatrijs, sucht?«

Rungholt nickte und musterte den hageren Mann. Ihm fiel auf, dass Pankraz im Sonnenlicht eine weiße Haut hatte wie Tiere, die nur nachts jagen und kein Tageslicht kennen.

»Wie weit seid ihr? Eine Spur? Irgendetwas Brauchbares gefunden?« Obwohl der Aal ihn herzlich ansah, vermied es Rungholt, ihm zu antworten.

»Nein«, sagte er schließlich. »Aber vielleicht könnt Ihr mir helfen?«

»Ich? Nun… Ich? Wie sollte ich?«

»Nun, Ihr kennt doch Smidel gut. Sehr gut… Bestimmt habt Ihr Beatrijs auch gekannt.«

Es verging ein Moment, bis der Zunftmeister nickte. Der Mann sah sich zur Schwemme um, als suche er nach unliebsamen Zuhörern und schickte die beiden Büttel fort. »Ich kannte sie, ja. Oder sagt man: kenne?« Bevor er weitersprach wartete er, bis die beiden Burschen außer Hörweite waren. »Nun, ich… Ich bin der Zunftmeister, ich bekomme so einiges mit.« Der Guardein ließ seinen Blick über die Mühle und die Pilger mit ihren Wasserschläuchen wandern. Mittlerweile führten die beiden Knechte die Pferde aus dem Seichten. Rungholt entging die Unruhe des Aals nicht. »Wusstet Ihr, dass es ein hübsches Bild von ihr gibt? Von Beatrijs?«

Rungholt verneinte, obwohl er es bereits gesehen hatte.

»Drüben im Spital. In der kleinen Kapelle.« Er strich sich die schwarzen Haare glatt. »Ihr seid doch auch gekommen, um Ablass zu erbitten, Hanser, oder? Geht hin. Dann könnt Ihr gleich die Kirche besuchen und sie Euch ansehen. Die Spitalkirche.«

»Gewiss. Das werde ich tun.« Rungholt setzte sich seine Stegbrille auf und nahm seine Wachstafeln. »Was wisst Ihr nun über Beatrijs? Es kann alles hilfreich sein.«

Pankraz seufzte. Endlich hörte er auf, in die Sonne zu blinzeln und wandte sich Rungholt zu. »Ich wollte gestern bei Pütrich nicht darüber sprechen«, begann er. »Pütrich ist ein sehr guter Freund von Theobald, wisst Ihr? Nun, Euch kann ich es ja sagen, aber ich will kein Gerede unter den Goldschmieden. Pütrich ist neuerdings eh schon eigenartig. Da braucht es nicht noch weibisches Geschnatter.«

»Was meint Ihr?«

»Pütrich? Der ist in letzter Zeit fahrig, verliert im Schach. Er war mal ein guter Spieler, aber nun… Seitdem Beatrijs fort ist, läuft er herum wie ein kopfloses Huhn.«

»Hat er vor irgendetwas Angst?«

Pankraz Guardein rieb sich das tote Auge. »Mag sein«, meinte er schließlich. »Aber vor was sollte er Angst haben? Die Geschäfte laufen gut und…« Er zuckte mit den Achseln. »Mag sein.«

Rungholt notierte sich Pankraz' Worte. Er strich etwas Wachs von der Spitze des Griffels und schärfte sich ein, möglichst bald auch die Aussage der Bettler zu notieren. Die letzten Jahre war sein Kopf löchrig wie ein Sieb geworden, mehr und mehr Erinnerungen tröpfelten heraus und versickerten unwiderruflich. »Und das Geschnatter? Was hat es damit auf sich? Was wolltet Ihr vor Pütrich nicht sagen? So sprecht », forderte er den Guardein auf. »Ich werde schweigen.«

Pankraz Guardein seufzte. Er räusperte sich und zwirbelte seinen Schnurrbart. »Nun… Nun ja…«, begann er und schwieg. In aller Ruhe wischte er sich den Schweiß von der Stirn. »Ich… Ich glaube, dass Beatrijs mit ihrem Geliebten fortgegangen ist.«

»Sie hatte einen Geliebten?«

Pankraz Guardein sah sich um: »Nur eine Vermutung.«

»Und wer soll dieser Mann gewesen sein?« Rungholt griff nach seinen Wachstafeln, schlug diejenigen nach hinten, auf denen noch immer die Rechnung für seinen Heringspreis eingeritzt war, und begann zu schreiben, während Pankraz Guardein erzählte.

»Ich weiß nicht, wer der Mann ist, aber Theobald kam die

letzten Monate zweimal in meine Schreibkammer und wollte, dass ich helfe, Beatrijs zu suchen. Sie hat wohl manchmal behauptet, sie gehe zum Markt, war dort aber nicht. Einmal, das war vor… vor ein paar Wochen, da sind wir ihr nachgegangen, als sie am Abend noch unbedingt zum Göltzenleuchter wollte. Sie hatte sich sogar eines der Ferkel unter den Arm geklemmt. Trotzdem konnte sie uns nicht hinters Licht führen, sage ich Euch. Es war später Abend, und sie will noch zum Kastrierer? Und wenn, hätte sie doch die Magd schicken können.«

Erneut sah sich der Aal nervös um, wobei sein eines Auge wild hin und her sprang, während sein Holzauge nur träge nachkam und der aufgemalte Punkt seiner künstlichen Iris tot zitterte.

»Wir sind ihr nach, der Theobald und ich. Den Rindermarkt runter bis zur Fleischbank. Ende Juni war das. Aber dann haben wir Beatrijs bei der Hochbruck verloren. Nicht weit von hier. Kurz vor dem Isartor, das Tal hinunter. Sie war einfach fort. Wir haben bis zur Matutin gewartet, und als wir nach Hause gekommen sind, wer sitzt da und putzt das Geschirr?«

»Beatrijs.«

»Ohne Ferkel, ja. Hat behauptet, es sei ihr weggelaufen und sie habe es die ganze Zeit mit dem Kastrierer gesucht.« Ein schiefes Grinsen erschien auf Pankraz' Gesicht. »Aber wenn Ihr mich fragt, hat sie's Ferkel verschenkt und statt 'n Schwanz abzuschneiden, hat sie einen wachsen lassen. Ihr wisst schon, Hanser.«

Auch Rungholt lächelte, jedoch mehr aus Gefälligkeit. Ihm war nicht entgangen, dass Pankraz einen deftigeren Ton angeschlagen hatte, wohl um sich bei ihm einzuschmeicheln. Pankraz' gewundene Art ließ Rungholt erneut an einen Aal denken. »Hm«, knurrte Rungholt und notierte sich alles auf seinen Wachstafeln. »Und Ihr wisst nicht, wer der Mann gewesen sein könnte?«

Der Aal schüttelte den Kopf. Er meinte, sonst niemanden bei ihr gesehen zu haben. Ab und an sei Pütrich bei den Smidels gewesen und Utz Bacher natürlich. Rungholt bedankte sich und wollte Pankraz zuerst gar nicht erzählen, dass er von einem Kobelwagen und zwei Männern gehört hatte. Dann tat er es doch. Der Guardein schien nicht überrascht, meinte jedoch, keinen Mann mit Feuermal zu kennen. Er nahm sein Auge heraus, putzte es mit den Fingern ab und versprach, nach dem Kobelwagen Ausschau zu halten, indem er ein paar Büttel ausschickte. Er könne jedoch nicht viel versprechen, weil die Botenjungen und Ordner, die ihm sonst untertan waren, vom Herzog für das Gnadenjahr dem Rumormeister zugewiesen worden waren.

7

Bei der Hochbrücke konnte Rungholt nichts Ungewöhnliches entdecken. Vergeblich fragte er in den Läden nach Beatrijs, wollte wissen, ob jemand im Viertel heimlich Frauenbesuch bekommen habe. Die meisten Antworten waren schallendes Gelächter. Niedergeschlagen folgte er dem Weg des Kobelwagens, den ihm die Bettler verraten hatten.

Die Menge trug ihn das Tal hinab und durch den Zwinger des Isartores. Dann ließ er die beiden mächtigen Türme, die das Tor rechts und links flankierten, hinter sich und trat vor die Stadt, um sich umzusehen. Mehrere Gerüste standen an der Stadtmauer, die erst vor rund fünfzig Jahren mit diesem bulligen Tor und seinem Zwinger fertiggestellt worden war. Auf Leitern besserten Handwerker Steine aus und hievten mit Dreibeinen, die sie auf den Zinnen befestigt hatten, neue Quader empor. Ihre Rufe und Kommandos hallten über die Mauer und die Senke vor der Stadt. Das Land vor dem Tor fiel leicht zur Isar ab. Ein gewundener, breiter Pfad führte zu den umzäunten Bleichwiesen und der Hammerschmiede und schließlich zur Isarbrücke hinab, die auf unzähligen Pfählen mehrere der Isararme überspannte.

In einem steten Reigen drangen die Pilger an Rungholt vorbei und durch das Tor. Ein Reigen aus Wanderern, Kaufleuten und Bauern. Während sich eine Schlange von der Isarbrücke kommend nach München hineinschlängelte, zog eine andere durch das Tor hinaus, an den Bergen aus Holz bei der Floßlände vorüber und weiter in die Welt hinaus.

Einige der Pilger trugen eine Jakobsmuschel an ihrem Hut oder ihren Kutten. Viele von ihnen waren jedoch alles andere als fromme Menschen. Immer häufiger war in den letzten Jahrzehnten das Wallfahrten als Strafe verhängt worden.

Wie viele Diebe und Ehebrecher es wirklich waren, die ihre Hände behalten und durch eine Pilgerfahrt mit unversehrtem Leib einer Strafe entkommen waren, vermochte Rungholt nicht zu sagen.

Neugierig suchte er in den Gesichtern der Fortgehenden nach Zeichen der Erlösung, denn die meisten von ihnen hatten gewiss ihre Lossprechung erhalten. Der Gedanke daran versetzte Rungholt einen Stich. Immerhin stellte er fest, dass ein Großteil von ihnen äußerst ernst dreinsah. Die Angst vor dem beschwerlichen Heimweg hatte die Freude über den Ablass gedämpft oder gänzlich vertrieben. Still gingen sie den Pfad hinunter, ihre Beutel und Kiepen geschultert, den Rücken vor Last gebeugt. Fad zogen sie an den herbeiströmenden Pilgern vorüber, die fröhlich sangen, tanzten oder sich in Vorfreude laut unterhielten.

Der Fluss aus Sündern ergießt sich in die Stadt, schoss es ihm durch den Kopf. Die Sünder tanzen und tuscheln vor freudiger Erwartung, während die Erlösten wie Geknechtete den sakralen Ort verlassen. Es ist wahrlich ein Jubeljahr. Verkehrte Welt, dachte Rungholt.

Rechts und links des sandigen Pfades, der sich zum Isarufer hinabschlängelte, standen Berittene. Alle paar hundert Klafter patrouillierten Armbruster auf Pferden den Weg der Pilger bis hinab zu den Kiesbänken. Sie waren vom Münchner Rat abgestellt worden, um die Pilger zumindest auf der letzten Meile vor aller Unbill zu beschützen.

Rungholt blinzelte in die Sonne. Zwei Armbruster stritten mit einem betrunkenen Bauern, der sich weigerte weiterzugehen. Mit Abscheu erkannte Rungholt, dass die Holzschuhe des Mannes rot vor Blut waren. Ohne zu überlegen schritt Rungholt durch die ankommenden Pilger, drückte drei singende Mädchen beiseite und direkt durch eine Schar Gänse.

»Habt Ihr einen Wagen gesehen?«, rief Rungholt dem Armbruster zu, der mittlerweile abgesessen war, um den pöbelnden Bauern aus dem Tross der Menschen zu ziehen. Der Mann warf seinem Kameraden die Armbrust hoch aufs Pferd, packte den alten Bauern und schleuderte ihn in den Graben.

»Geht weiter«, schrie er Rungholt an, zog seinen Lederpanzer zurecht und kam drohend auf ihn zu. Den Bauern, der stöhnend im Staub liegen geblieben war, hatte er bereits vergessen. Einen Moment lang befürchtete Rungholt, der Hitzkopf könne auch ihn packen oder grundlos schlagen. »Was wollt Ihr?«, rief der Schütze, als er Rungholts edle Schecke erkannte. Es dauerte einen Moment, bis Rungholt dem Mann inmitten der vorbeiziehenden Menge begreiflich machen konnte, dass er nach einem Kobelwagen mit einem Vogel an der Seite suche.

»Ihr sucht einen Wagen?« Der Armbruster lachte. »Hier rollen täglich hunderte rein und raus.« Er ging zurück zu seinem Kaltblüter. »Ich kann Euch nicht helfen.«

»Ist denn kein Wagen aus dem Tor gepresst? Wie auf der Flucht. Letzte Woche? Am Dienstag.«

»Flucht? Kann schon sein, ja.« Der Mann stieg auf. »Letzte Woche hat ein Kobelwagen beinahe drei Pilger überrollt. Wir sind ihm nach, haben aber abgebrochen.« Er spuckte auf den Boden. »Was soll's. Der is' nach Süden.« Der Armbruster zeigte über den Strom von Pilgern, dann weiter südlich die Isar entlang. Rungholt wollte sich bedanken, aber der Mann war schon weitergeritten. Einen Augenblick sah Rungholt dem Schützen nach und versuchte auszumachen, wohin der Armbruster genau gedeutet hatte. Sein Blick suchte zwischen den Menschen den Pfad ab, doch er konnte vor lauter Leibern nichts ausmachen. Er entschied sich, auf einen der Findlinge zu steigen, die man neben den Pfad als Begrenzung gerollt hatte. Neben dem Bauern, der noch winselnd dalag und vergeblich versuchte, sich aufzurichten, trat Rungholt auf den Stein, schirmte mit der Hand die Sonne ab und blickte gen Süden.

Der Himmels war so strahlend hell, als hätte ihn die Sonne ausgebleicht. Der Wald lag dunkel hinter den Äckern. Ein schwarzer Gürtel. Nein, dachte Rungholt, eher ein übergroßes Trauerband.

Etwas Schreckliches ist geschehen.

Ein sanfter Wind hob an und wiegte die Wipfel lautlos am Horizont. Augenblicklich spürte Rungholt, wie sich seine Nackenhaare aufrichteten, denn obwohl er in der Sonne stand, fröstelte ihn. Dieses Wogen der Äste hatte er im Traum schon einmal gesehen. Letzte Nacht. Diese Gischt aus Blättern.

Ein Wald wie die See, dachte er. Genauso dunkel und tückisch. Taucht man tief genug in ihn hinein, so erreicht kein Sonnenstrahl seinen Grund.

8

Mürrisch stocherte Rungholt mit seinem Holzlöffel im Brei herum. Das dünne Mus war ihm ein Graus. Er zerstampfte noch eine weitere Rübe, um das Essen anzudicken. Margot hatte gesagt, es sei Huhn darin, aber er konnte beim besten Willen keines finden. Dazu gab es dunkles Brot, aber dennoch schmeckte alles fad, denn es war nicht gewürzt. Als reicher Kaufmann war Rungholt stärkeren Geschmack gewöhnt. Pfeffer, Honig, Safran, Muskat – er liebte es scharf, deftig.

Der Hunger hatte ihn in die Schmalzgasse getrieben. Erst hatte er überlegt, in einem der Wirtshäuser Halt zu machen oder sich etwas auf die Faust bei einem der Garbreiter zu kaufen, doch er hatte nicht genug Geld bei sich gehabt.

Während er den dünnen Brei aß, musterte er noch einmal seine Tochter. Es gefiel ihm noch immer nicht, wie sie aussah. Margot war ihm nicht dick genug. Viel zu abgemagert und zu blass. Sie hätte das Weib von diesem Aal sein können, dachte er, woraufhin ihm ganz kodderig wurde. Rungholt beschloss, Margots Mann Utz nicht länger aus dem Weg zu gehen und mit ihm ein ernstes Wörtchen zu reden. Lustlos aß er einen weiteren Löffel und fragte Margot geradeheraus, ob Beatrijs einen Liebhaber gehabt haben könne?

»Beatrijs? Nein«, entgegnete Margot sofort. »Beatrijs eine Ehebrecherin? Nein.«

»Und wenn sie tatsächlich einfach fortgereist ist?«

»Sie wäre niemals ohne Imel gegangen.«

»Ach? Ich dachte, sie sei wegen ihm fort… Dieses Kind ist eine Plage.«

Margot musste lachen, und Rungholt fiel mit ein. Es war das erste Mal, seitdem er in München war, dass er seine Tochter lachen hörte.

»Schmeckt es?« Sie schob eine Katze beiseite, die ihr um

die Beine geschlichen war, und hielt Rungholt den Knust eines alten Brotes hin. Rungholt knurrte, nickte aber artig.

Nach Margots Mus war das Essen, das Smidels Mägde Rungholt reichten, eine wahre Wohltat. Er glaubte zwar nicht wirklich, dass Beatrijs ihren Jungen einfach verlassen hatte, aber er wollte dennoch der Überlegung eines Liebhabers und damit einer übereilten, freiwilligen Abreise nachgehen. Die letzte Stunde hatte er Smidels Mägde, Vroni und Klara, damit auf Trab gehalten, ihm Beatrijs' Schuhe und ihren Schmuck zu bringen. Jetzt standen auf dem Tisch, an dem Smidel gestern Rungholt bewirtet hatte, Beatrijs' halbhohe Stiefel, ihre modischen Poulaines mit langem Schnabel und ihre Riemenschühchen.

»Es fehlen keine? Hat sie vielleicht ein Paar eingesteckt?«

Verschüchtert verneinte Vroni, die junge Magd. Bei Rungholts Kommen war es in Smidels großem Haus am Rindermarkt ungewöhnlich ruhig gewesen. Weder konnte Rungholt den Jungen spielen hören, noch sah er irgendwelche Knechte arbeiten. Angeblich war Smidel mit einem seiner Burschen zum Alten Hof aufgebrochen. Laut den beiden Mägden, die das Haus hüteten, hatte er schwere Pergamentbücher voller Goldschmiedestudien und sein übliches Gerät mitgenommen. Hatte er nicht gesagt, er könne nicht mehr arbeiten? Rungholt jedenfalls hatte in seiner Werkstatt nachsehen wollen, doch Klara hatte ihm den Weg versperrt. Sie habe Weisung, niemanden hineinzulassen, hatte die alte Magd gefaucht. Normalerweise wäre Rungholt die Frau angegangen, was sie sich einbilde, einem Lübecker Ratsmitglied den Weg zu verwehren, doch dies war nicht Lübeck, und dies war nicht sein Haus.

Er hatte es gut sein lassen, zumal er durch das Herumgelaufe und Befragen der Münchner zu erschöpft gewesen war, um sich aufzuregen. Die beiden Frauen hatten ihn leicht mit Rotwein, Brot und Schmalz beschwichtigen können.

Er hielt einen der Riemenschuhe, der ein aufwendiges Muster zeigte und durch fein ausgearbeitete Schnallen verschlossen wurde, ins Licht der Butzenfenster. Der Schuh passte beinahe auf seine ausgestreckte Hand. Während die Halbschuhe und flachen Stiefel aus Rindsleder gefertigt und, wie Rungholt an den Druckstellen sehen konnte, wohl stets von Trippen geschützt worden waren, bestanden die Riemenschuhe aus weichem Kalbsleder, das durch Sumachpulver grün gefärbt war. Sie waren mit Stoff bestickt und hatten bestes Seidenfutter. Die Schuhe einer Königin, stellte Rungholt anerkennend fest. Sie hatte zierliche Füße, dachte Rungholt und berichtigte sich sogleich: Sie *hat* zierliche Füße.

»Und der Schmuck«, fragte er. »Fehlt dort etwas?« Die beiden Mägde sahen sich an, nicht wissend, ob sie dem Fremden aus dem Norden auch den Schmuck zeigen sollten. Schließlich jedoch verschwand Klara und kam mit einer verzierten Schatulle zurück.

Allerlei prächtige Goldringe, Armreife und Halsketten lagen darin. Neidisch stellte Rungholt fest, dass Beatrijs doppelt so viel Schmuck wie sein eigenes Weib besaß.

»Ich habe alles durchgesehen, Herr«, meinte Klara. »Es fehlt nur, was sie an dem Tage trug, als sie verschwand.«

Rungholt nickte und trank noch einen Schluck. Der Rotwein schmeckte rauchig, zart nach Holz. »Hast du oben auch wirklich alles durchsucht? Die Truhen, die Ecken, wo ihr Weiber eure Sachen liegen lasst?« Er wandte sich an die junge Magd. »Vroni, fehlt auch wirklich kein Kleidungsstück?«

»Meint Ihr, sie soll es eingepackt haben?« Vroni schüttelte den Kopf. »Es fehlt nichts.«

Er wollte sich noch ein Glas Rotwein einfüllen, aber Klara tat, als habe sie es nicht gesehen und nahm den Krug vom Tisch. Sie ging zur Feuerstelle hinüber. »Sie hat kein Kleid mitgenommen, Herr«, wandte die Alte ein. »Soweit ich das

überschauen kann, heißt das natürlich. Ich bin auch erst seit
fünfzehn Jahren in diesem Hause.«

»Natürlich.« Rungholt schenkte ihr einen missmutigen
Blick. Er entschied sich, nicht auf den schnippischen Kom-
mentar einzugehen und auch nicht nach dem Wein zu fragen.
»Kann ich die Truhe selbst sehen?«

Klara musterte Rungholt abfällig und streng, doch dann lächelte sie und meinte: »Selbstverständlich.«

Die Alte ging voraus, während Vroni nach Imel sah. Rungholt stand auf, zögerte aber mit einem Mal, ebenfalls hinaus-
zugehen, denn sein Blick war noch einmal in das Schmuck-
kästchen gefallen. In dem Durcheinander aus Ringen, Spangen
und Schapels lag eine Tassel mit einem Edelstein. In ihm war
Beatrijs' Gesicht als Relief eingeschliffen. Aus einem unbe-
stimmten Zwang heraus steckte Rungholt die Kamee ein. Er
konnte nicht sagen, weswegen er sie schnell in einen seiner
Beutel fallen ließ, denn stehlen wollte er sie nicht.

Im Schlafgemach roch es nach Gewürzen und Öl. Der Raum
war ungewöhnlich hell, die Stoffe des Himmelbetts kostbar.
Nachdem die alte Magd einen Schlüssel geholt hatte, öffnete
sie für Rungholt die Truhe ihrer Herrin.

Das Ungetüm aus schwerem Holz war gut gefüllt. Kleider aller Art stapelten sich neben Bettzeug und Spielsachen für Imel.
Die Kleider waren aus feinem Stoff, wie Rungholt bemerkte,
als er ein rotes Surcot hochhob und vor das Fenster hielt. Die
Seide war hauchdünn. Rungholt musterte es, indem er es sich
nah unter die Nase hielt, weil er seine Brille bei Margot vergessen hatte. Eigentlich hatte er nur den Stoff begutachten wollen,
nun jedoch konnte er Beatrijs riechen. Ein feiner und frischer
Zitrusduft von Melisse. Kaum wahrnehmbar, ließ er Rungholt
gerade deswegen einen Schauer über den Rücken laufen.

Noch vor wenigen Tagen hat Beatrijs diese Kleider getragen,
dachte Rungholt. Ihr Geruch ist wie ein Schatten, der geister-
haft auf die Wand fällt, obwohl sie längst gegangen ist.

Etwas Schreckliches ist geschehen…

Die Alte beäugte Rungholt misstrauisch. Er spürte, wie ihm die Schamesröte ins Gesicht schoss. Wie ertappt stand er da, während er in den feinen Kleidern einer Unbekannten wühlte. Mit einem Brummen warf er das Seidensurcot zurück in die Truhe.

»Geht bitte alle Sachen durch und sagt mir, ob etwas fehlt«, wies er die Magd an und wollte wieder hinunter, um noch ein Schmalzbrot zu essen und seine Wachstafeln durchzugehen, doch am Türstock rannte die junge Magd in ihn hinein. Sie entschuldigte sich außer Atem.

»Kommt! Bitte kommt! Der Imel«, stammelte sie und wollte unmanierlich nach Rungholts Arm greifen. Herrisch zog er ihn weg, sah dann jedoch die Angst in den Augen der jungen Magd.

»Was ist denn?«, fragte er.

»Das Kind. Der Imel. Er will nicht vom Dach runter!«

Die Dachluke war für Rungholts massigen Körper zu klein. Obwohl er sich bis auf das Surcot auszog, wollte er nicht hindurchpassen. Hilflos stand die junge Magd draußen auf den Schindeln und starrte den halbnackten Rungholt an.

»Nun pack endlich zu«, belferte Rungholt. »Verflucht! Du dumme Göre. Greif meine Arme!«

Das Mädchen traute sich nicht recht, den schreienden Fleischberg anzufassen und wandte sich stattdessen immer ängstlicher zu Imel um, der unweit der Traufe stand. Er weinte still vor sich hin und starrte auf die Dächer der anderen Häuser. Jeden Moment bereit, einen letzten Schritt zu tun und sich zwischen die Pilger und Pferdewagen zu stürzen.

»Du reißt mir die Arme schon nicht ab«, rief Rungholt. »Zieh mich durch, du unnützes Stück. Nun los.«

Endlich tat die Magd wie befohlen, musste sich aber mit einem Fuß gegen den Rahmen der Luke abstemmen, um Rungholt wie einen Korken endlich nach draußen zu ziehen. Rungholts Surcot riss, und ihm wurden die Beinlinge heruntergezerrt. Stöhnend landete er auf den Schindeln und konnte die Alte vom Dachboden aus höhnisch lachen hören.

Keine Zeit, sie anzublaffen.

»Imel!«, rief er, aber der Junge drehte sich nicht um. »Du raubst mir den Verstand, du Stiefel!« Zischend drückte sich Rungholt an der Magd vorbei. Er zog seine Beinlinge so gut es ging hoch und tastete sich über die schiefen Schindeln vor, die unter seinem Gewicht knackten.

»Nur Wolken im Schädel! Döskopp, verfluchter. Geh von der Kante weg, du Ochse.« Rungholt war sich nicht sicher, ob der Junge ihn vor lauter Geschluchze überhaupt hörte. »Mach keinen Ärger, ja? Einmal nur keinen Ärger, verstanden, Imel?«

»Wo ist Mutter? Sie muss irgendwo da unten sein.« Endlich reagierte der Junge und drehte sich zu Rungholt um. Er hatte eines seiner Pferdchen in der linken und einen Weidenstock in der rechten. Seine Wangen waren rot vom Weinen, und obwohl kein Wind ging, waren seine Haare zerzaust.

Nur zögernd trat Rungholt näher, weil Imel schon nach wenigen Schritten weiter zur Traufe zurückwich. »Verflucht! Junge … Ganz vorsichtig«, versuchte es Rungholt leiser. Wenn ich dich erwische, zürnte er, dann prügle ich dich windelweich, dass du so schlecht sitzen kannst wie ich. Du … Rungholt versuchte, sich zu beruhigen. »Ist gut. Ist gut«, beschwichtige er den Knirps schließlich und wischte sich den Speichel vom Kinn. »Ich tu dir nichts. Wirklich. Ist gut.«

Er hob die Hände um Imel zu zeigen, dass er nichts Gemeines vorhatte, dann überlegte er, was er tun könne, um den Jungen nicht noch weiter zu verstören. Rungholt entschied sich für eine List, die auch bei seinen Töchtern stets geglückt war: Er würde so tun, als interessiere er sich nicht für die Gefahr oder Imel. Es war doch das Gewöhnlichste von der Welt, auf einem Dach in der Sonne zu schmoren und zu flennen.

Rungholt setzte sich einfach, obwohl es dauerte, bis er seinen wuchtigen Körper auf die Schindeln gezwungen hatte, doch dann streckte er trotz Schmerzen die Beine aus und genoss still die Aussicht.

»Gut«, meinte er. »Wenn du nicht runterkommen willst, bleib ich hier. Wird ein bisschen hart, wenn wir hier schlafen müssen, aber was soll's? Nicht, Imel?«

Skeptisch sah der Junge Rungholt an. Schließlich nickte er schüchtern.

»Viel härter als mein Alkoven«, antwortete er und nickte sich selbst zu.

»Genau.« Rungholt klopfte auffordernd neben sich. »Ist schön hier. Man kann ganz München sehen.«

Tatsächlich ließ sich Imel, nachdem er gründlich darüber nachgedacht und mit seinen verweinten Kulleraugen erst Rungholt, dann die junge Magd an der Luke und schließlich halb München abschätzig gemustert hatte, neben Rungholt nieder. Vroni, die zu ihnen kommen wollte, schenkte Rungholt einen strengen Blick und nickte ihr zu hineinzugehen,

Stumm saßen die beiden nebeneinander. Der Junge reichte Rungholt gerade einmal bis zur Brust und war nur ein schmaler Schatten hinter Rungholts Bauch. Wie Angler auf einen See blicken, sahen sie über München hinweg. Nur dass Imel der Fisch war, der angebissen hatte.

»Du wolltest da doch nicht runterspringen, oder?«, fragte Rungholt den Jungen schließlich.

»Ich wollt sehen, ob ich die Mutter entdecken kann.«

Rungholt brummte.

»Das ist alles klein von hier oben«, sagte der Junge zu sich selbst. »Da kann man viel sehen.« Imel nickte sich erneut selbst zu, und Rungholt musste schmunzeln.

»Und wenn sie im Himmel ist, den kann man von hier auch gut sehen. Aber ich finde sie nicht. Ist da nicht. Mutter ist nicht im Himmel.«

Rungholt antwortete nicht. »Sag mal, Imel«, begann er. »Hat sich deine Mutter die letzten Tage mit jemandem getroffen?« Der Junge verstand nicht. »Einem Mann?«, erklärte Rungholt.

»Wann? Nee. Warum?«

»Na, vielleicht haben sich dein Vater und deine Mutter häufiger gestritten, und deine Mutter hat mal über wen gesprochen? Jemanden von den kleinen Leuten da unten.« Rungholt wies auf die Straßen. Wie Schwärme kleiner Quallen trieben die Menschen in den Gassen dahin. Von hier oben kam es Rungholt vor, als hätten sie keine Kraft, sondern seien lediglich den Gezeiten ausgeliefert.

»Die haben oft gestritten. Mutter und Vater.«

Rungholt horchte auf.

»Die letzten Wochen. Da hat die Mutter viel vom Mond gesprochen und seinem silbernen Licht. Und viel über die Sonne.«

»Und darüber haben sie gestritten?«

»Vater wollte nicht, dass sie über so was spricht. Über Allmerie.«

»Allmerie?« Rungholt warf dem Jungen einen fragenden Blick zu, aber der wiederholte nur entschlossener: »Allmerie.«

Endlich begriff Rungholt. »Du meinst Alchemie?«

Mürrisch zuckte Imel mit den Achseln. Dann sah er Rungholt frech an: »Weiß ich doch nich'. Bin doch 'n Kind.«

Er wischte sich die Tränen weg.

»Aber du musst doch gehört haben, was die beiden gesprochen haben.«

Imel zuckte mit den Achseln. Geduldig wartete Rungholt, dass der Junge weitersprach. »Vater hat was gemacht, und Mama hat's ihm weggenommen. Und geschimpft, dass Vater gar nicht gut arbeitet. Ich bin mal wachgeworden, da stand Mutter in der Werkstatt und hat Vaters Arbeit gemacht.«

»Das konnte sie?«

Imel stemmte die Arme in die Hüften. »Natürlich. Meine Mutter hat's mir beigebracht.«

»Was? Das Goldschmieden? Deine Mutter?«

Imel nickte. »Meine Mutter ist schlau. Meine Mutter weiß viel.« Er zog eine abgegriffene Fibel aus einem Beutelchen, den er um den Hals trug. Die Spange war aus preiswertem Knochen. Kein Gold, kein Silber. Dennoch war sie hübsch. Sie hatte die Form eines springenden Löwen im Profil, war jedoch in der Mitte gebrochen. Der Kopf des Löwen war eindeutig von Kinderhand gefertigt worden.

»Den hab ich selbst gemacht ... Guck mal, der hat Zähne!« Imel begann, wie ein kleiner Löwe zu brüllen, und biss Rungholt spielerisch mit dem Köpfchen. Er nahm ihm die Fibel behutsam aus der Hand und sah sie sich an.

Auch wenn es stimmte, dass sich Beatrijs mit ihrem Mann gestritten hatte, so glaubte Rungholt nicht, dass sie freiwillig fortgegangen war. Bestimmt hätte sie Imel mitgenommen, wenn sie mit ihrem Liebhaber ...

»Bestimmt haben sie sie aufgefressen«, meinte Imel plötzlich und sah am Lugerturm vorbei über die Isar.

»Aufgefr ... Wer soll sie denn aufgefressen haben?«

»Na, die Menschenfresser mit ihren Löwen.«

»Menschenfresser?«

»Im Wald!« Imel wollte aufstehen, um es Rungholt zu zeigen, doch der zog den Jungen zurück auf den Hintern. »Da drüben!«, sagte Imel und deutete über die Dächer auf das dunkle Baumband, das grüne Meer, das Rungholt heute Morgen bereits angestarrt hatte.

»Es gibt keine Menschenfresser«, meinte Rungholt, musste jedoch an die haarigen Männer denken, die angeblich vor Lübeck in den Wäldern lebten. An die Wilden, die es mit den Wölfen trieben und Frauen entführten, um sie zu essen. Die Slawen. Die bösen Dämonen, die Heiden und Seelenfresser, die ...

»Es gibt die wohl!«, schnaufte Imel, und seine gespielte Entrüstung wandelte sich in erneute Trauer und in Wut. Tränen rollten seine Kinderwangen hinab. »Ich hab's doch gehört! Ich hab's gehört!«, sagte er immer wieder und zeigte auf den Wald. »Sie haben Mutter geholt und in den Wald geschleppt. Es gibt böse Geister da im Wald. Ich habs gehört. Sie entführen alle und fressen sie auf.«

»Imel, es gibt keine …«

»Wohl! Es sind schon viele weg. Auf der Straße. Das hat auch der Pankraz gesagt. Und der Püttenrich …«

»Pütrich.«

»Püttenrich hat gesagt, die haben Knochen gefunden. Gestern. Im Wald. Im Wald drin!«

»Sssssscht«, beruhigte Rungholt den Jungen. »Ist schon gut.«

»Sie haben sie aufgefressen«, schrie Imel. »Ich hab's gehört!« Mit einem Satz war er aufgesprungen. Rungholt rief, er solle sich wieder setzen, aber Imel dachte gar nicht daran. Mit zwei Hüpfern war er wieder an der Traufe, während Rungholt noch immer umständlich versuchte, auf die Knie zu kommen und dann aufzustehen.

»Hilf mir mal auf«, versuchte er den Jungen erneut zu locken, aber Imel hörte nicht. Er trat auf die letzte Schindel vor dem Abgrund und schrie immerzu, dass Beatrijs gefressen worden sei.

Endlich gelang es Rungholt aufzustehen. Er nutzte den Wutanfall des Jungen, um sich anzuschleichen. Ohne zu zögern, packte er den Jungen am Arm und zog den schreienden Jungen übers Dach zur Luke, aber Imel wehrte sich mit Händen und Füßen. Er kratzte, rief und trat.

»Aufhören«, zischte Rungholt. »Hörst du! Du sollst aufhören.« Rungholt griff fester zu, da biss der Bursche zu.

Ohne Hemmungen schlug Imel seine Zähne in Rungholts Linke. Rungholt schrie vor Schmerz, zog seine Hand zurück und riss sie sich etwas auf. Dieser … dieser Rotz hatte versucht, seine Pranke zu fressen! Speichel lief ihm aus dem Mund, so wütend war er. Mit einer schnellen Bewegung griff er mit der verletzten Hand erneut zu, diesmal brutal. Er riss Imel an den Haaren herum, achtete nicht auf das Keifen und weibische Beißen. »Du kommst jetzt mit! Du... Hör auf. Hör endlich... Imel! Ich werde dir die Knute... Ich...«

Obwohl Rungholt beinahe das Vierfache wog, musste er den Jungen trotzdem loslassen. Unmöglich, ihn hinter sich herzuziehen, ohne nicht selbst durch die Schindeln zu brechen oder abzurutschen. Imel rannte fort, huschte an der Magd vorbei und schlüpft durch die Dachluke. Rungholt blieb zurück. »Du verfluchter...«, stieß er keuchend hervor. Nach Luft japsend blickte er die junge Magd an, dann auf die Dächer Münchens und schließlich in die Gasse am Rindermarkt. Er starrte eine ganze Zeit auf die hingeworfenen Gehsteine und vorüberziehenden Pilger, bevor ihm ein Mann auffiel, der langsam die Gasse heruntergeritten kam.

»Marek?«, sprach er mit sich selbst, bevor er aufgeregt an die Traufe trat und beinahe gestürzt wäre. Mit einem Aufschrei fing er sich, ruderte mit den Armen und rief dann so laut er konnte. »Marek!«

Er war es tatsächlich. Was immer sein Kapitän in München tat, Rungholt war glücklich, ihn so weitab vom Kurs zu sehen.

9

»Der Schonenhandel wurde eingestellt.« Marek Bølge kratzte sich die vernarbten, von Schiffstauen aufgeriebenen Oberarme. »Die haben den Handel untersagt. Die meisten Koggen liegen in Lübeck unnütz im Hafen. Sag ich dir.«

Rungholt verschluckte sich. Wein rann ihm das Kinn hinab.

»Den ganzen Handel? Bis rauf nach Visby?«, fragte er unter Husten. »Du scherzt, Marek.«

»Ich wünschte, es wär so, Rungholt.«

Brummend wischte sich Rungholt den Mund. Die beiden hatten sich in die Taubenstube zurückgezogen. Die Kneipe war kaum größer als Smidels Diele und hatte nur drei langgestreckte Tische. In der Mitte hatte der Wirt eine offene Feuerstelle gemauert, über der sich ein Schwein drehte. Weil es keinen Abzug gab, waren die Wände und vor allem die Decke schwarz vor Ruß. Der Geruch von Gebratenem lag in der schwülen Juliluft und mischte sich mit dem Gestank von verkohltem Holz. Der Rauch ließ Rungholts Augen tränen. Nur weil es kaum etwas kostete, hatte er sich die einzige Kammer im Obergeschoss gemietet. Seinen Schlafplatz bei Margot hatte er Marek vermacht, und auch wenn er nicht hätte sagen können, welcher Schlafplatz besser war, war er froh, nicht mehr so nah bei seinem Schwiegersohn und seiner Tochter zu sein. Das Gästezimmer stank fürchterlich, weil der Rauch von unten durch die Dielen zog. Immerhin hatte das Zimmerchen einen kleinen Alkoven und einen Schemel und im Gegensatz zu Margots Dachkammer sogar ein bespanntes Fenster.

»Die haben den ganzen Handel nach Schonen wegen der Vitalienbrüder eingestellt. Du glaubst nicht, was in Lübeck los ist, Rungholt.« Marek bestellte, während Rungholt eine Ente in einer groben Holzdaube hingeschoben bekam. Ohne auf Marek zu warten, begann Rungholt, ihr die Haut abzuziehen.

»Die Vitalier beherrschen die ganze westliche Ostsee, den ganzen Öresund. Die fahren dort herum, als gehöre ihnen die See. Kannst du mir ruhig glauben. Wir können nicht mehr unbehelligt segeln. Jakobs Kogge haben sie vor Malmö abgebrannt, die Besatzung aufgehängt. Wie Schweinehälften. Möge ihnen die Haut abgezogen werden, diesen Hurensöhnen von Vitalienbrüdern. Malmö ist dicht, da ist kein Hinkommen, Rungholt. Sag ich dir.«

Knurrend nagte Rungholt einen letzten Fitzel vom Knochen und warf das Entenbein zurück. »Die verfluchten Schweden bleiben auf ihrem Hering sitzen, und die Lüneburger auf ihrem Salz.« Er leckte sich die dreckigen Finger ab. Seine rechte Hand begann zu jucken. Vor zwei Jahren hatte ein Feuer seinen Handrücken verbrannt. Wenn er ihn nicht mit Stutenmilch einrieb, wurde er rau. »Kein Heringshandel, kein Geld. Wir verdienen nicht mehr einen Pfennig.« Kopfschüttelnd biss er ab. Die grobe Würze aus Honig und Senf löste ein wahres Freudenfest auf Rungholts Gaumen aus. Gott, betete er, möge ich nicht in München verhungern, sondern wohlbeleibt nach Lübeck zurückkehren. Möge die Blockade der Vitalienbrüder schnell vorüber sein. Ohne Überleitung fragte er: »Wie viel?«

»Was?«

»Wie viel hat sie dir in den Schlund geworfen, damit du mir die schlechte Nachricht überbringst?«

»Wer«, fragte Marek. »Alheyd?«

»Wer sonst? Wer sonst hätte voller Sorge meinen Kapitän durch die halbe Welt geschickt, anstatt einen Boten, hm?« Er blickte den jungen Schonen an. Im flackernd Licht der Feuerstelle wirkte es, als bewege Marek ständig den Kopf, und als Rungholt sich umsah, meinte er, überall hektisches Treiben zu erkennen, doch es waren nur die Schatten, die an Wand und Decke spielten. Er wollte sich einen Schluck Wein nachfüllen, entschied sich jedoch dagegen. Statt des Bechers setzte er gleich den Weinkrug an die Lippen. Mit mehreren großen Schlucken hatte er ihn geleert.

Marek wollte es ihm gleichtun, setzte aber schon nach dem ersten Schluck sein Bier angewidert ab. »Teufel auch«, meinte er. »Was trinken die hier? Pferdepisse?«

»Nimm lieber Wein. Die Münchner können nicht brauen.« Rungholt beugte sich vor und flüsterte: »Sie kacken und schiffen in ihren Bach, und zwei Meter weiter nimmt's der Brauer zum Biermachen.«

92

Marek bekreuzigte sich. »Beim Klabautermann! Dein Ernst?«

»Ihnen schmeckt's aber.« Lächelnd nickte Rungholt zu einem Münchner Handwerker, einem Glatzkopf mit rundem Schädel und roten Bäckchen, der zufrieden an seinem Bier nippte. Marek bekreuzigte sich abermals, woraufhin Rungholt lauthals lachen musste. »Nimm den Wein. Die bauen ihn an der Donau an und an der Isar. Haben schon die Römer getan. Er ist gut.«

Ohne zu zögern bedeutete Marek dem Wirt, gefälligst Wein zu bringen.

»Also, wie viel?«, nahm Rungholt den Faden wieder auf.

»Lass mal rechnen. Also… Also, sie hat mir die Witten aus dem Kännchen über dem Herd gegeben und…« Marek brach ab. »Das geht dich doch gar nichts an, mein ich.«

»Was?«

»Geht dich nichts an. Das war ein Geschäft mit deinem Eheweib.«

»Marek«, drohte Rungholt. »Hüte dein Schandmaul.« Rungholt ließ seine Faust so heftig auf den Tisch knallen, dass Marek vor Schreck zusammenfuhr. »Es ist *mein* Weib. Was immer die kauft, es ist *mein* Geld! Und du bist *mein* Kapitän, verflucht noch eins. Reicht schon, dass du mir ständig die Haare vom Kopf frisst! Du solltest längst vor Visby liegen und meine Fässer mit Stockfisch füllen, Blockade hin oder her!«

Marek stichelte lieber nicht weiter, sondern setzte ein ernstes Gesicht auf. »Also…«, begann er entschuldigend. »Ich wusste ja nicht, dass Alheyd nicht gedurft hat, mein ich. Und ich sag dir, ich hab's Geld nicht auf die Straße geworfen.«

Unwirsch wischte Rungholt die Antwort seines Kapitäns beiseite. »Was du mit meinem ganzen Geld anstellst, möchte ich gern mal wissen… Bist du hungrig?«

Abschätzend blickte Marek Rungholt an. Er kannte ihn zu lange, um nicht eine Finte zu ahnen. Er bejahte zögernd. »Das letzte Essen war die Morgensuppe. Bei einem Bauernhof draußen, vor der Stadt.«

»Gut.« Rungholt schob Marek die zerrupften Überreste der Ente hin. »Hier. Bedien dich. Nicht, dass du noch ein eigenes Essen auf meine Rechung bestellst. Oder du nimmst Alheyds Geld.«

Marek ließ sich nicht reizen, sondern bedankte sich sehr artig und langte zu. Seinen Freund mampfend bei sich zu wissen, zauberte ein Lächeln auf Rungholts Lippen. Doch ein vollkommen wohliges Gefühl wollte sich nicht einstellen. Er redete sich ein, dass es gut war, einen Freund um sich zu wissen, ein Stück Heimat in der Fremde. Aber wenn Marek diesen Weg auf sich genommen hatte, stand es in Lübeck wahrlich schlecht. Und Alheyd hatte ihm bestimmt ein Vermögen bezahlt. Wie hätte sie wissen können, dass es ihr letztes Geld war, das sie besaßen? Mit einem Mal verlor Rungholt jeden Appetit, er sah sich bei Algheri, diesem ekligen Halsabschneider von Bankier, sitzen. Muss ich bald niederknien und in Algheris finsterem Loch von Schreibstube um Geld betteln, indem ich diesem Blutsauger die schwieligen Füße küsse?

»Wenn sie den Schonenhandel geschlossen haben, weißt du… Weißt du, was das heißt?« Ungeduldig winkte Rungholt dem Wirt, endlich mit dem Krug zu kommen, doch der schmächtige Kerl war damit beschäftigt, ein neues Weinfass anzustechen. Die hektischen Schatten der Gäste hatten sich beruhigt, aber Rungholt schien es, als hätten sie sich über ihm an der Decke gesammelt. Bereit zum Sprung.

»Alles in Ordnung mit dir?«, fragte Marek.

»Wir brauchen ein Fass Salz, um zehn Fässer Butter oder vier Fässer Hering haltbar zu machen. Durch Lübeck gehen jährlich hunderttausende Fässer Hering. Die ganze verfluchte Stadt ist auf Heringsfässern gebaut, Marek. Wir geben der halben Welt was zu fressen. Wenn das Salz nicht zum Hering kommt, dann schnellen die Preise in die Höhe…«

Marek versuchte, noch einen letzten Tropfen aus dem Krug in seinen Becher zu bekommen. »Wir werden hungern.«

»Hm«, brummte Rungholt zustimmend. »Es wird eine Hungersnot geben. In Lübeck, Wismar, Rostock…«

»Na, aber für dich bestimmt nicht, Rungholt. Du bist steinreich, du kannst genug Fässer einlagern und notfalls von deinen Waren leben. Sicher hat Alheyd schon begonnen, ein bisschen zu horten. Wo hast du deine Fässer eigentlich? Du wolltest doch welche…«

»Im Keller bei Margot. Ich hatte noch nicht die Zeit, einen Käufer zu finden.«

»Wegen der Absolution?«

»Wegen der Lossprechung, ja.« Endlich schob der Wirt ihnen einen neuen Krug hin. Nachdem er sich entschlossen hatte, nach München zu pilgern, hatte er Marek, seinen Freund und Kapitän, befohlen, Klarschiff zu machen und mit seiner Kogge nach Gotland zu segeln, während er selbst sechs Fässer Hering mitnehmen wollte. *Hering*, dachte Rungholt verbittert und beschloss, sich restlos zu betrinken. »Bring gleich einen zweiten Krug«, knurrte Rungholt und fluchte, als der Wirt sich erneut seinem Ferkel widmete, anstatt Wein abzufüllen. Rungholt betrachtete wieder die Armee der Schatten an der Decke. Sie sprangen hin und her, wild und beängstigend.

»Ich bin pleite, Marek«, murmelte Rungholt schließlich. »Ich hab Alheyd noch nichts gesagt, aber wir haben kaum noch Geld.« Marek brauchte einen Moment, um zu begreifen, dass es Rungholt ernst war und keine neue Taktik beim Feilschen. Der Kapitän wollte nachfragen, nickte aber schließlich bloß. Schweigen breitete sich zwischen ihnen aus. Immerhin war die Stille nicht unangenehm.

Nachdem die beiden zwei weitere Krüge geleert hatten,

konnte Rungholt nur noch benebelt seinem Freund und Kapitän lauschen, der in einem fort von Lübeck und der missglückten Überfahrt nach Visby erzählte und Rungholt mit Seemannsgarn aufheitern wollte. Der geschwätzige Schone redete unablässig, selbst einige der Gäste sahen sich nach den beiden um, wohl um nachzuschauen, wo der Mann seinen Atem hernahm.

Mit vom Alkohol geröteten Wangen hörte Rungholt zu und war doch weit weg. Er war irgendwo in den Häfen von London oder Brügge, wohin er seinen Schwiegersohn Daniel geschickt hatte, um neue Handelsrouten aufzutun. Möge Gott wenigstens ihm Erfolg schenken, dachte Rungholt und knackte mit den Zähnen den Knorpel seines Entenbeins. Wenn ich nicht mehr mit Hering oder Salz handeln kann, muss ich mich auf Metall stürzen oder auf Tuch aus Flandern. Er lutschte das Mark und dachte: Ich bin ein schlechter Kaufmann. Ruiniere mich, weil ich zu gierig bin und Bier brauen will, wo ich mich nur aufs Biersaufen verstehe, und schicke meinen Schwiegersohn monatelang fort, obwohl ich ihn viel besser in Lübeck brauchen kann. Und ein schlechter Christ bin ich außerdem.

Gott bewahre mich, möge er mir meine Fehltritte und Sünden verzeihen.

10

In der Nacht klopfte es an Rungholts Kammertür. Abermals brauchte er einen Moment, um sich zu orientieren. Sein alkoholmatter Schädel bleichte die vom Mondlicht gedämpften Kanten von Bett, Schemel und Tür zu einem nebeligen Schummer.

»Herein«, versuchte er zu antworten, jedoch drang lediglich

ein Krächzen aus seinem Mund. Er sah sich zu seiner Schecke um und wollte schon zur Gnippe greifen, die er sich unter das Strohkissen geschoben hatte, als er Theobald Smidel im Türrahmen erkannte.

»Smidel?« Rungholt hievte seine schweren Beine aus dem Schlafschrank und blieb auf der Kante sitzen. Er starrte die schlanke Gestalt an, die im blauen Morgenlicht, das wie trübes Wasser durch die Bespannung sickerte, schwankend im Türsturz stand. Der Goldschmied blutete aus der Nase und aus einem schmalen Schnitt auf seiner Stirn rann ebenfalls Blut.

»Was habt Ihr angestellt?«, wollte Rungholt wissen und wischte sich die Augen. Obwohl er nicht wollte, musste er gähnen.

Nur zögerlich trat Smidel ein und zog seine Sendelbinde vom Kopf. Er hielt sie, wie Trauernde ihre Mützen halten oder beichtende Kinder, die die Knute fürchten. Verschlafen kratzte Rungholt sich die Wampe und kam auf die Beine, wobei seine Knöchel knackten. Morgens waren sie immer ganz steif.

»Sie haben sie gefunden«, sagte Smidel, und Rungholt wusste nicht, was der Goldschmied meinte. »Wo wart Ihr, was ist passiert?«

»Unten bei den Flößern. Im Grieß. Die haben Beatrijs gefunden.«

»Beatrijs? Wer sind die? Wer hat sie gefunden? Erzählt doch. Hier.« Rungholt reichte dem Goldschmied ein Taschentuch, damit er sich die Nase abwischen konnte. Smidel konnte sich vor Anstrengung kaum auf den Beinen halten.

Als er dem Mann das Tuch reichte, konnte er Alkohol riechen – oder war er es selbst? Stank er aus dem Maul? »Erzählt in Ruhe. Habt Ihr Euch geschlagen?«

Smidels Nicken kam zögerlich. »Ich wollte ja gar nicht. Aber sie haben alle durcheinandergeredet. Ich weiß nicht genau, wer sie gefunden hat. Bauern aus Aschering oder Maising, nehm ich an. Ich weiß nicht. Drei Pilger haben's gehört. Ich … Mir ist schlecht.«

Aus Furcht, der Mann könne an der Tür ohnmächtig werden, schob Rungholt ihm den Schemel hin. »Setzt Euch«, forderte er Smidel auf, doch der musste spucken. Hilflos sah Rungholt dem Mann zu, wie er sich in den Waschkübel erbrach, und entschied, sich später darum zu kümmern. Dann ließ sich Smidel auf dem Hocker nieder und zuckte mit den Schultern. »Draußen. Draußen im Wald. Ich weiß nicht, vielleicht ist sie es auch gar nicht.« Er begann zu weinen, und wischte sich anstatt mit Rungholts Tuch mit der Sendelbinde die Tränen und das Blut ab. »Bitte seht nach ihr.«

»Ich?« Rungholt griff sich seine Schecke. »Ich soll hinausfahren?«

Der Goldschmied nickte stumm. Das Salz der Tränen hatte seine Wangen rau werden lassen und der Alkohol sie fleckig. »Es waren drei Pilger, die haben gehört, dass jemand eine Frau und einen Mann gefunden hat. Im Wald.«

Rungholt antwortete nicht. Schnaufend schlüpfte er in die Schecke. Er mochte die kurze Jacke nicht, denn es galt als schicklich, sie eng zu tragen, und das schnürte ihm den Atem ab. Er kam sich in den Stoff hineingestopft vor. »Und woher wissen die, dass es Beatrijs ist? Und wie kommt Ihr darauf, dass sie es ist?«

»Ihr sagtet doch dem Pankraz, dass sie mit einem Mann in eine Kutsche stieg. Mit einem Mann mit Feuermal.«

Rungholt knurrte. Ich sollte mir hinter die Ohren schreiben, dem Pankraz nicht alles zu erzählen. Dieser Aal ist mir zu geschwätzig. Er winkte ab. Eine Geste, die Smidel aufspringen ließ.

»Sie ist es nicht?«, rief er plötzlich. »Ihr habt recht. Sie lebt. Meine Beatrijs muss leben! Woher sollen die Pilger auch wissen, dass es meine Frau ist, oder? Sie ist es bestimmt nicht. Diese Pilger und der dumme Flößer wollten mich nur reizen.

Ich habe …« Er brach ab und sah auf seine Faust. Die Knöchel waren blutig, als habe er seine Rechte gegen eine Mauer geschlagen.

»Wieso habt Ihr Euch geprügelt?«

»Am Lagerfeuer im Grieß unten bei der Isar. Bei der Schlagmühle. Ich wollte mich doch nur umhorchen, weil der Pankraz gesagt hat … Die haben gesagt, meine Frau sei eine Hexe. Sie liege im Wald und vergifte die Ernten. Sie haben alle durcheinandergeredet.«

Rungholt sah in das verletzte Gesicht. »Die wissen nicht, was sie reden, Smidel. Ein Bauer findet ein totes Schwein im Wald und erzählt es weiter. Wenn es bei den Weibern auf dem Markt ankommt, hat er schon einen Toten gefunden. Und wenn das Gerücht vom Pilger hierhergetragen wird, liegt der Wald voll von toten Kriegern.«

Er schlug ein paar Fliegen fort, die sich auf seinen Wanst gesetzt hatten und begann dann, seine Schecke zuzuschnüren.

Smidel nickte zwar, doch er antwortete nicht. Zitternd setzte der hagere Mann an, etwas zu erwidern, doch er brauchte lange. »Fahrt trotzdem hin. Fahrt raus und seht nach.«

»Sie ist es nicht«, entgegnete Rungholt. »Nur weil sie einen Mann gefunden …«

»… einen Mann mit Feuermal und eine Frau!«

»Gut.« Rungholt versuchte, in einen seiner Beinlinge zu steigen, musste sich aber am Alkoven festhalten. Er glaube noch immer nicht, dass es Beatrijs war, die dort draußen vor der Stadt lag. Tot und kalt. Wahrscheinlich hatten die Pilger vom Feuermal erfahren, weil Smidel angetrunken rumgestammelt hatte. Und dann hatten sie ihn ausnehmen wollen.

»Ich muss Gewissheit haben. Gewissheit.«, flüsterte Smidel und schniefte leise. »Das versteht ihr doch. Ich zahle es auch.«

Rungholt gelang es nicht sofort, sich den Schlaf mit seinen dicken Fingern aus den Augen zu pulen. »Warum? Ist es nicht tröstlicher anzunehmen, sie sei wohlauf? Fort zwar, aber wohlauf?«

»Nein. Ich… Ich kann nicht mehr schlafen, Rungholt. Immerzu träume ich von ihr.« Smidel wischte sich die Nase. »Ich träume andauernd vom Wald, von diesem schrecklichen Wald. Noch heute Nacht, bevor ich ins Grieß gegangen bin. Ich muss es wissen.«

In der Stille, die folgte, konnte Rungholt die Ringeltauben hören. Gurrend begrüßten sie den Tag.

»Ich muss es wissen. Sie muss doch bestattet werden, immerhin das. Auch… auch hier drin«, schluchzend tippte sich Smidel gegen die Stirn. »Es wäre mir lieber, sie tot zu sehen, als nicht zu wissen, was geschehen ist…«

Rungholt nestelte seinen Beinling an die Bruche. Als er den Stoff hochzog, zuckte er vor Schmerz zusammen. Er hatte ganz vergessen, dass er noch immer Margots Verbände trug. Die Lappen waren getrocknet und klebten an den offenen Wunden.

»Der Tod ist besser als die Ungewissheit«, meinte Smidel tonlos und Rungholt dachte: Du hast recht, Smidel. Der Tod ist besser als die Ungewissheit. Die Hölle ist besser als das Nichts.

Er hatte sich von Vroni wieder mal eine Daube voll dampfender Suppe geben lassen. Sie war wirklich üppig für eine Morgensuppe, denn Rungholt konnte Pastinaken und Kohlrüben darin entdecken. Alles war mit Petersilienwurzel, Nelke und Thymian abgeschmeckt worden. Rungholt hatte die Daube mit auf die Straße genommen und aß an eins der Regenfässer gelehnt, während er Theobald Smidel und seinen Jungen beobachtete, die immer mehr Proviantkisten und schließlich drei Schwerter zum kleinen Kobelwagen trugen, während Marek zwei Pferde davorspannte.

Als er auch ein Kissen in den Wagen legen wollte, stellte

Rungholt die Schüssel beiseite. »Willst du mich beleidigen«, fuhr er Marek an. »Legst mir wie einem Weib ein Kissen hin? Nur, weil ich nicht reiten will? Schöner Freund bist du mir.«

Bevor Marek etwas erwidern konnte, hatte Rungholt das Ding bereits genommen und auf die Straße geschleudert. »Weiberkram«, brummte er. »Glaubst wohl, dass mein Hintern das bisschen Fahrt nicht aushält, hm...«

Sauer zog sich Rungholt in den Wagen und setzte sich auf eine der Kisten.

»Ähem, nun. Das war eigentlich für Margot, mein ich. Die ist so neugierig wie du, die wollte mit ihrer Freundin suchen. Ich dachte...«

»Margot?« Rungholt streckte seinen Kopf aus dem Wagen. »Ach«, schnaufte er und winkte ab. »Traut die mir nicht? Die bleibt schön hier. Und jetzt hol endlich Smidel, dass wir loskönnen.« Kaum hatte er ausgesprochen, kam Smidel schon im Eilschritt zum Wagen gelaufen.

Mit geübten Schwung zog sich Marek auf einen der Kaltblüter und klopfte dem Schecken den Hals. Langsam setzten sich die beiden Tiere in Bewegung.

Margot, die mit einem Korb voller Essen um die Häuserecke bog, stutzte. Seine Tochter kam Rungholt im Morgenlicht blass und grau vor. Auch ihr buntes Surcot vermochte nicht zu verdecken, dass sie abgemagert war. Er bemerkte sofort, dass sie nicht glauben konnte, zurückgelassen zu werden.

»Marek«, rief sie und raffte ihr Kleid hoch. So schnell es ihre Trippen zuließen, lief sie dem Wagen hinterher und versuchte, auf Rungholts Seite aufzuschließen.

»Margot«, sagte Rungholt bewusst fröhlich. »Guten Morgen.«

»Vater!«, rief sie. »Das ist doch auf deinem Mist gewachsen, mich nicht mitzunehmen!«

»Ich wusste nicht, dass du wolltest«, antwortete Rungholt ihr freundlich. »Reich den Korb hoch, mein Kind.«

Mit Mühe gelang es Margot, Schritt zu halten und den Korb an Rungholt zu reichen. Er griff ihn zwar, nicht jedoch ihre Hand, um sie in den Wagen zu ziehen. Stattdessen ging er unter dem runden Dachgeflecht gebeugt zwei Schritte vor zu Marek und befahl ihm, schneller zu fahren.

Dann nahm er vorsichtig wieder auf der Kiste Platz und streckte den Kopf heraus. Noch immer lief Margot neben ihnen her. Keuchend und fluchend versuchte sie aufzuspringen und rief ihnen zu, endlich anzuhalten. Durch das Klappern der Räder und das Schnaufen der Pferde war sie kaum zu verstehen, und Rungholt wurde bewusste, dass das Einzige, was ihm an seiner Tochter gefiel, der Drang war, nicht aufzugeben. Sie folgte dem Wagen beinahe so starrköpfig, wie er es selbst wohl auch getan hätte. Sie fluchte. Ebenfalls beinahe wie er.

»Pass ein bisschen auf Smidels Jungen auf«, rief er Margot zu. »Der Bengel braucht deine Hilfe mehr als wir, Margot.« Rungholt drehte sich zu Smidel um, aber der hagere Mann war in Gedanken versunken. Er hatte auf einem Sack Platz genommen und strich mit einem Holzspatel eine Tinktur auf seine Prügelwunden.

11

Sie fuhren zum Sendlinger Tor hinaus und weiter Richtung Forstenried. Nachdem sie die Ansammlung von ärmlichen Buden, in denen Bauern und vor allem Holzhacker lebten, durchquert hatten, tauchten sie in den südlichen Wald vor München ein. Zuerst dachte Rungholt, sie wären bereits angekommen und es sei jener große Wald, in dem angeblich Beatrijs gefunden worden war, doch Smidel ließ Marek weiterfahren.

Trotz der vielen Köhlerei und der Rodungen war der Wald noch immer dicht und mächtig. Nur wenige befahrbare Schneisen hatte man hineingeschlagen, und Rungholt fühlte sich wie befreit, als er nach einiger Zeit endlich wieder Felder und Wiesen sah. Es ging bereits auf den späten Abend zu, während sie erst Starnberg und schließlich die Handvoll Höfe und Mühlen von Maising passierten. Wie blutrote Tupfer hingen die Wolken über einer schweren Sonne, die im Begriff war, hinter dem Aschberg unterzugehen.

Marek hielt kurz auf den roten Ball zu, ließ die Pferde in Trab fallen und nahm dann einen gewundenen Pfad zwischen den Feldern Richtung Süden. Ständig kamen ihnen, auch zu so später Stunde, Pilger entgegen. Die meisten waren in Gedanken vertieft und wichen dem Wagen aus, ohne ihn zu bemerken. Nur wenige grüßten oder versuchten neugierig, einen Blick in das Gefährt zu werfen.

Rungholts Hintern war ein einziger Schmerz, als sie endlich in das kleine Dorf Aschering gelangten. Es war bereits dunkel, als Rungholt Marek anwies, bei der Kirche zu halten. Die niedrigen Gehöfte, zwei Dutzend Häuser bloß, klumpten sich um einen runden Platz, in dessen Mitte eine Kirche stand. Noch bevor Marek vom Pferd steigen oder Rungholt aus dem Wagen klettern konnte, eilten Männer mit Fackeln aus ihren Häusern, um die Fremden neugierig zu mustern. Es waren Bauern und ein paar Torfstecher, die den endenden Tag mit einem Schlückchen begossen hatten. Rungholt erklärte den Männern, weswegen sie gekommen waren.

Tatsächlich hatte ein Trupp Torfstecher vor wenigen Tagen zwei Leichen im Wald gefunden. Fünf der Männer erklärten sich bereit, sie anzuführen, und so folgten sie nach nur wenigen Verhandlungen und mit hungrigem Magen dem Schein der Fackeln.

Die Männer lenkten Marek auf einem Pfad aus dem Dorf hinaus zu einem schmalen Feldweg. Im Schritt folgte der Wagen den Leuten auf dem Weg, der sich einen leichten Hügel hinaufschlängelte, um sich dort im Dunkeln zu verlieren.

Einen Augenblick lang befiel Rungholt der Gedanke, die Männer würden Unbedarfte mit solcherlei Todesgerüchten, wie Smidel sie gehört hatte, in ihr kleines Dorf locken, um sie dann im Nirgendwo auszurauben. Aber Marek bremste den Wagen lediglich wegen der Furchen und Ackersteine ab, die den Feldweg beinahe unpassierbar machten. Das ewige Rumpeln und Schaukeln des Wagens trieb Rungholt zur Verzweiflung, wusste er doch nicht, wie sich hinsetzen, und als er aufstand, stellte er fest, dass selbst das Stehen wehtat. Dennoch versuchte er, sich die weibischen Schmerzen nicht anmerken zu lassen. Betont grübelnd blickte er in die Nacht und verfolgte die Fackellichter, die vor dem Wagen wie übergroße Glühwürmchen tanzten.

»Seht Ihr etwas?« Smidel wollte ebenfalls aufstehen, aber Rungholt drückte ihn sanft zwischen die Kisten zurück. »Nein«, antwortete er und hätte beinahe hinzugefügt: Aber ich *rieche* etwas.

Tatsächlich verloren sich die Weizenfelder im Nachtschwarz und wurden außerhalb des Fackellichts zu düsterem Nichts. Die Luft hingegen war erfüllt. Rungholt versuchte, dafür Worte zu finden. Wie dumpfes Dröhnen klangen die Böen, die über die Felder heranschwebten. Ein tiefes Brummen, das nicht einschläfert, sondern aufwühlt. Und je weiter Marek den Wagen in die Felder lenkte, desto kälter und fremder roch es.

Selbst die Torfstecher, so schien es Rungholt, hatten den Geruch bemerkt und verlangsamten ihren Schritt, während ihr Fackelschwenken hektischer wurde. Sie riefen sich Worte zu, von denen Rungholt nur Bruchstücke verstand.

Mit einem Mal hielt der Tross. Die Glühwürmchen versammelten sich neben dem Wagen, sodass Rungholt die Gesichter der Männer im Fackelschein sehen konnte. Sie waren sich anscheinend nicht sicher, wohin sie Marek schicken sollten, und zeigten immer wieder in die Dunkelheit.

Rungholt lehnte sich, so weit es sein Bauch zuließ, aus dem Wagen und drückte die Plane des Korbgestells beiseite. Und dann hörte und roch Rungholt nicht mehr nur das Dröhnen, er *sah* es auch. Er musste die Augen zusammenkneifen, aber dann erkannte er den Wald.

Er lag hinter den Ähren. Ein Raubtier, kaum sichtbar, nur ein schwarzer Streifen in schwarzer Mondnacht.

Rungholt spürte, wie sich seine Nackenhaare aufrichteten. Vor seinem geistigen Auge sah er das grüne Meer anbranden, und er konnte nun auch den Duft besser bestimmen: Es roch nach nassem Holz. Feuchter Erde. Toten Blättern.

Über zwei Wochen hatte Rungholt, der sich einem kleinen Tross Händler angeschlossen hatte, für die Reise nach München gebraucht, und stets waren sie bei Anbruch der Nacht in einem Hof oder einer Stadt eingekehrt.

Niemals waren sie in den Wald gefahren. Niemals.

Er wischte sich die Haare aus dem Gesicht und spürte erneut, wie seine rechte Hand zu jucken begann. Ein schlechtes Zeichen. Die Haut war trotz der Stutenmilch ganz rot und rissig.

Mit einem Rufen löste sich der Glühwürmchenschwarm auf, und die Männer begannen, auf Marek einzureden. Kurz darauf setzten sie ihre Fahrt fort, schlugen an einer Weggabelung den linken Pfad ein und näherten sich den ersten Bäumen.

»Sind wir da?« Smidel spielte nervös mit seinem großen Ring, drehte ihn unablässig um seinen Finger, während er Rungholt in den Rücken starrte.

»Noch nicht«, knurrte Rungholt, aber er dachte: Wir sind längst angekommen. Der Wald ist das Ende jeder Fahrt. Hier endet die Welt und alles Leben. Der Wald ist unser Feind, die Wildnis ist unser Verderben. Wir sollten jeden Baum roden und ihn verfeuern und unsere Städte mächtiger bauen, damit die Welt nicht hineinkommt, um uns ins Chaos zu stürzen. Er hatte es kaum zu Ende gedacht, als Marek die Pferde anhalten ließ. Sofort sprang Smidel auf.

»Bleibt sitzen«, fuhr Rungholt ihn an. »Ihr kommt noch früh genug an die Luft. Bleibt hier, und ich sehe, was los ist.«

Nur widerwillig ließ sich Smidel zurück auf seinen Platz drücken. »Wir sind doch gewiss da. Ich muss doch sehen…«

»Bleibt hier und wartet. Ihr bezahlt mich, also sehe ich zuerst nach.«

Es mussten zwei der Torfstecher herbeieilen, um Rungholt aus dem Wagen zu helfen. Ächzend und fluchend bekam er festen Boden unter die Füße. Sie waren bereits in den Wald hineingefahren, nicht nur einige Reihen, sondern so tief, dass Rungholt zwischen Bäumen das Feld nicht mehr sehen konnte. Vor ihnen jedoch endete der Weg, und ein geschlungener Trampelpfad führte weiter ins Dickicht.

Rungholt eilte den Wagen entlang zu Marek vor, der noch immer auf dem Kaltblüter saß und skeptisch die dunklen Bäume musterte.

»Bleib zurück, bleib bei ihm.« Rungholt klopfte Marek ans Bein und gab ihm einen verschlossenen Krug mit Schnaps. Er nickte zum Wagen hin, aus dem Smidel gerade ausstieg. »Pass ein bisschen auf ihn auf.«

Marek nickte und sprang mit einem eleganten Satz vom Pferd. Rungholt hatte nie begreifen können, wieso ein Kapitän auch noch reiten konnte. Und das auch noch passabel. Schlimm genug, dass er das Meer mochte, aber Pferde?

»Ich rufe Euch, wenn…«, Rungholt brauchte nicht weiterzusprechen. Marek verstand ihn auch so. Er lief zum Wagen, hielt Smidel sanft zurück, Rungholt zu folgen, und bot ihm den Schnaps an.

Die Männer gaben Rungholt eine Fackel. Unsicher folgte er ihnen in die Dunkelheit.

12

Margot erwachte aus einem unruhigen Schlaf. Sie tastete im Dunkeln und wurde gewahr, dass Utz nicht neben ihr lag. War er noch immer nicht aus dem Grieß zurückgekehrt, wo er sich am Abend nach Arbeit hatte umsehen wollen? Manchmal durfte er mit den Flößern entladen oder beim Transport der Stämme zur Sägemühle helfen. Oft kehrte Utz, dessen Statur schon als Kind schmächtig gewesen war, mit kaltem Schweiß auf der Stirn zurück. Ganz fiebrig von der Arbeit. Margot wusste, dass die Männer oft bis in die Nacht entluden.

Männer, dachte sie schlaftrunken. Die Freunde meines Vaters sind auch meine Freunde, zumindest, wenn sie nicht so grantig sind wie Rungholt. Immerhin hatte Marek im Gegensatz zu Rungholt nichts an der kleinen Kammer unter dem Dach auszusetzen gehabt und sogar gemeint, er finde die Kammer gemütlich, weil sie ihn an das Übernachten im Laderaum seiner Kogge erinnere.

Gerade wollte Margot nach Utz rufen, da meinte sie Geräusche zu hören. Nicht das Trappeln von Füßen auf dem Lehmboden oder das gewohnte Geräusch, wenn Utz noch einmal in der Nacht austrat. Es waren Männerstimmen. Sie drangen so leise durch die Leinendecke, die die Schlafecke abgrenzte, dass Margot zuerst dachte, es seien lediglich zwei, drei Betrunkene, die schwankend den Weg nach Hause angetreten hatten und auf der Straße vorübergingen. Dann jedoch wurde ihr bewusst, dass der Nachtwächter bereits seine Runden gedreht und alle Trinker aus dem Wirtshaus geworfen hatte.

Sie trat am Vorhang vorbei. Lauschend stand sie einen Moment da. Tatsächlich waren die Stimmen noch immer zu hören. Zwei Männer unterhielten sich gedämpft. So leise und undeutlich, dass Margot nicht hätte sagen können, ob sie auf der Straße oder noch weiter fort, vielleicht an der Mauer im Hinterhof, standen. Sie überlegte, ob sie den Stimmen nachgehen sollte, und entschied sich dagegen. Mit einem Schritt war sie zurück am Alkoven und wollte sich wieder hinlegen, da hörte sie ein leises Scheppern und ein Fluchen.

Margots Neugierde siegte, denn das Scheppern war eindeutig aus ihrem Haus gekommen. Schnell ging Margot zurück in die Diele und schnappte sich eines der Messer von der Feuerstelle. Barfuß tastete sie sich durch die Diele. Es war stockfinster, ihre Öllampe hatte sie nach dem Zubettgehen ausgemacht, um das kostbare Öl nicht zu verschwenden.

Die Stimmen waren nun deutlicher zu hören. Sie blickte sich um und sah im Mondlicht einige der zerbeulten Grapen schimmern, aber niemand war da.

Vielleicht standen die Männer im angebauten Nachbarhaus? Margot entfachte einen Kienspan und entzündete ihre Öllampe. Die winzige Flamme reichte kaum aus, um die Schatten zu vertreiben, aber sie tauchte ihr windschiefes Holzhaus in rotgoldenen Schummer. Noch immer war niemand zu sehen, und einen Lidschlag lang fürchtete sie, die Stimmen seien nur in ihrem Kopf. Es lief ihr eiskalt den Rücken herunter.

Kaum war sie ein paar Schritte von der Herdstelle beiseitegetreten, meinte sie plötzlich, die Stimmen direkt hinter sich zu hören. Erschrocken fuhr sie herum, doch hinter ihr waren nur die Schieber, das Regal, in dem nur wenig Essen lag, aufgehängte Kochlöffel und Kräuter. Keine Schattenmänner. Keine Gestalten hinter der Glut, keine gehörnten Wesen, deren Augen glommen. Niemand. Sie bekreuzigte sich. Die Stimmen schienen aus dem Nichts zu kommen wie die Stimmen böser Geister oder das Flüstern Verstorbener.

Noch einmal ließ sie ihre Öllampe kreisen. Es war niemand hier, doch dann fiel ihr das Reisig an der Falltür zum Keller auf. Sie hatte es erst frisch verstreut, als sie am Nachmittag die Einkäufe vom Markt hinuntergebracht hatte, doch nun war es zur Seite geschoben worden, weil jemand die Klappe geöffnet hatte.

Leise trat Margot heran und hob ihr Messer. Sie war sich nicht sicher, ob sie die Klappe anheben sollte. Wenn Einbrecher… Sie entschied sich dagegen, hockte sich hin und legte ihr Ohr an die Klappe.

»Du willst aussteigen?«, drang eine Stimme durch das Holz, und endlich erkannte Margot ihren Mann. »Wer hat mich denn überredet? Wer hat denn immer auf uns eingeredet? Nein, nein, nein! So schnell kommst du mir nicht aus der Sache«, herrschte er jemanden an.

»Dein Stiefvater lungert hier herum, Utz! Er stellt dumme Fragen«, meinte eine zweite Männerstimme. »Hast du im Frühjahr geahnt, dass so 'n Fischkopp dumme Fragen stellt?«

»Wir haben das zusammen angefangen, also ziehen wir es auch durch, Pütrich. Ich habe dein Wehklagen satt.« Margot hatte ihren Mann selten so herrisch erlebt wie in den letzten Tagen. Seine Stimme klang kalt und dennoch aufgebracht.

»Vorsicht, ja! Noch bezahle ja wohl ich alles. Du solltest behutsam mit deinen Worten sein, Utz. Man hört auf die Hand, die einen füttert. In meiner Werkstatt hat er rumgelungert, dieser Hanser. Wollte sogar zu mir rauf, dieser Fettsack. Weißt du, wie knapp das war!«

Bei den nächsten Worten konnte sie beinahe spüren, wie es ihren Mann anstrengte, leise zu bleiben. »Rungholt! Rungholt!«, maulte er. »Vergiss ihn! Ein unangenehmer Angeber ist das. Der kommt von der Küste, von den Barbaren. Wie schlau sind die schon da oben im Norden?«

»Aber wir haben nur bis zum Vollmond Zeit, Utz. Das sind gerade mal fünf Tage!«

Utz zischte einen Fluch und fuhr hart fort: »Wir werden es beenden, Pütrich. Fünf Tage sind reichlich Zeit. Morgen kommt die Sendung an. Was, wenn Smidels Weib recht hat, Pütrich. Überleg doch! Nachdem, was wir alles schon versucht…«

Zu spät bemerkte Margot, dass sie noch auf einem Stück der Klappe kniete. Sie knarrte unter ihrem Gewicht, als sie es verlagerte.

»Ssssssscht!«, unterbrach ihn der Fremde. »Ist Margot wach? Ist oben wer? Hat da was geknarrt?«

Margot hielt den Atem an. Sie traute sich nicht, sich zu bewegen, und starrte auf die Bretter der Falltür, durch die sie den schwachen Lichtschein einer Öllampe erhaschen konnte. Doch plötzlich erlosch das Licht. Hektisch blies Margot auch ihre Lampe aus, aber war sie schnell genug gewesen? Sie horchte in die Finsternis. Durch die Butzenfenster fiel die Nacht und tauchte die weite Diele in grünen Schummer. Einen Moment geschah nichts, dann hörte sie erneut die Stimme des anderen Mannes.

»Da war doch Licht! Utz, das hast du doch auch gesehen.«

»Du bildest dir was ein, Pütrich. Es ist niemand da. Margot schläft.«

Doch der Fremde ließ sich nicht beirren. »Ich seh nach.«

Blitzschnell suchte Margot den vertrauten Raum ab. Bis zur Feuerstelle waren es gut zwei Klafter, zu weit für einen beherzten Sprung. Außerdem war dort nichts, hinter dem sie sich verstecken... Das Schlafgemach, vielleicht würde sie es bis dorthin zurückschaffen. Nein, sie hätte quer durch die Diele laufen müssen. Es blieb ihr nur eine Möglichkeit...

Als sich die Tür öffnete und Pütrichs Kopf erschien, blickte er sich im Dunkeln um, nach rechts, nach links. Nirgends war jemand zu sehen.

Seufzend kam Pütrich ganz aus dem Keller und schritt zur Feuerstelle. Er wollte einen Kienspan entzünden, hielt jedoch inne: Er roch daran und wusste der Span war erst kürzlich angezündet worden. Kopfschüttelnd entfachte er ihn erneut und dann seine Öllampe.

Kaum zwei Klafter weiter biss Margot sich auf die Lippen. Sie hatte sich über die Klappe gerollt, kurz bevor Pütrich sie

geöffnet hatte, und hockte nun hinter den aufgestellten Tür-
brettern. Still betete sie, er möge sie nicht sehen, würde einfach wieder in den Keller gehen und sie nicht bemerken,
wenn er die Klappe schloss. Margot griff ihr Messer fester.
Wahrscheinlich wäre es schlauer gewesen, wäre sie einfach
aufgesprungen, bevor er die Klappe geöffnet hatte. Sie hätte
sich an den Herd stellen und ihm unschuldig irgendeine Lüge
auftischen sollen. Doch sie hatte sich für das Verstecken entschieden.

Geh nicht um die Klappe, schickte sie ein Stoßgebet gen
Himmel. Gehe einfach wieder in den Keller. Es ist niemand
hier.

Margot traute sich nicht, an den Hölzern vorbeizusehen.
Sie hielt den Atem an, und ihr Gebet wurde erhört. Der Mann
sah Margot nicht, als er wieder in den Keller ging und die
Luke schloss.

Der Trampelpfad machte mehrere Bogen, verlor sich beinahe
zwischen den Büschen und lief dann auf einer Art Acker zwischen den Bäumen aus. Der Geruch von Fäulnis lag in der
Luft. Augenblicklich kam es Rungholt vor, als laufe er in eine
Mauer aus Kälte. Sie drang aus dem Boden und sammelte sich
in der Luft.

Nervös heftete Rungholt seinen Blick auf die Gräser. Jeden
Moment fürchtete er, in Beatrijs' Gesicht zu sehen.

»Wo sind wir hier?«, fragte er und folgte den Männern zu
einer Holzhütte, die sie in einer Senke notdürftig aus Birken-
stämmen errichtet hatten. Wacklige Holzbretter waren auf den
aufgewühlten Waldboden gelegt worden. Hier hatte man ihn
bereits gute zwei Meter tief abgegraben.

»Im Ascheringer Moos, Herr«, sagte der Mann und spuckte
vor sich. »Wir stechen hier Torf. Hier erst seit einigen Wochen,
aber drüben bei der Stephanshöhe schon seit Jahren, Herr.«

Rungholt nickte. Einige Torfgräben zogen sich zwischen den

Bäumen entlang und trennten mit einem kleinen Entwässe-
rungskanal eine höher liegende Fläche ab, die noch unberührt
war. Der Geruch von vermodertem Holz wehte Rungholt entgegen. Grobe Holzleitern waren an den steilen Abhang gestellt
worden, aber Rungholt konnte nicht hinaufsehen.

»Wann habt ihr die Leichen gefunden?«

Der Mann zuckte mit den Achseln und rief: »Georg? Wann
hast du sie gefunden?«

Ein zweiter Mann mit einer Kordel in der Hand eilte herbei. Der Mann, der wohl Georg hieß, hatte seinem Sohn einen Strick um den Bauch gebunden und führte ihn wie einen
Hund mit sich.

»Vorgestern. Hab sehen wollen, was wir als Nächstes tro-
ckenlegen können. Nächsten Sommer. Da hab ich sie gesehen.
Das heißt, mein Sohn hat.« Georg zog seinen Sohn zu sich
und strich ihm liebevoll übers Haar.

»Hab's gefunden. Hab ich«, sagte der Junge und rollte unsinnig mit den Augen. Er patschte sich an den Kopf und strich
sein Haar wieder platt, das sein Vater zerwühlt hatte. Wahrscheinlich wollte er sich herausputzen, aber eher das Gegenteil war der Fall: Mit seinem angepappten Pagenkopf wirkte
der Junge noch dümmlicher. Er trat neben seinen Vater und
schmiegte seine Wange an dessen Schulter.

»Er ist nicht gesund, Herr«, erklärte sein Vater unnötiger-
weise.

Rungholt brummte ein »Natürlich«, aber musterte den Mann
und seinen Sohn dennoch abschätzend. Für die Armen und
Kranken war zu sorgen, sie hatten umpflegt zu werden. Man
hatte ihnen Almosen zu geben und dafür zu sorgen, dass sie
ein anständiges Begräbnis bekamen. Aber sie an der Leine ...

»Beißt er, oder warum ...« Rungholt nickte zur Schlaufe,
mit der der Junge spielte und die ihm um die Hüfte gebunden
worden war.

»Er will immer mit«, erklärte Georg. »Musste ihn zu Hause

112

mal einsperren, dass er nicht mit rauskommt. Da hat er geschrien und alles zerschlagen. Aber hier im Moor, Herr, da ist es doch zu…«

»Zu gefährlich! Ist zu gefährlich für mich«, meldete sich der Junge ungefragt zu Wort. Väterlich tätschelte der Mann ihm die Wange. »Ja, Josef. Zu gefährlich. Läufst nicht mehr weg, hm.«

»Nun gut.« Rungholt wechselte das Thema. »Ihr habt sie also vorgestern gefunden. Und habt ihr es schon dem Herzog gemeldet? Ich meine, warum liegen sie hier noch?«

»Traut sich keiner. Keiner traut sich.« Der Junge gluckste vor Freude.

»Ja ja, Josef«, meinte Georg auf Rungholts fragenden Blick hin. »Er hat recht. Wir wollten noch beratschlagen, was zu tun ist. Wir glauben, es ist ein böses Omen, Herr. Und unser Vorsteher hier, der glaubt es auch. Hm?«

Der Mann, dem Rungholt gefolgt war, nickte.

»Es ist ein schlechtes Zeichen. Und der Herzog«, verächtlich spuckte der Mann erneut aus. »Dem geht's nur um die Pilger! Johann der Fromme«, er lachte auf. »Dem geht's nur um die Kollekte. Und uns lässt er mit diesen Kreaturen allein.«

»Kreaturen?«

»Schatten. Hier im Wald.« Missmutig schüttelte der Mann den Kopf. Bevor Rungholt nachfragen konnte, mischte sich noch einmal der Junge ein: »Die haben… haben Schuppen, Herr. Schuppen.«

»Schon gut, Josef.«

»Die schwimmen. Und die fressen alle, die in den Wald gehen. Fressen alle.«

»Ja, Josef.« Der Torfstecher schob seinen Jungen beiseite. »Du sollst doch nicht immer ungefragt reden. Hörst du?«

»Lass ihn sagen, was er zu sagen hat.« Rungholt stellte sich vor den Jungen, bemüht, nicht neben die Bretter in den Dreck zu treten. »Josef, was für Kreaturen? Hast du sie gesehen?«

»Böse. Die sind böse. Die haben alle Fische totgeschlagen.«

»Hast du sie gesehen?«, Rungholt wurde langsam ungeduldig. »Waren es Wölfe, Bären? Waren es Räuber?«

Der Junge starrte ihn an, antwortete aber nicht. Nicht sicher, ob er überhaupt die Frage verstanden hatte, packte Rungholt den Burschen an seinem dreckigen Leinenhemd. »Waren es Tiere? So wie die Pferde da? Tiere, du weißt, was ich meine? Oder Menschen? Hm?«

Verständnisloses Schweigen. Erst nach einer Weile schüttelte der Junge den Kopf: »Böse. Töten Fische.«

Wieder lächelte er sein dümmliches Lächeln.

»Schuppen... Töten Fische... Soso...«, brummte Rungholt und stieß den Jungen beiseite. »Der Teufel, hm? Was für Geschichten erzählt ihr euren Kindern?« Er wandte sich ab. »Bindet sie an wie Hunde.« Kopfschüttelnd stützte er sich auf die Schulter des Torfstechers ab, um die Torfnarbe hinaufzusteigen. Aus diesem Bauerntrampel oder Torfstecher oder Säufer war nichts mehr herauszubringen, und sein dümmlicher Sohn redete Stuss. »Dummer Aberglaube«, knurrte Rungholt verächtlich und wollte sich hochziehen. Es gelang ihm jedoch nicht sofort. Beherzt griff der Junge Rungholts Hintern und schob.

»Au! Verflucht!« Rungholt schrie auf, denn der Junge drückte mit der Schulter gegen seine wunden Stellen, um ihn die Kante hinaufzuschieben. Beinahe hätte der Bursche vor Schreck losgelassen. Einige der Männer lachten unterdrückt. Endlich gelang es Rungholt, sein Gewicht zu verlagern und hinaufzukommen. Auf der noch nassen Ebene hatten die Arbeiter Bretter ausgeworfen, damit man auf dem Morast gehen konnte. Ein schulterbreiter Steg zog sich im Zickzack über das Moor. Rungholt blieb auf den hingeworfenen Bohlen stehen, sah auf die Männer hinab und strafte sie mit einem strengen Blick. Wenn er in Lübeck gewesen wäre, hätte er vielleicht dem Rat von diesem Taugenichts erzählt und...

Er ließ sich eine Fackel reichen, riss sie dem Mann aus der Hand und wandte sich ab. Er zupfte seine Schecke zurecht und warf sich mit einer entschlossen Geste seinen Tappert um, bevor er auf dem Steg in der Dunkelheit verschwand.

Er war kaum zwanzig Klafter auf die Ebene hinausgetreten, da sah er im Schein der Fackel unweit der Bretter etwas aufragen. Zuerst dachte Rungholt an einen kargen Busch, einen verkrüppelten Baum, doch dann trat er näher und entdeckte, dass es die Beine eines Pferdes waren. Der Körper des Tieres war beinahe gänzlich versunken, nur der große Schädel und vor allem die beiden Hinterläufe ragten noch aus dem Schlamm und warfen groteske Schatten zwischen die Flechten.

Rungholt vergaß für einen Moment, dass er auf Bohlen gegangen war, und trat einen Schritt näher. Prompt sackte sein Fuß ein, und er verlor das Gleichgewicht. Mit einem Aufschrei landete er im kalten Nass. Fluchend versuchte er, sich abzustützen und wieder auf die Beine zu kommen, doch sofort versanken seine Arme bis zum Ellbogen.

Das Gewicht, mit dem die Erde an ihm zog, war überwältigend. Es schnürte Rungholt augenblicklich die Kehle vor Angst zu. Sein Herz machte Sprünge, das Blut schoss ihm in den Kopf und ließ ihn um sich schlagen. Blind hieb er auf den Schlamm ein und trat mit den Füßen um sich, um hochzukommen. War dies ein Albtraum? Warum halfen sie ihm nicht? »Verfluchter Scheiß! Ihr dummen Bauerntrampel. So helft mir!«

Der Geruch des mit Wasser durchtränkten Morastes raubte ihm den Verstand. Dies alles stank nach Meer. Und das brackige Wasser hatte ihn bereits gepackt und wollte ihn hinabziehen auf einen Grund, den es nicht hatte. Er schrie, und die Zeit hielt für einen Moment inne. Obwohl er das Gefühl hatte, sich schnell zu bewegen und seine Gedanken rasten, kam ihm sein Kampf ewig lang vor. Dann, endlich, packten ihn Hände und zogen ihn zurück. Er spürte die Bretter unter sich, kam mit dem Fuß darauf, und weitere Männer wuchteten ihn auf die Beine. Marek war mit dem Jungen und seinem Vater herbeigeeilt. Sie keuchten vor Anstrengung. Rungholt wollte schimpfen, besann sich dann auf einen Dank, aber weder das eine noch das andere kam ihm über die Lippen. Seine Kehle war trocken. Er roch nach diesem toten Wasser. Dieses Monster hätte ihn beinahe verspeist, es hätte ihn beinahe geholt, wie es auch seine Schwester und seine Eltern gefressen hatte. Zwar wusste er, dass er mit so vielen Helfern nicht wirklich in Gefahr gewesen war, aber dennoch drehte ihm der Gedanke an dieses schwarze Wasser den Magen um.

Statt etwas zu sagen, fiel er auf die Knie und erbrach sich. Marek wollte ihm aufhelfen, aber Rungholt schlug die Hand fort. Zittrig gelang es ihm, sich allein aufzurichten. Er war aschfahl. Dort, wo seine Haut nicht von Schlamm verdreckt war, sah sie grau aus. Selbst Marek sah es sofort im Fackelschein.

»Rungholt, du solltest dich ausruhen«, sagte er. »Du siehst nicht gut aus, sag ich dir.«

»Ja ja«, winkte Rungholt ab. »Wo ist meine Fackel?« Er wischte sich das Kinn ab und blickte sich um. Einige Fuß entfernt, im Matsch unweit des Pferdes glomm die Fackel zischend aus. »Gib mir deine«, knurrte Rungholt und nahm Marek einfach das Licht ab. Noch wacklig auf den Beinen ging er ein paar Schritte weiter, stets bemüht, sich nicht anmerken zu lassen, wie sehr ihn der Sturz mitgenommen hatte.

Dieser Geruch des Wassers.

Die Männer hatten den Holzsteg um das Tier gelegt, und als er den mächtigen Kopf erreicht hatte, leckte der Fackelschein erst über die großen Zähne des Pferdes, um dann einem weitaus bizarreren Bild Platz zu machen: Ein Mann wuchs aus dem Leib des Pferdes.

Es war unmöglich, aber nur wenige Schritte von den Bohlen entfernt schien ein Mann aus dem Pferdeleib zu wachsen.

»O mein Gott.« Rungholt bekreuzigte sich. Der Mann musste bis über den Kopf versunken gewesen sein, aber die Männer hatten begonnen, das Moor wegzugraben. Jetzt hatten sie seinen Kopf und die Schultern freigelegt. Während der rechte Arm aus dem Dreck hervorragte, als wollte er das Pferd hinabziehen, war der Körper bis zur Brust im Schlamm versteckt; er musste unter dem Pferd liegen. Es sah aus, als seien die beiden Körper ein einziger.

Rungholt schmeckte den scharfen Geschmack des Erbrochenen in seinem Mund, und ein noch abwegigerer Gedanke setzte sich in ihm fest. Was, wenn sie nicht versunken sind. Für einen Augenblick hatte Rungholt das unheimliche Gefühl, dieses Monster sei nicht herabgezogen worden, sondern habe sich an die Oberfläche gekämpft. So verrenkt, Pferd und Mann den Mund zum Geburtsschrei geöffnet, erschien es Rungholt für einen Lidschlag, als sei ein Monster aus dem Erdboden geschlüpft und wie eine Fehlgeburt dabei gestorben.

Angewidert wischte er sich den Dreck von den Beinen. Es war sinnlos. Seine Arme tropften vor Schlamm, und an seinen Füßen klebten dicke Brocken. Der feine Seidenstoff hatte sich augenblicklich mit Schlamm vollgesogen und ließ ihn aussehen, als habe er in Fäkalien gebadet.

»Bringt mehr Bretter«, rief er den Gaffern zu, die sich mittlerweile hinter Marek versammelt hatten. Auch Smidel war längst auf den Steg getreten und sah neugierig nach dem Pferd. »Bleibt zurück«, fuhr Rungholt den Mann an. »Das wollt Ihr hier gewiss nicht sehen. Es ist nicht Euer Weib.«

Smidel zögerte, doch schließlich siegte der Abscheu. Er nickte artig, blieb, wo er war, und nahm noch einen Schluck aus dem kleinen Krug.

Nachdem die Männer Rungholt weitere Bretter hingelegt hatten, traute er sich näher an den Toten heran. Sie schoben ihm die Bretter direkt vor den Schädel, sodass Rungholt ihn genauer untersuchen konnte.

»Hast du ein Tuch?«, fragte Rungholt Marek, der sich neugierig neben Rungholt gekniet hatte. Marek schüttelte den Kopf, aber einer der Männer reichte eine Decke zu Rungholt vor. Rungholt wischte dem Unbekannten das Gesicht ab. Unter dem dunklen Dreck schien der Mann einen roten Hals zu haben.

Das Feuermal, schoss es Rungholt durch den Kopf, und er ertappte sich dabei, es geradewegs Smidel zurufen zu wollen. Gerade noch rechtzeitig hielt er inne. »Habt ihr Wasser?«

Der Junge nickte und wollte losrennen, einen Eimer zu holen, doch er war noch angeleint. Er musste erst auf seinen Vater warten, bevor er in der Dunkelheit verschwand.

Kurz darauf kippte Rungholt dem Toten das Wasser über den Kopf und die letzen Reste des Drecks wurden weggespült. Zwar war nur der Kopf und ein Stück der Schulter zu erkennen, aber Rungholt sah eindeutig, dass der Mann eine große rote Verfärbung am Hals hatte. Sie zog sich seine Wange hinauf.

Rungholt tastete nach seiner gebrochenen Stegbrille, fand sie nach ein wenig Gefluche in einem seiner Beutel und klemmte sie sich auf. Marek musste ihn festhalten, damit er sich, die Knie an die Kante der Bretter gerutscht, nach vorne beugen und den Hals des Mannes genau untersuchen konnte. Seine Nase berührte beinahe die Haut der Leiche.

Umringt von Fackelträgern hielt Marek den fetten Rungholt, als halte er eine Angel mit einem besonders schweren Fang, und ließ ihn schnuppern. Zumindest sah es danach aus.

»Er riecht gern an Leichen«, meinte Marek keck und stöhnte, weil Rungholt sein Gewicht verlagerte. Aus dem Augenwinkel konnte Rungholt sehen, wie die Männer verwirrt nickten. »So so. Aha. Hm«, hörte er sie murmeln. Gleich macht der gute Marek eins seiner Witzchen, und ich kann nichts tun, sonst lässt mich dieser Bursche geradewegs mit der Nase voran in den Dreck fallen, zürnte Rungholt. Und als habe Marek ihn gehört, sagte er fröhlich: »Er riecht gern dran, und manchmal beißt er auch ab!«

Ein angewidertes Raunen ging durch die Menge.

»Ich beiß dir auch gleich ein Stück ab«, zischte Rungholt. »Und drück nicht so fest. Du blöder Schone drückst mir ja den Arm ab.« Behutsam beugte er sich weiter vor, rückte seine Brille zurecht und erkannte, was er schon vermutet hatte. Es war kein Feuermal.

Der Hals und ein Teil der Wange waren aufgescheuert. War der Mann über den Boden gezogen worden, hatten die Flechten und niedrigen Büsche ihm die Seite zerkratzt? Rungholt griff angewidert in den Matsch und schob etwas davon zur Seite, um dann das Hemd des Fremden aufzureißen. Tatsächlich hatten auch seine Schulter und der Ansatz des Oberarms Scheuerspuren. Es hatten sich keine blauen Flecke gebildet, weil das Blut wahrscheinlich in sein Gesäß oder seinen Rücken oder was immer am tiefsten unter dem Pferd verborgen steckte gelaufen war.

»Kein Feuermal... Hm«, begann Rungholt zu grübeln und sprach wie so häufig, wenn er konzentriert war, mit sich selbst. »Alles aufgescheuert. Würde mich nicht wundern, wenn er mit einem Bein noch im Steigbügel hängt. Hmm... Zieh mich hoch.«

Marek tat wie befohlen, und Rungholt wandte sich an die Männer: »Ihr sagt, es gebe zwei Leichen? Wo ist die Frau?«

Der Junge zeigte aufgeregt weiter nach hinten in die Dunkelheit. »Er hat recht, Herr«, meinte sein Vater. »Sie liegt da vorne. Vielleicht ist sie vom Pferd gefallen?«

Rungholt nickte. »Ein Unfall?«

Der Mann zuckte mit den Achseln.

»Gut.« Rungholt wollte sich abwenden und weitergehen, um sich die Frau anzusehen, als sein Blick noch einmal auf das Pferd fiel. In dem Hals steckte etwas. Zögernd trat er noch einmal einen Schritt zurück und leuchtete. Es war eine Metallspitze. Das Stück eines Speers oder eines schlanken Messers.

Er wurde also angegriffen, *sie* wurden angegriffen, dachte Rungholt. Dies war kein Unfall. Jemand hatte sie überfallen, und sie sind ins Moor geflüchtet.

»Grabt das Pferd und den Mann aus. Aber passt auf, dass ihr ihm mit euren Spaten nichts abschlagt, hört ihr?« Die Männer nickten.

»Wo sollen wir ihn hinbringen, Herr?«, wollte der Torfstecher wissen.

»Was ist mit eurem Gotteshaus? Oder vergrabt ihn gleich bei euren Gräbern.«

Ein Raunen ging durch die Männer. »Aber wir wissen doch gar nicht, wer der ist«, empörte sich ein glatzköpfiger Arbeiter mit dünnen Augenbrauen. »Wenn er ein Mörder ist? Oder ein... ein Hexer, sag ich Euch...«

»Holt einen Priester her, der soll sich den Toten ansehen. Seid wahre Christen, gönnt ihm ein anständiges Begräbnis. Bei Gott. Der Mann wurde ermordet.«

»Ermordet?« Fragen drangen durch die Nacht, doch Rungholt kümmerte sich nicht um die aufgebrachten Torfstecher, sondern folgte endlich dem Pfad weiter hinaus auf die Ebene.

Golden strich der Schein seiner Fackel über die dreckigen Bretter und über den angrenzenden Schlamm. Er schwenkte sie hin und her und leuchtete alles ab. Vor ihm endeten die Bretter. Dunkelbraune Erde hatte sich gierig auf den Laufsteg gewälzt und ihn hinabgedrückt. Langsam trat Rungholt ein bisschen vor, täppisch auf den unter ihm wegsackenden Hölzern. Jeden Moment befürchtete er, Beatrijs zu sehen. Ein Büschel Haare, das nicht unter einer weißen Rise hervorlugte, sondern aus diesem dunklen Erdgrab. Verklumpt, verdreckt. Ihr Haar, ihre Wangen, ihr Mund zum Schrei geöffnet.

Vor diesem Anblick hatte er am meisten Angst: ihr totes Lächeln in diesem Erdgrab zu sehen. Ihr totes Seidenlächeln.

Endlich sah Rungholt, dass die Bretter gar nicht endeten, sondern etwas weiter hinten weiterführten. Der Schlamm hatte sich lediglich ein paar Meter der Hölzer einverleibt. Unruhig sah Rungholt sich nach den anderen um. Marek war zurück zu Smidel gelaufen, hatte ihn bei den Armen gepackt und hielt ihn davon ab, Rungholt zu folgen. Einige der Torfstecher hatten bereits begonnen, das Pferd und den Reiter freizulegen. Die meisten hielten sich jedoch zurück, standen bei der Birkenhütte oder dem Beginn des Stegs und tuschelten. Wie schon vor der Weggabelung beratschlagten sie und fluchten immer wieder leise. Auch der Junge war Rungholt nicht gefolgt, sondern wartete mit großen Augen neben seinem Vater am Pferdekadaver.

Tatsächlich zögerte Rungholt, ob er mit Trippen in den Schlamm treten oder hinüberspringen sollte. Doch fürs Springen war er zu fett. Voller Abscheu haderte er, nicht weil er sich dreckig machen könnte, sondern weil er das Gefühl hatte, der Morast könnte erneut nach ihm schnappen und seine kalten Hände um seine Füße legen.

Unsinn, redete er sich gut zu. Es ist nur Dreck, mehr nicht. Es ist nicht einmal richtiges Wasser, auch wenn es stinkt wie ein ekliger Tümpel. Es sind keine Fische darin, es ist nicht das Meer. Es wird dich nicht hinunterziehen.

Rungholt trat einen Schritt vor und stellte erleichtert fest, dass nicht einmal seine Trippen vollständig versanken. Es war nur eine flache Schicht Matsch auf dem Holz. Dennoch sah Rungholt lieber am Himmel die ausgefransten Wolken an, während er die paar Schritte machte.

Doch wenige Klafter später war der Steg tatsächlich zu Ende. Das letzte Brett lief an einer Hand aus, die sich mit mahnendem Zeigefinger aus dem Moor erhob. Nur eine Hand, ansonsten war im Feuerschein nichts zu sehen. Aufgeschwemmte Haut, konnte Rungholt erkennen, wächsern und wässrig, doch eindeutig die schlanken Finger einer Frau.

Sie trägt keinen Ring, dachte Rungholt, korrigierte sich jedoch sofort: Oder das Gesindel hat ihn längst gestohlen. Er ließ sich erneut auf das Holz nieder und begutachtete die verdreckten Fingernägel. Er wollte seine Wachstafeln herausholen, als er im Augenwinkel etwas sah und sich erschrak.

Obwohl er nur deswegen gekommen war, fuhr ihm der Anblick ins Mark. Ein abgeknickter Kopf, halb von ihm abgewandt. Wie zur Ruhe gebettet, lag er in einer kleinen Kuhle, die die Torfstecher freigelegt hatten, aber bereits halb wieder mit Erde zugelaufen war.

Mit Schlamm verkrusteten Fingern packte er das Kinn der Leiche. Ihr Fleisch fühlte sich entsetzlich kalt an, aber unnatürlich fest. Etwas glitschig zwar vom Schlamm, aber nicht aufgeschwemmt oder verwest. Von der Tiefe der Kuhle ausgehend, die ausgehoben worden war, hatte der Kopf ganz im Moor gelegen. Er ließ sich ohne Widerstand bewegen. Die Leichenstarre war längst verflogen.

Und dann ist sie fort… Etwas Schreckliches ist geschehen.

Gewappnet, in Beatrijs' Gesicht zu schauen, fasste er nach der Tassel in seinem Beutel. Die Berührung gab ihm Mut. Die Kamee fühlte sich warm an. Unter seinen dreckigen Fingern konnte er das eingeritzte Gesicht fühlen. Die winzigen Wangen, der Mund, die Augen….

Vorsichtig drehte er den Schädel gänzlich zu sich herum. Ihre Züge waren gut erhalten, aber alles war mit dunklem Morast bedeckt. Behutsam legte er seine Pranke auf das tote Gesicht und strich der Frau die Erde fort, strich sie von den Wangen, vom Mund, von den Augen.

Das Seidenlächeln…

Alle Sünden auf einen Schlag.

Da war kein Lächeln.

Da war kein Seidenlächeln. Keine schmalen Lippen.

Rungholt blickte die Tote an und musste sich räuspern. Er wünschte sich ein Bier herbei, nicht nur, weil seine Kehle noch immer staubtrocken war. Er strich Dreck von ihrem Haar und hörte sich nach dem Eimer Wasser rufen, doch auch ohne es auszuspülen, sah er, dass diese Frau blonde Haare hatte. Er blickte nochmals hinab in das tote Gesicht, das das Moor umschlossen und geschützt hatte. Einst war dieses Weib eine hübsche Frau gewesen, wahrlich.

Aber es war nicht Beatrijs.

»Gott sei Dank«, entfuhr es ihm, und er spürte, wie eine Last von seinen Schultern genommen wurde. Es war eine fremde Frau. Und während er der Unbekannten ins dreckige Gesicht sah, fragte er sich, weswegen er eigentlich Beatrijs nicht als fremde Frau ansah. Hätte er bei diesem Anblick nicht denken müssen: Es war eine *andere* fremde Frau? Er schüttelte den Gedanken ab und kam mit Mühe auf die Beine.

»Sie ist es nicht«, rief er. »Es ist nicht Beatrijs. Holt einen Eimer und bringt die Schaufeln mit.«

Nun gab es kein Halten mehr für Smidel. Der Mann riss sich los und rannte die Bretter zu Rungholt hinauf. Er sah sich nicht einmal nach dem Pferd und dem Mann um, während er an ihnen vorbeilief. Marek stürmte ihm nach und stieß einige der Torfstecher vom Steg.

Seufzend nahm Rungholt Smidel in Empfang.

»Seht sie Euch selbst an, Ihr wollt es ja so. Kein schöner Anblick. Aber sie ist es nicht.« Er klopfte Smidel auf die Schulter, nahm ihm den Krug aus der Hand und drückte sich an ihm vorbei zu Marek.

»Lass uns fahren. Die beiden sind umgebracht worden, aber das ist nicht unser Problem.«

Marek nickte.

»Der ganze Weg umsonst«, meinte er kopfschüttelnd.

»Na, navigieren war ja noch nie deine Stärke.« Rungholt

nahm einen Schluck aus dem Krug und spürte, wie mit dem Schnaps seine Lebensgeister wiederkehrten. »Lass uns hier verschwinden. Mir egal, was sie mit den Leichen anstellen.«

Während Rungholt am Krug nippend die Bohlen zurückging, konnte er Smidel hören. Er weinte haltlos. Der Mann war auf die Knie gesunken und stieß immer wieder unter kehligem Lachen heraus: »Sie ist es nicht! Sie ist es nicht!«

Dabei hieb er unablässig seine Fäuste in den Matsch, riss Klumpen Dreck heraus und warf sie – »Sie ist es nicht!« – einfach in Richtung des Pferdeleibs.

»Kommt«, hörte Rungholt Marek sagen, der Smidel wieder auf die Beine zog. »Kommt. Lasst uns von diesem schrecklichen Ort verschwinden.«

Rungholt blickte sich um: Smidels Gesicht, soweit Rungholt das im Fackelschein erkennen konnte, war vor Tränen rot. Der Mann war kaum fähig zu gehen. Marek griff ihm unter die Arme und musste ihn über die Bretter fortführen.

13

Die Eidechse machte Beatrijs Mut. Jeden Morgen legte sie ihr Brosamen vom letzten Abend auf die alten Holzzahnräder und betrachtete die schimmernden braunen Schuppen des Tieres im wenigen Licht, das in ihr Gefängnis fiel. Die Zeichnungen der Waldeidechse, die schwarzen Bänder, die sich auf ihrem kantigen Rücken entlangzogen, erinnerten Beatrijs an ein ziseliertes Band, an das feine Ornament eines Armreifs. Mit seinem geschuppten Rücken und dem flachen Kopf ähnelte das Tier einem Drachen. Ja, die Eidechse erinnerte Beatrijs an den winzigen Drachen, von dem Mutter ihr in Nürnberg immer erzählt hatte. Die Frechdachs Echse, so hatte ihre Mutter sie immer lachend genannt. Ein kleiner Drache, der nachts in die

Goldschmiede schlich, um im Goldstaub zu baden, damit er für die Drachendamen gut aussah. *Frechdachs Echse*, wie oft hatte Beatrijs versucht, diese Worte nachzusprechen? Wie alt war sie damals gewesen? Sieben Jahre alt? So alt wie Imel jetzt.

Das Tier war kaum länger als ihr Zeigefinger. Mit ruckartigen Bewegungen huschte es auf den Stein, blickte einen Moment um sich und schien Beatrijs zu fixieren. Sie wagte nicht, sich zu bewegen, und sah stumm zu, wie die kleine Echse sich auf den Stein legte und im letzten Lichtschein badete, der durch die zerborstenen Bretter hoch über Beatrijs' Kopf fiel. Der winzige Drache legte sich auf den warmen Stein und sog den Tag in sich auf. Ihre Brosamen nahm er nie.

Vielleicht sollte ich ihm Goldstaub hinstreuen, dachte Beatrijs und musste innerlich bitter lachen. Die Goldschmiede war weit fort, Theobald war weit fort und Imel. Und Imel. Ihr Junge, dem sie letztes Jahr auch die Geschichte vom kleinen Golddieb erzählt hatte. Von der Frechdachs Echse.

Sie spürte, wie Tränen sich ankündigten, während sie der Waldechse beim Lichtbad zusah.

Nein, schalt sie sich und schluckte die Trauer herunter. Kein Selbstmitleid. Die Eidechse ist ein gutes Zeichen. Auch wenn sie meine Geschenke verschmäht. Denn wenn sie hier hereingelangt, komme ich auch raus. Heute zeigst du mir, woher du kommst, du Frechdachs.

Der kleine Raum aus Feldsteinen war rissig. Er hatte keine Fenster, und sein Boden bestand aus Erde und einigen – vor Jahrzehnten – hingeworfenen Bodenplatten. Ein paar Steine waren unter dem schiefen und erst neulich ausgebesserten Holzdach eingestürzt, doch die Lücke war zu hoch, um sie zu erreichen.

Mit einer ruckartigen Bewegung schreckte sie das Tier auf. Sofort huschte es zum abgenutzten Zahnrad, das auf ein paar morschen Balken achtlos in einer Ecke des kargen Backsteinraums lag. Beatrijs zögerte nicht, fiel auf die Knie und versuchte, dem Tier zu folgen. Die Waldeidechse krabbelte an der Wand entlang, schlug einen Haken und verschwand in der schattigen Ecke hinter einem Birkenbusch, dessen Wurzeln sich in die Steine gekrallt hatten.

Beatrijs kroch näher heran und versuchte zu ergründen, wohin der kleine Drache geflüchtet war. Sie schmiegte sich an die bemoosten Bodenplatten und zog die Birke ein wenig zur Seite. Über den gerissenen Bodenplatten ragte eine Wurzel in den Stein, und unterhalb der Wurzel konnte sie einen kleinen Spalt in der Mauer erkennen.

Sie versuchte, ihre Finger hineinzustecken, doch der Spalt war zu schmal. Dennoch spürte sie einen Lufthauch. Indem sie ihren Kopf gegen die Bodenplatten schmiegte, versuchte sie, in den Spalt zu blicken. Doch ihre Wange, die wegen der Schläge geschwollen war, schmerzte zu sehr, sodass Beatrijs sie nicht stärker gegen die Bodenplatte drücken konnte. Zu ihrer Enttäuschung erkannte sie kein Tageslicht. Da war nur dieser Lufthauch mit dem Geruch des Waldes. Kühl und ein wenig modrig.

Schnell griff sie in die Kante des Risses und spürte unter ihren Fingern, wie porös der Stein durch die Jahre und das Wetter bereits geworden war. Sie versuchte, ein Stück Stein abzubrechen und …

»Was machst du da?«, zerriss eine Stimme die Stille. »Weib! Steh auf! Steh auf, Weib.«

Bevor sie reagieren konnte, packte sie eine Hand im Haar und zog sie auf die Beine. Erschrocken schrie Beatrijs auf. Der Griff war hart und unbarmherzig. Sie hatte diese Hand die letzten Tage schon oft zu spüren bekommen. Auch ohne Grund.

Der junge Mönch spuckte ihr ins Gesicht und stieß sie hart zum Mühlrad. Er wischte sich über das stoppelbärtige Kinn und das große Feuermal, das sich seinen Hals hinaufzog und

126

auf seiner rechten Wange auslief. Mit der Fackel stieß er sie in die dunkle Ecke und zischte: »Du Hexe, was hast du da gemacht?«

Suchend ließ er die Fackel über die Birke und die Mauer gleiten, leuchtete alles ab, sah aber nichts Besonderes. Langsam kroch Beatrijs auf dem Boden zurück, bis sie mit dem Hinterkopf gegen das Zahnrad stieß. Sie wusste, dass der Junge, den die anderen Ragnulf nannten, es nicht leiden konnte, wenn er etwas nicht begriff. Er konnte es nicht leiden, wenn die anderen ihn zum Narren hielten oder ihn damit aufzogen, schlauer als er zu sein. Wütend ließ Ragnulf die Flamme durch die Luft zischen, drehte sich herum und war mit zwei, drei Schritten bei ihr. Ohne Warnung stieß er mit der Fackel vor. »Du Hexe. Was ist das?«

»O Gott!«, entfuhr es Beatrijs, bevor sie den Kopf zur Seite riss. Die Fackel verbrannte ihre Haare. Die Hitze war schrecklich. Sie spürte sie auf ihrer Wange, als ihre Haut zu verschmoren begann. Beatrijs schrie auf, wollte zurück, konnte es aber nicht.

Da ließ der junge Mann unvermittelt von ihr ab. Er schwenkte die Fackel wie ein Schwert vor sich und blickte auf sie herunter. »Schmeck schon mal das Feuer«, stieß er hervor. »Du liebst es doch, oder? Nach Jauche stinkst du, nach verbrannter Jauche. Wie die Hölle, du Hexe.« Er lachte schrill und zog sie auf die Beine. »Mitkommen! Es wirkt nicht, Hexe. Hast uns falsche Eier angedreht. Es wirkt nicht.«

Beatrijs wehrte sich nicht. Sie ließ sich am Zahnrad vorbei zu den drei Stufen und durch die schwere, neue Holztür stoßen, die in den Hauptraum führte. Sie spürte das Brennen noch immer, unterdrückte aber den Drang, an ihre Wange zu greifen, auf der sich Brandblasen bildeten. Die Eidechse, dachte sie nur, während sie zwei Stufen hinaufgestoßen wurde. Die Eidechse weiß einen Weg. Sie gelangt nach draußen. Also gibt es ein Draußen. Es gibt die Welt noch. Die Welt ist nicht nur der Wald. Der schreckliche Wald. Wenn es ein Draußen gibt, werde ich zur Eidechse. Ich werde hinausgelangen. Ich werde fliehen.

Schon Imel zuliebe.

14

Im Zimmer der Taubenstube wartete Margot auf Rungholt. Sie saß in seinem Alkoven, die Beine über den wurmstichigen Holzrand geschlagen. Wie lange sie im Dunkel gewartet hatte, wusste Rungholt nicht zu sagen, doch nach ihren zerknitterten Kleidern zu urteilen war sie erst hochgeschreckt, nachdem er die Tür geöffnet hatte.

»Margot? Was tust du hier?« Er entzündete eine Öllampe. »Wie bist du hereingekommen.«

»Der Wirt hat mich eingelassen, Vater.«

Rungholt nickte, er wusste nicht, was er sagen oder fragen sollte. Die Heimreise aus dem Moor hatte ihn schläfrig gemacht. Er zog den Schemel vom Tisch und setzte sich. »Weswegen bist du gekommen?«

Weil sie nicht antwortete, sah er sich zu ihr um: Sie saß wie ein kleines Mädchen auf dem Bett. Wie oft hatte er sie so dasitzen sehen? Meist am Abend, wenn sie nicht schlafen, sondern sich um ihre Katzen kümmern wollte.

»Warum bist du gekommen, Margot? Ist was mit Utz?« Kaum ausgesprochen, bereute er die Frage. Er erwartete ein Donnerwetter, eine pampige Antwort, aber zu seiner Verwunderung nickte Margot stumm.

Rungholt schob seinen Schemel herum, nahm ihn schließlich und setzte sich vor sie. Er spürte, dass es sie enorme Kraft gekostet hatte, zu ihm zu kommen. Was immer sie ihm sagen wollte, sie brauchte Zeit. Sanft nahm er ihre Hände und hielt sie fest. »Was immer es ist, du kannst es mir erzählen, Margot«, sprach er ihr gut zu.

»Ich will nicht, dass du mich falsch verstehst, Vater. Und ich will nicht, dass du glaubst, ich schwärze meinen geliebten Ehemann an.«

Rungholt nickte.

»Aber ich … Du darfst es ihm nicht sagen, dass ich hier war, hörst du? … Ich weiß nicht, was ich davon halten soll. Er hat sich nachts mit einem Mann namens Pütrich getroffen.«

Marek biss sich auf die Lippen und verkniff sich jeden Einwand, auch wenn es ihm angesichts von Rungholts Befragungsart schwerfiel. Wie befohlen spähte er aus dem Fenster und hielt die Augen nach Margot auf, die an der Morgenmesse teilgenommen hatte. Die Sonne war gerade aufgegangen. In den Gassen hing der erste Nebel des Jahres.

»Niemals! Willst du sagen, meine Tochter lügt mich an?« Rungholts Brüllen ließ Marek herumfahren, und als Rungholt mit der Hand auf den Tisch schlug, zuckte er unwillkürlich zusammen. Er kam sich vor, als stünde er bei einem Verbrechen Schmiere, und das mochte Marek ganz und gar nicht.

Margot hatte lange gebraucht, um Rungholt von Utz zu erzählen, und er hatte ihr schwören müssen, nichts zu unternehmen. Natürlich war er noch in der Nacht zu Marek geeilt und hatte ihn zu Margots Haus mitgenommen. Hier hatten sie gewartet, bis Margot gegangen war, und dann Utz bei seiner Morgensuppe überrascht.

Marek sah an Rungholts massigem Rücken vorbei. Er konnte erkennen, dass Utz von allen Drohgebärden ungerührt am Tisch saß und sich einen Laib Brot heranzog.

»Ich kenne Pütrich nicht gut, Rungholt.« Utz griff nach seinem Messer, um den Schimmel vom Brot zu schneiden. Mit einer ruppigen Geste nahm Rungholt einen Stuhl vom Tisch, stellte ihn unsanft hin und setzte sich. »Aber gut genug, um dich heimlich mit ihm im Keller zu treffen?«

Utz schnitt das Schlechte weg und sich eine Scheibe ab. Er schob sie sich mit Messer und Daumen in den Mund und kaute den Bissen gründlich, bevor er grinste. »Was wisst Ihr schon, Rungholt? Ihr kennt mich nicht, und ich kenne Pütrich kaum. Warum stellt Ihr mir dümmliche Fragen? Solltet Ihr nicht Smidels Weib suchen?«

»Keine Sorge, Utz«, entgegnete Rungholt und sah Utz fest an. »Die werde ich schon finden.«

Während Utz nickte, meinten seine Augen etwas anderes. Ohne auf Rungholt zu achten schnitt er sich ein weiteres Stück Brot ab und aß. »Wollt Ihr mich verprügeln, Schwiegervater?«, höhnte Utz. »Weil Ihr es nicht ertragt, dass ich Euer kleines Kind geehelicht habe?«

Marek trat zu Rungholt vor. »Wenn Margot etwas gehört hat, dann stimmt das auch.«

»Du weißt doch etwas«, zischte Rungholt. »Du weißt doch etwas über Beatrijs.« Weil er näher herantreten und Utz weiter unter Druck setzen wollte, stieß er an den Tisch. Dann packte er zu und kippte den Tisch mit einem Ruck zur Seite. Klatschend landete er auf dem Lehmboden, die Beine nach oben zur Decke gerichtet. Utz zuckte nicht einmal mit den Lidern. Seelenruhig legte er das Messer neben sich auf einen der Stühle. Er sah auf das Brot im Dreck und schüttelte über Rungholts Grobheit den Kopf. Er wollte den Tisch wieder aufrichten, aber Rungholt drückte seinen Schwiegersohn zurück auf den Stuhl.

»Wofür habt ihr beide nur fünf Tage? Du und der Pütrich? Wieso triffst du dich nachts mit jemandem, den du nicht kennst? Was ist mit Beatrijs geschehen?«

Rungholt baute sich vor Utz auf, und Marek bemerkte mit flauem Gefühl, wie Rungholt langsam nervöser wurde. Er meinte die Säfte beinahe riechen zu können, die Rungholt in den Kopf stiegen. Er war kurz davor, seine Fassung zu verlieren. Am liebsten hätte Marek Rungholt kopfüber in den Wassertrog gesteckt, der beim Feuer stand. »Das sag ich euch aber, wehe ihr schlagt euch«, meinte er. »Ich werde diesen schmierigen Pankraz rufen, wenn du ihn schlägst, Rungholt.«

Murrend winkte Rungholt ab und wandte er sich grinsend an Utz. »Wir reden nur von Mann zu Mann. Von Schwiegervater zu Schwiegersohn.«

Die beiden musterten sich. Auch Utz setzte ein Lächeln auf, aber es sagte: Mit dir werde ich niemals reden und schon gar nicht von Sohn zu Vater.

Rungholt musterte den hageren Mann von oben herab. Die Haare waren Utz an vielen Stellen ausgefallen. Aus dem groben Leinen seines schmucklosen Hemdes, dessen Ärmel er hochgeschoben hatte, ragten sehnige Unterarme. Die Adern standen hervor, als hätten Utz' Säfte sie vor Wallung aufgebläht. Seine Haut war blass, an vielen Stellen abgeschürft. Die Hände seines Schwiegersohns waren schwielig, und Hornhaut bedeckte die Finger. Beim Anblick von Utz Bachers Händen wusste Rungholt nicht, ob er wegen des Drecks beruhigt sein sollte – immerhin schien Utz etwas zu arbeiten – oder angewidert, denn der Dreck hieß auch, dass Utz in keinen guten Kreisen verkehrte. Wahrscheinlich konnte er sich nicht einmal ein Badhaus leisten.

»Was soll das heißen: fünf Tage?«

Anstatt zu antworten, stand Utz auf und verschränkte trotzig die Arme vor der Brust.

»Was hast du mit diesem Pütrich zu schaffen? Wieso hat Pütrich so viel Angst?« Zornig trat er auf Utz zu. »Sag es mir!«

»Ich werde Euch gar nichts sagen, Rungholt.«

»Und ob. Was geht hier vor?« Rungholt wollte diesen Kerl packen, ihm ordentlich die Leviten …

Der Schlag kam unerwartet. Eine starke Gerade. Ein schneller und präziser Hieb, den Rungholt erst spürte, als er bereits zurückgestürzt war und sich benommen das Kinn rieb. Utz hatte nicht gezögert und zugeschlagen, bevor Rungholt ihn anfallen konnte. Für gewöhnlich peitschte Schmerz Rungholts Zorn an, doch in diesem Moment war er zu überrascht, um wütend zu werden.

»Was, in Teufels Namen …«, brachte er hervor und bemerkte jetzt erst, dass er in Mareks Armen lag. Er tastete nach seiner Nase. Blut lief ihm über die Lippen hinab, und er schmeckte es eisern.

Rungholt brauchte einen Moment, um durchzuatmen und zur Besinnung zu kommen. Während er sich zitternd das Blut vom Kinn rieb, spürte er die Hitze in sich aufwallen. Wie konnte es dieser Habenichts wagen, ihn zu schlagen? Ihn? Einen Hanser von hohem Rang? Einen ehrbaren Kaufmann aus dem Norden, der gut dreißig Jahre mehr Erfahrung und gewiss mehr als das Hundertfache in seinen Truhen hatte.

Dass er beinahe pleite war, verdrängte Rungholt, als er mit einem zornigen Brummen selbst auf Utz losging, seinen Schwiegersohn bei seinem Hemd packte und ihn nach hinten schleuderte. Utz krachte gegen einen der Ständer und schrie auf, Staub rieselte auf die beiden herab.

»Rungholt!« Marek schritt ein. »Lass gut sein.«

»Ihr seid ja von Sinnen«, sagte Utz. »Ihr braucht einen Vorwand, um mir's Messer reinzurammen, ja?«

Rungholt versuchte gleichzeitig, Utz nach hinten zu drücken und seinen Arm zu fassen.

»Ihr meint, Margot habe unter ihrem Stand geheiratet. Deswegen wollt Ihr Euch schlagen, aber …«, presste Utz hervor. Nur mit Mühe entwand er sich Rungholts Griff, doch anstatt einen Schritt zurückzutreten, schlug Utz wieder mit der Faust auf Rungholts Ohr. »Ich liebe sie! Ich liebe Margot. Du Drecksack.«

»He!«, schrie Marek und stürzte vor. Irgendwie schaffte er es, sich zwischen die beiden Männer zu zwängen und Utz mit der Linken am Hals zu packen. Mit einem Aufschrei stieß er den Mann nach hinten und wollte nach Rungholt greifen, wurde aber von ihm umgerannt.

Die Schmach, von diesem Taugenichts geschlagen worden zu sein, verwandelte Rungholt in ein glühendes Stück Eisen. Trotz seiner Masse wirkte er mit einem Mal biegsam und schien alles in seinem Umkreis zu verbrennen. Er schoss vor, packte Utz an den Haaren, doch Marek griff in seinen Schlagarm. Obwohl Utz Rungholt in den Magen boxte, schien Rungholt die Schläge nicht zu spüren. Selbst Mareks Rufe und das Fluchen des Seemanns drangen nur wie durch Wolle zu ihm, als habe man seinen Verstand wie die Fenster der Häuser mit Schweineblase bespannt.

Endlich beruhigten sich die beiden. Jedoch nur, weil Marek sie mit aller Kraft auf Abstand hielt.

Utz zitterte am ganzen Leib. Die Stille zwischen den Männern durchbrach ihr keuchendes Schnauben. Wie zwei Ertrinkende, die nach Atem ringen, standen sie da, während der Zorn in ihnen pumpte.

Mit zittriger Hand wischte sich Rungholt das Blut von der Nase und schüttelte die Tropfen neben den umgestürzten Tisch auf den Lehm.

»Ihr seid ein kranker Mann, Rungholt.« Utz atmete flach. Schnaufend presste er seine Handknöchel, bevor er sich kopfschüttelnd abwandte.

»In fünf Tagen kenne ich deine Tochter sieben Jahre, Rungholt.« Utz griff seine Schecke und trat zur Tür. Er wollte gehen, besann sich aber eines Besseren und kehrte zu Rungholt zurück.

»Raus!«, befahl er. »Raus aus meinem Haus, Rungholt. Ich will Euch hier nicht mehr sehen. Das ist mein Haus. Raus.«

Er wandte sich dem Tisch zu, und Rungholt konnte ihn leise murmeln hören: »Ich habe dich vom ersten Tag nicht ausstehen können, Lübecker. Und du hast mir deinen fauligen Geist bewiesen.«

Utz packte den Tisch; als Marek ihm helfen wollte, ihn aufzurichten, schlug er dessen Arm beiseite.

15

Noch voller Hitze schlenderte Rungholt durch die Stadt. Sein Zorn auf Utz wurde jedoch mehr und mehr vom schlechten Gewissen gegenüber Margot verdrängt. Es war kein Fehler, Utz ruppig zu behandeln, aber es war ein Fehler, ihn so schnell zu befragen. Ich habe Margots Vertrauen missbraucht, und warum? Ich glaube doch nicht wirklich, dass Beatrijs noch lebt, wie kann dann jeder Tag zählen, sie zu finden?

Wieso nur war ihm das Auffinden dieser fremden Frau so wichtig geworden, dass er selbst seine eigene Tochter derart hinterging. Er hatte sein Versprechen gebrochen, Utz nichts von ihrer Beichte zu sagen – er hatte ein Gelöbnis seinem Kind gegenüber verraten. Andere Menschen hätte er für ein solches Hintergehen die Knute spüren lassen. Sein Verrat bereitete ihm Magengrimmen, vor allem, weil ihm erst nach dem Verhör aufgefallen war, in welche Gefahr er seine Tochter gebracht hatte. Du dummer Klotz. Was, wenn Utz wirklich etwas mit Beatrijs' Verschwinden zu tun hat. Nun weiß er, dass dein Kind ihn verraten hat. Du hast ihn verhört, hast dein Versprechen gebrochen, weil du wolltest, dass er es ist. Und weil du die beiden auseinanderbringen willst.

Münchens Wehranlage wurde an allen Ecken und Enden verbessert. Die Stadt platzte aus ihren Nähten, zu viele Häuser auf zu wenig Grund. Selbst die kleinsten Grünflächen waren gerodet worden. Kein Wunder, dass der Rat beschlossen hatte, die Stadt zu erweitern.

Ohne es zu merken, zog ihn die Schuld zum Alten Hof. Er

schlenderte zum Tor der *Purg*, wie die Münchner ihre Veste nannten, und spähte über die unzähligen Pilgerköpfe hinweg. Immer im Bemühen, einen Blick auf die Laurentius-Kapelle auf der Nordseite des Innenhofes zu erhaschen, ging er näher auf die gut gesicherte Veste zu. Erneut erfasste ihn der Strom der Wallfahrer, und er musste sich seitlich wegdrücken, um nicht mitgeschwemmt zu werden. Rungholt verschnaufte im Schatten eines der Burgtürmchen, als er ein Knurren vernahm. Neben dem Tor gab es zwei Verliese, in denen drei der großen Katzen schliefen, die er schon vor einigen Tage in der Kirche gesehen hatte. Bei ihrem Anblick lief es Rungholt kalt den Rücken herunter, obwohl die Biester zahm wirkten. Dennoch bezweifelte er nicht, dass jeder stürbe, der in eines der Verliese gestoßen wurde.

Er überlegte, ob er sich in die Menschenmenge drücken und einfach mit ihnen zur Kapelle und damit zu den Reliquien vorgehen sollte, doch kaum hatte er sich wieder in den Strom eingereiht und war ans Tor gedrückt worden, hörte er Getuschel in der Menge. Irgendwer hatte ihn vom Alten Peter her erkannt und erzählte lautstark, wie man Rungholt aus der Kirche geworfen hatte. Die Geschichte machte schneller die Runde, als Rungholt vorwärtskam. Erste Kinder zeigten auf ihn, dann ein paar bettelarme Wallfahrer mit Lumpenumhängen.

Schließlich traten zwei Schützen aus den Reihen der Soldaten auf ihn zu. Wahrscheinlich lag es am Getuschel oder an seiner Leibesfülle und den Kleidern, die im Schmuck eher Lübeck entsprachen, dass die Männer ihn erkannten. Rungholt versuchte, stehen zu bleiben, doch die Menge drückte ihn unablässig weiter.

Die beiden Männer suchten die Gesichter der Menge ab, schienen ihn verloren zu haben und setzten sich dann doch erneut in seine Richtung in Bewegung. Sie hoben ihre Hellebarden und riefen Anweisungen. Rungholt verstand sie nicht, und obwohl er sich nicht mehr sicher war, ob sie wirklich seinetwegen durch die Menge eilten, drehte er ab. Mit ganzem Körpereinsatz schob er sich quer zu den Pilgern und ließ Verwünschungen und Flüche über sich ergehen.

Schließlich drückte er sich zwischen den letzten Bäuchen und Rücken hindurch und gelangte zur Außenmauer des Alten Hofs. Er sah sich nach den Soldaten um und konnte ihre Lederpanzer in der Menge erkennen. Es bereitet mir keine Freude, aus Gotteshäusern geworfen zu werden, sagte er sich. Mögt ihr alle euch in stundenlanger Warterei anstellen, um die Reliquien zu sehen. Ich werde nachts kommen. Mir soll aufgeschlossen werden, und ich werde eure Reliquien küssen, und dann werde ich von Sünde frei sein.

Er lächelte, während er möglichst unauffällig seinen Schritt beschleunigte und an der Mauer entlang Richtung Burggraben ging.

16

Der Fetzen war nicht größer als Rungholts Hand. Den Kanten nach zu urteilen war das Stück aus einem Buch gerissen worden. Selbst eine Illumination konnte Rungholt noch erkennen, zumindest einen Teil davon, denn wer immer den Erpresserbrief geschrieben hatte, er hatte anscheinend achtlos das kunstvolle Bild zerrissen.

Rungholt setzte seine zerbrochene Brille ab und hielt das Stück Pergament nah an seine Augen. Dicht an dicht waren noch die Vorzeichnungen lateinischer Buchstaben zu sehen, die einst einen Text hatten bilden sollen, aber niemals ausgeführt worden waren. Mit Daumen und Zeigefinger befühlte Rungholt die Tierhaut. Sie war gleichmäßig. Es waren keine Borsten mehr zu spüren und auch keine Schattierungen zu sehen. Feinstes Pergament, wie es Mönche für liturgische Bücher benutzten. Das sagte er auch zu den Männern, die sich mit ihm in Smidels Werkstatt versammelt hatten.

Nachdem Pankraz Guardein ihn in seinem Zimmer aufgesucht hatte, waren sie zu Margot geeilt und hatten Marek abgeholt. Rungholt hatte schon befürchtet, dort auf seine Tochter zu treffen, und sich im Geiste auf lange Wortgefechte eingestellt, um sie abzuschütteln, doch Margot war wohl seit Stunden außer Haus. Mit Marek und dem Guardein war Rungholt dann zum Rindermarkt geeilt und hatte bei Smidel geklopft. Der Gute hatte ihnen stockbetrunken und mit roten Augen geöffnet.

Rungholt hielt sich den Pergamentfetzen noch einmal nah vor die Brille, aber die gekritzelten Worte waren ihm fremd. Zwei Zeilen waren krakelig niedergeschrieben worden, aber er konnte nur drei, vier Worte entziffern, da die Zeilen in Latein verfasst waren. Etwas von *Wald*, *hundert* und *Komplet* reimte Rungholt sich zusammen, bis er den Fetzen Pankraz Guardein reichte.

»Lest Ihr vor«, schnaubte er. »Dieses Gekrakel tut meinen Augen weh.«

Der Guardein musterte Rungholt einen Moment, als wolle er sagen: »Ach, und ich habe nur noch ein Auge. Für mich soll's besser sein?« Dann räusperte sich der Zunftmeister und strich seine fettigen Haare nach hinten. Sein gesundes Auge verfolgte die Worte, während das Holzauge starr auf die Werkbank blickte, an der sie sich versammelt hatten. Ein Anblick, der Rungholt peinlich war, obwohl er nicht gewusst hätte, weswegen. Vielleicht, weil der Mann sein Holzauge so freimütig zeigte. Eigenartig, schoss es Rungholt durch den Kopf. Er lässt sich ein künstliches Auge einsetzen, damit man die nackte Augenhöhle nicht sieht, tut aber nichts, um das Stück Holz zu verstecken. Rungholt schämte sich, den Aal allzu genau zu mustern, wie ein kleines Kind einen Krüppel bestaunt.

Dennoch konnte Rungholt nicht den Blick von dem kuriosen, schiefen Zucken der Augen lassen.

»Aggere argentarios centos ad arbore rubro in silva alnorum«, begann Pankraz Guardein und übersetzte: »Bringe hundert Silberstücke zum roten Baum…« Er drehte den Fetzen hin und her. »… in den Erlenwald. Morgen zur Komplet. Sonst wird Beatrijs sterben.«

Pankraz Guardein legte seine Stirn in Falten und zwirbelte nachdenklich seinen Bart. »Gutes Pergament, hm«, meinte er skeptisch. »Aber in Eile geschrieben. Hier ist's schmutzig.« Er zeigte auf den Rand. Gelblich braune Fingerabdrücke, verwischt und dreckig.

»Blut?«, fragte Smidel und wollte sich vorbeugen, aber Rungholt hielt ihn zurück und begutachtete selbst das Pergament kritisch. Die Flecken waren kein Blut, dazu waren sie zu gelblich, und der Schreiber hatte auch nicht gekleckert, sondern sie am ganzen Rand verteilt, als er das Blatt mehrmals angefasst hatte. »Es ist kein Blut.«

»Anscheinend haben sie auch keinen Löschsand benutzt«, warf Pankraz Guardein ein.

Rungholt nickte.

»Ja, aber ich glaube auch nicht, dass es Tintenkleckse sind.« Er roch an den Stellen, konnte aber nichts wahrnehmen. »Sie haben auf ein Stück Pergament geschrieben, das bereits benutzt wurde. Hier.« Rungholt hielt das Pergament zum Licht und zeigte den beiden Männern, dass man noch Zeilen eines Codex lesen konnte, auf den die Tinte gesetzt worden war.

Der Pankraz bejahte. »Etwas aus dem Alten Testament, wenn ich das richtig entziffere.«

»Und … und was heißt das alles?«, wollte Smidel wissen und nahm seinem Zunftmeister das Pergament weg. »Damit sind wir auch nicht weiter, wer meine Beatrijs hat! Jemand hat eine Seite aus einem Codex gerissen, na und?«

»Nun«, meinte Rungholt. »Es sagt schon einiges. Sie haben das Latein schnell geschrieben und demnach nicht abgeschrieben. Ich meine, es sieht aus, als habe es jemand geschrieben, der auch Latein beherrscht«, wandte sich Rungholt an den Guardein. »Ebenso ist es eigenartig, dass es eine Seite aus einem liturgischen Text ist. Ich denke, die Erpresser haben Zugang zu solcherlei Kodizes. Sonst hätten sie wohl eher ein Tuch zum Draufschreiben genommen, oder?«

»Mönche vielleicht«, ereiferte sich Smidel, ohne nachzudenken.

»Wo denkt ihr hin!«, entwich es Marek entsetzt. »Mönche?«

»Die sollen so etwas tun?« Pankraz Guardein schüttelte den Kopf. »Nein, sag ich euch. Euer Kapitän hat Recht. Ich glaube nicht, dass es Mönche waren. Vielleicht jemand mit einem Gelehrten als Freund.«

»Gelehrte? Schreiber? Stadtschreiber? Das kommt jedenfalls nicht von einem Bauern.«

Der Kapitän nickte zu einer kleinen Schachtel, Rungholts Brillenkästchen nicht unähnlich, die in dem Pergament eingewickelt gewesen war. »Abscheulich ist das… Wahrscheinlich war es ein Rechtsschreiber, höchstens ein böser Novize, sag ich euch.«

»Hm, eigenartig auf jeden Fall«, meinte Rungholt, »dass das Schreiben auf einem unfertigen Pergamentbogen geschrieben wurde.« Er zog die Schachtel zu sich und öffnete sie. Dann nahm er einen schlanken Frauenfinger heraus. Ein Zeigefinger, der an der Wurzel abgeschlagen worden und noch besudelt von Erde und getrocknetem Blut war.

»Und Ihr seid wirklich sicher, dass dies Beatrijs'…« Rungholt legte den Finger zurück in die Holzschatulle und sah zu, wie Marek sich vorsichtig darüber beugte, um alles ganz genau zu studieren.

Ohne hinzusehen, bejahte Smidel, bevor er die Schatulle angewidert vor Mareks Nase schloss. Er schob das Kästchen über seinen Werktisch, und ein Krug mit Schnaps fiel um.

Rungholt wollte nach ihm greifen, doch der Krug zerschlug. Die Reste des Schnapses liefen über die ansonsten leergeräumte Werkbank und zwischen andere Krüge, die Smidel im Laufe des Mittags geleert haben musste.

Kopflos eilte Vroni herbei. In der Terz, als sie mit Fisch vom Markt gekommen war, hatte sie das Schächtelchen vor der Tür gefunden. Ohne sich etwas zu denken hatte sie es mit hineingenommen und geöffnet. Seitdem befielen sie Zitterattacken, und sie weinte ab und an ohne wirklichen Grund. Selbst die ältere Magd hatte sie nicht wirklich beruhigen können. Das Mädchen wollte aufwischen, konnte aber keinen Lappen finden. Zwischen Schock und Pflichterfüllung pendelnd huschte sie um die Werkbank, unterdrückte ihr Heulen und las fahrig die Scherben auf.

»Is' gut, Vroni«, meinte Smidel angesäuselt. Da das Mädchen noch immer nicht aufhörte, sondern vor sich hin brabbelnd mit Auflesen fortfuhr, schrie Smidel es jäh an: »Hör auf! Es is' gut!«.

Erschrocken ließ Vroni die Scherben zurück auf die Werkbank fallen, verbeugte sich schnell, nicht wissend, was tun. Da beugte sich Smidel vor und packte das Mädchen. Rungholt konnte seine Fahne riechen, als er sie ungeduldig wegzog. Fluchend gab der Goldschmied ihr einen Stoß, sodass sie beinahe gestürzt wäre. »Geh endlich! Lass uns allein.«

Schluchzend rannte Vroni zur Tür, wo bereits Klara sie tröstend in Empfang nahm.

Die rüde Art konnte Rungholt dem Goldschmied nicht verdenken. Hätte er einen Finger von Alheyd vor seiner Tür gefunden, hätte er sich für fünf betrunken und wahrscheinlich halb Lübeck zu Klump geschlagen. Letzteres jedenfalls schien Smidel weder seiner Magd noch seiner Werkstatt angetan zu haben. Seine Goldschmiede sah aufgeräumt wie eh und je aus, nur die Schnapskrüge, das Kästchen und das bekritzelte Pergament lagen offen herum.

»Ich würde nicht unbedingt erkennen können, ob es meine Frau ist. Nicht wenn es der Finger einer Frau von ähnlicher Statur ist und…«, durchbrach Rungholt das Schweigen, wurde jedoch von Smidel unterbrochen.

»Wollt Ihr damit sagen, ich kenne mein Weib nicht?«, zürnte der Goldschmied und ließ sich auf einem Schemel nieder.

Rungholt zog noch einmal das Kästchen zu sich. »Ein Finger ist eben nicht leicht zu erkennen. Es ist ein Frauenfinger, gut. Ein schlanker Finger, wohlgeformt. Der Fingernagel glatt. Aber schon der Fingernagel. Er ist abgebrochen, ganz unansehnlich. Wer sagt Euch, dass es nicht der Finger einer Bäuerin ist, anstatt…«

Smidel musste aufstoßen.

»Geht mir weg mit dem… dem *Ding*. Ich will das nicht. »Er griff nach einem der Krüge, musste aber feststellen, dass der bereits leer war.

Seufzend schob Rungholt ihm einen anderen hin. »Ihr meint also, es ist Beatrijs’?«

»Ja doch!«, fuhr Smidel Rungholt an. »Wessen soll es sonst sein? Ich… ich nehm's an, jedenfalls.« Kaum hatte Smidel es ausgesprochen, wurde ihm erneut bewusst, was dort seiner Meinung nach vor ihm lag. Als würde ein Hebel in ihm umgelegt, musste der hagere Mann abermals Tränen herunterschlucken. »O Gott, die haben ihr den Finger… Die haben… Wir müssen sie finden. Ich pack das Geld zusammen. Ich hol das Geld.«

»Smidel, warte«, warf Pankraz Guardein ein. »Es ist verboten, Erpresser zu bezahlen. Unter Strafe verboten!« Er wollte seinen Freund am Arm halten, doch Smidel hörte nicht auf ihn, lief kopflos durch die Werkstatt. »Bei Gott, deren Seelen dürsten nach Geld. Also geben wir es ihnen. Und sie geben uns Beatrijs!«

Der Zunftmeister schüttelte Smidel. »Theobald, komm zur Besinnung.«

»Der Pankraz hat recht«, pflichtete Rungholt dem Mann bei. »Wenn Ihr das Geld zahlt und jemand bekommt Wind davon, müsst Ihr dasselbe Geld noch einmal an den Rat zahlen. Als Strafe.«

»Geldstrafe …« Smidel winkte ab. »Es geht hier um Beatrijs, um mein geliebtes Eheweib. Wen kümmert's Geld?«

»Es ist gar nicht gesagt, dass diese … diese *Leute* wirklich Beatrijs in ihrer Gewalt haben.«

Smidel schüttelte den Kopf, und für einen Moment schien er zu lachen. Aber es war ein bitteres Lachen. »Soll ich abwarten, bis sie ihre Drohung wahrmachen? Soll ich eines Morgens ihren Kopf vor meiner Haustür … Um Gottes willen!« Er musste wieder weinen, doch es waren wohl Tränen der Wut, denn Smidel schlug mit einem Mal mit der Faust gegen den Schrank. »Soll ich hier rumsitzen, und die schicken mir ihren Kopf? Soll ich das tun?«, schrie er. »Ich habe Euch gesagt, ich will wissen, was passiert ist. Ich *muss* wissen, was mit ihr ist. Eine Bestätigung, ja. Aber doch nicht so!« Er brüllte Rungholt direkt ins Gesicht, der aber keine Miene verzog. Stumm ließ er die Attacke über sich ergehen. »Ihr sagtet, Ihr findet sie! Also fahrt zur roten Buche. Lasst uns das Geld übergeben und mein Weib holen.«

Ruhig lehnte Rungholt ab.

»Fahrt mit mir dorthin, oder ich lasse Euch nicht zu den Reliquien. Ich werde Eure Absolution …«

Bevor Smidel weitersprechen konnte, hatte Rungholt ihn an seiner Schecke geschnappt. »Ihr wollt Gott spielen, Smidel? Ihr erpresst mich?«, schrie er fassungslos und riss Smidels hagere Gestalt zu sich. »Ihr wollt mir die Lossprechung verwehren? Ihr? Das ist lächerlich! Ich sollte Euch meine Gnippe schmecken lassen. Ich biete Euch meine Hilfe an, und Ihr …«

»Rungholt«, versuchte Marek seinen Kaufmann zu beruhigen. »Er hat es nicht so gemeint.« Bisher hatte der Schone sich lieber zurückgehalten und sich mit Klara um die verstörte Vroni gekümmert.

»Natürlich hat er«, belferte Rungholt und stieß Smidel hart zurück, der gegen die Kante seiner Werkbank krachte. Mit einem lauten Scheppern zerschlugen die Krüge auf den Dielen. Vroni schrie auf, und Klara wollte ihrem Herrn zu Hilfe eilen, doch Pankraz Guardein war schneller. Er half dem betrunkenen Goldschmied auf die Beine. Der Aal hatte sich die ganze Zeit zurückgehalten, doch nun musterte er Rungholt finster.

»Nun tut dem Mann doch den Gefallen«, sprach er Rungholt gut zu. »Was habt Ihr zu verlieren, Hanser?«

Ohne es zu ahnen, schlug er mit seiner Bitte eine Saite in Rungholt an. Es war nur eine feine Ahnung, ähnlich dem Gefühl, wenn sich ein Gespinst unangenehm im Haar verfängt. Rungholt beschloss, sich diese Ahnung zu merken. Dabei fiel ihm ein, dass er vergessen hatte zu notieren, wie Margot ihn vor zwei Tagen gebeten hatte, nach Beatrijs zu suchen. Als sie gemeinsam vor dem Stifterbild standen, hatte ihn auch bei seiner Tochter dieses Unbehagen befallen.

Rungholt sah auf die Scherben. Allein der Gedanke an den Wald ließ ihn erschaudern. Er mochte ihn nicht. Er mochte seinen Anblick schon daheim nicht, wo die Bäume nur noch vereinzelt um Lübeck standen. Und er mochte ihn um München ebenso wenig. Der Ausflug ins Moor hatte ihm gereicht. Gut, dass wir in den letzten Jahrzehnten viel von diesem verfluchten Wald abgeholzt haben, dachte er. Mögen noch mehr Stämme für unser Wohl fallen. Für den Bau von Schiffen, Häusern, für das Wärmen unserer Scrivekamere und unserer Dornsen.

Nein. Er wollte nicht noch einmal in den Wald. Schon seinem Hintern zuliebe nicht.

Smidel schnappte einige Male nach Luft, dann sank er endlich auf seinen Stuhl zurück und begann zu wimmern. »Ich zahle alles Geld, das Ihr verlangt. Mehr als das«, sagte er, den Kopf in den Händen vergraben. »Ich muss es wissen, Rungholt. Ich muss.«

»Sie ist wahrscheinlich längst tot, Smidel. Es tut mir leid.« Aus stummen Augen sah der Mann Rungholt an, sodass sich Rungholt genötigt fühlte, weiter auszuholen: »Sie ist seit elf Tagen verschollen. Wenn sie entführt wurde, um Euch zu erpressen, hätte vor einer Woche eine Nachricht eintreffen müssen. Wahrscheinlich ist sie ermordet worden, vielleicht … «

Er suchte nach Worten, aber Smidel winkte ab. Vielleicht nach Italien verkauft, dachte er, sagte es aber nicht. Schließlich wandte er sich an Pankraz Guardein. »Wir werden keine Hilfe vom Rat bekommen, richtig? Keine Berittenen. Niemanden. Könnt Ihr Büttel beschaffen, am besten Männer, die zu kämpfen wissen?«

Der Zunftmeister rieb sich sein gesundes Auge. Er blickte Rungholt an, aber der hatte das Gefühl, als schaue der Pankraz an ihm vorbei. Das Schielen verwirrte Rungholt.

»Könntet Ihr Eurem Freund nicht den Gefallen erweisen?«, hakte er noch einmal nach.

Pankraz Guardein schüttelte den Kopf. »Es tut mir leid. Es war schon schwer, die zwei aufzutreiben, die sich in München nach Beatrijs umsehen sollten. Wegen des Jubeljahrs habe ich keine Männer.« Er zwirbelte sich nachdenklich den Bart, nur um wenig später abermals den Kopf zu schütteln. »Tut mir leid. Nicht auf die Schnelle.«

Smidel nickte stumm. Stille senkte sich in die schattige Diele, nur unterbrochen durch das Holzknacken der Feuerstelle. Noch einen Moment blickte Rungholt auf Smidel hinab. Während sich Pankraz Guardein kopfschüttelnd abwandte und zu den Mägden hinüberging, um sich noch einen Wein einschenken zu lassen, gab Rungholt Marek einen Wink, den Wagen zu holen.

Sie würden noch einmal losfahren. Noch einmal dorthin, wo es nach dumpfem Dröhnen roch.

Ins Trauerband.

In den Wald.

17

Sie fuhren die meiste Strecke des Weges schweigend. Kaum waren sie durch das Sendlinger Tor aus München heraus und durch die Rodungen von Forstenried gefahren, war es zwischen den Männern still geworden. Selbst Marek, der solche Gelegenheit gewöhnlich nutzte, um wie ein Waschweib draufloszuplappern, war ruhig geblieben. Diesmal saß der gutgebaute Schone mit ihnen hinten im Wagen, er hatte sich lässig auf eine der großen Kisten gesetzt und fraß unablässig Äpfel, die er an seinem ledernen Wams abstrich. Pankraz Guardein hatte es in allerletzter Minute geschafft, einen Armbruster abzustellen, der nun auf einem der vorgespannten Kaltblüter ritt, aber ansonsten ebenso still war wie seine Fracht. Trotz Rungholts mahnender Worte hatte Smidel es sich nicht nehmen lassen mitzukommen. Zusammengezwängt hockten die drei auf Truhen im Kobelwagen. Rungholt, der sich ein Kissen untergeschoben hatte, ertrug Mareks freche Blicke nicht und musste den Reiz unterdrücken, seinen Freund anzufahren.

Er trat an die Bespannung und zog das Leder beiseite. Es war durch die Sonne warm geworden und fühlte sich an wie noch lebende Haut. Langsam rumpelten sie über eine Kuppe, und Rungholt konnte entfernt in einer Senke die wenigen Bauernhäuser und Torfstecherhütten von Aschering erkennen, zu denen sie schon gestern gefahren waren. Auch diesmal hielten sie dort, und Rungholt notierte sorgfältig auf einer Wachstafel den Weg.

Diesmal schlugen sie mit dem Wagen einen anderen Weg ein, auch wenn die Richtung ungefähr dieselbe blieb. Er führte in einem großen Viertelkreis an den Häusern vorüber, um dann eine nördlicher gelegene Stelle des Waldes anzupeilen. Die Helligkeit zwang Rungholt, die Augen zuzukneifen. Er sah über die Felder, und sein Blick blieb am gewohnten Anblick haften.

Dem grünen Band am Horizont.

Nur gut, dass die Ascheringer gewusst hatten, wo die Blutbuche zu finden war. Zwischen einem Moorsee und einer Brache sollte sie stehen. In einem Gebiet des Urwalds, der kaum befahren und nicht bewirtschaftet wurde.

Wipfel wogten in den Böen. Der Wind hatte zugenommen, doch er trug lediglich warme Luft über die Alpen.

Die großen Speichenräder des Kobelwagens rumpelten über erste Wurzeln, dann rankte sich der Pfad eine leichte Senke hinab und verjüngte sich, sodass immer wieder Büsche an dem Wagen vorbeischrappten und Äste drohten, das Leder aufzuschlitzen.

Sie hatten kaum die ersten Baumreihen hinter sich gelassen, da wurde es dunkel um sie. Ein grünlich braungelbes Licht umfing sie, der Wald schloss seine tausend Arme um sie und sperrte sie in sein Kleid. Wie ein Albtraum aus dichten Krallen und dunklen Speerspitzen ergoss er sich am Moor entlang und über leichte Hügel bis nach Andechs und zum Ammersee hin.

Er ist der Tod, dachte Rungholt.

Der Weg wurde schnell morastig. Trotz der Sommerhitze wirkte die lehmige, schwere Erde, als habe es geregnet. Unwillkürlich musste Rungholt an seinen Sturz im Moor denken, und ihm wurde flau im Magen.

»Das gefällt mir ganz und gar nicht«, murmelte er und ließ das Leder zufallen. »Wir fahren wegen eines Fingers in unser Verderben. Wer weiß, wer diese Erpresser sind.«

Er wollte sich gerade zu Marek herumdrehen, als der Wagen mit einem Ruck stecken blieb. Rungholt stürzte beinahe.

»Verflucht noch mal.« Er zog das Leder erneut hoch. Bevor er nach dem Armbruster rufen konnte, war dieser schon abgesessen und um den Wagen gestapft. Das linke Rad saß gut eine Elle tief im Morast. Rungholt sah dem Mann zu, wie er es musterte.

»Ich breche Äste ab. Wartet im Wagen«, meinte der Mann und verschwand fluchend im Gebüsch.

Marek stellte sich neben Rungholt und sah lässig auf den dreckigen Pfad.

»Das kriegt der so nicht raus. Das sag ich dir«, meinte er. »Wir müssen wohl zu Fuß weiter.«

Rungholt nickte. »Ja. Das ist es ja gerade. Das gefällt mir alles nicht.«

»Soll ich das Geld nehmen?«, wollte Marek wissen.

Rungholt nickte zu Smidel.

»Frag ihn«, meinte er, doch noch bevor Marek ein Wort an Smidel richten konnte, hatte dieser ihm bereits den ersten großen Geldsack zugeworfen. Obwohl er Smidel abgeraten hatte, sie wirklich mitzunehmen, hatte der Goldschmied sie eingesteckt. Zu groß war die Hoffnung, Beatrijs einfach freikaufen zu können.

Maulend kletterte Rungholt über die Holzbretter des Kastenaufbaus und wollte vom Wagen in den Morast hinabspringen, als er der Pfütze gewahr wurde, in der der Wagen beinahe knietief steckte. Sollte er zurückklettern, Marek den Vortritt lassen und sich von ihm aus dem Wagen heben lassen? Er konnte die Spötteleien seines Kapitäns schon jetzt hören. Brummend sah er sich zum Armbruster um, und tatsächlich erschien der Mann wie bestellt.

»Bursche! He, du! Stütz mich«, befahl Rungholt, und der Soldat ließ sofort die Knüppel fallen. Er schob seine umgehängte Armbrust auf den Rücken und half Rungholt in den

Matsch hinab. Ohne auf die anderen zu warten, trat Rungholt einige Schritte am Wagen entlang vor, spähte den Pfad voraus und zwischen die Bäume.

Erneut konnte er den Geruch von stehendem Wasser riechen, von verwitternden Blättern und Ästen. Das Moor war nicht weit.

Rungholt sah zurück. Hinter dem Wagen hatten sie die schwarze Erde mit dem Wagenrad aufgeworfen. Kein Wunder, dass sie nicht weiterfahren konnten. Die Holzräder waren zu schmal und gruben sich viel zu tief in den Modder.

»Kommt. Ich helfe Euch heraus«, hörte Rungholt Marek rufen, der bereits ebenfalls aus dem Wagen gesprungen war und nun Smidel die Hand hinhielt.

Irgendwo knarrten zwei Baumstämme. Das schnelle Tk-Tk-Tk-Tk-Tk eines Spechts drang kaum hörbar durch das Rauschen der Blätter zu ihm.

»Lass die Knüppel liegen«, forderte Rungholt den Soldaten auf. »Wir gehen ohne Wagen weiter.«

»Wenn dein Hintern abfällt«, meinte Marek, »tragen kann ich dich nicht.«

»Den vergiss mal schön, du dummer Däne.« Rungholt legte den Kopf in den Nacken und sah in die Wipfel. Durch ihr sanftes Schaukeln hatte er schon nach wenigen Augenblicken das Gefühl, auf den rollenden Planken eines Schiffes zu stehen. »Mein Hintern macht mir am wenigsten Sorgen… Wir sollten die Pferde mitnehmen. Wie weit ist es noch?«

Rungholt sah zwar, dass Marek sich über seine Faulheit amüsierte, doch war es ihm ernst. Das ungute Gefühl in seinem Magen war zu einem schweren Klumpen geworden. Sie brauchten Deckung, und die schweren Tiere, so wenig er sie auch leiden konnte, weil sie ihm zu groß waren, hatten eine einschüchternde Art. Mit den Pferden würden sie nicht nur schneller im Wald sein, sie würden auch schneller wieder herausgelangen.

Ohne weitere Nachfrage banden Marek und der Soldat die beiden Pferde los.

Kein Menschenlachen, kein Wort drang zu ihnen. Nur das Rauschen des Waldes. Wir gehen durch den Bauch eines stummen Riesen, dachte Rungholt, und ihn fröstelte bei dem Gedanken, von dem Ungeheuer längst verspeist worden zu sein.

Über ihnen raschelten die Blätter, die lauen Böen ließen ein besonderes Wiegenlied ertönen, indem sie knarrend Äste aneinanderrieben. So gleichmäßig und unheilvoll sanft war das Rascheln, dass es Rungholt an stetig plätscherndes Wasser erinnerte. Im Gehen hob er den Kopf und sah hinauf zum Blätterdach.

Wir sollten nicht hier sein, dachte er. Wir sollten einen Schinken essen und Dünnbier trinken, aber nicht ungeschützt durch diesen Wald marschieren wie Schweine zur Schlachtbank. Rungholt griff nach seiner Gnippe, erinnerte sich dann jedoch an das Schwert, das Marek ihm vor der Fahrt gegeben hatte.

Warum hatten die Entführer sie hier treffen wollen? Nur eine Meile entfernt von der Stelle, an der die Torfstecher die Leichen entdeckt hatten? Vermischen sich hier Mär und Wahrheit, grübelte Rungholt, während er auf seine Stiefel sah, die längst mit Morast beschmiert waren. Die Mär, dass es Beatrijs sei, die tot im Moor liegt, mit der Wahrheit, dass sie tatsächlich nur einige tausend Klafter weiter im Wald verschwunden war? Sollte es wirklich so sein? Rungholt wusste es nicht zu sagen. Er wusste nur, dass ihm der dunkle Pfad und die Nachricht, sich an der Blutbuche zu treffen, nicht gefielen. Inständig hoffte er, dass der Finger nicht von Beatrijs stammte, obwohl dies bestimmt hieß, nie mehr ein Lebenszeichen von ihr zu erhalten. Dennoch war es ihm lieber, es war keine Nachricht von ihren Entführern, sondern nur der Versuch einiger Taugenichtse, Smidel auszunehmen.

Langsam kletterte das Trüppchen einen Hügel hinauf und stieß auf drei alte Erlen, die auf den Pfad gestürzt waren.

Skeptisch sah Rungholt sich die Stümpfe der Bäume an, konnte aber keine Axtspuren erkennen. Die Wurzeln ragten in die Luft, die Bäume waren nicht absichtlich hingeworfen worden, zumindest fand Rungholt keinen Anhaltspunkt dafür.

Ärgerlich sah er sich nach einem Durchlass neben den Bäumen um, aber die Kronen und das Blätterwerk reichten bis tief ins Gebüsch. »Wir müssen die Tiere doch hierlassen«, brummte er und machte dem Soldaten Platz. »Das gefällt mir immer weniger... Vielleicht sollten wir lieber umkehren.«

»Das... das können wir nicht«, ereiferte sich sofort Smidel und drückte die Schachtel mit Beatrijs' Finger vor seine Brust. »Was, wenn sie dahinten schon auf uns wartet. Wir geben das Geld ab, und ich bekomme meine Frau und... und...«

»Ist ja gut«, meinte Rungholt und befahl dem Armbruster: »Binde sie fest. Wir gehen weiter. Ihr voraus.«

Der Soldat band die beiden Gäule an und sprach beruhigend auf sie ein, dann begannen die Männer, durch die waagerechten Äste zu klettern und sich zwischen den Baumstämmen hindurchzudrücken. Murrend bog Rungholt einen Ast zur Seite und wollte wie Smidel und Marek durch die Stämme auf die andere Seite klettern, aber er blieb stecken. Bevor er etwas sagen konnte, spürte er Mareks Hand nach seinem Arm greifen. Der Kapitän wollte ihn durch die Äste ziehen, aber Rungholts Schecke riss. Rungholt sah sich nach dem Ärmel um – und erschrak. Ihm gefror das Blut in den Adern. Nicht wegen des zerstörten Stoffes, sondern weil er für einen Lidschlag dachte, zwischen den Büschen bei den Pferden ein Gesicht zu haben. Keine sieben, acht Klafter entfernt hinter sich am Pfadrand. Es waren menschliche Augen hinter den Blättern gewesen, doch sie hatten viel zu niedrig aus dem Gebüsch gestarrt. Sofort schoss Rungholt das Bild eines behaarten Mannes durch den Kopf, der wie ein Wolf durch den Wald streift. In Lübeck gab es seit Jahrzehnten Gerüchte, in den Wäldern der Slawen würden Menschenfresser hausen. Behaarte Satansanbeter, die jeglichem Menschsein abgeschworen hatten. Im Rudel sollten sie Händler überfallen.

»Wartet«, rief er Marek durch das Geäst zu. »Und du, komm sofort wieder zurück. Komm hierher.«

Ein weiteres Mal sah Rungholt sich um, aber was immer hinter ihnen durch den Wald geschlichen war, es war verschwunden.

Schatten. Hier im Wald. Die haben Schuppen.

»Was ist denn?«

»Irgendwas verfolgt uns.«

Anstatt zu ziehen, begann Marek nun zu drücken, und Rungholt landete vor den Baumstämmen im Matsch.

»Verflucht.« Er rappelte sich auf und schlug seine Beinlinge ab, aber ließ die Bäume dabei nicht aus den Augen, hinter denen er diese ... diese Kreatur gesehen hatte.

Die fressen alle, die in den Wald gehen.

»Komm endlich«, ermahnte Rungholt seinen Kapitän und zog den Schonen die letzten Ellen zwischen den Ästen hervor. »Da drüben. Da links. Siehst du die Büsche und die vier Bäume?«

Marek klopfte sich sein Lederwams ab und nickte seufzend. »Ich geh hin, Rungholt, und seh nach. Das willst du doch, hab ich recht?«

Rungholt nickte und zog sein Schwert. Inzwischen hatte auch der Soldat seinen Kopf zwischen den umgefallenen Bäumen hervorgestreckt und sah nach, was die beiden trieben.

»Warte«, hielt Rungholt seinen Freund zurück. »Lass ihn gehen.« Er nickte zum Armbruster, doch Marek schüttelt den Kopf. »Ach was, ich mach das schon, sag ich dir.«

Ohne sein Schwert zu zücken, marschierte Marek den Pfad zurück. Der Schone schien nicht zu glauben, dass Rungholt etwas gesehen hatte, doch mit einem Mal hörten sie alle ein Rascheln. Etwas versuchte, ins Gebüsch zu entkommen. Rungholt starrte seinem Kapitän nach, der regungslos auf dem Pfad ausharrte und horchte. Schnell gab er dem Armbruster, der sich ebenfalls zwischen den Baumstämmen zurückzwängte, ein Zeichen, gefälligst ruhig zu sein.

Da schoss Marek mit einem Satz vor und verschwand hinter den Bäumen. Rascheln drang zu Rungholt, dann ein Seemannsfluch und schließlich ein Aufschrei, den Rungholt bereits kannte.

Imel schrie wie am Spieß und versuchte, nach Marek zu treten. Doch der Schone hatte den Jungen gepackt und zerrte ihn zurück auf den Pfad.

»Imel!«, stöhnte Rungholt. »Du Stiefel bringst mich um den Verstand.«

»He, lass mich … Vater!«, rief Imel. »Vater sag dem, der soll mich loslassen. Lass mich.« Verzweifelt versuchte Imel, Marek zu beißen, doch der Schone hatten den Jungen gut im Griff.

Mit Genugtuung registrierte Rungholt, dass selbst Smidel außer sich war. Kaum wieder zurückgeklettert, verpasste er dem Jungen ein paar gehörige Ohrfeigen und schleifte den jammernden Bub zurück zu den umgestürzten Bäumen.

Noch einmal mussten sie sich hindurchzwängen. Diesmal ließ sich Rungholt gleich von Marek und dem Armbruster ziehen.

Sie drangen tiefer und tiefer in den Wald vor. Zwar hatten Smidel und Rungholt kurz überlegt, zurück zum Wagen zu gehen und Imel in die Kiste zu sperren, in der er sich die ganze Fahrt über versteckt hatte, aber die beiden hatten angesichts des Weges den Plan verworfen. Rungholt hoffte, der Junge würde still bleiben und bei der Übergabe keine Dummheiten anstellen. Doch je weiter sie zwischen den mächtigen Bäumen vorstießen, desto mehr begann Imel zu schwatzen. Der Junge redete in einem fort, faselte Geschichten über Geister und Untote, die im Wald ihr Unwesen treiben würden, und begann die Mären zum Besten zu geben, die Beatrijs ihm erzählt hatte. Da er nicht laut sprach, ließ Rungholt ihn gewähren. Angesichts der nahenden Übergabe hatte er selbst Angst, und seitdem Imel ihn aus dem Gebüsch angesehen hatte, war das Gefühl, beobachtet zu werden, immer stärker geworden. Mehrmals blieb Rungholt stehen und sah sich um oder spähte minutenlang ins Dickicht. Am liebsten hätte er auch ein wenig erzählt, hätte Marek Vorhaltungen gemacht oder neue Geschäfte mit ihm besprochen, nur um die Stille zu brechen und das Rauschen des grünen Meeres zu übertünchen. Stattdessen meinte er nach einer halben Stunde Fußmarsch: »Wenn du so weiterschwatzt, Imel, fällt dir mal die Zunge ab.«

Er wischte sich die Stirn und löste die Ösen seiner Schecke. Trotz des dichten Waldes war es warm. Schwärme von Mücken und Fliegen vergällten ihm das Denken.

»Nein wirklich, Herr Rungholt«, meinte der Junge. »Hier im Wald gibt's ganz große Wölfe. Die sind so groß wie der Wagen von Vater. Und die fressen alle auf. Einfach alle.« Er machte ein knurrendes Geräusch und schlich ein paar Schritte zickzack über den Pfad. Die Prügel seines Vaters waren längst vergessen.

»Die sind soooooo groß.« Imel zeigte es mit beiden Händen. Prompt flog er über eine Wurzel und landete im Matsch. Bis auf Smidel lachten alle.

»Hör endlich auf«, fuhr Rungholt den Jungen an, packte ihn und zog ihn an seinem Bauch in die Höhe. »Hör auf rumzukaspern, oder ich sorg dafür, dass dir die Zunge rausfällt«, raunte Rungholt dem Jungen scharf zu. Verschüchtert drückte sich Imel hinter seinen Vater. Anstatt deinen Sohn zu schützen, dachte Rungholt sauer, solltest du dem Bengel öfter mal die Knute spüren lassen. Unwirsch drückte sich Rungholt an den beiden vorbei und zu Marek vor, der mit dem Armbruster an einem Bach stehen geblieben war.

153

Rungholt zögerte, näher zu treten. Er musste sich bemühen, den Bach anzusehen. Angestrengt versuchte er, nicht an das Wasser zu denken, das an einigen Stellen recht schnell durch das vielleicht drei Klafter breite Flüsschen strömte. Die ganze Zeit über hatte er sich gar keine Gedanken gemacht, was es für ihn bedeuten würde, an einem Bach entlanggehen zu müssen. Verfluchtes Wasser.

»Ist das unser Bach«, fragte er und ließ sich von Marek die Wachstafel geben, auf die sie in Aschering den Weg zur Buche eingeritzt hatten. »Wir folgen dem Lauf. Angeblich fließt der Bach direkt an der Blutbuche vorbei.«

Marek nickte, deutete dann jedoch auf das Ufer des Bachlaufs. Grassoden waren niedergetreten worden, frische Spuren, aber es war schwer zu sagen, ob sie von einem Tier oder einem Menschen stammten. Rungholt hatte nur an dieses Weib und an die Übergabe gedacht, doch nun war er gezwungen, keinen Fuß breit neben einem Gewässer zu laufen. Immer in der Gefahr, auszurutschen und in den Bach zu fallen. Mit trockener Kehle versuchte er zu schlucken und meinte, den Geruch von Fischen zu riechen, von Seetang, von Salz.

»Alles gut?«, wollte Marek wissen und nahm Rungholt die Tafel weg. »Soll ich vorausgehen?«

Rungholt nickte stumm. Endlich riss er sich vom Anblick des Wassers los. »Nun gut«, meinte er und zog erneut sein Schwert. »Wir bleiben hintereinander. Und seht euch um. Ich will nicht, dass wir in einen Hinterhalt geraten, hört ihr?«

Selbst Imel nickte und reihte sich ohne Murren ein.

Im Gänsemarsch folgten sie Marek den schmalen Bach entlang. Rungholt heftete seinen Blick auf die Schultern des Schonen, folgte Schritt um Schritt und vermied es, zur Seite zu sehen. Dennoch wanderten seine Augen häufig auf das gurgelnde Nass. Das Flüsslein verjüngte sich, schoss schulterbreit über ein paar Findlinge und schlängelte sich eine Ebene entlang.

Am Ende der Fläche stand die Blutbuche. Ihr rotes Blätterdach leuchtete einem schwachen Feuer gleich über dem Bach, und Rungholt erschien es, als habe die Buche die anderen Bäume zurückgedrängt, ihre Nachbarn mit ihren feurigen Blättern verbrannt. Alle Erlen und die wenigen Fichten hielten Abstand.

»Wartet«, flüsterte er und sah sich prüfend um. Noch immer hatte er das Gefühl, beobachtet zu werden. Um besser denken zu können, trat Rungholt vom Bach fort und in eines der Moosbeerengebüsche. Er bedeutete den anderen, sich ebenfalls zu ducken. Man konnte beinahe die ganze Lichtung einsehen.

»Dort drüben. Ich will, dass du da raufgehst.« Rungholt zeigte dem Armbruster, was er meinte: Linker Hand erhob sich zwischen einigen Beerensträuchern eine kleine Kuppe mit verhältnismäßig wenig Bäumen, hinter deren Sträuchern man aber gut Schutz finden konnte. Von oben würde der Armbruster einen guten Blick auf den Bach und die Buche haben, wo die Übergabe stattfinden sollte. »Postier dich dort. Gib uns Deckung.«

»Gut, Herr.« Zufrieden sah Rungholt zu, wie der Mann geduckt fortlief, über den Bach sprang und die Kuppe hinaufzurennen begann.

»Marek«, wandte sich Rungholt an seinen Freund. »Du wartest mit Smidel und seinem Sohn hier.«

»Aber sollte ich nicht…«

»Ich gehe allein.« Es war noch nicht lange her, da hatte er mit Marek den Schuppen einer Gerberei gestürmt und dabei, genau wie jetzt, das Gefühl verspürt, beobachtet zu werden. Allerdings gefielen Rungholt die Hinterhöfe Lübecks sehr viel besser als dieser Urwald.

Rungholt wollte aus dem Gebüsch treten, als Smidel ihn am Arm festhielt. »Lasst mich gehen. Es sind mein Weib und mein Geld.«

»Nein. Bleibt bei Eurem Jungen. Ich mach es. Aber sorgt dafür, dass er's Maul hält. Ja?«

Der hagere Mann nickte. »Ist gut«, meinte Smidel. »Seht Euch vor.«

Anstelle einer Antwort klopfte Rungholt dem Goldschmied nur auf die Schulter und ließ sich von Marek das Säckchen mit den Münzen geben.

Die Sonne war durch die Wipfel nicht gut zu erkennen, aber Rungholt vermutete, dass es bereits spät geworden war. Gewiss hatte die Vesper begonnen. Der Abend nahte, und wer immer sie mit dem Finger und der lateinischen Nachricht herbestellt hatte, wartete wohl bereits auf sie.

Zögernd folgte Rungholt dem Bach die letzten Schritte bis zur Lichtung. Er griff noch einmal nach dem schweren Beutel voller Münzen. Rungholt ließ seinen Blick schweifen und blickte am Ufer entlang. Der Bach schlängelte sich wie ein Wurm zwischen den Bäumen hindurch und zeichnete einen engen Halbkreis um die Buche herum. Ihre Krone reichte bis zum Boden. Ihr Stamm war wohlgeformt, und drei Männer hätten ihn nicht umschließen können. Nervös griff Rungholt nach seinem Schwert. Letzten Herbst hatte er mit Marek auf den Bleichwiesen den Schwertkampf geübt, jedoch nur gewonnen, weil Marek seine Wutanfälle nicht ausgehalten hatte. Wirklich gut mit dem Schwert umgehen konnte Rungholt seit zwanzig Jahren nicht mehr. Seit dreiundzwanzig Jahren, als er auf einer Lichtung, nicht unähnlich der Ebene vor ihm, Blankards Männer aufgerieben hatte. Seit seiner Todsünde.

In Gedanken versunken hatte Rungholt zusammen mit dem Bach die Ebene erreicht. Er ließ seinen Blick zum roten Baum wandern und über die Büsche und Sträucher ringsum. Zwar fiel auf die Lichtung genug Sonne, aber dennoch war durch das Gestrüpp nichts zu erkennen. Er hätte nicht sagen können, ob versteckt im Gebüsch eine Armee wartete. Nervös streckte er sein Schwert von sich, hob die Arme als Zeichen des Friedens und hoffte, dass niemand mit Pfeilen auf ihn schoss. Zögerlich ging er hinaus auf die Senke und folgte weiter dem Bach zum Baum. Ein fauliger Gestank schlug ihm entgegen, aber Rungholt war sich nicht sicher, ob er ihn sich einbildete, weil er angesichts des Bachplätscherns wieder an die See dachte, oder ob es hier wirklich nach Tod roch.

Er blieb stehen. Einige Fische hatten sich im Wurzelgeflecht des Ufers verfangen und dümpelten mit den Bäuchen nach oben vor sich hin. Viele von ihnen waren verwest und mit weißem Flaum überzogen.

Die fressen alle, die in den Wald gehen. Fressen alle.

Du sollst doch nicht immer ungefragt reden, Bursche.

Böse. Die sind böse. Die haben alle Fische totgeschlagen.

Das Krachen eines Astes neben ihm, kein Dutzend Klafter entfernt. Rungholt wurde aus den Gedanken gerissen. Ihm blieb das Herz stehen. Nur langsam wandte er seinen Kopf. Da, da! Eine Bande von Räubern starrte ... Nein. Im Gebüsch direkt neben ihm stand nur ein Reh. Das Tier sah Rungholt aus scheuen Augen an. Er atmete aus, eigentlich wollte er sich nicht umsehen, doch er konnte dem Drang nicht widerstehen. Noch einmal blickte er über die Schulter zur Kuppe und zum Bach. Nur weil er es wusste, konnte er den Armbruster ausmachen, ansonsten war der Mann zwischen den Ästen weniger als ein Schatten. Er hatte seine Stellung nicht vollends bezogen, sondern huschte noch durch das Gebüsch und zog sich gerade an einer Wurzel die Anhöhe hinauf.

Unweit der Sträucher, hinter die sich Rungholt gerade geduckt hatte, standen zwei alte Erlen, und als er genauer hinsah, erkannte Rungholt dort Marek. Die beiden Bäume, hinter denen der Kapitän lauerte, gaben guten Schutz. Alles war still. Nur das Plätschern des Baches, das Brummen der Fliegen, das Rascheln der Äste war zu hören. Der Schone hatte sein Schwert gezückt und nickte Rungholt kaum merklich zu, der daraufhin wieder langsam auf die Blutbuche zuging.

Mit einem Mal zerriss ein Schrei die Stille. Das Reh schreckte auf, lief mit zwei, drei schnellen Sprüngen davon und krachte durch das Unterholz.

Rungholt fuhr herum und sah gerade noch, wie der Armbruster vom Erdboden verschwand. Es war, als schlucke der Wald den Söldner mit einem gierigen Bissen herunter. Sein Schrei verstummte. Plötzlich war nichts mehr von dem Mann zu sehen.

Was in Gottes Namen?

»Marek«, rief Rungholt, doch er sah, dass der Schone bereits zur Kuppe stürmte und mit erhobenem Schwert über die Büsche sprang. Mit einem Mal riss etwas Rungholts Beinling auf. Er spürte nur einen kurzen Schlag, wie ein Peitschenhieb, aber dann merkte er, dass etwas sein Bein aufgeschlitzt hatte. Über seinen Oberschenkel lief Blut. Rungholt riss den Kopf herum und konnte einen Schatten weghuschen sehen. Unweit der Blutbuche war jemand ins Gebüsch abgetaucht.

Er musste hier weg, musste von der Ebene herunter, musste ... Rungholt ließ den Geldbeutel fallen, nachdem ein zweites Geschoss an seinem Kopf vorbeigezischt war. Um Haaresbreite hatte es ihn verfehlt.

So schnell es sein Pfunde zuließen, sprang er über den Bach, rutschte am Ufer ab und klatschte mit dem rechten Fuß in die Fischkadaver. Keine Zeit, darüber nachzudenken. Rungholt riss sich die Schecke von der Schulter, kam keuchend wieder in den Tritt und sprang zurück ins Gebüsch.

Sein Herz hämmerte, und der Schweiß lief ihm ins Wams. Das Rauschen des Waldes war dem Rauschen in seinen Ohren gewichen. Ohne sich zu weit aus den Blättern zu beugen, sah er sich zu der Kuppe um. Marek hatte noch nichts vom Angreifer bemerkt. Rungholt konnte den Schonen zwischen den dichten Büschen kaum sehen, aber es schien ihm, als habe er sich hingekniet.

Rungholt versuchte, weniger zu keuchen und flacher zu at-

158

men. Sofort blieb ihm die Luft weg. Schluckend spähte er zur Blutbuche. Kein Schatten zu sehen. Da fiel ihm seine Wunde wieder ein. Die ganze Zeit waren seine Säfte derart in Wallung gewesen, dass er den Schmerz nicht gespürt hatte.

Sie waren geradewegs in einen Hinterhalt gelaufen. Was immer ihn getroffen hatte, wäre es wenige Fingerbreit höher geflogen, hätte es ihm den Bauch aufgeschlitzt oder wäre in seinem Fleisch stecken geblieben. Aber die Schnittwunde am Oberschenkel war zwar eine Handbreit lang, aber nicht sehr tief. Leise fluchend wischte er das Blut in sein Wams. Die Wunde hatte zu warten. Er las das Schwert auf und schlug sich ein paar Klafter weiter ins Dickicht. Gott sei Dank war er auf die Seite des Bachs geflüchtet, an der sich auch Smidel mit seinem Sohn versteckte. Wenn er unbehelligt zu ihnen gelänge, könnten sie sich den Angreifern zu zweit stellen. Angreifer? Waren es wirklich mehrere? Rungholt hatte nur einen einzigen Schatten gesehen.

Mit beiden Armen schlug er die Äste fort und stolperte über Wurzeln und Gebüsch. So schnell er konnte hetzte er im Unterholz hinüber zu den beiden alten Erlen. Er wagte nicht, sich umzusehen und nach dem Schatten zu suchen.

»Was ist passiert?« Rungholt ließ sich auf den Boden fallen und kroch zu Smidel und Imel hinter die Erlen.

»Keine Ahnung«, entgegnete Smidel. Er hatte seinen Jungen gepackt und an sich gedrückt.

»Da war was, dahinten«, meinte Imel und wollte an den Erlen vorbeizeigen, dorthin, wo auch Rungholt den Schatten gesehen hat. Smidel hielt seinen Jungen zurück.

»Ja, ich weiß«, raunte Rungholt. »Was ist mit dem Armbruster? Er sollte mich doch decken?«

»Da war nur der Schrei. Wir…« Smidel zuckte mit den Schultern. »Ich weiß nicht.«

Rungholt ermahnte Smidel, ruhiger zu sprechen. Dann blickte er fluchend über den Bach. Auf der Kuppe konnte er niemanden sehen. Weder den Soldaten noch Marek, der ihm zur Hilfe geeilt war.

»Habt Ihr Beatrijs gesehen?«, wollte Smidel wissen. »Habt Ihr sie gesehen?«

»Nein.«

»Aber sie muss doch da sein. Ihr…«

»Bleibt bei dem Kind. Versteckt Euch tiefer im Wald. Und dann geht zurück zu den Pferden«, befahl Rungholt, aber der Goldschmied sah ihn nur fragend an. »Ihr müsst zurückgehen. Hört Ihr? Leise.«

»Aber Beatrijs, wir können doch nicht ohne…«

»Es gibt hier keine Beatrijs! Das ist ein Hinterhalt, Smidel. Irgendwer will Euer Gold… Marek!«, rief Rungholt, ohne auf sein eigenes Mahnen zu achten, aber er erhielt keine Antwort. »Verflucht! Irgendwer hat Beatrijs' Entführung erfunden. Was weiß ich…«

Stöhnend kam Rungholt auf die Beine, seine Knöchel knackten. Er fühlte sich dreckig und besudelt. Sein Herzschlag hatte sich beruhigt, doch noch immer schwitzte er. Es kam ihm vor, als sei ihm eine Fackel ins Unterkleid gesteckt worden. Seine Hand begann wieder zu jucken, denn der Schweiß brannte auf der trockenen Haut.

Er sah zurück zur Blutbuche und konnte den Schatten erneut erkennen. Es war ein Reiter. Zwar konnte er weder die Statur noch das Gesicht hinter den Blättern der Bäume erkennen, aber er schätzte, dass es ein einzelner Mann war. Der Schatten ritt durchs Unterholz. Dorthin, wo Rungholt sich nach der Attacke versteckt hatte. Er blickte an sich hinab, das Blut lief noch immer aus der Schnittwunde. Ein Blick zum Bach, zurück auf die Blätter, durch die er gekommen war: Einige von ihnen waren mit Blut verschmiert. Verflucht.

»Geht«, befahl er schroff und stieß den Goldschmied in Richtung der Pferde. »Lauft, los. Geht!«

»Ihr blutet ja«, rief Smidel, der noch immer nicht verstan-

160

den hatte. Ein Knurren war Rungholts Antwort, dann sprang er erneut über den Bach.

Auf der anderen Seite blieb er stehen und sah sich nach dem Reiter um. Der Mann war bis auf wenige Klafter herangekommen. Er folgte tatsächlich der Blutspur, soweit Rungholt das beurteilen konnte. Sei's drum. Rungholt wandte sich ab und begann, die Kuppe hinaufzuklettern. Er brauchte viel länger als der starke Marek, um die paar Höhenmeter zu überwinden. Immer wieder rutschte er weg oder verlor das Gleichgewicht auf dem Hang, sodass er ständig nach Wurzeln greifen musste oder halbe Büsche herausriss, um seinen Leib die kleine Anhöhe hinaufzuziehen.

Keuchend erreichte er die letzten Büsche und hielt sich an einem der Baumstämme fest, da sah er den Reiter unten bei den beiden Erlen aus dem Gebüsch springen. Der Mann hatte sein Pferd gut im Griff, ließ es auf der Stelle kreisen und sah sich nach seinem Opfer um. Rungholt konnte das Gesicht des Angreifers nicht erkennen, weil der Mann trotz der Wärme eine weite Kukulle trug und die Kapuze ins Gesicht gezogen hatte. Ein Umhang aus schwarzem Stoff, der bis auf den Rücken des Pferdes hinabfiel und es unmöglich machte, die Statur des Angreifers zu erahnen oder dessen Alter.

Es wurde still auf der Ebene. Pferdeschnauben übertönte das Blätterrauschen. Die schwarze Kutte vermischte sich im schattigen, grünen Licht mit dem dunklen Fell des Kohlfuchses. Tier und Reiter verschmolzen, als sie beinahe reglos dastanden und die Lichtung beobachteten. Rungholt fröstelte bei ihrem Anblick, wurde er doch an den Toten im Moor erinnert, der aus seinem Pferd gewachsen war. Einem Centaurus gleich stand der Reiter da. Versteinert. Horchend.

Immerhin weiß er nicht, dass wir hier oben sind, dachte Rungholt. Und tatsächlich riss der Unbekannte die Zügel seines Pferdes an und gab dann seinem Fuchs die Sporen. Er ritt den Bach hinunter, folgte Smidel und seinem Jungen.

»Marek«, zischte Rungholt, doch der Kapitän griff bereits nach seinem Arm und zog ihn die letzten Ellen hinauf.

»Es – es ist eine Falle, sag ich dir.«

»Ja, ich weiß. Wir müssen runter«, meinte Rungholt. »Wir müssen Smidel helfen.«

»Beim Klabautermann, weißt du, was sie mit dem Söldner gemacht haben?« Marek nickte zu den Büschen, strich sich die Haare aus dem Gesicht. »Sie haben es mit Ästen abgedeckt. Hier.«

Rungholt wollte hinüberrennen, wohin Marek zeigte, aber der Kapitän hielt ihn zurück.

»Warte«, zischte er und huschte dann voraus dem niedergetrampelten Gras folgend.

Im Laufschritt schloss sich Rungholt seinem Kapitän an. Sie liefen über die Erhebung bis zu den Büschen, hinter die er den Armbruster geschickt hatte. Marek brauchte nichts zu erklären, Rungholt sah sofort, was geschehen war. Ein Loch war auf der Kuppe ausgegraben worden. Es war kaum tiefer als ein erwachsener Mann, aber in seinen Grund waren angespitzte Äste gerammt worden.

Angewidert sah Rungholt zur Seite. Der Armbruster lebte noch. Den Spuren an der Grasnarbe und an den Erdwänden nach zu urteilen hatte Marek mehrfach versucht, ihn herauszuziehen.

»Helft… Hilf… Ihr müsst…«, versuchte der Soldat zu sagen, doch das Blut erstickte seine Worte. Zu viele Stöcke hatten seine Hüfte und seinen Bauch durchbohrt.

Die Anhöhe ist geradezu eine Einladung gewesen, dachte Rungholt, und du musst sie annehmen und einen deiner Männer in den Tod schicken. Wer immer sie zur Blutbuche gelockt hatte, er hatte vorausgesehen, was ein vorsichtiger Mann tun würde, und hier gegraben. Er hatte diese Falle angelegt, damit niemand Deckung geben konnte.

Rungholt knurrte laut. Sie würden den Armbruster nicht

retten können. Wütend über sich und den sinnlosen Tod des Mannes drückte er Marek sein Schwert vor die Brust und schritt geradewegs zurück über die Kuppe. »Mach schnell und nimm seine Armbrust mit.«

»Aber...« Marek starrte auf das Schwert und dann auf den siechenden Mann unter ihm. »Das... Ich kann das nicht. Ich kann doch nicht... Ich bin Kapitän, bei allen Ungeheuern. Ich kann doch keinen meiner Männer entleiben, ich...«

»Gib!« Rungholt war zurückgestapft. Er riss seinem Kapitän das Schwert wieder aus der Hand. »Er wird sterben. Und ich werde ihn nicht den Wölfen überlassen.« Rungholt streckte seine Hand aus, sodass Marek ihn auf die Knie niederhalf. Danach holte Rungholt zwei-, dreimal tief Luft, er schloss die Augen und...

»Warte, Rungholt«, hielt Marek ihn auf. »Er ist schon tot.«

Rungholt öffnete die Augen, und ihm entfuhr ein Seufzen. »Gott sei Dank.«

Alles Leben war aus dem Armbruster gewichen. Er zitterte nicht mehr, er stöhnte nicht mehr, er atmete nicht mehr.

»Los. Beeilen wir uns.« Rungholt beugte sich vor, griff hinab und zog die Armbrust von der Schulter des Toten. Er wollte Marek gerade ein Zeichen geben, ihn wieder auf die Füße zu ziehen, als ein Schatten blitzschnell durch die Büsche brach. Der Reiter war um die Kuppe herumgeritten und hatte den Abhang von einer anderen Seite genommen.

Im Galopp schien der Mann nach etwas zu greifen, das er an seinen Gürtel gebunden hatte. Es folgte eine schnelle Bewegung, als werfe der Centaur etwas, und Rungholt riss den Kopf herum. Im selben Atemzug hörte er Marek aufschreien und sah den Schonen stürzen. Marek fiel mit dem Hintern in den Sand und dann auf die Steine, riss einige von ihnen den Hang hinunter und schlitterte dann brüllend zwischen den Ästen hindurch und hinab zum Bach.

Vergeblich wollte Rungholt auf die Beine kommen, musste

163

sich aber mit der Armbrust abstützen. Noch bevor er sich aufgerichtet hatte, stand mit einem Mal der Kohlfuchs direkt vor ihm.

Dieser Centaur aus Schwärze.

Rungholt versuchte, einen Blick auf das Gesicht des Reiters zu erhaschen, doch da stieg das Pferd jäh auf. Es scheute und erhob sich mit schlagenden Hufen über ihm. Rungholt stürzte nach hinten und wollte nur noch fort. Die Grube. Kein Fluchtweg. Er konnte nicht zurück. Die Hufe des Pferdes würden ihn zertreten. Der Fuchs stand in der Luft. Sein Wiehern erfüllte den Wald. Rungholt riss die Armbrust hoch, kein Bolzen im Schaft. Weg damit. Hektisch griff er hinab in die Grube, riss einen der angespitzten Stöcke heraus. Keinen Lidschlag später sank das Pferd herab, der Hengst würde ihn zertreten, aber Rungholt riss den Stock herum.

Die Spitze fuhr in den Pferdehals. Splitter flogen um Rungholts Kopf. Ein Schnauben. Rungholt riss die Arme hoch. Der Fuchs begräbt mich, dachte er. Das Tier wird mir alle Knochen brechen. Ich werde sterben, hier im Wald der Albträume.

Dieser Centaur aus Schwärze.

Mit einem Ruck drehte er sich zur Seite, rollte sich irgendwie über seinen Bauch ab. Kaum blickte er auf, da sah er, wie der Schatten zerriss. Der schwarze Centaur fiel. Er brach auseinander. Aus einem Geschöpf wurden zwei, als der Reiter vom Sattel fiel und dem Gebüsch entgegenschnellte.

Unter Mareks Rufen, die von unten zu ihm drangen, kam Rungholt auf die Beine. Kurz überlegte er, um das zuckende Pferd herumzugehen und sich dem Angreifer zu stellen, doch noch bevor er sein Schwert vom Boden aufgelesen hatte, bemerkte er, dass der Reiter unverletzt war. Die Kukulle war dem Mann vom Kopf gerutscht, und Rungholt konnte den hasserfüllten Blick eines jungen Mannes erkennen. Der schwarze Reiter war vielleicht sechzehn, siebzehn Jahre alt. Ein Feuermal hatte die Seite seines Halses und die rechte Wange gefärbt.

164

Diesmal blieb Rungholt nicht zwischen den umgestürzten Bäumen stecken. In Panik griff er diesmal beherzt zu, riss die Äste auseinander und zwängte sich in das spitze Gestrüpp. Gleichgültig, ob die Äste ihn ratschten, schnitten, stachen. Er spürte sie seine Wange aufreißen und über seine juckende Hand fahren, einerlei. Er hielt den Atem an und drückte sich zwischen den Stämmen hindurch auf die andere Seite des Pfades.

»Wir müssen los«, rief er, ohne nachzusehen, ob Smidel und Imel tatsächlich bei den Pferden warteten. Er hatte keine Zeit für einen Blick. Erst auf halbem Weg zu ihren Pferden hörte er Imels Rufe und bemerkte Marek am Rand des Trampelpfades knien. Der Kapitän hatte Mühe, Imel in Schach zu halten, der immer wieder zu seinem Vater wollte.

Smidel lag auf dem Rücken. Sofort lief Rungholt hinüber und kniete sich neben seinen Kopf. Der Goldschmied schien ihn anzulächeln, oder sah Smidel etwas zwischen den Wipfeln der Bäume? Beinahe hätte Rungholt hinaufgeschaut, weil der Mann so ruhig wirkte.

»Was ist passiert?«, fragte Rungholt seinen Kapitän, doch Marek konnte vor Schmerzen nicht antworten. Stöhnend hielt er sich den Hintern. Blut rann zwischen seinen Fingern hindurch. Fluchen begleitete jede seiner Bewegungen.

»Der Reiter, der ist Vater nach«, meinte Imel. »Der wollte den mitziehen.«

»Mitziehen?«

»Ja. Wollte Vater in den Wald ziehen.« Imel zeigte auf irgendwelche Büsche. »Da rein.«

Rungholt warf Marek einen fragenden Blick zu, kassierte aber lediglich ein Achselzucken.

Imel wischte sich den Rotz von der Nase. »Aber er hat um sich geschlagen. So und so! Und so…« Er machte es vor und wurde immer rasender bei seinem Schaukampf. »Vater war viel stärker als der. Viiiiiel stärker. Da hat der zugestochen.«

Imel drängte sich vor, aber Marek hielt den Jungen fest.

Vorsichtig hob Rungholt den Kopf des Goldschmieds an.

»Hast du Feinde?«, brummte er, doch Smidel konnte nicht antworten.

»Ich … Es …«, versuchte er anzusetzen. Sein Gesicht wirkte noch bleicher als sonst. Zwei huschende Augen sahen Rungholt aus dunklen Ringen an. »Tut weh … Rücken.«

Stöhnend schloss er die Augen.

»Am Rücken?« Erst in diesem Moment spürte Rungholt, dass seine Hand, die er unter Smidels Kopf gelegt hatte, warm wurde. Das Haar des Goldschmieds war von Blut verschmiert, und nachdem Rungholt Smidel sanft zurück auf den Pfad gebettet hatte, stellte Rungholt fluchend fest, dass die Blätter und Äste bereits rot von Blut waren. »Verdammt. Marek, schaff die Pferde her. Wir müssen ihn irgendwie hochbekommen. Und hilf mir, ihn umzudrehen.«

Gemeinsam gelang es ihnen, Smidel behutsam auf die Seite zu drehen. Der Goldschmied blutete am Nacken. Eine tiefe Fleischwunde von einem Schwerthieb zog sich den Hals entlang und über die Schulter.

»Vater, du … Nicht, nicht sterben. Hörst du.«

»Er wird nicht sterben, Imel«, fluchte Rungholt. »Geh zur Seite! Marek, hol die Scheißpferde. Und bring irgendwas mit, womit wir diese Blutung stoppen können.« Er riss sich einen Beinling ab, da hörte er Äste knacken. Ihr Angreifer war direkt hinter den umgestürzten Baumstämmen. Wahrscheinlich suchte er einen Durchschlupf.

»Beeil dich!«, rief Rungholt Marek zu. »Imel, geh und hilf ihm. Los doch.«

Nervös sah sich Rungholt nach seinem Kapitän um, während er Smidel die Wange hielt und leise auf ihn einsprach.

»Nicht bewegen. Einfach liegen bleiben. Es ist nicht schlimm«, versuchte er den Mann zu beruhigen, nur um abermals nach Marek zu rufen.

18

»Was tust du denn da?« Rungholt riss der jungen Magd den Korb mit Äpfeln und Käse aus der Hand und warf ihn in eine Ecke. »Das braucht ihr nicht. Lass es hier!« Er schob Vroni zum Bett. »Los, pack ein. Und denk nicht so viel nach.«

Rungholt bemerkte, wie der jungen Magd bei seiner ruppigen Art die Tränen kamen. Er raffte ein paar von Smidels Kleidern zusammen und stopfte sie ihr in die Arme. Der Kapitän hatte bereits eine der Truhen vom Himmelbett zur Tür geschleppt. Er schwitzte und konnte sich kaum bewegen. Seine Beinlinge und sein Hintern waren nass vor Blut. Rungholt beeilte sich, ihm zu helfen.

»Es geht schon«, meinte der Schone.

Die Sonne war jetzt vollends aufgegangen, ihr rotes Feuer ließ die Wolken erstrahlen. Die Schindeln von Smidels Kammer waren warm, das Lager war stickig. Rungholt und Marek hatten mehr als fünf Stunden gebraucht, um den verletzten Smidel aus dem Wald und zum nächsten Bauernhaus zu bringen. Ein Witwer hatte sie freundlich aufgenommen, und Rungholt hatte ihm aus seiner eigenen Tasche den Lohn zweier Monate gezahlt. Für einen Karren voller Heu und einen klapprigen Gaul. Immerhin hatte der Bauer sie nach München gebracht. Rungholt war es vorgekommen, als hätten sie zwei Tage für die fünf, sechs Meilen gebraucht. Tatsächlich waren sie nur einige Stunden gefahren. Aber die Prim war längst angebrochen, als die vier auf dem Bauernkarren in München einfuhren und weiter direkt zu Margot fuhren. Nur gut, dass Utz Bacher nicht da gewesen war, so hatte Rungholt seine Tochter ohne Schwierigkeiten überzeugen können, Smidel und seinen Sohn für ein paar Tage aufzunehmen. Wäre die Lage nicht so ernst gewesen, Rungholt hätte schmunzeln müssen: Erst verweist Utz sie des Hauses, und schon hat er wieder neuen Besuch.

»Vroni, vergiss das Spielzeug für Imel nicht«, rief Rung-holt der jungen Magd zu. »Er hat doch gewiss welches.« Vroni wollte antworten, doch die alte Klara fuhr ihr dazwischen. »Natürlich«, sagte sie. »Wollt Ihr vielleicht sonst noch etwas aus dem Hause unseres Herrn?«, fragte sie schnippisch.

»Euer Herr liegt im Sterben, Weib. Und hier ist er nicht si-cher.« Rungholt drückte Marek einen weiteren Kleidersack vor die Brust. »Geht das in deinen alten Schädel, Magd?«

»Also glaubst du wirklich, dass der hier aufkreuzt?«, wollte Marek wissen. »Dieser Reiter, mein ich.«

Rungholt brummte ein Ja. »Jedenfalls wollte der nicht unser Geld. Er hat sich gar nicht um das Säckchen gekümmert.«

»Hm. Und das lässt dich vor einem ordentlichen Frühstück durch die Stadt hetzen?«

»Marek, der Mann, dieser Reiter, der passt zur Beschreibung der Männer, mit denen Beatrijs mitgefahren ist. Verstehst du? Aber sie habe ich nicht sehen können. Ich glaube nicht, dass er Beatrijs austauschen wollte.«

»Sondern?«

»Er wollte keine Verhandlung. Er wollte Smidel. Oder uns alle umbringen. Warum auch immer, ich weiß es noch nicht. Aber langsam nehm ich's persönlich. Die Falle auf der Kuppe, die gut durchdachte Lage der Senke am Bach… All dies spricht für einen von langer Hand vorbereiteten Hinterhalt.«

Und dies bedeutet auch etwas Gutes, dachte Rungholt, denn es zeigt mir, dass Beatrijs tatsächlich noch leben könnte. An-sonsten macht ein Hinterhalt keinen Sinn.

»Ich weiß nicht. Vielleicht gibt es einen anderen Grund.«

»Was?« Hatte Rungholt den letzten Gedanken etwa laut ausgesprochen, anstatt ihn nur zu denken? »Hab ich gespro-chen, Marek?«

»Na, du hast gesagt, dass die Falle ein Zeichen sein könnte. Und Beatrijs noch lebt. Genau.«

Seufzend wandte Rungholt sich ab und ging zurück zur

jungen Magd, um ihr mit dem Spielzeug zu helfen. In letzter Zeit vermischten sich immer häufiger Gedanken und Worte.

»Gehen wir davon aus, dass Beatrijs noch lebt, dann ist doch die große Frage...«

»Warum sie entführt wurde? Immerhin wollten die Entführer ja kein Geld.« Trotz einer Kleiderkiste unterm Arm wollte Marek auch noch einen Sack schultern, doch die Schmerzen übermannten ihn.

»Beim Klabautermann«, entfuhr es ihm, und er ließ den Sack fallen. Er wischte sich den kalten Schweiß von der Stirn, versuchte aber dennoch ein Lächeln.

Rungholt schmunzelte ebenfalls. Der Schone, dem er mehrere Zähne verdankte, weil er sich sechsundachtzig bei einer Kneipenrangelei auf seine Seite geschlagen hatte, war die Jahre über nicht nur ein treuer Freund geworden, sondern zusehends schlauer. Es kam Rungholt immer öfter vor, als sauge Marek Wissen auf wie ein Schwamm das Wasser. Einem Kind gleich folgte der Kapitän Rungholt und stellte wissbegierig seine Fragen, um vielleicht einmal seinen Meister zu überbieten. Irgendwann einmal, dachte Rungholt, aber erst wenn meine Gebeine auf dem Armenfriedhof vom Heiligen-Geist-Spital liegen neben Winfrieds Knochen.

Ohne hinzusehen, steckte Rungholt ein Stockpferdchen zu anderem Spielzeug in den Sack, den die alte Magd ihm aufhielt.

Margots Holzhaus glich einem Hospital. Auf dem einzigen Tisch lagen Rungholt und Marek, während sie Smidel ein Heulager vor der Feuerstelle bereitet hatten. Utz hatte sich zurückgezogen. Über den Besuch maulend hatte er sich in einem kleinen Verschlag auf dem Hof eingeschlossen, der den beiden als Latrine und ihm als Werkstatt diente. Ab und an war er hereingekommen, um etwas zu holen. Seinen Kescher, die Angelrute, mit der er manchmal Fische aus der Isar holte, obwohl es verboten war. Das letzte Mal war er erschienen und hatte sich des Jungen angenommen, der verloren in der Ecke gestanden und weinend die Verletzten gemustert hatte. Mit keinem Handgriff, so hatte Rungholt missmutig festgestellt, hatte er ihnen und Margot geholfen. Sicher hatte er Margot geschlagen, weil sie ihrem Vater vom Gespräch im Keller erzählt hatte.

Erneut nagte das schlechte Gewissen an Rungholt, doch Margot war gut gelaunt.

»Ihr macht mir Spaß.« Kopfschüttelnd klatschte sie Marek mit der Hand auf den nackten Hintern. Der Seemann schrie vor Schmerz auf, denn in eine seiner Backen war etwas Metallenes eingedrungen. Es steckte tief im Fleisch, und Margot musste erst noch mit einer ihrer Küchenmesser das Fleisch drumherum öffnen, um es herauszuschneiden. Rungholt verkniff sich jedes Mitleid. Nach all den Sticheleien, die Marek ihm wegen seines wunden Hinterns verpasst hatte, war es nur gerecht, dass dessen Hintern nun ebenfalls blutete.

»Da hast du dir eine angelacht, Marek«, brummte Rungholt und schüttelte amüsiert den Kopf. Genau wie sein Kapitän hatte auch Rungholt seine Bruche ausgezogen und lag, den Allerwertesten Margot entgegengestreckt, neben Marek auf dem Tisch.

»Erst fällt Utz eine Treppe beim Isarufer herunter und dann ihr beiden«, meinte Margot.

»Das hat Utz gesagt?«, fragte Rungholt. Er spürte, wie ihm die Schamesröte ins Gesicht schoss. Er hatte gedacht, Utz würde sein Hintergehen nutzen, um Öl in ihre Beziehung zu gießen, würde versuchen, ihn und Margot auseinanderzubringen. Ja, sie schlagen. Das Verhör zu verschweigen, war ein Akt eigenartiger Größe, wie Rungholt anerkennen musste. Um ihrem Blick auszuweichen, versuchte er, besser zu sehen, was die junge Magd auf Margots Geheiß in zwei Tonkrügen anrührte, mit denen sie schon seit geraumer Zeit in der Diele auf und ab ging.

»Auf den Bauch, Vater. Leg dich wieder auf den Bauch«, befahl Margot. »Und hör auf, dich zu bewegen. Sonst bricht der Tisch.«

Widerwillig gehorchte Rungholt, er wälzte sich herum und starrte durch die Diele auf das Strohlager vor der Feuerstelle. »Ja, das hat Utz gesagt. Du glaubst doch nicht, dass er sich geprügelt hat. Utz prügelt sich nicht.«

»Das habe ich doch gar nicht gesagt, ich...« Rungholt verstummte. »Geht's ihm gut?«

Margot nickte. Unter ihrer Anleitung hatten die beiden Mägde eine Schlafstätte für Smidel hergerichtet. Da Rungholt befohlen hatte, ihn lieber nicht ins Spital zu fahren, sondern ihn heimlich bei Margot unterzubringen, hatte sie nach vielen Gebeten einen Sud aus Riesenbovist gekocht und ihm eingeflößt. Nur Gott weiß, dachte Rungholt, in welchem heidnischen Hexenkreis sie die teils kopfgroßen weißen Pilze gefunden hatte.

Nachdem die Pflanzen Smidels Blutung ein wenig gestoppt hatten, war Margot zu schmerzhafteren Methoden übergegangen. Unter Rungholts mitfühlendem Blick und dem entsetzten Aufschrei der Mägde hatte sie eine hellblaue Paste in die Wunde geschmiert. Zwar hatte sie den Goldschmied gewarnt, dass ihre Mischung aus Honig, ungelöschtem Kalk und Kupfervitriol brennen würde, aber sie hatte ihm verschwiegen, dass es sein Fleisch wie gierige Würmer fraß. Beinahe hätte Marek kotzen müssen, als er mit den Frauen und Rungholt zusah, wie die Paste sich in den offenen Schnitt in Smidels Nacken ätzte und das Fleisch auflöste. Smidel hatte so stark geschrien, dass er nach wenigen Augenblicken keine Luft mehr bekommen hatte. Er hatte um sich geschlagen, bevor er unter Weinen zusammengebrochen und ohnmächtig liegen geblieben war.

»Wehe, du hast da diesen blauen Honig drin«, knurrte Rungholt und versuchte, sich etwas gemütlicher auf seinen Bauch abzulegen, der wie ein zu großes Kissen unter seinem Rücken und seinen Achseln hervorquoll.

»Vater, bleib liegen! Du bist mir eine Memme.« Margot stellte die Töpfe neben seinem Kopf ab und schabte etwas heraus. Rungholt verrenkte sich, konnte jedoch nichts erkennen.

»Memme nennst du mich? Und tötest Smidels Säfte, indem du ihm den Hals und den Rücken wegbeißen lässt von deinen Tinkturen. Sieh ihn dir an! Er schläft immer noch.«

»Ja, und das ist auch gut. Besser schlafen als verbluten. So, und jetzt vorsichtig.«

Laut stöhnte Rungholt auf, als sie ihm den ersten getränkten Lappen auf das wunde Fleisch seines Hinterns klatschte. Wie ein Blitz durchzuckte ihn der Schmerz, ein rasendes Brennen, das schnell anschwoll. »Verflucht, Margot! Was machst du da? Mir ein Brandzeichen verpassen?«

»Es muss heiß auf die Wunde. Ein bisschen Salz und guter Essig, fünf Eidotter und gut verrühren. Ein bisschen Dachsschmalz und das Ganze mit Wacholderöl mischen. Dann alles in ein Tuch und auf die Wunde.«

»Dachsschmalz?« Rungholt schüttelte sich vor Schmerz. Zumindest versuchte er es, denn so wie er mit seinem fetten Wanst auf der Tischplatte lag, glich er eher einem gestrandeten Wal. Genauso unansehnlich und unbeweglich. Er zappelte ein bisschen herum und brummelte, dass mit Dachsschmalz und Wacholderöl ja wohl eher Pferdewarzen kuriert würden.

»Ich sehe zwischen deinem Hintern und einem Pferdehintern keinen großen Unterschied.« Margot klatschte ein zweites Tuch auf seine Backen und verrieb die Paste. Ihre Berührungen taten gut, wäre nicht das Brennen gewesen. »Bei dir habe ich aber mehr Salz in die Paste getan, damit's durch dein Fett hindurch wirkt.«

»Sehr beruhigend.« Rungholt schossen die Tränen in die

Augen. »Knöpf dir endlich meinen Freund vor und reib nicht so drauf rum.«

»Ich reibe gar nicht. Ich klatsche.« Mit diesen Worten ließ sie ein weiteres getränktes Tuch auf die aufgescheuerten Stellen fallen.

»Drück das fest«, meinte sie und wandte sich Marek zu. Rungholt tat unterdessen, wie ihm befohlen. Eine wahre Meisterleistung, die er nur unter Stöhnen und Fluchen bewältigte, denn er konnte sich nirgends abstützen, und sein mächtiger Bauch schnürte ihm den Atem ab, während er nach hinten griff. Rungholt, verrenkt und mit einer Hand die Lappen haltend, konnte nicht genau erkennen, was Margot trieb, doch es sah gleichfalls schmerzvoll aus. Nachdem sie ihr Küchenmesser über einer Öllampe erhitzt hatte, zog sie Mareks Beinlinge weiter nach unten, trat hinter seine Beine und spreizte sie leicht. Dann begann sie, in seinem Fleisch herumzuschneiden.

Marek biss in sein Hemd, das er nach dem Ausziehen gar nicht aus der Hand gelegt hatte, und vermied es, Rungholt anzuschauen. Ihm schossen Tränen in die Augen, und es dauerte nur wenige Lidschläge, dann hörte Rungholt ein metallenes Geräusch. Margot hatte etwas mit einer alten Kneifzange aus Mareks Wunde gezogen und in einen kleinen Wasserkrug fallen lassen.

Erleichtert stöhnte Marek auf, doch Margot konnte ihn noch nicht beruhigen. »Es tut mir leid«, sagte sie. »Aber ich muss Euch auch etwas von der Paste geben. Damit es nicht nässt.«

»Ist ein wundervolles Gefühl«, feixte Rungholt. »Wärmt schön von innen.«

»Danke, Rungholt. Leider ist Sinje ja nicht hier, die hätte dir sicher die Hölle heißgemacht.«

»Du und deine Sinje«, antwortete Rungholt. Gut, dass er seine Heilerin nicht auch noch auf meine Kosten bis nach München geschleppt hat. Eine Reise für Verliebte wäre das

Letzte, was ich bezahlen würde. »Ich finde, mein Kind macht das auch ganz ausgezeichnet.«

Marek nickte als Antwort, und Rungholt konnte sehen, wie er sich verkrampfte. Immerhin hatte das Brennen bei Rungholt aufgehört. Die wunden Stellen fühlten sich jetzt nur noch taub und warm an. Sorgsam tränkte Margot ein Tuch im Wasserkrug, um Mareks Wunde auszuwaschen. Hat sie das bei mir vergessen?, argwöhnte Rungholt und wuchtete sich mit einem Schmerzenschrei auf die Seite.

»Gib mal her«, knurrte er und riss ihr den Wasserkrug aus der Hand.

Während sich Marek erneut den Stoff seines Unterkleides schmecken ließ und die Zähne zusammenbiss, begutachtete Rungholt den Wasserkrug.

»Das hat dich getroffen?«, meinte er und versuchte, am Krugboden genauer zu erkennen, was für eine Pfeilspitze es war. »Margot, hast du ein Glas für mich. Ich muss das umfüllen«, wandte sich Rungholt an seine Tochter. Zu Rungholts Überraschung schüttelte seine Tochter den Kopf. Er hatte nicht damit gerechnet, dass sie kein Glas besaß. Für ihn war der Reichtum − seitdem Nyebur ihn am Strand gefunden und aufgenommen hatte − steter Begleiter gewesen. Überfluss, Prunk. Luxuria. Die Todsünde in Gestalt eines prächtigen Weibes, deren Glanz jeder Mann hinterherläuft wie ein kopfloser Narr und von dem man nie genug bekommt. Obwohl Nyebur ihm oft mit der Knute gezeigt hatte, ordentlich für sein Geld zu arbeiten, hatte Rungholt der Überfluss fett gemacht. Prunk. Er knurrte abfällig. Kaufmann Nyebur, Gott habe ihn selig.

Kurz entschlossen humpelte Rungholt zur Haustür. Damit die Diele nicht dreckig wurde, öffnete er sie und kippte das Blutwasser in seiner Hand aus. Dann sah er sich genauer an, was in Mareks Allerwertestem steckengeblieben war. Er wollte um seine Brille bitten, war dann jedoch zu ungeduldig und hielt sich das Stück Metall direkt vor die Augen.

»Verdammt!«, entfuhr es ihm. Achtlos ließ er Margots Wasserkrug in das Reisig fallen und sah sich das Metall an. Es war eine schmale Klinge. Sie war abgebrochen, wahrscheinlich als Marek mit der Waffe im Hintern die Böschung hinabgesaust war. Dennoch erkannte Rungholt die schmale, blattförmige Klinge.

»Was tust du denn?« Margot wollte Marek die Beinlinge und seine Bruche reichen, eilte nun aber zu Rungholt und las den Krug auf. »Wenn du nicht ruhig liegen bleibst, wird es nie heilen, Rungholt.«

»Wenn schon... Schnell, Marek.« Er drängte sich an ihr vorbei. »Hol die Pferde.«

»Bleib hier, Vater«, befahl Margot, aber er hatte die Tür bereits vollends aufgezogen. Als er Mareks fragenden Blick sah, befahl er seinem Kapitän: »Los doch, schnell. Besser du holst einen Wagen. Ja, einen Wagen. Wir müssen los.« Noch immer rührte sich Marek nicht. »Und... und bring dir ein Kissen mit! Für deinen Hintern. Ich brauche keins!«

Ohne es zu merken eilte Rungholt nackt aus dem Haus.

19

Der Friedhof war ein staubiger Acker hinter den letzten Holzbuden Ascherings. Hier, an einem sanften Hang, hatten die Dorfbewohner vor rund vierzig Jahren ihre Pesttoten verscharrt. Das Land fiel nur einige Meter ab, aber dennoch hatte Rungholt einen guten Blick auf Wald und Moor. Beides erstreckte sich in dunkler Eintracht bis zum Horizont.

Die Sonne stand im Zenit, und Rungholt spürte ihre Kraft. Die träge Julihitze backte seine Haare am Kopf fest, doch unangenehmer war die Bruche, die schon wieder an seinem wunden Hintern klebte. Am liebsten hätte er sich auf den alten Heuwagen gesetzt und abgewartet, aber erstens ließ sein Hintern kein Sitzen mehr zu, und zweitens wusste er, dass die Männer dann noch langsamer graben würden.

Er wischte sich den Schweiß mit den Scheckenärmeln ab und überlegte, die Jacke auszuziehen. Unruhig scharrte er mit seinen Schnabelschuhen etwas Sand beiseite und kniff die Augen zusammen. Nachdem sie sich beim Aal einen Wagen geliehen hatten, war Rungholt mit Marek noch einmal nach Aschering hinausgefahren und hatte Georg, den Torfstecher mit seinem schwachsinnigen Sohn, aufgesucht. Er hatte die beiden bei einem Bauern vorgefunden, bei dem sie untergekommen waren. In einem ärmlichen Haus, das nur aus Ställen bestand und in dem Georg mit seinem Sohn zwischen den Schafen schlief.

Leider hatte Rungholt erfahren müssen, dass sie das Pferd zwar ausgegraben, aber dann an die Hunde verfüttert hatten. Nur der Kopf des Gauls war noch übrig und hing hinter dem Bauernhaus, um ihn fürs Angeln nach Aalen zu benutzen. Der Junge hatte eine Weidenrute geholt, unablässig von seiner Angel gesprochen, obwohl der Ast keinen Faden hatte, und Rungholt dann auch stolz den Pferdeschädel gezeigt. Rungholt hatte sich anstrengen müssen, nicht zu toben. Verärgert hatte er beschlossen, zum Friedhof zu gehen.

Rungholt ließ unruhig seinen Blick über die Hügel und Kuppen des Ascheringer Mooses gleiten und sah sich nach den großen Seen um, die die Landschaft zerschnitten. Weder den Wirmsee im Osten noch den Ammersee im Westen konnte er erspähen. Während er an Ersterem vorbeigefahren war, kannte er den Ammersee nicht. Georg und sein Sohn hatten ihm lediglich auf dem Weg zum Friedhof von einem weiteren großen See hinter Moor und Wald im Osten berichtet. Ein See, der einem Meer glich, weil man meist das andere Ufer nicht erblicken konnte. Auf dem Marsch zum Friedhofshügel, während sie an der Kirche und den Bauernhäusern vor-

beigegangen waren, hatte Georg unablässig auf Rungholt eingeredet, dem lieben Gott zuliebe auf die Leichenausgrabung
zu verzichten, und sein Sohn war um Rungholt herumgeturnt
wie ein kopfloses Huhn.

Abermals sah Rungholt über die wilden Ligusterbüsche,
die vereinzelt um den kargen Friedhof standen. Die Som-
mersonne hatte die meisten Büsche verbrannt, und der Wind
hatte den Rest kahl geschlagen. Unwillkürlich musste Rungholt an Utz denken, während er zu Wald und Moor sah. Was
immer in diesem Mann vor sich ging, er war wie das Moor
in diesem Wald: ungastlich, undurchdringlich, dunkel. Oder
kann ich ihn nur nicht leiden, weil er der Mann meiner Tochter ist? Ein Mann, den ich nicht für Margot bestimmt habe?
Bin ich eifersüchtig?

Schon wieder eine Todsünde, dachte Rungholt und sah den
Männern zu, die zu dritt die Leichen ausgruben.

Todsünden. Überall Todsünden. Wir müssen sündigen, um
zu verstehen. Hatte das einmal Winfried zu ihm gesagt? Oder
war es sein Mentor gewesen, der alte Kaufmann Nyebur? Hatte
nicht Eva vom Baum der Erkenntnis gegessen und Adam ver-
führt? Waren sie deswegen nicht aus dem Paradies vertrieben
worden? Weil die beiden erkannt hatten, dass sie nackt waren. Erkenntnis ist Sünde? Rungholt sah einigen Spatzen zu,
die in einem wilden Schwarm um die Tücher hüpften, die sie
für die Leichen ausgebreitet hatten. Nein, dachte er. Erkenntnis ist keine Sünde. Ich weiß, dass wir auch ohne Kleider
nackt sind. Das ist keine Sünde. Das Wissen ist keine Sünde,
sondern ein Pfund. Wir sollten es mehren, wir sollten es füttern wie unser schönstes Stück Vieh, das wir niemals schlach-
ten wollen.

Er musste an seinen Rotrücken denken, den er so gerne in
seinem Hof beobachtete, und an sein Weib Alheyd, die bestimmt mit seinen Gesellen bereits Fass um Fass in den Keller gebracht und die Schweine für den Winter gekauft hatte.

Ein ungewohntes Gefühl, hier fremd zu sein, ergriff Rungholt jäh, während er den Spatzen zusah. Ich habe ihr zu wenige Witten dagelassen, dachte Rungholt. Wenn wir die Häfen von Visby nicht mehr anlaufen können, wenn die Vitalienbrüder uns den Handel über die Ostsee endgültig versperrt haben, dann wird es Hungersnöte geben, vielleicht Aufstände.

Sorge um daheim beschlich ihn, der Drang, abzureisen und Alheyd zu helfen und einfach die verschwundene Frau zu vergessen. Er war als Landfahrer bis nach Novgorod gereist, hatte tausende von Meilen beschwerlichen Wegs in seinem Leben zurückgelegt, aber hier bei seinem eigenen Fleisch und Blut, bei seiner Tochter in München fühlte er sich fremd. Obwohl er das Meer so sehr hasste, wurde ihm klar, dass er an seine Gestade gehörte wie eine Kogge auf die See.

»Beeilt euch mit Graben«, rief er den drei Bauern und Marek zu, die in der Mittagssonne bereits hüfttief eines der frischen Gräber geöffnet hatten und Schippe um Schippe des noch losen Sandes aushoben. Georg hatte eine Kippkarre für die Leichen holen wollen, aber Rungholt hatte ihn zurückgehalten. Er wollte die Körper vor Ort untersuchen und hatte nicht vor, sie zu ihrem Wagen zu karren und gar nach München zu fahren.

Er ließ die beiden Toten, die in Leichentücher eingenäht waren, herausheben. Er zog seine Beinlinge zurecht und wünschte sich Rosenwasser herbei, das er sich unter die Nase reiben konnte. Doch ein Taschentuch musste reichen. Immerhin hatte er nicht zurück auf die Planken gemusst, auf diesen schmalen Steg, der im Zickzack über das Moor führte. Da war es hier, zwischen dem Liguster, angenehmer. Hier roch nicht alles nach brackigem Wasser. Nur die Leichen stanken. Sie hatten den Geruch des Moores in sich aufgesogen, der sich mit ihren Gasen zu einem penetrant süßlich hölzernen Gestank vermischte. Rungholt hätte nicht gedacht, die zwei so schnell wiederzusehen. Schnell drückte er sich das Tuch unter die Nase und trat näher an die beiden Säcke heran.

Während Marek sich mit drei Fingern bekreuzigte und ein Vaterunser sprach, standen Georg und die zwei Ascheringer Torfstecher regungslos in der Sonne. Eher angewidert sahen sie Rungholt zu, der um Mareks Hand bat, damit er sich hinknien konnte. Sie waren ein paar Schritte zurückgetreten, sprachen Gebete und bekreuzigten sich unablässig.

Rungholt zückte seine Gnippe und klappte sie auf. Mit einem schnellen Schnitt hatte er den ersten Leichensack aufgeschnitten.

»Sind sie es?« Marek kniete sich neben Rungholt. »Es ist Sünde, was wir tun. Sag ich dir.«

»Die beiden sind tot«, flüsterte Rungholt. »Umso besser, wenn sie uns verraten, wo wir eine Lebende finden.«

»Aber...«

»Ich werde sie nicht aufschneiden, Marek. Keine Sorge. Ihren Leibern soll kein Leid widerfahren.«

Rungholt schlug das Leichentuch beiseite. Der Anblick des Mannes war ein Schock. Ihm fehlte der Unterkiefer. Statt eines Mundes grinste Rungholt ein großes Loch entgegen. Sein Hals war halb durchtrennt, und Rungholt konnte die Wirbelsäule sehen. Er hatte erwartet, Grausames zu sehen, jetzt, wo der Mann nicht mehr im Schlamm steckte, aber er hatte gedacht, die Torfstecher wüssten mit ihren Spaten umzugehen. Beim Ausgraben im Moor mussten sie den Mann getroffen haben. Während Marek sich keuchend abwandte, drehte Rungholt sich zu Georg um. Der Torfstecher hielt seinen Jungen am Arm fest, der sich mit aller Kraft befreien wollte. Immer wieder versuchte der Bengel, seine Angel auszuwerfen, und schwang den fadenlosen Stock, um spielerisch an Marek vorbeizufischen.

Bevor Rungholt die Männer anfahren konnte, kam Georg ihm zuvor: »Das Pferd ist auf ihn draufgefallen, als wir ihn herausgraben wollten. Er... Vor Gott, es tut uns leid, Herr. Stritzl hat danebengestochen. Es musste schnell gehen.«

»Der wär uns doch abgesoffen«, meinte der Torfstecher mit den schmalen Augenbrauen und stützte sich auf seinen Spaten. »Der wär ganz weg gewesen. Drin im Moor.«

Rungholt ging nicht darauf ein, sondern schüttelte nur den Kopf. »Und die Kleider?«

Die Torfstecher sahen sich an. Sie hatten den Toten ausgezogen, ihm nicht einmal ein Totenkleid übergestreift, sondern ihn nackt, wie er war, in das Leichtuch gesteckt. Rungholt nahm an, dass sie den beiden auch nicht die Letzte Ölung gegeben hatten. Nur die Augen hatten sie den Unbekannten geschlossen, damit die Seele nicht in sie zurückfährt und sie zu Wiedergängern macht. Bei seinem Mund war das Schließen allerdings unmöglich.

»Also, was habt ihr mit den Kleidern gemacht?« Rungholt wandte sich wieder der Leiche zu und versuchte, sich hinzulegen.

»Verbrannt. Die haben wir verbrannt, Herr.«

Innerlich stöhnte Rungholt auf. Wie hatte er so dumm sein können, sie nicht anzuweisen, die Kleider aufzubewahren? Wie sollte er jemals herausfinden, wer dieser Mann und diese Frau waren, wenn er nichts als ein paar zerschlagene Körper hatte?

»Ist's schlimm?«, fragte Georg knapp, bekam von Rungholt aber nur ein Brummen als Antwort. Immerhin hatte ich gestern nicht wissen können, dass die beiden mit Beatrijs' Verschwinden zu tun haben könnten, versuchte Rungholt sich zu beruhigen. Noch immer probierte er, sich hinzulegen, um die Leiche besser in Augenschein zu nehmen.

»Was… was machst du denn?«, fragte Marek, den Rungholts Geschiebe und Gestöhne wunderte.

»Hilf mir mal. Los doch.«

Erneut gab Marek Rungholt die Hand und half ihm zurückzurutschen. Unter Stöhnen gelang es Rungholt endlich, sich auf den Bauch zu legen. Nur so war es ihm möglich, noch nä-

180

her mit dem Kopf an die Leiche heranzukommen. Er stützte seinen Kopf mit den Armen, was ihm Mühe bereitete, weil er seinen Oberkörper kaum hochbekam.

»Schlag das Tuch zur Seite«, befahl er. Marek öffnete das Leintuch auf ganzer Länge und stopfte das grobe Tuch unter den Leichnam. Auch die Schulter hatte tiefe Schnitte, die eindeutig von einem Spatenblatt stammten.

Die haben diesen armen Mann nicht ausgegraben, dachte Rungholt, die haben ihn aus der Erde ausgestochen. Wie Margot früher Küchlein aus einem Sandteig gestochen hat. Möge Gott uns verzeihen.

Er wollte sich die Rippen und die Hüfte genauer ansehen, weil die Haut des Mannes auch hier verletzt war, aber er musste einsehen, dass er, den Kopf auf beide Hände gestützt, nicht nach vorne robben, geschweige denn seine Brille vor die Augen halten konnte.

»Herr im Himmel«, zürnte Rungholt und versuchte, sich auf die Seite zu drehen, um die Arme zu entlasten.

»Wie ein Schwein im Dreck«, hörte er Stritzl murmeln. Der Junge lachte glucksend. Wahrscheinlich hatte er gar nicht verstanden. Rungholt fand seine Position und knüpfte die Brillenschatulle vom Gürtel. Missmutig stellte er fest, dass das gesplitterte Glas vollends gebrochen war und sich die Scherben im Futteral verteilt hatten. Er zwickte sich die Brille dennoch auf und schob sich näher an die Hüfte des Mannes.

Deutlich war Blut zu erkennen. Es war dem Mann die Hüfte und über den Oberschenkel hinabgelaufen. Der Fremde hatte demnach wahrscheinlich gestanden oder war geritten, als ihm die Wunde zugefügt worden war. Mit etwas Glück würde Rungholt die Waffe finden. Augenscheinlich war kaum etwas zu sehen, nur ein dunkler Strich in Fleisch und Fett, als ob jemand dem Mann eine Münze in die Hüfte gesteckt hatte.

»Gnippe«, sagte er und hielt Marek die Hand hin. Der Kapitän las Rungholts Klappmesser aus dem Staub auf. Mit ein paar

181

wenigen, schnellen Schnitten hatte Rungholt das Fleisch geöffnet. Er ließ die scharfe Klinge zwei Finger tief in den Mann fahren und schnitt kreuzförmig über den schmalen Einstich, aus dem das Blut gesickert war. Noch bevor er mit seiner Messerspitze die Fleischlappen auseinanderzog, hatte er etwas spüren können.

»Marek«, knurrte Rungholt. »Geh und hol den Sack, ja?«

Anstatt aufzustehen und zum Wagen zu laufen schnaufte Marek.

»Bin ich dein Laufbursche?«, sagte der Schone kaum hörbar, und Rungholt musste sich ein Lächeln verkneifen. Das Brummeln, das Stöhnen und Poltern hat er sich bei mir abgeschaut, dachte er. Ich sollte aufpassen, dass er sich nicht auch noch so einen Wanst, wie ich ihn habe, anfrisst und nachher nicht auf eine Kogge kommt. Oder dass er das Wasser so hassen lernt wie ich.

»Du bist mein Kapitän, Marek. Es ist deine Aufgabe, meine Sachen in die Welt zu fahren und sie zu holen.«

Marek winkte ab und sprang, wohl um Rungholt zu ärgern, mit einem einzigen Satz auf die Beine.

Es dauerte nur wenige Augenblicke, und er hatte für Rungholt das Säckchen geholt. In weiser Voraussicht hatte Rungholt einige von Margots Küchemessern und Utz' Werkzeugen – Hammer, Meißel, Spatel – eingesteckt. Er hatte sie schnell zusammengerafft, bevor sie in den Wagen gestiegen waren, und Margot nichts davon erzählt, weil er befürchtet hatte, sich mit ihr streiten zu müssen. Neben einem schlanken Schälmesser hatte er auch eine rostige Kneifzange nicht vergessen.

Rungholt führte sie vorsichtig in die Wunde ein und ergriff den Fremdkörper. Als er es herausziehen wollte, entglitt ihm das Metall mehrmals, weil es fester saß, als er gedacht hatte. Außerdem war es länger, als er vermutete. Eigentlich hatte er auf eine Pfeilspitze spekuliert, doch dieses Ding war lang wie ein Zeigefinger und dabei nicht dicker als die Klinge seiner

Gnippe. Er zog es gänzlich heraus und ließ es von der Zange in seine Hand fallen, dann drehte er sich keuchend auf den Rücken, weil seine Seite vom Liegen schmerzte. Vorsichtig kratzte er mit seinen speckigen Fingern das Blut beiseite.

Auch dieses Stück Metall war abgebrochen, aber man konnte noch erkennen, was es war. Keine Pfeilspitze, ein Messer. Oder besser ein schmales Eisenstück, das auf einer Seite zu einem platten Griff geschlagen und mit Löchern versehen worden war. Das andere Ende des Metalls hatte man zu einer Klinge geschliffen. Diese lief in einer blattförmigen Spitze aus, genau wie die, die Marek im Hintern stecken geblieben war. Rungholt fischte Mareks Stückchen aus seinem Münzbeutel und verglich es mit dem abgebrochenen Messer. Sie waren identisch.

Das Messer war erst an einem der Löcher des Heftes gebrochen. Wahrscheinlich hatte es sich derart tief erst in den Körper gerammt, als das Pferd auf den Mann gestürzt war. Rungholt hielt sich die Brille vor, um noch besser sehen zu können. Vielleicht war das Messer auch in die Seite des Mannes, eine ganze Handbreit oberhalb des Beckens, gefahren, bevor das Pferd gefallen war. Schlank genug war die Klinge, und wenn das Messer mit genug Kraft hineingetrieben wurde, konnte es durchaus gänzlich eindringen. Wenn man es warf.

Rungholt wog das Messer in der Hand. Es war zehn, vielleicht fünfzehn Lot schwer, und nach einigem Schätzen legte Rungholt es sich auf den Zeigefinger, wo er es mühelos balancieren konnte. Obwohl es abgebrochen war, erschien es ihm sehr austariert. Und auch das schlanke, metallene Heft mit den Bohrungen ließ nur einen Schluss zu: Es war tatsächlich ein Wurfmesser.

Die Löcher im Heft waren wohl hineingebohrt worden, um das Gewicht noch präziser auszugleichen. Eine gute Arbeit, mit Leidenschaft ausgeführt. Tödlich.

Wer immer sie im Wald angegriffen hatte. Der Centaur hatte

auch diesen Mann getötet und sehr wahrscheinlich auch die Frau. Wenn er etwas mit Beatrijs' Verschwinden zu tun hatte – und davon ging Rungholt mehr denn je aus –, so würden vielleicht diese beiden Toten ihn zu ihr bringen. Immerhin waren diese beiden Leichen und die Wurfmesser der einzige Anhaltspunkt, den Rungholt bisher hatte.

Wenn wir den Mörder, den Centaur, finden, dann haben wir unseren Entführer, dachte Rungholt. Und überlegte, ob er auch die Frau untersuchen und schlimmstenfalls aufschneiden sollte. Aber er befürchtete, die Torfstecher so richtig gegen sich aufzubringen, wenn er auch ihren Leib schändete. Zähneknirschend entschied er sich gegen eine weitere Leichenschau.

Abermals verlangte er nach Mareks Hand, zog sich hoch und klopfte sich stöhnend die Beinlinge ab.

»Grabt sie wieder ein«, sagte er, doch keiner der Männer rührte sich. Nur der Junge riss sich mit einem Mal von seinem Vater los und lief zu Rungholt hinüber, um sich die Toten anzusehen.

»Wir müssen noch einmal ins Moor«, rief Rungholt seinem Kapitän zu, der die Metallspitzen zurück zu den Werkzeugen in das Säckchen legte. Schließlich sah Rungholt sich zum Jungen um. Das Kind tat mit seiner Angelrute, als könne er etwas aus dem Mund der Männerleiche fischen.

»Alle tot. Seelen fliegen. Fressen alle auf«, brabbelte er. Sanft klopfte Rungholt dem Jungen auf die Schulter. »He, hol den Wagen. Du und dein Vater, ihr wollt doch bestimmt mit ins Moor, hm?« Er hatte erwartet, der Junge springe vor Freude oder werde loslaufen, doch stattdessen ließ er seinen Stock fallen.

»Die Heerscharen«, kreischte er. »Heerscharen! Fliegen-fliegen-fliegen!«

Mit einem Mal war alles still. Die Spatzen hatten aufgehört zu tschilpen, und der Wind hatte aufgehört zu wehen. Speichel rann dem Jungen das Kinn herunter, und immer wieder gingen seine Rufe im Glucksen unter. »Die Engel!«

Ein Raunen setzte an. Der Junge zeigte noch immer nach oben, brabbelte von Reitern auf geflügelten Pferden, und jetzt legte auch Rungholt den Kopf in den Nacken: Der Himmel war aus Bernstein.

In wenigen Augenblicken hatte er sich verändert und war zu einem unheimlichen Gelb geworden. Das Blau des Himmels wich gänzlich dem Bernstein, das alle Bewegung, alles Atmen und jedes Geräusch in sich einzuschließen schien. Stumm sah Rungholt zu, wie über ihm die Welt sich in Gelb hüllte. Er blickte auf seinen Handrücken, dann auf seine Schecke, sie hatte ebenfalls die Farbe gewechselt. Es lief ihm kalten den Rücken herunter, am liebsten wäre er fortgerannt, aber wohin? Ausgerechnet Gelb, schoss es ihm durch den Kopf. Fahles Gelb, die Farbe der Falschheit, des Neides.

Immerhin wurde das Gelb bald schattiger. Jetzt war der Schleier über dem Wald und entfaltete sich bis zum Horizont. Fasziniert taumelte Rungholt zurück und stieß – den Kopf noch immer zum Himmel gewandt – mit dem Rücken gegen Marek. »O mein Gott«, entfuhr es ihm.

Marek trat zu ihm und schirmte die Augen mit den Fingern ab. Gemeinsam starrten sie in den falschen Himmel, unfähig, etwas zu sagen. Einer der Torfstecher ließ seine Schaufel fallen und rannte davon. Stritzl war ins Gebet gefallen und murmelte unverständlich. Die Angst stand allen ins Gesicht geschrieben.

»Der Junge hat recht«, rief Georg laut, obwohl es still war. »Es sind die Engel der Apokalypse. Sie reiten auf München zu.«

»Die Apokalypse«, raunte Rungholt und wusste nicht, was er denken sollte. »Grabt die beiden wieder ein. Beeilt euch«, sagte er und konnte den Blick nicht vom Gelb des Himmels lassen.

20

Einen Moment lang überlegte Margot, einfach zurück ins Elend zu gehen und sich um Smidel anstatt um Utz zu kümmern. Immerhin kannte sie Utz jetzt über sieben Jahre und konnte im Voraus sagen, was er dachte. Sie wusste seine Worte, noch bevor er sie aussprach. Gewiss, ihnen ging es finanziell nicht gut, das Glück hatte ihr Haus bisher gemieden, aber Utz strengte sich redlich an. Er strengte sich doch an, Arbeit zu finden? Deswegen ging er doch jeden Tag aus dem Haus? Um bei den Goldschmieden zu arbeiten und sich ab und an als Tagelöhner ein Zubrot zu verdienen. Da gab es keine Geheimnisse.

Und wer war der Mann im Keller?

Gewiss ein guter Freund. Jemand, mit dem er gerne zechte, versuchte sie, ihre innere Stimme zu beruhigen.

Das glaubst du wirklich.

Sei still. Hat mein Vater mich mit seinen Anschuldigungen schon derart angesteckt? Er will einen Keil zwischen mich und Utz treiben, weil er Utz nicht leiden kann. Und ich bin ihm auf den Leim gegangen. Ich sollte nach Hause gehen.

Was macht Utz mit diesem Pütrich in vier Tagen? Was muss bis zum Vollmond erledigt sein?

Sie hätte nicht gedacht, dass es ihrem Vater gelingen könnte, jemals ein solches Gefühl des Misstrauens in sie zu pflanzen. Bisher hatte sich Margot dagegen gewehrt, dass er Utz und sie auseinanderbrachte, doch seine Beleidigungen, sein ewiges Bohren und vor allem seine Fragen arbeiteten in ihr. Wie Blasen in einem Mus aufsteigen, wenn es über dem Feuer kocht, so stiegen krude Gedanken in ihr auf. Erst wenige, dann mehr. Sie verdrängten den Alltag. Obwohl Margot sich eingeredet hatte, dass es gut sei, ihren Vater ins Wirtshaus verfrachtet zu haben, so war die letzten Tage eine unbekannte Leere in ihr

Heim eingezogen. Und das Eigenartigste an dieser Leere war die Tatsache, dass sie sie nie verspürt hatte, bevor Rungholt nach München gekommen war. Die kurzen Monate in Köln, bis ihr Mann Gottfried verstorben war, und die vielen Jahre in München, in denen sie ihren Vater nicht gesehen hatte, waren, wenn auch nicht immer erfüllt, so doch ohne Leere gewesen. Nun jedoch – Rungholt war kaum zehn Tage in der Stadt – fühlte sich ihr Haus in der Schmalzstraße leer an. Es kam ihr beinahe vor, als habe Rungholt mit seiner dicken Statur und seiner polternden Art alles verdrängt, was ihr bisheriges Leben ausgemacht hatte, und nun, da er nicht mehr unter ihrem Dach weilte, ein Vakuum hinterlassen. *Vacuum*, dies Wort hatte sie einmal von Utz gehört und ihn gefragt, was es bedeutete. Woher kannte Utz überhaupt solche Worte? Irgendetwas passte nicht zusammen, und auch wenn Margot es niemals klar würde benennen können, nein, benennen wollen, so war das Misstrauen schon vor Rungholts Besuch da gewesen. Deswegen hatte sie ihren Vater auch auf Beatrijs' Verschwinden angesprochen und ihm gut zugeredet, Smidels Frau zu finden – weil es ein hinteres Eckchen, ein Stübchen in ihrem Verstand gab, das in ihrem Gedankenhaus nicht hätte vorhanden sein dürfen. Ein Zimmer, vor dem sie stand, die Hand an der Klinke, und sich nicht traute, es zu öffnen.

Margot legte den Schweinefuß zurück auf die Auslage des Marktstandes und entschied sich für zwei Blutwürste. Wie seltsam, dass ihr Vater ihr gestern noch ein paar Pfennige aufgedrängt hatte, ganz versteckt und heimlich. Und jetzt war sie dabei, ihrem Mann hinterherzuschnüffeln, und wollte ihm dennoch endlich einmal wieder ein gutes Mahl gönnen. Was hätte Utz dazu gesagt? Abersinnig? Nein… *paradox*. Noch so ein Wort.

Die Fleischhauer bauten bereits ihre Buden ab, um Feierabend zu machen. Erst hatte sie gar nicht vorgehabt, Utz nachzulaufen, doch nachdem Smidels alte Magd sie in ihrem eigenen Haus immer wieder angefahren und bei der Arbeit behindert hatte, hatte Margot Smidel nach oben in die Dachkammer umgebettet und die Frauen angewiesen, auf ihn Acht zu geben. Dann hatte sie im Giessers Gässel Kräuter und Gänseeier bei einer stinkenden Vettel gekauft und mit einem Mal ihren Mann erblickt.

Durch das zerrissene Fensterpergament hatte sie Utz bei einem jüdischen Pfandleiher gesehen und beobachtet, wie er das Paar Schuhe vom letzten Winter gegen ein Säckchen Münzen getauscht hatte. Die guten Stiefel, die er in zwei, drei Monaten brauchen würde. Daraufhin war sie ihm gefolgt, vorbei an den Zwölf Aposteln, der Schlachtbank am Stadtbach und weiter in Richtung der Kapelle des Heilig-Geist-Spitals.

Sie sah sich zum Krankenhaus um, konnte am anderen Ufer des Stadtbachs aber lediglich den Turm der Kapelle und die Stadtwaage erkennen. Eine Schar Händler hatte sich vor ihr versammelt. Knechte rollten Fässer herbei und entluden Säcke, um sie zu wiegen. Wie ein Bug dem Wasser standhält, so hielt die Traube Münchner dem ewigen Strom der fremden Pilger stand, die an der alten Stadtmauer entlang Richtung Tal strömten. Ihre Zahl hatte zugenommen, nachdem der Himmel sich am Abend gelb gefärbt hatte. Die Wolken und dann auch das Blau hatten sich zur Farbe von trübem Harn verfärbt, und länger als ein Gebet dauerte war alles Leben verstummt. So als habe München Atem geholt, war es ruhig geworden, und der zähflüssige Pilgerstrom war kurz versiegt. Selbst die Hunde hatten aufgehört zu kläffen und die Menschen ihren Kopf in den Nacken gelegt. So lange, bis die eine Hälfte wehklagend zum Büßen und die andere zum Sündigen nach Hause gerannt war. Überall redeten sie von der Apokalypse, vom Untergang der Welt. Und während die einen sich geißelten und noch mehr Buße taten, gingen die anderen dunkel flüsternd ihrem Alltag nach. Alle jedoch liefen auf eigentümliche Art geduckt durch die Stadt, denn der gelbe Himmel drückte schwerer, als der blaue es jemals getan hatte auf ihre Schultern und drohte herabzustürzen und sie mit seinem Urin zu ertränken.

Irgendwo bei der Stadtwaage war Utz vor einer halben Ewigkeit verschwunden. Ob er ins Heilig-Geist-Spital gegangen war? Aber was hätte er dort zu so später Stunde noch gewollt?

Ein Prediger baute seine Kiste vor den Zwölf Aposteln auf. Margot bemerkte, wie viel Zeit der Wanderprediger darauf verwandte, sie penibel auszurichten und säuberlich mit einem Tuch abzudecken, bevor er mit seinen dreckigen Schnabelschuhen hinaufstieg. Der Mann hatte keine Trippen an, und seine Lederschuhe waren durchgewetzt und vom Straßendreck verkrustet. Wieso war sie Utz bloß gefolgt? Ein gutes Eheweib hatte zu gehorchen, hatte ihrem Mann zu dienen und ihm nicht nachzustellen wie eine eifersüchtige Hexe.

Sie bezahlte die Blutwürste und schlug den Weg nach Hause ein. Dabei machte sie jedoch einen Umweg und ging am Priester vorbei in die Senke und weiter hinab zur Waage. Margot hatte sie noch nicht erreicht, als sie ihren Mann aus dem Schatten der alten Stadtmauer treten sah. Er verabschiedete sich von jemandem, den sie nicht erkennen konnte, denn ein Tross Soldaten versperrte ihr die Sicht. Noch bevor die Männer vorübermarschiert waren, war Utz bereits durch die Mauer zur Äußeren Stadt geschlüpft.

Margot wollte ihm nach, wurde jedoch von einer Männerstimme aufgehalten.

»Er ist in die Kapelle des Spitals gegangen. Er hat gebetet. Sicher macht ihm, wie uns allen, der Himmel zu schaffen.« Margot sah Pankraz Guardein fragend an. »Du musst nicht so tun«, meinte Guardein. »Du bist ihm doch gefolgt.«

»Ich? Wem?«

Die Frage war zu langsam gekommen, Margot bemerkte den skeptischen Blick des Zunftmeisters. Sein einzelnes Auge schien sie zu betasten, als habe es Hände. Unheimlich. Konnte dieser hagere Mann etwa Gedanken lesen? Margot hatte von Blinden gehört, die Menschen an ihrem Geruch erkannten. Vielleicht hatte der Verlust eines Auges Pankraz Guardeins verbliebenen Blick überaus geschärft.

»Wem? Meinem Mann?«, setzte sie nach. »Nein. Ich wollte nur Wurst kaufen. Für Smidel.«

»Smidel?« Pankraz Guardein hielt inne. »Ist er bei dir? Ich habe ihn schon gesucht.« Margot biss sich auf die Lippen, ihr Vater hatte sie beschworen, nichts zu sagen. Du dummes Stück, schalt sie sich.

»Was hat denn die Fahrt erbracht? Haben sie die Buche gefunden? Ist der Handel geglückt?«, wollte der Zunftmeister wissen.

»Da müsst Ihr meinen Vater fragen, Herr.«

Der Priester hatte seine Kiste erklommen und begann zu predigen, indem er über den Bach und den kleinen Platz vor den Zwölf Aposteln schrie. Immer wieder wies er zum Himmel empor und ereiferte sich, die Apokalypse heraufzubeschwören.

Nachdenklich zwirbelte Pankraz Guardein seinen Bart. »Gewiss, das werde ich.«

Margot ließ ihren Blick über die schwarzen Haare des Zunftmeisters gleiten, die im kuriosen Gelblicht noch mehr wie ein Helm schimmerten denn je. Dann begann sie wie beiläufig das Bachufer entlang Richtung Stadtwaage zu schlendern. Pankraz Guardein wich nicht von ihrer Seite. Bei der Waage standen Gewichte, schwerer als ein Ochsenkarren und feinsäuberlich auf dem Boden aufgereiht, doch niemand beachtete sie, denn der Pfünder, ein vollbärtiges Mannsbild von einem knappen dreiviertel Klafter Größe, stritt sich lauthals mit einem Händler.

»Ist Smidel verletzt?«, fragte Pankraz Guardein unvermittelt.

Margot schüttelte den Kopf, jedoch stieg ihr Röte ins Gesicht. Woher wusste der Zunftmeister, dass Smidel verletzt war? Nicht weit von der Stadtwaage entfernt hatte man einen Korb an ein Dreibein mit Ausleger gebunden, sodass er über den Bach geschwenkt werden konnte, um darin Betrüger und Hexen zu bestrafen.

»Ich dachte nur, wenn Euer Vater ihn bei Euch unterkommen lässt«, erklärte Guardein. »Und du außerdem Kräuter kaufst, die für fünf Mäuler reichen...« Er nickte zu Margots Korb. »Solltest du nicht besser bei ihm sein?«

Margot blieb an dem schmalen Steg stehen, der zum anderen Ufer führte, und sah hinüber. »Seine Mägde passen auf.«

»Ihnen hast du auch Unterschlupf gewährt? Eine wahre Christin bist du, Margot Bacher.« Er verneigte sich leicht und griff ihre Hand, um ihr einen Kuss aufzudrücken. Sie konnte seinen Bart spüren. Sie ließ den Kuss über sich ergehen, nicht wissend, ob er sie testen, aufziehen oder schlicht liebreizend sein wollte.

»Du solltest dich beeilen, wenn du vor der Dunkelheit noch zu Hause sein willst.« Er lächelte sie an, wandte sich dann aber ab. Ohne ein weiteres Wort eilte der hagere Mann mit seinen langen Beinen über die Brücke und weiter zur Stadtwaage.

Die Menge der Gaffer machte ihm Platz, weil er sein Schwert immer wieder über eines der Gewichte streifen ließ. Margot beobachtete, wie der Guardein augenblicklich Ruhe unter den Streithähnen stiftete. Dann steckte er das Schwert weg und stieß den Pfünder zurück, um für sich Platz in der Mitte der Gaffer zu schaffen. Er begann, auf die Männer einzureden. Was er sprach, konnte Margot nicht hören, dazu war sie zu weit weg und der Priester auf seiner Kiste zu laut.

Sie wollte gerade nachsehen, wo ihr Mann hingegangen war, da musste sie mit ansehen, wie der Händler unvermittelt zuschlug und der Zunftmeister unter dem Aufschrei der Menge zu Boden ging. Er war nicht verletzt, kroch jedoch im Dreck herum und tastete suchend nach seinem Holzauge, während der kleine Pfünder sich mit Kriegsgeschrei auf den Händler warf.

Margot wollte schon zu ihm eilen, als sie Utz erblickte. Ihr Mann trat wie beiläufig hinter einem Karren hervor und zog seine Schecke zurecht. Hatte er etwas eingesteckt? Dann blickte er sich kurz zum Gerangel an der Stadtwaage um und beeilte sich, vom Gemenge fortzukommen. Margot bog hinter ihm ins Tal ein und folgte ihrem Mann über die Hochbrücke. So schnell sie konnte, eilte sie über die Bohlen und versuchte, ihn nicht aus den Augen zu verlieren.

Sie folgte Utz das Tal hinab und schlängelte sich zwischen den Karren und Pferden hindurch, die das Isartor passierten. Schließlich hatten sie die Stadterweiterung gänzlich hinter sich gelassen und waren im Grieß. Eine Straße zerschnitt die fruchtbare Senke vor der Isar. Sie schlängelte sich hinab zur Doppelbrücke, die Heinrich der Löwe vor rund zweihundertdreißig Jahren errichten ließ und damit den Grundstein für München legte. Erst im letzten Winter war die Brücke durch das Isarwasser am gegenüberliegenden Ufer zerstört worden. Es hatte Wochen gedauert, das Holzständerwerk auszubessern und die Brücke passierbar zu machen.

Es war nicht leicht, Utz in der aufkommenden Dunkelheit zu erkennen. Er bewegte sich zielsicher und schnell, und hier im Grieß konnte Margot ihm nicht so einfach unbemerkt folgen. Immer wieder verbarg sie sich hinter Händlern oder Pilgern, nutzte Steinberge der Mauerbaustelle als Deckung oder musste sich hinter Schuppen verstecken. So folgte sie Utz weiter die Senke hinab bis zur Sägemühle mit ihren mächtigen Stapeln aus Holzstämmen. Am Isarufer lagen über drei Dutzend Flöße vor den Kiesbänken der Floßlände. Bis zur Hammerschmiede und weiter an der Brücke säumten Holzstämme das Ufer, dümpelten im Seichten oder waren teils auf den Kies hochgezogen und zum Zersägen gestapelt worden. Holzbauern transportierten mit Kaltblütern die Stämme ab. Einige der Pferde zogen mehr als sechs Stämme, jeder dicker als ein Mann. Margot hörte das Knallen von Peitschen. Ein gleichmäßiges Knacken und Schaben hallte durch die kühle Abendluft und vermischte sich über dem Grieß mit dem Gelächter der Arbeiter, die vor einer Baracke unweit der Mühle saßen und Karten spielten.

Hatte Utz vor, über die Brücke in die Au zu gehen, zu den Ziegeleien? Margot lugte an einem Schafgatter vorbei und sah, wie ihr Mann die Kurve zur Brücke nahm, dann jedoch auf einen Trampelpfad abbog und zwischen ein paar Schuppen hindurch zu einem Lagerfeuer ging. Einige Arbeiter hatten es sich hier, geschützt von Baumstämmen und unweit der Holzmühle, gemütlich gemacht. Sie tranken Dünnbier und hielten Fisch auf Stöcken ins Feuer. So schnell sie konnte, folgte sie ihm.

Eine Männerstimme drang zu ihr.

»Du hast sie auf dem Floß gelassen?«, fragte die Stimme, dann folgte ein Husten.

Margot drückte sich hinter die Stämme. Angestrengt lauschte sie. Von hier aus, nur einige Klafter von den Männern entfernt, konnte sie gebratenen Fisch riechen und meinte, jede Bewegung der Männer zu hören.

»Sie ist gut verstaut«, der Flößer lachte. »Es ist deine Fracht, Utz Bacher. Und so geheimnisvoll, wie du tust, schlepp ich's nicht in mein Haus.«

Margot spähte um die Ecke. Der Mann spuckte aus und nahm sich einen Kienspan, den er kurz ins Feuer hielt. »Bei Gott, Bacher, du weißt nicht, wie ich mich erschreckt habe. Ich lande mit deiner Fracht an, und plötzlich wird der Himmel gelb.«

»Das hat mit meiner Fracht nichts zu tun«, wiegelte Utz ab.

»Das hat mit meiner Fracht nichts zu tun«, äffte der Flößer Utz nach. »Immer so geschwollen, Ihro Gnaden?«

»Sehr lustig. Hauptsache, sie ist dir nicht in den Fluss…«
Utz verstummte, denn der Flößer sah ihn an, als habe er ihn
aufs Tiefste beleidigt, dann hustete er ein weiteres Mal und
spuckte aus. Zischend verdampfte sein Rotz im Feuer.

»Gib's mir halt. Ich hab's Geld dabei«, sagte Utz.

Ohne eine weitere Antwort zog der Mann die Fackel aus
den Flammen und schritt den Trampelpfad hinunter zum
Kies. Den Rücken gegen die Stämme gepresst, wartete Margot, bis die Männer an den langen Holzstapeln vorbei und im
Schummerlicht verschwunden waren, bevor sie ihnen nach-
huschte. Im beinahe fleischfarbenen Licht lag die Isar wie ein
aufgesägter Leib vor der Stadt. Der Fluss erinnerte Margot an
die Fleischwunde des Kapitäns. Sie konnte kaum erkennen,
dass das Wasser floss, so ruhig lag er an diesem Juliabend da.
Es würde nicht mehr lange dauern, und er würde sich mit der
Schneeschmelze in einen reißenden Fluss verwandeln. Nicht
ohne Grund hatte man die Stadt nur bis auf knappe zweihun-
dert, dreihundert Klafter an den Fluss erweitert.

Im Laufschritt eilten die beiden Männer über die hellen
Steine. Zwei Schatten auf knirschendem Grund. Utz hatte
sichtlich Mühe, dem Flößer zu folgen. Sie stapften zu einem
der Flöße, das festgezurrt im Seichten dümpelte. Während
der Flößer ohne zu zögern auf die gebundenen Holzstämme
sprang, wartete Utz am Ufer.

Margot wollte näher herankommen, wusste aber nicht, wie
sie über das offene Kiesbecken gelangen sollte, ohne von den
Männern bemerkt zu werden. Immerhin war es mittlerweile so
dunkel geworden, dass man suchen musste, um einen Schemen auf der Landseite zu erkennen. Jedoch hoben sich die
Schatten der Männer im Fackelschein etwas vom Wasser ab.

Nur Gesprächsfetzen drangen zu ihr. Im Rauschen des Flus-
ses waren die Männer kaum zu verstehen. Sie musste irgendwie herausbekommen, was dort vor sich ging.

Schnell sah sie sich nach einem Versteck um, nach ein

paar Büschen oder einem weiteren Holzstapel, konnte jedoch nichts entdecken. Lediglich ein Gatter für Schafe war flussabwärts bis ans Wasser gebaut worden, um die Tiere verladen zu können.

Besser ein Zaun als Schutz, dachte Margot, als auf freiem Feld zu stehen. Außerdem war das Gatter näher an den Männern. Ohne nachzudenken, hastete sie hinüber. Sie raffte ihr Kleid hoch und war geschwind über den Zaun geklettert.

Blökend begrüßten sie die Schafe. Margot stand mitten unter ihnen und hatte sie aufgescheucht. »Sssssscht.« Unruhig liefen die Tiere hin und her und drückten sich protestierend an die Zäune. Ihre Rufe hallten über den Kies und Margot konnte noch weniger verstehen, was die Männer besprachen.

Schlimmer noch, ihr Mann war herumgefahren und gab dem Flößer ein Zeichen, ruhig zu sein. Im Schummerlicht vor dem bleiernen Fluss konnte Margot sehen, wie der Mann auf dem Floß kniete und eine Schweinsblase, die er unter der Wasseroberfläche angebunden hatte, hervorzog. Er schnitt sie sogleich auf und holte ein trockenes Bündel hervor. Was immer es war, das Bündel war aus einem Surcot gebunden worden. Genau erkannte sie es nicht, aber dafür sah sie, wie Utz geradewegs in ihre Richtung starrte und sich den Floßhaken zuwerfen ließ. Den klafterlangen Stock mit Eisenhaken fest im Griff eilte er über den Kies und direkt auf das Gatter zu, hinter dessen Latten sich Margot gedrückt hatte.

Wo sollte sie hin? Da waren nur die Schafe, ein Wassertrog und … So schnell sie konnte, drückte sich Margot auf den Boden zwischen die Schafe. Sie betete, er möge nicht genau hinschauen.

Ihr Mann hatte den Verschlag erreicht. Sie konnte seinen Schatten über den Zaun ragen sehen, als er sich vorbeugte. Dem Herrgott sei Dank hatte er die Fackel nicht mitgenommen. Sie hielt den Atem an und verharrte, sah aus dem Augenwinkel, wie Utz mit dem Haken ein paar der Schafe verscheuchte, um mit einer plötzlichen Bewegung den Wassertrog zu sich zu ziehen. Doch dahinter war niemand. Skeptisch sah er noch einmal auf die Herde, doch Margot hielt vorsichtig zwei Tiere im Fell fest. Nur leicht, damit sie nicht hektisch wurden, aber sie verdeckten ihren Oberkörper. Er durfte nur ihre Trippen und die Schuhe nicht sehen, nicht das Weiß ihrer Beine, die unter dem Surcot hervorlugten. Er...

Utz wandte sich ab.

»Ist niemand!«, rief er dem Flößer zu, der mit der Fackel am Ufer wartete.

Konnte sie es wagen aufzustehen? Oder würde Utz umkehren und diesmal mit der Fackel nach ihr suchen? Margot verharrte noch eine ganze Zeit lang auf dem Boden im Schafsdreck, bevor sie die Tiere losließ und sich aufrichtete. Langsam kam sie auf die Beine, flüsterte den Tieren beruhigend zu und vermied jede schnelle Bewegung. Sie kniete sich hin und hielt den Kopf zwischen die Schafrücken geduckt. Vorsichtig kroch sie zurück zum Gatter und spähte zwischen den Holzlatten hindurch.

Utz war wieder zum Floß zurückgekehrt. Zusammen mit dem Flößer stand er am Ufer und nahm das Bündel entgegen. Er band das Kleid auf und holte etwas daraus hervor. Prüfend sah er es sich kurz im Schein der Fackel an.

Margot erblickte es nur kurz im Mondlicht, dann zog er auch schon wieder den Stoff darüber.

Es war ein Kästchen. Es hatte die Größe eines Kopfes.

21

Unter dem gelben Himmel waren sie durch die Felder und Wiesen abermals zum Wald hinausgefahren.

Rungholt hatte weitere sechs Mann in Aschering zusammentrommeln können, dann waren sie aufgebrochen. Sie alle hatten stumm vor sich hin gebetet, und selbst Rungholt, der von Fürbitten immer weniger hielt, hatte in einer Litanei das Vaterunser vor sich her gesagt.

Niemand hatte mehr ein Wort über die unnatürliche Farbe verloren, und doch hielten alle es für ein schlechtes Omen. Gott sandte ihnen ein Zeichen. Er tauchte seine Welt in ein widernatürliches Licht.

Während sie murmelnd ihre Bitten vorbrachten, war bloß das Klappern der Wagenräder und das Schnauben der Kaltblüter zu hören gewesen, ansonsten hatten die Weizenfelder und selbst der Wald stumm dagelegen, als hätte man sie mit einem Leichentuch abgedeckt.

Noch einmal hatten sie an einer Weggabelung den linken Pfad eingeschlagen und sich vom Wald schlucken lassen, bevor sie dem gewundenen Trampelpfad bis zur Moorsenke gefolgt waren.

Nachdem sie die Hütte und schließlich die Planken erreicht hatten, hatte der Himmel sich abermals verfärbt. Zwar hatte Rungholt zwischen den verwitterten und toten Erlen nur wenig vom Himmel sehen können, doch er nahm an, dass der nahende Sonnenuntergang die Wolken wie aus Fleisch gemacht erscheinen ließ.

Marek zog Rungholt die Torfnarbe hinauf und auf die Planken. Dann folgte Rungholt Georg und seinem Sohn über die Bretter.

Sofort bemerkte er die Veränderungen: Furchen zogen sich über die Fläche. Die wenigen Grassoden waren niedergedrückt worden, weil die Männer das Pferd ausgegraben und durch den Morast gezogen hatten. Ihr Aushub war neben den teilweise vollgelaufenen Kuhlen zu runden Buckeln geschmolzen.

»Sucht alles ab. Es wird bald dunkel«, meinte Rungholt. »Einer soll Fackeln holen. Ihr habt doch welche in der Hütte?«

Er wandte sich an den Mann, den alle Stritzl nannten. »Ihr! Holt sie. Und Marek?«

»Ja?«

»Hilf den Männern und such die Kuhlen ab. Nehmt euch alle eine Schaufel oder einen Spaten. Und seht zu, dass ihr großflächig drumherum grabt.«

»Hm«, machte Marek. »Eigentlich habe ich genug für heute gegraben, sag ich dir.«

»Selbst wenn ich dich bezahlen könnte, würde ich es nicht tun. Freunde sollte man nicht bezahlen, denn was wirft das für ein Licht auf die Freundschaft.« Er warf seinem Kapitän ein Lächeln zu, doch der hatte sich schon abgewandt und sah über die Fläche.

»Was suchen wir eigentlich?«, fragte dieser zurück.

Rungholt zuckte aus Gewohnheit mit den Schultern. »Nach allem, was aufschlussreich sein könnte. Wir sollten hinten, wo das Weib lag, und hier vorne ein Sieb aufstellen.« Er schob sich an Marek vorbei und rief Georg zu: »Habt ihr Siebe?«

»Was? Nein, Herr.«

»Dann nehmt eure Bruchen. Zieht sie aus und spannt sie auf einen Rahmen... Marek? Hol ein paar Äste und hängt die Unterkleider darin auf, dass ihr mir diesen dreckigen Schlamm durchsieben könnt.«

Obwohl der Kapitän murrte, folgte er Rungholts Befehlen. Während er die Torfnarbe hinabstieg und Stritzl folgte, um im Unterholz des etwas dichteren Erlenbruchs nach Ästen zu suchen, schritt Rungholt die schmalen Planken ab und spähte in die Büsche. Er suchte jedes Grasbüschel ab. Eine Hufspur des Pferdes, an der er sich hätte orientieren können, hatte schon vorgestern nicht existiert. Im roten Dämmerlicht war es unmöglich, viel zu sehen, zumal die Torfstecher einen Großteil der Planken bereits fortgeschafft hatten und Rungholt deswegen nicht auf die Ebene konnte. Er trat zu Georg, der seinen Sohn an die Leine knotete. Das Kind hatte seine Bruche be-

198

reits ausgezogen und stand nun vom Hemd abwärts nackt auf den Holzbohlen. Ohne zu murren ließ er sich anknoten, tat nur immer wieder, als würde er seine Angel auf das Feld hinauswerfen.

»Hier«, Rungholt reichte dem Mann ein paar Pfennige. »Teil es unter den Männern auf.«

Georg wollte sich bedanken, doch Rungholt wiegelte ab.

Sie gruben sich kreisförmig von den Fundstellen der Leichen voran. Knöcheltief trugen sie den Morast ab und ließen ihn mehrmals durch zwei bespannte Holzgestelle laufen, die sie aus Ästen gebunden hatten. Immer wieder schrie einer der Arbeiter, er habe etwas gefunden, und Rungholt eilte hinzu, doch alles entpuppte sich als wertlos. Der Splitter eines Feuersteins, Tierknochen, Äste, die Kerzenständern oder Dauben glichen. Eine Nadel in einem Heuhaufen zu finden war einfacher als etwas Aufschlussreiches in diesem Morast. Zumal Rungholt gar nicht wusste, was er genau suchte. Nur irgendetwas, dass ihm einen Hinweis auf den messerwerfenden Centaur brachte – und wenn es keinen Hinweis gab, so jedenfalls einen Fingerzeig auf die Herkunft der beiden Toten.

In der Hoffnung, etwas über das Wesen der beiden zu erfahren, hatte Rungholt auf dem Pestfriedhof letztlich doch den zweiten Leichensack öffnen lassen und die Frauenleiche untersucht. Aber er hatte keinen Anhaltspunkt gefunden. Außer dass die beiden Leichen nur wenig Hornhaut an den Fingern hatten, ihre Hände nicht schwielig waren und die Körper gut genährt erschienen, hatte er nicht viel feststellen können.

Er warf den Schädelknochen eines Wolfes zurück in den Schlamm und wischte sich die Hände ab. Sein linker Handrücken war rot und rau. Er durfte nicht vergessen, Margot nach mehr Stutenmilch zu fragen.

»Hier ist etwas, Herr!« Georgs Ruf vertrieb Rungholts Gedanken. Der Mann stand mit seinem Sohn an einem der Siebe und hielt etwas hoch. Weil Rungholt schon mehrmals ergebnislos zwischen den beiden Grabungen hin und her gelaufen war, beeilte er sich diesmal nicht.

Lächelnd übergab Georg, was sie unweit der Männerleiche im Morast entdeckt hatten. Rungholt wischte den Schlamm beiseite. Es war ein Stein mit einer Öse, damit man ihn sich umbinden konnte. Er war schwarz und so groß wie eine Daumenspitze.

»Ein Granat?« Rungholt hielt sich den geschliffenen Stein vor die Augen und versuchte, über ihn die fahle Sonne hinter den Erlen anzupeilen. Der Stein war nicht durchsichtig. Anhand des Lederhalsbandes, einer dünnen Kordel, die vom feuchten Grund etwas glitschig, ansonsten aber nicht verrottet war, schätzte Rungholt, dass der Edelstein tatsächlich einem der Toten gehört hatte. Er wollte Georg gratulieren, aber den Torfstecher beschäftigte etwas anderes. Er warf seinen Spaten beiseite und spurtete, ohne auf den gefährlichen Dreck zu achten, über den Morast. Rungholt sah nach, wohin der Mann lief, und erkannte Georgs Sohn. Anscheinend hatte sich das Kind vom Band gelöst und stapfte nun gutgelaunt, seinen Ast wie eine Angelrute über der Schulter, Richtung Waldrand. Er sank mehrfach bis zu den Knien ein, schien sich davon aber nicht beirren zu lassen. Rufend eilte Georg ihm nach.

»Von wo sind sie hergekommen?«, wandte Rungholt sich an Marek, der fluchend weiter Schlamm durch die Bruche des Jungen schaufelte.

»Wer?«

»Na, unsere Toten.«

»Woher soll ich das wissen? Ich meine, danach suchen wir doch, oder? Wenn ich's wüsste, müsste ich ja nicht diese Scheiße schaufeln, sag ich dir. Oder?«

»Nein. Das meine ich nicht. Ich meine hier auf die Fläche. Von wo sind sie geritten gekommen?«

Marek sah sich um. »Die Frau ist da vorn über Bord, der Reiter und sein Pferd hier. Das ist einfach, wenn du mich fragst.«

»Ach? Na, dann frag ich dich mal.«

»Na, wenn die Frau nicht weggeschafft und dahinten umgebracht wurde, sondern vom Pferd gefallen ist, und sie nicht im Kreis geritten sind …«

»Dann sind sie irgendwo aus den toten Erlen hinter der Frau hervorgebrochen und von dort aus auf die Ebene.«

»Wenn du es weißt, warum fragst du mich?« Marek nickte und schaufelte die nächste Fuhre hoch. Er schmiss die suppige Erde auf das Leinen.

Eine kleine Reisetruhe, mehr Kästchen als Truhe, lag im Morast zwischen Seggengras und den verfaulten Ästen einer Erle. Rungholt wollte hinübergehen, wurde aber gewahr, dass er drauf und dran war, erneut in den Morast zu treten. Er blieb an der Kante des Stegs stehen, den sie hinter dem Fundort der Frau erweitert hatten, und versuchte, zwischen den Gräsern mehr zu erkennen. Die Kiste hatte dünne, verzierte Beschläge. Sie sah massiv und schwer aus, obwohl sie nicht größer als ein Pferdekopf war. Das Einzige, was ihr den Hauch von Anmut verlieh, waren mehrere Kerbschnittornamente, deren Zeichnung Rungholt aus der Entfernung jedoch nicht erkennen konnte. Das Holz schimmerte lediglich in der untergehenden Sonne ein wenig anders.

»Marek …« Rungholt brauchte seine Anweisung nicht auszusprechen. Mit einer Bohle unter dem Arm drängte sich Marek an ihm vorbei. »Langsam kostet es wahrhaftig etwas, Rungholt. Ich wollte dich in Alheyds Namen abholen, mit dir das Vorgehen wegen dieser Vitalienbrüder und ihrer Blockade durchsprechen, sag ich dir. Aber nicht mit dir im Sandkasten buddeln.« Der Schone legte mehrere Bohlen hinüber bis ins Seggengras und barg die Kiste aus dem Schlamm. Er stellte sie auf die Holzbohlen.

»War noch etwas da?«, fragte Rungholt, zu den Erlen nickend.

»Fünf Witten, und ich schau noch mal nach… Nein, nur die Kiste.«

»Gut.« Rungholt nahm an, dass sie vom Pferd gefallen war, als der Mann und die Frau durch die Büsche gesprungen waren, und tatsächlich fand er Reste von Lederriemen. Zwei breite Gürtel waren gerissen und hingen noch angeknotet an den Kistenseiten herab. Er band sie ab und zog die Riemen heraus, um die Kiste genau anzusehen. Sie war aus Eichenholz, eine kleine Truhe für die Reise. Nichts Besonderes. Die Kerbschnitte, die er bereits gesehen hatte, waren runde Ornamente mit in sich verflochtenen Schlangen. Sie bildeten einen unentwirrbaren Knoten, ein Labyrinth aus Linien.

Rungholt entschied sich, die Kiste sofort zu öffnen, schaffte es jedoch nicht, das Schloss mit seiner Gnippe entzweizubrechen.

»Warte. Tritt mal beiseite, Rungholt. Der Bølge macht das.« Marek kam mit einem Spaten. Kurzerhand stieß er auf die Eisenbeschläge ein, und nach drei Schlägen des Schonen gab das Kästchen nach. Rungholt kniete sich auf die Bohlen und zog es zu sich heran. Der Kapitän hatte ganze Arbeit geleistet. Die Eisenbeschläge waren aus dem Holz gerissen, und Rungholt konnte den Deckel der Kiste mühelos abnehmen. Er legte ihn auf die Holzbohle, bevor er einen weiteren Blick ins Innere warf.

»Leuchte mal«, befahl er Marek und spürte kurz darauf, die Hitze einer Fackel neben sich.

»Was ist denn das?«, entfuhr es ihm. Er hatte mit Geld gerechnet, mit kostbarem Schmuck, mit teurem Geschirr oder wertvollem Werkzeug, aber in der Kiste waren lediglich Kleider.

In einem Fetzen aus Seide war ein Tonkrug eingeschlagen. Er hatte den Sturz der Kiste heil überstanden. Es war ein schlichter Krug ohne Verzierungen, sein Gewicht war schwer zu schätzen. Es war keine Flüssigkeit darin, dafür war er zu leicht. Einen Lidschlag lang überlegte er, das Gefäß zu schütteln, entschied sich aber dagegen, er wollte nichts darin zerstören. Rungholts Herz schlug schneller, weil der Krug jenen glich, die man zur Lagerung von Pergamenten verwendete. Sein Deckel war luftdicht mit Binsen verschlossen. Frohlockend, doch noch etwas gefunden zu haben, warf Rungholt den Seidenfetzen zurück in die Kiste und zückte erneut sein Klappmesser.

Marek hatte sich neben ihn gekniet, und Rungholt erschrak, als einer der Männer eine Planke neben ihn in den Morast fallen ließ, damit sie sich besser um die Kiste stellen konnten. Jeder wollte sehen, was Rungholt gefunden hatte. Selbst Georg war mit seinem Sohn zurückgekehrt und versuchte, einen guten Platz zwischen den Ascheringern zu ergattern.

Kaum hatte Rungholt das Messer angesetzt, da klatschten Fischkadaver neben ihm in den Dreck. Der Junge hatte tatsächlich mehr als zehn Fische auf seinen Stock aufgespießt. Die meisten von ihnen stanken bestialisch und waren bereits seit Tagen verfault und angefressen. »Angeln«, meinte er. Woher hat er die nun wieder, dachte Rungholt und widmete sich erneut dem Deckel. Er ritzte mit seinem Messer die Binsen auf und öffnete den Krug. Auch den Jungen interessierte sein Fang nicht mehr, er war ganz eingenommen von Rungholts Arbeit. Oder machte er nur nach, wie sich die Männer sich verhielten? Georgs Sohn setzte sich zu Rungholt auf die Bohle.

Nach einem Blick ins Innere, bei dem Rungholt nichts hatte erkennen können, versuchte er hineinzugreifen, aber seine Hand war zu dick. Er schaffte es kaum, sie bis zu den Fingerknöcheln hineinzustecken. Immerhin spürte er etwas an seinen Fingerspitzen. Ja, es war etwas Aufgerolltes in dem Krug. Ungeduldig schlug er auf den Boden und schüttelte, aber nichts wollte herausrutschen.

»Geben… mir«, meinte Georgs Sohn und griff bereits nach dem Krug.

203

»Wisch dir die Finger ab, Kind.« Rungholt wartete, bis Georgs Sohn seine von Fischen, Speichel und Morast ganz schwarzen Finger mehrfach in sein Hemd gerieben hatte, dann ließ er den Jungen gewähren. Problemlos griff der Junge hinein und zog ein Pergamentstück heraus.

Es war nicht größer als seine Handfläche und fühlte sich kostbar und glatt an. Jungfernpergament aus der Haut neugeborener Zicklein oder Lämmer. Das Pergament war mit einem Faden verschnürt, den Rungholt ungeduldig abstreifte. Dann rollte er das Stück Haut auseinander.

Zuerst dachte er, er müsse nur seine Brille aufsetzen, um etwas zu erkennen, doch nachdem er um eine Fackel gebeten und das Pergament abgeleuchtet und gewendet hatte, wusste er, dass es nutzlos war.

Das Pergament war unbeschrieben. Ein nackter Bogen.

Verärgert sah es Rungholt sich ein zweites und ein drittes Mal an, zückte schließlich doch seine kaputte Brille und untersuchte es noch einmal genau. Er spürte, wie schlechte Laune in ihm hochschoss. Kochender Milch in einem Topf gleich, stieg die Enttäuschung in Rungholt auf.

Sosehr er es auch drehte, sosehr er es auch wendete: Nichts. Das Pergament blieb unbeschrieben. Weder auf der Vordernoch auf der Rückseite konnte er etwas erkennen. »Was soll das? Was soll das sein? Verfluchte Scheiße! Das kann doch nicht sein. Das ist doch ... », belferte Rungholt los. »Verflucht noch mal! Das darf doch nicht ... So eine ... Scheiße! Verfluchte!«

Marek grinste. »Ein jungfräuliches Jungfernpergament.«

»Mach du auch noch deine Witzchen, Marek!« Mit einem wütenden Ausruf warf Rungholt den Krug in die Dämmerung. Er hörte ihn platschend aufschlagen und bereute sofort, ihn weggeworfen zu haben. »Marek?«

»Och ... och bitte, nein. Hol ihn selbst.«

22

Die Kühle des Hospitalsaals war angenehm. Auch wenn sich dutzende Pilger zwischen den Liegen und Bänken drängten, um einen letzten und kostenlosen Schlafplatz zu ergattern, fühlte Rungholt sich auf eigentümliche Art befreit. Wahrscheinlich lag es an dem klaren Geruch von Stein und Wachs und dem wohlbekannten Duft des Weihrauchs. Obwohl er so weit fort von zuhause war, gaben diese bekannten Gerüche ihm das Gefühl des Vertrauten. Was Rungholt kannte, das beruhigte ihn. Er war kein Mensch für Überraschungen, denn sie waren ihm in den letzten dreißig Jahren zur Genüge widerfahren. Mit dreiundvierzig Jahren hatte Rungholt das Alter überschritten, an dem der Schreck oder die Freude über eine Überraschung ein anregendes Gefühl war. Zumeist spürte er angesichts des Neuen nur Angst. Eine tiefe Furcht, die er zu bekämpfen versuchte, indem er lernte. So hatte er verbotene Bücher eines arabischen Medicus erstanden, übte mit Marek den Schwertkampf, beschäftigte sich ein wenig mit okkulten Gedanken und der Scholastik, die ihm jedoch zu abstrakt erschien. Sie war ihm nicht handfest genug und vermochte nicht, seine Angst zu nehmen. Mittlerweile glaubte er auch immer öfter, den Grund seiner Angst zu kennen: Es war der Tod. Der Meister des Unbekannten.

Je mehr Sand durch die Uhr seines Daseins rann, desto öfter grämte er sich, nicht aufgeschlossener zu sein, weniger dickköpfig und arrogant. Wie oft hatte er sich gewünscht, seinen Mitmenschen weniger zornig zu begegnen? Seitdem er vor vier Monaten einen vielfachen Mörder gestellt hatte und sein bester Freund verstorben war, hatte die Angst vor dem Meister des Unbekannten ihn immer stärker heimgesucht. Oft nachts. Wenn er neben Alheyd lag und auf das Knacken der Holzscheite lauschte, die nebenan langsam verbrannten.

Wenn es einen Himmel gab, so würden sich für ihn die Pforten kaum öffnen. Und wenn die Hölle die Abwesenheit von Gott bedeutete, dann hatte er sich in seinem Leben mehr und mehr von diesem Gott entfernt. Und umgekehrt hieß dies wohl, er hatte der Hölle entgegengestrebt.

Immerhin war er in die Spitalkirche gegangen und hatte die Hälfte des Geldes gespendet, das von Smidel noch übrig war. Für dieses spärliche Almosen hatte er erst einen scheelen Blick und dann ein Pergament erhalten, auf dem seine Spende quittiert worden war. Ein weiterer Schritt für seine Lossprechung.

Nach Winfrieds Tod hatte Rungholt ausführlich gebeichtet. Er war ohne Vorbehalte zu Jakobus, dem Priester der Lübecker Marienkirche, gegangen und hatte länger als drei Stunden Buße getan. Zwei Tage später war Jakobus mit einem Fässchen Rotspon zu Rungholt gekommen. Der dickbäuchige Schwerenöter von einem Pfarrer hatte Rungholt vorgeschlagen, doch nach München zu pilgern und am Ablassjahr teilzunehmen.

Jakobus. Der Gedanke an den Pfarrer entlockte Rungholt ein Lächeln. Seit geraumer Zeit saß Rungholt auf einer schmalen Bank, die er unter dem Protest einiger Bettler vor das Stifterbild gezogen hatte. Anstatt sich wie so häufig in Lübeck in seinen Hinterhof zu setzen und auf seiner Bank ein Pfeifchen zu schmauchen, hockte er nun zwischen Bettlern, Wallfahrern und Versehrten und starrte die Wand an. Indem er den gewohnten Geruch atmete und auf das Bild sah, vergaß er jedenfalls die Schmerzen seines Hinterns. Er hörte auch bald die lauten Wehklagen und Gebete hinter sich nicht mehr, die den Saal erfüllten. Dank des fahlen Himmels waren die Gebete lauter geworden. Einige der Pilger hatten begonnen, sich zu geißeln, und ein paar der Krüppel rutschten über den nackten Spitalboden und sangen ihre Litanei. Doch die meisten Gäste des Heilig-Geist-Hospitals blieben hungrige Wanderer,

Menschen, die wie Rungholt auf der Suche nach Absolution nach München gekommen waren und die der Himmel beunruhigte, aber nicht aufgehetzt hatte. Da es Pflicht eines jeden guten Christen war, die Mittellosen aufzunehmen und ihnen Essen und ein Bett anzubieten, strömten sie ins Hospital nahe dem Rindermarkt, um einen Unterschlupf für die Nacht und vielleicht einen Apfel oder eine Daube Mus zu ergattern.

Die Standleuchter, die man rechts und links des Bildes aufgestellt hatte und die die Halle spärlich erhellten, ließen mit ihrem Flackern Beatrijs aufleben. Mehrmals kam es Rungholt vor, als bewege die Frau ihre betenden Hände, als spiele Wind mit der Haarsträne, die ihr so keck aus der Rise gerutscht war. Geradezu mysteriös zauberten die Kerzenflammen ein Glitzern auf ihre Lippen, während Rungholt versuchte, sich in ihren Anblick zu versenken, das Bild einer Frau, die ihm gänzlich unbekannt war, jedoch nicht fremd.

Ich kam nach München, um meine Sündenlast zu verlieren, dachte er, und wurde aus dem Hause Gottes geworfen wie ein räudiger Hund. Wo ich gehe, wo ich stehe, da ist Blut. Werde ich jemals mein Seelenheil finden?

Der Pfarrer begann seine Predigt, doch Rungholt kehrte ihm den Rücken zu, als er aufstand und an die bemalte Wand trat. Sein Schatten vertrieb das Leben aus Beatrijs' Zügen. Nur ihr Seidenlächeln blieb. Er lehnte sich vor und ließ seine Finger über ihre Wangen gleiten. Der Stein war kalt, ihr Lächeln erstarrt.

Kann ich wirklich Erlösung finden, weil ich dem Heiland Geld zustecke?, fragte er sich mit einem Mal. Oder blutet der Schnee trotz allem weiterhin in meinen Träumen? Sag du es mir, Beatrijs.

Doch Beatrijs blieb stumm. Die schlanken Finger zum Gebet gefaltet, den Blick gen Himmel.

Ich werde noch einmal in diesen Wald fahren, sprach Rungholt in Gedanken zu ihr, ich werde noch einmal in diesen

Wald fahren. Irgendwann. Und dich suchen, Beatrijs. Weil ich leichter werde ohne Sünde. Weil mich die Last des blutenden Schnees nicht in die Hölle ziehen soll. Ich will dort nicht in meinem Eis erfrieren. Denn ich fürchte die Hölle, Beatrijs. Ich habe so viele Menschen getötet, dass ich die Qualen der Hölle wahrlich zu fürchten habe. Doch nur eine Frau ängstigt mich zu Tode. Mir wird angst und bang, wenn ich an sie denke. An Irena. Aber manchmal, Beatrijs, da wache ich auf. Ich sehe aus dem kleinen Fenster in den Hof und sehe die Raben, und dann denke ich, dass die Schwere in *mir* ist. Verstehst du? Dass sie in mir selbst ist und mich hinunterzieht in meine eigene Dunkelheit. Dass die Hölle kein Ort ist, sondern eine Seele. Dass die Hölle meine Seele ist. Das ich selbst die Qual bin und die Erlösung. Verstehst du?

Finde sie. Du wirst erlöst.

Rungholt wischte sich das Doppelkinn. »Wenn meine Seele die Hölle ist. Wenn sie in mir ist, dann gibt es kein Entkommen.« Ganz leise begann er zu flüstern: »Wenn es die Hölle nicht gibt, Beatrijs, bleibt die Furcht vor mir selbst.« Er schmiegte seine Wange gegen die ihre und spürte den kalten Stein. »Wenn meine Gebeine in der Erde liegen, wo werde ich stehen? Weißt du es? Beatrijs? Weißt du es? Bist du bereits dort?«

Küsse das Seidenlächeln, und du wirst erlöst.

Einem plötzlichen Reiz folgend, versuchte er, ihre Augenlider zu schließen, doch natürlich gab das Wandbild nicht nach. Er sah in ihr Gesicht und suchte eine Antwort, doch er fand nur Fragen. Nur Fragen. Ihre Augen waren wie dieser merkwürdige Pergamentfetzen im Tonkrug: Unbeschrieben. Eine Nachricht, die aus nichts bestand. Eine Nachricht ohne Worte und genau deswegen mit Sicherheit wichtig.

Finde sie.

»Ich finde dich«, raunte Rungholt. »Und meine Sünden werden mir vergeben.«

23

»Wenn er diese Nacht übersteht, wird er vielleicht überleben, Vater, aber…« Margot steckte sich ihre Haare hinters Ohr. Sie kam Rungholt noch grauer und abgekämpfter als sonst vor. »Wir sollten einen Medicus bestellen. Er braucht einen Arzt.«

»Nein. Keinen Arzt.« Brummelnd nahm Rungholt die Öllampe, um sich Smidels Gesicht genauer anzusehen. Der Goldschmied war aschfahl.

»Dann lass ihn uns zum langen Ignaz bringen, der schaut nach Tieren. Kennt sich mit Kühen aus und…«

Rungholt griff Margots Handgelenk und hielt sie fest. »Nein. Je weniger wissen, dass er hier ist, desto länger wird er leben, Margot. Verstehst du?« Sie nickte, und er fuhr fort: »Du musst dich um ihn kümmern. Es ist deine Aufgabe. Du musst ihn auf die Beine bringen, hörst du?«

»Ja, aber ich weiß nicht, ob ich…«

»Lass ihn nicht aus den Augen. Rede dir ein, dein Leben sei seines, Margot.«

Sie sahen sich an, und Rungholt erkannte die Angst in den Augen seiner Tochter. Früher hatte er Margot immer für die reifste seiner Töchter gehalten. Gewiss, sie war die Stillste in der Schule gewesen, diejenige, die sich oft verkrochen und sich mit allen Katzen des Viertels angefreundet hatte. Er spürte, dass sie etwas sagen wollte. Es schien ihm, als ginge Margot etwas im Kopf herum.

»Du schaffst das, glaub mir«, meinte er, um ihr Mut zu machen, und ließ damit den zaghaften Versuch, ihm von der Übergabe auf dem Grieß und dem Kästchen im Keller zu erzählen, ersterben.

Rungholt wandte sich wieder Smidel zu. »Isst er gar nicht mehr?«

Hatte er vor ein paar Tagen noch gedacht, einem Geist gegenüberzustehen, so hatte Rungholt nun das Gefühl, Smidel sei bereits seit Tagen tot. Seine Wangen waren derart eingefallen, dass ihre Schatten mit den schwarzen Ringen seiner Augen verschmolzen und seinen Kopf zu einem Totenschädel machten. Teigige Haut, vom Ölen und Schwitzen, von Schmerz und Angst fettig und grau. Während er bei ihrem ersten Treffen gehetzt gewirkt hatte, schien Smidel jetzt angekommen zu sein. Auf gespenstische Art erschien es Rungholt, als ruhe der Goldschmied bereits für immer. Ihn fröstelte. Es ist erst vier Monate her, seitdem ich Winfried so daliegen gesehen habe.

»Ein bisschen isst er. Die Mägde füttern ihn alle paar Stunden mit Brei.«

»Gut.« Rungholt trat näher an das Strohlager, auf dem er noch vor einigen Nächten selbst gelegen und über das Sterben nachgedacht hatte. Der Gedanke an sein Selbstmitleid, das unnütze Starren gegen die Deckenbalken und das alberne Sinnieren über seine Wehwehchen kamen Rungholt angesichts des verletzten Smidel schäbig vor. Es ekelte ihn vor sich selbst. Wie weinerlich er in letzter Zeit geworden war, wie weich. Schrecklich.

Rungholt wandte sich ab. »Du wirst ihn schon aufpäppeln, Margot. Du hast fast alle Katzen und Tauben durch den Winter gebracht, die dir zuliefen. Erinnerst du dich?«

Er konnte ihr kein Lächeln schenken, es war noch zu früh, sich zu entschuldigen, weil er sie so schändlich in der Stadt zurückgelassen hatte. Müde wischte er sich die Augen, zog dann den Granat aus der Tasche. Nach kurzem Zögern schüttelte er Smidel sanft an der Schulter, damit er aufwachte.

»Was wollte der Reiter von Euch? Wollte er Euch auch entführen?«

Smidel antwortete stockend. »Weiß… Ich weiß nicht.«

Es waren mehr die Augen als seine Worte, die Rungholt

verrieten, dass der Mann keine Ahnung hatte, was der Angreifer von ihm gewollt hatte. »Smidel, hört. Wisst Ihr, wer diesen Schmuck getragen haben kann? Kennt Ihr jemanden mit einem solchen Stein?«

Er hielt dem Goldschmied den schwarzen, glatten Stein hin, bemerkte aber sogleich, dass Smidel kaum sprechen konnte.

»Es ... Es ...«, begann der Mann und wedelte schwach mit den Armen, als wolle er etwas deuten.

Rungholt nahm an, er wolle Wasser und setzte Smidel den Krug an die Lippen.

»Karfunkel«, meinte Smidel unter Schmerzen und versuchte sogar ein Lächeln.

»Ja, aber habt Ihr ihn schon einmal gesehen?«

Vergeblich versuchte Smidel, sich aufzurichten, sodass Rungholt ihn trotz Margots Einwänden unter den Achseln packte und hochzog. Smidel schrie auf und konnte kaum atmen, aber er beruhigte sich. Mit verschwitzter Hand bat er um den Stein. Der Goldschmied führte ihn noch einmal an sein Auge. Er bat um mehr Licht, und Rungholt hielt ihm die Öllampe hin.

»Ein ... ein Karfunkel. Blut ... Blutrot, tiefe Farbe. Schöner ... Stein. Ein ... ein ... ein ...« Mit einer letzten Geste der Schwäche drückte Smidel Rungholt den Stein zurück in die Pranke und ließ sich erschlafft auf die Heukissen zurücksinken.

»Weißt du genug?«, mischte sich Margot ein. Behutsam tupfte sie Smidels Stirn. »Du solltest ihn nicht so viel fragen, Vater.«

Sie wollte Rungholt hochziehen, aber er schob sie beiseite. »Lass mich. Hol noch einen Sud oder mach ihm einen Verband oder gib ihm von deinen Kräutern, dass er den Mund aufbekommt.«

»Ich habe schon alles getan, was ich ...« Sie brach ab. »Rungholt« – nicht Vater, Rungholt –, »er braucht Ruhe, das ist alles.«

»Und ich ein paar Antworten. Wenn ich wirklich sein Weib finden soll, dann muss ich wissen, wem der Stein gehört hat. Wie hieß der Mann, wo kam er her?«

»Wo… gefunden?« Smidels Worte waren kaum zu verstehen.

»Ruhig. Bleibt ruhig, und ruht Euch aus. Ihr müsst auch trinken, hört Ihr?«, sprach Margot auf den Mann ein.

»Beim Toten im Moor. Der Reiter, der Euch verletzte, hat wahrscheinlich auch die beiden im Moor getötet.« Er achtete nicht auf Margot, die ihm einen warnenden Blick zuwarf und versuchte, dem Goldschmied noch etwas Wasser zu geben. Es rann jedoch nur Smidel Kinn hinab, tränkte den Verband und löste das getrocknete Blut auf. Eigenartige Blumen begannen im Verband zu blühen.

Kopfschüttelnd trat Margot zurück, dann hörte Rungholt sie fluchend die Stiege nach unten eilen.

Kaum hatte sich Rungholt wieder Smidel zugewandt, da griff der Mann nach seiner Hand. Zu Rungholts Erschrecken war sie feucht und zudem kalt. Er hätte gedacht, Smidel schwitze vor Hitze, doch der Mann war kalt wie ein Fisch. Und ebenso glitschig. Smidel wollte etwas sagen, aber Rungholt verstand ihn nicht. Langsam beugte sich Rungholt vor, legte sein Ohr an Smidels Mund.

»Feuerauge.«

»Auge? Was für ein Feuerauge?«

»Steinbuch… Zunftmeister…«

»Guardein? Ihr meint Pankraz Guardein?«

Smidel nickte. Dann verließen den Mann gänzlich die Kräfte. Rungholt, der Smidels Hand noch immer hielt, spürte einen kurzen Druck, bevor die Hand aus seiner rutschte. Erschrocken beugte er sich vor, um Smidels Atem zu spüren. Doch da war keiner. Er spürte zumindest nichts, keinen Hauch, kein gurgelndes Atemholen.

»Margot«, rief er. »Margot!« Er packte den Mann und schüttelte ihn. Erst sanft, dann heftiger. Weil er sich nicht anders zu helfen wusste, packte er Smidels hageren Schädel mit der Linken und schlug mit der Rechten beherzt zu.

Keuchend erschien Margot im Durchlass. »Was ist denn los? Was …«

Sie stürzte vor, aber da bäumte sich Smidel mit einem Mal in Rungholts Hand auf. Mit einem entsetzlichen Röcheln sog er seine Lungen voll wie ein Ertrinkender und drückte seinen Rücken durch, dass es knackte.

Mit geschlossenen Augen riss Smidel den Kopf herum, und es schien Rungholt, als starre der Mann ihn durch die Lider an. Noch ein-, zwei-, dreimal atmete Smidel halb hustend, halb keuchend durch, dann hatte er sich beruhigt. Während Margot ihm einen kalten Wickel auf die Stirn legte, öffnete Smidel langsam die Augen.

»Habe ich geschnarcht?«, fragte er tonlos. »Wo … Imel?«

»Er ist unten. Dem geht's gut. Ihm geht's gut«, meinte Rungholt. »Macht Euch keine Sorgen. Ruht euch aus.«

24

Rungholt folgte dem Zunftmeister durch die Rosenstraße. Flankiert von zwei Bütteln lief Pankraz Guardein seine Runde ab und sah im Viertel nach dem Rechten. Während der Aal mit dem Lederauge nicht einmal schwitzte, war Rungholt vor Anstrengung rot angelaufen. Keuchend und fluchend eilte er ihm nach und sprach auf ihn ein.

»Lasst es euch doch wenigstens zeigen, Pankraz.«

»Was sollte das bringen, Hanser? Ihr wollt mir nicht sagen, woher Ihr ihn habt, und ich soll ihn mir ansehen?« Ohne Anstrengung drückte sich der Aal an zwei Eseln vorbei, die mit schweren Ballen bepackt waren. Rungholt riss seine Öllampe in die Höhe und musste sich mit der Schulter voran an den Tieren vorbeidrücken. Ihm entgingen die Blicke der beiden Büttel nicht, die ihm überzogen höflich den Vortritt gelassen hatten, aber keine Anstalten machten, ihm zu leuchten. Kichernd warteten sie, bis Rungholt endlich die Esel passiert hatte, indem er sie mit den Ellbogen und den Schultern wegschob. Er trat hinter Pankraz Guardein in die Menge, die sich an der Kreuzung zur Fürstenfelder Gasse angesammelt hatte.

Die Wallfahrer, Knechte und Mägde umringten drei Reiter. Einer von ihnen war der Chorherr, den Rungholt schon im Alten Peter gesehen hatte, nur dass der Geistliche seine prachtvollen Gewänder wegen der Reise aus Andechs abgelegt hatte und eine Kutte trug. Nervös blickte er auf die immer zahlreicher werdenden Schaulustigen hinab und knetete mit seinen Finger unablässig etwas, das für Rungholt wie Wachs aussah. Der Chorherr hatte seine Handschuhe ausgezogen und versuchte, angesichts der Menge und seines scheuer werdenden Pferdes, ein Lächeln zu bewahren. Einer seiner Begleiter redete mit vier aufgebrachten Händlern und bat, endlich den Weg freizugeben. Während Rungholt sich durch die Menschenmasse drückte, konnte er aufschnappen, dass der Chorherr auf dem Weg zum Herzog war, da man einen neuerlichen Gottesbeweis auf Andechs gefunden hatte. Erste Wallfahrer knieten bereits nieder oder forderten die Menschen auf, den Chorherrn durchzulassen, während andere seine Stiefel küssten und sich an die Flanken seines Pferdes drückten.

Eine weitere Reliquie, dachte Rungholt erzürnt. Und ich kann nicht einmal diejenigen sehen, die für uns ausgestellt sind. Die Andechser Reliquien sollen Wunder vollbringen, Seuchen bekämpfen, Blinden Licht schenken und Siechenden Kraft. Nur mir wird die Rettung verwehrt. Vielleicht sollte ich direkt nach Andechs reisen, wenn sie dort so viele wundersame Entdeckungen machen, anstatt wie ein Blinder einem

214

Einäugigen durch München nachzulaufen. Kopfschüttelnd wandte er sich ab. »So wartet doch, Pankraz«, rief er dem Zunftmeister nach und folgte ihm weiter auf seinem Rundgang. Sie traten hinter dem Pütrichturm auf den Rindermarkt und folgten dem Gassenbogen bis zur Petrikirche.

Es war kurz vor der Komplet, die Stände bereits zugeklappt. Nur die Pilger waren noch scharenweise zwischen den Häusern unterwegs, und ihre Litaneien, ihr Wehklagen und ihre Gesänge wirkten wegen des bedrohlichen Himmels noch trostloser. Obwohl bereits der Rindermarkt mit Mönchen, Gaffern und Sündern überfüllt war, herrschte auf dem Platz am Alten Peter ein noch bunteres Treiben. Die Bauern schnürten ihr Hab und Gut zusammen, um vor der Nachtschließe durch das Stadttor zu gelangen, und über sechs Dutzend Pilger hatten sich um einen Wanderprediger geschart. Der Mann verkündete noch immer das Ende der Welt, und Rungholt lief ein Schauer über den Rücken, als er ihn zum satten Mond zeigen sah und aufgebracht etwas von der Apokalypse erzählen hörte.

Wie eine übergroße Beere hing der Mond am Himmel. Beinahe voll und rund. Der Herrgott hatte nur eine kleine Scheibe herausgebissen, aber das war es nicht, was Rungholt an eine Beere denken ließ. Es war die Farbe des Mondes. Denn der Mond war grün. Er ließ alle Menschen krank aussehen. Wie verdorbenes Obst.

»Wartet, Pankraz«, rief Rungholt dem Zunftmeister erneut nach und kam stöhnend zwischen einer Gruppe Schwatzender heraus, die ihre Kiepen abgeschnallt hatten und Fässer daraufbanden. Er musste verschnaufen, blieb stehen und sah dem Pankraz zu, der bereits weiter zum Markt vorgegangen war und das Rathaus ansteuerte.

»Dass es Euer Stein nicht ist, weiß ich. Sonst müsstet Ihr ja im Moor liegen und nicht der Mann mit seinem Weib«, rief Rungholt ihm nach, jedoch achtete der Zunftmeister nicht weiter auf ihn, sondern befahl den Bütteln, in die Goldschmiede vorzugehen, die sich im Erdgeschoss des Rathauses befand.

Rungholt schloss zu Pankraz Guardein auf. »Pankraz, bitte«, keuchte er. »Ich will mit Euch reden. Leiht mir ein Ohr.«

»Worüber? Ich vermisse keinen Granat.«

»Das nicht, aber Ihr habt viele in Eurem Besitz.«

»Woher... Wer sagt so etwas?«

»Smidel hat es mir erzählt.«

Pankraz wandte sich um, als schaue er nach Lauschern. »Sie schützen mich«, sagte er schließlich, und Rungholt bemerkte, dass Pankraz' Hand an seinen Gürtel fuhr. Irgendetwas befühlte der Zunftmeister unter seinem Gewand, genauso wie Rungholt es mit der Kamee tat. Einen Lidschlag lang wollte Rungholt ihn danach fragen, doch dann bemerkte er, dass der Mann sprechen wollte. Er wusste nur nicht recht, wie beginnen.

»Hört, ich...«, begann Pankraz leise, brach jedoch ab. Eine Pause breitete sich zwischen den beiden aus. Kopfschüttelnd winkte Pankraz ab. »Ich würde Euch ja helfen, wenn ich könnte, Hanser«, sagt er, wandte sich wieder der Tür zur Goldschmiede zu und öffnete sie.

»Wollt Ihr mir nun helfen oder nicht, Pankraz! Es geht um das Weib eines Eurer Männer! Wollt Ihr nicht wissen, was hier vor sich geht?« So schnell er konnte trat Rungholt ein paar Schritte unter dem Schwibbogen vor und griff beherzt nach dem Arm des Aals. Betont ruhig meinte er: »Ihr sollt ihn Euch ja auch nur ansehen. Was Ihr mit Euren Steinen anstellt, soll nicht meine Sache sein. Euer Steinbuch soll weiterhin für alle verschlossen bleiben. Ihr habt doch eines?«

Pankraz zog die Tür vor sich wieder zu und wandte sich um. »Hat Smidel Euch das auch gesagt?«

Er schüttelte den Kopf, und Rungholt wusste im ersten Moment nicht, wie er diese Geste deuten sollte. War Pankraz Guardein belustigt, oder war es Abfälligkeit gegenüber Smidels Äußerung? Rungholt trat in den Durchgang und sah die zwei Stufen zum Zunftmeister hinauf. Der hagere Mann ließ sein Auge wandern. Dann heftete er seinen Blick auf den Fleischbankbach, in den die Metzger von den Zwölf Aposteln ihre Abfälle kippten und der am Heilig-Geist-Spital vorbeifloss. Die dunklen Haare des Mannes schimmerten merkwürdig im gelbgrünen Mondlicht.

»Wenn Smidel meint, ich glaube an die Macht der Steine, dann… Er spricht im Wahn. Ich vertraue nicht auf die Magie der Steine.«

»Das hat er auch nicht behauptet, Pankraz.« Die drohende Stille ließ Rungholt sofort weitersprechen. »Er meinte nur, Ihr führt ein Steinbuch in Eurem Besitz.«

Pankraz Guardein schnaufte aus. »Steinbuch… Steinbuch… Was ist dabei, wenn man sich mit Edelsteinen beschäftigt?«

Rungholt wich den Bauern mit ihren Fässern aus, die an ihm vorbei ins Tal gingen. Ihre Rücken waren von der Last gebeugt, und sie hatten lediglich zwei Fackeln dabei. Ihm wurde mulmig, wenn er an ihren dunklen Weg durch das Land und den Wald dachte. »Nichts«, antwortete er. »Nichts ist dabei.«

»Eben. Meine ehrbaren Goldschmiede verwenden vielerlei Sorten von Karfunkeln, da muss ein Zunftmeister eine Menge darüber wissen.«

»Gewiss, das muss er.«

»Gewiss, muss er.«

Die beiden Männer musterten sich. Je länger Pankraz Guardein Rungholt ansah, desto unbehaglicher wurde es Rungholt. Sein Ziehvater Nyebur hatte ihm beigebracht, dass ein guter Kaufmann »blickfest« zu sein hatte. Blickfest – so hatte es Nyebur tatsächlich genannt, ihn mit zum Hafen genommen und ihm befohlen, Verhandlungen selbst zu führen. Wie alt bin ich damals gewesen, dachte Rungholt. Fünfzehn? Er wusste es nicht mehr, aber er konnte sich an die alten Händler erinnern, an ihre kostbaren Schecken, ihre breiten Dupsinge

und die wuchtigen Glöckchenhalsketten – und daran, wie er
sie angestarrt und mit seinem Blick festgehalten hatte, damit
sie ihm nicht vom Geschäft absprangen. Nyeburg hatte ihn ge-
lobt, und auch wenn die Röte ihm bei jedem Taxieren in die
Wangen geschossen und er geradezu einen Stich in seinem
jugendlichen Schädel gespürt hatte, Rungholt hatte den Männern fest in die Augen gesehen. Nun jedoch bemerkte er, wie
die Unsicherheit stärker wurde. Er versuchte, es auf das kuriose Aussehen des Aals zu schieben, auf sein einzelnes Auge,
das ihm tot und kalt in der Höhle steckte. Wahrscheinlich bin
ich einfach schwach geworden, dachte er. Ich schwächele wie
immer häufiger in den letzten Jahren. Verweichlicht, dachte er
und wusste seine aufkeimende Beklommenheit nicht zu verbergen. Er hielt dem einäugigen Blick nicht mehr stand und
sah den Bauern mit ihren Kiepen nach. Ihre dunklen Schemen waren mit dem grünen Schummerlicht verschmolzen.
Nur die beiden Fackeln tanzten unter unzähligen anderen an
der Hochbrücke. Rungholt wollte etwas sagen, aber Pankraz
Guardein kam ihm zuvor

»Kommt mit«, meinte er und strich sich seinen Bart zurecht.

Rungholt hatte mehr Prunk erwartet. Kunstvolle Wandmale-
reien, kostbare Fliesen und geschnitztes Gebälk, aber der Zunftmeister lebte im Gegensatz zu seinen Zunftbrüdern, Smidel
und selbst gegenüber Pütrich geradezu spartanisch.

Das schmale Haus im Brunngassl fügte sich gleichförmig
ins Bild der traufenständigen Häuser und wirkte wie ein Bruder unter Brüdern. Kaum zu unterscheiden von seinen Nachbarn und kaum wiederzufinden in der monotonen Front der
Gebäude, wäre nicht eine große Tanne gewesen. Sie fristete
vor Pankraz Guardeins Haus ein Dasein im Schatten und
streckte sich beinahe kahl bis über die Traufe, bevor einige
Äste sprießten. Eigentlich war das Brunngassl, das sich bis

zur Sendlinger Straße hinaufzog, zu eng für Bäume, doch aus irgendeinem Grund hatte man die Tanne stehen lassen.

Während Rungholts Diele in Lübeck mit kostbaren Fliesen ausgelegt war und er die Wände hatte bemalen lassen, waren Pankraz' lediglich glatt verputzt und der Boden mit Brettern ausgelegt. Im Mondlicht konnte Rungholt in einem Neben-raum mehrere Regale mit Feinwaagen, Zangen und Klöppeln erkennen. Auf einem Amboss aus Holz, der mit dickem Eisen beschlagen war, lagen noch zwei kleine Hämmer. Der Deckel einer schmalen Truhe war abgeschraubt, über einige Steine gelegt worden und diente nahe einem flachen Ofen als Sitz-bank.

Rungholt nahm den Raum, in dem tagsüber sicher mehrere Gesellen und Pankraz selbst dem Goldschmieden und Münz-schlagen nachgingen, kaum wahr. In stiller Erwartung, end-lich einen Schritt in diesem Fall weiterzukommen und he-rauszufinden, wer der Fremde im Moor gewesen sein könnte, folgte er dem Zunftmeister aufgeregt am Ofen entlang und in eine winzige Schreibkammer.

Sie wurde von einem Schreibpult und vor allem von einer ovalen Truhe bestimmt, die einem Sarkophag nicht unähnlich war. Sie stand unter dem bespannten Fenster, und ihre Seite war vollständig mit Eisenriemen beschlagen, ihr Deckel mit mehreren Schlössern gesichert.

»Schließt bitte die Tür«, bat Guardein mit einem Nicken, und Rungholt gehorchte. »Die Gesellen und Weiber sind zwar schon schlafen, aber wir wollen ja niemanden wecken.« Er setzte ein schmieriges Lächeln auf, das Rungholt an ihre erste Begegnung erinnerte. Dann wies er Rungholt an, auf der Tre-sortruhe Platz zu nehmen. Kaum hatte sich Rungholt gesetzt, geschah etwas, das Rungholt überraschte: Pankraz Guardein kniete sich hinter seinem Schreibpult auf den Dielenboden, er hatte das abgenutzte Metallgebiss einer Trense in der Hand und bohrte in den Ritzen zwischen den Bodenbrettern herum.

Es dauerte nicht lange, und ihm gelang es mit dem Eisenstab, den man eigentlich Pferden ins Maul schob, eines der Bretter anzuheben.

Ungläubig stellte Rungholt fest, dass Pankraz in seiner Scrivekamere einen Geheimverschlag hatte wie er selbst. Unter dem Dielenbrett kam ein mit Leinen sorgsam ausgeschlagenes Fach zum Vorschein, in dem mehrere Pergamentbücher lagen. Nachdem der Aal zwei zur Seite geschoben hatte, zog er eines heraus. Der Ledereinband des Buches war speckig und vom Anfassen glatt. Das dünne Pergamentbuch bestand lediglich aus einigen Seiten. Pankraz legte es auf sein Schreibpult, und Rungholt trat neugierig näher. Es war jedoch kaum Platz in der Schreibkammer, sodass er sich nicht neben den Zunftmeister stellen konnte. Immerhin erkannte er, dass die Seiten mit einer winzigen, ordentlichen Schrift beschrieben waren. Bevor er etwas lesen konnte, hatte jedoch der Aal das Buch bereits mit seiner hageren Statur verdeckt und darin zu blättern begonnen. »Ein Karfunkel«, meinte er grübelnd und fuhr die Seiten ab. »Geschliffen. Dunkelrot.«

»Blutrot.«

Pankraz nickte und schlug eine weitere Seite um und legte einen Lesestein auf das Pergament. Für einen verstörenden Moment dachte Rungholt, der Zunftmeister habe sein Auge auf die Seiten gelegt, doch dann wandte sich der Aal um und hatte das leblose Ding noch immer in seiner Höhle.

»Ein Granat ist gut für das Herz.«

»Das Herz?«

»Er macht es schwer und rein. Der Stein regt die Säfte an. Wartet…« Erneut wandte sich Pankraz dem Buch zu. Und während Rungholt über seine Schulter spähte, versenkte sich der Goldschmied in eine komplizierte Zeichnung des Steins. Jemand hatte mit Gallustinte nicht nur verschiedene Ansichten eines Karfunkels gemalt, sondern außerdem verschiedene Kreise und Tierzeichen um ihn herum. Einzelne Linien führten von den geschliffenen Seiten und Spitzen des Steins fort, kreuzten die Kreise und dienten wohl der Beschriftung. Jedoch konnte Rungholt die Worte so schnell nicht lesen. Sie waren auch zu weit weg, als dass er sie scharf erkannte.

»Blutrot. Ein Granat. Hm, ich muss ihn noch einmal sehen. Vielleicht gibt es ein besonderes Charakteristikum«, murmelte Pankraz Guardein. »Darf ich noch einmal?«

Rungholt gab ihm den Stein, und der Zunftmeister hielt ihn vor das Licht seiner Öllampe. Unzufrieden drehte er den Karfunkel mehrmals hin und her.

»Er leuchtet nicht mehr«, stellte er schließlich fest.

»Hätte er denn sollen?«

»Gewiss. Ein Karfunkel dieser Größe... gewiss. Ich habe von weitaus kleineren Steinen gehört, die von selbst strahlen. Nach Totenmessen oder der Niederkunft eines geliebten Weibes. Eine Witwe in der Hackengasse hatte einen Smaragd, der ihr den Weg gewiesen hat. Hell leuchtend. Durch das ganze Mühltal ist sie, nachdem ihr Mann vom Pferd gefallen ist.«

»Tatsächlich?« Rungholt gelang es, sich ein wenig an Pankraz vorbeizudrücken. Er sah sich erneut die Zeichnung an. Die Beschriftungslinien glichen wirklich Sonnenstrahlen. Rungholt konnte das Wort *lux* entziffern, ein *crepusculum*.

»Das Leuchten, habt Ihr das selbst einmal gesehen«, fragte er und wandte sich zu Pankraz um.

»Nein«, sagte der, aber das schmale Bärtchen des Aals verzog sich schelmisch vom Lächeln. »Leider nein. Aber das Strahlen kommt von Gott. Die Kraft der Steine ist Gotteswerk. Er spricht durch sie zu uns.«

»Nicht der Teufel?«

Der Pankraz antwortete nicht, sah Rungholt stattdessen lediglich eindringlich an, wie er es schon vor dem Rathaus getan hatte. Musternd, lauernd. Das eine Auge fest auf ihn gerichtet und das andere tot. Schließlich drückte er sich seine schwarzen Haare an den Kopf, obwohl sie es nicht nötig hatten. »Nur Ignoranten glauben nicht an die Magie der Steine, Hanser. Nur die Ungläubigen.«

Jetzt war es an Rungholt zu schweigen. Noch vor wenigen Wochen wäre er zornig geworden. Er konnte es nicht leiden, wenn ihn jemand als ungläubig beschimpfte. Auch wenn Pankraz Guardein dies nicht direkt getan hatte, so war Rungholt sofort bewusst, dass er es bestimmt dachte. Er spürte, wie ihm die Wärme die Wangen flutete, spürte das innere Brennen kommen, bei dem er so oft zuschlug.

»Was wollt Ihr damit sagen?«, hörte er sich knurren.

»Ich? Gar nichts, Hanser. Die Steine sprechen ihre eigene Sprache. Mehr nicht. Sie sind ein Weg, mit Gott zu sprechen. Und Gott wirkt durch sie. Ihr müsst nur den Magneten ansehen, so wisst Ihr um die Kraft der Steine.«

Rungholt strich sich mit dem rauen Handrücken seiner Rechten übers Gesicht und spürte, wie heiß er schon wieder war. Ich sollte dem Mann nichts unterstellen, dachte er und zwang sich zur Ruhe.

»Wenn es Euch beruhigt, Hanser: Dies ist kein böser Stein.« Pankraz ließ die Worte ein wenig stehen, bevor er sich wieder prüfend dem Karfunkel zuwandte. »Es ist kein Lyncurium, der aus dem Urin des Luchses entsteht und Missgunst unter uns Menschen sät. Es ist auch kein Magnet. Wisst Ihr, wie er entsteht?«

Rungholt schüttelte den Kopf.

»Mein Lapidarium weiß zu berichten, der Magnet entsteht aus dem Gift der Schlammwürmer und ist für Schwindsucht und Übelkeit verantwortlich.«

Das Wesen der Steine schien Rungholt so unbegreiflich wie die Launen seiner Frau Alheyd. Er hörte zu, brummte jedoch lediglich, anstatt zu antworten.

Nachdem Pankraz den Karfunkel gegen die Öllampe und schließlich auch ans bespannte Fenster, durch das kaum das

222

grüne Mondlicht fiel, gehalten hatte, entschied er, dass es zu dunkel in seiner Stube sei, und eilte fort, um ein paar Kerzen zu holen.

Währenddessen sah sich Rungholt die Zeichnungen im Buch noch einmal an, blätterte ein wenig vor und zurück, verstand jedoch kaum ein Wort. Es war eine schematische Abhandlung über Steine und deren Wirkungen auf Körper und Geist. So viel erkannte er, doch den wirren Beschreibungen und hingekritzelten Zeichnungen konnte er nicht folgen. Im Moment der Stille spürte er, wie die Wärme seiner Wangen zu einem glusamen Wohlsein wurde. Müdigkeit schloss ihre warmen Deckenarme um ihn, und er ließ sich gähnend auf der Truhe nieder. Wie lange bin ich jetzt auf den Beinen? Seitdem Smidel in meiner Stube erschienen ist? Mit seiner Sendelbinde und dem zerschlagenen Gesicht? Es ist lange her. Zu lange, um Beatrijs noch zu finden. Viel zu lange. Rungholt musste abermals gähnen. Er stand auf und trat an das noch offene Geheimfach im Boden. Neben den Büchern konnte er einige Becher und einen Scheibendolch erkennen, in dessen Klinge ein Rankenmuster graviert worden war. Im fahlen Licht konnte Rungholt nicht ausmachen, ob die Gravur sich derart schwarz abhob, weil Blut in ihr getrocknet war.

Gerade als er sich entschlossen hatte, sich trotz seines Gewichts hinzuknien und sich den Kelch und den Dolch genauer anzusehen, kam der Zunftmeister zurück. Umständlich öffnete er die Tür, weil er drei Kerzen und einige Kienspäne im Arm trug. Rungholt ließ sofort vom Versteck ab, beschloss aber, sich den Anblick zu merken und Margot nach einem solchen Dolch zu fragen. Bestimmt waren die Verzierungen wegen eines Ritus hineingeritzt worden. Neugierig sah er zu, wie der Zunftmeister die Kerzen direkt an der Öllampe entfachte, um sie dann auf seine schwere Truhe zu pflanzen. Er träufelte erst etwas Wachs auf den Deckel und drückte sie dann hinein. Augenblicklich vertrieben sie das grüne Mondlicht.

»Der Granat, Rungholt, ist rot«, sprach er und sah sich den Stein vor dem Licht abermals an. »Um an das Blut der Passion zu erinnern. Es ist ein Stein, den Reisende mit sich tragen.« Beinahe erschien es Rungholt tatsächlich, als leuchte der Stein von sich aus. Er blitzte und glomm, wenn Zugluft die Kerzenflamme zum Tanzen brachte. Ein wenig schien es Rungholt, dass dieses rote, kalte Ding das Licht aufsauge wie ein Schwamm das Wasser. »Es ist der Stein der Reisenden, weil er sie beschützt. Ihr hättet auch einen brauchen können, dann würde vielleicht Euer Hintern nicht so schmerzen.«

Rungholt versuchte ein Lächeln. Hatte etwa Margot geschwatzt oder er selbst zu oft den Mund verzogen beim Hinsetzen?

Er beschloss, nichts zu erwidern, ließ sich den Granat von Pankraz geben und setzte seine Brille auf. Dann hielt er den Karfunkel ans Kerzenlicht. Nachdem er ihn einige Male gedreht hatte, fiel ihm etwas auf. Rungholt beugte sich hinüber und hielt sich den Stein so nah ans Gesicht, als wolle er ihn essen. Es sah tatsächlich aus, als habe er ein kleines Stück eines roten Apfels in der Hand und wolle herzhaft hineinbeißen. Seine Augen wurden immer schlechter. Selbst mit Brille konnte Rungholt die feinen Kratzer nur verwischt sehen.

»Hier ist der Stein angekratzt. Seht Ihr, hier unten.« Er drehte den Stein ein wenig und zeigte es dem Pankraz. Der Zunftmeister sah sich die winzigen Kerben an.

»Ganz recht, hier ist… Wo… Wo habt Ihr ihn her?«, wollte der Aal plötzlich wissen, und Rungholt entging nicht, wie aufgeregt der Zunftmeister war. »Wo habt ihr ihn genau gefunden, sagtet Ihr?«

»Ich sagte gar nichts«, antwortete Rungholt lapidar und beobachtete den Mann mit dem dicken Hals genau. Im Gesicht des Zunftmeisters wechselte Überraschung mit Wut. »Mir könnt Ihr es ruhig verraten, Hanser. Wo habt Ihr den Stein her? Was hat er mit Beatrijs' Entführung zu tun? Sprecht schon! Wo habt Ihr ihn her?«

Die Fragerei entlockte Rungholt nur ein Brummeln. »Anscheinend kennt Ihr ihn. Wem gehört er?«

Der Aal schnaufte zornig und schnappte sich missgelaunt ein Gestell aus Holz, drückte zwei Lesesteine hinein und Rungholt die kuriose Rute in die Hand.

»Das sind keine Kratzer. Seht selbst«, meinte er und schob Rungholt den Stein hin. Er trat zur Seite, damit Rungholt sich mit seinem Bauch besser ans Pult stellen konnte. Einen Moment lang wusste Rungholt nicht, was er mit der Rute anstellen sollte, doch dann begriff er, dass es eine Art Zwicker war. Wie eine Brille hielt er sich die Steine vor die Augen und versuchte, den richtigen Abstand zwischen den Steinen zu finden, sodass er den Karfunkel erkennen konnte. Beinahe erschrak er, weil der Stein so groß vor seinem Auge erschien.

»Was immer dieser Karfunkel seinem Träger angedeihen lässt. Es ist einer meiner Goldschmiede, Hanser. Eure Kratzer sind keine Kratzer.«

Durch die Lesesteine konnte Rungholt erkennen, wovon Pankraz Guardein sprach: Jemand hatte sein Zeichen kaum sichtbar in den Stein geritzt. Ein verschlungenes D, das in eine Art Krug eingebettet war.

»Es ist ein Zunftzeichen. Er hat sich auf liturgische Gefäße spezialisiert. Patene, Kelche, Reliquienschreine. Ich denke, er hat es hineingraviert, um die Kraft des Steins zu verbessern. Ja, so ist es wohl. Das *D* im Kelch ...« Erneut machte der Aal eine gewichtige Pause. »Ist ein Zunftzeichen. Es ist Dario Belluccios Zeichen.«

25

Der Kelch hing schief, das D war vom Regen verrostet. Der Goldschmied hatte es laut Pankraz vor Jahren aus Eisen gebogen und an sein Türblatt geschlagen, dessen Zeichnungen ebenfalls hätten aufgefrischt werden müssen. Ansonsten sah die Schmiede gepflegt aus. Alle Wände waren verputzt, der Schornstein wohl erst kürzlich erneuert und das Dach neu eingedeckt worden.

Es öffnete niemand, als sie klopften. Weder Dario noch seine Magd, von der man munkelte, sie habe ein Verhältnis mit ihm. Dario Belluccio stammte aus der Nähe von Venedig, wie der Zunftmeister zu berichten wusste. Warum es ihn vor Jahrzehnten als jungen Handwerksmann über die Alpen bis nach München verschlagen hatte, konnte er aber nicht sagen. Dario war nie sehr gesprächig und nur wegen seiner Schmiedekunst unter den Einheimischen anerkannt. Er wohnte in der Dienersgasse gegenüber dem Alten Hof.

Rungholt tat unbeteiligt und sah dem Aal zu, der durch die Nacht ums Haus strich und vergeblich versuchte, Dario zu wecken. Niemand würde Dario aus seinem Schlaf holen, dachte Rungholt bei Pankraz' Anblick bitter, dazu haben nicht einmal die Steine, die du so liebst, die Kraft.

Mehrmals schlichen Rungholt und Pankraz um das Haus, gingen sogar in die Nebengasse, um in den mit Ranken überwucherten Hinterhof zu gelangen. Während zwei der Nachbarhäuser trotz der späten Stunde noch beleuchtet waren, lag Darios Schmiede wie ein großer Schatten vor ihnen. Ein Schatten, der Rungholt an das Moor erinnerte, das Dario verschluckt hatte. Obwohl er wusste, dass Dario ihnen nicht öffnen würde, ließ er den Pankraz an jedes Fenster und jede Tür klopfen, und selbst als der Zunftmeister noch einmal nachfragte, woher er Darios Karfunkel hatte, schwieg Rungholt.

Mit Erleichterung stellte er fest, dass der Aal schließlich vom Haus abließ, als er einsah, dass Kieselwerfen und Rufen niemanden an die Tür holen würde. Rungholt folgte dem Zunftmeister zurück ins Elend und machte gute Miene zum bösen Spiel, indem er Pankraz an der Ecke zur Fingergasse freundlich verabschiedete und ihm für die Unterstützung dankte. Er werde morgen noch einmal zu Dario gehen, behauptete Rungholt, nur um sofort umzudrehen und in die Taubenstube zu eilen.

26

Margot stellte die Öllampe auf den Boden und streckte ihren Kopf noch einmal aus der Luke. Sie sah sich um. Alles war ruhig, bloß ihre Suppe köchelte in den Grapen auf der Feuerstelle. Von der Straße hörte sie Pferdegeklapper und Fuhrwerke. Kinder stritten sich lautstark um eine Holzfigur, bevor sie am Haus entlangrannten und sich ihr Geschrei verlor.

Margot hatte dafür gesorgt, dass das Haus leer war. Sie hatte Vroni und Klara losgeschickt, um im kleinen Wäldchen beim Sendlinger Tor noch Kräuter zu schneiden. Die Frauen hatten sich erst geziert, zu so später Stunde allein aus dem Haus zu gehen, doch Margot hatte beteuert, die Kräuter habe man im Mondlicht zu schneiden, damit sie ihre Wirkung entfalten könnten. In Hinblick auf den verletzten Smidel hatten die beiden letztlich zugestimmt. Sicherlich würden die Mägde bis zur Matutin unterwegs sein.

Sie vergewisserte sich, dass der Riegel der Falltür nicht zufallen konnte, und schloss die Tür vorsichtig über ihrem Kopf. Sofort wurde es dunkel um sie. Nur die Flamme der Lampe schenkte ihr ein wenig Licht. In diesem Erdloch, das ein Keller sein sollte, war kaum Platz. Gebückt trat sie näher an das

Regal. Die Fächer waren so gut wie leer, und sie kannte alles, was darin lag. Nur wenige Dauben verstaubten neben einigen Krügen, ein paar verschrumpelte Äpfel lagen, bereits angenagt von Mäusen, neben kleinen Grapen mit eingelegtem Essen. Die zwei Blutwürste, die sie gestern gekauft hatte, baumelten verloren an den sonst leeren Haken.

Langsam ließ Margot ihre Öllampe über Rungholts Heringsfässer gleiten. Drei davon standen in einer Ecke, die man auf ihren Wunsch weiter ausgegraben hatte. Kohlköpfe lagen darauf, Werkzeug zum Jäten. Margot leuchtete einen Korb ab, der von der Decke hing, aber er war leer. Dann widmete sie sich noch einmal dem Regal. Wie schön wäre es, hier Schweinelenden zu finden, teure Kräuter, gutes Obst. Im Keller ihres Vaters, in dem sie vor Jahren ihren ersten Kuss von einem Nachbarjungen bekommen hatte, hatte es all dies im Überfluss gegeben. Selbst Gebäck und Brot, das man lieber nicht im Keller einlagerte, hatten sie manchmal dorthin gebracht, weil Schränke und Truhen aus den Nähten platzten. Statt Honigstangen lagen bei ihr alte Stockfische unachtsam im Fach. Margot ließ ihre Öllampe dennoch gründlich über alles gleiten und entdeckte, dass die Wand hinter dem Regal feucht schimmerte.

Sie hielt inne. War einer ihrer Krüge ausgelaufen? Die Stelle sah merkwürdig aus. Noch einmal ließ sie die Öllampe wandern. Hinter den Krügen war die Erde eindeutig dunkler. Sie nahm sie aus dem Regal und stellte sie ab. Utz hatte hinter dem Regal ein wenig Erde zur Seite gegraben und so ein kleines Fach ausgehoben. Etwas war da. Etwas, das in ein Surcot eingeschlagen worden war.

Vorsichtig zog sie das Ding hervor. Sie musste es mit beiden Händen packen, so schwer war es. Das Stück Kleid war an vielen Stellen fleckig, als hätten Öle oder Pflanzensaft den Stoff getränkt. Behände schlug sie ihn zur Seite. Es war ein Holzkästchen darin. So groß wie ein Kopf und beinahe würfelförmig. Das Holz war abgeschlagen, die Ecken abgenutzt. Flecken hatte sich auf der Oberfläche gebildet, die einst poliert gewesen war, und das Holz war an vielen Stellen aufgegangen und gesplittert.

Einen Augenblick überlegte sie, das schwere Kästchen zu schütteln, um zu horchen, was wohl darin war. War es vielleicht wirklich ein Kopf? Für einen Lidschlag kam ihr der Gedanke, denn von Größe und Gewicht hätte es durchaus sein können. Sie setzte schon mit Schütteln an, mahnte sich jedoch zur Vorsicht. Du dummes Weibstück, was, wenn du etwas kaputt machst? Sie hob das Kästchen an und besah sich die Kante. Dort, wo der Deckel auflag, war ein feiner Schlitz. Vom vielen Öffnen und Schließen waren die Scharniere ein wenig ausgeleiert, sodass man den Deckel daumennageldick heben konnte, ohne das ziselierte Bronzeschloss zu öffnen. Sie roch an dem Schlitz. Der Geruch von Lehm, vermischt mit dem von altem Holz und altem Öl, drang heraus. Sie musste husten, presste sich die Hand vor den Mund und unterdrückte den Brechreiz, so gut es ging. Das morsche Holz der Dachschindeln hatte so gerochen, bevor sie es mit Utz letzten Sommer erneuert hatte.

Neugierig fingerte sie an einem der Schlösser herum. Das Blatt bestand aus geschlagenem Silber. Eine stilisierte Lilie war darin eingraviert, um die sich Schlangen wanden. Ohne zu zögern griff Margot in ihr Haar und zog eine der Nadeln heraus, mit der sie ihre Haube festgesteckt hatte. Sie bekreuzigte sich, dann sah sie sich nach etwas um, worauf sie die Schachtel stellen konnte.

Vorsichtig legte sie das Kästchen auf eines von Rungholts Heringsfässer, schob ein paar Kohlköpfe beiseite, die sie erst gestern mit den beiden Mägden aus dem Beet hinter dem Haus geerntet hatte, und begann im Schloss herumzustochern. Sie bewegte die Nadel geschickt und spürte nach einigen Versuchen tatsächlich einen Widerstand. Noch einmal zog sie die

Nadel heraus, bog sie etwas nach und führte sie erneut ein. Tatsächlich, wenn sie noch ein wenig drehte, würde sie den Riegel im Innern vielleicht zur Seite bekommen und…

Ein Klicken ertönte. Beinahe wäre Margot freudig aufgesprungen, doch dann bemerkte sie, dass sie das Kästchen nicht geöffnet hatte. Etwas anderes war mit der Schachtel geschehen, denn sie konnte ein leises Klackern hören. Verdutzt schmiegte sie ihr Ohr an das Holz. Ein feines Rattern, ein wenig so, als bewege sich im Innern eine winzige Mühle, als drehe sich ein Steinrädchen und greife in ein Gestänge.

Mit einem satten, metallischen Schaben wurde ihre Nadel abgebrochen. Das eine Ende fiel aus dem Schloss, während das andere verschwunden blieb.

»Verflucht«, entfuhr es ihr. Sie hob das Kästchen an und schüttelte es, diesmal ohne zu überlegen. Doch sie konnte nichts hören. Es war stumm. Da war kein Kopf, der gegen das Holz schlug, da war kein Klirren ihrer Nadel oder das Zerbrechen von Glas. Da war einfach nichts.

Enttäuscht stellte sie das Kästchen noch einmal auf das Fass und versuchte, mit ihrem Nadelrest erneut in das Schlüsselloch zu stoßen. Es gelang ihr nicht. Etwas hatte sich von Innen vor das Schlüsselloch geschoben. Just in dem Moment, als sie einen dritten Anlauf unternehmen wollte, hörte sie jemanden draußen an die Feuerstelle treten. Augenblicklich riss sie das Kästchen vom Fass und griff nach dem Surcot. Hatte sie noch Zeit, es zurückzuschieben? Oder würde er vorher sehen, dass der Riegel der Falltür… Sie schlug das Kästchen ins Kleid, da hörte sie auch schon Schritte auf den Dielenbohlen über ihrem Kopf knarren. Jemand näherte sich der Falltür, er musste jetzt direkt davorstehen…

Ein Versteck. Sie musste sich verstecken. Das Kästchen musste zurück ins Regal, die Krüge davor. Aber es würde dauern, es… Jemand ruckelte am Riegel der Falltür.

In Windeseile steckte Margot das Kästchen zurück und griff die beiden Krüge. Sollte sie so tun, als habe sie nur nach dem Rechten gesehen? Er würde wohl schimpfen, sie mit der Öllampe im Keller vorzufinden. Das Öl war zum Verschwenden zu teuer, warum hatte sie nicht einfach die Klappe offen stehen lassen? Außerdem würde er es ihr an der Nasenspitze ansehen, dass sie log. Hinter den Heringsfässern! Da war ein Spalt zur Wand hin. Sie schnappt sich die Öllampe, sprang auf die Fässer. Die Kohlköpfe fielen zu Boden.

»Margot?«, hörte sie ihren Mann rufen. »Bist du da unten?« Er zog die Falltür auf. Keinen Lidschlag zu spät blies Margot die Öllampe aus, die sie noch immer in der Hand hielt. Sie hatte sich das ganze Öl über ihr Surcot gekippt, aber Gott sei Dank hatte es sich nicht entzündet.

Mit einem Krachen ließ Utz die Falltür aufklappen und kam herunter. Im selben Moment ließ sich Margot hinter die Heringsfässer rutschen. Kopf und Brüste zwischen Fassringen und feuchter Erde, hielt sie den Atem an. In ihren Ohren rauschte das Blut. Sie spürte ihr Herz schlagen und betete, er möge die Öllampe nicht erblicken, die noch immer auf dem Fass lag. Um keinen Laut zu geben, hielt sie den Atem an. Durch den Spalt zwischen den Fässern konnte sie nur wenig erkennen, doch sie spürte den Schatten ihres Mannes wie einen Windhauch, während er an den Fässern vorbei und zum Regal schritt. Ein Schnaufen war zu hören, wohl als Utz seinen Blick über die Fächer und die Krüge gleiten ließ. Margots Mann hatte keine Fackel mit hinuntergenommen, und wenn er nicht zu genau auf die Bretter sah, würde er nicht bemerken, dass die Krüge bewegt worden waren.

Margot hörte ein Schaben. Krüge, die über Holz glitten.

Geh endlich, betete Margot. Geh und schau dich nicht nach der Lampe und den Fässern um. Utz zögerte, hielt jedoch nur einen Moment inne und suchte sich eine Wurst vom Haken. Er ließ sie sich schmecken, stand schmatzend einen Augenblick da und genoss das leckere Mahl. Ohne Eile zog er schließlich das Kästchen heraus und stieg damit wieder hinauf in die Küchennische.

Mit einem satten Krachen schloss sich der Riegel, und abermals umfing Margot Dunkelheit. Sie war eingeschlossen. Keuchend atmete sie aus. Sie wartete in der Finsternis und betete unablässig. Was tue ich hier?, schoss es ihr durch den Kopf. Klara und Vroni werden mich sicher befreien, aber was tue ich hier? Darf eine gute Ehefrau so ihrem Mann nachstellen? Ich habe den Bund mit ihm vor Gott geschlossen, habe versichert, immer aufrichtig zu sein, und nun schleiche ich ihm wie ein böser Geist nach. Der Gedanke war zu schwach, als dass er das Misstrauen hätte wegwischen können. Was in Gottes Namen tut Utz?, dachte sie. Das ist die richtige Frage. Nicht, was tue ich.

Marek war noch immer dabei, seine Beinlinge an sein Wams zu nesteln, als sie von der Taubenstube kommend in die Dienersgasse einbogen und an den Schweinen vorbei zum Hinterhof von Darios Haus eilten.

»Du willst da einbrechen, hm?«, zischte Marek. »Ich hab doch recht? Deswegen hast du mich vom Wein weggeholt.«

Rungholts Antwort war ein Brummen.

»Ich hatte gerade einen Käufer für deine Heringe an der Angel, sag ich dir. Aber nein, du platzt rein und ziehst mich wie einen dummen Jungen vom Tisch.«

»Ja, ja, Marek…«

»Was heißt hier *ja, ja*? Du willst da einsteigen, aber da mach ich nicht mit, sag ich dir. Nein.«

»Marek!«

»Immer wenn ich mit dir herumziehe, muss ich klauen oder wo einsteigen!« Auf einem Bein hüpfend folgte Marek seinem Freund und schwang sich durch einen überwachsenen Zaun auf die Rückseite des Hauses. »Wegen dir muss ich mir noch die Absolution holen, sag ich dir. Sonst komm ich nachher auch nicht mehr in den Himmel.«

»Hast du *auch* gesagt?«

»Ich? Nein…«, lenkte Marek lieber schnell ein.

»Keine Sorge, Marek. Du kannst sündigen, wie du magst. Als Däne kommst du eh nicht hinein.« In dem Gatter hörte Rungholt Schweine schnarchen, der leichte Wind spielte mit dem Gildenschild, aber ansonsten war es still.

»Haha«, lachte Marek auf. »Solche Scherze kannst du zuhause machen. Aber nicht hier. Kannst froh sein, dass ich überhaupt mitgekommen bin. Das sag ich dir aber.«

»Sei leise, verflucht… Und roll das rüber.« Rungholt nickte zu einem alten Fass voller Regenwasser, die Fassringe waren bereits grün von Moos. Die unteren beiden Fenster waren mit Läden verschlossen, aber im ersten Stock gab es einen Einstieg. Ein bespanntes Fenster, das sie leicht erreichen konnten. Rungholt wollte Marek erneut befehlen, endlich das Fass herzurollen, doch der Kapitän hatte Rungholt demonstrativ den Rücken zugewandt. Noch immer fummelte er an den Knöpfen seiner Beinlinge herum, und es sah beinahe aus, als würde Marek gegen den alten Schweinezaun pinkeln.

»Ich roll das Fass nirgendwohin, Rungholt«, meinte er. »Du kennst hier niemanden im Rat. Wenn was passiert, wenn uns der… der Dings… der Wer-immer-hier-wohnt erwischt! Nein, Rungholt!«

Ohne nachzudenken packte Rungholt seinen Kapitän am Ohr und zog ihn herum. »Ich habe verflucht noch mal kein Geld, das ist es doch, was du wieder willst.«

»He, aua! Lass los«, verdattert starrte Marek Rungholt an und rieb sich das Ohr. »Beim Klabautermann! Was ist los mit dir, Rungholt? Ich will nicht schindschen. Aber du bist hier nicht zuhause. Deine Worte gelten hier nichts. Du hast hier keinen Einfluss auf den Rat, ich brauche meine Hände noch.«

»Ach«, entfuhr es Rungholt lauter, als er gewollt hatte. »Natürlich! Zum Aufhalten!«

Marek ging nicht darauf ein. Wie nasser Nebel breitete sich die pampige Laune zwischen ihnen aus, doch bevor Rungholt den Gesichtsausdruck seines Kapitäns deuten konnte, hatte dieser sich schon umgewandt und kräftig gegen das Fass getreten.

Sein Stiefel fuhr geradewegs durch das morsche Holz, und mit einem satten Platsch ergoss sich abgestandenes Regenwasser über sein Bein.

»Teufel! Bølge, du Döskopp!«

Marek wich zurück, doch Bein und Stiefel waren bereits klitschnass. »Wenn du dich da raufstellen willst, dann bitte.«

Er wartete nicht, bis das Fass leer gelaufen war, sondern packte es, halb voll wie es war, wuchtete es herum, als sei es ein Spielzeug, und pflanzte es für Rungholt direkt unter das Fenster. Mit einer übertriebenen Geste forderte er dann seinen Freund auf hinaufzusteigen.

Rungholt spürte den Zorn in sich aufsteigen. Es ziemte sich nicht, ihn so zu behandeln. Gleich, ob Marek sein Kapitän oder sein Freund war. Noch stand er jawohl über Marek Bølge, diesem zerzausten Schonen, der seine Kochnische aufgeräumter hielt, als Rungholt seine Geldtruhen. Dieser Bengel von einem Mann, der redete wie ein Waschweib und ihm mit seiner naseweisen Art die Münzen aus der Tasche zog. Noch war er Ratsherr und ehrbarer Kaufmann, und Marek hatte lediglich für seine Fracht zu sorgen. Rungholt stapfte an Marek vorbei, konnte es aber nicht unterlassen, ihn mit der Schulter absichtlich zu stoßen.

»Geh zur Seite«, belferte er, schnappte sich Mareks Schwert und rammte es in einen der Fensterläden. Mit einem schnellen Ruck brach er das Brett aus den Angeln.

»Muss man dir erst beibringen, wie man ordentlich einbricht«, frotzelte Rungholt. Ohne auf seinen Freund zu achten, riss er die Lade gänzlich fort und ließ sie vor Mareks Füße fallen. Obwohl das Fenster hüfthoch war, würde Rungholt Hilfe brauchen, um mit dem Knie auf die Fensterbank zu kommen und einzusteigen.

Er zerschnitt die Bespannung.

»Mach eine Räuberleiter«, befahl er Marek und gab den Platz am Fenster frei. Erst stellte sich der Kapitän auch artig an die Steine, hielt dann jedoch inne.

»Ich soll dir…« Marek schüttelte den Kopf. »Es ist immer das Gleiche. Immer! Es ist… Du bist ein Fluch, Rungholt. Wirklich. Immer das Gleiche, das sag ich dir.« Murrend drückte er sich an Rungholt vorbei. »Lieber anders herum«, brummte er und wies Rungholt an, sich an die Mauer zu stellen. »Du solltest wirklich weniger Enten essen und mal selbst anpacken.«

Rungholt drückte Marek zum Fenster hinauf und spürte dessen Stiefelabsätze schmerzhaft in seiner Hand.

»Deine Ratschläge kannst du dir unters Kopfkissen schieben. Mach schnell, du blöder Däne!«, knurrte er, merkte aber, dass sein Zorn bereits etwas verflogen war. So schnell wie er seine Wutsegel aufgeblasen hatte, so zügig waren sie erschlafft.

Rungholt stöhnte auf, als Marek mit seinem nassen Stiefel auf Rungholts verletztem Oberschenkel Halt suchte, um sich durch das schmale Fenster zu zwängen. Rungholts Rücken schmerzte, während er die dreckigen Hände an der Mauer abrieb und sich wie ein Dieb umsah. Nirgends war ein Licht entfacht worden. Gut.

Ohne Eile machte sich Rungholt auf den Weg zur Hintertür, durchschritt zwei schmale Beete, in denen Salate vertrocknet waren. Er konnte den Gestank des nahen Stadtbachs riechen, der sich unweit des Hinterhofs dahinwälzte. Ein paar hingeworfene Steine wiesen Rungholt den Weg zu einer schmalen Hintertür. Hier wartete er, bis Marek ihm geöffnet hatte. Der Kapitän hatte bereits einen Kienspan entzündet, wollte jedoch mit dem Licht nicht gesehen werden. Zwar hatte Marek das große Kugelschloss an der Innenseite anscheinend nicht zerbrechen können, aber dafür den Haken abgeschlagen, an dem es mit einer Kette gehangen hatte. Mit einer hektischen Geste bat er Rungholt hereinzukommen und schloss schnell die Tür.

Darios Werkstatt war eine Enttäuschung. Rungholt hatte gedacht, etwas zu finden, aber außer Staub, der auf jedem Werkzeug und dem Werkbrett lag, war nichts zu entdecken. Ein bisschen Goldstaub im Lederfell an der Werkbank war das einzig Ungewöhnliche. Die Werkstatt war nicht sehr aufgeräumt, unterschied sich sonst aber kaum von Smidels.

Unzufrieden gingen die beiden ins angrenzende Wohnhaus. Hier roch die Luft abgestanden. Sie erinnerte Rungholt an seine Kindertage bei den Salzsiedern. Bilder von seiner Mutter, an die er sich kaum erinnern konnte, tauchten vor ihm auf, während er durch die verlassenen Räume streifte. In Darios Haus roch es wie in der kleinen Stube seiner Mutter, wenn Vater vom Salzsieden nach Hause gekommen war und sie seine Kleider beim offenen Feuer zu trocknen versuchte. Es war ein klammer Geruch, der mehr zum Stadtbach als zur Julinacht passte. Die alten Wandteppiche, die Kleider in den Truhen und Schränken hatten den Geruch von rußigen Zeiten angenommen. Vom Kaminfeuer und der Nachtkälte, die – wenn Rungholt nach den Fliegenleichen urteilte – gewiss öfter als zwanzigmal das Haus heimgesucht hatte. Staub lag auf den Truhen und Fässern, und Marek musste mehrmals Mäuse vertreiben, die es sich gemütlich gemacht hatten.

Sie schlichen wie Diebe durch Darios Haus und leuchteten jede Kammer und jede Ecke ab. Rungholt scheute sich auch nicht, mit Mareks Schwert alle Schranktüren und Truhen aufzubrechen. Er fand jedoch nirgends etwas Besonderes oder irgendeinen Anhaltspunkt auf Beatrijs' Verbleib.

Kaum hatten die beiden den Durchgang zur Essdiele betreten, stieg Rungholt Leichengestank in die Nase. Der süßliche Duft lag schwer in der Luft und vertrieb augenblicklich alle Gedanken an die Vergangenheit und an seine Kindheit. Er leuchtete die Wand ab und bemerkte weitere, unzählige Fliegen. Sie stoben auf, als er an ihnen vorbei zur Feuerstelle ging.

»Leuchte mal hierher«, befahl er Marek.

Kaum war er ein, zwei Klafter in die dunkle Ecke getreten, hielt er überrascht inne. Für einen Lidschlag dachte er, im schummrigen Schein von Mareks Kienspan eine Bewegung auszumachen, glaubte, Menschen säßen am Esstisch unweit des Kamins, doch es waren nur Dauben und Kelche, die ihm einen Streich spielten. Der Tisch war gedeckt, das Essen längst festgetrocknet und von Mäusen angefressen. Verschimmelter Hasenbraten, Glasbecher voller Fliegen. Sie sind in Hast aufgebrochen, schoss es Rungholt durch den Kopf, und er wandte sich wegen des fauligen Gestanks lieber der Feuerstelle zu. Zwei zur Unkenntlichkeit verkohlte Hasen steckten noch immer auf Holzspießen. Angenagt und von Würmern übersät hingen sie über dunkler Asche, die vor Wochen das letzte Mal gebrannt hatte.

»Sind sie geflüchtet?« Marek schmiss eine der Dauben zurück auf den Tisch. »Ich mein, das lässt doch keiner so stehen, wenn er verreist. Mein ich.«

»Mein ich auch.« Rungholt hatte eine Treppe entdeckt. In einem Halbrund zogen sich schwere Holzstufen in die Dunkelheit hinauf. Er sah sich nach einer Öllampe oder einer Kerze um, fand aber keine. »Gib mir mal den Span«, forderte er seinen Freund auf. »Mal sehen, was da oben ist.«

Marek nickte, und Rungholt bemerkte, dass der stämmige Schone aufschloss und möglichst nah hinter Rungholt die Stufen erklomm. Es waren viele Schritte nötig, bis sie endlich den ersten Stock erreicht hatten, und Rungholt kam es vor, als sei die Dunkelheit zu einer festen Materie geworden. Eine kuriose Substanz aus der Abwesenheit von Licht. Die Schwärze schien ihn einzuhüllen, und selbst der Schein des Kienspans vermochte den Vorhang nicht zu durchschneiden.

Die Abwesenheit von Licht ist die Dunkelheit. Die Abwesenheit von Gott die Hölle.

»Kannst du etwas erkennen?« Rungholt drehte sich herum und sah zu seiner Erleichterung zumindest Mareks Schemen.

»Gar nichts. Wir sind schon auf dem Dachboden, oder?«

Rungholt schwenkte den Span hin und her und konnte Balken erkennen und, nachdem er sich einen Schritt von der Treppe vorgetastet hatte, auch ein paar Dachschindeln. Sie waren tatsächlich bereits auf dem Dachboden. Der Kniestock war recht hoch, das Dach setzte erst spät an. Wahrscheinlich sah es deswegen von außen so aus, als habe das Haus zwei Stockwerke.

»Irgendwo müssen die Fenster sein. Lass uns die Vorhänge wegziehen.«

Marek rannte von hinten in Rungholt. »'schuldigung«, nuschelte der Kapitän. »Aber hier ist es dunkler, sag ich dir, als in meinem Laderaum.«

Rungholt wollte ihm beipflichten, doch als er sich umdrehte und wieder in die Dunkelheit sah, starrten ihn tote Augen an.

Unheimlich blitzten sie im Schein seines Kienspans. Der Aal mit zwei aufgemalten Lederaugen, durchfuhr es Rungholt. Perfekte, runde Augen mit versteinertem Blick. Weit aufgerissen, weil sie den Tod gesehen hatten und nun selbst ohne Gefühl waren. Abwesend von Leben.

Rungholt entfuhr ein Schrei. Er zuckte zurück, da verschwanden die Augen jäh in der Schwärze des Dachbodens. Es war nur eine Eule, die auf einem der Kehlbalken hockte und sich an den Innereien einer Maus gütlich tat. Mit beiden Krallen hielt sie das Tier und riss mit ihrem Schnabel am Kadaver.

Rungholt bekreuzigte sich. Strix. Der Hexenvogel. Der Vogel der Finsternis, dachte er. Sehr passend. Und der Vogel des Todes. Rungholt mochte Vögel. Oft saß er in seinem Hinterhof und sah seinem Rotrückchen zu, das in der Dornenhecke sein Nest hatte. Doch hier in der Fremde hatte ihn der Anblick der Eule verunsichert. Sie brachte den Hexen Botschaften und war ihr Haustier. Die wilden Weiber schmückten sich mit ihren Federn. Er wusste von Bauern, die zum Schutz ihres Hauses und des Viehs Eulen noch lebend an die Scheunentore nagelten. Mit ausgebreiteten Flügeln hingen die Tiere da, schrien und glotzten mit ihren toten Augen, damit kein Blitz und kein Hagelschlag das Haus treffe. Der Anblick des Unglücksvogels brachte ihn aus der Fassung. Ohne nachzudenken riss Rungholt den Kienspan hoch und fuchtelte mit dem glühenden Holz in der Luft herum.

»Hau ab! Verschwinde!«, schrie er und spürte sein Herz noch immer vor Schreck aufgeregt pochen.

Mit einem Blinzeln ließ der Vogel von seiner Beute ab. Beinahe lautlos schwang er sich vom Balken, flog einen Halbkreis und zog in der Dunkelheit davon. Rungholt eilte ihm nach und erkannte, dass mehrere aufgestellte Truhen ein Loch im Dach verdeckten. Einige der Schindeln waren abgerutscht, sodass er durch das Gebälk nach draußen sehen konnte. Die Eule hatte sich auf eine der Truhen gesetzt und war nun im Mondschimmer deutlicher zu erkennen. Es war ein großer Kauz. Ein letztes Mal drehte der Vogel seinen Kopf und starrte Rungholt an, bevor er davonflog.

Rungholt blickte der Eule durch die kaputten Schindeln nach. Mit langen Flügelschlägen schwebte der Vogel durch die grüne Nacht über den Dächern Münchens davon. Sein Ruf schien Rungholt zuzurufen, schien ihn zu locken, er solle dem Vogel folgen.

Ku-Witt… Ku-Witt… Komm mit… Komm mit…

Er fröstelte und lehnte sich weiter vor, konnte die Eule aber nicht mehr ausmachen. Sie war zwischen den Häusergiebeln abgetaucht. Als er den Blick hob, ragte der Alte Peter vor den seltsamfarbenen Wolken. Ein Schattendorn von Kirchturm vor dem falschen Mond. Einmal mehr musste Rungholt sich bekreuzigen. Diese Stadt stand nicht in seiner Welt. Sie gehörte nicht zu seinem Leben.

Er sah auf den Turm, und ihm wurde beim Anblick des grünen Himmel bewusst: Ich hätte niemals hierherkommen dürfen. Ich will die Absolution, und Gott schenkt mir einen Todesvogel als schlechtes Omen. Er schenkt mir einen Himmel, der wie die Kuppel der Hölle aussieht.

Ku-Witt... Komm mit...

Ich komme nicht mit, ich sollte eher gehen. Ich sollte meine Sachen packen und zu Alheyd zurückfahren. Der Eulenruf kündigt nahen Tod an, dachte er. Meinen Tod? Oder den Tod von Beatrijs?

In was bist du da nur hineingeraten, Beatrijs? Rungholt umschloss ihr Kameegesichtchen in seiner Tasche. Ihr Seidenlächeln... Es wirkte auf diesem Stifterbild so jenseitig. So wissend.

»Bist ziemlich bleich um die Nase«, meinte Marek und sah ebenfalls nach draußen. »Der Kauz ist ein schlechtes Zeichen, Rungholt. Aber kein Grund, mein ich, um sich so zu erschrecken. Was ist los?«

»Nichts«, log Rungholt. »Ist nur dieses furchtbare Licht.«

Rungholt wandte sich den Truhen zu. Sie waren leer und wurmstichig. Ihr Holz war beinahe Staub.

»Was suchen wir eigentlich?«

»Weiß ich auch nicht genau, Marek. Irgendwas, das uns zu Beatrijs führt. Wenn Dario vom selben Mann ermordet wurde, der auch uns angegriffen hat, dann hat er wahrscheinlich etwas mit ihrer Entführung zu tun.«

»Und du meinst, Dario kennt den? Das meinst du doch, oder? Diesen Reiter aus dem Wald?«

»Es ist zumindest die beste Spur, die wir haben.« Rungholt wollte zurück zur Treppe, da brach er mit einem Mal ein. Ein Aufschrei. Er verlor den Kienspan und blieb mit seinem Bauch in den Brettern hängen. Seine Beine, irgendwo unter den Holzpaneelen, fanden keinen Halt.

»Verdammt«, schrie er. »Zieh mich raus. Marek! Zieh mich raus! Ich ... ich rutsche! Ich ...« Für einen Lidschlag schoss ihm das Todesbild durch den Kopf: Er, bis zum Bauch in der Decke der Essdiele. Er, hinabgestürzt und mit aufgeplatzten Schädel auf dem schweren Eichentisch voller giftigem Essen.

»Marek! Du nutzloser Schone! Marek!«, schrie er.

Ku-Witt ... Komm mit ...

Fassungslos starrte der Kapitän ihn an. Für eine Schrecksekunde nicht wissend, ob er lachen oder vorhechten sollte.

»Marek! Ich rutsche!« Rungholt ruderte mit den Armen und versuchte, sich abzustützen, doch die Bodenbretter knarrten. Mit einem Mal musste Marek losprusten. Laut lachend kniete er sich hin und rutschte zu Rungholt vor. Er lachte Tränen.

»Beweg dich nicht«, brachte er hervor und zog Rungholt das Schwert aus der Hand. Vorsichtig legte er es auf die Bretter, wischte sich die Tränen aus den Augen und schob es Rungholt hin.

»Was machst du denn da?«, belferte Rungholt. Mittlerweile war er weiter abgesackt, er musste sich mit beiden Armen abstützen und hatte keine Möglichkeit, das Schwert zu greifen. Wie sollte er sich auf dem Schwert abstützen, wenn er bis zur Brust im Holz steckte und nur seine Arme ihn hielten. »Zieh endlich!«

»Pack das Schwert.«

»Wie denn? Ich ...«, doch Rungholts Ruf wurde durch ein lautes Bersten erstickt. Sie hörten beide, wie ein Balken irgendwo unter Rungholt auf den Boden aufschlug.

Langsam kroch Marek zu Rungholt vor, als sei der Boden ein gefrorener See. Es knirschte mehrmals, bevor er Rungholt erreicht hatte und nach vielen Diskussionen endlich Rungholts linke Hand packte. »Es geht nicht, sag ich dir.«

»Was soll das heißen?«

»Wie ein Korken in 'nem Krug.«

»Was reingeht, muss auch wieder rausgehen«, knurrte Rungholt und spürte, wie ihm der Schweiß über das Gesicht rann. Er konnte immer weniger atmen, weil er sich nicht traute und das Holz ihn tatsächlich wie ein Flaschenhals umklammert hielt.

»In Visby hab ich mal ein Fass verladen, sag ich dir. Das steckte zwischen zwei Leitersprossen fest. Unten im Laderaum, weißt du? Haben wir nicht rausbekommen, mein ich. Da haben wir die Leiter zersägt«, vorsichtig schlich Marek um die Bruchstelle und den abgesackten Rungholt. »Was reingeht, kommt raus, schon, aber nicht immer auf demselben Weg.« Er ging in die Hocke, um die Stärke der morschen Bohlen zu testen.

»Was meinst du damit, verflucht noch mal! Hol verdammt noch mal ein Seil oder so was und zieh mich hier...« Weiter kam Rungholt nicht, denn als Marek vortrat, brachen sie beide ein.

Ihre Schreie hallten durch den Dachboden und verstummten jäh in einem lauten Knall. Es war so viel Staub aufgewirbelt worden, dass Rungholt nichts sah. Er musste husten und hielt sich die Hand vor den Mund. Erst danach fiel ihm auf, dass er noch lebte. Und dann fiel ihm auf, dass er nicht auf den Esstisch gefallen war, sondern auf Marek.

Fluchend und hustend lösten sie sich voneinander. Marek hielt sich die Rippen. Die Wunde des Wurfmessers war wieder offen, und Blut begann Buchse und Hemd zu tränken. Ansonsten schien es ihm gut zu gehen. Um sie herum lagen Trümmer. Abgerissene und gebrochene Balken, Bohlen und Bretter. In den zerbrochenen Stücken glimmte der Kienspan. Behutsam richtete Rungholt sich auf und sah durch das Loch zum Dachboden hinauf. Sie waren nicht tief gestürzt. Er wollte sich aufrichten, stieß sich aber hart den Schädel an der gebrochenen Kante des Bodens – oder besser der Decke.

Gebückt schob sich Rungholt durch die Dunkelheit und hob den Kienspan auf. Sie waren in einen Zwischenboden gefallen. In einen Kriechboden, der nicht höher als ein Dreiviertel Klafter war. Stöhnend schloss Marek zu Rungholt auf. »Was ist das hier? Ein Vorratsraum?«

»Keine Ahnung.« Rungholt sah sich nach einem Bodenbalken um, denn er wollte vermeiden, noch weiter auf den knirschenden Brettern zu laufen. »Jemand hat einen Lagerraum eingezogen.«

»Ohne dass man von der Treppe hinkann?«

Langsam ließ Rungholt den Kienspan wandern, den er aus dem Schutt gezogen hatte. »Merkwürdig, du hast recht.«

Er sah nichts als Spinnweben und Strebebalken. Es fiel ihm schwer, gebückt voranzugehen. Seine Hand juckte. Während er sie kratzte, befahl er Marek, sein Hemd auszuziehen. Sie wickelten eine Hälfte um Mareks Wunde und die andere um den Kienspan. Es würde nicht lange brennen, aber immerhin würden sie kurzfristig mehr sehen können.

Der beißende Qualm stach ihnen in die Augen. In dem niedrigen Raum sammelte er sich sofort unter der Decke. Die Kammer war vollkommen leer. Keine Möbel, keine Fässer, keine Waren. Aber immerhin hatte Rungholt keine drei Klafter weiter vorn eine Tür ausgemacht.

Er öffnete sie bedächtig, ganz in Erwartung, neuerlich angestarrt zu werden, doch hinter dem aus alten Möbelbrettern zusammengestümperten Türblatt verbarg sich lediglich ein weiterer Raum. Immerhin gab es hier Möbel, wenn auch Lücken an den Wänden klafften. Irgendjemand hatte sich bereits bedient und einige Truhen und niedrige Regale entfernt. Dennoch stand genug, um Rungholt und Marek ein Schauer über den Rücken laufen zu lassen.

»Gott steh uns bei«, raunte Marek und schicke ein Stoßgebet gen Himmel. »Beim Klabautermann. Das Laboratorium eines Hexers.«

Das Fenster, das sie auch von draußen gesehen hatten, reichte in dem niedrigen Raum von der Decke bis zum Boden. Es ließ das grüne Nachtlicht herein. Tiegel und Dauben stapelten sich auf Anrichten. Schwere Glaskolben, deren Formen Rungholt noch nie gesehen hatte, waren mit Holzrohren verbunden. Teilweise waren sie zusammengeschoben, sortiert und abgebaut worden. Substanzen schimmerten auf den Böden von zahlreichen Krügen und Gläsern, die zu klein für Wein waren. Bestecke aus Metall, wie sie Ärzte benutzten, warteten durcheinandergeworfen in einer Schublade. Drei kleine Öfen waren mit Holzrohren verbunden worden, sodass ihr Rauch in den Dachboden über ihnen entweichen konnte. Rungholt streifte den letzten Rest des brennenden Stofffetzens in einem der Öfen ab und schnappte sich eine Öllampe, die Dario auf eines der Regale gestellt hatte.

Wenig später offenbarte ihr Licht weitere Diebesspuren auf den Regalbrettern und Truhen. Deutlich war zu erkennen, dass jemand das Labor geplündert hatte. Er hatte anscheinend Codices aus drei Regalfächern mitgenommen, diverses Gerät eingepackt und, wie Rungholt anhand des Staubes erkennen konnte, sogar Möbel oder größeres Gerät vom Kriechboden geschafft. Rungholt leuchtete alles ab und stieß in einer Schublade unter einem alten Fell, das vor Feuchtigkeit bereits verschimmelt war, auf allerlei Steine. Sie waren dem Granat nicht unähnlich, schimmerten jedoch nicht nur karfunkelrot, sondern blau und orange. Selbst ein schwarzer Stein war darunter, den Dario geschliffen hatte, denn er trug sein Zeichen. In einem weiteren Fach entdeckte Rungholt

244

abgeschabte Tierknochen. Zum Teil waren sie zu Staub zermahlen worden. Zähne und Kieferknochen, die Elle eines Schweins. Er schüttete einen der Krüge neben dem Kolben aus und stutzte im Schein der Öllampe. Schwarze, lange Würmer.

»Was ist das?«, fragte er Marek und roch an einem Wurm. Sie waren trocken und länger als zwei Finger.

»Sind gut gegen steife Knochen, sag ich dir. Hab ich mal bei Sinje gesehen. Rattenschwänze, würd ich sagen.« Marek nahm Rungholt den Schwanz weg. »Ah ja, getrocknet. Genau, hm«, stellte er fest, als ob er bei Sinje in die Lehre gegangen sei, und drückte Rungholt den Schwanz wieder in die Hand. »Da drüben ist übrigens der Einstieg, hm?«

Marek ging auf die andere Seite der Regale. Eine Falltür mit Eisenring war in den Boden eingelassen worden, die der Kapitän aufzog.

»Geht in die Diele«, meinte er, nachdem er in die Dunkelheit hinabgespäht hatte.

»Ja. Wahrscheinlich ist er jedes Mal mit einer Leiter hier hochgestiegen.«

»Also diesmal hat deine Wampe wirklich mal genutzt, sag ich dir. Sonst hätten wir das hier nie gefunden.«

Anstatt einer Antwort rief Rungholt Marek zu, ihm auf die Knie zu helfen. Auch wenn es Rungholt schmerzte, sich hinzuknien, so tat es gut, endlich den Kopf wieder gerade halten zu können und nicht mehr gebückt umherlaufen zu müssen. Behutsam fingerte er ein Pergamentbuch zwischen Truhe und Wand heraus. Es war wohl heruntergerutscht, und wer immer das Laboratorium geplündert hatte, musste es übersehen haben.

»Sollten wir nicht diesen Zunftmeister rufen?«

»Pankraz?« Rungholt schüttelte den Kopf. Der Gedanke, dem Aal dieses Labor zu zeigen, widerstrebte ihm, auch wenn er nicht hätte sagen können, weswegen er dem Einäugigen

245

nicht traute. »Später«, meinte er. »Das können wir später noch tun.«

»Was meinst du, frag ich dich, hat der hier erforscht?«

»Ich weiß es nicht … Leuchte mal.«

Vorsichtig hielt Marek die Fackel über den Codex. Durch Rungholts zerbrochene Brille zeigten sich die Symbole und Formeln noch eigentümlicher, als sie für ihn eh waren. Sie fächerten sich auf, bildeten ein Labyrinth aus Linien, mathematischen Zeichen und befremdenden Strichen. Beinahe jede Seite war eng beschrieben. Tabellen, Skizzen und Berechnungen lösten sich ab. Die Symbole der Mondphasen umrahmt von Tierkreiszeichen, eine wirre Rechnung halb mit römischen Ziffern, teils mit arabischen, mit denen Rungholt nicht rechnen konnte. Es muss Monate, wenn nicht Jahre gedauert haben, dies alles aufzuzeichnen. Die in römischen Ziffern festgehaltenen Daten waren das Einzige, das Rungholt wirklich etwas sagte. Demnach hatte Dario diesen Codex vor dreizehn Monaten begonnen. Nur er und Gott, dachte Rungholt, wissen, wie viele er noch vollgeschrieben hat. Der Goldschmied kann nicht nur lesen und schreiben, dachte Rungholt, er hat die meiste Zeit hier im engen Labor verbracht.

Er zog sich auf die Beine und schlug das Buch auf der letzten Seite auf. Die Aufzeichnungen brachen nicht ab, sondern endeten schlicht deswegen, weil Dario wohl das Pergament ausgegangen war. Die Zeilen in Latein und die Zeichen wurden immer gedrängter. Er hat versucht, noch so viel wie möglich in das Buch zu schreiben, dachte Rungholt. Grübelnd schlug er ein paar Seiten zurück und stieß auf eine Markierung. Mit satten Strichen hatte Dario etwas eingekästelt. Eine halbe Seite mit Haken und Kreisen.

Was Rungholt da sah, konnte er nicht lesen. Die Zeichen sahen aus wie Augen, die durch ein Labyrinth aus Haken spähten. Sie spielten hinter einer abstrakten Hecke aus Zeichen Verstecken.

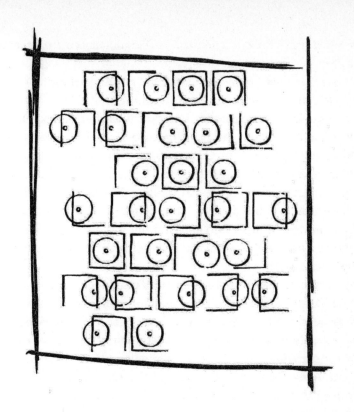

27

Sie war ihrem Mann durch die Nacht bis ins Graggenauer Viertel gefolgt. Hätte sie ein Nachtwächter gesehen, er hätte wohl an ein verliebtes Weibstück gedacht, so kopflos und spät unterwegs, doch auch wenn Margot ein flaues Gefühl im Magen hatte, mit Schmetterlingen hatte es wahrlich nichts zu tun.

Es fiel ihr leicht, ihrem Mann zu folgen. Auch wenn Utz sich wie ein Dieb häufig umsah und versuchte, durch Gässlein und Hinterhöfe seine Spur zu verwischen, so zwangen ihn die Stadtbäche immer wieder auf die großen Straßen. Nur am Pötschenbach, hinter den Hühnerställen von Pysenkaibl, verlor sie ihn kurz aus den Augen, weil sie nicht wagte, dichter aufzuschließen.

Sie eilte das Rosental hinunter, am Krottenbad vorbei, und wäre beinahe direkt hinter Utz auf die Bohlen der schmalen Gasse getreten, die bei der Stadtwaage entlangführte, denn Utz war mitten in der Gasse stehen geblieben und horchte. Geistesgegenwärtig sprang sie hinter einen Torbogen zurück. Er weiß, dass jemand ihm folgt, schoss es Margot durch den Kopf. Sie hielt den Atem an und hoffte, er würde nicht zurück bis zum Torbogen kommen. Es blieb trügerisch still. Weder konnte sie einen Nachtwächter hören noch Utz' Trippen auf den Bohlen.

Ob sie es wagen konnte, sich im Schutz des Rosenbusches, der sich am Bogen entlangschlang, vorzubeugen und nachzusehen? Margot entschied sich dagegen und verharrte mit pochendem Herzen. Wenig später wurde sie mit dem Klacken von Holzsohlen belohnt. Utz' Schritte entfernten sich, doch sie atmete noch ein-, zweimal durch, bevor sie durch den Torbogen huschte und ihrem Mann dann bis in die Lederergasse folgte.

Kurz hinter dem Türleinbadhaus blieb Utz stehen, klopfte an einen der Fensterläden und wurde kurz darauf eingelassen.

»Bist du sicher?« Pütrich! Seine Stimme drang durch den Laden zu ihr. Margot hatte zwar Mühe, die Männer zu verstehen, weil sie sich nicht traute, ihr Ohr an die Holzblende zu lehnen. Sie hatte Angst, ein Geräusch zu machen, und außerdem hatte sie dann die Straße nicht mehr im Blick. Und die Haustür zu Pütrichs Goldschmiede auch nicht.

»Natürlich, was… Immer musst… »Nur Satzfetzen drangen zu ihr. »Keine Sorge, es ist doch…« Mit gemischten Gefühlen trat sie nun doch näher und spähte durch die Bretter des Ladens.

248

»Mir ist niemand gefolgt, Pütrich. Wirklich!« Durch die Ritzen konnte Margot ihren Mann erkennen, der das Kästchen auf Pütrichs Werkbrett legte. Er hatte es in das Kleid eingeschlagen und schob es sacht in die Mitte der kleinen Werkbank, damit es niemand herunterreißen konnte.

»Dieser Lübecker, der ist mir nicht geheuer.«

»Meinst du, mir? Rungholt ist eine Plage.« Utz wischte mit dem Kleid behutsam den Staub auf dem Kästchen fort und fuhr auch die Beschläge ab, so als liebkose er die Holzschachtel. »Aber lass uns nicht mehr von meinem Schwiegervater reden, Pütrich. Und sei nicht immer so schrecklich ängstlich... Wir haben sie, lass uns feiern.«

»Feiern?« Pütrich wischte sich die Nase. Sein klotziges Kinn schob sich vor. »Feiern«, schnaubte er verächtlich. »Sie sind alle tot, Utz. Dario, Beatrijs... Was haben wir nur angerichtet...«

»Gar nichts. Wir haben doch noch nicht einmal begonnen.« Margot war entsetzt. Beatrijs sollte tot sein? Und ihren Utz kümmerte es nicht? Schlimmer noch, es schien ihr, als sei er für ihren Tod verantwortlich. Trotz der Fensterläden konnte sie erkennen, wie enttäuscht er über Pütrichs Unbehagen war. »Acht Monate, Pütrich. Acht Monate! Und endlich ist sie angekommen. Überleg! Sie ist wunderschön, Pütrich. Wunderschön. Der Himmel hat sich für uns verändert, Pütrich. Gott will, dass wir das Ritual durchführen.«

»*Vater unsir. du in himile bist. din namo werde giheiliget. din riche chome*... Dein Wille geschehe auf Erden wie im Himmel...«, begann Margot das Vaterunser zu flüstern. Sie musste es Rungholt sagen. Sie musste noch einmal zu ihm und von Utz erzählen. Sicher würde er lachen und schimpfen, dass er gleich gesagt habe, Utz sei ihm nicht geheuer. Aber dies war kein kleines Familiengeheimnis mehr. Sie hatte es ihrem Vater zu gestehen, weil es hier um mehr ging als um ihre Liebe zu Utz. Ebenso schlagartig, wie ihr bewusst wurde, dass sie ihren Vater unterrichten musste, genauso abrupt wurde ihr klar, dass ihre bedingungslose Liebe soeben verwelkt war. Es war, als habe Utz sie mit einem anderen Weibsstück betrogen. Dieses Kästchen voller Stille war ein Betrug an ihrer gemeinsamen Zukunft. Weil es Utz' Geheimnis war. Das Leben mit ihm würde nie mehr sein wie früher, bevor Rungholt in ihr Leben gepoltert war mit seinen Heringsfässern und dem unbedingten Willen, endlich Absolution zu erhalten. Weder im Grieß noch im Keller war es Margot derart deutlich bewusst geworden. Sie würde Utz fortan mit anderen Augen sehen.

Endlich widmete sich Pütrich dem Kästchen.

»Keine Eigenschaften?«, fragte er und strich über das Schloss mit der Lilie.

»Keine Eigenschaften. Absolut rein. Formbar.«

»Formbar?« Ein Lächeln huschte über Pütrichs kantiges Gesicht.

»Es funkeln Sterne in ihr, Pütrich. Sterne. Die Prima Materia ist rein wie der Himmel.«

»Ich will sie sehen.«

Ohne eine Antwort wandte sich Utz ab. Im Licht der Kerzen war nur sein Rücken zu sehen. Margot schmiegte sich fester an den Fensterladen, presste ihr Auge an den Spalt und versuchte zu erkennen, was ihr Mann tat. Von irgendwoher zog er mehrere kleine Schlüssel hervor. Triumphierend wollte er Pütrich die Schlüssel vors Gesicht halten, doch der Goldschmied schnappte sie Utz weg. Geradezu gierig begann Pütrich mit zitternden Händen, die Schlösser am Kästchen zu öffnen.

»Du bist nichts wert, und doch bist du die Welt«, flüsterte er. »Du bist rein und kannst doch alles werden. Du bist der Ursprung und die Vollendung. Du bist Rätsel und Lösung.« Noch einmal wandte er sich an Utz. »Ich hätte nicht gedacht, dass du sie auftreibst, Utz.«

»Ich habe zwar kein Geld, Pütrich. Aber ich kenne viele Flößer.«

Pütrich nickte, jedoch hing sein Blick wieder auf dem Kästchen. Ein letztes Mal strich er über das Holz.

»Du hast recht«, raunte er. »Wenn es die Prima Materia ist, sollten wir feiern.« Langsam öffnete er das Kästchen, indem er einen verborgenen Mechanismus an der Lilie hinabdrückte und dann langsam den Deckel aufklappte. Er lächelte selig, von seiner Angst war keine Spur geblieben. Stattdessen hatten Faszination und Gier Pütrichs Blick erobert.

Er klappte das Kästchen vollends auf, aber noch bevor Utz zu ihm an das Werkbrett getreten war, knallte er die Schachtel mit einem brutalen Schlag zu. So hart, dass Margots Mann ein Schrei entfuhr. Durch den Laden konnte Margot sehen, wie Pütrichs Blick erstarrt war.

»Sie ist nicht mehr rein!«

»Was hast du?« Utz beugte sich tief über das Kästchen. »Sie ist doch noch gut, sie… Was ist denn? Wieso sollte sie nicht mehr rein…«

»Utz! Bei Gott, Utz. Du Stümper!«

»Was ist denn?« Noch immer verstand Utz nicht. Dann griff sich Pütrich eine der schlanken Zangen von seinem Werkbrett, öffnete das Kästchen erneut und fuhr mit der Zange hinein. Als sei der Kasten eine offene Wunde, operierte er mit dem Besteck in ihr herum. Es dauerte nur einen Moment, dann zog er etwas Metallenes heraus. Die Spitze von Margots Nadel.

»Jemand war an der Kiste. Jemand hat versucht, sie zu öffnen«, sagte er.

»Der Mechanismus.«

»Der Mechanismus, ja. Es… es ist eine Haarnadel, oder?« Utz wusste nicht recht.

»Und dir ist doch jemand gefolgt, sag ich.«

So schnell sie konnte, wich Margot an der Wand zur Seite, wurde aber plötzlich gewahr, dass sie direkt vor Pütrichs Tür stand. Sie erstarrte, wollte zur Seite springen, wollte loslaufen, aber sie konnte nicht. Wie versteinert stand sie vor der schiefen Holztür und lauschte.

Böen zogen durchs Tal, sanft wie Gespenster. Nur ein Hauch. Außer ihrem Herzen konnte sie nichts hören. Die Nacht war lautlos. Kein Utz, kein Pütrich. Jeden Moment würde sich die Tür öffnen oder Pütrich seinen Kopf aus dem Fenster strecken. Nichts geschah. Ein Atemzug lang, zwei Atemzüge lang, drei, vier ...

Sie schlich zurück zum Fensterladen, konnte kaum den Kopf strecken, so hart pochte ihr Herz. Sie spähte durch den Schlitz, aber der Raum lag im Dunkeln. Kein Utz. Kein Pütrich. Kein Kästchen. Sie waren verschwunden.

28

»Warte mal«, befahl Rungholt seinem Kapitän, als sie Margots Haus betraten. »Lauf zum Wirt und hol uns Bier, ja?«

Die Kohlen glühten noch, und in der Diele war es trotz der kühl werdenden Julinacht warm.

Stöhnend lehnte sich Marek an den Türstock und sah sich um.

»Was denn nun?«, fragte er unter Schmerzen und drückte sich die Seite. Seine Wunde blutete noch immer. Er schlurfte zur Feuerstelle, wo er Margots Heilpasten vermutete.

»Hol Bier«, entschied Rungholt, ohne sich nach ihm umzusehen.

»Es ist mitten in der Nacht. Es ist Sperrstunde, Rungholt.« Marek begann, die Krüge nach der Bovistsalbe zu durchsuchen.

»Kannst du nähen«, fragte er Rungholt.

»Was? Willst du mich veräppeln?« Rungholt winkte ab.

»Weiberkram«, brummte er, während er sich an den Tisch setzte und die Pergamente hervorholte, die sie im geheimen Labor von Dario gefunden hatten. »Apropos. Wo sind die Weiber alle hin?« Er rief nach Margot, erhielt jedoch keine Antwort.

»Die Frauen sind mir gleich«, hörte er Marek seufzen. »Wenn doch nur Sinje hier wäre.«

Sofort verzog Rungholt gespielt das Gesicht.

»Sinje, Sinje«, äffte er seinen Kapitän nach und fingerte nach seiner Brille. Erst als er nach einem Kienspan für die Öllampe verlangen wollte, drehte er sich zu Marek um und konnte sehen, wie sich der Kapitän am einzigen Regal festhielt. Selbst im Schein der Feuerstelle sah Marek bleich aus. Dafür schimmerte das Blut in seinem Hemd umso kräftiger. »Wir sollten die Wunde zunähen, sag ich dir. Wir sollten...«

»Werd mir nicht ohnmächtig, hörst du.« Rungholt sprang so schnell wie es seine Leibesfülle zuließ auf und stützte seinen Freund. »Setz dich. Ich suche einen Verband.« Rungholt sah sich um. »Margot!«, rief er noch einmal und bugsierte Marek auf einen der Stühle am Tisch. Marek keuchte leise. Das Sitzen tat ihm weh. Es quetschte das Fleisch zu sehr.

»Ja, ja«, lästerte Rungholt bei seinem Anblick und ging noch einmal zur Feuerstelle. »Erst mich aufziehen, dass ich nicht sitzen kann, und jetzt selbst flennen wie ein Schiffsjunge.« Als er zum Tisch zurückkam, hatte er einen von Margots Lappen und den Krug mit der Bovistpaste dabei. »Musst du dir aber selbst draufschmieren.« Rungholt stellte den Krug vor Marek. »Will ich dir nicht antun.« Er zog die Pergamente wieder zu sich. »Wir sollten jemandem finden, der Latein kann. Vielleicht sollte ich Smidel nach diesem Geschreibsel und diesen unheimlichen Zeichen fragen. Was dieser Venezer wohl in seinem Labor zusammengemischt hat?«

Marek, der unter Schmerzen die Paste aus dem Krug schabte, antwortete nicht sofort. »Irgendein blasphemischer Kram wird's schon sein«, keuchte er. »Ich sag dir, wir sollten München lieber verlassen.«

»Ach... Heimweh? Du willst doch nur zu deiner Heilerin. Dir mit Sinje ein bisschen die Nächte versüßen, die du wegen der Blockade in ihrem Schoss verbringst, jetzt, wo du nicht mehr auf See musst.«

Mit seinem Finger voller Bovistpaste zeigte Marek zu Rungholts Kopf. »Du blutest auch.« Der Kapitän schmierte sich die Paste auf die Wunde. Augenblicklich sprang er schreiend auf, ruderte mit den Armen und warf voller Schmerz und Wut seinen Stuhl in die Ecke. »Verfluchte Brut«, schimpfte er. »Da gewöhnt man sich nicht dran! Das Zeug ist ja schlimmer als der Bärensud, den sie in der Tyskebrygge kippen.«

Rungholt, der sich mit einem Taschentuch das Blut aus dem Haar strich, musste lachen. »Für Feingeister, die Sinjes Heilkünste schätzen, ist Margots Pferdemedizin wahrlich eine Herausforderung. Aber gib zu: Nur noch die Paste schmerzt, nicht mehr die Wunde.«

»Sehr komisch.«

Schmunzelnd sah sich Rungholt das Blut in seinem Taschentuch an, bevor er es wegsteckte. Er fühlte nach seinem Kopf, konnte aber keinen Schmerz ausmachen. Nur ein Kratzer wohl, den er sich beim Sturz in die Zwischendecke zugezogen hatte. »Bin gleich wieder da. Ich schau mal nach unserem Gast. Vielleicht kann Smidel es übersetzen.«

Rungholt stand auf. Er wollte nach Darios Pergamenten greifen, als mit einem Mal die Schrift zu bluten begann.

Das Blut kam aus den Zeichnung und Lettern, sickerte in Stößen heraus und floss langsam über die Seite hinab und auf Rungholt zu. Der erstarrte. Fassungslos blickte er das Buch im tanzenden Licht der Öllampe an. Erst nachdem ihn etwas auf dem Kopf getropft war, erkannte er seinen Irrtum. Nicht die Pergamente schwitzten Blut, es war die Zimmerdecke.

Beinahe gleichzeitig hoben die beiden Männer ihren Kopf

und starrten auf die Balken. An den Ritzen hatten sich Tropfen gebildet, die langsam wuchsen und dann fielen.

Mit einem hastigen Sprung war Rungholt an der Stiege und nahm die Stufen.

»Smidel«, rief er und musste husten, weil er sich vor lauter Luftholen und Schreien verschluckt hatte.

Die stickige Hitze unter dem Dach traf Rungholt wie ein Faustschlag. Es war dunkel. Er hatte keinen Kienspan bei sich, doch Marek, der ihm gefolgt war, ließ mit der Öllampe etwas Licht in den Dachboden fallen. Wenn auch das meiste davon von Rungholts Rücken geschluckt wurde. Der fahle Mond vermochte nicht, durch die Ritzen der Schindeln zu strahlen. Er ließ lediglich alle Fugen wie zu große Bienenwaben leuchten.

Ein Dach wie ein Bienenstock, schoss es Rungholt unsinnig durch den Kopf, während er die letzte Stufe nahm. Erst im Raum wurde er gewahr, weswegen er an Bienen denken musste: Es war das Summen um ihn herum, das Flirren in der Dunkelheit.

Fliegen. Keine Bienen. Er schlug sie beiseite und trat näher an das Strohlager. »Smidel?«

Rungholt wusste, dass der Goldschmied tot war, noch bevor er das Tuch beiseiteschlug. Jemand hatte es ihm sorgsam über das Gesicht gelegt, und es war rot vor Blut.

Smidels Blut hatte nicht nur das Tuch gefärbt, es hatte auch das Stroh verklebt und war über die Bodenbretter gelaufen, um dort in den Spalten langsam zu versickern. Rungholt drehte den toten Körper auf die Seite, was ihm nicht sogleich gelang, weil der hagere Goldschmied schwerer wog als angenommen.

Zuerst glaubte Rungholt, der Mann sei an den Verletzungen des Überfalls gestorben und die Frauen seien wegen seines Todes nicht im Haus. Vielleicht waren Margot und die Mägde fort, um einen Priester zu wecken? Dann wurde Rungholt bewusst, dass Smidel nicht nur im Nacken verletzt war. Behutsam drehte er den Körper gänzlich zu sich herum, und ein Schrei entfuhr ihm.

Smidels Kopf klappte unnatürlich nach hinten. Jemand hatte ihm tief die Kehle geöffnet.

29

Im Keller hatte Rungholt ein kleines Fass gefunden, und obwohl er vor bayrischem Bier gewarnt war, hatte er beschlossen, es anzustechen. Nach dem Fund hatte er Marek geschickt, Pankraz Guardein zu benachrichtigen. Wäre er in Lübeck gewesen, er hätte wohl selbst den Weg zum Rathaus eingeschlagen, hätte nach einem der neuen Richteherrn gerufen und zugesehen, wie der Mann seine Arbeit getan und den Leichengräber gerufen hätte. So aber war es Rungholt lieber, der Zunftmeister nahm sich dieses Ganges an. Selbst wenn er Pankraz Guardein nicht vertraute, schien es ihm sicherer, der Aal regelte alles, anstatt in ein Labyrinth aus Aussagen, Vorwürfen und Vermutungen hineingezogen zu werden, dessen Ausgang er nicht zu finden vermochte. Immerhin hatte er Smidel geholfen, unrechtmäßig Geld aus der Stadt zu schaffen, um es an Entführer zu zahlen. Er hatte Smidel versteckt, und nun war er im Haus seiner Tochter ermordet worden. Vom blasphemischen Buch in seinem Besitz und dem Rauswurf aus der Kirche ganz zu schweigen.

Rungholt saß beim dritten Krug, brütete vor sich hin und wartete auf Marek, da öffnete Margot die Tür. Ohne sie zu begrüßen oder sich zu erklären, sprang er auf und packte sie.

»Endlich«, herrschte er sie an, zog sie in die Diele und stieß die Tür mit seiner Trippe zu.

»Vater, was ist denn? Was...?«

»Er ist tot, du dummes Stück! Wer wusste, dass er hier ist, Margot? Wer? Der Pankraz? Pütrich? Hat's Utz ausgeplaudert?«

»Tot?«, wiederholte sie, als ob sie seine Fragen nicht verstanden habe. Rungholt spürte, wie die Gedanken seiner Tochter durch den Kopf flogen wie ein aufgescheuchter Krähenschwarm. »Smidel«, fragte sie tonlos und begriff noch immer nicht. Bevor sie zur Stiege eilen konnte, riss er sie zurück.

»Wo warst du, Margot? Und wo sind die Mägde?« Sie antwortete nicht, und er drückte ihren Oberarm fester. »Wo sind sie? Und wer wusste, dass er hier ist. Margot, mein Gott!«

»Die Mägde?«

Hatte sie ihn wirklich nicht verstanden, oder wollte sie nicht zuhören? Rungholt wurde laut.

»Die Mägde! Wo warst du«, schrie er und gab ihr doch nicht die Möglichkeit zu antworten, als Verstehen in ihren Augen dämmerte. Er wusste, dass er sie hätte in den Arm nehmen müssen, wusste, dass sie ihn brauchte, dass er sie festhalten sollte. Von Vater zu Tochter. Aber Margot war eine erwachsene Frau, und sie benahm sich derart einfältig, dass es ihm zuwider war, sie zu trösten. Er konnte es nicht, konnte sie einfach nicht in den Arm nehmen und in Ruhe ausfragen. Zu sehr brannte er auf eine Antwort, nein, zu sehr gierte er darauf, seinen Zorn loszuwerden. Weil er hilflos war. In der Fremde. Ahnungslos. Allein. Er musste vor Hilflosigkeit in die Welt brüllen, damit sie niemand bemerkte. Und allen voran er selbst nicht.

»Vater, bitte …«

»Schleichst nachts aus dem Haus, während Kranke in deiner Obhut sind! Was bist du für ein Weibsstück?«

»Ich bin Utz nach und …«

»Utz! Natürlich! Smidel ist tot, Margot. In seinem eigenen Blut ersoffen. Man hat ihm die Kehle durchgeschnitten!« Die ganzen Tage über hatte er seine Zornausbrüche unter Kontrolle gehalten, doch nun spürte er nicht nur das gewohnte Brennen seiner Wangen, das Pochen im Schädel. Diesmal verlor er den Boden unter den Füßen. Kein Schlingern, kein Aufbäumen der Planken, sondern ein jähes Hinfortreißen. Das Schlimmste waren ihre Augen, Margots verstörter Blick. Diese Augen, die voller Trauer waren und voller Angst, als Rungholt sie fest zurück gegen das Türblatt schubste. Er hörte sie seinen Namen schreien, aber es drang wie durch einen dichten Wald zu ihm.

Der Wald. Das grüne Wogenmeer. Es war in ihm. Es füllte ihn aus. Baum um Baum, Strauch um Strauch, Dorn um Dorn. In ihm war Wald. Zorn wie Gestrüpp. Undurchdringlich und kalt. Jenseits der Welt.

»Du dummes Stück«, schrie er und wischte vor Wut zwei Grapen von der Feuerstelle. »Hättest aufpassen müssen!« Es kümmerte ihn nicht, dass die Töpfe heiß waren und kochende Suppe seine Beinlinge hinaufspritzte. Er spürte keinen Schmerz. Er würde später kommen, zusammen mit der Reue. »Du solltest hierbleiben! Ich hatte gesagt: Bleib hier!«, schrie er. Rungholt schlug zu. Er hieb Margot mit der flachen Hand ins Gesicht. Sie schrie vor Schreck auf, wollte sich losreißen, aber er stieß sie gegen den Balken der Diele.

Margot versuchte, die Tür aufzuziehen, doch er riss sie an den Haaren zurück. »Ich hätte dir öfter die Knute zu spüren geben sollen, ich…«

Rungholt brach ab, weil er sich den Speichel vom Mund wischen musste. Zitternd vor Wut. Dann riss er die Kelle hoch, dies schwere Ding aus Gusseisen. Woher es kam? Rungholt hätte es nicht sagen können. Sie war einfach in seiner Hand, er musste sie vom Herd gerissen haben.

Der Schrei war entsetzlich.

Selbst in der kleinen Diele aus Lehm und Holz, hallte er von Wand zu Wand. Eher ein hohes Kreischen als ein Ruf. Es durchstach die Trommelfelle und ließ Rungholt erstarren. Er riss den Kopf herum und erkannte das Kind.

Imel stand in der Tür und schrie aus Leibeskräften. Er war schon rot angelaufen, so sehr kreischte er.

Irritiert ließ Rungholt die Kelle sinken, doch noch bevor er sie gänzlich herabgenommen hatte, hatte Marek Rungholts Arm nach hinten gedrückt und stolperte mit ihm zurück in den Raum.

»Rungholt!«, brüllte er in das Kreischen. »Was soll das? Rungholt! Um Himmels willen. Was tust du?«

Ohne es wirklich zu wollen, verpasste Rungholt seinem Kapitän einen derart groben Stoß in die Seite, dass sich Marek vor Schmerz krümmte. Aber er hielt Rungholt verbissen fest, und die beiden fielen auf die Dielen.

»Verfluchte Scheiße, Rungholt«, hörte er Marek stöhnen. »Sie ist deine Tochter. Willst du sie totprügeln?«

»Eben drum! Meine Tochter, ja«, rief Rungholt gegen Imels Schrei an. »Umso schlimmer, wenn sie meine Tochter ist!«

»Beim Klabautermann! Komm zur Besinnung.«

»Ich bin bei Besinnung, du beschissener Däne«, brüllte Rungholt so laut, dass Marek erschrocken von ihm abließ. Vergeblich versuchte Rungholt, auf die Beine zu kommen, während Marek längst wieder stand.

»Stopf dem einer das Maul«, knurrte Rungholt schließlich und bemerkte endlich, dass Marek versuchte, ihm wieder aufzuhelfen. »Marek. Lass mich los. Verflucht… *Imel!*«

Rungholts Gebrüll zeigte Wirkung. Endlich ging dem Jungen die Luft aus, und auch Rungholt wurde stiller. Imel wischte sich zitternd die Nase und rannte an ihm vorbei die Treppe hoch. Rungholt schaffte es endlich, von den Knien auf die Füße zu kommen, und sah dem Jungen nach.

»Was hat er denn?«, fragte Rungholt.

»Was er hat?« Marek entfuhr ein entgeistertes Lachen. »Verflucht noch mal Rungholt, schau dich doch an.«

Bevor sich Rungholt einen Krug oder Teller nehmen konnte, um sich ein Bild zu machen, rempelte Margot ihn bereits in die Seite und schoss aus dem Haus. Er meinte, sie fluchen zu hören, doch in Wirklichkeit schluchzte sie.

»Margot«, schrie er. »Komm zurück, du dummes Stück.« Mit zwei Schritten war er hinter ihr bei der Haustür, bekam das Türblatt aber vors Gesicht geschlagen. Er riss die Tür auf, nur um seine Tochter davoneilen zu sehen. Sie drehte sich nicht um.

»Margot! Bleib hier!« Rungholt wollte ihr nachlaufen, aber Marek hielt ihn fest. Der Kapitän zog ihn mit aller Gewalt zurück und presste Rungholt gegen den Türstock.

»Rungholt«, fuhr er seinen Freund an. »Lass sie. Hörst du?«

Doch Rungholts Augen waren abwesend.

»Rungholt?«

»Ich werde keine Erlösung finden«, stammelte er. »Ich komme nicht in den Himmel. Ich komme nicht in den Himmel. Marek, ich ...«

»Und du meinst«, Marek hielt die Kelle hoch, mit der Rungholt zuschlagen wollte, »damit kommst du in den Himmel?« Wütend schmiss er die Kelle in eine Ecke. »Rungholt! Was bist du nur für ein Mensch?« Mit einem ruppigen Stoß ließ Marek Rungholt los.

»Was bist du nur für ein Mensch«, keuchte er abermals.

Rungholt bewegte sich nicht. Er verharrte einen Augenblick und versuchte, Luft zu holen, obwohl sie ihm wie zäher Honig erschien. Süßlich und klebrig. Er sah sich in der Diele um. Sein Kapitän war hier. Neben ihm. Ja. Sein Freund. Und sonst? Niemand. Er war fremd hier. Was tue ich hier?, schoss es Rungholt durch den Kopf. Du querschädeliger Döskopp. Eine Stille, beinahe noch markerschütternder als Imels Gekreische, kehrte ein. Wo war der Junge überhaupt? Rungholt sah sich nicht nach ihm um, sondern lehnte sich mit dem Rücken gegen das Türblatt. Die Glut in seinen Wangen erlosch langsam. »Ich komme nicht in den Himmel, Marek. Ich werde nicht hinauffahren«, meinte er und traute sich nicht, seinem Freund in die Augen zu sehen. »Ich bin ein Mörder, Marek. Meine Sünde werden mir niemals vergeben.«

Küsse das Seidenlächeln, und du wirst erlöst.

»Und wenn schon«, stieß Marek aus. »So besonders bist du nun auch nicht. Gott wird dir vergeben… Ich tu's zumindest. Viel zu oft.«

»Ich… ich wollte das eben nicht.« Rungholt drehte sich vollends zu Marek um. »Wo ist der Junge?«

Er hatte gedacht, Imel aufgelöst vor dem Strohlager seines Vaters vorzufinden, und sich bereits auf der Stiege überlegt, wie er ihn vor dem Anblick bewahren konnte. Jedoch war kein Imel in der Schlafkammer zu sehen. Sein Vater lag unberührt unter dem Laken, das Rungholt wieder über ihn geworfen hatte. Er benötigte nur einen kurzen Moment, um zu begreifen, wohin sich der Junge verzogen hatte.

Wenig später setzte Rungholt sich zu Imel auf die Dachschindeln und streckte dem Jungen ein Stück Käse hin. Doch sein Versuch, das Kind wie eine Maus zu ködern, misslang. Imel beachtete weder den Käse noch Rungholt, sondern saß weiterhin mit dem Kopf in den Händen und die Ellbogen auf die angezogenen Knie gestützt da und sah über das dunkle München.

Nachdem Rungholt ihm das Stück lange hingehalten hatte, steckte er es sich selbst in den Mund und aß entgegen seiner Gewohnheit absichtlich schmatzend. »Schmeckt lecker. Guter Käse. Schade, dass du nicht hungrig bist. Na, eigentlich ganz gut, dann habe ich mehr davon.«

Er schnitt sich ein weiteres Stück ab und aß es, als wäre Imel gar nicht da.

»Rungholt«, hörte er Marek rufen. »Pankraz Guardein ist da.«

»Ja, ja«, knurrte Rungholt mehr, als dass er zurückrief. »Ich komme gleich. Soll warten.« Während er kaute, beobachtete Rungholt den Jungen aus dem Augenwinkel. Imel wirkte auf sonderbare Weise nicht traurig, sondern lediglich verändert. Im Licht des falschen Mondes war nicht gut auszumachen, wie genau sich seine Züge verändert hatten, aber Rungholt kam es vor, als sei Imel, ihm wollte das Wort erst nicht einfallen, als sei er gereinigt. Er hätte vermutet, Imel aufgelöst vorzufinden, schluchzend, weinend, doch Imel erschien ihm vollkommen ruhig. Dermaßen ruhig, dass Rungholt befürchtete, er könne plötzlich aufspringen und fortfliegen.

»Magst du die frische Luft oder nur den Ausblick?«
Imel schwieg.
»Oder kletterst du gern auf Dächer wie eine Katze, hm?«
Imel schwieg.
»Du redest nicht gern, wenn du sollst, hm?«
Schweigen.
»Hab ich mir gedacht.« Rungholt seufzte gespielt und blickte erneut auf München nieder. Sinnlos, auf eine Antwort zu warten. »Ich war noch nie so weit fort von zuhause, Imel«, log Rungholt schließlich. »Und weißt du was, München gefällt mir nicht sonderlich. Ich vermisse das Meer. Weißt du, was das ist? Das Meer.«
Der Junge antwortete noch immer nicht, und Rungholt musste sich anstrengen, nicht zu ihm hinüberzublicken. Er wollte den Jungen nicht mustern oder ihm das Gefühl geben, bewacht zu werden. Also tat er, als interessiere ihn nur die Stadt, und versuchte, eine Regung in dem Kind zu entdecken. Aber das Kind sah stumm auf den falschen Himmel und die Dächer der Stadt.

Ich bin auf kein Dach geklettert, dachte Rungholt, als Mutter und Vater ersoffen sind wie ungeliebte Katzen. Der Junge hat's noch gut, mein Mörder hat auch meine Schwester geholt und meine Stadt und mein Leben. Wie würde Imel wohl kreischen, und auf welchen Turm würde er wohl klettern, wenn es kein München mehr gäbe? Wenn all seine Mägde und auch seine Mutter aufgedunsen im Wasser dümpeln würden und der Sensenmann nicht nur seinen Vater geholt hätte? Wie würde er schreien, wenn es ihn herunterzöge und...

Sei nicht so wehleidig, Rungholt. Imel ist ein Kind, dachte er. Du bist zum Weinen nicht auf die Dächer geklettert, du grober Klotz. Aber du kannst bis heute in keinen Tümpel steigen, weil das Meer sie fraß.

»Sie sind ertrunken?« Imels Frage riss Rungholt aus den Gedanken. Hatte er statt zu denken wieder einmal gesprochen? Es wurde immer schlimmer.

»Was?«, fragte er.

»Ob sie ertrunken sind?«

Rungholt nickte stumm. »In der Marcellus-Flut, ja.«

»Sie sind nie wiedergekommen?«

»Nein. Tot ist tot.« Er blickte sich nach Imel um und versuchte ein Lächeln, um seine schroffen Worte etwas zu dämpfen. »Ich habe den Pankraz gebeten, nach den Mägden zu suchen.«

»Vroni?«

»Ja«, murmelte er. »Nach Vroni und dieser... »Beinahe hätte er alte Schachtel gesagt. »...älteren Magd.«

Imel lächelte. »Klara.«

»Klara, ja. Und ich suche weiter deine Mutter. Ich suche überall, Imel. Überall.« Er folgte dem Blick des Jungen. Das grüne Meer lag besänftigt und ruhig hinter den nachtschwarzen Äckern. »Und ich finde sie, Imel.«

»Versprochen?« Imel schob sich näher zu ihm. »Du schwörst es?« Imel zog die Nase hoch, und Rungholt hätte ihn beinahe nicht verstanden.

»Ja, ich verspreche es dir. Ich finde deine Mutter. Ich suche überall, Imel. Ich werde die Stadt auf den Kopf stellen und ich suche auch im Wald nach ihr, Imel. Auch im Wald.« Rungholt

sah auf die entfernten Wipfel und dachte mehr, als er sagte:
»Ich finde Beatrijs, und dann bin ich erlöst…«

Alle Sünden auf einen Schlag.

Der Wald lag ruhig. Sein Grün ein schwarzes Blau.

Der kleine Kopf schmiegte sich an Rungholts Seite, kurze
Arme versuchten, ihn zu umschließen.

»Du findest sie«, hörte er Imel flüstern und sah sich nicken.

Stumm saßen sie und sahen dem Wald zu.

Dunkel und kalt. Jenseits der Welt.

Alle Sünden auf einen Schlag.

Ich finde sie.

30

Rungholt lag matt im Alkoven, ein Wal auf dem Trockenen.
Die Schwüle lähmte, und es gab keinen Platz, um sich zu bewegen, denn neben ihm schlief Marek. Die Sorgen um seine
Brauerei, die er nicht verkaufen konnte, und der Streit mit
seiner Tochter vermischten sich in einem von Dario Belluccios alchemistischen Gläsern zu einem Brei stumpfsinniger
Überlegungen. Er betete, Marek würde in Schonen guten Handel treiben und mit einer reichgefüllten Kogge heimkehren.
Er betete, seine Tochter möge ihm verzeihen und werde nicht
verhungern. Betete, sein Haus in der Engelsgrube nicht verkaufen zu müssen und noch viele Jahre mit Alheyd auf der
Bank im Hof sitzen zu können und seinen Rotrücken zu beobachten. Er wünschte sich, endlich wieder daheim zu sein. Der
Holzgeruch der heißen Dachkammer, der ihn an einen frisch
gezimmerten Sarg erinnerte, und Mareks Schnarchen ließen
ihn erst spät in den Schlaf hinübergleiten.

Die Baumkronen rauschten und neigten sich, als seien sie
bloße Halme. Wellen aus grüner Gischt. Ohne es zu wollen,

stand er am Waldrand. Eine Brise ließ seinen Schweiß trocknen und erfrischte ihn. Er blickte sich um, konnte hinter sich ein weites Kornfeld sehen. Es war nicht abgeerntet, und die Ähren standen in voller Pracht. Erst auf den zweiten Blick fiel ihm auf, was nicht stimmte: Das Feld lag zu ruhig da, bleiern. Wie ein toter See. Laut rauschte nur der Wald. Er neigte sich und sang, schäumte mit seiner Blättergischt, während die Welt um ihn in toter Dünung dalag.

Fasziniert starrte er in das wogende Grün. Da löste sich aus den Bäumen ein Schatten. Die Blätter flossen zu einer Gestalt zusammen. Kopf, schlanke Arme und Beine, ein Rumpf. Der grüne Schatten wuchs zu einem Menschen. Er konnte ihn nun besser sehen, erkannte, dass eine Frau reglos vor den Blättern stand.

»Beatrijs?« Rungholt tat einen Schritt auf den Schatten zu, streckte seine Hand nach der Frau aus, die ihm noch immer den Rücken zeigte. Er trat näher heran, konnte ein goldenes Haar unter der Rise erkennen. Das Haar zitterte vom Wind über ihrer Schulter. Nur der Schatten stand stumm. Der Nacken, die Schultern, die Rise. Totenflaute.

»Beatrijs«, flüsterte er erneut, und seine Füße traten vom Spelz des Feldes auf erstes Laub. Der Schatten trug einen Korb. Sang er? »Beatrijs?«

Wie in einer Mär, versteht Ihr? Sie steht da, winkt mir zu, und das Licht taucht sie in diese Farbe. Und dann... dann ist sie fort.

Er stellte sich hinter sie, streckte seine Hand nach ihrer Schulter aus, konnte den Schatten aber nicht erreichen. Sosehr er sich streckte, er konnte sie nicht erreichen...

Da drehte Beatrijs sich um. Lächelnd.

Das Seidenlächeln, schoss es ihm durch den Kopf.

Dieses Lächeln.

»Wo bist du?«, raunte er. »Wo?«

Sie war unversehrt, keine Schrammen, keine Wunden. Sie

stand da wie eine Salzsäule. So stumm. Tonlos wandte sie sich ab und trat für immer aus der Welt.

»Beatrijs!« Sein Ruf verirrte sich zwischen den dunklen Stämmen, dann ergoss sich das Rauschen des grünen Meeres über ihn und erstickte jeden Laut.

Und dann ist sie fort ... Etwas Schreckliches ist geschehen.

Misstrauisch schob sich Rungholt vor, wollte einen Schritt in den Wald tun, aber da sprang plötzlich ein anderer Schatten zwischen den Bäumen hervor. Halb Mensch, halb Pferd preschte er auf ihn zu. Der Centaur, dachte er, bis er sah, dass es ein Mann mit Pferdekopf war. Und noch ehe er reagieren konnte, riss der Schatten ihn ins Laub.

31

Die Mühle stand schwarz zwischen den Bäumen. Ein flacher, stumpfer Zahn inmitten von Grün. Nachdem vor Jahrzehnten ein Feuer den Dachstuhl und große Teile des Gebäudes gefressen hatte, war die Mühle am Köhlerbach in Vergessenheit geraten.

Birken und Erlen wuchsen auf dem eingefallenen Dach, und allerlei Gesträuch hatte die Mühle wie ein großes Geflecht befallen. Bisher hatten die vier Mönche Beatrijs nie nach draußen gelassen, aber sie hatte durch Mauerritzen und die offenen Fensterschächte sehen können, dass die Mühle inmitten eines dichten Waldes stand. Kein Weg führte zu ihr, kein Weg von ihr fort.

Die rauen Wände aus Feldsteinen waren rußverschmiert und kalt, die kopfgroßen Steine größtenteils mit Moosen bewachsen, und das alte Ständerwerk war, wo nicht verbrannt, wurmstichig. Dachse, Ratten, Marder hatten an den Balken genagt. Jeden Tag betete Beatrijs, die Balken mögen brechen, die Ständer fallen, und die verbrannte Decke aus wurzelbewachsenen Brettern würde ihre vier Peiniger erschlagen.

Sie betete vergeblich.

Selbst als die vier Mönche an den ersten Tagen ihrer Gefangenschaft begonnen hatten, die verrotteten Gestänge und großen hölzernen Zahnräder der Mühle herauszubrechen und alles für das Laboratorium vorzubereiten, war nichts geschehen. Alle Eingeweide der Sägemühle hatten sie entfernt und unter Ragnulfs Befehl hinausgeschleppt und zwischen die Bäume geworfen.

Das Wasserrad trieb nun lediglich eine Achse an und damit über mehrere Holzzahnräder einen kleinen Blasebalg in der Mitte des klammen Raumes. Obwohl er über Holz- und Lederrohre einige kleine Essen unablässig zum Glühen brachte, vermochte der Balg nicht, die Mühle warm zu halten. Die Feuchte des Waldes hatte wie ein modriger Schatten zu lange in den Steinen gehaust, der jede Nacht durch die weggebrochenen Türen und das zerstörte Dach zurückkehrte. Der Bach, der sich an der Sägemühle vorbei einen Weg durch den Wald bahnte, tat sein Übriges, denn sein Ufer war stets kühl, und am Morgen verfing sich Nebel im Gras der Böschung.

Längst hatten Bäume und Gestrüpp alle Zuwege überwuchert und die vielen Winter die schmale Holzbrücke über dem Bach einstürzen lassen. Ragnulf hatte zwei Bohlen unterhalb des Wasserrades hinübergeworfen, und Beatrijs hatte beobachtet, dass die Mönche aus dieser Richtung Waren und Proviant herbeischafften. Vor allem Ragnulf ritt oft fort und kehrte mit Essen und Material zurück.

Ragnulf beschaffte alles, was Beatrijs ihm auftrug.

Die letzten Tage hatte sie ihm sehr viel aufgetragen. Sie hatte gar nicht aufgehört, ihn nach Tiegeln, Pulvern und Kräutern zu fragen. Möglichst Dinge, die schwer zu bekommen waren. Substanzen, die man in München vergeblich suchte und die selbst Dario von seinen Freunden aus Venedig hätte bringen lassen müssen. Ihre Wange war von Ragnulfs letztem Angriff noch immer rau, die Haut gespannt und voller Blasen. Obwohl der junge Mönch sie erst gestern wegen ihrer Wünsche geschlagen hatte, hatte er doch alles auf dem Rücken seines Kohlfuchses herbeigeschafft. Was immer sie verlangte, Ragnulf brachte es.

Beatrijs wischte sich den Schweiß vom Gesicht. Während die Essen sie schwitzen ließen, waren ihre nackten Füße auf dem Lehmboden eiskalt. Die Mönche hatten auf ein paar Feldsteine Bretter gelegt, um ihr eine Werkbank einzurichten. Auf dem Boden davor standen Krüge und Schläuche aus Schweinedarm, sogar einige Glasphiolen und kompliziert anmutende Tiegel. Seit gestern ließ Beatrijs in drei von ihnen Sude köcheln. Besonders Ragnulf hatte auf ein Ergebnis gedrängt, und wenn sie ihm nicht zumindest einen Teil des Geheimnisses liefern würde, würde er sie wieder schlagen. Oder Schlimmeres. Bestimmt Schlimmeres. Sie mochte es sich nicht ausmalen.

Bisher hatte Ragnulfs Mönchsgelübde ihn wohl davon abgehalten, zu ihr in den dunklen Nebenraum zu kommen, in dem sie schlafen musste. Doch Mönch hin oder her, er war ein junger Mann, gerade sechzehn, siebzehn Jahre alt. Er war skrupellos und impulsiv genug, um sie zu schänden. Ihr war nicht entgangen, dass es ihn erregte, sie leiden zu sehen.

Ich sollte dir zeigen, was eine Hexe anrichten kann, dachte sie und schüttete zusätzliches Felsensalz in einen Krug. Ich sollte dir einen Sud kochen, der dich von innen auflöst wie Feuer das Wachs einer Kerze.

Mit einem Mörser aus Elfenbein, kostbarer als alles, was sie bisher zum Zerstößeln benutzt hatte, zerrieb sie das Salz. Der Salpeter hatte eigentlich ordentlich fein zu sein, damit er sich schneller auflöste, doch sie musste jede Stunde nutzen. Beatrijs war klar, dass sie die Männer nicht mehr lange würde hinhalten können.

Der Alte hatte bereits herausgefunden, dass die Winkel und Sonnensymbole je ein Zeichen sein mussten. Nun rechnete er Worte aus und wie oft welcher Buchstabe in gewöhnlichen Schriften auftauchte, um zu sehen, ob es sich mit der Geheimschrift, die sich Dario und sie ausgedacht hatten, ähnlich verhielt. Beatrijs ahnte, dass es von nun an schneller und schneller gehen würde und der Alte seine Berechnungen bald abgeschlossen hatte. Noch drei, mit Glück vier Tage und er wäre auch ohne den Schlüssel, den Dario so sorgsam schützte, hinter das Geheimnis gekommen.

In höchstens vier Tagen würde sie tot sein, dann brauchten sie die Mönche nicht mehr. Noch hatte Beatrijs den Mönchen weismachen können, die Geheimschrift nicht zu kennen und nur dem Ritual bei Dario einige Male beigewohnt und die Herstellung von ihm unvollständig abgeschaut zu haben.

Dass sie selbst es gewesen war, die an nicht enden wollenden Abenden Dario Belluccio angetrieben und das Verfahren verbessert hatte, hatte sie selbst bei der peinlichen Befragung verschwiegen.

Noch vier Tage vielleicht.

Unsicher wandte sich Beatrijs zu dem alten Mönch um. Korbinian stand in der Ecke des Raumes hinter seinem Schreibpult, etwas erhöht auf einem Podest. Anfangs hatte Korbinian in der Kammer gearbeitet, in der sie Beatrijs jeden Abend aufs Neue einschlossen, doch nachdem sie begonnen hatten, diesen Nebenraum der Mühle umzubauen, hatte Ragnulf ihm sein Schreibpult und den kleinen Schrank voller Pergamentrollen hierhergebracht. Mit Korbinian hatte sie noch kein Wort gesprochen. Aber seitdem sie hier war, hatte sie aus seinem Mund auch erst zwei oder drei Sätze gehört. Die ganzen Tage über, die sie nun in der kleinen Wassermühle eingesperrt war, hatte sie ihn bei seinen Büchern stehen sehen. Stets waren seine altersrissigen Lippen schwarz gewesen, denn er hatte die Angewohnheit, sich die verklecksten Finger abzulecken. Wie ein Kind Honig von einem Stöckchen schleckt, so leckte Korbinian seine Finger ab. Seine Tonsur war akkurat geschnitten, und trotz der staubigen Mühlenruine war er stets gewaschen. Seine stahlblauen Augen wirkten fröhlich in seinem Gesicht voller Altersflecken und Falten.

Seufzend ließ der Alte seine schlanken Finger knacken und versenkte sich erneut in Darios letzten Codex. Beatrijs wusste nicht mit Bestimmtheit, wie sie an das Buch gekommen waren, aber sie vermutete, dass Ragnulf Dario getötet hatte.

Während Beatrijs noch ein wenig Salpeter vom Stein schlug und zum Mörsern in die Schüssel tat, beobachtete sie, wie Ragnulf an Korbinians Pult trat. »Es muss schneller gehen, Korbinian.« Ragnulf beugte sich über das Buch und Korbinians Berechnungen, verstand aber offensichtlich nichts davon. »Der Herr will, dass wir ein Ergebnis liefern.«

Die Antwort war ein Brummen, zu mehr ließ sich der alte Mönch nicht hinreißen. Beatrijs hatte schon bemerkt, dass die beiden sich nicht sonderlich leiden konnten.

»Bonifaz hat bereits Bischöfe losgeschickt, wegen des Gnadenjahres. Der Herr will, dass sie auch die Echtheit unseres Werks prüfen.«

»Hättet ihr ihn zum Sprechen gebracht, anstatt ihm den Hals aufzuschlitzen, wären wir bereits weiter.«

»Ich? Ich bin nicht schuld.« Ragnulf zeigte auf Beatrijs. »Die Hexe arbeitet absichtlich langsam. Ihr solltet sie öfter schlagen, Korbinian. Solltet sie züchtigen.«

»Meine Waffe gegen den Unglauben ist das hier.« Lächelnd tippt der Alte mit dem Griffel gegen seine Stirn. »Und nicht so etwas.« Er nickte zu einem Bund Wurfmesser, die Ragnulf an seinem Gürtel trug. Er hatte sie selbst geschmiedet und austariert.

»Damit würdet Ihr auch gar nicht umzugehen wissen, alter Mann. In drei Tagen müssen wir fertig sein.«

Ragnulf muss an Korbinians Blick gesehen haben, dass dieser Zweifel hegte.

»Sie werden das Wunder bekunden, Korbinian. Doch. Sie werden es in drei Tagen tun«, sprach der junge Mönch. Er zog die Worte eigenartig zusammen, sodass sie einen merkwürdigen Singsang ergaben. Der Alte antwortete nicht, sondern widmete sich wieder Darios Codex.

»Papst Bonifaz wird uns helfen, unser Haus zu errichten, Korbinian. Du wirst sehen.« Mit einem Mal fuhr Ragnulf herum und ertappte Beatrijs beim Lauschen. Ihr wäre vor Schreck beinahe der Mörser entglitten.

Obwohl sich Beatrijs sofort wieder daran machte, den Salpeter zu stößeln, trat Ragnulf wütend auf sie zu. Er packte Beatrijs und riss sie zu sich herum, sodass ihre verbrannte Wange beinahe seine Feuermalwange berührte.

»Du weißt doch was! Du hältst uns hin«, zischte er. »So ist es doch, Hexe.«

»Ich…«

Er schüttelte sie. »Antworte! Komm, antworte mir.«

»Ich… Nein, ich habe Dario nur einige Male zugesehen. Ich kann es vollbringen, aber ich brauche Zeit. Ich…«

»Keine Zeit. Wenn du es nicht kannst, schneide ich dir einen Finger ab, anstatt einer Bettlerin.« Plötzlich griff er in ihre Haare und knallte ihren Kopf gegen einen der Zuber. Schmerzen durchzuckten Beatrijs' Kopf. Der Aufschlag ließ ihre Zähne aufeinanderknallen, und ihr wurde schwindelig. Den Mörser hatte sie längst ins Reisig fallen lassen. Beatrijs musste weinen, umklammerte mit beiden Händen seinen Arm, doch er zog noch immer an ihren Haaren.

»Korbinian wird das Buch entschlüsseln. Und dann werde ich dich im Wald verbrennen. Wie es Sitte ist.« Er schüttelte sie, und Beatrijs befürchtete, er würde noch einmal ihren Kopf gegen…

»Lass sie!«, fuhr der Alte dazwischen. Zwar lockerte Ragnulf seinen Griff, doch der zornige Blick des jungen Mönchs ließ auch Korbinian innehalten. Beatrijs bemerkte, wie bang der Alte angesichts Ragnulfs Wut wurde. »Lass sie los«, wiederholte er noch einmal, setzte aber besänftigend hinzu: »Lass sie arbeiten, Ragnulf. Wir haben keine Zeit. Das sagtest du doch selbst.«

Ragnulf brauchte einen Moment, um abzuwägen, was er als Nächstes tun sollte, dann nickte er endlich und stieß Beatrijs fort. Sie fiel gegen die Rohre, die vom Blaseblag zu den Feuerstellen führten. Eines der hohlen Hölzer sprang vom Ofen ab. Heiße Luft strömte Beatrijs' Arm entlang. Sie schrie nicht auf, sondern stand, so schnell es ihr möglich war, einfach auf. Den Blick gen Boden, ließ sie sich ihren Schmerz nicht anmerken sondern klaubte den Möser auf und arbeitete stumm weiter.

Auch du wirst das Feuer spüren, Mönch, dachte Beatrijs. Sie ließ den Mörser niederfahren und zermalmte ein Stück Salz. Und wenn ich es mit meinen eigenen Händen tun muss, Ragnulf. In den nächsten vier Tagen, schwor sie sich, wirst du sterben, Mönch. Du stirbst, bevor ich sterbe.

32

Vielleicht kann ich Margot fragen, ob sie Imel aufnimmt, überlegte Rungholt, und mich so entschuldigen. Hat sie sich nicht immer ein Kind gewünscht? Er stopfte sich seine Pfeife mit Quendelkraut. Der Vorrat, den er in einem Beutel mitgenommen hatte, neigte sich dem Ende. Sei's drum, dachte er und entfachte die Pfeife mit einem Kienspan. Dann setzte er sich in den Alkoven und schmauchte genüsslich ein paar Züge. Marek war bereits aufgebrochen, um die Heringsfässer aus Margots Keller zu holen. Der schwere Rauch des Feldthymians füllte das Wirtshauszimmer im Nu. Anstatt auf die Dornenbüsche mit seinem Rotrückchen zu sehen, gab es hier lediglich ein paar Balken und einen Stuhl zum Beobachten. Trostlos. Rungholt wünschte sich, er säße zu Hause auf seiner Bank.

Trotz der fiebrigen Nacht, in der er unzählige Mal hatte zusehen müssen, wie Beatrijs im Wald verschwunden war, fühlte sich Rungholt eigentümlich befreit. Hatte er die letzten Tage ab und an gegrübelt, Beatrijs ihrem Schicksal zu überlassen und einfach abzureisen, so hatte nun das Versprechen Imel gegenüber in ihm ein neues Feuer entfacht. Es ging nicht mehr allein darum, seine Absolution zu erhalten und die Andechser Reliquien zu sehen. Dieser Weg war ihm durch Smidels Tod wahrscheinlich endgültig verbaut, es sei denn, er würde in die Kapelle einbrechen, aber nun hatte er einen Vertrag unterschrieben. Zumindest mündlich zugesichert. Einem Kind gegenüber, das ihn gebissen hatte und das er nicht sonderlich mochte. Dennoch galt für Rungholt ein Versprechen als ein hohes Gut, und es gab ihm die Sicherheit zu wissen, dass es gut war, Beatrijs zu suchen. Richtig.

Dat bose vemeide, unde acht de ryt! – Das Böse vermeide, und achte das Recht! Für jeden, der sein Haus in der Engelsgrube betrat, hatte sich Rungholt den Sinnspruch über seine Haustür meißeln lassen. Doch hier, weit ab von Lübeck, überlegte er, ob das Böse zu vermeiden ausreichte. Reichte es aus, nichts Böses zu tun, oder sollte nicht jeder gute Christenmensch besser Gutes schaffen? Margot hätte dies gewiss bejaht.

Erneut holte er Darios Aufzeichnungen hervor, die er mit Marek im Zwischenboden gefunden hatte, und ging noch einmal all die Seiten durch. Er wusste, dass die Zeichen einen verborgenen Sinn ergaben. Alle wichtigen Worte waren durch die fremden Kreise und Winkel verschlüsselt.

Ich sollte Marek nach jemandem schicken, der Latein beherrscht. Vielleicht sollte ich nicht immer so argwöhnisch sein, grübelte er, und Pankraz Guardein fragen, ob er mir dieses Gekritzel übersetzen kann, wenn ich ihm nachher vom geheimen Labor berichte. Erneut holte ihn eine Woge der Erinnerung ein. Wie schön wäre es gewesen, nun zu Winfried zu laufen und seinen alten Freund nach dem Lateinischen zu fragen? Er schmauchte und sah in den Rauch. Winfried war tot. Und er selbst am Ende der Welt. In München.

Der Rauch ließ seine Augen tränen. Wie weit war er bisher gekommen? Hatte er überhaupt schon irgendetwas herausgefunden? Ein Mann mit Feuermal drängt Beatrijs in eine Kutsche. Ein venezianischer Goldschmied und seine Geliebte werden ins Moor verfolgt und dort ermordet. Der Mörder der beiden ist wahrscheinlich derselbe, der auch ihnen einen Hinterhalt stellte. Der Centaur mit den Wurfmessern. Der Hinterhalt schlug fehl. Sie starben nicht an der Blutbuche, und der Centaur hatte Smidel nicht packen können. Gesetzt den Fall, er habe ihn tatsächlich in den Wald zerren wollen. Immer wieder dieser Wald... Hatte derselbe Mann schließlich Smidel aufgesucht und ihn umgebracht? Wahrscheinlich. Wollte er, dass Smidel nicht weiter nach seinem Weib sucht. Wahrscheinlich. Wollte er etwas von ihm erfahren? Wenn er ihn in den Wald verschleppen wollte, dann sicherlich.

Rungholt nahm sich seine Wachstafeln vor. Wer wusste, dass Smidel bei Margot untergekommen war?

Er begann die Namen einzuritzen: Margot, Vroni, Klara, Utz, Imel. Auch der Junge, ja. Traute er Utz einen Mord zu? Oder zumindest einen Verrat? Grübelnd ließ er den Stylus aus geschnitztem Bein zwischen seinen Fingern drehen und sah sich den verzierten Griff an, der einem Vogelschnabel nachempfunden war. Utz... Er umkreiste den Namen, war jedoch im selben Moment sicher, dass noch mehr gesehen haben mussten, wie sie Smidel in Margots Haus gebracht hatten.

Vielleicht hatte Margot geplaudert, als sie die Boviste gesucht hatte. Oder die Mägde hatten es herumerzählt. Oder

Imel. Ohne nachzudenken umkreiste er auch den Namen des Jungen.

Ich muss zusehen, dass der Junge nicht ins Waisenheim kommt, dachte er abermals und schob die Tafeln beiseite. Oder nachher von dieser alten Magd aufgezogen wird. Er legte das unbeschriebene Stück Tuch, das er bei Dario im Krug gefunden hatte, auf den Tisch und sah es sich noch einmal von allen Seiten an. Es blieb leer, und Rungholt spürte, wie ihn die Lust überkam, es einfach in seine Pfeife zu stopfen und zuzusehen, wie es verkokelte. Verrückter Venezer, dachte er. Tut ein Pergament in einen Krug und verliert alles im Moor. Warum steckt jemand ein unbeschriebenes Pergamentstück so sorgsam weg, nimmt es mit auf seine... seine Flucht?

Murrend legte er die Kamee und das Stück der Klinge neben den Fetzen Tierhaut und die Seiten mit dem kuriosen Latein und den fremden Zeichen. Bei der Jagd nach dem Priestermörder vor einigen Monaten und bei seinen Ermittlungen im Fall des toten Muselmannes hatte er es stets als nützlich empfunden, die Dinge vor sich aufzureihen. Indem er seine Taschen leerte, konnte er seine Gedanken sortieren.

Es gibt nur einen Punkt, überlegte er und ließ seinen Daumen über die Kamee und Beatrijs' Gesichtchen gleiten, indem sich mehrere Linien trafen. Der einzige Knotenpunkt, den ich bisher habe, ist der Mörder von Dario Belluccio, weil er wahrscheinlich auch etwas mit Beatrijs' Entführung zu tun hat. Vielleicht sogar der Feuermalmann ist. Und der tote Venezer führt mich zurück zum Labor. Was hat er dort gemacht? Was hat er wirklich hergestellt? Und ist dies der Grund für seinen Tod und für Beatrijs' Verschwinden? Wenn ja, kannten sich Dario und Beatrijs, und sie war vielleicht bei ihm mit im Laboratorium.

Das Labor. Dieser abgehängte, halb ausgeräumte Raum unter dem Dachboden. Wir sollten noch einmal dorthin gehen. Jetzt. Rungholt nahm seine Schecke und schlüpfte in die Trippen.

275

Er schmauchte einen weiteren Zug. Der herbe Geschmack des Rauchs beruhigte ihn, denn er schmeckte nach Heimat. Bevor er ging, leckte er einen Pfennig an und klebte ihn in den Rahmen der Tür, sodass das Türblatt den Pfennig einklemmte, wenn er die Tür schloss. Er lauschte, konnte den Pfennig aber nicht fallen hören. In Novgorod hatten sie die Tür zur Kirche manchen Abend so verschlossen. Eine kleine List, um zu sehen, ob jemand heimlich ins Zimmer ging, während man weg war. Marek würde er davon erzählen.

Über Dario Belluccio und sein Labor nachsinnend, beeilte er sich die Stiege hinab ins Wirtshaus. Im Laufschritt machte er sich zum Markt auf, wo Marek die Heringe feilbieten wollte. Den ganzen Weg dachte er: In diesem Labor müssen wir etwas übersehen haben.

33

»Nichts. Nur ein Loch.«

»Ein Loch?« Rungholt sah Pankraz Guardein fragend an. Der Aal, der vor ihm auf der schmalen Leiter stand, die von der Essdiele ins Laboratorium führte, lächelte schief. »Ihr sagtet doch, ich solle mit den Bütteln alles untersuchen. Wir haben bis zur Non alle Truhen von da oben runtergeschleppt, jedes Fach geleert und alle Geräte abgebaut. Die Morgenmesse hab ich verpasst, Hanser.« Der Guardein schüttelte sich. »Hechtgebisse und Rattenknochen lagen da oben rum, Gedärm, Schuppen, Krallen. Zähne. Alles voller Zähne. Ihr könnt es euch ansehen. Es ist … Und das in München … Entsetzlich.«

Rungholt nickte. Auf halber Höhe der Leiter sah er hinab in die verrußte Kochnische. Noch immer waren zwei Büttel dabei, Darios Tiegel und Truhen nahe der Feuerstelle aufzustellen. Mehrere Tonkrüge standen vor der schwarzen Esse. Sie waren mit Hanf verschlossen worden.

»Habt Ihr davon gewusst?«, fragte Rungholt, ohne eine ehrliche Antwort zu erwarten.

Pankraz Guardein richtete sein gesundes Auge auf Rungholt, blieb jedoch stumm.

»Ich meine, Ihr seid Zunftmeister. Da weiß man in der Regel vieles. Einiges wird einem zugetragen, anderes erfährt man durch Nachbohren oder eine peinliche Befragung.«

»Ich? Foltern? Bei Gott, nein. Ich sagte doch schon, er war nicht sehr gesprächig. Hat sich rausgehalten aus allem. Dario war fleißig, gewiss. Er ist zu jedem Zunfttreffen gekommen und hat stets seine Aufgabe in der Zunft erfüllt, die ich ihm auftrug. Aber...«

»... so etwas?«, beendete Rungholt nickend Pankraz' Satz. »Alchemie. Hexenanbetung? Wer weiß, was noch... Das hat niemand erwartet.«

Erbost, seine Worte aus Rungholts Mund zu hören, fixierte Pankraz Guardein ihn eindringlich. Rungholt entging nicht, wie wütend der Aal war.

»Wo denkt Ihr hin, Hanser«, sagte Pankraz schließlich und schluckte seine Wut herunter. Er lachte gespielt und erklomm die letzten Sprossen in den Zwischenboden. »So etwas ist vielleicht im Norden gang und gäbe, aber hier...«

Rungholt verkniff sich eine Antwort. Er folgte dem Mann in das Laboratorium.

Der Geheimraum war leer. Erst jetzt konnte Rungholt seine Ausmaße besser abschätzen. Mittels dicker Balken und unzähliger Verzapfungen hatte Dario die gesamte Decke seiner Küche ein Stück abgehängt und den Boden seines Speichers angehoben, sodass ein unsichtbares Geschoss entstanden war. Gegenüber der Falltür, durch die sich Rungholt rot und schnaubend vor Anstrengung gedrückt hatte, lag die kleine Tür. Rungholt wartete, bis Marek hinter ihm die Leiter erklommen hatte, tupfte sich den Schweiß von der Stirn und griff nach seinen Tafeln. Dann folgten sie gemeinsam Pankraz Guardein durch die Tür und gebückt weiter in den Raum, durch dessen Decke sie gestern gefallen waren.

Außer einem Loch hatten Rungholt und Marek bei ihrem ersten Besuch nichts übersehen. Es war nicht größer als Rungholts Faust, kreisrund und auf Höhe von Rungholts Hüfte in die Bretter gebohrt worden. Dario musste es absichtlich hineingeschnitten habe, denn ein poliertes Holzkläppchen schützte es vor neugierigen Blicken. Oder schützte es davor, etwas zu sehen, was man nicht sehen sollte? Pankraz Guardein jedenfalls schob die Klappe immer wieder stolz auf und zu, während er lächelnd und wegen des niedrigen Raumes gebückt dastand.

»Wir haben diese Brutstätte des Teufels auseinandergenommen, alles hinuntergetragen und alles aufgezeichnet. Es hat Stunden gedauert, Hanser. Stunden. Wir haben auch zwei Medizi hinzugezogen, bei alle diesen… diesen *Ingredienzien*, die Dario Belluccio hier in seinen Tiegeln…« Pankraz Guardein winkte ab. »Ungeheuerlich.«

Rungholt fiel auf, dass der Mann ganz in Gedanken einen kleinen Stein küsste und wieder in seine Tasche zurückgleiten ließ. Er küsst den Stein, dachte Rungholt, wie man gewöhnlich die Perlen eines Rosenkranzes oder ein Kruzifix küsst.

»Und da habt Ihr das Loch gefunden?«

»Fortuna hat uns geleitet. Es war Zufall. Wir dachten, die Kammer, in die Ihr gefallen seid, sei leer. Nun, das ist sie wohl auch.« Sein Lachen polterte durch den Holzraum und verfing sich an den geborstenen Brettern der Decke, durch die Rungholt und Marek gestürzt waren.

Skeptisch trat Rungholt an die Klappe. Er hielt Marek seine Hand hin, damit der Kapitän ihn stützte. Nur so konnte er bequem auf die Knie sinken. Er berührte das Kläppchen und bemerkte, dass Holzwürmer sich daran gütlich getan hatten. Sägemehl rieselte aus winzigen Poren. Langsam zog er die Klappe beiseite und wurde jäh geblendet. Sofort fiel Tageslicht in den Raum und erhellte sein Gesicht. Noch einmal tupfte sich Rungholt den Schweiß von der Stirn, dann lehnte er sich abermals vor und presste seine Wange an das Holz, das rechte Auge am Loch. Er hockte da, als bete er.

»Die Veste?«, entfuhr es ihm. »Der Alte Hof.« Er warf einen Blick zurück zum Zunftmeister, der noch immer lächelnd dastand, die langen Beine eingeknickt und seinen hageren Körper schräg gegen die Decke gepresst. »Ja, die Purg. Unser guter Alter Hof.«

Wieder spähte Rungholt durch das Loch. Tatsächlich wies es geradewegs nach Süden und damit direkt auf die Laurentius-Kapelle. »Er hat die Pilger beobachtet? Dieser Venezer hat sich ein Loch in sein Dach geschnitzt, damit er die Pilger beobachten kann ... Oder hat er ...«

Pankraz Guardeins Lächeln verriet Rungholt, dass der Zunftmeister dasselbe dachte wie er. »Oder die Andechser Reliquien.«

Seufzend ließ Rungholt das Kläppchen zufallen, nur um es ein weiteres Mal zu öffnen. Als traue er seinen Augen nicht, sah er zum vierten Mal hindurch. Tatsächlich konnte er direkt auf die Fenster der Laurentius-Kapelle in der alten Veste sehen. Nachdem er seine Gedanken sortiert hatte, lief ihm ein Schauer über den Rücken. Er meinte, trotz des blendenden Sonnenlichts hinter den schmuckvollen Gläsern der kleinen Kapelle etwas Dunkles zu erkennen. Bestimmt nur eine Täuschung, ein Streich seiner Sehnsucht nach den Reliquien, aber Rungholt meinte, sie tatsächlich in der Veste zu erblicken. Schemenhaft. Das Glitzern einer Scherbe im Sand eines fernen Strandes. Nicht mehr. Ein einsames Aufblitzen der Verheißung.

»Er wollte die Reliquien anschauen? Lass mich mal, Rungholt.« Marek drängte sich neben ihn, aber Rungholt wich nicht vom Loch.

»Hoffentlich nur das«, murmelte der Aal.

Endlich löste sich Rungholt vom Anblick der Kapelle und gab den Blick für Marek frei.

»Wieso hoffentlich?«, fragte er Pankraz Guardein.

»Wie Ihr schon richtig sagtet: Als Zunftmeister erfährt man so einiges, Hanser. Mir ist zu Ohren gekommen, Ihr habt einen Codex gefunden? Ein Buch aus Pergament voller Hexenzeichen. Und Ihr glaubt nicht, wie viele Schalen in diesem teuflischen Laboratorium nach Schwefel stanken.«

»Ihr meint …«

»Vielleicht hat Dario Belluccio einen bösen Zauber über unser Heiligtum zu legen versucht.« Pankraz Guardein zog sein Auge aus der Höhle und wischte es ab. Genauso, wie Rungholt es ab und an bei seiner Brille zu tun pflegte, wenn er eine Pause benötigte, um seinen Worten mehr Gewicht zu verleihen. »Ihr hättet mir ruhig erzählen können – nein, *müssen!* –, Hanser, dass er im Moor ertrank. Mit seinem unehelichen Weibstück, dieser Magd aus Forstenried.«

Rungholt musterte den Aal, antwortete aber nicht, sondern sah zu, wie sich der Mann das Auge wieder in die Höhle setzte und noch einmal das Loch begutachtete. Ihm entging nicht, dass Pankraz Guardein dabei unter dem Stoff seiner Schecke nervös mit einem seiner Steine spielte.

Rungholt trat näher an das Leinentuch zu Margots Schlafecke und konnte seine Tochter weinen hören. Wahrscheinlich hat sie die ganze Zeit so dagelegen, überlegte er. Die Wut über Margot war so schnell verflogen, wie sie gekommen war. Was blieb, war das Gefühl von Leere, ein Gefühl des Verlustes. Er hatte seine Tochter verloren, noch bevor er sich angestrengt hatte, sie wiederzufinden. Er hätte sich mit ihr die Tage hinhocken sollen, hätte mit ihr sprechen müssen. Über seine Angst, dass sie ihm verhungert, dass Utz der falsche Mann für sie ist, doch was hatte er getan? Er war in die Kirchen gerannt und hatte versucht, seine Heringsfässer an den Mann zu bringen.

Nachdem sie vom Zwischenboden geklettert waren, hatte Rungholt überlegt, zurück in die Kneipe zu gehen und sich zu betrinken. Jedoch hatte Pankraz Guardein vorgeschlagen, bei Smidel Totenwache zu halten. Rungholt hatte unter einem Vorwand abgelehnt. Er war nicht in Stimmung, bei einem Toten zu hocken, der im Hause seiner Tochter aufgebahrt lag. Zumindest rechtfertigte er seine Entscheidung damit vor sich selbst. Insgeheim wusste er, dass er ihm aus einem anderen Grund nicht ins tote Gesicht blicken wollte: Smidel hatte ihn um Hilfe gebeten, und er war noch keinen Deut weitergekommen. Während er Marek befohlen hatte, Pankraz zu begleiten und dann zuzusehen, doch noch einen Käufer für die Heringe zu finden, war er mit Smidels Sohn in die Spitalkirche gegangen. Hier hatte er für Smidel und Beatrijs zwei der Kerzen angezündet und gebetet.

Mitleid, grübelte Rungholt und überlegte einen Moment, laut gegen den Pfosten zu klopfen und einfach durch das Tuch in die Schlafecke zu treten. Hinzugehen und seine Tochter an seinen Bauch zu drücken, ihren Kopf an seine Schulter zu schmiegen und sie um Verzeihung zu bitten. Rungholt konnte den schweren Geruch des Weihrauchs riechen, der durch das Haus im Elend wehte. Sie hatten Smidel auf dem Dachboden aufgebahrt und das Blut weggewischt. Noch immer wuschen Vroni und die alte Magd ihren Herrn, und obwohl Margot und Pankraz auf die Frauen eingeredet hatten, endlich schlafen zu gehen, waren die beiden nicht davon abzubringen gewesen, weiterhin Wache bei dem Toten zu halten. Morgen würden sie den Toten in sein Haus bringen und dort für Freund und Feind aufbahren.

Der schwere Duft der Harze ließ ihn erneut an die Spitalkapelle und an Imels stummes Gesicht denken. Der Junge hatte sich vor dem Wandbild regelrecht verloren. Stumm hatte er dagestanden und es angestarrt. Vater, Mutter. Indem er sich Beatrijs zugewandt und ihr Seidenlächeln gesehen hatte, schien es Rungholt, als blicke der Junge in ein goldenes Land. In ein Land voller Verheißung, das Monatsmärsche vorausliegt, aber dessen Anblick bereits Kraft für weitere Tage birgt. Oder nein, überlegte Rungholt und seine Gedanken schweiften ab, während er weiterhorchte: Imel hat das Bild angesehen, wie ich meinen Koggen nachsehe, wenn sie von Lübeck auslaufen! Mit Angst vor ihrem Verlust und voller Freude auf ihre Heimkehr. Nicht wehmütig, eher voller Erwartung auf die Zukunft. Nur mit Mühe hatte sich Rungholt von Imel und Beatrijs' Anblick trennen können und war zu einem der Vikare gegangen. Er hatte ihm Smidels letztes Geld und die Kerzen in die Hand gedrückt und ihn beauftragt, die Memoria für Smidel zu beten, gleich an welchem Altar. Hauptsache, er würde es ein Jahr lang tun. Obwohl das Geld nicht reichte, hatte der Vikar aus Mitleid zugestimmt.

Er hatte die Hand bereits zum Klopfen erhoben, da hörte er Utz fürsorglich auf Margot einreden. Ihn hatte Rungholt ganz vergessen, und mit einem Mal wurde Rungholt klar, dass schon lange nicht mehr er der Mann in Margots Leben war. Das fleischige Ohr am Leinentuch, heimlich und stumm, wurde ihm bewusst, dass ein anderer Mann seine Tochter tröstete und in den Arm nahm. Nicht mehr er. Und er musste sich eingestehen, dass Utz recht hatte. Er war nur so unausstehlich und brutal zu ihm, weil er es nicht ertrug, dass ein Tagelöhner seine Tochter berührte. Margots aufgeschlagene Knie, ihr fröhliches Lachen, wenn sie wieder einen Wurf Kätzchen im Butterfass mit nach Hause brachte, gehörten einer süßen Erinnerung an.

Neugierig legte Rungholt sein Ohr fester an den Stoff, doch nur um zu hören, wie ruhig und nett Utz mit ihr sprach. Selbst auf Rungholt wirkten die Worte des Schwiegersohns besänftigend. Er sprach das aus, was Rungholt seiner Tochter hätte sagen wollen, aber niemals sagen konnte: Dass Rungholt sie liebe, sagte Utz, und es ihm leidtue. Dass er ein guter Vater sei, nur ein lauter Loadbatz'n, der sie natürlich nicht hatte verletzen wollen. Ein damischer Rammel, damischer.

Diese dumme Suppe, sie hatte ihm die Beine verbrüht. Diese dumme Kelle, warum hatte er sie nehmen müssen, warum hatte er selbst hier in dieser geradezu heiligen Stadt seine Wut nicht unter Kontrolle.

»Es tut mir leid, hörst du«, flüsterte Rungholt so leise, dass nur er es hören konnte, bloß kein anderer. Er war ein dummer Klotz. So hatte Winfried ihn einst genannt. Vor einem Jahr. Nein, es war schon zwei her. *Du bist ein dummer Klotz.*

Ich bin ein dummer Klotz.

Als Rungholt am späten Abend in sein Zimmer trat, hörte er den Pfennig fallen. Niemand war hier gewesen. Er hatte Margot einen Brief geschrieben. Nur einige schnelle Worte, die er beim Entenbraten mit fettigen Fingern aufs Pergament gebracht hatte. In seinem Brief bat er sie, Imel aus der Obhut des Spitals zu nehmen und auf den Jungen aufzupassen, sobald alles vorüber sei. Kaum hatte er die Worte aufgeschrieben, hatte er auch schon die letzte Zeile wieder gestrichen, nur um sie abermals hinzuschreiben. Was immer *alles* bedeutete und was immer *vorüber* heißen sollte, er wusste es nicht besser auszudrücken und hatte beim Entenbraten keine Lust, weiter darüber nachzusinnen. Vielmehr ging ihm seit dem Heimweg das Loch nicht aus dem Kopf.

Rungholt trat in die Kammer.

Ich habe ein Loch im Kopf, dachte er und schmunzelte. Der Klotz hat ein Loch. Wieso hat dieser Venezianer zu den Reliquien hinübergesehen? Hat er sie wirklich verfluchen wollen? Und wer sagte, dass er es nicht schon getan hatte. Einen Bann auf sie legen? Aber warum reitet er dann ins Moor und wird dort umgebracht?

Sicherlich ist er geflohen. Niemand reitet mit seiner Geliebten ins Moor, nur die Torfstecher mit ihren kopfgeschlagenen Söhnen. Im Zimmer hatte sich kalter Pfeifenqualm gefangen. Die Holzbalken und das bespannte Fenster hatten den Geruch aufgenommen. Rungholt atmete tief ein und fühlte sich erneut an zuhause erinnert. An seine Dornse. Die kleine Scrivekamere, in der er so viele Stunde verbracht hatte. Sie war größer als dieser Raum, in den kaum der Schlafalkoven und der kleine Tisch passten. Geschweige denn zwei ausgewachsene Mannsbilder ins Bett.

Beinahe hätte er das Pergament nicht wahrgenommen, doch dann sah er noch einmal auf den Tisch beim Fenster. Darios Pergamentstück lag noch immer an derselben Stelle, dort, wo Rungholt es hingelegt hatte, bevor er zum Zunftmeister und zum Laboratorium gegangen war. Doch nun war das Pergament beschrieben. War doch jemand hier gewesen? Erschrocken blickte er sich zur Tür um, der Pfennig war vor den Alkoven gerollt. Er hatte ihn doch fallen hören?

Behutsam nahm er das Hautstück auf und hielt es sich dicht vor die Augen. Jemand hatte mit einem dünnen Kiel, wahrscheinlich einer Gänsefeder, Zeichen hinterlassen. Sie waren in einem gleichmäßigen Muster angeordnet, und Rungholt meinte, einige von ihnen zu kennen.

Waren es Runen? Er strich mit dem Daumen über die Symbole und musste feststellen, dass die Tinte bereits getrocknet war. Er roch an dem Tuch, aber es stank noch immer so, wie er es gefunden hatte.

Grübelnd fingerte er nach seiner zerbrochenen Brille und musterte die Linien genau. Das ist keine Gallustinte, schoss es ihm durch den Kopf. Dazu ist es nicht schwarz genug. Und die Ränder sind kaum verlaufen. An den Faltkanten ist die

Schrift verblichen. Auch dort am Rand, wo ich das Pergament angefasst habe, wirkt es, als sei es gebleicht worden. Als wäre diese Tinte seit Jahren auf dem Stück Pergament gewesen.

Hexenwerk, dachte Rungholt. Es ist keine Tinte. Das ist Blut. So rostig rot.

War jemand in seine Kammer eingebrochen und hatte mit Blut eine geheime Botschaft... Und dann hatte er den Pfennig wieder zurück in die Tür... Erneut spürte er, wie sich seine Nackenhaare aufstellten. Was, wenn jemand in seinem Alkoven auf ihn lauerte, ihn durch die Ritzen des Schrankes beobachtete und nur darauf wartete...

Rungholt zückte seine Gnippe und riss die Türen des Bettschranks auf. Nichts. Schnaufend atmete er aus.

Es war niemand hier, und es hatte niemand sein Zimmer betreten. Er begriff nicht, was dies hieß, starrte nur abermals auf die kuriosen Zeichen und dachte: Hexenzeichen von einem Geisterwesen geschrieben.

In was bist du da nur hineingeraten, Beatrijs? Noch ganz vom Anblick des Pergaments gefangen, bekreuzigte er sich mehrmals.

34

Smidel lag nackt auf seinem Totentuch. Sie hatten ihn mit Olivenöl gesalbt, hatten seine Stirn und seine Hände eingerieben. Die Halswunde hatten Vroni und die alte Magd gesäubert, doch noch immer bleckte der Schnitt wie ein groteskes Grinsen Smidels Freunde an, die ihm nach und nach die Letzte Ehre erwiesen.

Durch die Butzenfenster des ersten Stocks fiel Morgenlicht und tauchte den Leichnam in grünlichen Glanz. Rungholt vermochte nicht zu sagen, ob der Himmel wieder blau war. Den

Weg von der Wirtsstube bis zu Smidels Haus hatte er den Kopf gesenkt gehalten, hatte auf die Bächlein und Bretterstege geachtet und über das Pergament nachgegrübelt. Die Nacht hatte er kaum geschlafen und das Pergament vorsichtshalber in einen Henkelkrug gestopft, den er mit der Befürchtung zugebunden hatte, die Zeichen könnten genauso unheimlich wieder verschwinden, wie sie erschienen waren. Mehrmals war er aufgestanden und hatte dadurch Marek geweckt, weil er Angst gehabt hatte, jemand schleiche durch ihr Zimmer, und einmal war er aus dem Halbschlaf hochgeschreckt, weil eine Fratze sich an die Bespannung seines Fensters gedrückt und ihn durch die Schweineblase angestarrt hatte. Doch es war nur in seinem Traum gewesen, denn das entsetzlich verzerrte Gesicht war zu einem Pferdeschädel geworden. Statt einen Centaur zu sehen, wie er seltsamerweise sofort angenommen hatte, hatte er eine nacktes Weib mit Pferdekopf erblickt. Das Verstörendste an der Frau war weder ihre Nacktheit noch der Pferdekopf gewesen, sondern die Eiszapfen, aus denen ihre Mähne bestand. Das Weib war schon fort, als ihm bewusst wurde, dass es Irena gewesen sein musste. Der Geist seiner Geliebten, die er vor über zwanzig Jahren entleibt hatte. Sie hatte ihn als Succubus aufsuchen wollen, hatte bereits durch sein Fenster gespäht. Irena.

Erschöpf war Rungholt in die Strohkissen zurückgesunken und hatte sich kurz darauf in einer Kathedrale wiedergefunden, von der unendlich viele Gänge und Türen zu immer weiteren Kirchen geführt hatten. Bis zum Morgengrauen war er durch dieses Labyrinth aus Lettnern, Rippengewölbe und Kirchenschiffen geirrt, bevor ihn der Schrei eines Hahns geweckt hatte.

Er trat um die schwere Truhe, aus der sie damals Beatrijs' Kleider geholt hatten, und drängte sich an einem Diakon und zwei Goldschmieden vorbei. Margot war ebenfalls gekommen. Stumm hielt sie sich in einer der Raumecken. Sie mied Rungholts Blick und hatte ihn nicht begrüßt. Er stellte sich zum Pfarrer und zu Pankraz Guardein ans Kopfende. Obzwar es schon hell war, brannten noch immer Kerzen. In zwei Weihrauchfässchen verglühte Harz und ließ Rungholt schwer atmen.

»Der Herr wird dich von allen Sünden befreien und dich erretten. Was immer du gesehen, was immer gehört oder du berührtest, auch was du durchs Reden gesündigt, das verzeihe er dir.« Der Pfarrer schlug ein letztes Kreuz über Smidels Brust. »Denn ich, ich kann Euch die Beichte nicht mehr abnehmen.«

Rungholt hatte Pankraz Guardein gestern bekniet, den Toten nicht zu waschen, sondern ihn erst einmal gründlich von einem Medicus untersuchen zu lassen, doch nachdem Rungholt den Aal in seine Nachforschungen eingeweiht hatte, hatte dieser nichts anderes im Sinn gehabt, als den Toten aufzubahren und ihm post mortem die Letzte Ölung zu geben. »Auch wenn Pfarrer Wypold Smidel nicht mehr die Absolution zuteilwerden lassen kann«, hatte er gewettert, »salben soll er ihn dennoch.«

»Ihr hättet einen Priester rufen müssen, Hanser«, flüsterte der Aal Rungholt zu, »als er noch unter uns weilte. Er hätte ihm die Beichte abnehmen müssen, bevor er hinüberwechselt. Wie soll der arme Mann nun aus dem Fegefeuer gelangen?«

»Er ist nicht durch sein Fieber gestorben. Oder durch den Angriff im Wald, Pankraz. Seht doch hin. Woher sollte ich das ahnen?« Erbost von Guardeins Vorwurf zeigte Rungholt auf den Halsschnitt. »Jemand hat ihn entleibt, falls Euch die rote Krause noch nicht aufgefallen sein sollte.«

»Er wurde gemeuchelt. In Eurem Haus.«

»Das Haus meiner...«

»In Eurer Obhut, Hanser.«

Rungholt biss die Zähne zusammen. Als habe er sich die

letzten Stunden nicht genug Vorwürfe deswegen gemacht, musste dieser schmierige Zunftmeister ihm ein noch schlechteres Gewissen machen.

Statt einer Antwort brummte Rungholt ein trotziges »Amen« und fügte hinzu: »Ich hätte es verhindert, wenn ich gekonnt hätte, Pankraz Guardein. Meine Hand als Hanser.«

»Ihr hättet es wohl gekonnt! Ihr hättet ihn zu mir bringen sollen«, zischte der Zunftmeister. »Ich hätte ihn beschützen können. In meinem Haus. Ihr hättet mich einweihen sollen.«

»Aber Ihr habt gewollt, dass ich mit ihm in den Wald fahre. Ich...«

»Ja, um ihn zu beschützen! Er wäre doch allein gefahren, so toll wie er hinter seiner Beatrijs her war.«

Die gewohnte Hitze stieg in Rungholt auf. Er zwang sich zu einem Blick auf den Toten, nicht weil er Buße tun, sondern weil er gewahr werden wollte, wo er sich befand. Er wollte sich nicht plötzlich mit seiner Gnippe über dem Zunftmeister wiederfinden. »Ich bin nicht schuld an seinem Tod.«

»Ihr seid nicht schuld. Gewiss nicht.« Verächtlich schnaufte der Aal. Die beiden traten einen Schritt zurück, um Vroni und Klara Platz zu machen, die das Leichentuch zudecken und vernähen wollten. »Ihr seid in diese Stadt gekommen, um die Absolution zu erhalten, und werdet aus unseren Kirchen geworfen...«

Ich steche dir dein Auge aus.

»Ihr beschützt die Todgeweihten nicht und wollt nicht, dass sie in heiliger Erde bestattet werden. Schlimmer noch...«

Ich werfe dein Lederauge ins Feuer, und wenn du zusiehst, wie es verbrennt, steche ich dir das zweite aus und werfe es hinterher, schoss es Rungholt durch den Kopf. Hör auf! Ich suche nur nach einem roten Faden, der mich durchs Labyrinth führt.

»Statt sie zu begraben, lasst Ihr sie ausgraben. Ja, ich weiß von Aschering. Das ist Teufelswerk, Hanser. Und der, der sein

Leben und das seiner Frau in Eure Hände gelegt hat, der wird gewaltsam entleibt. Ihr seid nicht Theseus, Rungholt. Ihr seid ein Fremder hier, erst seit einer Woche in der Stadt. Ihr werdet den roten Faden niemals finden und durch das Labyrinth zu ihr gelangen.«

Erschrocken riss Rungholt den Kopf zum Zunftmeister herum und musterte den hageren Mann. Die Wut war mit einem Schlag gewichen. Hatte er gerade gesprochen, hatte er dem Pankraz Guardein etwa alles über die ausgestochenen Augen…

»Was ist«, fuhr der Zunftmeister Rungholt an. »Habt Ihr einen Dämon gesehen! Was ist los?« Sein eines Auge sprang hin und her. »Starrt nicht wie ein Ochse.«

»Habe ich … Habe ich gerade …«

»Was habt Ihr? Ihr wollt einen roten Faden finden, sagtet Ihr. Was ist los mit Euch?«

Rungholt schüttelte den Kopf, wenn er wirklich nur dies gesagt hatte, Gott sei Dank.

»Ich will nicht streiten, Pankraz. Smidel ist tot. Wenn ich gewusst hätte, dass dieser …«, beinahe hätte er Centaur gesagt, »Mörder bis nach München kommt, um Smidel nachzustellen, ich wäre mit ihm zu Euch gekommen. Und eines könnt Ihr auch mir als Fremdem glauben: Wir in Lübeck sind sehr darauf bedacht, den Todkranken ihre Absolution zu ermöglichen und sie zu ölen.« Er ertrug das einäugige Starren des Zunftmeisters kaum, dennoch hielt er stand.

Erst als sie Smidels Leichnam in einer kleinen Prozession an ihnen vorbeigetragen hatten, nickte Pankraz Guardein. »Und Ihr könnt mir glauben, Hanser«, sagte er und strich sich über das helmhafte Haar, »dass ich alles tun werde, um diese frevelhafte Tat aufklären zu lassen. Ich habe längst mit dem Rumormeister gesprochen und unseren Richtern. Büttel befragen bereits die Nachbarn Eurer Tochter, Berittene suchen nach dem Wagen mit dem Vogel an der Seite. Es wird alles ans Tageslicht kommen, also lügt mich nicht an. Wisst Ihr mehr, als Ihr uns sagt?«

Rungholt sah den Diakonen, den zwei Goldschmieden, dem Pfarrer und Utz Bacher nach. Psalmen singend trugen sie den Toten hinaus. Auch Margot folgte den Männern. Die ganze Zeit über hatte er sie aus dem Augenwinkel angesehen, doch sie hatte stets den Kopf von ihm abgewandt, hatte lediglich stumm am Totenbett gestanden und ihn keines Blickes gewürdigt. Rungholt riss sich von ihrem Anblick los. Sollte er Pankraz Guardein wirklich das Pergamentstück zeigen?

Er fällt auf die Knie, dachte Rungholt, oder er wirft mich wegen Hexenwerk in die Fronerei. Wie soll ich einem Mann trauen, der an Steine glaubt, sie vielleicht noch wie Götzen verehrt. Steine, dachte er verächtlich, tote Dinge ohne Seele.

Er blickte sich noch einmal nach Margot um, aber die blieb weder stehen, noch wandte sie den Kopf, während sie dem Zug die Treppe hinab folgte. Trotz seiner Einwände entschied sich Rungholt, Pankraz Guardein einzuweihen. Behutsam holte er das Pergament aus dem kleinen Krug. Es kostete ihn Überwindung, doch er reichte es dem Zunftmeister.

»Und Ihr wisst wirklich nicht«, fragte Rungholt Pankraz Guardein, der nichts zu den Zeichen sagte, »was dies zu bedeuten hat? Noch niemals gesehen?«

Der Aal blickte noch einmal das Pergament an, schüttelte dann jedoch den Kopf. »Es sind Sternzeichen. Das wohl. Aber wieso sie dort stehen, wie sie stehen... Und es ist wahrlich von Geisterhand erschienen?« Fahrig strich sich Pankraz Guardein den Bart, zwirbelte ihn und wartetet, bis sie die Prozession vor dem Haus hören konnten, dann folgte er ihnen die Treppe hinab. Rungholt ging ihm nach. Die Luft war angenehm kühl. Wartend sahen die beiden zu, wie Smidel ins Sonnenlicht getragen wurde und sich die Prozession langsam durch die gewundene, breite Gasse entfernte. Pankraz drückte Rungholt das Pergament zurück in die Hand.

»Verbrennt es«, flüsterte er. »Es ist das Werk des Teufels. Verbrennt es und kippt Weihwasser darüber. Diese Zeichen bringen Verderben. Sicher ist es ein mächtiger Zauber, den auch die Steine nicht mindern können.«

Auch ohne den Zunftmeister zu mustern, entging Rungholt nicht, wie ängstlich der Mann mit einem Mal war. Doch er hätte nicht sagen können, ob es wirklich die Symbole und ihr mysteriöses Erscheinen waren, was der Mann fürchtete, oder schlicht die Tatsache, dass das Pergament in Rungholts Besitz war. »Wenn ich es verbrenne, werden wir niemals wissen, was die Zeichen zu bedeuten haben.«

»Wir sollten es nicht wissen. Es gibt Dinge, die wir besser nicht wissen, Hanser.« Pankraz Guardeins Lächeln misslang. »Ich habe verschlossene Tonkrüge von Dario Belluccio ins Zunfthaus bringen lassen, ich werde sie nicht öffnen. Nein, bei Gott, wir werden sie begraben. Oben, auf dem Friedhof beim Frauenbad. Es ist besser.«

Fragend sah Rungholt den Mann an, der daraufhin fortfuhr: »Die zwei Büttel, die Ihr gesehen habt.« Ein Seufzen, bevor er weitersprach. »Sie haben eine kleine Amphora fallen lassen. Ein Topf für Honig möchte man meinen. Versteht Ihr?«

Nein, Rungholt verstand nicht.

»Es war von Dario, dieser Schlamm darin. Er hat den beiden die Hände weggefressen. Einfach weggefressen! Sie haben sie ins Wasser gehalten, aber es wurde nur schlimmer. Bis zum Knochen. Es ist Teufelswerk, Hanser. Wenn Ihr es nicht verbrennen wollt, dann…« Pankraz Guardein wollte nach dem Pergamentstück greifen, aber Rungholt steckte es schnell ein.

»Ich werde Euren Rat beherzigen. Danke«, sagte er knapp und verabschiedete sich mit einem Nicken. Anstatt dem Trauerzug zu folgen, ging er noch einmal hoch ins Schlafgemach.

Wie er erwartet hatte, fand er Imel auf dem Dach vor. Der Junge kauerte, den Rücken gegen den Giebel des angrenzenden Hauses gedrückt, auf dem First und ließ die Beine links und rechts hinabbaumeln. Mit einem Stöckchen schlug er auf die Schindeln und stocherte in den Dachpfannen. Der Rauch der Küche wehte durchs Dachloch und hüllte ihn ein, aber Imel schien der Qualm nicht zu stören. Die Mägde hatten den Buben in eine kostbare Cotardie aus aufwändig gefärbter Seide gesteckt, ihm sogar ein Paar der immer beliebter werdenden Hosen angezogen, deren Beine an der Hüfte vernäht waren. Auf dem Kopf trug er eine Kappe, die trotz des warmen Wetters schmuckvoll mit Pelz verbrämt war. Ob sie in der Trauer die falsche herausgesucht hatten, oder ob es aus Fürsorge geschehen war? Sie saß schief und war, wohl weil der Junge mal wieder durch das niedrige Dachfenster geklettert war, staubig und voller Spinnweben.

Rungholt hatte Mühe, über die Schindeln zu ihm zu gehen. Schon das Hinausklettern war eine Tortur gewesen, doch nun schob er sich täppisch seitlich zur Schräge auf den Ziegeln dahin und betete, er möge nicht wie bei Dario durch die Decke brechen.

Stumm setzte er sich zu Imel und wedelte sich Luft zu. »Siehst du wieder nach deiner Mutter?«

Imel antwortete nicht. Das Spielchen kannte Rungholt bereits. »Oder siehst du nach deinem Vater. Er ist jetzt im Himmel, Imel. Er hat ein besseres Leben als wir hier unten. Kannst du mir glauben.«

Schweigen.

Rungholt wartete und tat unbeteiligt, dann meinte er jäh: »Ich habe eine Nachricht erhalten, Imel.«

Der Junge fuhr herum.

»Von Mama?«, fragte er schnell, und sein strahlendes Lächeln stach in Rungholts Brust. Wegen des Qualms musste Rungholt husten. Er verneinte, und bevor er Imel mehr über seine Nachforschungen verraten konnte, war der Junge bereits in seine Gleichgültigkeit zurückgefallen.

»Nein«, meinte Rungholt. »Aber ich denke, sie hat etwas mit ihrem Verschwinden zu tun. Kannte deine Mutter einen Dario Belluccio, einen Mann aus Venedig? Er wohnte in der Dienersgasse?«

Statt einer Antwort zuckte Imel lediglich mit den Schultern. Er hatte betont den Kopf abgewandt und starrte über die Stadt. Jedoch war Rungholt sich sicher, dass Imel weder die Dächer noch die Wolken sah, sondern seine Mutter. Oder den nackten Körper seines Vaters, den er heute Morgen geküsst und gewaschen hatte, so wie es Sitte war.

Rungholt hätte den Jungen gerne an sich gedrückt, doch er konnte sich erinnern, wie er es die ersten Wochen nach dem Tod seiner Eltern gehasst hatte, von Nyebur berührt zu werden. Zum Trösten waren die Weiber da, keine fremden, alten Pfeffersäcke aus fernen Städten. Rungholt wusste nichts zu sagen. Er blickte wieder mit dem Jungen über die Stadt und wünschte, er könne Imel bessere Kunde bringen. Einen Hinweis, eine konkrete Fährte. Ich habe nicht einmal einen Grund, dachte Rungholt. Ich weiß nicht einmal, weswegen sie wirklich entführt wurde. Und ich weiß nicht, weswegen Smidel sterben musste. Wusste er etwas, das er uns nicht gesagt hatte?

Für einen kurzen Moment stand der Rauch in der Luft, wie Nebel lag er auf dem Dach und um Rungholt, dem in diesem Moment die Aussichtslosigkeit seines Unterfangens bewusst wurde. Bisher hatte der Bluthund Totschläger und irrgläubige Mörder gesucht und keine Frauen, die in falsche Wagen gestiegen waren. Bisher war *Ligawyj* in Lübeck den Fährten nachgegangen, wo er jede Ecke und jede Gasse kannte. Besser noch, wo er die meisten der Händler persönlich und viele Handwerker vom Sehen kannte. Seufzend wedelte er sich weiter Luft zu, als eine Bö den Rauch verteilte und ihn in dicken Schwaden über die Schindeln davontrieb. Kaum hatte Rungholt ausgehustet, sah er, dass Imel mit seinem Stock immerzu Augen und Striche zeichnete. Ein Kreis, ein Punkt und ein, manchmal zwei Winkel.

»Was… Was tust du da?«, fragte er, aber Imel antwortete ihm nicht. »Ich habe so was schon gesehen«, versuchte Rungholt es erneut.

Der Junge blieb stumm, weswegen Rungholt sich beherrschen musste, ihm nicht den Stock wegzuschnappen. »Red schon«, fuhr er den Jungen an und ärgerte sich, dass er keine Seite aus dem Codex bei sich hatte, den sie im Laboratorium gefunden hatten, sondern nur das Stück Pergament aus dem Moor. »Kennst du das?« Obwohl Rungholt nicht glaubte, dass Imel es schon einmal gesehen hatte, holte er es aus dem Krug und hielt es dem Jungen hin. »Hier die Zeichen. Hast du so etwas schon einmal gesehen?«

Imel zuckte wieder einmal mit den Schultern, doch diesmal konnte Rungholt spüren, dass der Junge mehr wusste. Er hatte ein wenig zu interessiert auf die Zeichen geschielt. »Du weißt, was sie bedeuten. Du weißt es, Imel.«

»Es sind die Sterne.«

»Sterne?«

»Die Zeichen der Sterne.«

»Sternzeichen… Natürlich. Und das hier?« Rungholt zeigte auf das erste Symbol. »Das ist doch kein Sternzeichen, oder?«

Imel schüttelte den Kopf.

»Das hält den Platz frei.«

»Den Platz? Und das nächste?«

»Allmerie.«

»Ein alchemistisches Zeichen? Und warum stehen immer drei zusammen? Warum endet es mit der Sonne?«

»Warum fragst du so viel?«

Einen Moment war Rungholt sprachlos, dann lachte er. »Weil, weil ich deine Mutter noch immer suche, Imel. Und vielleicht können die Zeichen helfen.«

»Nee, können die nicht. Das ist nur ein Spiel.«

»Ach so, ein Spiel.« Neugierig rückte Rungholt näher. »Hast du es oft gespielt?«

»Mutter hat's mir beigebracht. Ist leicht.«

»Kannst du es mir zeigen?« Rungholt nahm ihm die Mütze vom Kopf und setzte sie sich auf. Sie war viel zu klein, aber immerhin musste Imel grinsen.

»Es geht so: Die Sternzeichen sind Buchstaben. Und wenn man einen Buchstaben sagen will, dann malt man das Kästchen mit dem Zeichen für den Stern und...« Er blickte zu Rungholt hoch, der eifrig in seine Wachstafel ritzte, und legte die Stirn in Falten. »He, hast du das verstanden?«

Rungholt nickte.

»Gut. Man malt das Feld, auf dem die Sternzeichen schlafen.« Imel zeigte es auf den Schindeln. »Und dann zeigt man mit der Sonne, was für ein Sternzeichen aufwachen soll. Und schwupp hat man den Buchstaben.« Er musste an Rungholts fragendem Blick erkannt haben, dass es dem Mann schwerfiel, das Spiel zu verstehen. Imel legte den Stock beiseite und griff sich Rungholts Tafel. Er zog einen Haken.

»Hier in diesem Feld schlafen Jungfrau, Stier und Mond. Und hier drin...«

»Und hier drin schlafen Wassermann, Mars, Steinbock. Verstanden?«

Rungholt klemmte sich seine Brille auf die Nase und sah sich noch einmal die beiden Zeichen an, dann auf das Stück Pergament.

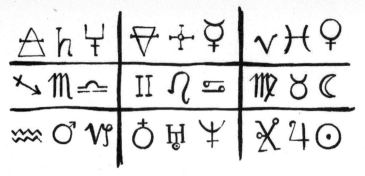

»Und die Sonne«, sagte Rungholt. »Die zeigt an, welches Himmelszeichen innerhalb des Feldes gemeint ist?«

»Die Sonne weckt das Zeichen des Sterns. Ja.« Stolz tippte Imel auf den Kreis mit dem Punkt. »Das da ist die Sonne. Beim ersten Feld ist es der Mond, weil die Sonne ganz rechts aufgeht. Wenn sie in der Mitte steht, wär's der...«

»Stier«, unterbrach Rungholt den Jungen. »Und beim zweiten Haken, da ist es der Wassermann, weil die Sonne ganz links aufgeht. In der Mitte wäre es Mars und rechts dann Steinbock.«

Imel gab Rungholt die Tafel zurück. »Ein Spiel. Ganz einfach. Sag ich doch. Man muss nur wissen, in welchem Feld die Sterne und Tiere schlafen. Aber das weißt du ja.« Imel deutete auf den Pergamentfetzen. »Du hast ja alle Felder.«

Danach haben sie also gesucht, schoss es Rungholt durch den Kopf. Die Felder der schlafenden Himmelszeichen. Deswegen haben sie uns in den Wald gelockt. Deswegen wollten sie Smidel fortzerren. Weil Beatrijs ihnen das Spiel nicht verrät? Oder sie gaukelt ihnen vor, die Hakensonnen nicht lesen zu können.

»Welcher Buchstabe, Imel, steht für welches Sternzeichen? Was ist der Mond?«

»I oder J... Mond und Sonne sagen zusammen ›Ja‹. Und Imel sagt ›Imel‹ geht so: Mond, Krebs, Erde, Jungfrau...«

Rungholt kam mit dem Ritzen kaum nach. Weil er keine

Tinte hatte, um direkt auf das Pergamentstück zu schreiben, ritzte er Buchstabe nach Buchstabe in seine Wachstafel, auf die er die Felder gemalt hatte. Und während er ritzte, musste er breiter und breiter lächeln. Endlich.

Ligawyj hatte eine Spur.

35

Der Entenbraten schmeckte nicht. Es war nicht dasselbe, einen im Lübecker Travekrug oder hier in der Taubenstube zu essen. Der Braten war anders gewürzt, aber das war es nicht. Es war die Ferne zu daheim, die Rungholt nicht schmeckte. Immerhin gab es eine gute Neuigkeit: Marek hatte die Heringsfässer verkauft. Er hatte einen Händler aus dem Rennweg gefunden, der außerhalb der Stadt wohnte und ihm alle Fässer bis auf eins abgekauft hatte. Leider hatte Marek das Schindschen übertrieben, und der Mann hatte ablehnen wollen, also hatte Marek eingelenkt und ihm die Fässer zu einem Spottpreis überlassen. Während er noch einmal zu dem Händler gegangen war, um ihm die restlichen Fässer aus Margots Keller zu bringen, hatte sich Rungholt mit dem Pergamentstück, Darios Codex und einem Fässchen Gallustinte an den hintersten der drei Tische der Kaschemme gesetzt. Die Taubenstube besaß nur zwei Fenster, kaum kopfgroße Einlässe, die auf die Kaufringergasse wiesen. Das meiste Licht stammte vom offenen Feuer. Der Wirt, ein älterer Mann, der noch dicker als Rungholt war, hatte Grapen in die Flammen gestellt. Die dreibeinigen Kugeltöpfe waren aus Ton, ihre Füße klobig gearbeitet. Schmucklos. Bei ihrem Anblick musste Rungholt unwillkürlich an die kostbaren Bronzegrapen bei sich zu Hause denken. Ob Alheyd wohl auch gerade mit Hilde Essen für die Burschen bereitet? Der Gedanke an sein geliebtes Weib hinterließ einen Stich in Rungholts Brust. Ich sollte Beatrijs schnell finden und dahin zurückkehren, wo ich hingehöre, dachte Rungholt. Ans Meer, das ich so hasse.

Der deftige Geruch von Sud und Gemüse wehte mit dem Qualm des glühenden Holzes durch die Stube. Rungholt rieb sich die Augen und widmete sich wieder dem Codex. Er hatte gedacht, dass es einfach sein würde, die Schrift nun zu entziffern, doch er hatte nicht bedacht, dass sein Latein zu schlecht war. Er konnte zwar alle Haken oder Felder, wie Imel sie genannt hatte, in Buchstaben austauschen und schrieb den Reintext gleich in Darios Codex, aber dennoch verstand er nicht wirklich, was der Venezer dort reichlich bebildert festgehalten hatte. Er sprach ständig von Feuer, Wasser, von den Gestirnen und alten Göttern.

Es waren Experimente gewesen, so viel wurde Rungholt klar, aber mit was oder für wen Dario Versuche durchgeführt hatte, erschloss sich Rungholt nicht. Nach ein paar Seiten konnte er die Sonnen ohne nachzudenken auf dem richtigen Feld aufgehen lassen und musste nicht mehr lange alles miteinander vergleichen. Obwohl er den verschwurbelten Alchemistentext nicht wirklich verstand, hatte er es sich in den Kopf gesetzt, ihn vollständig in Latein zu verwandeln.

Rungholt schob die Ente beiseite, nahm einen ersten Schluck aus seinem erst vor wenigen Zeilen bestellten Wein und versenkte sich wieder in die Zeichen. Er war am unteren Ende der Seite angelangt und schrieb vor sich hin, als er mit einem Mal innehielt. Von den blumigen und ausgeschmückten Sätzen stellte vor allem einer Rungholts Nackenhaare auf. Fassungslos starrte er auf den Absatz, den er zuletzt entschlüsselt hatte.

Fortuna manum bacheris dirigebat. In lumine lunae ovum album misce.

Fortuna war das Schicksal, so viel war klar. Außerdem ging es um ein »bleiches Ei«, denn ovum und album sagten Rungholt auch etwas – doch was ihn stutzen ließ, war ein anderes Wort.

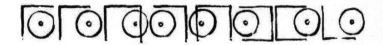

Die Hitze der Feuerstelle war aus der Ummauerung aus Feldsteinen geschwappt und geradewegs in sein Gemüt geflogen. Er schwitzte. Noch einmal sah er sich den lateinischen Satz an, fuhr ein weiteres Mal über die acht Buchstaben und überprüfte auf ein Neues, ob er auch die richtigen Sternzeichen erwischt und die lächerlich wenigen Zeichen fehlerfrei abgeschrieben hatte.

Der Satz, den er unter die Zeichen in den Codex geschrieben hatte, blieb, wie er war.

Fortuna manum bacheris dirigebat. *Das Schicksal die Hand des Bachers lenkte.*

Er wischte sich die Stirn.

Bacheris. Bacher.

36

Rungholt drängte sich durch den Pilgerstrom und trat vor die Stadtmauer. Er hatte Marek bei ihrem Heringskäufer abgeholt und ihn vorgeschickt, um von Margot zu erfahren, wo er Utz vielleicht finden würde. Vorher hatte er seinem Kapitän eingebläut, bloß nicht zu verraten, weswegen er seinen Schwiegersohn suchte. Er selbst war seiner Tochter seit dem Streit aus dem Weg gegangen. Möge sie auf ihren fromm gebläuten Knien herumrutschen, dachte er, und wohlgefällige Gebete an Gott schicken. An einen Gott, vor dem sie mit einem Hexer den Bund der Ehe geschlossen hatte.

»Aber warum sollte dieser Goldschmied aus Venedig das alles aufschreiben?«, rief Marek über die Köpfe der Wallfahrer Rungholt nach. Der Kapitän konnte Rungholt kaum folgen. Immer wieder schoben sich Menschen zwischen die beiden, doch Rungholt rannte sie um, schob sie mit Ellbogen und Schulter beiseite. Er keuchte, nur das Grieß vor Augen. Auch nach vier Monaten, in denen die Andechser Reliquien zu sehen waren, war der Andrang auf Absolution nicht abgerissen. Was immer Dario durch das Loch beobachtet hatte, er musste tausende, wenn nicht zehntausende von Pilgern gesehen haben, die in die Laurentius-Kapelle Tag für Tag geströmt waren.

»Was hast du gesagt?« Rungholt hielt auf die Sägemühle und die Schafgatter zu. Beinahe stolperte er auf dem Kies wegen seiner Trippen. Von hier oben machte der Pfad eine seichte Kurve und lief dann auf einer Brücke aus, die mit zahlreichen Holzpfeilern über die Isar führte. Das Abendlicht ließ den Fluss glitzern, auch wenn die Sonne noch nicht vollends zu ihrem Rot zurückgefunden hatte.

»Wieso nimmt er seine Geheimnisse nicht mit? Sondern nur den Schlüssel?«

»Ich glaube, Dario ist geflohen. Vielleicht hatte er keine Zeit, alle Bücher einzustecken. Ohne Schlüssel ist das Geheimnis auch perfekt versteckt. Er wollte sicher nicht, dass sein Wissen in die falschen Hände fällt.«

»Hätte er den Schlüssel dann nicht besser verbrannt?«

»Und all sein Wissen aufgegeben? Nein. Wer weiß, wo das oder vielleicht auch die wirklichen Laborbücher liegen. Wir haben nur einen Codex gefunden, der hinter die Truhe gerutscht war, Marek. Vergiss das nicht. Vielleicht hat er sogar seine Bücher mitgenommen, und sie sind irgendwo im Moor untergegangen.« Rungholt hielt inne. »Ich wusste doch, dass mein Schwiegersohn Dreck am Stecken hat. Bacheris«, meinte er und sah über die Schafe auf die Isar. Unzählige

300

Baumstämme warteten am Ufer auf ihre Verladung. »Hast du dein Schwert?«

»Du willst ihn doch nicht köpfen, oder?«

Rungholt lächelte. »Noch bin ich bei Verstand, aber wenn er wieder so unflätig über mich redet...«

»Belferst du herum und beißt ihm seine Hand ab.«

»Bringe ich ihn an den Galgen oder besser auf den Scheiterhaufen. Da ist er wohl besser aufgehoben.«

»Ist er denn wirklich ein Hexer?«

Rungholt sah auf den Trampelpfad, der zu drei Schuppen führte. Unweit eines großen Schafgatters und einer Holzmühle hatten einige Flößer ihr Lager bei einer Baracke aufgeschlagen.

»Ich bete, dass er kein Hexer ist, Marek. Sondern ein gottgefälliger Alchemist. Aber ich glaube, Utz, Dario und Beatrijs haben in ihrem geheimen Laboratorium nicht gerade gottgefällige Dinge getan.« Rungholt ging zu den Schuppen.

»Das ginge doch wohl auch nicht«, meinte Marek. »Das wäre doch ein Widerspruch. Ich meine, ein ›gottgefälliger Alchemist‹, oder?«

Statt einer Antwort ermahnte ihn Rungholt, still zu sein. Wenn Utz wirklich bei den Flößern war, wollte er ihn überraschen.

»Es ist kein Widerspruch, Marek«, flüsterte er und musste an seine eigenen Bücher denken, den Anatomieband des Abulcasis, den er versteckt hielt, und an sein Aufschneiden der Entleibten. Wie oft hatte er die letzten zwei Jahre vom Richteherrn Kerkring hören müssen, dass er ein Ketzer sei? Rungholt musste an seine verfallene Brauerei denken, in der zwar noch immer kein Bier gebraut wurde, aber in der er eine Sammlung von zweifelhaften Schriften und Überlegungen verstaut hatte. Hinter einer Blindmauer aus alten Steinen. Nachdem Marek einen Band von Abulcasis' Codex, den *At Tasrif,* einem Novgoroder Händler abgekauft hatte,

hatte Rungholt seinen Kapitän nach weiteren Büchern Ausschau halten lassen.

Ich habe selbst ein Laboratorium, dachte Rungholt während er um eine der Baracken bog. Aber ich bin kein Hexer, ich glaube an Gott. Nur weil ich die Dinge untersuche, die ich sehe, glaube ich dennoch an unseren Herrgott. Auch wenn meine Knie nicht so geschunden sind wie Margots.

»Komm«, zischte er. »Wo ist das Schwert?« Noch ehe Marek es gezogen hatte, war Rungholt gänzlich um die Ecke des ersten Schuppens getreten und blieb abrupt stehen. Marek, der ihm ohne Zögern gefolgt war, rannte in ihn hinein.

Vor ihnen saßen vier Flößer. Sie alle waren in Statur und Grimm Marek und Rungholt überlegen. Männer wie Bäume. In ihrer Mitte wirkte der schlaksige Utz, der gerade das Lagerfeuer für den Abend aufschichtete, wie ein Spielzeug. Ein Figürchen aus Holz, das Kinder mit sich herumtragen. Schwächling war das Wort, das Rungholt bei seinem Anblick als Erstes durch den Kopf ging.

Bevor er etwas sagen konnte, hatten die Flößer Marek gemustert – und sein erhobenes Schwert. Wie eine Welle sich zum Branden auftürmt, so standen die Männer beinahe gleichzeitig auf und funkelten die Fremden an. Nur Utz hatte vor Schreck die Daube fallen lassen, in der er Fisch zerlegt hatte.

Im Gegensatz zu Rungholt, der geradewegs zwischen Lagerfeuer und Holzscheiten hindurch auf Utz zutrat, verdrehte der junge Kapitän angesichts der Übermacht resigniert die Augen. »Ruhe auf Deck! Keiner rührt sich«, rief er. »Oder ihr Jungs bekommt das Schwert zu schmecken, das sage ich euch aber. Und zwar im Vertrauen! Ich war auf beiden Weltmeeren und weiß Meuterei niederzuschlagen.«

Amüsiert musterten die Flößer den Schonen, der den Ärmel seines Leinenhemds hochschob und seine vernarbten Oberarme entblößte. Dann hob er das Schwert, sodass die Klinge im Sonnenlicht blitzte. Immerhin überlegten die Flößer, was sie als Nächstes tun sollten. Bevor der Erste Rungholt und Marek anblaffen konnte, trat Utz vor.

»Rungholt? Was soll das? Das ist mein Schwiegervater«, erklärte er, wohl um zu schlichten, doch bevor er weitersprechen konnte, hatte Rungholt ihn gepackt und gegen die Stallbretter gedrückt. Sägespäne und Spelzen rieselten den beiden aufs Haar. »Habt Ihr den Verstand … Rungholt!«

»Wo ist sie?«

»Wen meint Ihr?«

»Herr, lasst Utz in Ruhe.« Ein bärtiger Flößer mit Mütze trat auf Rungholt zu, doch sofort schob sich Marek zwischen die beiden. »Schön ruhig«, ermahnte er den Mann. Selbst Marek musste aufsehen, um dem Flößer in die Augen zu schauen. »Das geht euch nichts an. Die beiden haben nur einen Streit … Familienstreit, mein ich.«

Der Flößer, der vorgetreten war, spuckte auf den Boden. »Familienstreit. So so …«

Sein rechter Mundwinkel zuckte unruhig. Wachsam sprangen Mareks Augen unter seinen buschigen Brauen zwischen den Männern hin und her. Zwei zogen lauernd ein Messer unter ihrem dreckigen Leinenhemden hervor.

»Schert euch weg, Pack.« Rungholt drehte sich nicht um, sondern fixierte bloß seinen Schwiegersohn, während er ihm mit der Rechten den Arm auf den Rücken drehte und mit seinem Bauch an die Wand presste. Utz, die Wange am Holz, wollte sich befreien, aber Rungholt griff noch fester zu.

»Du hast den Verstand verloren! Lass mich los«, zeterte der schmächtige Mann. »Margot ist zu Hause. Wo soll sie sonst sein? In der Kirche. Auf dem Markt. Wahrscheinlich ist sie in der Kirche.«

»Es geht nicht um Margot, Utz.« Rungholt konnte ihn riechen. Seine schlechte Kleidung hatte die Feuchtigkeit seines dunklen Hauses aufgesogen. Der Modergeruch vermengte sich mit Schweiß und Angst. Utz' Haare waren von Ruß und Staub verklebt, und die Blessuren, die er ihm beigebracht hatte, schimmerten blaurot in seinem Gesicht.

Rungholt beugte sich weiter vor und flüsterte Utz kaum hörbar ins Ohr: »Margot interessiert mich nicht. Jetzt, wo sie mit dir zusammen ist, überlege ich, ob sie überhaupt meine Tochter bleibt, *Schwiegersohn.*« Er sprach das Wort wie ein Schimpfwort aus. Ketzer.

Da hörte er, wie Marek hinter ihm aufschrie. Der Flößer mit dem zuckenden Mundwinkel hatte den Arm des Kapitäns gepackt und ihm mit dem Ellbogen ins Gesicht geschlagen, noch ehe Marek ihm einen Hieb verpasst hatte. Der Kapitän taumelte zurück, wollte zuschlagen, aber da waren schon zwei weitere Männer über ihm.

Einem Angreifer hieb er den Schwertknauf direkt ins Gesicht. Knackend brach dem Mann die Nase, und er sackte auf den Kies.

»Will noch einer über Bord«, schrie Marek und wich zurück. Er wollte das Schwert ein zweites Mal sprechen lassen und warnend durch die Luft schwingen, stolperte aber über ein paar Bretter und landete ebenfalls auf dem Boden. Fluchend versuchte er, sich unter dem Gelächter der Flößer aufzurappeln. Noch ehe er sich hochgedrückt hatte, waren sie bei ihm, und jemand trat nach seinem Bauch, und Marek blieb keuchend liegen.

»Willst uns verarschen, Kapitän«, hörte er einen der Angreifer lästern. »Schwert her«, schrie ein anderer. Rungholt hörte das Stöhnen seines Freundes, denn die Hiebe und Schläge wollten nicht aufhören.

Mit einem Mal hatte Rungholt seine Gnippe in der Hand und riss mit einem Ruck Utz' Arm höher auf den Rücken. Seinem Schwiegersohn entfuhr ein Schrei. Immerhin ließ er die Flößer innehalten.

»Ruf deine Hunde zurück«, zischte Rungholt und drückte Utz die Spitze des Klappmessers in den Hals. »Ruf sie zurück! Oder soll ich ihnen vom Zwischenboden beim Venezer erzählen? Soll ich ihnen sagen, dass du ein Hexer bist? Willst du das?«

»Was?« Utz' Jammern verebbte. »Lass mich los«, keuchte er.

»Ruf sie zurück, Utz. Sofort!« Speichel lief Rungholt aus dem Mund, seine Wangen waren von Äderchen durchzogene Glut. Nachdem Utz noch immer nichts sagte, packte Rungholt das Messer fester, sodass Blut aus der Stichwunde an Utz' Hals zu tröpfeln begann. Die Klinge war kaum pergamentdick eingedrungen, dennoch begann Utz zu winseln.

»Lasst die beiden«, schluchzte er den Flößern zu. »Lasst sie gehen. Haut ab.«

»Wir kommen schon klar.«, flüsterte Rungholt ihm zu.

»Wir kommen klar. Es … Es … Er ist mein Schwiegervater.«

»Dein was?«, knurrte einer der Männer. »Schwiegervater? Scheiße, Utz! Wenn das dein Schwiegervater ist, möcht ich dein' Vater nich' kennenlernen.« Erneut ging ein Lachen durch die Meute.

Mehrmals musste Utz die Männer beruhigen, doch dann nahm Rungholt endlich die Gnippe herunter und lockerte seinen Griff. Er spürte, wie sein Herz die Säfte durch den Körper pumpte. Das Rauschen in seinen Ohren wollte nicht abebben. Und während Marek auf die Beine kam und seine blutende Augenbraue abtupfte, spürte Rungholt, wie ihm schlecht wurde. Er kämpfte dagegen an, aber mit einem Mal kam es ihm vor, als läge er unter Margots Schindeldach und die Hitze drücke ihn zu Boden. Rungholt atmete hektischer, sah noch, wie die Flößer brummelnd und feixend ihre Fische nahmen und weggingen, aber er hörte nichts mehr. Er sah seinen Schwiegersohn an, erkannte dessen entsetzen Blick, weil das Blut dessen Hals hinablief und sein dreckiges Hemd tränkte, doch er hörte ihn nicht sprechen.

Panisch sah er sich nach einem Stuhl um, nach einem Stein, einem Holzscheit. Etwas, auf das er sich setzen und ruhen konnte, aber der Baumstamm, auf dem die Flößer gesessen hatten, lag unerreichbar auf der anderen Seite des Lagerfeuerholzes.

Utz und Marek griffen gleichzeitig zu, erwischten jedoch seine Arme nicht mehr. Mit seinem ganzen Gewicht fiel Rungholt auf das Holz des Lagerfeuers. Das Letzte, was er sah, war das Dach der Baracke. Es kreiste in irrem Tanz vor der Sonne und kippte dann ins Dunkel weg.

Er träumte nichts.

Auf den Hölzern wurde er wach und dachte sofort, sie hätten ihn auf einen Scheiterhaufen gelegt. Dann wurde ihm klar, wo er war. Die Dunkelheit hatte ihn nur wenige Lidschläge lang umsponnen, ihr Netz war nicht sehr dicht gewesen, denn Marek und Utz standen nach wie vor da: Mund und Augen vor Schreck aufgerissen, auf ihn herabblickend.

Anstatt wie sonst einige Atemzüge zu benötigen, war Rungholt diesmal sehr schnell auf den Beinen. Er streckte Marek stumm die Hand hin und zog sich hoch. Obwohl ihm noch schwindelte, war er ohne Verschnaufen sofort wieder an Utz' Gurgel.

»Ich ... Ich weiß nicht, wo sie ist«, stotterte sein Schwiegersohn, indem er zurückstolperte. »Mein Gott, Rungholt, lasst mich los. Ihr habt ja recht, Ihr habt ja recht.«

»Recht?« Rungholt musste husten. »Du weißt, wo sie ist?«

»Nein ... Woher sollte ich? Nein ... Nein ...«

Marek trennte die beiden. »Rungholt, lass ihn, er wird's uns schon sagen.« Ein unmissverständlicher Blick auf sein Schwert ließ Utz nicken. »Ja, ja doch. Ich sag's ja. Es ... Es war Pütrichs Eingebung. Er ist gekommen und wollte die Prima Materia.«

»Prima-was?« Rungholt verstand kein Wort.

»Wo habt ihr sie«, fragte er.

»Wir haben Beatrijs nicht. Ich weiß nicht, wo sie ist.«

»Du und Pütrich, ihr wart mit Beatrijs und Dario in einem Alchemistenzirkel?«

Utz nickte. »Ja, aber wir haben uns zerstritten. Beatrijs und Dario haben immer mehr ein Geheimnis aus ihren Entdeckungen gemacht, wollten uns nicht teilhaben lassen. Und Pütrich wollte unbedingt Gold herstellen, und ich...«

»...und du auch?«

»Ja. Seht Euch doch bei uns um. Ich kann Margot nicht einmal einen Spiegel kaufen oder eine Brosche. Ich... Wir haben gar nichts. Pütrich hat mir Geld bezahlt, damit ich die Prima Materia besorge, und wir wollten den Ritus durchführen. Bei Vollmond.«

Versteckt, damit es Utz nicht bemerkte, zupfte Marek seinen Freund am Ärmel und nickte zum Ende der Baracke. Hinter dem Lagerfeuer und den Holzstumpen zum Sitzen zog sich die Kiesbank mit den Länden bis zum Ufer hin. Obwohl es bereits dämmerte, konnte Rungholt die sechs Gestalten ausmachen, die sich näherten. Wie es aussah, hatten es sich die Männer anders überlegt. Sie hatten zwei weitere Männer aufgegabelt und sich mit Latten und Knüppeln bewaffnet.

»Lass uns verschwinden«, sagte Rungholt mit seinem Blick, woraufhin Marek sofort nickte.

37

Mit Kreide hatte Pütrich einen Drudenfuß an seine Tür gezeichnet, jedoch schenkte Rungholt dem Symbol keine Beachtung, sondern trat ohne zu klopfen ein. Pütrich fuhr mit einem Aufschrei von seiner Arbeit auf. Anstatt an seinem Werkbrett zu sitzen, war er mit einem krummen, alten Hammer dabei, seine Fenster zuzunageln.

»Um Gottes willen!«, entfuhr es ihm. »Lübecker. Das Zeichen! Schließt die Tür.«

»Wo ist sie?«

Pütrich ging auf Rungholts Frage nicht ein, sondern stammelte stattdessen mit den groben Eisennägeln im Mund: »Er darf… darf mich nicht holen. Er darf hier nicht rein.«

»Wo ist Beatrijs?« Mit wenigen Schritten war Rungholt bei dem Goldschmied. »Sagt schon? Utz hat alles gestanden. Ihr hattet einen geheimen Zirkel. Ihr und Utz zusammen mit Dario und Beatrijs. Aber ihr habt euch gestritten. Wo ist sie also?«

»Er wird mich holen. Er versucht es. Aber ich kenne die Zeichen. Ich wehre ihn ab. Er holt mich nicht.« Pütrichs Bart war akkurat geschnitten. Rungholt hätte vermutet, er stünde kraus ab, wie Pütrichs Gedanken, aber er zierte sauber das eckige Gesicht. Dafür bemerkte Rungholt, dass die Augen des Goldschmieds einen unaufgeräumten Eindruck machten. Hatte der Mann zu viel getrunken?

»Wer?«, fragte Pütrich endlich. »Wo soll wer sein?«

»Beatrijs. Ihr und Utz habt den Zirkel verlassen, weil ihr Gold herstellen wolltet. Wusste Beatrijs etwas? Kannte sie etwa das Geheimnis zur Goldherstellung?«

»Beatrijs? Die ist tot. Er hat sie geholt. Er hat sie… Er holt uns alle. Er… Die Drudenfüße halten ihn auf.« Er wandte sich ab und wollte ein weiteres Fenster zunageln, als Rungholt ihn herumriss.

»Sie ist nicht tot! Ihr habt sie versteckt, damit sie euch das Geheimnis verrät, wie Ihr mit der Prima Materia Gold herstellt! Dario und Beatrijs wussten es und wollten nicht teilen! Ihr habt euch zerstritten bei euren Experimenten. Und deshalb treibt ihr Dario ins Ascheringer Moos und schnappt Euch Beatrijs. Wo ist sie?« Er schüttelte den Mann, sodass sich Pütrich beinahe an den Nägeln verschluckte. Keuchend spuckte er sie auf den Boden, und erst jetzt fiel Rungholt auf,

308

dass auch die Dielen mit Pentagrammen übersät waren. Der gutgebaute Mann zitterte.

»Kommt zu Euch … Pütrich! Sagt schon.« Rungholt nickte Marek zu, der sogleich einem Schemel einen Tritt gab und ihn zu Pütrich hinschlittern ließ. Rungholt drückte den Goldschmied nieder, der sich jedoch losriss. »Habt Ihr den Himmel gesehen, Lübecker? Den Himmel, habt Ihr ihn gesehen? Utz sagt, er sei ein gutes Zeichen. Aber ich glaube das nicht. Nein. Der Himmel!« Er sah gegen seine Decke. Bevor er etwas anrichten konnte, nahm Rungholt ihm den Hammer ab. »Er wird uns holen.«

»Es gibt keinen er. Ihr seid derjenige, der sie zuletzt gesehen hat! Sie ist zu Euch gekommen, und Ihr habt sie entführt.«

»Nein.« Mit einem Mal lehnte sich der Goldschmied vor und raunte. »Der Teufel … Er hat Dario geholt, dann hat er Beatrijs geholt. Und Smidel hat er ein blutendes Lachen geschenkt, damit niemand etwas gegen ihn tut. Er ist unter uns. Hier in München. Der Teufel, Lübecker. Im Jubeljahr ist der Teufel zu uns gekommen.« Pütrich hielt inne, strich sich über seinen Bart und bückte sich nach seinen Nägeln, dann kam er vertrauensvoll auf Rungholt zu. »Wir kommen in die Hölle. Er holt uns alle, alle, die beim Zirkel waren.« Er nickte, wie um es sich selbst zu bestätigen.

Ehe Pütrich erneut zurückweichen konnte, hatte Rungholt ihn sanft auf den Schemel gedrückt. Der Mann schlug um sich, riss seine Hämmerchen und Klöppel von der Werkbank, aber Rungholt hielt ihn fest. »Habt keine Angst«, sagte er beruhigend, nur um drohend anzufügen: »Wenn Ihr vor dem Teufel schon im Leben Angst habt, Pütrich, solltet Ihr Euch vor mir erst recht fürchten. Denn ich werde Euch zu ihm schicken, direkt hinab in die Hölle. Denn ich lasse mich nicht aufhalten von Eurem Aberglauben.« Er drohte, den Drudenfuß mit den Trippen zu zertreten. »Soll ich Utz reinholen? Er wartet draußen und jammert, dass ihr beide noch immer zusammen experimentiert. Er musste für Euch die Prima Materia besorgen. Aber ich lasse mich nicht von euren Ritualen und eurem Gekritzel abhalten, den Verräter zu finden, der Beatrijs entführte und Smidel umbringen ließ! Ich glaube weder an Steine noch an Eure Zeichen. Ich weiß alles. Ich habe eines Eurer Geheimbücher entschlüsselt, Pütrich.«

Endlich wandte sich Pütrich gänzlich Rungholt zu.

»Das Rezeptbuch?«, fragte er. »Ihr habt eines entschlüsselt?« Einen Moment war sein Blick klar, und er musterte Rungholt überrascht. Es war, als fiele die Angst von Pütrich für wenige Augenblicke ab, sodass Rungholt den Eindruck bekam, er spiele den Verwirrten nur.

»Ihr habt Euch mit ihr zerstritten, und Ihr seid der Letzte, der sie gesehen hat! Ihr habt sie hierhergelockt und ein paar Bettler bezahlt, dass sie eine Mär von einem Wagen erzählen«, knurrte er und bahnte sich, ohne weiter auf den Goldschmied zu achten, einen Weg durch die Werkstatt und in den Flur. Er wollte die Treppe hinaufgehen und nach den eigenartigen Metallkonstruktionen sehen, die Pütrich so lapidar als Musikinstrumente abgetan hatte, als ihm die Bodendielen auffielen. Die Schleifspuren waren beinahe nicht mehr zu sehen. Pütrich hatte sich große Mühe gegeben, die Bretter abzuschleifen und die Spuren so gut es ging zu verwischen.

Der Anblick ließ ihn erstarren. Wie hatte er so blind sein können? Was, wenn Pütrich Beatrijs durch den Flur geschleift ...

Er eilte die Treppe wieder hinab und begann, die Fässer von der Wand zu wuchten. Marek ließ Pütrich los und eilte hinzu.

»Habt Ihr sie hier versteckt?« Rungholt konnte wieder den Windzug spüren, den er schon beim ersten Mal wahrgenommen hatte. Er riss noch eines der Fässer beiseite. Sie waren nur wenig gefüllt und ließen sich leicht bewegen. Immer hektischer griff er sie und wühlte sich dem Windzug entgegen. Eines der Fässer kullerte weg, und Marek bremste es mit dem

Fuß. Durch das Zapfloch rieselte Sand. Die Fässer hatten keinen anderen Zweck, als etwas zu verbergen.

Pütrich wollte Rungholt am Arm greifen, aber Rungholt schlug die Hand vor Anstrengung keuchend fort. Wie kam dieser Goldschmied dazu, ihn anzupacken?

»Ich werde Euch auf den Scheiterhaufen bringen, Pütrich, wenn Ihr mich angelogen habt.« Er riss ein letztes Fass beiseite.

In der Wand war eine Tür eingelassen worden. Pütrich hatte sie verputzt und gekalkt, sodass man sie kaum sehen konnte. Der Sturz reichte Rungholt gerade bis zur Hüfte. Es war mehr eine Klappe als eine Tür. Er zog daran, aber sie ließ sich nicht öffnen, weil mehrere Vorhängeschlösser sie schützten.

»Aufmachen«, befahl er.

Nachdem sie sich durch die Klappe gezwängt hatten, folgten sie einem Erdschacht, den Pütrich wohl gemeinsam mit Utz gegraben hatte. Er war mit Bohlen und dicken Balken abgestützt und einen knappen Klafter hoch. »Beatrijs«, rief Rungholt. Immerhin konnte er aufrecht stehen, nur war der Schacht so eng, dass er rechts und links ständig Erde abrieb und sich hindurchdrücken musste.

»Ihr habt sie seit zwei Wochen in diesem Kerker... Unglaublich. Dafür sollt Ihr in der Hölle schmoren, Pütrich. In der Hölle!« Er ging mit der Fackel voraus, während Pütrich ihm folgte.

Der Gang endete an einer weiteren Tür. Sie wirkte unscheinbar. Nur ein paar Bretter kreuz und quer vernagelt. Sie erinnerte Rungholt an seine eigene Geheimtür. In der Blindmauer. In der Brauerei, die keine war.

Rungholt versuchte, durch die Spalte einen Blick zu erhaschen, doch durch die Bretter war nur Schwärze zu erkennen. Er riss die Fackel herum und befahl Pütrich, auch diese Tür zu öffnen.

Der Goldschmied brauchte einige Zeit, um im Fackelschein den richtigen Schlüssel zu finden. Mittlerweile hatte er aufgehört, zu beten oder etwas vom Teufel zu erzählen. Er wirkte verschüchtert oder wie ein Mann, der fieberhaft nach guten Ausreden sucht.

Endlich öffnete er ein Kugelschloss und zog die klapprige Tür auf. Ohne auf Pütrich Rücksicht zu nehmen, streifte Rungholt ihn mit der Fackel, indem er sich an ihm vorbeidrückte, begierig, endlich Beatrijs zu sehen. Ihr Reisiglager mit Brot und Wasser, eine kleine Zelle mit einer Eisenkette schon vor Augen, schwenkte Rungholt die Fackel. Ein wildes Geschrei erfüllte den Erdraum, ein schrilles Gekreische und Geflatter. Rungholt wusste nicht, wie ihm geschah, sah Schnee im Feuerschein und Flaum und Federn in der Fackel verbrennen. Er musste husten, spuckte den Flaum aus.

»Verdammtes Hexerwerk«, keuchte er und begriff nur langsam, was geschehen war. Er hatte zwei Eulen in ihren Weidenkörben aufgeschreckt, die vor ihm in einem Regal standen. Die Vögel sahen mitgenommen aus, tagelanges Hacken hatte sie zerrupft. Auf dem Boden und auf den Brettern lag ihr Flaum. Bei jedem Schritt, den Rungholt tat, wirbelten die zarten Federn auf. Er ließ die Fackel wandern und spürte, wie nur langsam der Schreck verflog. Pütrich hat diese Hexenvögel absichtlich direkt hinter die Tür gestellt, dachte er, damit sie alle Eindringlinge mit ihren Federn besudeln. Als würden sie mich brandmarken.

Ku-Witt... Ku-Witt... Komm mit... Komm mit...

Verzweifelt versuchte er, den Flaum aus seinen Haaren zu wischen und aus seinem Kragen zu ziehen während er um das Regal trat, doch die Federn waren hartnäckig.

Es war niemand in dem Raum. Es war nicht einmal eine Zelle.

Nur die Hälfte der Geräte war aufgebaut, dennoch reichte es, um Rungholt den Atem zu rauben. Kostbare Glasphiolen,

Krüge und dünne Holzrohre, Schläuche aus Schweineblasen, kleine Öfen mit verwinkelten Abzügen und allerlei Kräuter, Pflanzen und Mörser. Truhen voller Zangen und Tiegel, drei aufgesägte Fässer voller Erz. Und hinter ihm das offene Regal mit den drei Eulenkörben, umringt von mannshohen Trichtern und spiralförmigen Röhren aus Messing. In der Mitte des Raumes, umstellt von langen Kerzen, stand ein Tisch aus Ebenholz, und auf ihm, ausgestellt wie eine Reliquie, lag ein Kästchen mit eingravierten Lilien.

Marek bekreuzigte sich. »Noch ein Laboratorium, bei Gott.«

»Ihr habt bei Dario geplündert«, entfuhr es Rungholt. »Ihr seid bei ihm eingebrochen und habt das Laboratorium hierhergeschafft?«

»Mit Utz. Ja, ganz recht. Ich ... Ich habe seine Tinkturen und letzten Salben, die Dario mit seinem großartigen Wissen fertigte, doch nur retten wollen. Ich habe so viel geholt, wie ich tragen konnte. Aber wir haben nichts mit Beatrijs' Verschwinden zu tun. Das müsst Ihr mir glauben. Wir ... Wir ... Ihr habt recht, in wenigen Tagen wollten wir mit der Prima Materia endlich Gold herstellen.«

Marek schnaufte belustigt. »Gold herstellen. Gold muss man sich erarbeiten, Pütrich. Man kann es nicht herstellen.«

Pütrich trat an das Kästchen vor. »Die Prima Materia ist formbar. Weil sie rein ist, Lübecker. Sie ist das Reinste, was wir auf Erden kennen. Deswegen kann man sie verwandeln. Sie ist der Lapis Philosophorum. Wenn Vollmond ist und man das Blut dreier Eulen destilliert und es mit dem Bleichen eines Eies vermischt und einige Steine hinzumengt, dann wandelt sich die Urmaterie in ihre höchste Daseinsform – in Gold! Wie der Mensch durch Jesu erlöst wurde, so wird die Prima Materia zu Gold veredelt.«

Rungholt inspizierte die mannshohen Trichter und Spiralen. »Und die Dinger auf dem Dachboden? Ihr habt die Apparaturen für Euren Zirkel gefertigt?«

»Ja. Ein paar. Dario hat auch einiges konstruiert. Wir haben jahrelang experimentiert, doch dann hat sich Dario immer öfter nur mit Beatrijs getroffen. Sie haben an etwas anderem laboriert, das wollten sie uns aber nicht verraten. Die beiden sind abgewichen von unserem Plan…«

»Gold herzustellen«, ergänzte Marek und sah sich die Eulen an. Immerhin hatte Pütrich sie gut gefüttert. Einer der Körbe war leer.

»Ich muss noch eine fangen«, meinte Pütrich seufzend. »Ist mir davongeflogen.«

Rungholt drängte sich an Pütrich vorbei und nahm das Kästchen hoch. Es war schwer. Er wollte es schütteln, aber Pütrichs Aufschrei ließ ihn innehalten.

»Nein! Um Gottes willen! Zerstört es nicht!« Wild mit den Armen fuchtelnd trat Pütrich Rungholt entgegen. »Stellt es wieder hin. Bitte!«

Tastend ließ Rungholt seine Finger über die Lilie gleiten. »Was ist da drin?«

»Ihr Kopf?«, fragte Marek.

»Beatrijs' Kopf?« Pütrich lachte auf. »Nein. Es… Es war, wie ich Euch sagte: Sie ist hierhergekommen, um Blattgold zu holen. Das war Wochen nach unserem Streit. Ich habe ihr für Theobald welches gegeben. Er arbeitet doch in der Laurentius-Kapelle im Alten…«

Rungholt ließ den Mann nicht aussprechen.

»Aufmachen«, befahl er.

»Ich habe die Schlüssel nicht.«

»Du lügst.« Anstatt den Goldschmied anzugreifen, deutete Rungholt mit dem Kästchen einen Schlag auf den Tisch an. Einmal mit der Ecke auf die Tischplatte aufprallen und…

»Nicht! Ich tue es ja, Moment.« Erneut fummelte Pütrich an seinem Schlüsselbund herum, nahm schließlich Rungholt das Kästchen behutsam ab und stellte es auf den Tisch.

»Zeig ihm ruhig alles, Pütrich«, forderte eine Stimme. Es

314

war Utz, der des Wartens vor der Goldschmiede anscheinend überdrüssig war und ihnen bis in ihr Laboratorium gefolgt war. Er versuchte Rungholt zuzulächeln, aber das Lächeln misslang.

»Es stammt von Flamel. Nicolas Flamel. Aus Paris«, erklärte er und trat ebenfalls an den Tisch.

Nach einem Blick zu Pütrich, der Utz wütend musterte, klappte Utz das Kästchen auf. Noch bevor Rungholt und Marek näher herangekommen waren, raunte Pütrich: »Aber nicht berühren. Sie ist rein. Nicht berühren.«

Im Kästchen war Erde. Schwarze, lehmartige, satte Erde. Sie füllte es bis zum Rand aus. Winzige, linsenförmige Tränen aus Silber schimmerten wie Sterne darin.

»Die Prima Materia«, erklärte Utz. Und Pütrich hauchte: »Ist sie nicht wunderschön?«

»Prima Materia«, stieß Rungholt aus. »Eine Schachtel voll Dreck mit ein paar Tropfen lebendigem Silber. Das ist eure Ursubstanz? Wie viele Eulen wollt ihr töten, damit das da Gold wird?«

»Sprich nicht so«, fuhr Utz mit einem Mal Rungholt an. »Du bist nicht eingeweiht! Du hast keine Ahnung von Alchemie.« In seinem Ärger war er ins Duzen gefallen. »Die Prima Materia muss unscheinbar sein. Sie riecht nicht, sie schmeckt nicht, sie ist weder fest noch wirklich flüssig. Eine Substanz ohne Eigenschaften. Wir werden Gold herstellen, Rungholt.«

»Ich müsste dich beim Rumormeister anschwärzen«, zischte Rungholt. »Du bist ein Ketzer, Utz. Aber weißt du, weswegen ich es nicht tue? Weil Margot meine Tochter ist. Ich will ihr das nicht antun, dass sie dich verbrennen.« Und weil ich selbst gern experimentiere, auch wenn ich an euren Zauber nicht glauben kann, dachte Rungholt. Nur deswegen lasse ich dich laufen. So lange ihr nur Eulen tötet und keine Menschopfer bringt, soll es mir recht sein.

»Stellt so viel Gold her, wie ihr wollt. Ich werde schweigen.

Aber geht mit Gott, habt ihr verstanden?« Er lächelte Pütrich an. »Und habt Obacht vor dem Teufel.«

Rungholt zwinkerte Pütrich zu und befahl seinem Kapitän den Rückzug. Er verspürte keinen Drang mehr, in dieser Erdkuhle zu stehen und zwei erwachsenen Männern beim Spiel im Dreck zuzusehen.

»Komm Marek«, meinte er entmutigt. »Wir sollten gründlich nachdenken. Lass uns etwas Prima Bier trinken.«

Rungholt trank sieben Krüge. Nach dem dritten schmeckte es nicht übel. Beatrijs' Kamee in Händen, den Schädel vom schlechten Bier schwer, haderte er lange mit sich, ob er auch das Richtige tat, wenn er Utz und Pütrich nicht beim Zunftmeister meldete.

Er gähnte und sah zu, wie Marek, der das Heringsgeld zählte und mit der hübschen Wirtstochter um ein weiteres Stück Spanferkel feilschte. »Irgendjemand führt uns die ganze Zeit gehörig an der Nase herum. Wir haben etwas übersehen, Marek. Ich war so sicher, dass es Pütrich ist.«

»Du warst schon sicher, dass es Utz sein wird.«

Rungholt knurrte. »So viele können doch gar nicht gewusst haben, dass Smidel bei Margot war. Utz, Pütrich, Pankraz.«

»Der Einäugige?«

Achselzuckend sah Rungholt auf die Kamee. »Pütrich und Utz sind jedenfalls unschuldig – zumindest, was ihre Entführung anbelangt. Da bleiben ja nicht mehr viele. Immerhin ist Pankraz Guardein Zunftmeister, er muss doch wissen, was seine Goldschmiede treiben. Also, ich würde gerne wissen, was Dario wirklich mit Beatrijs in seinem Laboratorium hergestellt hat.« Rungholt spürte, wie ihn die Müdigkeit überkam. Er war sich so sicher gewesen, und nun stand er wieder vor dem Nichts. »Wir sollten sehen, was Pankraz alles aus dem Labor geholt hat, und wir sollten Utz fragen, ob er uns dieses Rezeptbuch erklären kann.«

»Lass uns das morgen machen, ja?« Mittlerweile hatte sich das Weib auf Mareks Schoss gesetzt, aber der Kapitän war sich anscheinend nicht sicher, ob er die Offerte annehmen sollte.

Rungholt stand auf. »In deinem Heimathafen wartet ein Weib mit heilenden Händen«, meinte er gähnend. »Die wird dir den Hintern versohlen, dass du nie wieder sitzen kannst. Geschweige denn was anderes tun.« Er schenkte seinem Freund ein Lächeln. »Zu dritt passen wir auch nicht ins Bett.«

38

Sie bauten die Kammer nach ihren Anweisungen. Zwei Klafter lang, zwei Klafter breit, ein Klafter hoch. Wie ein großer Holzwürfel schloss sich die Kammer an die Nordmauer der Mühle an. Sie hatten die Konstruktion aus Brettern beinahe fertiggestellt und waren nun dabei, aus Holzeimern Teer herbeizuschaffen und mit dicken Quasts alle Bretterritzen zu bestreichen. Die Kammer musste dunkel sein, vollkommen dunkel. Zuerst hatten sie den kleinen Nebenraum mit dem verwitterten Zahnrad nehmen wollen, in dem sie Beatrijs einsperrten, aber die Holzkonstruktion ließ sich schneller verändern, die Wände sich einfacher verstellen und abdichten. Korbinian hatte bereits so viel entschlüsselt, dass er aus Darios Rezeptbüchern Fragmente herauslesen konnte. Also waren unter Ragnulfs Führung die beiden Mönche Andreas und Viktor mit Sägen und Äxten in den Wald gegangen. Von ihren Tiegeln und Zubern aus hatte Beatrijs die Axtschläge hören können und einige Stunden später gesehen, wie sie mit Holzstämmen zurückgekommen waren. Sie hatten sie an die Nordseite gebracht und später begonnen, sie in Bretter zu zersägen, während Ragnulf Beatrijs gezwungen hatte, die Kammer auf dem Boden mit Pflöcken und Fäden abzustecken.

Die ganze Zeit über hatte sie dabei innerlich gelächelt, denn sie wusste, dass die Südseite der Mühle sehr viel bessere Resultate liefern würde. Vielleicht würde sie ein paar Tage gewinnen, wenn ihr Zauber fehlschlug und sie die Männer anwies, alles noch einmal umzubauen.

Der Gestank des vergorenen Weins, der in einem ihrer Grapen köchelte, stach ihr in den Augen. Sie wischte sich die dreckigen Finger an ihrem Surcot ab und klopfte gegen das Metallrohr, in das sie die Dämpfe leitete. Das meiste des Essigs war bereits destilliert, *vertränt*, wie Dario es genannt hatte. Die letzten Tage hatte sie viele ihrer Sude in den Bach kippen lassen, weil sie faulig und unrein waren, doch diese Essigessenz schien ihr gut.

Beatrijs nahm das Destillat und schüttete es in einen Krug, in den sie bereits ihr Salz und abgekochtes Wasser gegeben hatte. Nun fehlte nur noch Eiklar. Auf dem Weg zu den Eierkörben, die die Mönche gestern gebracht hatten, schritt sie an den Leitern vorbei. Andreas und Viktor waren beinahe fertig mit Abdichten. Ein gleichmäßiges Schlagen ließ sie um die Ecke der Kammer spähen. Durch eines der eingefallenen Fenster sah sie Ragnulf. Der junge Mönch stand am Bachufer und warf immerzu mit seinen Wurfmessern auf einen der Bäume. Mit einem harten *Tock* blieb Messer für Messer stecken.

Stumm nahm Beatrijs den Eierkorb und versuchte, auf dem Rückweg zu ihren Öfen einen Blick auf Korbinians Arbeit zu werfen. Der Alte war schneller, als sie gedacht hatte. Seine Berechnungen – er hatte Buchstaben aus lateinischen Texten abgezählt und ihre Häufigkeit in Tabellen übertragen und versuchte auf diesem Umweg, die Bedeutung der Haken und Sonnen herauszubekommen – waren weit fortgeschritten. In der Geheimschrift waren bereits Sprengsel erschienen, erste

Wörter, die wie Landketten aus dem Meer der Zeichen aufgetaucht waren.

Korbinian nahm sie nicht wahr, so versunken war er in seine Arbeit, doch kaum war Beatrijs zu ihm getreten, fuhr der alte Mönch hoch. »Ragnulf«, rief er. »Ragnulf!« Er stand auf und eilte an Beatrijs vorbei zum Fenster, ohne sie zu bemerken.

»Wir brauchen Licht, Ragnulf.«

Der junge Mönch stellte seine Übungen ein, zog die Messer aus der Erle und kam zu ihm. »Was ist, Korbinian?«

»Wir müssen die Kammer im Süden aufbauen. Baut sie an die Südseite der Mühle und fällt auch dort die Erlen, sodass Licht zur Mühle kommt.«

»Das kostete uns einen ganzen Tag, wenn nicht zwei!«

»Wir brauchen das Licht.«

Ragnulf sprang mit einem eleganten Hüpfer ins Fenster und blieb auf den abgebrochenen Steinen hocken. »Nehmen wir Fackeln. Machen wir ein Feuer.«

Korbinian schüttelte den Kopf und hielt Darios Codex hoch. »Hier steht: *Mächtig wie Zeus lenkt er den Wagen. Sei bereit, bevor Selene deine Augen streift.*«

Es war Ragnulf anzusehen, dass er kein Wort verstanden hatte. Er sprang in die Mühle und beugte sich mit fragendem Blick über das Buch, obwohl ihm hätte bewusst sein müssen, dass er in den Symbolen keine Antwort finden würde. Der Alte ließ ihn dennoch gewähren. Beinahe hätte Beatrijs geschmunzelt, denn dem Alten stand die Schadenfreude ins Gesicht geschrieben. Jedoch war sie zu verärgert, dass ihre kleine Finte nicht aufgegangen war.

»Wir haben keine Zeit, Korbinian. Ein fremder Mann ist in München und sucht nach ihr«, flüsterte er. »Ein Hanser. Ein Rungholt.«

Beatrijs versuchte, mehr zu verstehen, aber Ragnulf sprach zu leise weiter.

»Und wenn schon«, hörte sie Korbinian sagen. »Wenn das Hexenwerk nicht geschieht, ist es nichts wert und wirft uns mehr als nur einen Tag zurück.« Er zog Ragnulf das Buch weg. »*Mächtig wie Zeus lenkt er den Wagen.* Damit ist Helios gemeint«, führte er aus. »Die alten Griechen dachten, er sei ein Sonnengott und führe mit seinem Wagen über den Himmel.«

»Ihr glaubt doch nicht etwa auch an diese frevelhafte Vielgötterei?«, meinte Ragnulf und schob den Alten beiseite. Er sah sich zu Beatrijs um, die in weiser Voraussicht mit den Eiern zu ihrem Grapen getreten war und geschäftig tat. Sie schlug die Eier auf und trennte Eigelb von Eiweiß.

Korbinian küsste sein umgehängtes Kreuz und fixierte den jungen Mönch. »Aber ich lerne gerne, Ragnulf. Das solltet Ihr auch tun, um Eure Feinde besser zu verstehen.«

Ragnulf antwortet mit einem Knurren und kratzte sich mit einem seiner Wurfmesser die Bartstoppeln. »Wenn Ihr meint.«

»Helios ist die Sonne, Ragnulf. Wir brauchen Sonnenlicht. Viel Sonnenlicht.«

39

»Wir brauchen Licht.« Utz reichte Rungholt einen Tonkrug. Er war mit Kreuzen markiert und trug eine Nummer. Marek hatte ihn auf Utz' Geheiß und Rungholts Befehl hinter Pankraz Guardeins Goldschmiede entwendet, wo unter einem Tuch Darios Sachen lagerten.

Utz wandte sich wieder Darios Rezeptbuch zu, das Rungholt entschlüsselt hatte. »Dario hat aufgeschrieben, dass das Tuch aufgespannt werden muss«, erklärte Utz. Argwöhnisch verfolgte Rungholt, wie sein Schwiegersohn mit dem Buch durch den Zwischenboden wieselte und Anstalten machte, sie alle herumzuschicken. »Wir brauchen Kerzen, Rungholt. Candela tantum omnia complet. Die Kerze nur vollendet alles.«

»Ich hab's gehört. Warum habt Ihr selbst keine mitgebracht?«, wollte Rungholt wissen.

Leicht hilflos sah sich Margots Mann zu Rungholt um.

»Wir besitzen keine«, meinte er. »Eine. Ein Stummel. Beim Bett«, entschuldigte er sich.

»Keine Kerzen? Hm«, war Rungholts einzige Antwort. Das hätte er sich auch angesichts von Bachers Armut denken können. Ohne zu zögern fischte Rungholt das Säckchen mit Münzen hervor, das Smidel ihm gegeben hatte. Wegen der Memoria waren nur noch vier Münzen darin. »Imel«, rief er den Jungen zu sich. »Hol welche. Fünf, zehn? Wie viele Kerzen brauchen wir, Utz?«

Utz leckte seinen Zeigefinger an und blätterte um.

»Zehn… Besser zehn«, meinte er, nachdem er die Aufzeichnungen studiert hat, die Rungholt so sorgfältig entschlüsselt, aber dann doch nicht hatte lesen können.

»Gut.« Rungholt drückte Imel das ganze Säckchen in die Hand, nur um Utz zu reizen. Die Geste verfehlte ihre Wirkung nicht, denn Utz benetzte sich unsicher die aufgesprungenen Lippen, warf einen Blick zum Jungen, dann zu Rungholt, bevor er sich kopfschüttelnd abwandte. In seinen abgerissenen Lumpen machte er selbst im Dunkel des Zwischenbodens einen erbärmlichen Eindruck. Pankraz Guardeins Männer hatten das Loch, durch das Rungholt und Marek gefallen waren, mit Deckenbrettern zugedeckt. Nur durch die Ritzen fiel etwas Licht, ansonsten herrschte stickige Dunkelheit.

Während Imel loslief, senkte Utz noch einmal seinen Kopf über die Aufzeichnungen des Venezianers. »Das Tuch muss dort aufgehängt… nein, wartet… gespannt werden.«

Ein wenig wunderte sich Rungholt, dass sein Schwiegersohn in der Dunkelheit überhaupt etwas entziffern konnte. Er wollte ihm die Öllampe reichen, wandte sich aber stattdessen an Marek.

»Woher kann er so gut Latein?«, fragte er leise, doch der Kapitän rieb sich lediglich seine Oberarme und zuckte mit den Schultern.

»Hab es mir selbst beigebracht«, antwortete Utz und drängte sich an Rungholt vorbei. Er musste Rungholts skeptischen Blick bemerkt haben, denn er ergänzte: »Pütrich hat mir ein wenig geholfen und Smidel auch. Ich bin oft unten bei den Flößern im Grieß und helfe ihnen aus, bringe Waren zu den Goldschmieden, zu den Mönchen ins Kloster und ins Spital. Da habe ich in ihre Bücher gesehen.« Er tippte sich an die Stirn, Köpfchen.

Rungholts Rücken schmerzte, weil er nur gebückt stehen konnte. Ihm entfuhr ein Brummen.

»Selbst beigebracht«, sagte er verächtlich und drückte Marek den Krug in die Hand.

Gemeinsam begannen sie, das Tuch aus dem Krug zu ziehen. Dario und Beatrijs hatten mehrere Tücher mit einer Paste bestrichen und in die Krüge gelegt und sie mit Zahlen gekennzeichnet. Es war nicht größer als ein Hemd und schimmerte hellgrau bis eierfarben.

Behutsam begannen die drei Männer, das Tuch an einer der Wände aufzuhängen, an der Dario Ösen und Fäden angebracht hatte, sodass es ihnen leicht fiel, das Tuch zu spannen. Dennoch stöhnten und fluchten sie, da sie sich in dem niedrigen Raum gegenseitig auf den Füßen standen. Weil Rungholt es glatt streichen wollte, fuhr Utz ihn an. »Hier steht, lediglich Gott darf es berühren.«

»Nur Gott allein?«, stieß Rungholt aus und rieb sich seinen roten Handrücken. Aber er lenkte ein. »Nun gut, aber was machen *wir* jetzt?«

»Wir warten, bis der Junge mit den Kerzen wiederkommt«, mischte sich Pankraz Guardein ein, der gerade durch die schmale Tür trat, die vom Geheimlaboratorium zur Kammer in der Zwischendecke führte.

»Ihr habt uns belauscht«, fragte Rungholt.

Der hagere Mann kam auf Rungholt zu und wollte sich vor ihm aufbauen, aber die niedrige Decke ließ es nicht zu. Mit abgeknicktem Hals standen sie sich beide gegenüber. »Nun, wenn ein Kapitän hinter meiner Schmiede herumschleicht, habe ich wohl Grund genug, dem nachzugehen.«

»Ihr traut mir nicht, Pankraz?

»Nicht so weit, wie ich mit dem rechten Augen sehen kann.« Er lächelte streng. Rungholt tat es ihm gleich. Einen Moment sahen sich die beiden Männer stumm an, und Rungholt beschlich erneut ein ungutes Gefühl. Er erinnerte sich an den Moment in Smidels Werkstatt, als er die Beherrschung verloren hatte und er Smidel angegangen war. Was hatte der Zunftmeister zu ihm gesagt, damit er in den Wald fährt – in den Hinterhalt? *Tut dem Mann doch den Gefallen?* Rungholt hatte sich das Gefühl merken wollen, doch wie so oft nichts aufs Pergament gebracht. Noch immer hatte er seine Wachstafeln nicht abgeschrieben.

Dieser Einäugige hat dich in den Wald geschickt, in dem du beinahe starbst.

»Hab Ihr Schmerzen, Hanser?« Der Aal strich seinen Bart zurecht, musste dafür aber seinen Kopf noch weiter vorstrecken. Es war einfach zu eng in diesem Verschlag. »Noch bin ich in dieser Stadt für meine Meister verantwortlich. Ich wiege das Gold und beaufsichtige den Münzschlag. Und ich möchte eingeweiht werden, wenn Gotteslästerliches in meinem Viertel geschieht… Bluthund«, sagte er verächtlich. »Habt Ihr das Pergamentstück verbrannt?«

Rungholt nickte, wusste jedoch nicht, ob Pankraz Guardein die Lüge sofort durchschaute.

Mit einer ungewohnt energischen Geste riss der Aal Utz das Buch aus der Hand und überflog die Seiten. »Kerzen, Kerzen…

Wozu habt Ihr Kerzen holen lassen? Hier steht candela tantum omnia complet. Die Kerze nur vollendet alles… Warum *die* Kerze? Warum nicht candalae, Kerzen? Ich denke, Dario Belluccio meinte nicht nur irgendeine Kerze. Er meinte wohl das *Licht* als solches. Nicht bloß irgendwelche Kerzen. Wir sollten lieber gehen. Wir sollten den Priester holen, das Haus niederreißen.«

Hätte Rungholt nicht sein inneres Glühen verspürt und seine Kraft darauf verwandt, die Hitze im Zaum zu halten, er hätte über den fahrigen Aal sicher geschmunzelt. So jedoch lehnte er sich an die Wand, seine Hand auf dem Tuch, und sah dem Treiben mürrisch zu. Während Pankraz Guardein keifend versuchte, den verschlungenen Text von Darios Aufzeichnungen zu verstehen, schob sich Marek zwischen Utz und dem Aal hindurch und drückte die Deckenbretter beiseite, mit denen sie das Loch abgedeckt hatten. Sofort fiel Tageslicht vom Dachboden in die kleine Kammer und beschien auch Imel, der mit einer Handvoll Kerzen außer Atem die Stiege erklommen hatte. Enttäuscht blickte der Junge auf die Erwachsenen, die sich stritten und anscheinend keine Kerzen mehr benötigten.

»Hab auch zwei dicke ausgesucht«, meinte er schüchtern und streckte sie Rungholt hin.

»Hast du gut gemacht.« Noch immer gemütlich abgestützt, strich Rungholt dem Jungen übers Haar, musterte dabei aber seinen Schwiegersohn. »Kannst sie dem Spital stiften, wenn du willst, Imel.« Wie er erwartet hatte, ließ sein Blick Utz zu Boden sehen. Was für ein Schwächling. »Oder willst du sie haben, Utz?«, hakte Rungholt fies nach, jedoch ließ sich Utz auf das Spielchen nicht ein. Kopfschüttelnd stellte er sich zu Pankraz Guardein. Rungholt wollte Imels Kerzen begutachten, da bemerkte er, dass alle still wurden. Selbst der Pankraz hörte mit Fluchen auf. Utz, Imel und er starrten Rungholt an, als sähen sie einen Geist.

»Was?«, entfuhr es Rungholt. Er blickte auf Imel hinab und dann zu Marek hinüber, doch auch sein Kapitän hatte einen merkwürdigen Blick aufgelegt, in dem sich Argwohn und Staunen mit einer Furcht, die Rungholt nicht deuten konnte, mischten. Langsam wandte er sich um, wollte sehen, was die anderen anblickten. Und prompt stellte es ihm die Nackenhaare auf. Ein Schauer lief ihm über den ganzen Körper.

Den Männern war Rungholts Hand erschienen.

Als habe ein unsichtbarer Dieb sich zwischen sie geschummelt und das Tuch mitsamt seiner Pranke, mit der er sich die ganze Zeit unachtsam abgestützt hatte, rotbraun getüncht. Es war, als habe jemand mit einem dicken Pinsel über seinen Handrücken und über das Tuch gestrichen, doch Rungholt hatte keine Berührung wahrgenommen. Indem er seine Brille aufsetzte, konnte er erkennen, dass tatsächlich Farbe um seine Finger herum auf dem Tuch stand. Überrascht sah Rungholt sogar nach, ob sein Handrücken bemalt worden war, doch er konnte trotz Brille nichts erkennen.

»Das ist Teufelswerk«, hörte er Marek flüstern. »Teufelswerk. Bølge, sieh besser nicht hin.« Zögernd trat der Kapitän mit der Öllampe näher heran und leuchtete. Rungholts Hand war gut zu erkennen, ein weißer Schatten mit sanften Rändern auf einem dunklen Tuch.

»Seht ihr das?«, hauchte Rungholt. »Mein Schatten ist erschrocken und ganz bleich.« Er schnappte sich eine von Imels Kerzen, entzündete sie und untersuchte den weißen Schatten. »Was geht hier vor?«

»Ein Acheiropoieton«, keuchte Pankraz Guardein und baute sich andächtig vor der Hand auf. »Das ist ein Zeichen, Hanser.«

»Ein Zeichen?«

»Ein Wunder, Hanser. Ein Zeichen unseres Herrn. Ein Wunder.« Noch immer vor Staunen ganz außer Atem trat der Aal vor das schattenhafte Bild.

»Ein Wunder? Das ist kein Wunder, das ist meine Hand, verflucht.« Rungholt gab Marek die Kerze. »Vorhin noch meintet Ihr, dieser Venezer habe Hexerei betrieben, und nun …«

»Na, seht es Euch doch an, Hanser. Es ist ein Acheiropoieton. Der Herr hat uns ein Zeichen gesandt.«

»Wenn, dann habe ich Euch ein Zeichen gesandt.« Mit einer Geste hielt Rungholt Pankraz Guardein davon ab, niederzuknien und seine Hand zu küssen. »Das ist kein Zeichen.«

»Ein Arche … Was, was bedeutet denn das? Ich meine, ich könnte euch eine Menge über Navigation erzählen, und ihr würdet auch nichts begreifen …« Marek warf Rungholt einen hilflosen Blick zu, jedoch zuckte der nur mit den Achseln.

»Ein Acheiropoieton«, erklärte Pankraz Guardein. »Ein Bild nicht von Menschenhand gemacht.«

»Ihr meint, es war Gott?«, fragte Marek. Stille senkte sich in den eigentümlichen Raum. Rungholt konnte seinen Kapitän schlucken hören. Ohne dass sie jemand aufgefordert hatte, traten die vier Männer noch einmal näher an das verfärbte Tuch und sahen es sich andächtig an.

»Gott?« Mit einem Lachen mischte sich Utz ein und drängte sich nach vorn. »Ein Zeichen von Gott in einem Hexerlaboratorium?«

Kopfschüttelnd riss er das Tuch von der Wand.

»Nein«, schrie Pankraz Guardein auf. »Nicht anfassen. Ihr zerstört es ja.«

»Ich zerstöre gar nichts. Es ist Rungholts Hand, mehr nicht.«

»Ja, aber seht es Euch doch an, Utz! Es ist aus dem Nichts erschienen. Die Hand des Hansers ist einfach stehen geblieben.«

»Alchemie, Pankraz«, wandte Utz ein. »Nicht Gott hat es gemacht, sondern unsere Pasten. Darios und Beatrijs' Pasten. Daran haben sie gearbeitet. An einem magischen Tuch.«

Der Aal schüttelte den Kopf. »Gebt es mir, gebt es mir.« Er wollte das Tuch küssen, doch anscheinend stank es, denn er wich angeekelt zurück.

Rungholt hielt seine Pranke vor Pankraz' Gesicht.

»Das ist die Hand eines Sünders, Pankraz Guardein. Nicht Gottes Hand. Wenn Ihr lieber sie küssen möchtet...« Der Zunftmeister blieb ihm eine Antwort schuldig. Er baute sich vor Rungholt auf, ein Strich vor einer Kugel. Rungholt musterte den Mann genau und konnte förmlich sehen, wie es im Zunftmeister arbeitete.

»Lästert nur frevelhaft! Gott spricht zu uns, Hanser. Ob durch Steine oder Pasten. Versteht Ihr nicht? Ob wir Steine finden oder ein leeres Tuch bestrichen ist, das ist gleich. Es ist von Gott gezeichnet. Es ist ein Gottesbeweis. Genau wie der Beweis, der auf Andechs gefunden wurde! Ja, unser Bayern erstrahlt vor Wundern, Hanser.«

»Ein wenig viele Wunder, wenn Ihr mich fragt.« Ich hätte ihm niemals das Pergamentstück zeigen sollen, dachte Rungholt. Er hat sich selbst Adern aufgezeichnet. Auf sein Lederauge. Widerlich.

Pankraz zwirbelte seinen Bart und sah Rungholt abschätzend an. »Ihr meint, es sind zu viele Wunder? Ihr meint, der neuerliche Fund auf Andechs und dieses Acheiropoieton hängen zusammen? Vielleicht solltet Ihr dann nach Andechs fahren und dort forschen, Hanser.«

Lockst du mich schon wieder in einen Hinterhalt, Pankraz?

Das Licht des Feuers spielte mit den Zügen der ungleichen Männer. Niemand sprach ein Wort. Schließlich durchbrach Rungholt die Stille: »Das werde ich tun, Pankraz Guardein. Ich werde mich auf Andechs umsehen.«

40

»Hat deine Hand jetzt den Schatten verloren«, fragte Imel auf dem Weg zu Pütrich. Er hatte die Kerzen im Arm und konnte sie kaum halten, so viele waren es. Rungholt blieb stehen und hielt seine Pranke vor eine der Häuserwände. Der Schatten war noch da, aber selbst Rungholt war froh, ihn noch zu sehen.

»Ist nicht kleben geblieben«, meinte er und strich Imel übers Haar.

»Wo gehen wir denn hin?«

Rungholt seufzte. Am liebsten hätte er den Jungen bei Margot gewusst, doch er war noch nicht bereit, seiner Tochter gegenüberzutreten. Er hätte nicht gewusst, wie sich entschuldigen. Ich sollte ihr etwas Hübsches kaufen, schoss es ihm durch den Kopf, denn gewöhnlich löste er Streitereien mit Alheyd, in dem er ihr etwas schenkte. Doch er bezweifelte, dass Margot sich durch eine Kostbarkeit milde stimmen ließ. Du Hornochse hättest sie beinahe geprügelt. Was bist du für ein Mensch. Du fährst durch die halbe Welt, um deine Tochter zu sehen, du wohnst unter ihrem Dach und willst sie mit der Suppenkelle schlagen.

Du bist ein grober Klotz, Rungholt.

Nein, Winfried. Ich bin wie mein Klappmesser – gemeingefährlich.

Küsse das Seidenlächeln, und du wirst erlöst.

Ich sollte in der Hölle schmoren. Sie sollten mich einsperren.

»Was hast du denn?«

»Nichts«, antwortete Rungholt. »Was hast du gesagt?«

»Wo wir hingehen.«

»Wir gehen zu Pütrich. Ich bin mir sicher, er kauft dir die Kerzen gerne ab.« Er versuchte ein Lächeln, doch es misslang.

Da er sich nicht zu Margot traute, den Jungen in kein Waisenhaus und auch nicht Pankraz Guardein geben wollte, war ihm Pütrich eingefallen. So ängstlich, wie der Mann war, würde er sicher gut auf den Jungen für einen Tag aufpassen können. Immer noch besser, als wieder Utz um Hilfe zu bitten. Außerdem war sich Rungholt sicher, dass Imel dem Knecht zur Hand gehen konnte. Er musste an die Löwenfibel denken, die Imel ihm vor Tagen auf dem Dach gezeigt hatte. »Komm. Du kennst doch Onkel Pütrich?«

Imel nickte und beeilte sich, mit seinen Kerzen im Arm Rungholt zu folgen.

41

Der Nachthimmel war gestreift. Die Abermilliarden Sterne der Milchstraße waren von Riesenhand in weiten Bahnen übertüncht worden. Rungholt vermutete, dass Schlierenwolken sie verdeckten, denn tagsüber war der Himmel zwar zusehends blauer geworden, doch Ockerwolkenfinger hatten noch immer das Firmament besudelt.

Rungholt klopft seinem Rappen den Hals und bemühte sich, möglichst ausgestreckt in den Steigbügeln zu stehen, denn sein Hintern rebellierte bei jedem Schritt, den der Gaul tat. Zum Brennen der aufgescheuerten Haut war mittlerweile ein feuchtes Nesteln gekommen, jedoch nahm Rungholt an, dass es nicht Blut, sondern Eiter war, der unangenehm feucht durch Margots Verband sickerte.

Er sah sich zu Marek um, der mit Utz hinter ihm ritt. Sein Schwiegersohn hatte ihnen den Weg gezeigt und ihnen Kleider besorgt. Sie traten auf eine Lichtung. Das plötzliche Schnaufen seines Pferdes machte Rungholt nervös. Widerwillig sprach er mit dem Rappen und versuchte, das Tier zu beruhigen. Er konnte Pferde nicht sonderlich leiden. Eigentlich konnte er kein Tier leiden, das höher als sein Hintern und größer als er selbst war. Pferde waren ihm zu mächtig, zu scheu, zu undurchdringlich. Stets diese großen, glotzenden Augen, der riesige Schädel, das gewaltige Gebiss.

Er brachte den Rappen mit einem sanften Ruck zum Halt und wollte absteigen, doch als er am Zügel zog, begann sich das Tier zu drehen, und er war zu dick, um sein Bein über den Pferderücken zu schwingen. Fluchend mühte er sich, den Gaul zu beruhigen und musste dann geduldig auf seinen Kapitän warten.

»Man sollte etwas ersinnen«, meinte Rungholt, nachdem er wieder festen Boden unter den Trippen hatte, »das sich ohne Pferde oder Kühe oder was weiß ich bewegt. Am besten was, in dem man ordentlich sitzen kann.« Er schlug sich die Schecke aus, nahm den Rappen und führte ihn zu Utz, der noch immer auf seinem Pferd saß.

»Seid vorsichtig«, meinte der. »Gebt Euch nicht zu erkennen und bleibt nicht allzu lange. Ich komme morgen zur Matutin an diese Stelle und hole Euch.«

Rungholt ließ sich von seinem Schwiegersohn zwei Stoffbündel reichen. »Danke für das Geleit.«, antwortete er knapp. Es war ihm peinlich, Utz Bacher so oft um Hilfe bitten zu müssen. Er sah sich nach Andechs um.

Wie die Glatze eines Riesen erhob sich der Heilige Berg zwischen den Baumkronen. Ein schmaler Pfad schlängelte sich die letzte viertel Meile hinauf zu nackten Mauern und eingefallenen Dächern. Zwischen einer umgerissenen Scheune und den abgebrannten Überresten eines Burgfrieds warteten wie hingeworfen zwei Häuser auf ihre Erweckung. Auch sie waren vom Angriff gezeichnet, jedoch die letzten Jahre halbwegs ausgebessert worden. Im Mondlicht und vom Tal aus war Andechs eine klaffende Steinwunde auf einem Berg. Nur der Turm der Burgkapelle, die Herzog Ludwig der Strenge we-

330

gen der Pilger vor gut hundert Jahren erweitern ließ, erstrahlte im fahlen Licht. Unbeschadet ragte sie zwischen den Häusern und Mauern wie ein mahnender Finger auf. Seht, ich stehe und erstrahle, schien er zu sagen, auch wenn die alte Burg um mich seit hundertfünfzig Jahren in Schutt liegt.

»Wir gehen zu Fuß weiter. Und kein Wort zu irgendjemandem«, meinte Rungholt, nachdem er Marek die Kleider gegeben und von Utz einen Wanderstock gereicht bekommen hatte, an den ein Bündel Essen geknotet war.

»Möge der Herr mit Euch sein.« Utz' letzte Worte gingen unter, weil er bereits die Pferde wendete.

Rungholt und Marek zogen sich im Gebüsch um. Sie legten ihre Schecken und Beinlinge ab, knüllten sie voller Ungeduld zusammen und stopften sie hinter die Äste einer Erle. Der Baum stand geschützt vom Pfad, und Rungholt band, damit sie ihn auch wieder fanden, seinen Dupsing um einen Ast.

Rungholt passten die ärmlichen Stiefel und Kleider nicht, die der Zunftmeister für ihn ausgesucht hatte. Aber nachdem die beiden sich im Mondlicht angesehen und mit etwas Moos Hände und Füße verdreckt hatten, entschieden sie, dass ihre Tarnung ausreichen müsse. Ihre beiden Umhänge aus grobem Leinen, die Schutz vor Sturm und Regen boten, fielen bis zum Boden herab. Den Saum des Stoffs hatten sie absichtlich in der Taubenstube durch den Staub gezogen, und während Rungholt mit Utz gesprochen hatte, hatte Marek alte Fibeln abgewetzt und die Kragen der Umhänge speckig gerieben.

Rungholt warf seinem Freund einen zerknautschten, breitkrempigen Filzhut zu, und sie begannen, den Pfad hinaufzusteigen. Es ging bereits auf die Matutin zu, und den ganzen Weg auf den Heiligen Berg sah Rungholt im Mondlicht weder Tier noch Mensch. Keine Seele schien sich in den mondkargen Wäldern herumzutreiben.

42

Die Sonne war noch nicht aufgegangen. Das Morgengrauen war ein fahles Gelb. Beatrijs schürte ihre kleinen Öfen und sah zu, wie die Flammen die Stöckchen verschlangen, die sie hineingeworfen hatte. Am liebsten hätte sie den ganzen Wald hineingeschoben und niedergebrannt. Wie jeden Morgen fröstelte sie. Ragnulf hatte sie wie immer ruppig geweckt, doch diesen Morgen hatte er sich neben sie gelegt. Sie war ganz still gewesen, hatte auf dem nackten Boden dagelegen und gegen das Zahnrad gestarrt, während er sich an sie geschmiegt und an ihrem Haar gerochen hatte. Mehr war nicht geschehen. Noch nicht. Dennoch hatte sie sich unrein gefühlt und ihre Haut, ihre Brust und ihre Hüfte, auf die er seine Hände gelegt hatte, verdorben.

Korbinian arbeitete. Der alte Mönch hatte mehrere Seiten aus Darios Codex herausgerissen, sie auf dünnen Hanfseilen aufgespannt und begonnen, die Buchstaben einzutragen, die er bereits wusste. Mit Grauen wurde Beatrijs bewusst, dass ihr kaum noch Zeit blieb. Morgen würde er sicher alles entziffert haben. Nicht nur die Sonnen-Schrift, sondern auch Darios Rätsel- und Sinnsprüche, mit denen der Venezianer ihre Experimente so gerne verschlüsselt hatte.

Sie kippte das Eiweiß von zwanzig Eiern, die sie gestern getrennt hatte, in den Grapen mit Essigsäure, Salz und Wasser und rührte alles gründlich durch. Sie kannte den Ablauf, mehrfach hatte sie es mit Dario ausprobiert und die einzelnen Zutaten aufeinander abgestimmt. Immer wieder schlug Beatrijs mit einem Rührbesen die Flüssigkeit, bis nur noch weißer Schaum in der Schüssel war. Sie würde einige Stunden stehen müssen, bevor sich die Flüssigkeit abgetrennt hatte, die sie benötigte.

Einige Stunden, dachte sie verbittert. Wenn die mir überhaupt verbleiben und Korbinian nicht selbst fortführt, was ich begonnen habe.

Ein Schrei schreckte sie auf. Er kam von draußen, von der Südwand. Korbinian sprang auf und eilte, so schnell es seine alten Beine zuließen, an Beatrijs und den Öfen vorüber zur Kammer. Sie sah ihm nach, hörte einen Mönch um Hilfe rufen und vor Entsetzen jammern. Einen Augenblick lang überlegte sie, ob sie einen brennenden Kienspan an den Codex und Korbinians Aufzeichnungen halten sollte, doch dann entschied sie sich dafür, ebenfalls nachzusehen, was geschehen war. Sie raffte ihr dreckiges Surcot hoch, das nur noch aus Schweiß, Staub und Dreck bestand, und rannte dem alten Mönch nach. Sie folgte ihm durch eine Tür in der Kammer und weiter zur Südmauer. Ein Stück war eingefallen. Feldsteine lagen herum. Ohne zu zögern stieg sie über eine Brüstung und tauchte unter den Steinen nach draußen.

Das Bild, das sich ihr bot, war entsetzlich. So verstörend, dass Beatrijs gar nicht wahrnahm, nach Wochen der Gefangenschaft endlich wieder im Freien zu stehen.

Die zwei Ordensbrüder, die schon die Kammer abgedichtet hatten, hatten versucht, ein Loch in die Südwand zu schlagen. Dabei waren ihnen einige Feldsteine ins Rutschen gekommen, aus der Wand gebrochen und hatten Andreas getroffen. Die mannschweren Steine hatten ihm den Schädel zerdrückt. Zuckend lag er unter ihnen begraben. Verzweifelt versuchte Viktor, ihm zu helfen. Korbinian packte betend den Verletzten an den Füßen, um ihn herauszuziehen.

Angewidert konnte Beatrijs Blut und Kopfsäfte sehen, die unter den Steinen hervorflossen, während der Mann wie ein Fisch auf dem Trockenen zappelte. Sie überwand ihren Ekel und kam Korbinian zu Hilfe. Gemeinsam zerrten sie an den Füßen des Mönchs. Aber er war zu schwer, die Last auf Kopf und Brust zu mächtig. Beatrijs glitt mit Andreas' Sandale vom Fuß ab, und sie landete zwischen den Steinen.

Ohne nachzudenken warf sie den Schuh fort, packte erneut zu.

»Holt ein Brett! Holt eines der Bretter oder reißt eines aus der Kammerwand! Los doch!«, rief Korbinian Ragnulf zu, der sich endlich ebenfalls bemüht hatte, den Unfall anzusehen. Der junge Mann kratzte sich sein Feuermal und starrte auf den Zuckenden, aber er rührte sich nicht.

»Ragnulf«, forderte Korbinian ihn ein zweites Mal auf. »Ihr müsst den Stein weghebeln.«

»Er ist tot. Auch wenn Bruder Andreas noch schreit, Korbinian. Keine Eile. Er ist bereits tot.«

Korbinian warf Beatrijs einen Blick zu, der Bände sprach. Seine schwarzen Lippen zitterten vor Wut. Sie spürte, wie gerne der Alte aufgesprungen wäre und Ragnulf niedergeschlagen hätte, doch er wollte den Verletzten nicht loslassen. »Auf drei«, meinte er zu Beatrijs und gemeinsam zogen sie, während der dritte Mönch verzweifelt versuchte, die Steine wegzurollen. Sie zogen mit Leibeskräften.

Es gab ein entsetzliches Knirschen, dann hatten sie den Mönch zwei Ellen vorgezogen, und Beatrijs sah in das zerschmetterte Gesicht eines ihrer Peiniger. Auch mit Andreas hatte sie bisher kein Wort gesprochen, sondern sich zwangsläufig an Ragnulf gehalten, doch einen solchen Tod wünschte sie niemandem. Andreas spuckte Blut. Einer der Feldsteine hatte die Hälfte seines Schädels zertrümmert. Auch sein Brustkorb war eingedrückt. Ein letztes Mal holte er Luft, ein letztes Zucken.

Erst jetzt trat Ragnulf an den Verletzten heran. Er sah auf den Mann herab, bekreuzigte sich und sprach das Vaterunser. Der zweite Mönch und Korbinian fielen ein, während Ragnulf niederkniete und dem Mann die Augen schloss. Sie standen um den Toten und beteten. Selbst Beatrijs hatte sich in ihren Kreis gestellt und hielt Fürbitte.

»Wir sollte ihn nach Andechs bringen. Und Kerzen für ihn

anzünden. Lasst uns dort eine Messe halten zu seinen Ehren«, meinte Korbinian. »Ich hole die Pferde.«

»Du bleibst hier, alter Mann«, herrschte Ragnulf Korbinian schroff an. »Wir haben keine Zeit! Und auch Andreas bleibt in der Mühle. Wir bahren ihn auf und fahren ihn morgen oder übermorgen hinüber.«

»Ragnulf, er sollte in den heiligen Mauern liegen. Willst du unserem Bruder die Aufwartung versagen?«

»Nein. Ich sage nur, dass wir keine Zeit für … »Er deutete auf den Toten. »Für so etwas haben.«

»Dieses ›so etwas‹ ist Bruder Andreas. Von Anfang an Bruder des Stifts und auf Andechs dabei. Eine der treusten Seelen unserer Enklave.«

»Von Anfang an dabei und bis zu seinem Ende.« Ragnulf wandte sich ab. »Bringt ihn hinein. Wir fahren ihn hinüber, wenn diese Hexe mit ihrem Werk fertig ist.«

Erst jetzt bemerkte Ragnulf, dass Beatrijs betend vor dem Toten stand. »Was tust du da?«, herrschte er sie an. »Du hast kein Recht zu beten, Ungläubige.« Er packte sie an den Haaren und zog sie weg. Kreischend schleuderte Beatrijs herum, fiel halb über die Feldsteine. »Das war sicher dein Werk. Hast Bruder Andreas mit einem Fluch belegt. Hast ihm was in sein Essen gerührt. Sag schon!« Er wollte Beatrijs ohrfeigen, da packte Korbinian seinen Arm. »Lasst gut sein, Bruder Ragnulf.«

»Das war Teufelswerk! Sie muss dafür büßen.« Er wollte zuschlagen, aber Korbinian hielt ihn fest. Augenblicklich richtete sich Ragnulfs Wut gegen den Alten, und er stieß ihn zurück. Immerhin ließ er Beatrijs los.

»Du bist von Sinnen, Ragnulf. Seitdem wir hier sind, kannst du nicht mehr denken.« Es entging Beatrijs nicht, dass der Alte all seine Kraft und Strenge in seine Stimme legte, um den jungen Mann einzuschüchtern. Wie man einem wütenden Hund befiehlt, legte Korbinian alles in seine Sprache. Wahrscheinlich hatte er ebenso viel Angst vor Ragnulf wie sie.

»Geh zur Seite alter Mann! Ich werde dieses Weibstück züchtigen, ich werde ihr den Teufel austreiben.« Ragnulf zückte eines seiner Messer und wollte nach Beatrijs' Hand greifen, doch abermals hielt Korbinian ihn davon ab.

Er stellte sich vor Beatrijs.

»Ragnulf!«, fuhr er ihn an. »Beruhige dich.«

Die beiden musterten sich wie kampfbereite Katzen. Sie strichen umeinander und waren sich nicht sicher, ob ein Angriff eine glückliche Entscheidung bringe. Ragnulf ging einen Schritt nach links, einen nach rechts, aber Korbinian wich nicht.

Da spürte Beatrijs seine Hand. Hinter seinem Rücken hatte er nach ihrer gegriffen.

»Ragnulf, denke nach«, sagte er schließlich und änderte seinen Tonfall, versuchte es eindringlicher: »Du gefährdest die Mission. Du gefährdest unser Gotteshaus, Bruder Ragnulf. Lass sie arbeiten, und später kannst du sie noch immer auf dem Scheiterhaufen verbrennen, wenn wir Andreas nach Andechs gebracht haben.«

Beatrijs hatte das Gefühl, es dauere ewig, bis Ragnulf ausspuckte und sich bekreuzigte. Er gab nach, hob jedoch sein Wurfmesser und zeigte mit der Klinge drohend auf den Alten. »Du beschützt eine Alchemistin, die mit dem Teufel hurt, alter Mann. Und du beschäftigst dich mit blasphemischen Schriften, studierst die Vielgötterei, die dunklen Symbole der Heiden... Nicht ich sollte aufpassen, was ich tue, sondern du.«

Ohne ein weiteres Wort wandte Ragnulf sich ab. Ein paar Atemzüge später hörte Beatrijs das gewohnte Tock-Tock seiner Wurfmesser.

Sie blickte zu Boden, weil ihre Füße warm wurden. Das Mönchblut hatte sie umflossen.

»Danke«, flüsterte sie Korbinian in den Rücken und drückte seine Hand.

43

Sie mussten mehrmals am schweren Tor klopfen, bevor ihnen geöffnet wurde. Der Mönch, der schließlich den Riegel beiseiteschob und die beiden vermeintlichen Pilger hereinließ, war ein untersetzter Mann von hohem Alter. Statt einer Tonsur hatte er eine Glatze. Seine Wangen hingen wie Lefzen herab, doch der Augustiner war kein bissiger Hofhund. Vielmehr erkannte Rungholt Frohmut und Offenheit im Blick des Mannes. Der Mönch stellte sich als Matthias vor und bereitete Rungholt und Marek ein schlechtes Gewissen, weil die Andechser zu so später Stunde eigentlich keine Pilger aufnahmen. Eine milde Gabe erweichte Matthias jedoch schnell.

Die beiden erklärten, von der Ostsee zu kommen. Aus irgendeinem Grund erzählte Rungholt dem Mönch, sie würden aus Stralsund stammen. Angeblich wären sie auf dem Weg nach München, wären jedoch vom Pfad abgewichen, um den Berg zu besuchen, auf dem die heiligen Reliquien gefunden worden waren, und dabei sei leider die Nacht zu schnell über sie hereingebrochen. Rungholt hatte es sich schwieriger vorgestellt, in die alte Burg zu gelangen.

Bruder Matthias führte sie zwischen den Ruinen der einstigen Burg hindurch. Auf dem Berg pfiff der Wind durch die zerstörten Häuser, Kräne und Gerüste und wehte Fetzen eines Stundengebets zu ihnen herüber. Als Rungholt sich umsah, erkannte er die Nikolauskapelle, deren Turm er bereits von unten gesehen hatte. In ihrem Innern brannten Kerzen, und die Augustiner Mönche hatten sich zur Komplet versammelt. Neugierig folgte Rungholt Matthias an der Kapelle vorbei und fragte ganz unschuldig, woher die Mönche stammten und wie viele es auf die alte Burg verschlagen habe.

»Wir sind nur zu acht, guter Mann«, entgegnete der Mönch. »Acht Mönche und der Chorherr. Wir kommen aus Dießen.«

»Dießen?«

Der Mönch blieb stehen und wies mit seiner Fackel an der Kapelle vorbei auf den Wald, der sich unter ihnen erstreckte. Rungholt war sich nicht sicher, aber er meinte, einen großen See im Mondlicht glitzern zu sehen. War das der Ammersee, von dem der Torfstecher Georg und sein Sohn erzählt hatten? Ein See so groß wie ein Meer? Es hätten auch gut nur Baumwipfeln sein können. Sie wiegten sich im Wind, der zugenommen hatte. Die Luft roch nach Gewitter.

»Schräg gegenüber, am anderen Ufer. Ich selbst bin erst seit einem Jahr hier. Wir halten für Katharina die Messe.«

»Katharina von Alexandria?«

Der Mönch lachte. »Katharina von Görz. Sie starb letztes Jahr.« Rungholt sah den Mann fragend an. »Sie war die Gemahlin unseres Herzogs Johann. Gott habe sie selig.«

»Ihr betet für sie?«

»So wie sie es gewollt hat, ja. Sie hat sich eine Kaplanei gewünscht, um die Seelenmesse zu beten. Nun seht, die Kapelle stand lange leer, nur gelegentlich wurde der Herr gepriesen, bis wir uns hier niederließen. Wir sind nur eine kleine Gruppe aus dem Chorherrenstift Dießen.«

Rungholt blieb stehen. »Wart ihr schon hier, als sich das Wunder ereignete?«

»Ihr meint, die wundersame Auffindung der Reliquien? Nun, ich persönlich nicht. Aber lobet den Herrn, dass dieses Mäuschen den Zettel zwischen seinen Zähnen trug, auf dem die Reliquien aufgezählt waren.«

»Man hat sie versteckt, als die Burg angegriffen wurde, richtig?«, wollte Marek wissen.

»Ganz recht. Vor über hundert Wintern. Und dieses Mäuschen schlüpfte einfach unter dem Altar heraus. Da hat man gegraben und eine Bleikassette gefunden. Die Reliquien bewirken Wunder.«

Rungholt lächelte. »Deswegen wollen wir sie sehen und

338

bald nach München aufbrechen.« Er ging weiter. »Ich hörte, hier auf Andechs… Nun…« Er druckste herum, sah möglichst ernst in die Nacht und tat, als sei es ihm unangenehm, danach zu fragen. »Hier habe man neuerlich Reliquien entdeckt? Einen Gottesbeweis gar?«

Bruder Matthias blieb stehen. Er musterte Rungholt skeptisch. »Woher wisst Ihr…«

»Es wird gemunkelt«, warf Marek schnell ein. »Man redet dummes Zeug… ähm, in Spelunken… Also in lästerlichen Bädern, mein ich, die – die ihr niemals betreten würdet.« Er kassierte einen skeptischen Blick des Mönchs.

»Man erzählt sich von Zeichen«, sagte Rungholt ruhig. »Die nicht von Menschenhand geschaffen sind.«

»Seid ihr deswegen gekommen?«

»Nein, wir wollen nach München, aber vielleicht können wir… wir es sehen?«

»Das Vera Ikon?«

»Ja, das Acheirope-pe-pe-Wunder«, meinte Marek kleinlaut.

Rungholt warf ihm einen tadelnden Blick zu. »Wenn Ihr es so nennen wollt, Bruder.«

Noch einmal musterte der Mönch die beiden Fremden. Abschätzend leckte seine Zunge über seine aufgesprungenen Lippen. Rungholt bemerkte, wie er seine Fackel ein wenig bewegte, um auch ihre Augen sicher sehen zu können. Er strengte sich an, diesem Augustiner offenen Blickes standzuhalten.

»Nun«, sagte Bruder Matthias schließlich. »So manches Mal ist auch Weisheit unter den Narren und Weitsicht unter den blinden Säufern der Spelunken. Die ganze Welt wird es bald sehen. Auch ihr werdet das Wunder unseres Herrn bestaunen können, aber noch nicht jetzt. Nicht mehr diesen Monat. Nun kommt«, forderte er die beiden auf. »Ich vernehme bereits das Nunc dimittis. Bald kommt der Segen für die Nacht, und ich muss meinen Brüdern zur Hand gehen.«

Der Mönch brachte die beiden zu einer verfallenen Schmiede, die an die alte Burgmauer gesetzt worden war, und ließ sie mit ihren Fragen zurück.

44

Die Schmiede war mit Stroh ausgelegt, in dem drei weitere Pilger schliefen. Die Fremden husteten die ganze Nacht. Sie sahen erbärmlich aus. Die Mönche hatten sie vor zwei Tagen aufgenommen und versorgten sie mit Mus und Suppe, damit sie wieder zu Kräften kamen. Das Dach hatte viele Löcher, Dachziegel waren heruntergefallen und zersprungen. Es begann zu regnen. In Rinnsalen suchte sich das Wasser seinen Weg, sodass die Männer nah beieinander schlafen mussten, um nicht nass zu werden. Immerhin hatte es nicht gewittert, und die Mauern standen noch, auch wenn Lücken in ihnen klafften. Die Esse war längst abgerissen, aber ein Amboss lag vergessen an der einstigen Feuerstelle. Wegen der Husterei der Pilger schlief Rungholt unruhig. Ständig schreckte er hoch. Einmal hatte er gedacht, in der Katharinenkapelle des Spitals zu liegen, und sich umgewandt, um Beatrijs' Wandbild zu bewundern, doch es waren lediglich Holzgerüste im Mondschimmern zu erkennen gewesen. Zwei Katzen, die Mäusen im Bauschutt nachjagten. Wenig später war er leise aufgestanden, noch vor dem Morgengebet der Mönche. Er hatte sich seinen Filzhut aufgesetzt und sich eine der Lumpendecken genommen, die die Augustiner für sie an den Amboss gelegt hatten.

Rungholt warf sich die Decke über und blickte durch die Mauerlücken nach draußen. Obwohl es Ende Juli war, war ihm klamm. Auf dem Burghof glitzerten die Pfützen. Rinnsale flossen an der eingefallenen Mauer entlang und den Hang hinab aufs Tor zu. Der Mond war kaum zu sehen, nur unscharf und klein hinter den Regenschleiern. Rungholt ließ Marek schlafen, trat hinaus und hielt sich die Lumpendecke über den Kopf. Er brauchte einen Moment, um sich zu orientieren, doch dann erkannte er die Nikolauskapelle auf der Südwestseite der Befestigung, die wie durch ein Wunder dem damaligen Angriff auf die Burg standgehalten hatte. Weil der Mond hinter den Wolken lag, konnte er nur Konturen vor dem Himmel ausmachen. Schwarzblaue Schatten auf schwarzem Grund.

Im Laufschritt eilte er zu einem Gebäude auf der anderen Seite des Hofes, unter dessen Dachvorsprung er sich stellen konnte. Geschützt wartete er einen Moment ab und überlegte, wie spät es sei. Ein wenig Zeit blieb ihm wohl noch, bevor die Mönche aufstanden. Er wusste noch nicht, wo ihr Schlafsaal war, nahm aber an, dass er beim langgestreckten Herrenhaus liegen müsse, das sich hinter der Kirche befand. Rungholt wollte hinübergehen, da fiel sein Blick auf seine Stiefel. Überall, wo der Regen auf das brüchige Leder getropft war, hatte er eine Spur roten Sandes hinterlassen. Er blickte auf die Holzbohlen und die wenigen Steine des Hofes und sah den Sand am Rand jeder Pfütze und jedes Rinnsals. Neugierig streckte er seine Hand in den Regen. Indem er die Tropfen zerrieb, konnte er die Körner spüren. Es regnete Sand. Noch feiner als der Sand der Strände, die er kannte. Gelb-rötlich. Wüstensand, schoss es ihm durch den Kopf. So muss der Sand in jenem Land aussehen, in dem unser Herr geboren wurde.

Hatte deswegen der Himmel so eigentümlich geleuchtet, weil er hauchfeine Stücke des Heiligen Landes brachte? Ohne es zu merken, bekreuzigte sich Rungholt. Wenn er recht hatte, würde morgen der Himmel wieder blau sein.

Den Blick in die Regentropfen erhoben, huschte er über den Burghof und an der Kapelle vorüber. Gestern, als sie den Pfad zum Berg hinaufgegangen waren, hatte Marek ihn gefragt, was oder wen genau sie auf Andechs suchten. Rungholt hatte es ihm nicht sagen können, ahnte aber, auf der richtigen Fährte zu sein. Der Chorherr hatte verkündet, einen Gottesbeweis auf Andechs gefunden zu haben, und sie hatten in Darios Laboratorium einem Wunder zugesehen, das sicher auch Beatrijs kannte. Den Goldschmied Dario und seine Geliebte hatten sie nicht allzu weit von Andechs im Moor gefunden, ja, selbst die Blutbuche stand nicht weit von hier. Er nahm sogar an, dass er sie hätte sehen können, wenn er von der verfallenen Mauer Ausschau gehalten hätte. Konnte es sein, dass sie Beatrijs direkt hier auf dem Berg gefangen hielten?

Er eilte durch den Regen und suchte die Häuserruinen nach etwas Ungewöhnlichem ab, blickte hinter jede eingefallene Mauer und schaute, ob nicht eine Tür zu einem Verlies führte oder ein Schacht als Kerker benutzt wurde. Er fand jedoch nichts. Sein Magen knurrte, und er sehnte sich nach der Morgensuppe und einem guten Dünnbier. Müde und vom Regen durchkühlt wollte er schon zurück zur Schmiede, als ihm an einem Ständerwerk ein paar Fässer auffielen. Sie waren recht hoch gestapelt und standen ungeschützt. Anstatt sie an die Wand zu stellen, hatte man sie einfach zwischen den Mauern eines Pferdestalls und eines Rohbaus gestapelt. Viel zu weit ab vom langgestreckten Haus, in dem er den Schlaf- und Speisesaal der Mönche vermutete, um für die Versorgung der Mönche praktisch zu sein. Er huschte hinüber und stellte fest, dass die Fässer tatsächlich eine Mauer zwischen dem unfertigen Pferdestall und einem Holzständerwerk bildeten, dessen Balken zwar bereits in den Himmel ragten, das jedoch noch nicht fertig vermauert war.

Rungholt wollte auf die andere Seite der Fässer gehen, weil er zwischen ihnen nur Finsternis erkennen konnte, musste aber feststellen, dass sie als vierte Mauer eine Sackgasse absperrten. Vom Pferdestall aus konnte er nicht hinter sie gelangen, also drehte er um zum Rohbau. Mörtelzuber, Kellen und

Feldsteinhaufen versperrten ihm den Weg. Er musste hinüberklettern, fand dann jedoch ein Brett, das provisorisch in die Ständer eingenagelt worden war, um sie zu stützen. Er suchte sich eine Latte und hebelte leise. Er hatte das Brett kaum eine Handbreit gelöst, da bemerkte er aus dem Augenwinkel einen Schatten hinter sich. Instinktiv griff er nach seiner Gnippe.

»Hättest mich ruhig wecken können, das sag ich dir aber.« Marek sah verschlafen drein. In seinem krausen Haar hatten sich die Regentropfen verfangen. »Willst du schon wieder einbrechen?«

»Sssssssscht, sei leise.«

»Mal wirklich, mein ich. Da hat unser Bluthund eine Spur, und ich verschlaf's.«

»Hilf mir mal.« Rungholt machte für den Schonen Platz, und gemeinsam stemmten sie mit der Latte das Brett fort.

Rungholt musste nicht hindurchschlüpfen um in der Dunkelheit zu erkennen, was die Mönche hinter den Fässern verborgen hielten. Es war kein Zugang zu einem Verlies, es war ein Kobelwagen.

Marek entfuhr ein Pfiff. »Den hast du doch gesucht, oder? Mit der Ente drauf?«

Rungholt schlug das grobe Leder beiseite, mit dem der Wagen bespannt war und das an der Seite unachtsam hinabfiel. »Ente«, entfuhr es ihm grinsend. Obwohl es noch immer dunkel war, erkannte er im Mondlicht das Wappen. Unter einem schleichenden Löwen spreizte ein Adler seine Flügel.

»Wenn die Bettler auf dem Radlsteg, dieser Bohlengasse am Tal, tatsächlich beobachtet haben, wie Beatrijs entführt wurde, und die Andechser Mönche den Wagen fahren, muss hier auch irgendwo Beatrijs sein.«

»Ja.« Marek strich sich das Wasser aus den Haaren. »Und dieser Mönch, der uns im Wald angegriffen hat. Der mit dem Feuermal, mein ich. Und dem möchte ich lieber nicht begegnen.«

Rungholt musste an das junge Gesicht denken. Siebzehn Jahre alt vielleicht. An den Centaur, den er vom Pferd geholt hatte. Ihn schauderte. »Lass uns nachsehen, wo sie schlafen. Aber lass uns vorsichtig sein.«

Sie schlichen über den Hof zum Herrenhaus der einstigen Burg. Das lange Haus war gegen den Hang gebaut, sodass sein Erdgeschoss erst nach einer mannshohen Mauer aus Feldsteinen begann. Die Mönche hatten ganze Arbeit geleistet. Während die restliche Burganlage eine Ruine war, hatten sie am Herrenhaus schon Wände frisch ausgemauert, die Feldsteine verputzt und das Dach erneuert. Gerüste und Leitern waren an das Mauerwerk gebunden worden, und unter einem aus alten Brettern zusammengehauenen Kran standen Hand- und Holzschubkarren bereit. Nur die Hausfront, wo einst Fenster in die dicken Mauern eingelassen gewesen waren, war noch von Zerstörung gezeichnet. Oben in den klaffenden Gebäudewunden meinte Rungholt eine Öllampe flackern zu sehen.

Sie schlichen zu den Schubkarren und horchten, ob Mönche in dem Saal schliefen. Es war alles still. Ohne zu zögern kletterte Rungholt eine der Leitern hinauf. Er hatte kaum die Hälfte erklommen, da hörte er Pferdegetrappel und Hundegebell. Obwohl er etwas erhöht stand, konnte er nichts sehen. Die Pferde und die Hundemeute waren wohl erst auf dem Pfad zum Berg hinauf.

»Er kommt mir zu früh«, hörte er mit einem Mal einen Mann keinen Klafter von seinem Kopf entfernt sagen. Rungholt fuhr herum, aber er konnte den Mann nicht sehen, denn der stand im Innern des Herrenhauses. Er blickte wahrscheinlich aus einem der zerstörten Fenster. Instinktiv duckte sich Rungholt, jedoch knarrte die Leiter laut. Reglos klammerte er sich fest, sah aus dem Augenwinkel, dass Marek sich hinter einen der Schubkarren geduckt hatte, und hoffte, der Unbekannte werde sich nicht aus der Fensterlücke lehnen. »Öffnet das Tor, Matthias und stellt den Wagen beim Bergfried ab. Dann weckt unsere Brüder.«

»Ihr werdet die Laudes nicht halten, Bruder Barnabas?«

»Ich werde versuchen, rechtzeitig zum ersten Psalm bei Euch zu sein, besser aber Ihr bereitet alles ohne mich vor, Bruder Matthias. Ich werde wohl diesem profanen Vergnügen der Jagd nachgehen müssen.«

Rungholt wollte eine weitere Sprosse erklimmen, wagte es wegen des Holzknarzens aber nicht. Die Bauleiter war vom Regen glitschig und bereits von Holzwürmern zerfressen. Er verharrte und lauschte in den Morgen, konnte aber niemanden mehr hören. Trippen klackerten auf Fliesen, dann wurde eine Truhe geöffnet. Das war alles. Er streckte seinen Kopf gegen den Regen. Unangenehm troff er von Rungholts Filzhut und der Decke in seinen Nacken. Mit einem Mal wurde es auf der Leiter heller, und als Rungholt nach unten blickte, konnte er den glatzköpfigen Mönch sehen, der sie hereingelassen hatte. Er ging mit einer Fackel bewaffnet geradewegs an Marek vorbei und weiter Richtung Burgtor.

Nachdem Rungholt ein paar Lidschläge gewartet hatte und bereits hören konnte, wie das große Holztor geöffnet wurde, kletterte er vorsichtig hinunter.

Mit Marek folgte er dem Weg des Mönchs, indem sie sich hinter die verfallenen Mauerreste und Baubretter, die Kübel und Steinhaufen duckten, doch schon auf halber Strecke zum Tor kam ihnen der Tross entgegen.

Sie mussten sich hinlegen, um nicht von den Reitern gesehen zu werden. Es waren zwei Ritter mit ihren Knechten. Jagdhelfer hielten ein Rudel Hunde an langen Leinen im Zaum. Auf einem eindrucksvollen Kaltblüter saß Herzog Johann II. Das Alter hatte ihn gezeichnet. Im Gegensatz zu seinem stattlichen Apfelschimmel wirkte er eingefallen, trotz seines prunkvollen, roten Nuschenmantels und seiner waidblauen Schecke, die gefüttert und mit Hermelin gezattelt war.

Während die Ritter, die Knechte und der Tross aus Hunden und Jagdhelfern sich am Pferdestall unterstellten, ritt Johann mit einem seiner Bediensteten zwischen den halbzerstörten Mauern entlang zum Herrenhaus. Matthias eilte den beiden mit der Fackel nach.

Rungholt und Marek warteten, bis sich Johanns Tross abseits versammelt hatte. Die Jagdjungen weideten vier Hasen aus, die sie auf Stangen mit sich getragen hatten, und fütterten die Hunde an. Rungholt wurde bei ihrem Gekläffe ganz flau im Magen. Er mochte Hunde nicht, und zuzusehen, wie sie das rohe Fleisch in sich hineinschlangen, war ihm zuwider. Die Ritter hatten sich feixend einen Platz auf den Zubern und Mörteleimern gesucht und ließen sich bedienen. Sie bekamen Wein aus Schläuchen gereicht und begannen ein Tric-Trac-Brett aufzubauen. Wollen sie die Mönche ärgern?, fragte sich Rungholt bei ihrem Anblick. Würfelspiel, Sauferei noch vor dem Gebet? Und dann dieses Gekläffe… Immerhin war Johanns Jagdtross beschäftigt.

Eilig gab er seinem Kapitän Zeichen. Die beiden schlichen im Schutz der Dunkelheit zurück, sahen jedoch nur noch, wie der Knecht Johanns Apfelschimmel anband und Matthias den Herzog ums Herrenhaus führte, indem er ihm mit der Fackel den Weg leuchtete und gleichzeitig versuchte, Johanns weiße Haare mit einer Bibel vor dem Regen zu schützen.

Rungholt fand zu seiner Leiter, schickte aber diesmal Marek vor.

»Kannst du den Herzog sehen?«

»Nein.«

»Dann geh eben weiter rauf.«

»Weiter raufgehen geht nicht.«

»Wieso nicht?«

»Da ist alles morsch.«

»Ich bin bis zur fünften Sprosse gekommen, und du jammerst wie ein Däne schon bei der dritten? Ich schick dich vor,

346

weil du *leichter* bist – nicht *feiger*.« Er wollte Marek mit der Schulter am Hintern hochschieben, aber Mareks Aufschrei ließ ihn zurückzucken. »Verflucht, Rungholt!« Er hatte Mareks Verletzung glatt vergessen. »Leise«, zischte er. »Wenn die Sprossen oben kaputt sind, stell dich auf meine Schultern. Warte mal.«

Rungholt begann, ebenfalls auf die Leiter zu steigen, und klopfte gegen Mareks Unterschenkel, dass er seine Füße hob.

»Ähm, Rungholt… Du willst doch nicht auf die Sprossen steigen, und ich soll noch auf dich drauf.«

»Sei leise. Es hält uns.«

»Ja, so wie die Decke bei diesem Venezer.«

»Fährst auf die Weltmeere, weißt aber nicht, wie Wagemut geschrieben wird.«

»Dafür weiß ich, wie Dummheit geschrieben wird. Mit einem großen R. R wie Rungholt.«

Statt weiter zu frotzeln, erklomm Marek die Leiter zwei weitere Sprossen, wartete, bis sein Freund ein wenig höher gekommen war, und pflanzte dann seine Stiefel genüsslich auf Rungholts Schultern. Seine Sohlen drückten sich ins Fleisch, und Rungholt blieb die Luft weg. Angestrengt horchte der Kapitän.

»Sie reden über Fleischlieferungen.«

»Was?« Am liebsten wäre Rungholt an Marek vorbeigeklettert, um selbst zu lauschen.

»Wenn ich es dir doch sage.« Der Schone versuchte, den Herzog durch die zerschlagene Front des Hauses zu erspähen, und berichtete flüsternd.

Der alte Mann hatte seinen roten Mantel abgelegt und stand mit einem hageren Augustiner, dessen Albe und die schwarze Kalotte ihn als Chorherrn auswiesen, bei einem Kamin. Das Feuer brannte und zauberte einen ständigen Schattentanz in die Gesichter der beiden Männer. Niemand von ihnen hatte den Wein angerührt, der unweit auf dem Tisch stand.

»Wir können nicht einmal unsere Lieferungen zahlen, Barnabas«, meinte Johann bestimmt und stocherte mit seinem Schwert in der Glut herum. »Mein Hof liegt still. Und mein sauberer Bruder Stephan reist nach Italien und hält sich Truthähne an seinem Hofe und lädt ein und feiert Feste, dass dem Herrgott schlecht wird. Mein sauberer Bruder Stephan und seine Bischöfe pressen uns aus, Barnabas.«

»*Uns*? Euch und mich? Oder Euch und Eure Geliebte?«

Erbost fuhr Johann herum und musterte den Chorherrn. »Ich bin nicht hergekommen, um Euren Spott über mich ergehen zu lassen, Dießner Mönch. Lasst meine Anna heraus. Sie ist ein gutes, ein frommes Weib… Und Ihr wisst so gut wie ich, wie sehr ich meine verstorbene Frau verehrt habe.«

Barnabas lächelte, war jedoch weise genug, nicht noch einmal nachzuhaken. Er trat näher zu Johann heran und meinte vertraulicher: »Gebt uns nur etwas Gold. Und wir erbauen Eurem verstorbenen Weibe ein Kloster, dass ihr das Herz aufginge voll Seligkeit. Ihr wisst, dass wir seit vierzehn Monaten für Katharina beten und bereit sind, zum Benediktinertum zu konvertieren. Wir halten die Kerze für sie am Leuchten, aber wir brauchen Geld. Ihr müsst uns vom Gewinn abgeben, den die Pilger in die Stadt bringen. Die Almosenkassen sind gefüllt.«

»Ich habe Euch vor Monaten gesagt, dass ich selbst nichts vom Gnadenjahr abbekomme. Stephan reißt alles an sich. Er hat sogar Gian Galeazzo Visconti zum Papst geschickt, damit er Papst Bonifaz überzeuge, auf seinen Anteil vom Gnadenjahr zu verzichten. Stellt Euch das vor! Er schickt seinen Freund, den Herzog von Mailand, vor, damit der Papst leer ausgehen soll. Stephan ist an Frechheit nicht mehr zu überbieten!« Herzog Johann stieß wieder mit dem Schwert ein Holzscheit nach hinten in den Kamin. Funken stoben auf, sodass er zurückweichen musste. Seufzend fuhr er fort: »Stephan will alles für sich, und Visconti hat natürlich nichts beim Papst erreicht.

Außer eines: Der Papst hat uns gedroht! Er hat ganz München gedroht, Barnabas.«

Der Chorherr trat an den Tisch und schenkte sich ein. »Was will er tun? Seinen Gesandten schicken, den alten Hermann Bilvelt – oder Truppen?«

»Bilvelt.« Der Chorherr schnaufte und nahm Barnabas den Krug weg, um selbst zu trinken. »Der Papst hat München mit dem Interdikt gedroht. Alle Kirchen sollen für ein Jahr geschlossen werden, wenn wir ihn nicht bezahlen.«

Selbst Barnabas schien überrascht und legte sorgenvoll die Stirn in Falten. »Bann und Interdikt.«

»Ich habe Euch vor Monaten gesagt, Ihr sollt für eine neuerliche Reliquie sorgen. Etwas noch Wundervolleres als die letzten. Wir verstecken sie, und Ihr erfindet wieder eine Geschichte, Barnabas. Sie wird gefunden, und die Pilger kommen. Hunderttausende. Diesmal wird uns mein Bruder nicht dazwischengehen. Ihr werdet mit der Reliquie so viel Reichtum anhäufen, dass Ihr nächstes Jahr mit dem Bau des Klosters beginnen könnt. Und Ihr könnt Euch in meinem Namen mit Bonifaz aussöhnen. Wir könnten das Interdikt verhindern. Seht doch nur, wie das Volk Euch zujubeln würde, wenn die Kirchen Münchens nicht geschlossen würden.«

Rungholt konnte nicht mehr. Die ganze Zeit über hatte Marek ihm halbwegs beschrieben, was er gesehen und gehört hatte, aber der Schone hatte ihm in seiner plauderigen Art alles dreimal zugeraunt. Rungholts Schultern fühlten sich wie Mus an. Er packte Mareks Unterschenkel und stöhnte: »Stell dich endlich wieder auf die Leiter. Los doch, sonst lass ich dich fallen.«

Marek hörte nicht auf Rungholt, zischte ihm nur zu, leise zu sein, und spähte weiter in den Kaminsaal.

Barnabas und Johann stießen an und tranken, dann stellte sich der Chorherr erneut zum Kamin und sah in die Flammen. Sein hagerer Körper war ein dunkler Strich vor den ro-

349

ten Flammen. Wie ein tanzendes Ausrufezeichen. »Ich habe bereits begonnen, die Reliquie anfertigen zu lassen, Johann. Es wundert mich, dass das Gerücht nicht zu Euch vorgedrungen ist, wo ich mich doch so anstrengte, es unters Volk zu bringen.«

Fragend sah der Herzog ihn an, dann begriff er und strahlte. »Ihr habt begonnen. Ich hörte es munkeln über ein Vera Ikon, das gefunden worden sei, aber ...«

»Ein Vera Ikon. Ganz recht. Ein göttliches Bild. Ein Gottesbeweis. Hier auf Andechs. Ihr sagtet, ich solle es noch strahlender machen als die heiligen Hostien – nun, wir sind bereits so gut wie fertig.«

Johann nahm Barnabas den Krug aus der Hand und stellte ihn mit seinem ab. Dann nahm er beide Hände des Geistlichen. »Was für eine wundervolle Kunde, Barnabas. Wir werden gemeinsam meinen Bruder narren, wir werden Papst Bonifaz beschwichtigen und alle Gläubigen besänftigen können.«

Barnabas nickte. Dann begann Johann, ihm die Hände zu küssen. Langsam ging der alte Mann auf die Knie. »Ihr werdet Katharina ein Kloster bauen, strahlender und größer, als ich es je erdachte und sie sich erträumte. Es soll für alle Zeiten auf dem Heiligen Berg stehen.«

Barnabas legte dem alten Mann die Hand aufs Haar, meinte dann jedoch: »Wir benötigen Geld, Johann. Hier und jetzt. Ein paar Goldtaler für die nötigsten Ausgaben.«

Die Glocken der Kapelle begannen zu läuten.

»Die – die sollt Ihr haben«, beeilte sich Johann zuzusichern. »Aber wir müssen schnell sein. Hermann Bilvelt hat sich zu letzten Verhandlungen angekündigt. Sicherlich bringt er Erzbischöfe mit. Wir sollten ihnen das Vera Ikon zeigen und eine Approbation erbitten. Führt es zu Ende und fälscht auch all die Bücher.«

»Leider braucht der Hexenzauber seine Zeit.«

»Ihr werdet es bis Bilvelts Besuch sicher schaffen. Und nun kommt. Lasst uns ein paar Hasen und Rehe jagen. Der Tag scheint wundervoll zu werden.«

Schwankend hielt Rungholt sich auf der Leiter. Er spürte Mareks Holzsohlen nicht mehr, weil seine Schulten taub waren. Zitternd vor Erschöpfung bemerkte er, wie die ersten Mönche an ihnen vorbei und zur Nikolauskapelle eilten. Mittlerweile hatte sich der Himmel grau gefärbt. Die Laudes stand bevor, und es war nur eine Frage der Zeit, bis irgendjemand der Mönche nach oben sehen und sie beide auf der Leiter entdecken würde. Außerdem mussten sie so schnell wie möglich in die Schmiede zurück, damit nicht auffiel, dass sie herumgeschnüffelt hatten.

Ehe er eine weitere Warnung hervorpressen konnte, verließen Rungholt die Kräfte. »Kann nicht mehr«, keuchte er noch, dann trat er zwei Sprossen nach unten. Beinahe hätte Marek aufgeschrien, doch geistesgegenwärtig griff er die Leiter fester und ließ sich hängen.

Leise fluchend rieb sich Rungholt die Schultern und sah dann zu, mit welcher Leichtigkeit sich sein Freund die Leiter hinabgleiten ließ.

45

Beatrijs hatte die Flüssigkeit, die sich seit der Nacht aus dem Ei- und Salzschaum gesetzt hatte, vorsichtig abgegossen und dann durch ein Seihtuch geschüttet. Viktor und Korbinian hatten Bündelweise feines Leinentuch vom Pferderücken gebunden, und die Tücher in diesem Sud gut getränkt.

Wie Hemden zum Bleichen lagen die Tücher nun geschützt vor Dreck und Laub auf flachen Steinen, die Beatrijs vorher auf dem Ofen erhitzt und mit ungetränktem Leinen umwickelt hatte. Zwischen den Stundengebeten, die die Mönche unweit des Baches abhielten, tauschte sie mit Viktor die kalt gewordenen Steine gegen warme aus. Die getränkten Tücher mussten langsam trocknen, und eigentlich hatte Beatrijs sie aufhängen wollen, aber Korbinian und Ragnulf hatten drauf gedrungen, die Trocknung zu beschleunigen und sie mit Steinen zu wärmen.

Bisher war Ragnulf nicht zurückgekehrt. Sie hatte ihn nach der Tuchlieferung noch einmal losgeschickt, um weiteres Aqua dissolutiva und Silber zu besorgen. »Am besten Pulver«, hatte sie ihm nachgerufen, denn bis Münzen sich in der Salpetersäure auflösten, dauerte es meist länger als einen Tag.

Sie schürte noch einmal das Feuer und wickelte ein frisches Tuch um die heißen Steine. Viktor nahm sie entgegen, ohne ein Wort zu sagen. Seitdem Andreas zerquetscht worden war und sein Leichnam aufgebahrt vor dem Zahnrad im Nebenraum lag, war Viktor in sich gekehrt. Beatrijs kam der Mönch wie ausgewechselt vor. Doch der Unfall an der Mauer hatte nicht nur Viktor verändert, sondern auch den alten Korbinian. Zumindest hoffte sie das. Es war, als wären diese mächtigen Findlinge nicht nur aus der Südmauer gebrochen, sondern aus dem Gefüge ihres Miteinanders.

Nach Tagen der Entbehrung, nach den vielen Tagen ohne Zuspruch, ohne gutes Wort und ohne lobende Hand eines Vertrauten konnte sie noch immer Korbinians Händedruck spüren.

Sie wollte ihm nicht wehtun. Gleich, wie oft er ihr wehgetan hatte, indem er still zusah, was Ragnulf ihr antat. Sie wollte den Alten nicht verletzen, aber es war der einzige Ausweg. Der Händedruck war ein leeres Blatt Pergament, sie würde es noch diesen Morgen durch Schmerz mit Freundschaft füllen. Es war eine List. Aber um zu überleben musste sie Korbinian wehtun.

Beatrijs wischte ihre Finger in den dreckigen Säcken ab, die

352

ihr Korbinian anstatt des Surcots gegeben hatte, weil ihr Kleid von Andreas' Blut besudelt gewesen war. Das raue Leinen kratzte auf ihrer nackten Haut. Sie konnte riechen, wie sehr sie stank. Die Tage in Gefangenschaft hatten sie zu einem Tier erniedrigt, doch wenn sie der Mut verließ, dachte sie an ihren dunklen Schwur: Ich werde Ragnulf töten, bevor ich sterbe.

Stumm sah sie Viktor nach, der die Steine an den Bach brachte und begann, sie auszutauschen. Sie nahm sich ein Beutelchen voller Silberbröckchen, das Ragnulf ihr bereits vor Tagen gebracht hatte, zog einen mit Hanf verschlossenen Krug von ihrer Werkbank und ging an Korbinians Schreibpult vorbei zur schwarzen Kammer.

Eine schwarze Kammer in einer schwarzen Mühle, dachte sie und sah sich nach dem alten Mönch um. Korbinian schlief mit offenen Augen. Er stützte seinen Kopf mit beiden Händen, hatte die tintigen Finger auf seine Glatze gelegt und starrte auf die Pergamente. Noch immer fehlten ihm entscheidende Passagen aus Darios Codex. Er hatte einfach noch nicht verstanden, dass einige der Symbole nicht für Buchstaben standen, sondern gleich für Symbole der Alchemie. Für Luft, Erde, Zinn, Kupfer… Durchaus mit Anerkennung hatte Beatrijs verfolgt, wie der Mönch mit dem Abzählen fremder, lateinischer Texte hinter ihre Geheimsprache gekommen war – allein, indem er die Häufigkeit der Buchstaben errechnet hatte. So hatte er gar keinen Schlüssel gebraucht, kein Feld mit den Sternzeichen und alchemistischen Symbolen.

Obwohl es draußen erst graute, trug sie das Silber und den Krug lieber in die Kammer. Viktor hatte die halbe Nacht mit Ragnulf die Südmauer wieder aufgerichtet, die Steine vermörtelt und selbst feine Lücken geschlossen. Dann hatten die beiden mit Bedacht das Loch hineingeschlagen und für Beatrijs aus Holzscheiben Ringe gesägt, die sie in das Loch einpassen konnte, um es zu vergrößern oder zu verkleinern. Noch war das Loch verschlossen und die Kammer völlig dunkel.

Wie gewohnt entzündete sie eine Öllampe, über die sie einen Eimer aus Leinen stülpte. Sie hatte den Stoff mit Weizenbrei steif gemacht und hoffte, dass die Dämpfe durch den Schutz nicht zu schnell in die Flammen gerieten. Sie ließ die Tür einen Spalt offen stehen, um Korbinian beobachten zu können, während sie die Hälfte des Kruges in einen Tiegel umfüllte und das Silber hinzuschüttete. Dann stellte Beatrijs alles auf einen kleinen Tisch. Ihr Sud begann zu brodeln. Mehr und mehr Blasen bildeten sich, und erste Silberpartikel begannen, sich aufzulösen.

Die letzten Male hatte sie die Atemzüge abgezählt, die Viktor gebraucht hatte, um alle warmen Steine auszuwechseln. Ihr blieb noch genug Zeit, bis er wieder hereinkam. Leise schob sie den Tisch zur Tür und begann, trotz des beißenden Geruchs, etwas von der Salpetersäure aus ihrem Krug zu gießen.

Im Schein der Öllampe sah sie zu, wie sich eine kleine Lache bildete.

Beatrijs warf einen Blick durch den Türspalt, aber Korbinian hatte sich nicht bewegt, starrte noch immer auf die Symbole, auf die Haken und Kreise.

Sie schloss die Tür und nahm sich noch einmal des Kruges an. Obwohl sie sich genau ausgemalt hatte, was zu tun war und was geschehen würde, zögerte sie, sich den Rest des Inhalts über die Hand zu gießen. Sie wusste, wie sehr das Scheidewasser brannte und wie schwer das Feuer zu ersticken war. Auch sie hatte bereits gelbe Finger, weil sie mit der Lösung in Berührung gekommen war. Langsam nahm sie den Krug hoch. Die Dämpfe stachen in ihrem Hals. Sie zitterte, als sie ihn mit Bedacht zu kippen begann. Schmerzen hin oder her, sie musste glaubhaft machen, dass ihr etwas geschehen sei, sonst würde Korbinian glauben, sie habe ihm etwas antun wollen.

Der Salamander war der Geist der Wandlung. Das Tier der

Alchemisten. Er hatte ihr gesagt, dass sie hinauskommen könne. Der Salamander riss sich den Schwanz ab, um zu entkommen. Sie würde notfalls eine Hand opfern.

Mit einem entschlossenen Ruck kippte sie die Salpetersäure über ihre Hand. Es kribbelte, es stach. Der Geruch verschleierte ihre Sinne und brannte im Gesicht und auf den Lippen. Aber am schlimmsten waren die Schmerzen auf ihrer Haut. Sie hatte das Gefühl, die Hand in glühende Kohlen gehalten zu haben. Die Tränen kamen ihr, und endlich entfuhr ihr ein Schrei.

Sie hatte sich einen Eimer Bachwasser bereitgestellt und tauchte die Hand so schnell es ging hinein. Sie wurde beinahe ohnmächtig, so überwältigend war der Schmerz. Sie konnte sehen, wie sich die Flüssigkeit weiter durch die Haut fraß. Rote Flecken, weißes Fett. Ein Muster aus feurig roten Herbstblättern hatte sich um ihre Hand gelegt. Ihr Schrei wollte nicht enden.

Es dauerte nur einen Liedschlag, dann riss Korbinian die Tür auf. Das Türblatt stieß gegen den Tisch, und er stützte sich in der Lache ab, die Beatrijs absichtlich ausgeschüttet hatte. Verwirrt sah sich der Alte im Dunkel um, konnte im Schein des Leineneimers ihre Gestalt wohl kaum sehen.

»Es … es ist nichts«, stammelte sie ganz außer Atem.

»Was ist geschehen?« Noch spürte Korbinian das Stechen nicht, aber es würde nur noch einen Moment dauern, bis die Wärme auch an seinen Fingern zu einer rasenden Hitze herangeschwollen war. »Was stinkt hier so?«

Korbinian rieb sich die Augen und wollte vortreten, aber er kam nur einen Fuß weit, denn kaum hatte er seine Finger von den Augen genommen, begannen sie zu brennen.

Ihm entfuhr ein Schrei. Sein linkes Auge lief sofort rot an. Stöhnend begann er, es zu reiben, wollte an Beatrijs vorbei zum Eimer, schüttelte seine Hand und rieb dann weiter und weiter.

»Es brennt. Tu was!«

»Finger weg!« Beatrijs packte den Alten. Korbinian schrie auf, aber sie ließ nicht los und spritzte ihm eine Handvoll Wasser ins Gesicht. »Nicht reiben«, rief sie und spürte, wie ihre Hand taub wurde. »Wasser. Wir brauchen Wasser.«

Korbinian bekam vor Schmerz kaum Luft. Sein Auge war rot getränkt. Es schwoll an und tränte unaufhörlich. Die Flüssigkeit an seinen Fingern war bereits fortgespült, aber das Auge bekam er kaum auf. Sie bugsierte ihn so schnell es ging aus der Kammer mit den Dämpfen und eilte mit ihm zum Stehpult. Mit dem Fuß schob sie ihm ein Fässchen hin, sodass er sich setzen konnte. Erst wollte er nicht zulassen, dass sie seine Hand wegzog, die er schützend vor das Auge hielt, doch dann gab er nach. Korbinian stöhnte und hielt sich mit der Rechten so stark am Pult fest, dass seine Knöchel weiß hervorstachen.

»Tut mir leid«, sagte Beatrijs. »Ich war unachtsam und habe mir etwas von dem beißenden Wasser über die Hand geschüttet.«

»Ich kann nichts sehen. Ich … Es brennt so.« Er jammerte und wollte unbedingt mit seinen schwarzen Fingern, die nun auch noch teilweise gelb von der Säure waren, die Schmerzen wegkratzen.

»Ssssssscht«, beruhigte sie ihn. »Es geht gleich vorbei. Habt Ihr Milch? Käse?«

Korbinian nickte zu einem Korb, der unweit seines Pults auf dem Boden stand. Ohne zu zögern, stürzte Beatrijs hin und riss die Säckchen und Krüge auf. Sie fand etwas weichen Käse und löste ihn in einem Krug mit Dünnbier auf. Dann tupfte sie den Brei behutsam in sein rotes Auge. Unter ihren Fingern konnte sie spüren, wie sich der Mönch entspannte. Sein hektisches Atmen wurde langsamer, und er ließ endlich das Pult los.

»Das tut gut«, meinte er und weinte. Sie hielt Korbinian beinahe im Arm. So zärtlich sie nur konnte, tupfte sie mit dem Käsebrei sein Auge aus. Ihre verletzte Hand hatte sie vollkommen vergessen. Dafür fiel sein Blick auf ihre Verätzung, und sie spürte, wie er neuerlich, diesmal vor Mitgefühl, zurückzuckte.

»Mir ist nichts geschehen«, log sie und tupfte weiter. »Aber Euch. Es tut mir leid, ich wollte nicht … Ich wollte Euch doch nur dienen und schnell Euer Werk vollenden.«

Jetzt war es an Korbinian, sie mit einem »Sssssscht« zum Schweigen zu bringen. »Ihr solltet Euch auch etwas vom Käse auf die Hand tun«, sagte er, aber Beatrijs schüttelte den Kopf. »Ihr wisst genau, dass ich sterben soll, Korbinian. Was hilft mir da eine heile Hand?«

Korbinian schwieg, geistesabwesend starrte er gegen die schwarze Decke der Mühle und ließ Beatrijs noch einmal mit dem feuchten Käse sein Auge beruhigen.

»Ihr habt Darios Buch beinahe entschlüsselt. Ihr wisst so gut wie ich, dass der alchemistische Zauber beinahe abgeschlossen ist. Ihr könnt das Experiment selbst vollenden und das Wunder geschehen machen, Korbinian. Ich bin überflüssig. Eine Hexe, die Euch das Auge verbrennt. Nicht würdig zu leben.«

»Nur Gott kann Wunder geschehen machen, Beatrijs Smidel. Nur Gott.«

»Ihr könnt auch ein Wunder erschaffen, Korbinian. Lasst mich gehen. Ich bin keine Hexe. Wie kann ich eine Hexe sein, wenn mein Werk Euch dienen kann – und unserem Herrn?«

Er beendete ihre Fürsorge, indem er den Kopf herunternahm und einen Blick zu Darios Codex warf. Hatte sie sich zu weit vorgewagt? Hätte sie noch behutsamer vorgehen sollen? Sie wollte noch einmal sein Auge auswischen, doch er schob sie sanft aber bestimmt zur Seite.

Geschäftig tuend strich er mit dem Daumen über seine schwarzen Lippen, ganz so, als sei sie nicht mehr da. Beatrijs nahm all ihren Mut zusammen und beugte sich abermals zu seinem Ohr. »Lasst Gnade walten, Bruder Korbinian. Es fehlt nicht mehr viel. Ich rühre Euch die letzte Paste an und sage

Euch, wie Ihr das Bild entstehen lasst, aber dafür…« Sie hielt inne, denn Viktor war in die dunkle Mühle getreten. Er dachte wohl, dass Korbinian sie gerufen hatte, um den Codex zu entschlüsseln, denn er widmete sich den warmen Steinen und achtete nicht weiter auf die beiden.

»Lasst mich frei«, fuhr Beatrijs leise fort. »Ihr müsst dies alles hier ja gar nicht beenden. Führt mich in den Wald und experimentiert weiter. Aber schickt meinem Mann einen Hinweis, wo er mich finden kann. Ich flehe Euch an.«

Korbinian zögerte, dann schien ein Ruck durch ihn zu gehen, aber statt einer Antwort tippte er auf eine weitere Reihe mit Haken und Sonnen. »Wie heißt dieses Wort, Beatrijs Smidel? Was ist das für ein Hexenzeichen. Es steht für keinen Buchstaben, habe ich recht?«

Sie überlegte lange. Wenn sie es ihm verriet, würde er noch schneller den Rest entschlüsseln. Ihr Hals war trocken. Sie wischte die Finger in ihren dreckigen Säcken ab. »Lapis infernalis«, flüsterte sie schließlich dem Alten ins Ohr und raunte sogleich: »Ich stelle es bereits für Euch her, Korbinian… Ihr tut Unrecht. Ihr wisst es. Ihr tut Unrecht. Lasst mich frei.«

Viktor wandte sich zu den beiden um. Nicht nur Beatrijs, sondern auch Korbinian zuckten voneinander zurück, wie es Liebende tun, die man vor der Heirat beim Küssen ertappt. Viktor wunderte sich, wandte sich aber erneut den Steinen zu, schob weitere kalte in den Ofen.

»Gebt meinem Theo das«, sagte Beatrijs schnell und drückte Korbinian etwas in die Hand. »Damit er weiß, dass Ihr von mir kommt.« Es war eine Spange aus Knochen. Sie war gebrochen. Der Löwe, der zum Sprung ansetzte, hatte keinen Kopf. Die Spange sah aus, als habe sie ein Kind gefertigt.

Korbinian wies die Spange weder zurück, noch nahm er sie. Er hielt seine Hand offen. So lange, bis Beatrijs seine Finger sanft schloss. »Theobald wird es erkennen. Als Zeichen, dass ich wirklich lebe.«

Das rote Auge richtete sich auf sie, und mit Tränen auf den Wangen sah Korbinian sie an.

Beatrijs konnte nicht sagen, was der alte Mönch dachte.

46

Ein Zeichen, dachte Korbinian. Gott solle ihm ein Zeichen schicken, damit er wisse, was zu tun sei. Was richtig und was falsch war. War es bereits ein Zeichen gewesen, dass der Himmel in Blau erstrahlte? War dies das Zeichen?

Nachdem Beatrijs ihm geholfen hatte, hatte er weiterarbeiten wollen, aber sein Auge war zu sehr verletzt. Er hatte Viktor alles übergeben müssen und war vor die Mühle getreten. Da hatte er es gesehen: den blauen Himmel.

In Angst, Ragnulf könne ihn schlagen oder mit seinen Messern erstechen, war er so schnell es ging nach Andechs geritten, um dem Chorherrn von seinem Unfall zu berichten und um Verstärkung zu bitten. Dann hatte er jedoch die liebliche Kapelle erblickt und sich entschieden, erst einmal zu beten. Ein Echo der Schuld, die sich seit dem Tod des venezianischen Goldschmieds über ihn wie ein Grabtuch gelegt hatte, hatte ihn zum Altar getrieben, und nun hockte er auf dem nackten Boden und hielt Zwiesprache.

Draußen war der Lärm der Baustelle zu hören. Seine Brüder schlugen Steine, sägten, sangen und errichteten. Bald würde er kein Augustiner mehr sein, sondern Benediktiner und in diesem Kloster leben können. Korbinian zündete eine weitere Kerze an. Ein Zeichen nur, dachte er. Unser ganzes Leben ist die Suche nach Gott. Sollte er wirklich zum Chorherrn gehen und ihren Klosterbau gefährden? Oder sollte er Beatrijs helfen? Sollte er eine Seele retten und in die Stadt fahren. Er wusste, dass Theobald Smidel längst tot war, aber er würde dem Rumormeister von allem berichten können. Oder diesem Fremden, diesem Hanser, über den Ragnulf geschimpft hatte. Seinen Namen hatte Korbinian vergessen, aber er war sich sicher, dass er ihn bei Smidel finden würde. Sollte er eine Seele retten oder durch ein Kloster viele Seelen. Was war mehr wert? Kam es auf den Wert an?

Ein Zeichen.

Korbinians Auge begann zu tränen, und er wischte es sich mit dem Zipfel seiner Kutte aus. Ein letztes Mal fiel er ins Gebet, dann bekreuzigte er sich und stand auf. Er war keine Spur schlauer, aber er musste das Auge kühlen.

Mit schnellen Schritten eilte er aus der Andechser Kapelle. Sein Blick fiel zum Herrenhaus, aber er zauderte, in den Schlafsaal zu gehen und Bruder Matthias nach Arznei zu fragen. Langsam ging er weiter, in Gedanken versunken.

Da flüsterte eine Stimme Beatrijs Namen. Erst war er sich nicht sicher, ob er es wirklich gehört hatte. Dann vernahm er jedoch eine weitere Stimme und wusste, dass nicht Gott zu ihm sprach, sondern nur zwei Pilger, die in der Schmiede untergekommen waren. Lautlos ging er hinüber und stellte sich an die Wand, darauf bedacht, dass man ihn von drinnen nicht durch eine der fehlenden Steine sehen konnte.

Am alten Amboss stand ein dicker Mann und redete auf einen Kerl ein.

47

Das Leben auf Andechs war einfach und durch zweierlei geprägt: Arbeit und Gebet. Rungholt und Marek hatten die großen Horen besucht und sich nützlich gemacht, hatten mitgeholfen, Steine zu stapeln und Holz zu tragen. Noch hatte niemand ihre Tarnung durchschaut. So dachten sie zumindest. Fleißig hatten sie die Mönche belauscht und waren ihnen gefolgt.

Seit Jahren hatte Rungholt nicht mehr so viel geschuftet, wie in den Stunden, in denen er die Mönche gezählt und einzuschätzen versucht hatte, wo sie Beatrijs versteckt hielten. Immerhin wusste er nun, dass Beatrijs tatsächlich ein Vera Ikon herstellen sollte und deswegen entführt worden war. Irgendwo mussten sie für sie eine Art Laboratorium eingerichtet haben. Anfangs war er sich sicher gewesen, dass sie auf der Burg war, aber nachdem er keinen Mönch mit einer Daube hinter einer Ecke hatte verschwinden sehen oder so etwas wie eine Wachablösung beobachtet hatte, war er unsicher geworden.

Vielleicht hatte Marek recht, und er hätte einmal mehr wie ein rollendes Fass über die Baustelle rollen und jemanden an die Wand drücken sollen?

Hungrig fiel Rungholt am Nachmittag ins Stroh. Die drei kranken Pilger hatten es nur mit Mühe in die Kapelle geschafft und hatten ansonsten den ganzen Tag dagelegen.

Marek reichte ihm eine Daube mit Mus und ein Stück Brot. Es war ledern. Jeder Pilger bekam drei Scheiben. Rungholt hatte den Knust erwischt. Er wollte mit Marek tauschen, aber der sah es nicht ein. Schließlich siegte der Hunger. Der Chorherr war noch nicht von der Jagd zurückgekehrt, und bis auf Rungholts Magen war alles ruhig.

»Au!« Rungholt schrie auf und hielt sich den Zahn. »Dieses Brot ist nicht nur zäh, es ist steinhart. Wenn die Vitalienbrüder wirklich den Ostseehandel blockieren, werden wir in Lübeck auch bald nichts anderes mehr bekommen.« Abschätzig sah er den Knust an, überwand sich und biss abermals knurrend ab. Jedoch nur um beim Kauen erneut innezuhalten. Verdutzt griff er sich in den Mund und zog etwas heraus.

Es war eine Spange. Sie war aus Knochen. Rungholt erkannte die Hälfte sofort und blickte sich in der Schmiede um, doch die drei anderen Pilger waren ins Essen vertieft. Einer von ihnen murmelte etwas, das Rungholt nicht verstand. Er hatte lange dunkle Haare, die er zu einem Pferdeschwanz gebunden hatte, und sah Rungholt herausfordernd an. Rungholt hielt seinem Blick stand und untersuchte erst als der Pilger weiteraß noch einmal die Spange.

Jemand hatte einen winzigen Schnipsel eines Pergaments daran geheftet. Leider hatte Rungholt mehrmals draufgebissen.

Er rollte das angekaute Pergamentstückchen aus. Es war nicht größer als zwei Fingernägel. Während Marek aß, versuchte er, die kleine Schrift zu entziffern, aber die Buchstaben verschwammen zu einer einzigen Linie. Selbst nachdem er heimlich seine kostbare Brille unter seinem Pilgergewand hervorgeholt und aufgezwickt hatte, wurde er nicht schlauer, den die Schrift war einfach zu klein. Er steckte die Brille weg, bevor einer der Fremden oder ein Mönch sie sah, und reichte Marek, der ganz versunken sein Mus löffelte, das Stückchen. Er musste den Kapitän anrempeln, damit er es nahm und schließlich leise vorlas. Marek konnte zwar die Buchstaben erkennen, aber nicht wirklich lesen. »A-a-a-d tu-tu-rri ve-ve-tu ... vetusta ad-ad-veni p-pr-prae-prae com-ple-to-rio.«

Rungholt verstand kein Wort.

»Es hat uns jemand erkannt«, stellte Marek unnützerweise fest.

»Ach, meinst du wirklich?«

Er suchte mit Marek eine ruhige Ecke der Baustelle auf und bat den Kapitän, die Buchstaben abzumalen. Es dauerte ewig, bis Marek sie größer in den Boden geritzt hatte. Ad turri vetusta adveni prae completorio. Immerhin verstand Rungholt, dass sich jemand vor dem completorio, der Komplet, mit ihm treffen wollte.

»Vielleicht endlich ein Zeuge«, meinte Rungholt. »Vielleicht ein Mönch, der weiß, wo Beatrijs ist und mit der Schuld nicht mehr leben kann …«

»Vielleicht ist es dieser Mönch mit dem Feuermal.«

48

Es war früher Abend. Korbinian war seit Stunden nicht zurückgekehrt. Nachdem er die Spange nicht zurückgewiesen hatte, hatte sie gebetet. Tief in ihrem Innersten war sie überzeugt, dass er Hilfe holen würde, dass er zu ihrem Mann gehen und sie freilassen würde. Schon weil er Ragnulfs Art nicht ausstehen konnte. Aber bis dahin hatte sie zu überleben.

Das Warten hatte all ihre Kraft geraubt. Waren sie von München derart weit entfernt, dass man Stunden brauchte, in die Stadt zu reiten und eine Nachricht zu überbringen? Nur gut, dass auch Ragnulf noch nicht mit Silber und weiteren Phiolen Aqua dissolutiva zurückgekehrt war. Immerhin konnte Beatrijs bei dem Gedanken schmunzeln, wie sich der junge Mönch abmühte, das Scheidewasser zu besorgen, wo sie längst viel zu viel der Substanz in der Mühle eingelagert hatte. Gut dreizehn Seidel standen in sieben versiegelten Tonkrügen an ihren Öfen. Verpackt in Stroh, damit den Krügen nichts geschah. Natürlich konnte Ragnulf nicht wissen, wie viel Aqua sie tatsächlich brauchte, aber sollte er doch am Wasserholen krepieren.

Nur Viktor war zurückgeblieben. Gemeinsam hatte sie mit ihm in der Kammer die nun trockenen Tücher mit dem Lapis infernalis eingestrichen. Es hatte lange gedauert, nur bei Fackellicht die Flüssigkeit aus Silber und Aqua dissolutiva gleichmäßig auf die Tücher aufzubringen.

Mit einem dünnen Pinsel strich sie ihren Hexensud auf das

letzte Tuch und begann, die Stoffbahn in der Kammer aufzuhängen. Weil Ragnulf es ihr befohlen hatte, hatte sie gleich
sieben Tücher hergestellt. In der kleinen, dunklen Kammer
stank es furchtbar, aber sie konnten sie nicht lüften, weil sie
sie sonst hätte öffnen müssen. Beatrijs löste den Verband,
den sie sich aus dem groben Sackleinen ihres Kleides gerissen hatte, und japste vor Schmerz. Die Hand hatte an einigen
stellen zu nässen begonnen, und etwas von der Haut war am
rohen Gewebe des Verbands festgeklebt. Die roten Stellen waren heller geworden. Zwar hatte das Brennen nachgelassen,
aber das bissige Wasser hatte sich teilweise bis zum Knochen
in ihr Fleisch hinabgefressen. Sorgsam legte sie den Verband
wieder an und wollte nach den Klammern greifen, als Viktor
die Tür zur Kammer öffnete.

Tageslicht fiel herein, Beatrijs schrie auf. Sie stürzte zu ihm,
schlug hinter dem verdutzten Mönch die Tür zu.

Im kurzen Schein des Tageslichts hatte sie gesehen, dass
Viktor sich einen Dolch an seine Kordel gebunden hatte. Er
trug auch ein Kreuz offen um den Hals und küsste es oft.
Wahrscheinlich hatte der Mönch Angst, mit ihr allein in der
Mühle zu sein, allein im Wald mit einer … Hexe. Zornig fuhr
sie ihn an und reichte ihm eines der Tücher, damit er half, es
aufzuhängen.

Zusammen spannten sie das feine Tuch auf, steckten Klammern auf die Leine, damit es gut hing und atmen konnte. Es
war wie zu Hause nach dem Waschen. Es war, als stünde sie
im Hinterhof ihres Hauses am Rindermarkt, der lichten und
geschwungenen Gasse, und hänge mit Vroni und Karla die
Wäsche auf. Vroni, Karla … Was die beiden wohl taten? Ob
sie schon in der Kirche waren, um für sie zu beten? Sicher
jeden Tag. Hoffentlich jeden Tag. Ob sie annahmen, sie sei
längst tot? Was Theobald wohl die Tage getan hatte – so ganz
allein mit dem Jungen? Sie steckte eine weitere Klammer auf
und musste schmunzeln. Trotz allen Drecks, des Gestanks

und Leids. Trotz ihrer Hand. Sie musste lächeln, weil ihr alles so vertraut vorkam. So trügerisch vertraut. Als sei diese Kammer in der schwarzen Mühle nun ihre Heimat. Ihr Zuhause.

Der Gedanke riss sie zurück. Ich beginne, mich selbst zu belügen, schalt sie sich.

Noch ganz wütend über sich, steckte sie die letzte Klammer auf und sah dem Schatten des Mönchs zu, der auf der anderen Tuchseite im Schein ihres Eimerlichts ein zweites Leinen geradezog. Beatrijs sah ihm zu, und mit einem Mal schien ihr die Welt klar. Die Kammer schien ihr dunkler als sonst, die Luft reiner und der Weg nach draußen, den die Eidechse nahm, spielerisch erreichbar. Er lag vor ihr. Keine vier Schritte entfernt.

Der Gedanke fegte die Erinnerungen und die Wut auf sich selbst fort und schaffte Platz für eine Bilderflut: Sie, auf der Flucht. Sie, die Viktor einfach niederschlägt und rennt. Sie, die einfach die Tür zuschlägt, das Schreibpult davorwirft und rennt. In den Wald rennt. Fort. Zurück in ihre Welt.

Ihr Kopf war selten so frei gewesen, so rein wie ein klarer Himmel. Manchmal hatte sie eine solche Bilderflut bei Dario gespürt. In diesem Zwischenboden, der noch niedriger war als diese Kammer und dasselbe bezweckte. Bei Dario Belluccio war sie ein freier Geist gewesen, während sie hier lediglich ein geketteter Leib war.

Noch einmal sah sie sich nach dem Schatten auf der anderen Seite des Tuchs um. Dann nahm sie den Zuber mit Wasser, in den sie schon ihre Hand gehalten hatte, und schlug zu.

Sie, die einfach die Tür zuschlägt, das Schreibpult davorwirft und rennt. In den Wald rennt. Fort. Zurück in ihre Welt.

49

Ungeduldig trat Rungholt von einem Fuß auf den anderen. Er sah einem Schwarm Reiher nach, dessen Schatten sich im sonnenlosen Abendhimmel verloren. Der Regen war zurückgekehrt, war zu einem feinen Nieseln geworden und hatte Nebel gebracht. Wie gestern streckte er seine Hand aus, doch diesmal wurde sie nicht sandig.

Um sich vor dem Nieselregen und dem Nebel zu schützen, drückte er sich an den Bergfried. Aus der Kapelle drangen die Psalmen der Mönche. Die Komplet hatte bereits begonnen, doch niemand war am Turm erschienen. Durch den Regen sah Rungholt sich nach Marek um, der sich auf der anderen Seite des Platzes hinter Baugerät verborgen hielt. Kaum merklich nickte Rungholt ihm zu. Dann zog er Beatrijs' Kamee aus seinem Säckchen und ließ seine Finger über das Gesichtchen gleiten. Er hielt den springenden, kopflosen Löwen daneben und wog beides in seiner Pranke, als ob ihm diese Kleinodien einer verschwundenen Frau Glück bringen könnten. Talismane, dachte er, Heil bringende Dinge, die die Heiden anbeteten. Nun, auch ich habe sie gern bei mir.

Da sah er im Mondlicht einen Mönch aus dem Nebel kommen. Der Mann kam aus Richtung des Herrenhauses und drückte sich ein Tuch aufs Auge. Er eilte, sich immer wieder umblickend, Richtung Turm. Der Mann war nicht mehr allzu gut zu Fuß. Wahrscheinlich ein älterer Mönch, vermutete Rungholt und hielt sich im Dunkeln. Er sah zu, wie der Mönch das Tuch herunternahm und abermals seinen Schritt verlangsamte. Der Alte war jetzt keine fünf Klafter vom Burgfried entfernt und schien nach Rungholt Ausschau zu halten.

»Seid Ihr hier?«, flüsterte er. »Fremder? Seid Ihr hier? Ich weiß, wo Beatrijs ist, hört Ihr?« Der Mann blieb stehen. Er hatte Angst, das bemerkte Rungholt, weswegen er möglichst langsam seine Deckung auf- und sich dem Mann zu erkennen gab. Marek hatte sich nicht bewegt und beobachtete alles stumm.

»Ja«, meinte Rungholt ruhig. »Ich suche Beatrijs. Schon viele Tage… Ihr wisst, wo sie ist?«

»Ja.«

»Was wollt Ihr dafür?«

»Ich?«, der Alte war ernsthaft überrascht. »Ich will dafür nichts. Ich… Ich will helfen.«

»Helfen?« Mit Bedacht ging Rungholt auf ihn zu. »Helfen ist gut. Mein Name ist Rungholt. Ich stamme aus Lübeck. Wo habt Ihr Beatrijs Smidel?«

Der Alte verbeugte sich ein wenig.

»Bruder Korbinian.« Ein Lächeln erschien auf den schwarzen Lippen des Mannes. Hatte er Tinte getrunken, fragte sich Rungholt. Korbinian streckte seine Hand aus und Rungholt sah im Mondlicht, das auch sie verfärbt war. Gelbe und schwarze Flecken auf den Kuppen.

Rungholt wollte die Hand ergreifen, als ein Schatten hinter dem Turm hervorschoß.

Blitzschnell.

Zuerst glaubte Rungholt, ein übergroßer Jagdhund habe sich auf den Mönch gestürzt. Überall war es schwarz und ein wirbelnder Schatten, dann erkannte Rungholt, dass es eine dunkle Kukulle war. Der Mantel hüllte Korbinian ein. Ein erstickter Schrei, der Alte sank zu Boden und hielt sich den Bauch.

Schwarze Tinte floss aus ihm heraus, schoss es Rungholt durch den Kopf, und im selben Moment sah er, wie ein Messer im Nieselregen aufblitzte und wieder in den Alten niederfuhr. Der Centaur, dachte er noch.

Der Rest war Laufen.

Der junge Mönch riss den Kopf herum und wollte sich auch auf Rungholt stürzen, doch der war schon fort.

»Maaaarek!« Rufend und schnaufend erreichte Rungholt

den Weg und rannte an der Kapelle vorbei. Im Nebel konnte er nicht ausmachen, ob noch andere Mönche ihm folgten oder wo der Kapitän war, aber er hörte hinter sich den Mann mit dem Feuermal. Der Mönch war ausdauernd und schloss schnell auf.

Rungholt sah sich nach Marek um. Endlich, da! Er konnte den Schonen einige Klafter weiter neben ihm rennen sehen. Jedoch waren zwischen ihm und Marek die Kübel und der Kran, die Stümpfe, auf denen die Ritter Tric Trac gespielt hatten. Marek konnte nicht zu ihm herüber.

»Marek!«

Der Kapitän drehte sich im Laufen zu ihm, und Rungholt wurde bewusst, dass er fieberhaft nach einer Möglichkeit suchte, den Angreifer von der Seite zu schnappen, ihn zu Boden zu reißen, bevor er Rungholt erreicht hatte. Jedoch konnte Rungholt den Centaur immer näher hinter sich hören.

Das Platschen seiner Lederstiefel in den Pfützen, das Klirren von Metallklingen, das Rascheln der Kukulle. Plötzlich war der Mönch direkt in seinem Rücken, streckte die Hand nach ihm aus, und Rungholt wandte sich in Panik abermals nach Marek um. »Marek!« Der Kapitän musste erst über Schubkarren springen, über einen Steinhaufen. Niemals würde er sie beide erreichen, bevor... Rungholt schwindelte. Keine Luft. Die eingefallene Burgmauer, tauchte vor ihm im Nebel auf, da, eine Lücke. Weggeschossene Feldsteine. Klafterbreit.

Am liebsten hätte er erneut nach Marek gerufen, doch er brauchte die Luft zum Atmen. Er spürte die Hand hinter ihm, die sich ausstreckte, um sein Hemd zu greifen, und er ließ sich über die Steine und in den Busch fallen.

50

Er hatte damit gerechnet, hart zu stürzen, aber schlimmer noch: Hinter der Mauer ging es steil bergab.

Schreiend krachte er in einen Busch und versuchte, sich festzuhalten, aber die Äste schnitten ihm die Hand auf. Rungholt landete auf der Seite, schlitterte und überschlug sich. Wo war oben? Wo unten? Überall Geröll und verrottete Baumstümpfe. Er stürzte weiter, trat Steine los und sah im Schlittern und Überschlagen die Kante eines Abhangs vor sich. Verzweifelt versuchte er, nach einem Ast zu greifen, nach irgendeinem Stein, sich festzuklammern.

Irgendwie bekam er eine Wurzel zu packen, riss sie vier Ellen aus dem nassen Boden und schlug mit der Schulter gegen einen Findling.

Dann blieb er liegen, der Abhang schulterbreit von seinen Füßen entfernt.

Langsam atmete Rungholt durch und versuchte, sich an der Wurzel ein wenig höher zu ziehen. Es gelang ihm nicht recht, aber immerhin konnte er sich aufsetzen, ohne abzurutschen. Scheu reckte er den Hals, um über die Kante zu sehen. Dahinter ging es gut drei, vier Klafter hinab in das Bett des Baches, der die Felsen ausgespült und sich in den Heiligen Berg gesägt hatte.

»Marek!« Er rief, aber der Kapitän meldete sich nicht. »Marek!« Noch einmal griff er nach der Wurzel, schlang sie sich um die Hand und zog. Endlich gelang es ihm, sich ein paar Ellen hinaufzuziehen.

Der Schlag kam genau in dem Moment, als er sich umblicken und zur Burgruine hinaufsehen wollte. Mit einem kurzen Kampfschrei prallte der Mönch gegen ihn. Die Luft blieb Rungholt weg, als die Knie des Mannes sein Kinn trafen, dann begann das schlitternde Rollen erneut. Er schlug um sich, bekam die Kukulle des Mönchs zu greifen, aber plötzlich war kein Grund mehr unter ihm.

Schreiend rollte er, den Angreifer umklammert, über die Kante und stürzte mit dem Centaur durch den Nebel und hinab in den Bach.

Für einen Augenblick war er wieder ein Kind. Er spürte das kalte Wasser, spürte den nassen Tod seine Kleider durchkriechen und schlug schreiend um sich.

Der Bach war lediglich eine Handbreit tief. Rungholt lag auf der Seite und dachte, er klammere sich an eine tote Kuh, er rief nach seiner Mutter, er rief nach seinem Vater. Er dachte, die Marcellusflut habe ihn umschlossen. Eine Kogge in einem Kirchturm, brennende Dächer in schwarzem Wasser, Leichen mit Gischthaar.

Stöhnend kam er zu sich und schreckte sofort vom Wasser zurück. Ihm schwindelte. Er musste sich am Ufer übergeben. Alles schmerzte. Seine Rippen, seine Seite, seine Schulter. Aber er lebte. Verwirrt sah er sich nach dem Mönch um. Der Centaur hatte sich einen Arm gebrochen. Krumm stand er ab, während der Mann auf dem Rücken lag und das Wasser des Bachs sein Feuermal umspielte. Der Mond zerfloss zu weißen Schlieren um den reglosen Mönch.

Rungholt wollte zu ihm, wollte sehen, ob er noch lebte. Er stand schon mit dem linken Fuß im Bach, bevor er das Wasser erneut wahrnahm und zurückwich. Hadernd stand er am Ufer.

Es ist nicht das Meer, du dummer Junge, schalt er sich. Geh hinein, geh zu ihm, sieh nach. Nimm ihm die Waffen ab. Du hast doch geübt. Du bist in die Ostsee gegangen letztes Jahr. Bis zum Knöchel jedenfalls. Du hast Buch geführt über deine Fortschritte. Weißt du noch?

Ich weiß, aber es waren keine Fortschritte.

Zugegeben, du hast die Angst nicht verloren, aber du standest im Wasser. Es ist nicht das Meer, Rungholt. Geh.

Er überwand sich nur langsam. Täppisch, einen Fuß direkt vor den anderen setzend wie ein zu dick geratener Seiltänzer watete er in das Seichte. Jeder Schritt kostete ein Lebensjahr Kraft, jede Bewegung war voller Abscheu und Ekel.

Schließlich erreichte er den Centaur.

Der Mann stöhnte nicht, atmete nicht. Rungholt nahm seinen ganzen Mut zusammen und kniete sich neben den Mann in den Bach. Ungeduldig schlug er die Kukulle beiseite, die sich im Seichten aufgebauscht hatte und fühlte nach den Wurfmessern. Endlich griff er das Bündel und riss es ab. Er sah auf die Klingen und erkannte mit einem Blick, dass es dieselben waren, die Marek verletzt und Dario getötet hatten. Fluchend holte er aus und wollte sie ins Dunkel des Waldes werfen, da schossen Finger unter der Kutte hervor. Der Centaur packte Rungholts Handgelenk. Fest und unbarmherzig. Blitzschnell schoss der Mann mit dem Oberkörper hoch und verdrehte Rungholts Arm. Rungholt schrie auf, versuchte, das Gleichgewicht zu halten, fiel jedoch nach hinten. Er verlor die Messer. Klatschend landeten sie im Wassermond.

Sofort tastete der Centaur nach ihnen, er lag halb über Rungholt, der gleichfalls versuchte, die Klingen im Wasser zu finden. Tatsächlich spürte er eine und wollte sie herausziehen, doch der Mönch hatte das Bündel bereits gepackt. Die Schlaufe riss, und Rungholt blieb nur das eine Messer, die anderen fielen zurück. Er rollte sich ab, zog sich ans Ufer. Jeden Moment rechnete er damit, dass der Mann ihn packen würde, doch der Mönch versuchte es gar nicht erst. Wohl wissend, dass er Rungholt nicht mit einer Hand zu sich zerren konnte. Stattdessen zog der Mönch ein, zwei, drei Messer gänzlich aus dem Wasser.

Rungholt stolperte vor und sah sich um.

Wie ein schwarzer Schatten, triefend und kalttot, erhob sich der Centaur endgültig aus dem dunklen Bach. Die Klingen glitzerten, dann riss er die Hand hoch, und ehe Rungholt einen weiteren Schritt getan hatte, zischte das erste Wurfmesser.

Es sauste an seinem Ohr vorbei, keine zwei Fingerbreit entfernt, und sirrte zwischen die Bäume.

Rungholt schlingerte vorwärts, drückte sich durch ein Gebüsch und fiel in Laufschritt. Er rannte, so schnell er konnte. Rechts links, einen Haken hier, einen Haken da, an den Erlen vorbei, durch die Sträucher, dann zwischen Birken hindurch, jetzt rechts, nochmals rechts, über die Felsbrocken. An einer alten Köhlerei vorbei. Weiter. Am Kohlenmeiler entlang. Die Schmerzen pochten. Weiter. Weiter

Sicher, dass der Mönch weiterhin auf ihn zielte, rannte und stolperte Rungholt zwischen den Bäumen voran. Kopflos. Längst wusste er nicht mehr, wo er war.

Er stürzte über ein paar Wurzeln und fiel hart. Keuchend lag er da, wollte aufstehen und weiterlaufen, da bemerkte er, dass vor ihm ein neuerlicher Abgrund lauerte. Eine Senke voller Geröll. Er horchte. Schritte ließen Äste knacken, Rungholt vernahm Keuchen und ein Stöhnen. Der Centaur war dicht hinter ihm. Nur die Senke lag im Mondlicht, hier jedoch, unter den Wipfeln, war es stockdunkel. Rungholts Herz schlug so hart, dass es schmerzte. Die Welt war in ein Rauschen getaucht, und es wurde lauter und schmerzhafter, weil er versuchte, nur flach zu atmen. Bloß nicht keuchen, keinen Laut.

Rungholt wog das Messer in der Hand. Er hatte es die ganze Zeit gehalten, und die durchbohrte Klinge und der Schaft waren warm. Körperwarmes Metall, tariert, glatt. Tödlich.

Schnell griff er sich eine Handvoll Erde und wischte sie sich auf die Wangen und auf das Metall des Messers. Es war dunkel, aber er wollte nicht riskieren, dass die Klinge doch im Mondschein aufblitzte. Rungholt horchte. Das Knacken und Keuchen war lauter geworden, tastender. Suchender ...

Verzweifelt versuchte Rungholt, weiter den Atem anzuhalten. Er konnte sich lediglich hinknien, weil er für die Hocke zu dick war, und spähte ins Gebüsch, er hoffte, durch die Blätter und Äste seinen Gegner zu erkennen. Doch da waren nur Schatten auf Schatten. Schwarz in Schwarz.

Reglos kniete Rungholt da. Ein um Leben Betender vor einem undurchdringlichen Schrein aus Dickicht. Komm schon, betete er. Komm aus dem Schatten und zeig dich. Behutsam tastete er nach einem Stein, einem Stöckchen. Er hob einen Kiesel auf und warf ihn ins nächste Gebüsch. Komm schon. Ich bin da drüben, hol mich… Komm schon.

Der Centaur trat keine drei Klafter von ihm entfernt aus dem Gehölz und stand zwischen den Erlen. Auch er lauschte. Rungholt konnte lediglich eine seiner Wangen erkennen, die rechte Seite, die kein Feuermal trug. Ansonsten schluckte die Kukulle das kaum vorhandene Licht.

Er wog das Wurfmesser in seiner Hand, blickte ein letztes Mal auf die Klinge, schätzte ihr Gewicht. Er hob den Kopf und warf!

Der Mönch wirbelte herum, war die drei Klafter herangesprungen und stürzte sich auf ihn. Das Messer sauste aus Rungholts Hand fort in den Wald.

Rungholt fiel auf den Rücken und starrte in das junge, verschwitzte Gesicht über ihm. Er wälzte sich herum, versuchte, den Mann abzuschütteln. Er spürte die Äste im Rücken, nahm das Messer über sich wahr. Seine Augen, das Feuermal, den Stoff der nassen Kutte halb im Gesicht. Die Hand mit der Klinge. Dann spürte er den ersten Hieb in seiner Seite, bemerkte den heißen Atem des Angreifers in seinem Gesicht.

Du hast dich eingepisst, dachte er, doch im selben Moment wurde ihm bewusst, woher die nasse Wärme an seinen Rippen kam. Der Mönch hatte zugestochen. Wie bei Marek. Nein, bei Marek hat er es geworfen. Unnütz wirbelten Rungholts Gedanken umher, während er den Arm des jungen Mönchs festhielt. Nur kein zweiter Stich. Du wirst es überleben. Nur kein zweiter Stich.

»Marek!«, rief er sinnlos und wusste sogleich nicht, ob er wirklich geschrien hatte.

Seine Gedanken drehten sich im Kreis.

»Wo ist sie«, stieß Rungholt hervor.

»Wer?«

»Beatrijs! Wo?«

Der Mönch presste ein Lachen hervor.

»Als ich zu Smidel kam, hätte ich Euch auch einen Schnitt…«, keuchte der Mann und brach vor Anstrengung ab. Noch immer war er über Rungholt, das Messer in der Rechten, mit der gebrochenen Linken nach Halt suchend und keinen findend. »…einen feinen neuen Mund schnitzen sollen. Ut in omnibus glorificetur Deus!«

Mit letzter Kraft packte Rungholt direkt in die Klinge des Angreifers. Er umschloss sie, griff einfach zu und stieß mit seinem Knie gegen den gebrochenen Arm des Mönchs. Der Schmerz musste gewaltig sein. Rungholt meinte, Fleisch reißen zu hören, aber es war wohl nur der Schrei des Mannes, der nicht wusste, wie ihm geschah. Der Centaur ließ das Messer los, griff nach seiner Elle, die seine Haut durchbohrt hatte und…

Rungholt, die Klinge in der Hand, rammte dem Mönch das Wurfmesser mit dem stumpfen Ende in den Hals. Er schnitt sich dabei die Handfläche in ganzer Länge auf. Ihm gleich. Rungholt tobte. Er schrie vor Grimm und Zorn. Mit einem jähen Ruck riss er das Messer herum und durchschnitt den Hals des Centaurs. Die Klinge drang tief ein, während Ragnulf ihn anstarrte.

Der Mönch war bereits tot, bevor Rungholt ihn angewidert und zitternd mit den Füßen von sich stieß. Der Mönch rutschte ab und stürzte den Abhang hinunter.

Japsend und schwitzend trat Rungholt näher an die Kante

und spähte hinab. Er brauchte viele Atemzüge, bis er seinen Ekel überwunden hatte. Überall auf seinem dreckigen Pilgergewand klebte Blut, seine Hände waren besudelt. Er spürte den Schnittschmerz nicht, so sehr tanzten seine Säfte.

Der Centaur lag zerbrochen auf Steinen zwischen entwurzelten Bäumen. Kein Laut drang zu Rungholt herauf. Ein paar Krähen riefen aus der Ferne, ansonsten kehrte lediglich das Rauschen des Waldes zurück. Es fiel aus allen Himmelsrichtungen auf ihn ein und ließ ihn frösteln. Der Gesang des Waldes, das Rauschen der Wipfel und Knarren der Äste bedeckten den Tod wie eine Flut. Sie nahmen den Mönch mit und ließen ihn eins werden mit dem Wald. Erst das Rauschen brachte Stille.

Der Nebel hing nass zwischen den Stämmen. Indem er auf den Toten hinabsah, wurde ihm bewusst, wie nah sie der Lösung gewesen waren. Hätte er nur früher mit dem alten Mönch gesprochen, hätte er nicht so lange gezögert und wäre gleich auf ihn zugegangen, wüsste er jetzt wohl, wo Beatrijs war. Hätte er diesen Centaur, der dort zerschlagen lag, nur eher getötet, hätte der Alte ihm berichten können. Hätte ... hätte ...

Er wandte sich ab und humpelte zwischen den Büschen zurück. Erst am verlassenen Kohlenmeiler hielt er inne und ließ das Zittern gänzlich zu. Er lehnte sich an die Grasbüschel des höhlenartigen Baus und rief nach Marek. Um sich zu beruhigen, wollte er in seiner Tasche die Kamee fühlen, Beatrijs' Gesichtchen, doch die Kamee hatte der Wald.

Sie war fort.

Ich habe Beatrijs verloren.

51

Alle Bäume glichen sich, dunkel waren alle Hügel und alle Hänge. Immerhin fand der Kapitän ihn irgendwann. Er war durch die Schwärze Rungholts Gebrüll nachgelaufen. Bis spät nach Matutin war dieser durch den Wald geirrt, vom Rufen ganz heiser und nicht wissend, wo er war.

Marek hatte angenommen, der verletzte Rungholt wolle aus dem Wald hinaus, doch nachdem Rungholt festgestellt hatte, dass der Schnitt an seinen Rippen nicht sehr tief war, hatte er begonnen, noch einmal die Absturzstelle des Mönchs zu suchen. Er wollte den Mann untersuchen, seine Sachen durchwühlen, weil er hoffte, doch noch einen Anhaltspunkt zu finden, wo sie Beatrijs hingebracht hatten.

Doch weder den Hang noch den Bach konnten die beiden finden. Immer wieder lichteten sich zwar die Bäume, aber nur, um den Blick auf schwarze Finger preiszugeben, die aus grundlosem Moor ragten. Pfützen, größer als ein Straßenzug, lagen wie tödliche Spiegelflächen zwischen den seit Jahrhunderten verfaulenden Baumstämmen. Auch ohne Rungholts Wasserangst wäre es ihnen unmöglich gewesen hindurchzuwaten.

Die beiden hätten nicht sagen können, wie weit sie von Andechs, der Erle mit ihren Kleidern oder dem Waldrand zu München entfernt waren. Rungholt wollte sich nach dem Mond richten, scheiterte aber, weil der Wald zu dicht war und sie nur selten sein Licht zwischen den Wolken sehen konnten.

Auf einen Stock gestützt wartete Rungholt ungeduldig auf den Kapitän, der eine der Erlen hinaufgeklettert war. »Hast du etwas gesehen?«, fragte er und sah Marek zu, wie er vom Ast sprang. »Vielleicht diesen verfluchten Heiligen Berg? Das Dorf?«

»Keine Ahnung«, entgegnete Marek. »Es ist viel zu bewölkt, mein ich. Selbst im Krähennest am Masttopp würdest du hier nichts sehen, das sag ich dir aber … Lass uns noch mal nach Andechs zurückkehren. Bei Tag. Wir schnappen uns diesen Chorherrn, und du verhörst ihn mit deiner feinfühligen Methode aus Brüllen und Schlägen. Wieso brauchst du einen Toten, hm?«

»Weil ich nicht auf den Scheiterhaufen kommen will, Marek. Du willst doch keinen Chorherrn verprügeln und glaubst doch nicht, dass jemand ihn festnehmen wird. Diese Mönche sind auf den Berg gesandt worden. Sie wollen ihr Kloster finanzieren und haben gute Verbindungen zum Hof des Herzogs. Ich habe den Chorherrn zusammen mit Johann in der Messe gesehen, die beiden sind so.« Rungholt kreuzte Zeige- und Mittelfinger.

»Aber sie haben Smidels Weib entführt. Die haben diesen Venezer umgebracht und was weiß ich getan.«

»Na und.« Rungholt lachte auf. »Sie haben vor allem ein Wunder geschaffen, indem sie Reliquien wiederfanden, die hundertfünfzig Jahre verschollen waren. Das Schweißtuch Christi, Marek. Ein Splitter des Kreuzes. Heilige Hostien mit Zeichen von Gott. Und du willst so eine Eminenz einfach in den Kerker bringen, wie?«

»Ich dachte nur, wir …«

»Du wirst nicht fürs Denken bezahlt.«

»Ich werde gar nicht bezahlt.«

»Hm«, knurrte Rungholt und schwieg. »Der Chorherr ist mir gleich. Soll er sein Kloster bekommen. Ich will nur Beatrijs finden. Nur sie. Ich finde sie, und dann … »– *werde ich erlöst* – »… nagele ich diesen Pankraz Guardein fest. Wir sind ihm schon wieder ins Messer gerannt! Erst schickt er uns mit Smidel in den Wald und dann nach Andechs. Er stellt uns Fallen, wo er nur kann.

»Du meinst, er hat die Mönche gewarnt?«

»Wer sonst? Er war es, Marek. Utz, Pütrich, Pankraz. Irgendjemand hat preisgegeben, dass wir Smidel in Margots Haus gebracht haben, jemand hat den Andechsern von uns erzählt, und jemand hat die Hand aufgehalten, damit er Beatrijs verrät. Jemand, der Smidel kannte. Ich bringe diesen Zunftmeister ins liber judicii. Wenn sie hier so etwas haben.«

Murrend schlug Rungholt einfach irgendeinen Weg zwischen den Bäumen ein – »Ich hätte gleich zu diesem Mönch hinunterklettern sollen« – und marschierte schnurstracks voraus. Schlimm genug, dass jeder Schritt die Wunden an seinem Hintern weiter aufriss und der Schnitt an seiner Hand zu jucken begann, auch seine Rippen schmerzten. Mittlerweile war das nasse Leder seiner Stiefel eiskalt und durchgeweicht.

»Wir könnten uns nach den Bäumen richten.« Marek beeilte sich, mit Rungholt Schritt zu halten. »Du bist im Süden von der Mauer gesprungen. Weißt du noch, in welche Richtung du zu dem Bach gerannt bist?«

Rungholt schnaufte. »Natürlich weiß ich das. Hältst du mich für dumm?« Er warf seinem Kapitän einen amüsierten Blick zu. »In alle Richtungen bin ich gerannt.« Er zeigte mit dem Stock umher. »Mal nach rechts, mal nach links, mal geradeaus.«

»Hätte ja sein können, dass du …« Marek sprach lieber nicht weiter.

»Sicher. Ich habe mich in Ruhe hingesetzt, nach dem Mond gesehen, eine Schnur gespannt, und der bin ich dann geradewegs gefolgt … Er wollte mich umbringen, Marek, falls du das vergessen hast. Richte du dich mal nach deinen Bäumen. Hier sind genau fünfundzwanzigtausendsiebenhundertzwölf Bäume. Und wenn du mich fragst, zeigen die alle in eine andere Richtung.«

»Nicht nach den Ästen. Nach ihrer Wetterseite, mein ich.«

»Wetterseite, pah« Rungholt stolperte über Wurzeln und

Geäst. »Dieser Wald ist verflucht. Dieser... dieser Hundejunge, den sie an die Leine gelegt haben, der hatte recht.«

»Wetterseite.« Marek schlug gegen einen Stamm und zeigte Rungholt seine moosgrüne Hand, erntete aber nur einen fragenden Blick. »Rungholt, was hast du deine Kindheit über getan?«

»Ich bin auf einer *Insel* groß geworden. Halbinsel, Herrgott.« Rungholt fuchtelte mit seinem Stock herum, ohne sich umzudrehen oder stehen zu bleiben. »Schon vergessen?«

»Und da gab's keine Bäume? Also auf Bornholm gab's Bäu...«

Jäh fuhr Rungholt herum. »Nein«, unterbrach er seinen Kapitän barsch. »Es gab keine Bäume. Nicht mal Sträucher. Kein Gras. Keine Blumen. Kein nichts. Es gab nichts. Keine Bäume.« Rungholt schlug nach einem Ast. »Ich hab's satt, ich... Verfluchter Wald. Verfluchtes Moor.«

»Wenn wir nach der Wetterseite gehen, sag ich dir, finden wir gewiss heraus. Ich habe mal einem Bootsbauer zugesehen, wie der Bretter ausgesucht hat, mein ich. Für eine Kogge.«

»Sicher... Natürlich... Marek Bølge folgt dem Moos und findet aus dem Wald.« Kopfschüttelnd stolperte Rungholt weiter. Er hatte Hunger. »Und auf meinem Schiff kann er nur geradeaus segeln, wenn er das Land sieht.« Vor sich hin murrend stapfte Rungholt weiter und lästerte über das Wetter, die Blätter, die Äste, den Himmel, die Reise...

»O Rungholt. Es reicht«, zischte Marek. »Wirklich mal.«

»Was? Was reicht? Mir reicht's!«

Marek antwortete nicht, sondern ging lieber weiter, ohne einen weiteren Schimpf vom Zaun zu brechen.

Diesmal war es an Rungholt, seinem Freund hinterherzueilen. Er fasste ihn bei der Schulter.

»Was willst du sagen, hm? Passt dir was nicht?« Er wird aufmüpfig, schoss es Rungholt durch den Kopf.

»*Mir* passt was nicht? »Marek lachte. »Es reicht, Herrgott

noch mal! Du bringst mich noch zu den Tollen ins Spital, Rungholt. Das sag ich dir aber!« Marek wollte weitergehen, aber Rungholt hielt ihn fest. »Flüsse sind dir zu tief, auf einem Pferd ist es dir zu hoch. Das Meer hasst du! Die Berge magst du nicht, und der Wald ist dir zu dunkel! Der Sommer ist dir zu warm und der Winter zu kalt… Was… Rungholt, *was* in Gottes Namen magst du überhaupt?«

»Bier.«

Die Antwort kam ohne Überlegen und so feist, dass Marek ihn sprachlos ansah. Schließlich musste er lachen. »O beim Klabautermann. Du machst mich verrückt, Rungholt.«

»Nun ja…«, Rungholt lächelte. »Ich verachte auch ein Schlückchen Wacholderschnaps nicht, wenn dich das beruhigt. Und stille Abende. Ja, ruhige Abende im Hof. Ein Pfeifchen voll Quendelkraut, ein bisschen…«

»Sssssschhht!«, unterbrach ihn Marek.

»Was denn? Du wolltest es doch wissen, also reg dich nicht…«

»Da vorne ist jemand.«

Rungholt spähte an einer verwachsenen Erle vorbei und hätte vor Freude beinahe aufgeschrien, denn ein Sandpfad schlängelte sich nur wenige Klafter voraus eine Anhöhe hinauf. Der Pfad war kaum zu erkennen, aber eindeutig ein Trampelpfad. Wohin auch immer er führte, es war sicherer und besser, ihm zu folgen, als weiter kopflos durch das grüne Meer zu waten,

»Warte.« Marek hielt Rungholt zurück. »Hinter den Birken, da links.« Marek wies auf eine Baumgruppe zehn, fünfzehn Klafter entfernt, deren weiße Rinde schimmerte. Nur undeutlich zeichneten sich zwei Tiere in der Nacht ab. Lange Fellrücken, gedrungene Haltung, großer Kopf.

»Wölfe«, entfuhr es Rungholt. »Wir müssen hier raus.«

Leise schlich sich Marek etwas näher heran, suchte hinter einem Stumpf Schutz. »Wir sollten ihnen folgen«, meinte er nachdem er ihnen eine Weile zugesehen hatte. »Es sind nur drei, mein ich. Vielleicht haben sie deinen Toten gewittert.«

Misstrauisch sah Rungholt erst die Wölfe und dann den jungen Schonen an. Er hatte von den Wolfsplagen von Ahrensbök und Dartzowe gehört, in denen ganze Rudel eingefallen waren und unter den Menschen getobt haben sollen. Wie die Pest seien sie in die Dörfer gekommen, schleichend und dann wütend, hätten Vieh wie Mensch ins Gehölz gezogen.

»Was ist, Rungholt?«

Dem Pfad aus der dunklen Hölle folgen oder mit diesen Kreaturen tiefer hineingehen? Nach einem Moment des Überlegens nickte Rungholt, aber er dachte: Wenn der Wald das Meer ist, dann sind die Wölfe seine Seeungeheuer.

Sie folgten den Ungeheuern bis zu einem Steinfeld. Brocken schrägten dem Mondlicht entgegen, hatten Bäume mitgerissen, die abgeknickt und wie übergroße Speere in den Himmel ragten. Zerschlagene Findlinge, spitz wie Messer, Wurzelballen, groß wie Kobelwagen. Immerhin schien der Mond auf die Ebene, auch wenn sich immer wieder Wolken vor ihn schoben. Erst inmitten der Steine wurde Rungholt gewahr, dass es tatsächlich jene Senke war, in die er den Mönch gestoßen hatte. Von unten sah das Gelände anders aus, hatte seine Form auf gespenstische Weise verändert.

Behutsam schlichen sie den Wölfen nach, die genau wie sie Schwierigkeiten hatten, über die aufgeworfenen, teils mannshohen Brocken zu gelangen. Die Steine waren von Regen und Moos glitschig. Rungholt musste sich an Marek festhalten. Als die Wölfe aufgeregter wurden und schwänzelnd hin und her liefen, bekam es Rungholt mit der Angst zu tun, sie würden den Mönch nicht nur finden, sondern sofort in Stücke reißen und verschlingen.

Todesmutig griff sich Rungholt ein paar Steine. »Schlag Lärm. Wir müssen sie vertreiben.«

»Was tust du denn?« Doch ehe Marek den Satz wirklich ausgesprochen hatte, klopfte Rungholt bereits mit seinem Stock gegen einen Findling und brüllte Verwünschungen. Dann begann er, die Wölfe mit Steinen zu bewerfen. »Verschwindet! Haut ab!«

Tatsächlich sprangen die Wölfe überrascht auseinander, jedoch dauerte es nur einen Lidschlag, bis sie sich gesammelt hatten und erbost herumfuhren. Knurrend zogen sie ihre Lefzen hoch und starrten ihre Verfolger durch die Nacht an. Jetzt konnte Rungholt auch den Centaur entdecken. Der Mönch lag keinen Klafter von den Wölfen entfernt, sein Leichnam schien Rungholt noch unberührt, aber er konnte ihn nur undeutlich erkennen.

Die Wölfe fletschten die Zähne und knurrten, aber durch die schiefen Steine und die umgestürzten Bäume konnten sie nicht angreifen. Stattdessen schienen sie abzuschätzen, welcher Feind dort im Mondlicht auf sie lauerte.

Rungholt erwischte einen der Wölfe am Kopf. Das Tier jaulte auf und rutschte ab. Es stürzte zwischen die Steine und musste sich verletzt haben, denn sein unterdrücktes Jammern drang aus der Spalte. Die anderen beiden Wölfe standen mit gesträubtem Nackenfell da, die Schultern gereckt, sprungbereit, tödlich.

Mit einem Mal begann Marek loszulaufen. Er schlug auf die Felsen ein, sprang von Ebene zu Ebene, von Findling zu Findling und durchbrach ein paar Äste. Er hielt direkt auf die beiden Wölfe zu und brüllte sich die Seele aus dem Leib.

»Marek«, rief Rungholt ihm nach, doch der Kapitän reagierte nicht. So schnell Rungholt konnte, nahm er die nächsten Steine auf, bückte sich stöhnend und wünschte sich, endlich weniger Enten zu essen. Er wollte werfen, befürchtete aber, Marek zu treffen, denn der Kapitän hatte die Wölfe beinahe erreicht. Im Mondlicht konnte Rungholt sehen, wie Marek einen Ast von einem umgestürzten Baum riss und den Tieren entgegenschleuderte. Er traf. Erneut winselte ein Wolf und rannte davon. Er versuchte, sich auf den glitschigen Steinen zu halten, aber es gelang dem verletzten Tier nur mit Mühe, über das Steinfeld zu entkommen.

Rungholt warf ihm seine Steine nach und begann, mit täppischem Schritt, Marek zu folgen. Kaum war er auf einen zweiten Findling gesprungen, der vor ihm aus dem Morast schrägte, da sah er, wie auch der dritte Wolf das Weite suchte. Im silbernen Mondschein stand Marek da wie ein heidnischer Barbar. Er hielt seine Arme in Siegerpose gen Himmel gereckt und juchzte vor Freude, während er den Ungeheuern Seemannsschimpfwörter nachrief und tanzte. Beinahe hätte Rungholt gelacht.

Der Centaur war zerschlagen. Nicht nur sein gebrochener Arm, auch vier Rippen stakten ihm aus dem Leib, doch kein Wolf hatte sich an ihm gütlich getan. Rungholt beugte sich zu dem Toten hinab. Er zog seine Brille aus dem Schächtelchen, aber ihm fielen nur Splitter entgegen. Seine zweiten Augen waren zerbrochen. Beide Brillengläser waren durch den Kampf zerstört. Brummend nahm er das Holzgestell und wollte es schon in einem Anflug von Ärger fortwerfen, als er sich anders besann. Dann schien er den Toten wie so oft zu beschnuppern. Er ließ seinen Blick über das Feuermal gleiten, die Wangen und die Stirn hinauf. Immer näher kam er dem blutverklebten Haar des Centaurs.

»Hat dir Freude bereitet, hm?«, meinte er zu Marek. »Ist mal was anderes, als den Vitalienbrüdern den Schädel einschlagen.«

»Das sag ich dir. Das sag ich dir aber«, keuchte Marek noch immer ganz außer Atem. »Langsam gefällt mir dieses Bayern. Schade, dass es kein Meer hat.«

»Siehst du das?« Rungholt streckte die Hand des Toten gen Mond. Die Fingerspitzen waren gelblich, als habe er sie in Farbe gehalten. »Dieser alte Mönch hatte das auch.« Ohne zu zögern leckte Rungholt an seinem Daumen und versuchte, die Färbung wegzureiben, doch es gelang ihm nicht. »Hm. Ist das Tinte?«

Die buschigen Augenbrauen hochgezogen, musterte der Kapitän die Finger. »Glaub nicht. Weiß nicht, mein ich.«

»Der Erpresserbrief an Smidel war am Rand auch ganz gelblich. Bestimmt sind sie alle mit einem alchemistischen Gift in Berührung gekommen.« Rungholt packte dem Mönch unterm Kinn und zog den Kopf zu sich. Die Halswirbel knirschten. Er hatte dem Mann die Gurgel aufgeschnitten und verzog nun angesichts der klaffenden Wunde selbst das Gesicht. »Er ist noch jung. Vielleicht ein Novize. Auf jeden Fall ist es der Mann, den die Bettler beschrieben haben. Er hat Beatrijs in den Wagen gelockt.«

Er klopfte die nasse Kukulle des Mönchs ab, neben zwei Säckchen für Geld, die jedoch nur mäßig gefüllt waren, fand er in einer Innentasche ein Bündel. Zwei Phiolen mit einer schimmernden Substanz waren mit einem Leinentuch umwickelt, Rungholt wollte die Phiolen ganz auswickeln, als ihm eine von ihnen entglitt. Sie fiel auf den Mönch, kullerte herunter und zerschlug auf den Steinen. Die farblose Flüssigkeit spritzte an die Hüfte des Mannes und tränkte seine Kleidung.

Mit einem Mal stieg Rauch auf, und Marek entfuhr ein Schrei. Auch Rungholt trat einen Schritt zurück. Die Flüssigkeit hatte das Geldssäckchen des Mannes getränkt und fraß sich zischend durch ein paar der Eisenmünzen. Die Substanz schlug Bläschen, und die Münzen verfärbten sich. Es war Rungholt, als würden sie von einem Lidschlag auf den anderen altern. Als seien sie in Meerwasser getaucht und erst nach Jahren wieder an die Oberfläche geholt worden. Die beiden bekreuzigten sich.

Seine Angst überwindend, streckte Rungholt den Finger nach einer der Münzen aus.

384

»Halt!« Marek zog Rungholts verletzte Hand zurück. »Was immer da drin war. Nicht anfassen, sag ich dir.«

Zwar hatte das Brodeln aufgehört, aber dennoch hatte der Schone wohl recht. Behutsam holte Rungholt die zweite Phiole aus dem Leinentuch, sah sich die Flüssigkeit an und steckte sie vorsichtig in sein Münzsäckchen. Aber erst, nachdem er Marek sein restliches Geld anvertraut hatte.

Er band sich das Säckchen an seinen Gürtel, da fiel ihm eine Schneeflocke im Haar des Centaurs auf. »Was ist das denn?« Er beugte sich noch einmal hinab zum Toten, darauf achtend, nicht den durchtränkten Mantel zu berühren.

Rungholt ließ seine Hand durch das blutige Haar hinab in den Kragen des Centaurs fahren und zog schließlich eine kleine Feder hervor.

Es war Eulenflaum.

Rungholt starrte die Feder an und wusste einen Moment nicht, was er sagen sollte.

»Gott, Marek. Er hat uns an der Nase herumgeführt«, meinte er schließlich und ließ sich von seinem Kapitän hochziehen. Seine Rippen schmerzten. Er drückte Marek den Flaum in die Hand. »Pütrich. Es ist Pütrich. Nicht Pankraz! Sein ganzer Pentagrammzauber war Gaukelei. Er hat uns an der Nase herumgeführt mit seinem bangbüxigen Gehabe von wegen: *Der Teufel wird mich holen*. Im Gegenteil…«

»Er steckt selbst hinter allem? Er hat nicht nur Darios Labor ausgeraubt und mit Utz experimentiert, er hat unsere Schritte auch den Andechsern verraten?«

»Richtig.« Rungholt lehnte sich an einen der Steine und spürte seine Rippen. Er stellte sich anders hin, und der Schmerz seines Hinterns durchfuhr ihn prompt. »Er wusste von Beatrijs und Darios Forschungen. Er hat sicherlich von Utz erfahren, dass Smidel im Elend untergekommen war. Und er hat Beatrijs zuletzt gesehen. Pütrich hat ihr das Blattgold nicht gegeben, sondern sie festgehalten, sodass sie unser Toter

385

hier sich schnappen konnte. Wahrscheinlich stammt dieser brodelnde Sud auch von Pütrich und damit aus Darios Laboratorium. Wir waren so dumm, wir ... O nein.«

Rungholt fuhr hoch. Voller Entsetzen kam ihm ein Gedanke. »Wir müssen los«, meinte er und stolperte schon über die Steine zurück.

»Was ist denn los? Was ... Du fällst noch, Rungholt.« Marek hatte Mühe, ihm zu folgen. »Was hast du denn?«

»Imel!« Rungholt zog sich an einer der Wurzeln weiter. »Ich habe ihm den Jungen anvertraut, weil ich zu feige war, mit Margot zu sprechen.«

52

Wenn es einen Gott gibt, dachte Barnabas, so ist er stumm. Er hört uns, aber er spricht zu selten. So selten. Er sendet uns zu wenige seiner Zeichen. Wir sollen sein Haus errichten, aber er blickt nur stumm vom Himmel. Und wir suchen. Suchen und suchen. Das Leben ist die ewige Suche nach Gott. Hoffentlich brachte Ragnulf gute Kunde. Hoffentlich hatte er diesem Kaufmann seine Messer ... Barnabas dachte den Satz nicht zu Ende. Er bekreuzigte sich stattdessen und trat aus dem Schatten der Säulen, die den Saal des einstigen Herrenhauses stützten. Er stellte sich an eines der Fenster. Die Butzenscheiben, die einst mit ihrem fröhlichen Grün den Tanzsaal der Burg beschienen hatten, waren zum größten Teil herausgebrochen. Spitze Scherben staken aus der Mauer, notdürftig mit Leinen verhangen. Durch die Löcher blies der Morgenwind und ließ Barnabas unter seiner Albe frösteln. Er blickte durch einen der Schlitze im wehenden Leinen und hinaus in den Morgen, wo die Sonne den letzten Nebel vertrieb, und rieb sich die Stirn unter seinem Käppchen. Er sollte uns ein Zeichen senden. Nur eines.

Dann knetete er das Wachs. Es beruhigte ihn, etwas mit seinen Händen zu formen. Vor allem angesichts der Ruinen, die in das Morgenlicht getaucht waren. Barnabas konnte die klaffenden Mauern nicht mehr sehen. Diese rohen Steine, diese roten Berge aus Ziegeln mit verstreuten Bruchsteinen, die wie Bröckchen in zerschlagenen Körpern aussahen. Es trieb ihm die Tränen in die Augen, sein Refugium seit Jahrzehnten derart zerstört zu sehen.

Das Wachs wurde geschmeidig und warm. Es tat gut, seine ölige Schmiere auf der rauen Haut zu spüren, denn seine Finger waren vom Steineschleppen, vom Verputzen und Mauern rissig und trocken. Barnabas hatte nicht zusehen können, wie seine Augustiner schufteten, und die letzten Wochen stets geholfen, doch er wusste, dass es nicht damit getan war, die Pferdeställe aufzubauen, das alte Herrenhaus zum Refektorium umzubauen und im Dormitorium die Wunden zu schließen, die Anno Domini zwölfhundertsechsundvierzig beim Schleifen der Burg gerissen worden waren. Die alte Burg zu Andechs existierte nicht mehr, und das war gut so, denn auf ihren Ruinen sollte endlich etwas Friedvolleres entstehen.

Der Chorherr blickte hinaus, und für einen kurzen Augenblick konnte er den Kreuzgang vor sich sehen, die Schlafsäle, Zellen und den Speisesaal. Barnabas sah sie in all ihrer Pracht, wie sie in wenigen Monaten erstrahlen würden.

Es war an der Zeit, die Zukunft zu schmieden. Sie hatten es vor vier Jahren im Mai schon einmal getan, sie würden es noch einmal tun. Eine kleine Legende um eine Maus, die einen Schatz findet. Eine vergrabene Bleikassette, die nach angeblich Jahrhunderten wieder ans Tageslicht kommt, nachdem er am Altar hatte graben lassen. Der winzige Eingriff in die Geschichte war schon einmal geglückt, vor allem weil Korbinian geschickt einige Seiten der Andechser Missale freigeschabt und die Legende ihrer Reliquien einige Jahrhunderte zurückdatiert hatte. Korbinian, Gott sei ihm gnädig. Sie würden einen anderen Schriftgelehrten finden müssen. Auch wenn Korbinian sich in letzter Stunde gegen sie gestellt hatte, ihr wirklicher Feind war Stephan III., der Kneißel, Herzog von Bayern-Ingolstadt, der sich mit Johann II. zerstritten hatte. Er hatte das Geld der Reliquien an sich gerissen, hatte mit dem Papst verhandelt. Stephan und der Bischof von Freising. Sie alle waren nur versessen auf das Geld der Pilger, auf die enormen Berge an Gold und Silber, die die Gläubigen Tag für Tag brachten.

Der Gedanke an ihre Raffgier ließ ihn erschaudern. Er hatte höhere Ziele. Er würde einen Ort Gottes schaffen, hier auf den Ruinen der Burg Andechs. Barnabas würde ein Kloster gründen, das weit hinaus ins Land den Ruf des Herrn verkünden würde. Die Wallfahrten, die bereits begonnen hatten, würden zunehmen. Und diesmal würden die Gläubigen nicht nach München reisen, sondern zu ihm, zu ihm auf den Heiligen Berg.

Das Krachen der Tür ließ ihn zusammenfahren. Viktor und zwei Mönche hatten die Flügeltüren einfach gegen die Wand knallen lassen und eilten herein. Er wollte sie wegen ihrer Unachtsamkeit tadeln, sah dann jedoch, dass sie eine Bahre hereinschleppten. Auf dem simplen Holzgestell aus Eiche, lag Ragnulf. Jemand hatte dem Jungen in den Hals gestochen. Durch das angetrocknete Blut auf seiner Schulter und seinem Lederwams sah es aus, als sei das Feuermal von seiner linken Wange hinabgeflossen. Aus seinem rechten Bein und seiner Schulter waren Stücke herausgebissen worden.

»Tragt ihn zum Kamin«, befahl der Chorherr und folgte den Männern. Er trat näher an Ragnulf heran. »Wo habt ihr ihn gefunden?«

»Unweit der Mühle«, antwortete Viktor. »Bei den alten Köhlereien.«

»Beim Abhang?«

»Ja. Die Wölfe waren schon da.«

»So?« Barnabas musste sich anstrengen, nicht entsetzt zu wirken. Gefasst trat er noch einen Schritt auf den Toten zu, da klappte Ragnulfs Kopf plötzlich nach hinten und sein Hals riss auf.

Entsetzt wichen die Mönche zurück und bekreuzigten sich. Selbst Barnabas wandte sich ab. Er hatte Ragnulf auf Korbinian angesetzt, nachdem der Junge ihm berichtet hatte, dass einer der Pilger jener Mann sei, der nach Beatrijs suche. Sie waren so dumm gewesen und hatten ihn hier in die Burg gelassen. Ein gewisser Rungholt, hatte Ragnulf noch gesagt, und Barnabas hatte ihm den Auftrag erteilt, Rungholt zu töten. Jetzt wurde dem Chorherrn jedoch schlagartig bewusst, dass Rungholt seinen Gegner, den hitzköpfigen Ragnulf, nicht nur getötet hatte.

Dieser Rungholt hatte ihnen eine Kriegserklärung geschickt. Dieser verfluchte, gottlose Fremde aus dem Norden.

Einen langen Moment legte sich Stille in den kleinen Saal des unfertigen Kapitelsaals. Barnabas trat stumm zurück ans Fenster und sah auf die Ruinen. Unablässig knetete er seine Finger.

»Bruder Barnabas, was sollen wir jetzt...«

Mit einer schnellen Geste ließ der Chorherr Viktor verstummen. Das Wachs war weich. Angenehm.

»Holt mir den Jungen«, sagte er schließlich ganz ruhig. »Korbinian hat das Hexerbuch nicht entschlüsselt. Wir gehen einen anderen Weg. Diese Hexe weiß mehr, als sie sagt.«

Niemand antwortete ihm. Viktor wollte etwas erwidern, doch er traute sich nicht.

»Wir wollen unser Wunder noch an diesem Tag beginnen. Holt den Jungen. Ich weiß, dass Dario den Ritus durchgeführt hat. Und ich will mein Wunder bis morgen.«

Barnabas legte das Wachs auf eine der Reisetruhen, die sich seit Monaten unausgepackt stapelten. Es war ein Pferdchen. Zumindest hatte die kleine Statuette, die er geformt hatte, einen pferdeähnlichen Kopf. Ohne Viktors Antwort abzuwarten, wandte sich der Chorherr ab, schritt an Rangnulfs Bahre vorbei und verschwand in einer der Seitentüren des alten Herrenhauses.

53

Ich muss aus diesem Wald heraus, dachte Rungholt und starrte in einen zwei Klafter hohen Hundsbeerenstrauch, dessen Blüten verwelkt waren. Der beginnende Tag ließ mehr und mehr der Früchte erkennen. Wir dürfen keine Zeit mehr verlieren. Wer weiß, was dieser Goldschmied mit dem Jungen anstellt.

Ungeduldig verrichtete er sein Geschäft und hörte seinen Magen knurren. Er hatte sich unweit eines Brennnesselfeldes in die Büsche geschlagen. Seine aufgeschnittene Hand brannte. Unten der Schnitt, oben seine raue Haut. Schuppig und trocken. Er konnte das Kratzen nicht lassen. Immerhin waren seine Rippen nicht gebrochen, und der Schnitt hatte aufgehört zu bluten.

»Wir richten uns nach der Sonne, sag ich dir. Dann kommen wir schon an den Waldrand«, hörte er Marek sagen.

»Ich denke, du wolltest nach der Wetterseite gehen.«

Marek hatte an einem Brombeerstrauch, der mickrig sein Dasein im Schatten des Waldes fristete, Beeren gepflückt und sie sich alle auf einmal in den Mund gestopft. Mit blauen Lippen und Fingern stand er wie ein Kind da. »Die Sonne müsste doch jeden Moment aufgehen.«

Er schirmte seine Augen ab und sah suchend in den bleichen Himmel. Zwar hatte er nun keine Farbe mehr, aber Rungholt konnte wegen der geschlossenen Wolken auch keine Sonne zwischen den Wipfeln erkennen.

»Sie ist bereits aufgegangen. Du bist mir ein Kapitän.« Er

zog seine Bruche hoch und trat aus dem Gebüsch. »Mit Glück reißen die Wolken auf. Aber vorher sollten wir noch eine Meile hinter uns bringen.«

Marek nickte. »Im Ernst, Rungholt. Hast du auch nur eine Ahnung, wo wir sind? Ich meine, so schwer kann es doch nicht sein. Wenn wir falsch gelaufen sind, müsste der Heilige Berg kommen oder dieser riesige See, mein ich. Aber nichts davon ist gekommen. Sind wir überhaupt noch in Bayern, frag ich dich?«

Rungholt nahm seinen Stock. »Ehrliche Antwort? Ich weiß es nicht.« Er zeigte mit dem Stock auf ein paar Erlen, die aus dem Brennnesselfeld wuchsen. »Ich weiß es wirklich nicht, aber wenn wir weiterwollen, müssen wir da durch.«

»Das ist nicht dein Ernst.« Die Nesseln waren teils mannshoch. Sie würden sich mühsam hindurchschlagen müssen, um nicht verbrannt zu werden. »Umschiffen wir das, sag ich dir. Lass uns außen herumgehen.«

»Außen herum, außen herum! Wir wissen nicht mal, was innen und außen ist! Wer weiß, vielleicht reicht das Feld zwei Meilen nach Norden, und wir gehen den halben Tag. Außen herum. Ich habe keine Zeit für außen herum.«

Bevor Marek etwas erwidern konnte, hatte Rungholt bereits seinen Pilgermantel genommen und begonnen, ihn in Streifen zu reißen.

Sie gingen durch die Brennnesseln, das Gesicht unter dem Hut verbunden, Arme und Hände umwickelt und Stoffbahnen in ihre Stiefel gestopft. Jedes Stückchen Haut vor dem Gift der Pflanzen verborgen. Wie zwei zu große, gesichtslose Puppen staksten die beiden durch die Brennnesseln.

Schweißgebadet kamen sie zu den Erlen und schließlich zum Rand des Feldes. Die beiden verschnauften einen Augenblick und waren sich nicht sicher, ob sie den Stoff einfach abstreifen konnten, oder ob der brennende Pflanzenodem noch in ihm war. Rungholt war der Erste, der seinen Kopfwickel abrollte. Nach Luft ringend sah er sich um. Der Pfad, den sie hineingeschlagen hatten, war kaum noch zu sehen. Nur die ersten Klafter waren die Brennnesseln herabgedrückt, dann verlor sich ihr Weg.

»Weiter«, meinte er knapp und riss sich den Stoff von den Händen.

Sie waren kaum zwanzig Klafter gegangen, als Rungholt hinter einer Erle eine Hütte entdeckte. Ein kleiner Verschlag aus schiefen Brettern war zwischen zwei Erlen gesetzt worden. Zuerst glücklich, dann immer argwöhnischer hielt Rungholt auf die Hütte zu. Die Hüttenbretter waren von Fliegen schwarz. Auch Marek, der die ersten Klafter vorausgelaufen war, hatte innegehalten und presste sich die Hand vor den Mund. Es stank.

Geradezu betäubt taumelte Rungholt am Kapitän vorbei. In seinem sündigen Leben hatte er schon viele Leichen gesehen und ihren Geruch verflucht. Es war erst einige Monate her, da hatte er einem todgeweihten Schlächter ins Gesicht sehen müssen, der wie der Teufel selbst gestunken hatte, doch diese Fäulnis hier übertraf alles.

Er wischte sich den Schweiß von der Stirn und hatte kaum den Ärmel von der Nase gehoben, als ihm sein Fehler bewusst wurde. Ein Atemzug und ihm drehte sich der Magen um.

»Ha! Da seid ihr ja.«

Rungholt fuhr herum. Auf der anderen Seite der Hütte stand der Sohn des Torfstechers. Er hatte seinen Stock über die Schulter gelegt, an dem fünf Fische baumelten. Der Junge war nackt, und seine Beine waren mit Erde verschmiert. Er schenkte den beiden ein Lächeln. »Wollt ihr die beiden Toten wieder eingraben, hm?«

Der Blick, den Rungholt seinem Freund zuwarf, hätte nicht fragender sein können. Gerade noch wähnten sie sich im tiefsten Wald, und nun standen sie unweit Ascherings.

Ohne weiter auf die beiden zu achten, ging der Junge mit

seinem Fang an der Hütte vorbei auf eine kleine Lichtung. Rungholt folgte ihm und konnte die roten Striemen an der Hüfte des Jungen sehen, die das ewige Tragen der Leine hinterlassen hatte.

Der Gestank nahm zu, als er um die Hütte ging. Rungholt kämpfte gegen den Brechreiz an und sah dann, was den Geruch verströmte.

»Um Gottes willen, Junge. Wo hast du die alle her?«

»Schöne Fische, gute Fische.« Der Junge klatschte in die Hände. »Glitzern. Glitzern schön. In der Sonne. Glitzern.«

Der Junge hatte mit Fischkadavern kleine Hügel aufgeschüttet und jeweils einen Stock hineingesteckt, so wie ein Köhler das Holz aufstapelt. Die meisten Fische waren längst matschiger, flaumiger Brei. Ein paar Katzen zerpflückten den hintersten Fischhügel, während sich abertausende Fliegen an den Kadavern gütlich taten. Bunte Schmeißfliegen und Käfer bildeten mit dem Gewürm einen ungewöhnlichen und lebendigen Schmuck in schimmernden Farben.

»Wo ist dein Vater«, keuchte Rungholt. »Wir müssen nach München. Dein Vater. Verstehst du?«

Der Junge nickte.

54

Pütrich wischte sich Blut vom Kinn. Weil er nicht in den Wagen steigen wollte, hatte Imel ihn gekratzt. Seine Lippe schmerzte. Das Geld, das der Chorherr ihm durch Bruder Matthias ausgehändigt hatte, wog die Lappalie jedoch mehr als auf. Zufrieden, den Jungen endlich los zu sein und dank Rungholt auf so einfache Art derlei viel verdient zu haben, schloss Pütrich die Tür zu seiner Werkstatt auf und trat hinein.

Es würde ein sonniger Tag werden, davon war er überzeugt. Seine Arbeit für Gott, für ein Kloster auf Andechs, war erledigt. Eine Ausrede, wo der Junge sei, würde er schon finden. Natürlich… Er war weggerannt, hatte nach seiner Mutter suchen wollen und war einfach entwischt.

Lächelnd blickte er auf die Schutzzeichen herab, die mittlerweile zertreten waren. Er würde sie nachzeichnen müssen, damit Rungholt wirklich annahm, er habe vor dem Teufel Angst. Das erbeutete Laboratorium mit seinen Eulen preiszugeben war ein kleiner Verlust. So hatte dieser Lübecker jedenfalls nicht weiter nachgebohrt, und außerdem hatte Pütrich Recht behalten, dass Rungholt sie nicht an den Galgen bringen würde, da er sonst seinen Schwiegersohn geopfert hätte. Bacher, dieser feige Hund.

In der Vorfreude, sich endlich seiner Prima Materia widmen zu können, steckte er sein Geld ein und stoppte den Blasebalg der Esse. Kaum war das gleichmäßige Pusten verklungen, meinte er, Schritte zu hören.

Sand und Staub knirschten unter Rungholts Trippen. Er folgte seinem Kapitän und Pankraz Guardein durch eine verrottete Hoftür. Nach ein paar Schritten kamen sie an einer Feuerstelle vorbei, die seit Jahren nicht mehr genutzt wurde. Der Aal hatte zwei Schützen mitgenommen und auch den Rumormeister über alles aufgeklärt. Nachdem Rungholt und Marek sich eine Katzenwäsche bei Pankraz Guardein gegönnt hatten, waren sie unverzüglich aufgebrochen, Pütrich zu stellen.

Behutsam drangen die Männer weiter ins Haus vor. Sie wollten den Goldschmied überraschen, denn Rungholt fürchtete, er könne sonst Imel etwas antun. Marek stieß mit dem Heft seines Schwerts sanft eine weitere Tür auf. Sie führte in den Flur mit den Schleifspuren.

»Pankraz Guardein. Das Labor«, erklärte Rungholt und nickte zu den Fässern. »Wenn wir den Jungen in Sicherheit gebracht haben, solltet Ihr es Euch ansehen.«

Der Aal nickte. Stumm gingen die Männer weiter und stießen schließlich die Tür zu Smidels Goldschmiede auf. Das
Erste, was Rungholt auffiel, waren die Pentagramme, denn sie
waren verwischt. Er schob sich gänzlich hinter Marek, den
Schützen und Pankraz Guardein in den Raum und sah, dass
niemand da war. Die Esse brannte noch, aber der Balg blies
nicht mehr.

»Ist er fort?«, wollte der Aal wissen.

»Wenn, dann nicht lange… Marek, sieh vor der Tür nach.«
Sofort eilte der Kapitän zur Haustür und riss sie auf. Er war
kaum durch den Raum, da vernahm Rungholt leises Tapsen
hinter sich. Pütrich! Der Goldschmied hatte eine Schatulle in
der Hand und die Kiste mit der Prima Materia unter den Arm
geklemmt. Heimlich hatte er sich von der Treppe hinter den
Männern hinausstehlen wollen.

So schnell Rungholt konnte sprang er vor, eilte die paar
Klafter den Flur entlang und erwischte Pütrich mitten im
Lauf. Er prallte dem muskulösen Goldschmied in den Rücken
und spürte, wie der Mann das Gleichgewicht verlor. Pütrich
knallte gegen seine Fässer, die das Laboratorium schützen
sollten. Die Schatulle brach, und von der Lilienkiste mit der
Materia sprang der Deckel ab. Taler verschiedener Größe er-
gossen sich über die mit Quecksilber getränkte Erde und
sprang in den Flur. Mark, Pfennige, Dinar, Witten.

Schreiend blieb Pütrich in seinem Blutgeld liegen.

»Die Materia! Tut mir nichts«, flehte er, noch bevor Rungholt ihn gepackt hatte.

»Ich habe noch nicht einmal angefangen«, knurrte Rungholt und baute sich vor dem Mann auf, der den Dreck mit
beiden Händen zusammenkehrte und zurück in die Kiste
schaufelte. »Kommt auf die Beine und seht mir in die Augen,
Pütrich.«

»Tut mir nichts, ja?«

»Wieso sollten wir? Hast du etwas zu verbergen, Pütrich?«

Pankraz Guardein war neben Rungholt getreten und zwirbelte seinen Bart.

»Nein, ich…«, stammelte der Goldschmied. »Ich dachte, ihr seid… Ich dachte, Einbrecher sind im Haus und…«

Rungholt packte den Mann und zog ihn halb auf die Knie. »Wo ist der Junge?«

»Welcher Junge… Er ist raus. Er ist abgehauen. Er wollte nach seiner Mutter suchen! Wirklich. Ich habe versucht, ihn aufzuhalten, aber er ist weggerannt. Mein Knecht sucht nach ihm.«

»Lüge!« Rungholt schoss vor und zog den Mann über die Fliesen. Krachend ließ er Pütrich an seinem Treppenabsatz liegen.

»Rungholt!« Marek mischte sich ein, er drückte sich am Zunftmeister vorbei. »Lass gut sein. Er wird reden.«

»Was werde ich?«, versuchte es Pütrich auf ein Letztes, und Rungholt spürte, wie der Zorn in ihm hochkam. Weißt du, was ich Kerkring, unserem Lübecker Rychtevoghede, antat?, zürnte er. Weißt du, dass ich meine eigene Tochter beinahe erschlug? Weißt du, wie das Meer in mir brandet. Kennst du das Brodeln und die beißende Gischt?

»Ich habe doch nichts getan! Was wollt ihr von mir.«

Nein. Du weißt nichts. Du bist nicht Teil meiner Welt. Bist weder Freund noch Handelspartner, weder Erinnerung noch Zukunft. Du bist da. Das ist alles. Der beste Grund, einfach zuzuschlagen, zuzustechen. Dich deiner Strafe zuzuführen. Hier und jetzt.

»Er guckt so schief. Was… was hat er denn? Lass mich los, Lübecker, lass mich los.«

»Rungholt!« Mareks Stimme.

Pütrich, du weißt nicht, wie es ist, wenn ich nicht denken kann. Du…

»Er soll mich loslassen.«

Du hast ihr das Seidenlächeln geraubt.

396

»Rungholt! Lass ihn los.« Wieder Marek. Endlich sah Rungholt, dass er Pütrich durch seine Münzen und die Prima Materia auf die andere Seite des Flurs gezogen hatte. Den kleinen Kragen von Pütrichs Schecke noch in der Hand, aber den Stoff zerrissen, stand Rungholt da.

Finger legten sich auf seinen Arm, und er fuhr herum. Marek stand neben ihm. »Rungholt, lass ihn los. Er wird es uns sagen. Er sagt uns, wo der Junge ist.«

Noch immer nicht genau wissend, wo er war, sah Rungholt sich um und erkannte den Aal, der ihn aus einem Auge anstarrte.

Rungholt lockerte seinen Griff. »Macht mit ihm, was Ihr wollt, Pankraz Guardein. Es ist einer Eurer Meister. Aber er soll sagen, wo Beatrijs ist. Und der Junge. Sein Handlanger ist tot, dieser Mönch mit dem Feuermal.«

»Tot?« Pütrich schluckte. »Er ist ... Aber ...«

»Du hast ihm die Sude gegeben, die Wasser und Tinkturen, die ihr bei Dario gestohlen habt. Du hast Dario verraten und Beatrijs an ihn ausgeliefert, nachdem er den Venezer auf der Flucht ermordet hatte.«

»Ich wollte es doch nicht. Die Forschung nach der Prima Materia! Sie hat eine Unsumme verschlungen. Meine ganzen Taler.«

Rungholt musste auflachen. »Du hast dein Gold verloren, weil du Gold herstellen wolltest, Pütrich?«

»Ich ... ich wollte es doch nicht. Aber die Geschäfte laufen schlecht. Die Pilger wollen kein Gold. Sie wollen nur beichten. Ich weiß nicht, wo sie hingebracht werden.«

Pankraz Guardein hielt Pütrich die Hand hin und zog den Mann auf die Beine. Rungholt hatte ihm nichts getan. Der Goldschmied wollte sich schon bedanken, da stieß der Aal den Mann zu seinen Schützen. »Liefert ihn dem Rumormeister aus. Der soll ihn befragen. Am besten gleich eine peinliche Befragung, sehr gesprächig ist er ja nicht.«

Die Schützen nickten, drehten Pütrich die Arme auf den Rücken und wollten ihn abführen, aber Pütrich wehrte sich. »Lasst mich los«, schrie er. »Ich habe nichts getan! Ich habe sie doch nur abgegeben. Die Beatrijs und den Imel. Ich habe denen doch nichts getan!«

»Wie raffgierig muss man sein, Pütrich?«, meinte Rungholt kopfschüttelnd. »Wie versessen aufs Gold?«

»Ich bin Goldschmied. Ich muss es lieben.«

»Und man liebt es umso mehr, je mehr man hat«, meldete sich Pankraz Guardein zu Wort. »Wir werden dich aufs Rad binden, ich denke, das werde ich dem Rumormeister vorschlagen.« Er nickte seinen Männern zu, die den Goldschmied erneut abführen wollten, aber Pütrich stellte seine Füße rechts wie links in die Türzarge. »Wartet. So wartete doch …«, flehte er. »Ich weiß nicht, wo sie ist, aber ich … Ich weiß es nicht genau, aber ich weiß, dass sie im Wald bei Andechs ist. In einer Mühle … Bei einem Bach! Wartet … Ich weiß nicht, wie er heißt. Ihr könnt mich doch nicht rädern. Ich … Wartet.«

Ein letztes Mal nickte der Zunftmeister den Schützen zu, dann schlug einer von ihnen Pütrich derart fies aufs Ohr, dass der Goldschmied vor Schmerz das Treten sein ließ. Die Männer schleiften ihn zur Hintertür hinaus, doch Rungholt sah schon gar nicht mehr zu, sondern hatte sich bereits an Pankraz Guardein gewandt.

»Wir brauchen einen Wagen«, sagten Rungholt und Marek gleichzeitig.

55

Am Mittag war Beatrijs durch ein Himbeergebüsch gestolpert und hatte sich verfangen. Bei dem Versuch freizukommen, waren ihre Sacklumpen zerrissen und die Dornen hatten ihre

Beine aufgeritzt. In feinen Bächlein war das Blut hinabgelaufen und hatte trotz der nassen Gräser und Sträucher ihre nackten Füße getränkt. Das Blut auf der Haut sah aus, als habe ihr Silbersalzsud es getränkt. Es war rötlich schwarz und mit Dreck überzogen.

Am liebsten hätte Beatrijs sich hingehockt und aufgegeben, hätte geweint bis zur Nacht. Bis zu ihrer eigenen Dunkelheit, die sie wohlig warm und endgültig umschließen würde, wenn sie weiter im Wald blieb. Nur der Gedanke an Imel und ihren Mann ließ sie durch den sumpfigen Forst waten, immer voran. Vom kalten Wasser spürte sie ihre Füße nicht mehr. Endlich erreichte sie trockenen Boden. Hier war der Wald weniger dicht und nicht mehr so sumpfig. Hügel hatten sich aufgeworfen, dazwischen immer wieder Senken mit ein paar Bäumen.

»Hilfe«, schrie sie so laut sie konnte und stürzte weiter durch das Seggengras.

Da sah sie zwischen den Bäumen einen Schatten. Nur undeutlich zu erkennen, weil er so weit weg war, aber eindeutig ein Wagen. Ein Torfstecher oder ein Köhler. Sie musste diesen Wagen anhalten.

Er war ihre Hoffnung, aus dem Wald zu kommen. Ihre Gelegenheit, in die Welt zu fliehen. Die einzige Möglichkeit.

Sie würde seinen Spuren folgen können, das wohl, aber so geschwächt wie sie war, würde sie nicht weit kommen. Sie musste ihn anhalten und die Leute bitten, sie nach München zu bringen. Oder ins nächste Dorf.

Ihre Gedanken überschlugen sich. Die Dornen rissen an ihrer Haut. Sie stolperte vor und erreichte den schlammigen Trampelfahrt, den auch der Wagen genommen hatte. Er zog sich auf einer sichelförmigen Anhöhe zwischen den Erlen hin. Rufend lief sie dem Wagen nach, schrie so laut sie konnte. Da tat sich neben ihr die Senke auf, und sie erkannte, dass sie durch sie hindurchlaufen und dem Wagen, der den

Halbkreis fuhr, den Weg abschneiden konnte. Ohne zu überlegen stürzte, stolperte und fiel sie zwischen den Erlen hinab und wieder ins Gebüsch.

»Wartet!« Wenn sie schnell genug auf die andere Seite gelangen und den Hang hinaufkommen würde, dann könnte sie den Wagen abfangen und …

Sie lief noch schneller, riss sich ihren Leinensack gänzlich von der Hüfte, damit der Stoff sie nicht behinderte. Ihr schwindelte, aber sie sah, dass der Wagen erst ein Stück des Halbkreises zurückgelegt hatte. Der feuchte Boden unter ihren Füssen gab nach, es wurde wieder moorig. Doch das war ihr gleich. Beatrijs fixierte den Hang, der bei jedem Schritt mehr und mehr zu einem rettenden Ufer wurde, denn der Waldboden in der Senke zog sie hinab. Es kostete sie Kraft und vor allem Zeit, den Schlamm zu durchwaten. Immer weiter. Der Wagen war ein Zeichen. Die Torfstecher würden sie nach München bringen. Zurück zu Theobald, zurück zu Imel.

Nach Luft ringend kam sie am Fuß des Hangs an, doch sie gönnte sich keine Pause, sondern schlug sich erneut ins Gebüsch, griff nach Ästen und zog sich den Hang hinauf. Nur schneller als der Wagen sein. Ihre Füße waren gefrorene, blutige Stummel. Sie spürte nichts mehr. Weder die Steine, auf die sie trat, noch die Dornen noch die Äste. Sie zog sich hinauf, sie lief. Aus diesem Wald heraus, zu Menschen. Hilfe.

Beatrijs brach zwischen einer Gruppe gedrungener Krüppelfichten auf den Pferdepfad, strauchelte und fiel in den Dreck. Ein Mann schrie, doch sie sah nur die großen Schatten zweier Kaltblüter. Ihr Wiehern erfüllte die Juliluft, und eines der großen Tiere bäumte sich vor ihr auf. Sie war direkt vor den Wagen gefallen.

Mit letzter Kraft rollte sie sich zur Seite. Keuchend und zitternd lag sie da. Sie fror und schwitzte zugleich. Die Pferde schnauften.

Der Albtraum war zu Ende. Sie hatte es geschafft.

Trotz der blutenden Füße, des Schwindels und der Seiten-
stiche musste sie lächeln. Gerettet, dachte sie und hob den
Kopf.

Da hörte sie ein Kind rufen und sah ein kleines Gesicht unter der Bespannung hervorlugen. Sie brauchte einen Atemzug, um ihren Sohn zu erkennen. Sie wollte sich freudig auf
die Beine ziehen, da sah sie es:

Das Wappen an der Wagenflanke zeigte einen Löwen und
einen Adler.

Beatrijs hatte den falschen Wagen angehalten.

56

»Können wir beginnen?« Barnabas streifte seine Lederhand-
schuhe ab und trat über die Bohlen, die Ragnulf über den
Bach gelegt hatte. Balancierend gelangte er über die Kadaver toter Fische ans andere Ufer und fächelte sich mit den
Handschuhen Luft zu. Viktor ließ die Pferde stehen und eilte
dem Chorherrn nach, jedoch schritt er weit aus und brachte
den Steg zum Schwingen. Mit einem Sprung rettete sich der
Mönch ans Mühlenufer.

»Seid Ihr so weit?«, rief der Chorherr ihm zu. »Bruder Viktor? Kommt Ihr?«

Viktor schloss auf. »Es ist alles vorbereitet. Wir haben einen
Stuhl festgeschlagen und Riemen angebunden. Ich denke, es
müsste gehen. Wahrscheinlich wird er erblinden.«

Matthias, der alte Mönch, der Rungholt auf Andechs eingelassen hatte, und zwei weitere Männer trugen Andreas aus
der Mühle. Sie hatten den Toten in einen behelfsmäßigen Sarg
gelegt, der einer Reisetruhe glich. Ächzend hievten sie die
Kiste zum Bach, legten sie erst einmal ab und eilten dann im
Laufschritt zu Barnabas. Die drei empfingen den Chorherrn,

als sei er der Papst, knieten sich ins taufeuchte Gras des Ufers und küssten seinen Siegelring.

»Wo habt ihr ihn festgebunden?«, fragte der Chorherr.

»Auf der Südseite«, antwortete Viktor. »Gott sei Dank hat es aufgeklart.«

»Ja, danken wir dem Herrgott für diesen wunderbaren Tag. Heute werden wir dem Antlitz Jesu gegenüberstehen.« Barnabas schirmte seine Augen ab und sah noch in den blauen Himmel zwischen den Wipfeln, dann rief er den drei Mönchen zu: »Bringt Andreas zu den Pferden und holt die Schilde und Teller.«

Barnabas folgte Viktor um die Mühle und war geblendet. Obwohl die Sonne noch nicht sehr hoch stand, strahlte sie satt in die Lichtung hinab, die die Mönche vor einigen Tagen geschlagen hatten. Der Chorherr musste sich abwenden, so hell war ihr Leuchten.

Sie hatten Imel auf einen Stuhl gebunden. Die Hände auf dem Rücken und an der Lehne festgezurrt, die Beine mit zwei Gürteln fixiert. Die Gürtelschnallen hatten sich in seine Unterschenkel gebohrt und drücken ihm das Blut ab. Imel konnte sich nicht mehr bewegen. Er konnte nicht einmal nicken, weil auch sein Kopf festgebunden war. Sie hatten ihm die Nase gebrochen. Seine Wangen sowie seine Stirn waren von der Sonne bereits gerötet.

Zufrieden sah sich der Chorherr Imels Gesicht an. Der Junge weinte. »Schön rein und eben. Einem König gleich. Ich hatte schon gedacht, Ihr müsstet es übernehmen, Matthias.« Er wandte sich zu dem Alten mit den Lefzen und der Glatze um, der mit einem Schild gekommen war.

Die beiden Männer lachten. Anfangs hatte Barnabas lediglich vorgehabt, mit dem Jungen diese Hexe zur Arbeit anzutreiben, doch dann waren ihm angesichts des Zaubers Bedenken gekommen. Ein ungutes Gefühl hatte ihn bei dem Gedanken beschlichen, einen seiner Mönche auf den Stuhl zu setzen.

An die Sonne hatte er gar nicht gedacht, viel eher hatte er befürchtete, dass das Vera Ikon die Seele desjenigen für immer bannt, der sich ins Licht setzt. Also hatte er befohlen, Imel festzuschnallen. Der Junge war perfekt. Lächelnd widmete sich Barnabas ihm erneut und wischte Imel die Tränen mit dem Handschuh fort. »Keine Sorge, kleiner Smidel. Halt nur ein paar Stunden still. Bis die Sonne untergegangen ist, ja?«

Imel wollte etwas sagen, aber Barnabas legte ihm den Finger auf die Lippen. »Labor omnia vincit, wie die Benediktiner sagen«, meinte er freundlich. »Du wirst überleben.«

Der Junge konnte seine Augen nicht öffnen, so geblendet war er, dennoch blinzelte er standhaft und versuchte, den Chorherren anzusehen. Endlich gab er auf, und Barnabas wandte sich an Viktor, der Matthias und den anderen Mönchen half, die Schilde und Teller an Holzpflöcke zu binden, sodass noch mehr Licht in Imels Gesicht fiel.

»Wo ist die Hexe?«, fragte er.

»Sie ist in der Mühle. Wir haben sie eingesperrt. Sie hat getobt und uns verflucht. Aber sie hat sich beruhigt.«

Barnabas nickte zu Imel hin. »Ich wusste, er würde sie gefügig machen. Ihr habt Euch nichts vorzuwerfen, Viktor. Sie hat Euch überwältigt, aber ich wusste, sie würde versuchen, uns zu hintergehen. Das ist das Wesen der Hexen.«

Barnabas ging zur Mühle.

»Wir haben sie zum Zahnrad gesperrt, dort, wo Andreas lag. Wir wollten sie nicht zu den Tüchern lassen.« Einen Moment hielt der Chorherr inne und musterte Viktor. Sein Blick fiel auf Viktors Kreuz, das er um den Hals trug.

»Gut«, lobte er den Mönch und öffnete die Tür.

In der verfallenen Mühle herrschte Chaos. Korbinians Schreibpult war umgestürzt. Die Aufzeichnungen lagen verstreut im Stroh vor den vielen Öfen, die noch immer feuerten, obwohl alle Tiegel, die Holzrinnen, Eimer, Zuber und Schläuche leer oder verkrustet herumstanden. Barnabas hatte solch ein Durcheinander das letzte Mal bei ihrem Umzug gesehen, als sie ihr weniges Hab und Gut verladen hatten, um von Dießen auf den Heiligen Berg zu ziehen.

»Wir hatten noch keine Zeit aufzuräumen«, entschuldigte sich Viktor.

»Verbrennt alles, wenn das Vera Ikon fertig ist.« Barnabas musterte das alchemistische Gerät mit Abscheu und ging dann an den Fässern und Krügen voller Sud und Aqua, an Korbinians aufgehängten Codexseiten vorbei zum hinteren Raum.

Viktor schob einen Riegel beiseite und öffnete die Tür. Ohne zu zögern trat Barnabas ein, packte Beatrijs an ihren Haaren und zerrte sie zu sich. Beatrijs schrie, aber Barnabas stieß sie so hart in den großen Mühlraum und vor die Öfen, dass ihr der Atem versagte.

»Vollende das Werk, Hexe. Der Herr hat uns Sonne geschickt, Beatrijs Smidel. Vollende es!«

Beatrijs wischte sich den Staub vom Gesicht. Der Verband war abgerissen und hing von ihrer Hand. »Das könnt Ihr nicht tun«, schrie sie. »Ihr seid doch ein Mann des Glaubens, was hat mein Sohn getan?«

Sie wollte auf die Füße kommen, aber der Chorherr schlug ihr ins Gesicht. Ein schneller, plötzlicher Schlag, der Beatrijs mehr erschreckte als schmerzte.

»Das Kind einer Hexe«, rief er. »Wenn er überleben soll, dann führe zu Ende, was du und dieser Dario in eurer Hexenkammer ausgebrütet habt.«

Er zog Beatrijs' Kopf zu sich hoch und lächelte sie an. Beatrijs konnte nicht viel sehen, Blut war ihr ins rechte Auge gelaufen, weil der Schlag ihre Augenbraue aufgerissen hatte.

»Bis zur Komplet sind es noch genug Stunden.« Er sah Beatrijs von oben herab an. Erneut packte er sie an der verätzten Hand, und trotz ihres Aufschreies stieß er sie an die Tür der schwarzen Kammer.

»Das Bild ist Gotteswerk! Du Hexe wirst ihn jetzt um Beistand anflehen! Du wirst ihn um Beistand bitten, indem du dein Tuch nimmst und ein Wunder vollbringst. Wenn es dir nicht gelingt, werde ich erst deinen Sohn auf der Lichtung verbrennen und dann dich.«

Er zog die Kammertür auf und drückte sich mit ihr in den Bretterraum.

Drinnen war es vollkommen dunkel. »Lasst mich, ich muss die Lampe entzünden. Ich weiß, wo sie hängt.«

»Und die Tücher?«

»Das Fackellicht schadet ihnen nicht.«

»Soll ich dir glauben, Beatrijs Smidel? Wenn du noch einmal wagst…«

»Nein. Nein«, beeilte sie sich ihm beizupflichten. »Habt nur Geduld. Ich tue nichts, ich… ich werde Euch ein Vera Ikon schenken. Macht, was Ihr wollt mit mir, aber lasst meinen Sohn gehen.«

Sie spürte, wie sich sein Griff lockerte. Noch einmal öffnete sie die Kammertür, nur einen Spalt, und ließ sich von Viktor einen Kienspan reichen. Mit gewohnten Handgriffen entfachte sie ihre Lampe.

Sie hatten sechs der Tücher nach dem Trocknen abgehängt und das siebte bereits richtig aufgespannt. Viktor hatte es auf einen Rahmen gezogen, sodass es keine Falten warf.

»Die Lampe weg von dem Tuch«, zischte Barnabas, und Beatrijs gehorchte sofort. Sie hatte auch nur nachsehen wollen, ob alles bereit war. Dann schritt sie durch den Raum und leuchtete die Südwand ab. Sie fand das noch verschlossene Loch.

Neugierig trat auch der Chorherr neben sie.

»Dies ist also das Loch, in das das Licht fallen muss, wie der Samen eines Mannes. Ein Loch, das aus dem Nichts ein Ebenbild hervorbringt. Es ist dreckiges Werk lüsterner Hexen.«

»Ganz wie Ihr meint.«

Er schlug sie abermals. »Du redest, wenn du gefragt wirst.« Mit einer schnellen Bewegung entriss er ihr die Öllampe und rief: »Seid ihr fertig?«

Die Mönche auf der anderen Seite der Mauer bejahten rufend, woraufhin Barnabas Beatrijs vor das Loch stieß. Sie ging noch einmal zu Boden, und er stellte seine Holztrippe auf ihre verletzte Hand.

»Öffne es!«, befahl er. »Lass die Sonne unser aller Wunder vollenden. Lass sie in diesen Sündenpfuhl scheinen, in diesen Uterus des Teufels. Lass sie die Kammer erhellen, sodass ein Vera Ikon entstehe.« Er trat zurück und rief: »Bruder Viktor! Stopf dem Jungen was in den Mund, damit er lächelt und nicht mehr jammern kann. Nicht, dass es sich bewegt.« Dann nickte er Beatrijs auffordernd zu.

Mit zitternden Händen griff sie nach der innersten Holzscheibe und zog sie heraus.

Strahlend wie eine Heerschar Engel strömte das Licht herein, und es war, als würde es erklingen.

Barnabas und Beatrijs rissen gleichzeitig die Hände vor die Augen und taumelten vor dem gleißenden Glanz der Sonne zurück. Beatrijs blinzelte und brauchte Zeit, um sich ans Licht zu gewöhnen. Doch als sie ihre Augen öffnete sah sie Imel. Verschwommen erkannten sie den Jungen auf dem Leinentuch. Barnabas bekreuzigte sich.

Verkehrt herum, als habe man den Jungen mit den Beinen voran an die Decke der Kammer geknöpft, erschien sein Antlitz.

Kopfüber lächelte der Junge sie an, unheimlich und erstarrt.

57

»Die Fische. Woher hast du sie?« Rungholt wollte sich hinknien, um dem Jungen besser in die Augen blicken zu können, doch er war zu dick. Die frommblauen Knie von Margot
würde er wohl niemals mehr bekommen. Er packte den Jungen beim Nacken und drehte seinen Kopf zu sich. »Sag schon.
Wo schlagen diese Monster die Fische tot?«

»Die... die sind alle tot. Im Bach drin.«

»Dass sie nicht an den Bäumen hängen, hab ich mir fast
gedacht«, murmelte Rungholt und zwang sich zu einem Lächeln, um das Kind nicht zu verstören.

»Wo? Welcher Bach?«, hakte er nach.

Die ganze Fahrt über in den Wald hatte es ihn erzürnt, dass
er nicht viel früher daran gedacht hatte. Viel eher hätte er sich
fragen sollen, weswegen die Fische im Bach tot waren. Das
alchemistische Gift, das die Münzen des Centaurs gefressen
hatte, es hatte wohl auch die Fische getötet. Bestimmt hatten sie bei ihrem Herumlaborieren einige Eimer in den Bach
gekippt. Er hätte nur eins und eins zusammenzählen müssen. Der Bach an der Blutbuche war sicher derselbe, aus dem
der Junge die Fische herausholte. Auch dort hatte er die toten
Fische bemerkt. Rungholt hatte Pankraz Guardein und zwei
Schützen mit Armbrüsten auf den Weg zur Blutbuche bringen wollen, sich aber schon am Waldrand verfahren. Dann
war er nach Aschering, hatte dort aber keinen der Torfstecher
vorgefunden. Lediglich ein paar Weiber und Greise waren in
der Sonne ihrer Arbeit nachgekommen. Also war er mit dem
Zunftmeister und Marek noch einmal zur Hütte des Jungen
gegangen. Der Kapitän, die Schützen und der Aal warteten
wegen des Gestanks abseits der Fischberge.

Der Junge antwortete nicht, sondern sah Rungholt aus
großen Augen an. Einen Lidschlag lang überkam Rungholt der

Gedanke, dass das Kind Geld wolle. Spielte dieser schwachsinnige Junge, den sie an der Leine führen mussten, mit ihm? Genauso, wie Marek es gern tat? Verweigerte er die Antwort für ein paar Pfennige? Rungholt wollte den Jungen schütteln, doch bevor er zugreifen konnte, war das Kind zurückgesprungen.

»Schon gut. Ist schon gut«, meinte Rungholt. »Wenn du mir nicht sagen kannst, wo... Kannst du mich hinführen?«

Rungholt roch den Bach, noch bevor er ihn sah. Er stank nach Moor und Fisch und ein wenig, als habe jemand das Meer in einem alchemistischen Kolben erhitzt und den Gestank von Tang, Seewasser und Fischen auf magische Weise verstärkt.

Er sah sich nach Marek um und winkte dem Kapitän aufzuschließen. Kaum waren sie in den Wald gegangen, hatte der Junge seinen Vater holen wollen und nicht Ruhe gegeben, bevor er Georg gefunden hatte. Wie der Junge sich zwischen den Bäumen orientierte, war Rungholt ein Rätsel. Zusammen mit Georg, Stritzl und einem weiteren Torfstecher waren sie dann durch das Unterholz gebrochen und auf den Bach gestoßen.

Während der Junge sofort seinen Vater mitzog, überließ Rungholt Marek den Vortritt. Er selbst näherte sich dem Gewässer vorsichtig, die Hand vor dem Mund und den Blick auf eine der alten Erlen geheftet.

Zu Dutzenden schwammen die Fische mit dem Bauch nach oben im knietiefen Wasser. Bevor Rungholt etwas sagen konnte, war der Junge schon hineingesprungen und hatte begonnen, sie mit seinem Ast aufzuspießen.

Rungholt ging weiter bachaufwärts. Er wünschte sich Rosenwasser herbei, das er sich hätte unter die Nase reiben können. In Gedanken versunken folgte er den Schützen, die ihrerseits dem Jungen nachgingen. Sie hatten ihn wieder an die Leine gelegt. Schweigend kamen sie zu einer Biegung. Hier war das Ufer besonders flach, und der Bach hatte in einem weiten Schwung eine kleine Aue überschwemmt. Umso mehr Fische dümpelten im Seichten. Aufgeregt zeigte der Junge auf die Kadaver und erklärte, dass er gewöhnlich hierherkomme, um zu fischen.

Ohne sich zu bedanken drängte Rungholt sich an dem Jungen vorbei. Er befahl Georg, auf ihn Acht zu geben, und winkte Marek und Pankraz Guardein heran.

»Mir schmeckt das nicht, Hanser«, meinte der Zunftmeister, und Rungholt sah, wie der Mann mit seinem Stein spielte. Er nickte Pankraz Guardein zu.

»Wir werden sehen, was wir vorfinden«, meinte Rungholt. »Vielleicht nur eine Erdkuhle, eine Höhle... Ich denke, es werden nicht mehr als vielleicht sechs Mann sein. Wenn die Mönche nicht noch Verstärkung haben.«

Der Zunftmeister nahm sein Auge heraus und wischte es ab. »Gut«, seufzte er. »Ich denke, die beiden Schützen sollten sich etwas abseits des Baches durchs Geäst schlagen und wir folgen dem Lauf.«

Rungholt überlegte kurz, dann stimmte er zu. Es war unklug, wenn sie im Gänsemarsch den Bach hinunterkamen. »Marek«, befahl er. »Wir gehen voraus, dann der Zunftmeister. Und ihr... »Er rief den Torfstechern zu. »Ihr folgt uns. Georg?« Georg, der den dritten Torfstecher gebeten hatte, auf seinen Sohn aufzupassen, redete noch eine paar Worte mit dem Kind, ermahnte es, auf jeden Fall zu warten. Dann hob er seine Schaufel. »Gehen wir.«

Sie folgten der Biegung. Rechts und links hingen Büsche bis in den Bach, sodass Rungholt gezwungen war, ins Wasser zu steigen. Marek und schließlich auch Pankraz redeten ihm dabei gut zu. Aber erst nachdem Stritzl ihn aufzog, einen Hanser vor sich zu haben, der schlimmer als eine Katze sei, stieg Rungholt voller Abscheu, den Kopf auf die Wipfel und die dichten Bäume und Büsche gerichtet, in den Bach. Das Wasser war juliwarm.

Hinter der langgestreckten Biegung gaben die Büsche den Blick auf eine verfallene Mühle frei. Weder hörte Rungholt ein Mühlrad, noch sah er jemanden. Dennoch wusste er bei ihrem Anblick, dass sie ihr Ziel erreicht hatten.

Mit einer Handbewegung stoppte er die Männer und zog ein Schwert, das er sich von Pankraz Guardein geliehen hatte. Am liebsten hätte er die Kamee befühlt, hätte wie der Aal seinen Fetisch gestreichelt, aber ihn hatte er wohl für immer verloren.

Er sah sich nach links um und konnte die beiden Schützen schattenhaft zwischen den Bäumen erkennen. Fünfundzwanzig Klafter weiter hatte jemand Bohlen über den Bach geworfen, und nun hörte Rungholt auch das Mühlrad rattern. Stumm wies er die Männer an, sich möglichst am Rand des Baches zu bewegen und lautlos zu sein. Rungholt versuchte, ans Ufer zu gehen, doch wegen der Büsche und Wurzeln gelang ihm das nicht. Abermals musste er ins Wasser zurück. Dann schlich er geduckt weiter zum Steg, Marek hinter sich wissend.

Die beiden waren bis auf wenige Klafter an die Bohlen herangekommen, als Rungholt Pferde auf der gegenüberliegenden Seite des Baches bemerkte. Mit einem Handzeichen stoppte er die Männer. Er legte einen Finger an die Lippen und bedeutete Marek, dass er etwas gesehen hatte.

Behutsam tasteten sie sich im Bachbett weiter vor. Die Pferde waren im Gebüsch angebunden, und zwei von ihnen hatten eine Kiste quer auf den Rücken gebunden bekommen. Die Kiste glich einem Sarg.

Rungholts Nackenhaare stellten sich auf, und ein einziger Gedanke schoss ihm durch den Kopf: Ich bin zu spät. Beatrijs und Imel sind tot.

Plötzlich sah er zwei Mönche. Er hatte sie schon auf Andechs gesehen, kannte ihre Namen jedoch nicht. Die beiden saßen unweit der Pferde im Moos und würfelten, wobei sie sich immer wieder umsahen. Mit einem Zischen warnte Rungholt die Schützen, nicht so schnell voranzugehen. Er wollte weder die Tiere noch die beiden Mönche aufscheuchen.

Eins, zwei, drei... zählte Rungholt ab und gab stumm Befehl, aus dem Gebüsch zu stürmen. So schnell er konnte, trat er an den Bohlen aus dem Bach. Ohne sich weiter zur Mühle umzusehen eilte er zu den Pferden. Marek rannte an ihm vorbei, aber Rungholt konnte sehen, dass die Schützen die beiden Mönche bereits lautlos überwältigt hatten. Sie hielten den Männern den Mund zu und hatten sie auf den Boden gedrückt.

»Gut gemacht«, lobt Rungholt die Männer leise und riss den Deckel der Truhe beiseite.

Es war ein Mönch. Sie hatten ihm die Augen geschlossen und ein Tuch umgelegt. Der Mann war seit Tagen tot.

»Nicht Beatrijs«, flüsterte er zu Marek und Pankraz Guardein. Dann ließ er die zwei Mönche hinter die Pferde ins Gebüsch ziehen und trat mit seinen Männern beiseite. Er sah hinüber über die Bohlen.

Die verfallene Mühle stand nur wenige Klafter vom Bach zurückgesetzt. Trotz der Sonne, die über ihrem verfallenen Dach stand, war sie ein dunkler Schatten. Kein Leben war mehr in ihr, wie es schien. Nur das monotone Plätschern und Knarzen des Mühlrades. Vor langer Zeit hatte man das Bachwasser abgeleitet und über eine Holzpritsche auf das Mühlrad geführt. Leider konnte er nicht sagen, ob es hinter den moosbewachsenen, rußigen Mauern so totenstill war, weil die Mönche den kleinen Trupp schon bemerkt hatten oder weil sie mit etwas anderem beschäftigt waren.

»Wie viele?«, zischte er zu einem der Mönche, doch der Mann verstand ihn nicht sofort. »Wie viele seid ihr?«

Der Mönch wollte antworten, doch der Schütze löste seine Hand nicht vom Mund. Er musste es mit den Fingern zeigen. Er deutete zur Mühle. Drei.

»Knebelt sie. Und bindet sie fest«, sagte Rungholt und überlegte fieberhaft, wie sie vorgehen sollten.

Marek stellte sich zu ihm. »Lass uns einfach hingehen«, schlug der Kapitän vor. »Wir gehen hin und scheuchen sie auf.« Er wies rechts und links der Mühle auf den Wald. »Da links hinter der Mühle haben sie Bäume gefällt, siehst du.«

Rungholt ahnte es. »Vielleicht haben sie etwas gebaut. Es sieht mir nicht nach einem Weg aus.«

»Ja. Es sind nur einige Bäume geschlagen worden, sag ich dir. Dahinter wird der Wald wieder sehr dicht. Und da rechts hinter der Mühle ist auch alles mit Sträuchern und Büschen zugewachsen. Wenn du mich fragst, dann...«

»Du meinst, sie kommen da nicht weg?«

»Nur den Bach runter, mein ich. Oder diesen Pfad hier.« Er rieb seine vernarbten Oberarme. »Lass uns einfach hingehen. Oder glaubst du, sie haben Schwerter?«

Schwerter? Rungholt schüttelte den Kopf. Das glaubte er nicht, aber er vermutete Messer, Knüppel und sicher Äxte.

»Ihr bleibt hier und sichert die Bohlen. Wenn jemand zu euch läuft, gebt euch zu erkennen. Erschießt mir keinen der Augustiner.«

Die beiden Schützen nickten, und der schlankere von ihnen spuckte auf den Boden. »Und wenn sie uns angreifen?«

»Dann ja.«, war Rungholts Antwort nachdem ihm der Aal zugenickt hatte.

»Und wenn's da drin spukt?« Georg nickte zur Mühle, und Rungholt konnte die Anspannung im Gesicht des Torfstechers sehen. Er und Stritzl waren nur mitgekommen, weil sie fürchteten, dass etwas ihren Wald heimgesucht hatte. Sie trugen die Spaten und Schaufeln schlagbereit, um den Teufel auszutreiben.

»Keine Sorge, Georg. Es sind nur Mönche eines Stifts. Nicht mehr.«

»Von Andechs oben?«

»Von Andechs, ja.«

Georg und Stritzl bekreuzigten sich. Murrend sahen sie auf die beiden Mönche, herab. »Schöne Brüder sind mir das.«

»Lasst uns vorausgehen, ihr Torfstecher bleibt hier. Verteilt euch ein bisschen am Ufer, und schaut, dass niemand wegrennt.« Rungholt sprach Marek und dem Aal gut zu, dann kratzte er sich noch einmal an der Hand, hob das Schwert und ging über die Bohlen. Sie brachen nicht.

Pankraz warf Marek einen Blick zu, strich sich den Bart glatt und folgte Rungholt.

Zu dritt gingen sie auf die Mühle zu.

Niemand war zu sehen. Die Sonne stand dreiviertel über der Lichtung, die die Mönche auf der anderen Seite der Mühle angelegt hatten, und blendete Rungholt. Vom dunklen Wald war hier, wenige Klafter vor den schwarzen Mauern, nichts mehr zu spüren. Er sah hinauf in die Wipfel. Die Äste wichen zurück, als führe sie eine unsichtbare Hand. Lauschend trat er vor, aber es war nur das Rauschen zu hören, das schon den Centaur mitgenommen hatte.

Stumm gab er Marek Zeichen, am Mühlrad vorbeizugehen und sich von der anderen Seite zu nähern. Der Kapitän gehorchte und ging an der Wasserrutsche für das Rad entlang. Der Waldboden am Mühlrad war aufgeweicht und schlammig, sodass Marek beinahe ausgerutscht wäre. Dann war der Schone aus Rungholts Blick.

Zusammen mit Pankraz Guardein, der ebenfalls ein Schwert gezogen hatte, beeilte er sich, zur Tür zu kommen. Er überlegte, ob er sie eintreten und hineinstürzen sollte, entschied sich aber dagegen.

»He!«, rief er, so laut er konnte. Pankraz Guardein erschrak. »Kommt raus. Die Mühle ist umstellt.«

»Was wollt ihr hier?« Rungholt hatte nicht erwartet, dass ihm jemand antwortete, doch der Chorherr Barnabas erschien im Fenster.

»Das könnte ich Euch fragen, Eure Eminenz. Wir suchen eine Frau und ihr Kind. Wir wissen, dass Ihr sie dort drinnen in Eurer Obhut habt.«

»So, haben wir das?«

»Wir könnten uns ja einmal umsehen.« Rungholt lächelte dem Geistlichen zu. Weil ihn die Sonne blendete, die über das Dach leckte, trat er einen Schritt vor in den Schatten.

»Kommt nicht näher, Fremder. Bleibt, wo ihr seid.«

RIT-RIT-RIT-RIT-RIT-RIT-RIT-RIT konnte er es hinter sich hören. Die beiden Armbruster hatten die Mönche gebunden und luden nun ihre Waffen. Klackernd hakten sich die Klauen ein und spannten die Sehnen.

»Sonst was?« Rungholt wischte sich die Nase mit der Schlaghand ab, sodass der Chorherr auch gut das Schwert sehen konnte. Er hatte lange nicht mehr gekämpft. Allein das Halten der schweren Waffe bereitete ihm Mühe, aber er ließ sich nichts anmerken. Vom Bach wehte der Geruch von toten Fischen herüber.

Die beiden Männer taxierten sich. »Sonst... Nun, sonst wird die Hexe sterben, Fremder.«

»Ihr würdet eine unschuldige Frau töten, Barnabas?«

»Unschuldig? Sie steht mit dem Teufel im Bunde. Sie ist in geheime Lehren eingeweiht. Lehren des Teufels, Mann aus dem Norden.«

»Ihr kennt mich?«

»Nur Eure Kunst, mit dem Messer umzugehen.« Barnabas deutete einen Halsschnitt an. »Die Hexe kann unsagbare Dinge anstellen.«

»Ein Wunder erschaffen? Solcherlei Dinge?«

»Der Teufel hat ihr Wissen gegeben.«

»Wissen stammt niemals vom Teufel, Barnabas. Und wenn Ihr das Wissen von Beatrijs Smidel gebraucht, kann es entweder nicht blasphemisch sein oder aber es wird durch Euch erst teuflisch.«

414

Barnabas antwortete nicht. Er sah noch immer hinaus, und Rungholt bemerkte, dass die Lippen des Mannes sich ein wenig bewegten. Er zählt meine Männer, schoss es Rungholt durch den Kopf. Er verstrickt mich in Gerede, damit er abschätzen kann, wie er am besten flieht.

»Kommt raus, Barnabas. Sofort!«

Ein Ruf zerschnitt die Stille.

»Rungholt!« Es war Marek.

»Auf Euch sind zwei Armbrüste gerichtet. Sie stehen unweit des Mühlrads, wenn Ihr sie schon sucht«, erklärte Rungholt knapp. »Ihr habt keine Möglichkeit zur Flucht.« Er drehte sich dann einfach um, ohne sich um den Chorherrn zu kümmern. Es kostete ihn seine ganze Überwindung, dem Mann den Rücken zuzuwenden, aber er hoffte, es würde seine Wirkung nicht verfehlen. Rungholt wollte nicht den Hauch eines Zweifels daran lassen, dass Barnabas keine Chance hatte, zu entkommen oder gar zu siegen. Pankraz Guardein sah Rungholt nach, blieb aber, wo er war. Sein gesundes Auge sprang zwischen Rungholt und dem Chorherrn hin und her.

Kaum außer Sichtweite der beiden begann Rungholt zu rennen. Er eilte um die Mühle, da traf ihn das Licht.

Wie ein Faustschlag warf es ihn zurück. Die Helligkeit ließ ihn taumeln. Er riss die Hände hoch.

»Was in Gottes...«, entfuhr es ihm. Durch den weißen Schleier brauchte es seine Zeit, bis er endlich seinen Kapitän erkennen konnte. Marek hatte den glatzköpfigen Mönch, diesen Matthias, niedergeschlagen. Mit blutender Nase lag der Mann nahe am Haus am Boden. Einem zweiten Mönch hatte Marek den Fuß auf den Brustkorb gepflanzt und hielt ihm die Klinge an die Kehle.

»Schau dir das an, Rungholt.« Er nickte hinter sich. Auf dem Stuhl, umringt von den glänzenden Schilden saß Imel. »Wollten die ihn blenden? Ich versteh das nicht.«

»O mein Gott.« Rungholt stürzte zum Jungen. Imels Augen

waren vom Licht und vom unablässigen Tränen geschwollen. Er konnte sie nicht öffnen. Seine Haut schälte sich vor Sonnenbrand. Rungholt trat zwei Schilde um, damit es dunkler wurde, steckte sein Schwert in den Boden und zückte sofort seine Gnippe. Mit drei Schnitten hatte er Imel befreit. »Ist gut, Imel. Ist gut. Ich bin da. Ist alles gut.«

»Mutter?«

»Ist auch da. Wir haben sie gerettet, Imel«, log Rungholt und nahm den Jungen in die Arme.

»Durstig. Wasser.«

»Ja, gleich.« Rungholt versetzte dem Stuhl voller Zorn einen Tritt und trug den geschwächten Jungen vor zum Mühlrad, dabei rief er nach Georg und Stritzl. So sanft er konnte, legte er Imel vor dem Bach ab und übergab ihn Georgs Obhut. »Gebt ihm Wasser«, sagte er. »Hinter der Mühle sind noch zwei Mönche. Kümmert Euch um sie.«

Ohne eine Antwort abzuwarten, wandte sich Rungholt dem Haus zu. Er spürte, wie der Zorn in ihm heraufkroch. Wer waren diese gottesfürchtigen Männer nur, dass sie einen Jungen halb verbrennen und verdursten ließen. Er hob sein Schwert.

»Beatrijs?«, schrie er und wollte an Pankraz Guardein vorbei, als die Tür von innen aufgestoßen wurde. Ihr Blatt krachte gegen den Zunftmeister. Rungholt sah, wie dem Mann das Auge herausflog. Es kullerte über den Waldboden davon.

Die Tür klappte zurück. Niemand war herausgetreten. Ohne zu zögern packte Rungholt den Holzriegel und zog sie auf. Ihm war es gleich, ob es ein Fehler war, direkt im Sturz zu stehen und eine gute Zielscheibe abzugeben.

Mit einem Schrei stürzte Barnabas aus dem Dunkel auf ihn zu. Der Chorherr hatte eine Axt erhoben, aber Rungholt wich aus. Zumindest halbwegs, denn der Türrahmen war viel zu schmal für seinen massigen Körper.

Mit einem Aufschrei – »Ihr habt es zerstört. Verschwindet!« – stürzte Barnabas sich auf ihn, Rungholt wollte parieren, aber sein Schwert hieb gegen den Türrahmen. Er sah schon die Axt in seinem Bauch stecken, in seinem Schädel, da bremste ein kurzes Zischen den Angriff des Chorherrn.

Anstatt nach vorn zu stürzen, riss es den Mann von den Füßen. Er drehte sich im Kreis, taumelte zurück. Ehe Rungholt begriff, was geschehen war, fiel Barnabas auf den Boden. Blut war aus seiner Hüfte gespritzt und hatte Türrahmen, Rungholt und den Boden besudelt. Ein Armbrustbolzen hatte ihm zwei Rippen durchschlagen, war einmal durch seinen Leib gefahren und hatte sich irgendwo in der Mühle verloren.

Der Schock musste alle Schmerzen getilgt haben, denn Barnabas stützte sich auf der Axt ab und kam auf die Beine. »Verschwindet! Ich werde mein Kloster bekommen. Und täglich werden die Pilger beten. Der Berg wird in aller Herrlichkeit erstrahlen.«

Rungholt achtete nicht auf das Gefasel des Mannes, sondern eilte an ihm vorbei in die Mühle.

»Beatrijs?«, rief er erneut und vernahm einen unterdrückten Schrei. Sie hatten sie geknebelt. Rungholt sah sich um und bemerkte, dass Barnabas noch immer versuchte, sich auf die Beine zu ziehen. Vor der Tür sah er, wie Marek mit den beiden Mönchen rang, die sich nicht wehrlos ergeben wollten, und die Torfstecher sich um Imel kümmerten. Sein Blick glitt zur Seite, und er sah im Sonnenlicht Pankraz auf dem Boden rutschend sein Auge suchen.

»Beatrijs!«, rief er abermals. Schmerzensschreie in einem fort, und Rungholt horchte auf ihr Jammern.

Dort... im Bretterverschlag, eine Kammer. Rungholt eilte hinüber und riss die Tür auf. Es war dunkel. Nur durch ein kleines Loch fiel das Licht. »Beatrijs?«

Suchend sah er sich um und erstarrte.

Vor ihm hing Imel! Eindeutig. Er war verschwommen, als schaue Rungholt eine zu kleine Zeichnung ohne Brille an, aber es waren die Züge des Jungen. Er lächelte steif. Beinahe selig. Kopfüber hing er wie eine menschliche Fledermaus an der Decke und war nur aus… aus Leinen.

»Das Vera Ikon«, hauchte Rungholt und riss sich von seinem Anblick los. Beatrijs hockte in einer Ecke. Rungholt klappte die Gnippe auf, durchschnitt ihre Fesseln. Beatrijs wollte sich bedanken, aber er zog sie mit sich. »Kommt«, sagte er. »Haltet Euch hinter mir.«

Sie traten durch die Tür, und für einen Lidschlag war Rungholt von der Helligkeit in der Mühle geblendet. Zu spät erkannte er den Chorherrn. Der Mann schwankte, stürzte aber auf Rungholt zu und rammte ihm die Axt in die Schulter. Gott sei Dank hatte er nicht ausgeholt, so traf Rungholt nur der flache Axtkopf. Dennoch warf es ihn zurück, und er prallte gegen die Bretter der Kammer.

Beatrijs schrie auf. Und das Nächste, was Rungholt sah, war Barnabas, der erneut ausholte, um ihm den Schädel zu spalten. Die Rippen staken aus seinem Leib, aber das störte den Chorherrn nicht.

»Marek«, schrie Rungholt und dachte noch: Immer wenn ich nicht mehr weiterweiß, rufe ich nach diesem dummen Dänen. Dann sah er, wie Barnabas abermals nach hinten taumelte, und vermutete, ein weiterer Bolzen habe den Gottesmann getroffen.

Aber es war Beatrijs, sie hatte den Chorherrn gepackt und zog ihn an seinem Rock zurück. Der hagere Mann schlug um sich, verlor jedoch das Gleichgewicht und fiel auf den Rücken. Mit einem Wutschrei war Beatrijs über ihm. Sie hielt den Krug mit Salpetersäure über ihren Kopf, mehr als zweieinhalb Seidel gieriges Aqua dissolutiva, bereit zum Wurf. In Korbinians Augen war nur ein Hauch gelangt, über ihre Hand war nur ein Schluck geronnen… Sie holte mit dem Krug aus. Was dieses Wasser wohl mit Barnabas Gesicht anstellen würde?

»Hexe!«, rief der Mann. »Johann wird dich auf den Scheiterhaufen bringen, wenn du das tust. Du sollst brennen. Du und deine Brut.«

Tatsächlich sah Rungholt, wie Beatrijs den Chorherrn anlächelte und innehielt. Er begriff erst, was sie wirklich vorhatte, als Beatrijs den Kopf zu ihm und der Kammer herumriss.

»Neeeein!« Unter dem gleichzeitigen Schrei von Barnabas und ihm flog der Krug an Rungholts Kopf vorbei und durchschlug die Latten der Kammer. Rungholt hörte ihn im Innern zerbersten. Während er sich aufrappelte und zu den Öfen zurückwich, sah er, wie erste Flammen aus der Kammer herauszüngelten. Überall, wo das Aqua dissolutiva Stroh und Holz berührt hatte, leckte Feuer hervor. Das Wasser hatte es entzündet. Rungholt bekreuzigte sich, hatte aber keine Zeit, über die Hexerei nachzudenken, denn der Chorherr kroch vor und wollte Beatrijs' Bein… Nein, er taumelte an ihr vorbei zur Kammer und kam gänzlich auf die Beine. Fassungslos starrte der Mann ins Innere. Er wollte die Tür auftreten und eines der Tücher retten, doch das getränkte Leinen stand bereits hellauf in Flammen.

»Du Hexe«, keifte er unentwegt. »Das Wunder! Du hast die Tücher zerstört!« Das Feuer nahm die Holzkammer in einem einzigen Atemzug. Barnabas musste hilflos zusehen. Er fuhr zu Beatrijs herum, die zu Rungholt an die Öfen zurückgewichen war.

»Ihr seid des Wissens nicht wert«, zischte sie. »Sterben sollt Ihr, Barnabas. Und alle, die im Namen des Herrn uns das Wissen verbieten.«

Mit einem wütenden »Duuuu!« wollte Barnabas sie schnappen, doch kaum hatte er einen Schritt getan, explodierte ein Salpeterkrug. Das Stroh, das Beatrijs um die Krüge gebunden hatte, hatte sich ebenfalls entzündet. Die Säure spritzte brennend heraus. Flüssiges Feuer sprenkelte Barnabas' Rock. Wie zahlreiche Sterne im Nachthimmel funkelten, brannten die Tropfen auf seinem Mantel. Doch diese Sterne wurden blitzartig größer. Barnabas keuchte vor Schmerz und wollte den Rock loswerden, aber die Flammen hatten bereits seine Schultern erreicht und verbrannten sein Haar. Wild um sich schlagend, taumelte er durch die Mühle und steckte immer weiteres Stroh in Brand, Korbinans Schreibpult, die Pergamente, Beatrijs' Werkbank.

Rungholt riss sich seinen Tappert herunter und wollte die Flammen an Barnabas ersticken, doch der Chorherr hielt nicht still. Flehend und schreiend torkelte er durch die Mühle, und Rungholt konnte sehen, wie das Feuer seine Augenbrauen fraß, wie Barnabas' Haut Blasen warf und er lodernd mitten unter die brennenden Bretter der Kammer stürzte.

Es gab keine Möglichkeit, an ihn heranzukommen. Rungholt sah nur Barnabas' Beine in der Glut, sah sie zucken, und er hörte das Schreien. Und im Fauchen des Feuers das Schreien.

Um Rungholt und Beatrijs loderte ebenfalls Feuer. Er spürte die Hitze auf seinen Wangen und seinem Rücken.

»Rungholt!« Mareks Ruf drang durch die Flammen, aber er konnte den Kapitän nicht sehen. Langsam verlor er die Orientierung. Wo war die Tür nach draußen?

Der Rauch wurde immer dichter und strömte nicht mehr durch das eingefallene Dach ab, sondern sammelte sich und schloss sich wie glühendes Eisen um ihn. Rungholt sah sich nach Beatrijs um, hustete im Qualm und entdeckte sie endlich bewusstlos vor den Öfen.

»Hier!«, rief er dem Kapitän zu. Er versuchte, Beatrijs hochzuheben, doch obwohl die Frau schlank war und ausgehungert, konnte er sie nicht halten. Immer wieder entglitt sie ihm und drohte, auf den brennenden Mühlenboden zu rutschen. Er drückte sie mit seinem Bauch an die Wand, kam irgendwie in die Hocke und legte sie sich über die Schulter, wie er es einst bei Irena getan hatte, damals im Schnee. Auf der Flucht.

Er spürte ihr Gewicht und hustete wieder. Der heiße Rauch kratzte in seinem Hals.

»Marek!«, rief er abermals. »Hier bin ich!« Und sah im Qualm Irenas Gesicht auftauchen. Undeutlich und matt wie unter Eis. Für einen Lidschlag war ihm, als sehe sie ihn an, grau in grau. Genau wie dieses Trugbild von Imel, doch dann löste sich der Rauch auf, und er lief auf die Flammen zu. Rungholt roch verbranntes Haar, dann krachte er mit Beatrijs' Füßen voraus durch die brennenden Bretter. Er war im Freien.

Tatsächlich konnte er so etwas wie Schatten, Gestalten, Gesichter im Rauch sehen, Georg, Stritzl, Marek, selbst die Mönche. Hektisch liefen sie umher, versuchten, mit Eimern und bloßen Händen Wasser vom Mühlrad gegen die Mauern zu schütten, doch das Wasser verdampfte schon im Flug.

Pankraz Guardein und Marek überschütteten sie mit Wasser, aber Rungholt taumelte hustend mit Beatrijs auf der Schulter weiter. Nur fort von den Flammen.

Er verlor das Gleichgewicht und versuchte, auf die Knie zu fallen, um Beatrijs nicht zu verletzen, doch sie entglitt seinen Armen und fiel vor das Mühlrad. Während sie mit dem Rücken im aufgetretenen Schlamm landete, stürzte Rungholt einfach vornüber, erst auf die Knie und schließlich in ganzer Länge vor ihr in den Dreck. Wie ein Büßer sich auf die kalten Kirchensteine drückt, lag Rungholt auf dem Waldboden, die Wange in die kühle Erde gepresst. Lebe, Beatrijs.

Rungholt atmete flach. Nur langsam verglomm die Hitze in seinem Hals, das Stechen ließ nach. Er war zu erschöpft, um sich aufrichten. Er roch das Feuer, den dichten Qualm des brennenden Dachstuhls und der schwarzen Kammer, der Tücher und Pergamente. Rauer Nebel, der in die Lichtung gedrückt wurde. Rungholt konnte die alchemistischen Pasten gurgeln hören, das Bersten der Tonkrüge und Grapen, dann die Rufe der Männer und schließlich Mareks Stimme neben sich. Jemand fasste nach seiner Schulter. Ein Zweiter wollte ihn hochziehen. Der Gestank des Rauchs stach noch immer. Ich sollte mich herumrollen, dachte er. Ich sollte aufstehen, Marek und Pankraz um Hilfe bitten.

Doch ihr Anblick vor den Bäumen ist so beruhigend. Sie atmet. Beatrijs' Kopf vor mir zu haben, ihre feine Gestalt. Sie sieht so friedlich aus. Die Augen geschlossen. Ich bleibe noch etwas liegen. Die Erde ist so schön kalt.

Durch die Bäume fiel goldenes Feuerlicht. Hustend drehte sich Beatrijs zu ihm auf die Seite. Wie Liebende lagen die beiden Kopf an Kopf. Dann öffnete Beatrijs die Augen. Sie blickte ihn voller Gnade an. So ruhig.

Alle Sünden auf einen Schlag.

Und während die Mühle explodierte, die Funkensäulen und Feuerzungen an Bäumen leckten und Rungholt die Hitze in seinem Rücken spürte, küsste sie ihn mit ihrem Seidenlächeln.

58

Er hatte sich von Marek seine Wunden nähen lassen, seine Hand mit Stutenmilch eingerieben und frische Bovistpaste auf seinen Schnitt gestrichen, dann hatte er die Hand mit einem sauberen Tuch umwickelt.

Rungholt hatte Beatrijs und Imel in Smidels Haus gebracht und Marek losgeschickt, um die Mägde zu holen. Vroni und Klara hatten das Haus eingeheizt und Beatrijs ein wohliges Bad im Zuber bereitet, weil sie zu schwach und ihr Körper zu geschunden gewesen war, um mit den Frauen ins Badhaus zu gehen. Rungholt selbst war nicht lange im Haus am Rindermarkt geblieben. Nachdem Imel wieder und wieder seine Mutter umarmt hatte und wie toll durch die Diele gesprungen war, hatte er sich stumm verabschiedet und war gegangen.

Auf halbem Weg zur Taubenstube hatte er überlegt, endlich zu Margot ins Elend zu gehen und sich zu entschuldigen. Der Gedanke an seinen Wutausbruch hatte gereicht, um sich unwohl zu fühlen. Er hatte im Färbergraben gestanden, den Gestank wahrgenommen und sich hilflos gefühlt. Und dreckig. So verdorben.

Aber Rungholt hätte nicht gewusst, was er hätte sagen sollen. Gott sei Dank habe ich nicht zu geschlagen, hatte er gedacht. Es ist nichts geschehen, und doch ist alles geschehen. Ich habe einen Graben aufgerissen, den ich nicht überspringen kann. Was reingeht, muss auch wieder rauskommen. Was aufgerissen wurde, kann wieder zugeschüttet werden, hatte er überlegt und sogleich daran gezweifelt. So einfach war es nicht. Der Graben, den er eigenhändig mit seinem Zorn ausgehoben hatte, war eine Wunde. Und die wenigsten Wunden heilten spurlos.

Ducunt volentem fata, nolentem trahunt, hatte einst Winfried zu ihm gesagt. Wer sich in sein Schicksal fügt, den führt es; wer sich dagegen sträubt, den reißt es mit. Gott sei Winfrieds Seele gnädig.

Er hatte auf die heißen Zuber mit den Hölzern und Stoffen gesehen, hatte den Männern zugeschaut, wie sie Tuch um Tuch aus ihren dampfenden Farben zogen, hatte sich am Rot, am Blau, am Grün und Gelb ergötzt und sich entschieden, seine Tochter nicht noch einmal zu sehen. Stattdessen war er zu Pankraz Guardein gegangen und hatte ihn gebeten, die Laurentius-Kapelle aufschließen zu lassen.

Nur spärlich fiel das Licht durch das kleine, hohe Fenster, das in der Apsis ausgelassen worden war. Es erinnerte Rungholt an das Loch der Camera Obscura in Darios Laboratorium, und tatsächlich musste sein Labor in gerader Linie hinter diesem Fenster liegen. Rungholt riss sich vom Anblick los und trat einen Schritt vor.

Seine Trippen klackten auf dem Kapellenboden. Rungholt

hielt inne. Niemand war zu sehen, selbst der Priester mit seinen Vikaren, die ihm auf Pankraz Guardeins Geheiß geöffnet
hatten, waren im Hof geblieben. Die Laurentius-Kapelle war
verwaist, dennoch wartete Rungholt einige Atemzüge, bevor
es wagte, noch näher an den Altar zu treten.

Endlich war er ihnen ganz nahe. In goldsilbernen Gefäßen
schimmerten die Reliquien. Stöhnend kniete er nieder, es
brauchte einen Moment, bis er hockte und seine Knie nicht
allzu sehr schmerzten. Er spürte die kalten Steine und den
Sand, den die Pilger in die Kirche getragen hatten, und meinte
in seinem Rücken das Sonnenlicht zu fühlen, das durch das
kleine Fenster der Kapelle fiel, doch sein Geist war von den
Reliquien eingenommen.

Das Brautkleid der heiligen Elisabeth, ein Splitter des Sie-
geskreuzes Karls des Großen, Teile von Gebeinen mehrerer
Apostel, ein Stück vom Leidenskreuz Christi, ein wenig von
seiner Dornenkrone...

Rungholt ließ seinen Blick über die Gefäße und goldenen
Monstranzen wandern. Vor allem nahmen die Drei Heiligen
Hostien ihn in ihren Bann.

Er versuchte, die Zeichen zu sehen, die auf ihnen in Blut
erschienen waren, und konnte nichts erkennen. Weder das
Fingerglied noch das Kreuz, noch das Monogramm des Hei-
lands IHS.

Rungholt suchte, aber fand nicht.

Dennoch konnte er seinen Blick nicht von den Reliquien
lassen, die Wärme der Kerzen und des Goldes verzauberten
ihn, und für einen Moment war Rungholt selig. Er kniete vor
diesen heiligen Dingen, fühlte sich sorgenlos und war sich
dennoch bewusst, dass er durch diese Reliquien niemals die
Absolution erhalten würde.

Zögernd begann er das Vaterunser. Er bekreuzigte sich,
aber er dachte: Selbst wenn die Reliquien echt wären, diese
Überbleibsel aus grauer Vorzeit, meine Sünden nehmen sie

mir nicht. Gleich, wer sie berührt, gleich, in welchem Körper sie steckten oder wessen Knochen sie einst waren. Ich muss meine Sünden weiter in mir tragen. Sie werden sich nicht auflösen wie die gelben Wolken über München, einzig weil ich diese Dinge gesehen habe oder weil ich mehr spende, noch mehr Abbitte leiste oder in weitere Kirchen der Stadt gehe. Weder Reliquien noch Priester noch Bischöfe können mir Gnade zuteilwerden lassen. Das kann nur Gott.

Um seine Knie zu entlasten, setzte er sich auf die Hacken seiner Trippen, aber so schmerzte nur sein Hintern.

Rungholt blickte zum Gewölbe empor. So niedrig. Kein Vergleich mit Sankt Marien. Kein Vergleich. Er hörte die Löwen brüllen, hörte ihr dunkles Knurren und ihre fremden Laute durch die kleine Kapelle hallen und dachte beim Anblick der Reliquien: Wenn dies den Himmel bringt, möchte ich lieber wieder zwei Wochen auf einem meiner Heringsfässer sitzen und durch die Lande fahren.

Denn die Dinge, dachte er, erlösen uns nicht. Es sind unsere Taten, die uns erlösen.

In Gedanken den Blick auf die drei Hostien gerichtet, musste er lächeln, und mit einem Mal spürte er, wie ihm eine Last von den Schultern wich.

Für einen kurzen Moment war er mit sich im Reinen. Schon seit Jahren hatte er dies Gefühl nicht mehr so eindringlich gespürt. Seit Jahrzehnten nicht. Das letzte Mal in der Novgoroder Kirche, in der sie alle schliefen und in der sie Handel trieben. Das letzte Mal dort. Vor über zwanzig Jahren.

Auf den kalten Steinen der Laurentius-Kapelle wurde sich Rungholt bewusst, dass auch er der Freisprechung würdig war. Irgendwann einmal. Immerhin dies glaubte er jetzt, ohne allzu milde mit sich selbst ins Gericht zu gehen. Beatrijs hatte ihn mit ihrem Seidenlächeln geküsst, und der Kuss war nicht nur der Kuss ihrer Lippen gewesen.

Tief in seinem Herzen wurde Rungholt bewusst, dass er

nicht Beatrijs gesucht hatte. Dort draußen im Wald, jenseits der Welt.

Es war immer eine Suche nach ihr gewesen. Eine Suche nach seiner Liebe, die er vor über zwanzig Jahren im eisigen Wasser verloren, die er von sich gestoßen hatte und deren Gesicht unter dem Eis gefroren war. Irena.

Ich küsse ihr Seidenlächeln und bin erlöst.

Beatrijs hatte ihn freigesprochen. Er kniete und betete und spürte, wie Irena ihren Griff lockerte, wie sie immer weniger fest sein Herz umspannte. Irena, Gott habe sie selig. Irena, die ihn bis zu ihrem Tode *Medwed* genannt und für die er niemals *Ligawyj* gewesen war.

Beatrijs hatte ihn durch sein Seelengestrüpp und seinen Sündenwald geführt. Mit ihrer Befreiung hatte er einen Kreis geschlossen, den er niemals durch die Lossprechung eines Priesters hätte schließen können.

Rungholt lächelte. Er lächelte, und er begann zu beten. Er betete leise und lange. Er betete für weitere Jahre und ein erfülltes Leben.

Er betete für sich. Er betete für Imel. Er betete für Margot.

Epilog

Siebzehn Tage später lichtete sich der Wald.

Durch das Astloch seines Kobelwagens erkannte Rungholt Häuser. Das Sonnenlicht blitzte durch die Wipfel und wurde zu einem einzigen Strahlen. Er kniff die Augen zusammen und drückte seinen schweren Kopf an die Bretter. Zusammen mit Marek hatte er sich auf ein paar Felle gelegt, die sie schließlich in der Nähe von Leipzig gekauft hatten. Unfähig, sich aufzusetzen oder zu reiten hatten sie das Lästern ihrer beiden Schützen Tag für Tag über sich ergehen lassen. Wie ein altes Ehepaar hatten sie auf ihrem Bettenlager geruht, hatten gejammert und gehofft, die Tortur werde schnell ein Ende haben.

Zur Terz zogen die Gebäude von Gut Stecknitz am Astloch vorüber. Rungholt kannte sie, denn unweit wohnte eine Böttcherin, der er vor einigen Jahren einmal geholfen hatte. In einem Fass hatte er sich einen Abgrund herabgelassen und wäre für die Frau beinahe gestorben. Das war lange her. Nur eine Erinnerung. Eine von vielen. Und Rungholt ahnte, dass das glusame Gefühl in seinem Magen, das man Heimat nannte, eben nichts weiter als ein wundervolles und dichtes Knäuel aus Erinnerungen war.

Deswegen war auch die Halbinsel, die in der Marcellusflut versunken war, nicht mehr seine Heimat. Weil sie kaum noch

Teil seiner Erinnerung war. Weil sie nur noch einige Ellen fortgespülter Deich war. Feuchter Sand im Wasser, der wie dunkle Gischt in seinen Gedanken auftauchte. Nicht glusam, nicht wie Lübeck.

Er hatte für Margot gebetet, und er wünschte ihr ein friedvolles und schönes Leben gemeinsam mit Utz. Vielleicht würde er Utz eines Tages gar akzeptieren. Vielleicht. Die beiden lebten ihr Leben, und auch wenn Rungholt es nicht guthieß, wie sie hausten, so beruhigte ihn die Tatsache, dass Utz kein schlechter Mensch war. Durch Marek hatte er den beiden die Hälfte des Heringsgelds zustecken lassen.

Hoffentlich kauft Utz meiner Tochter ein paar fette Gänse oder zahlt ein Schwein an, dachte er. Sie werden sich schon durchschlagen. Rungholt musste lächeln. Immerhin kann Utz Latein.

Nur einige Zügelschläge später brach der Wagen südlich der Stadt aus dem Wald. Das Baummeer erstarb, und der Kobelwagen schob sich die sandige Kuppe hinauf und drang durch die letzten Äste. Rungholt presste abermals sein Auge ans Astloch und wurde gewahr, dass der Wald Vergangenheit war.

Der grüne Vorhang hatte den Blick auf die Stadt der sieben Türme freigegeben.

Der Wald blieb zurück, verblasste fern von Rungholts Welt.

Die Königin der Hanse lag friedlich da. Unter blauem Himmel.

Daheim, dachte Rungholt. Endlich daheim.

Und sein »Daheim« klang wie *erlöst*.

Nachwort

Achtung, das Nachwort verrät Wendungen des Romans.

Wunder oder Illusion. Erdichtung oder nüchterne Wahrheit? Heilige Reliquie oder weltlich Ding? Die Grenze zwischen Talisman, Fetisch und Reliquie ist dünn und verläuft im Zickzack. Schurrmurr.

Ob die Andechser Reliquien echt oder eine Fälschung sind, muss der geneigte Leser für sich selbst entscheiden. Jedoch steht außer Frage, dass das Dokument, welches die Herkunft der Reliquien belegen soll (die so genannte »Otto-Urkunde«), wohl eine Fälschung ist. Auch die Andechser Missale, ein Buch für die Messliturgie, wurde teilweise gefälscht. Einträge um/nach 1389 tun, als stammten sie noch aus der Zeit der Grafenburg – also vor 1248 – und wollen den Reliquien so eine altverbriefte Vorgeschichte geben. Im vorliegenden Roman übernimmt Korbinian das Fälschen dieser Bücher. Ob echt oder nicht, für den dritten Rungholt-Fall brauchte es den Betrug.

So oder so war das Gnadenjahr von 1392 bis ins 19. Jahrhundert hinein das Jahr, in dem die meisten Besucher nach München strömten. In den viereinhalb Monaten, in denen die Andechser Reliquien ausgestellt wurden, müssen es über hunderttausend Pilger gewesen sein, die Geld in die Stadtkasse trugen. Einige Quellen sprechen sogar von 40 000 Wallfahrern pro Tag – zum Vergleich: München hatte damals ca. 10 000 Einwohner.

Da das Gnadenjahr ein solcher Erfolg war, versuchten die Münchner, den Löwenanteil der Almosen für sich allein zu behalten und dem Papst, der das Gnadenjahr genehmigt hatte, nichts abzugeben. Tatsächlich verhängte dieser dann auch im Jahre 1393 über die niederträchtige Stadt Bann und Interdikt – eine der schwersten Strafen, die die Kirche kennt. So musste das gesamte religiöse Leben in München ruhen. Alle Kirchen wurden geschlossen. Keine Möglichkeit für Gebete und Buße. Erst nachdem sich die Münchner an den Freisinger Propst gewandt hatten, gewährte dieser jedenfalls wieder den Gesang und das Lesen von Messen.

Das Geschäft mit den Pilgern war derart erfolgreich, dass immer wieder in den folgenden Jahrhunderten Reliquien gefunden wurden. Schon 1394, nur zwei Jahre später, wurde im Münchner Franziskanerkloster der seit dem Stadtbrand von 1327 verschwundene Arm des heiligen Antonius auf wundersame Weise wiederentdeckt. Weitere Funde dieser Art sollten bis ins 17. Jahrhundert folgen – jedoch war keine dieser Wiederentdeckungen so erfolgreich wie die Ausstellung der Andechser Reliquien zum Jubeljahr 1392.

Auch Andechs erlebte in den folgenden Jahrzehnten einen Aufschwung. Katharina von Görz' Wunsch eines Klosters sollte am 17. März 1455 Wirklichkeit werden. Zu diesem Datum erfolgte die Stiftung des Andechser Klosters, die 1458 auch per Urkunde offiziell bezeugt wurde.

Aber schon 1400 (acht Jahre nach Rungholt) leiteten Chorherren aus Dießen den »Heiligen Berg«. Sie errichteten u. a. die Kirche, die heute noch auf Andechs zu besichtigen ist. 1438 wurde ein Kollegialstift zur Betreuung der Wallfahrer – deren Zahl hatte sich in den letzten fünfzig Jahren seit Auffindung der Reliquien vervielfacht – errichtet, aus dem später als dauerhafte Lösung das (heutige) Kloster hervorging.

430

Die hier beschriebene alchemistische Prozedur der Bilderzeugung geht auf ein Verfahren zurück, das Louis-Desire Blanquart-Evard 1850 erfand. Also gut vierhundertfünfzig Jahre später als Rungholts Abenteuer angesiedelt ist. Interessant ist jedoch, dass alle »Zutaten« für dieses Verfahren bereits bekannt waren und in verschiedener Kombination auch im Spätmittelalter angewandt wurden. Auch wenn Blanquart-Evard als Erfinder gilt, so ist es zumindest denkbar, dass seine Art der Belichtung hunderte Jahre vor ihm hätte entdeckt werden können – wenn nicht wurde –, denn mit Silbernitrat und anderen lichtempfindlichen Substanzen wurde bereits experimentiert.

Wer sich für alternative Fotografie interessiert, sollte unter »Albuminpapier« und »Salzdruck« nachschlagen.

Auch die »schwarze Kammer« mit ihrem »Loch« – eine Camera Obscura in Gartenhausgröße – war bereits bekannt. Aristoteles beschreibt um 350 v. Chr. – 1600 Jahre vor Rungholt – ein auf dem Kopf stehendes Abbild, und erste Lochkameras soll der Araber Abu Ali al-Hasan Ibn Al-Haitham um 980 n. Chr. angefertigt haben. Zu Rungholts Zeiten war die Camera Obscura tatsächlich bereits in Gebrauch. Sie wurde u. a. von Astronomen benutzt, um Sonnenflecken beobachten zu können. So baute Roger Bacon (1214–1292) für seine Sonnenbeobachtungen eine Lochkamera.

Diesmal geht mein Dank vor allem an meine Lektorin Maria Dürig (für deine Geduld und das Vertrauen), Wolfram (du beherrschst das Latein, ich schau wie Rungholt aus der Wäsche – schon seit »Rungholts Ehre«) und an Gerd (danke für die (Al)chemie und viel, viel mehr). Danke euch und den vielen, die mich durch den dunklen Blätterwald geführt und immer wieder aufgebaut haben.

Schwarze Kammern, dunkle Wälder. Alchemie und Hexerei. Glaube und Aberglaube. Ich hoffe, auch dieser Rungholt-Fall hat Ihnen Freude bereitet, und würde mich freuen, wenn Sie den bärbeißigen Patrizier auf sein nächstes Abenteuer begleiten würden.

Derek Meister
Münchehagen, im Dezember 2007

Mehr Information über die Krimireihe
Rungholt finden Sie unter:
www.rungholt-das-buch.de
oder unter www.derekmeister.com
oder direkt beim Verlag
www.blanvalet.de

Glossar

Albe
: Aus dem lateinischen *albus* (weiß). Liturgisches Gewand. Aus der knöchellangen Tunika entstandenes Untergewand.

Abulcasis
: Abul Qasim-Halaf ibn al Abbas az Zahrawi (im Abendland »Abulcasis« genannt), 936–1013 n. Chr.
Als Hofarzt des Kalifen von Cordoba schrieb er sein Hauptwerk, die Enzyklopädie *At Tasrif*. Für seine Zeit – um 1000 n. Chr. – eine sehr detailreiche Medizin-Enzyklopädie, die 30 Bände umfasst, mit umfangreichem Anatomie-Teil. Das Werk war über 300 Seiten stark und ist angeblich aus fünfzig Jahren medizinischer Praxis und Forschung heraus entstanden. U. a. beschrieb er dort schon den Gebrauch von Schwämmen zur Narkose bei chirurgischen Operationen, und er betont, dass die Kenntnis des menschlichen Körpers Vorraussetzung für eine gute Chirurgie ist.

Acheiropoieton
: Griechisch. »Nicht von Menschenhänden geschaffen«. Auch *Vera Ikon* – das wahre

| | Bild. Ein Kultbild oder eine Ikone, die nicht von Menschenhand gezeichnet, sondern von Gott geschenkt wurde. Den Bildern werden – wie Reliquien – heilende Kräfte zugesprochen. |

Ad turri vetusta adveni prae completorio. Zum alten Turm komme vor der Komplet.

Alkoven Nebenraum ohne Fenster oder auch eine Nische mit Bett. Oftmals waren die Alkoven ähnlich einem Schrank, in dem sich ein Bett befand. Man konnte sie schließen.

Aqua dissolutiva »Auflösendes Wasser«. Alte Bezeichnung für Salpetersäure, die im Stande ist, z. B. Silber aufzulösen. Sie wurde auch als Scheidewasser bezeichnet, denn die Säure tastet Gold nicht an. Vermischt man Salpetersäure mit Salzsäure, entsteht Königswasser, welches auch Gold auflöst.

Bangbüx Bang = Angst haben, ängstlich sein; Büx = Hose.

Bruche Leinentuch, das man zwischen den Beinen hindurchschlang und am Gürtel befestigte. Es diente als Unterhose. Im Spätmittelalter auch bereits häufig zusammengenäht.

Candela tantum omnia complet. Die Kerze nur vollendet alles.

Commendist Eine Art privat angestellte Priester, die in den privaten Kapellen der Kaufleute beteten. Sie beten Memorien und hielten Seelenmessen ab.

Dauben(-schale)	Schale aus Holzstreifen, die mit Weidenruten zusammengebunden sind.
Dienersgasse	Heutige Dienerstraße. Name leitet sich von einer Familie Diener ab, die wohl lange Zeit im Stadtrat vertreten war (erst herzöglicher Richter, dann Ritter)
Dormitorium	Schlafsaal in einem Kloster. Zu erst ein (mit Stroh) ausgelegter Saal, später die Bezeichnung für den Trakt eines Klosters, in dem die Zellen der Mönche untergebracht waren.
Dornse	Im Mittelalter (vor allem im niederdeutschen Sprachgebiet) ein beheizter Raum. Allgemeiner jedoch die Schreibstube an der Diele, die durch die Feuerstelle der Küche mitgeheizt wurde.
Ducunt volentem fata, nolentem trahunt.	Wer sich in sein Schicksal fügt, den führt es; wer sich dagegen sträubt, den reißt es mit.
Dupsing	Begriff aus der Kostümliteratur. Schwerer Ledergürtel, der über der Schecke um die Hüfte getragen wurde. Oftmals mit Emaille eingelegten Beschlägen, die Wappen o. Ä. zeigten. Nicht zu verwechseln mit Dusing (Schellengürtel) und Dupfing (aufgestickter Gürtel).
Erbärmdebild	Andachtsbild mit dem leidenden Christus. Jesus steht dabei nicht – wie vorher üblich – als strahlender Sieger und König da, sondern als Leidender, mit dem der Gläubige mitfühlen sollte.
Fingergasse	Heute Maffeistraße
Flamel, Nicolas	(* Pontoise 1330, † Paris 1418). Flamel ist ein sagenumwobener Alchemist, der an-

geblich noch immer lebt, weil er das Elixier des Lebens fand. Ihm soll es auch geglückt sein, Quecksilber in Gold zu wandeln. Angeblich war er dabei stets ohne Habgier.

Fortuna manum bacheris dirigebat. In lumine lunae ovum album misce. — Das Schicksal die Hand des Bachers lenkte. Im Licht des Mondes das bleiche Ei mische.

Gallustinte — Auch Eisengallustinte. Pulver des Gallapfels mit Wasser oder Bier vermengt, dazu Vitriol (Sulfat), ergab eine weit verbreitete Tinte.

Garbreiter — Ein eigener Berufsstand, der im Gegensatz zu den Knochenhauern nur gekochtes oder gebratenes Fleisch am Schrangen verkaufen durfte. Sozusagen die Vorform der Imbissbesitzer.

Glusam — Ein leider ausgestorbenes Wort für »mäßig erwärmt, mollig«. Auch: stiller Charakter.

Gnippe — Klappmesser. In einigen Gegenden galt das Tragen als unehrlich und war strengstens untersagt, da es sich um eine »heimliche«, aber tödliche Waffe handelte, die man hinterlistig einsetzen konnte.

Göltzenleuchter — Göltze oder Gelze heißt ein beschnittenes Ferkel und lichten (Lichter, der Leuchter) meint kastrieren. Also der Schweinekastrierer, Ferkelbeschneider.

Grapen — Dreibeiniger Kugeltopf aus Bronze oder Ton, der über die Herdstelle gestellt wurde.

Guardein — Aus dem Lateinischen *guardianus*; Wächter, der die Münzpräger überwacht und

	den Edelmetallgehalt, die Prägung etc. der Münzen kontrolliert.
Heuke	Mantelartiger Umhang ohne Ärmel. Die Heuke besteht meist aus Wolle, kann auch gefüttert werden oder eine Kapuze haben.
Horen	Stundengebete. Da die Stunden nach der Sonne gemessen wurden, variierte ihre Dauer von Sommer- zu Winterzeit. Im Winter waren die Stunden kürzer als im Sommer. Man kann sie nur bedingt mit Uhrzeiten gleichsetzen, aber um einen ungefähren Überblick zu bekommen:

Prim – Beginn der Morgendämmerung

Laudes (6:00Uhr)

Terz (9:00Uhr)

Sext (12:00Uhr)

Non (15:00Uhr)

Vesper (18:00Uhr)

Komplet (21:00Uhr)

Matutin (24:00Uhr)

Ira	Lateinisch für Rachsucht, Zorn. Eine der sieben Todsünden neben: Stolz, Hochmut = *superbia* / Habgier, Geiz = *avaritia* / Neid, Eifersucht= *invidia* / Zorn = *ira* / Wolllust = *luxuria* / Völlerei = *gula* / Trägheit, Faulheit = *acedia*
Kandelaber	Mehrarmiger Kerzenständer
Kaufringergassen	Die Kaufingerstraße hieß früher u. a. Kauf-(r)ingergassen. Einer der ältesten Straßennamen Münchens. Mit »Kaufen« oder »Einkaufen« hat der Name nichts zutun. Das »r« fiel erstmals 1379 aus dem Namen, doch die Schreibweisen waren zahlreich.

Klafter	Alte Maßeinheit. Sowohl Hohl- als auch Längenmaß. Ein Klafter entspricht in etwa 1,8 Metern. Die Breite ausgestreckter Arme eines erwachsenen Mannes.
Kogge	Einmaster mit Rahsegel und Achternkastell; zu Rungholts Zeit auch immer häufiger mit Bugkastell. Unterhalb der Mastspitze befindet sich ein Ausguck, das Krähennest. Koggen waren bis zum Ende des 14. Jahrhunderts der wichtigste größere Schiffstyp der Hanse. Sie wurden dann vom Holk verdrängt.
Komplet	s. Horen.
Kukulle	Aus dem Lateinischen *cucullus* (Tüte). Ein Überwurf, der bis zum Gesäß reicht und eine Kapuze besitzt.
Kunkel	Stab an dem beim Spinnen die unversponnenen Fasern befestigt werden, um sie fürs Spinnen abzurollen. Daher wahrscheinlich auch das »Kungeln« – weil beim Spinnen vorzüglich heimliche Pläne geschmiedet werden konnten.
Labor omnia vincit.	Stetes Mühen bezwingt alles.
Landen	Uferstreifen zum Anlanden von Holz.
Lapidarium	Lateinisch für Steinbuch. Ein Lexikon der Steinkunde, in dem alle (vermeintlichen) Wirkungen von Steinen verzeichnet wurden. Der Glaube an die Kraft der Steine war im Mittelalter verbreitet, obwohl man sich gläubig und gottesfürchtig gab.
Lapis infernalis	Lateinisch. Alte Bezeichnung für Silbernitrat. Silbernitrat ist lichtempfindlich

	und wird u. a. mit Silber und Salpeter- säure hergestellt.
Lapis philoso- *phorum*	Lateinisch für Stein der Weisen. Angeb- lich eine Substanz, mit deren Hilfe man unedle Metalle in Gold wandeln konnte.
Liber judicii	Gesetzbuch.
Ligawyj	Russisch für Bluthund. Bezeichnet auch einen verschlagenen Gegner, der mit zwei- felhaften Mitteln seine Ziele durchsetzt, jedoch stets unerbittlich und starrköpfig ist.
Loadbatz'n	Leidbatzen = Jammerlappen
Lot	Auch *Loth*. Altes Gewichtsmaß. Ein Lot waren ca. 10 bis 20 Gramm (regional un- terschiedlich), oftmals rund 16 Gramm (1/32 oder 1/30 Pfund).
Lugerturm	Turm bei »Lueg ins Land« (Straße in München). Um 1371 Gefängnisturm.
Matutin	s. Horen.
Medwed	Russisch für *Bär*.
Meile	Leitet sich von lat. Mille ab. Und bezeich- nete eine Strecke von 1000 Klaftern (dies wären ca. 1800 Meter). Das Maß variierte erheblich zwischen Gebieten, Jahrhun- derten und Aufgabenbereichen.
Non	s. Horen.
Nuschenmantel	Form eines Mantels (Umhangs). Die Schnürung am Halsausschnitt wurde an einer Spange – der Nusche – befestigt, und nicht wie beim Tasselmantel mit ei- ner Tassel.
Paternostermaker	Bernsteindreher. Bernstein wurde häufig zu Rosenkränzen (Paternoster) verarbei- tet – daher »Paternoster-Maker«.

Peinliche Befragung	Verhör unter Anwendung der Folter.
Pfünder	Unter anderem der Abwäger an der Stadtwaage
Pluviale	Ärmelloses, offenes Obergewand katholischer Geistlicher.
Poulaines	Auch »cracowers« genannte Schuhe mit extremer Spitze. Dieser »Schnabel« der Schuhe wurde mit Moos oder Werg ausgepolstert.
Prahm	Kleines, flaches Schiff. Meist als Fähre eingesetzt, um Material zu transportieren. Brachte häufig Handelswaren von den Koggen in den Hafen, wenn die großen Koggen nicht anlanden konnten.
Prim	s. Horen.
Rise	Kopftuch für (verheiratete) Frauen, das Hals und Kinn bedeckte. Meist aus feinem Leinen.
Ronne	Bis zu 11 m lange, U-förmige Rinne mit aufgenageltem Deckel. Wurde u. a. als Wasserrohr benutzt und unter der Straße verlegt.
Rumormeister	Schöne Bezeichnung für den Meister der Münchner »Polizei«, die es im Sinne der Gewaltenteilung zwar so noch nicht gab, die jedoch in München für Ruhe sorgte. Sozusagen der Vorsteher der Schützen.
Schapel	Kranz aus Gold und Perlen. Der Kopfschmuck wurde nicht nur von unverheirateten Frauen getragen, sondern auch von Männern.
Schecke	Kurze Jacke für Männer. Ende des 14. Jahrhunderts war es Mode, sie sehr eng anlie-

	gend zu tragen. Sie betonte die Taille und war ein extravagantes Kleidungsstück für Hof und Bürger. Knopfverschluss.
Schietbüddel	Plattdeutsch für Hosenscheißer
Schindschen	Norddeutsch für feilschen, etwas ändern (Seemannssprech)
Schmalzgasse	Heute Brunn- bzw. Kreuzstraße. Margots Haus liegt am westlichen Ende der Kreuzstraße »im Elend« (ein Begriff vor der Erweiterung Münchens, der so viel wie *Fremde*, *Ausland* oder *Verbannung* bedeutet) Dieser Teil lag damals außerhalb der Mauern.
Schurrmurr	Norddeutsch für Unordnung, Wirrwarr
Seidel	Altes Hohlmass für Flüssigkeiten – insbesondere in Bayern und Österreich. 1 Seidel entsprach in Bayern ca. einem halben Liter.
Sendelbinde	Kapuze (Gugel) mit Schwanz, die einem Turban ähnlich getragen wird. Bzw. die Bezeichnung des Schwänzchens selbst.
Sext	s. Horen.
Steinbuch	s. Lapidarium
Succubus	Ein Dämon, der Albträume verursacht. Ein weiblicher Alb aus der jüdischen und christlichen Mythologie, der schlafenden Männern die Lebensenergie stiehlt, indem er ihnen heimlich den Samen raubt. (Das männliche Gegenstück zum Succubus ist der Incubus)
Sumachpulver	Pulver des Gerbersumachs (Rhus coriaria). Der Sumach wächst u. a. auf Sizilien und in Zentralasien. Es lässt Leder grün werden.

Surcot	Gewand für die Frau und später auch für den Mann. Surcot bedeutet »über der Cotte«. Etwa ab dem 13. Jahrhundert statt Ärmel nur noch Löcher, die sich bei der Frau zu Teufelsfenstern ausweiten. Unter dem Surcot trug die Frau Untergewänder und umging so das Verbot der Kirche, eng anliegende Kleidung zu tragen.
Tappert	Langes Obergewand für Männer, meist ärmellos. Reichte bis zum Knie oder zum Knöchel herab.
Tassel	Paarig angeordnete Scheibenfibeln, die mit einer Kette oder einer Kordel verbunden wurden. Mit Hilfe der Tassel konnten Mäntel und Umhänge zusammengehalten werden.
Tollentze	Alter Name für die Stadt Bad Tölz
Tonsur	Kreisförmig abgeschorene Stelle des Haares auf dem Scheitel. Haarschnitt als Ehrenzeichen des katholischen Priesterstandes.
Torantsbach	Wurde später Pfisterbach (19. Jahrhundert) genannt.
Trippe	Sohle aus Holz zum Unterschnallen, damit der Schuh vor Dreck geschützt ist.
Tyskebryggen	Deutsche Brücke – Name des Hansekontors in Bergen
Ut in omnibus glorificetur Deus!	Damit in allem Gott verherrlicht werde! – Eine Regel des heiligen Benedikt.
Venezer	Leicht spöttische Bezeichnung für Venezianer – Mensch aus Venedig
Vera Ikon	Von lateinisch vera = wahr und griechisch, ikóna = Bild. Demnach »wahres Bild«; s. Acheiropoieton

Vitalienbrüder	So genannt die Seeräuber der Nord- und Ostsee. Die Herkunft des Wortes ist umstritten.
Wirmsee	Alter Name für den Starnberger See, der erst seit 1962 letzteren Namen trät. Wirmsee leitet sich vom Fluß Wirm (Würm) ab.
Witten	Silbermünze, mit dem Wert von 4 Pfennigen. Auch »Vierfach-Pfennig« genannt. Die Quellen sind widersprüchlich, aber für einen Witten konnte man in Schleswig-Holstein um 1400 ca. 50 Eier kaufen.

Eric Walz bei Blanvalet

So bunt, farbenprächtig und detailreich wie ein Glasfenster im Dom zu Trient.

Lesen Sie mehr unter:
www.blanvalet.de

blanvalet

Julia Navarro bei Blanvalet

Ein biblisches Geheimnis. Am falschen Ort.
In den falschen Händen.

36835

Lesen Sie mehr unter:
www.blanvalet.de

Robyn Young bei Blanvalet

Liebe, Abenteuer und Intrigen!

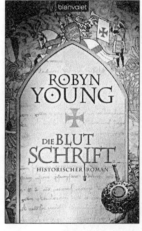

36657

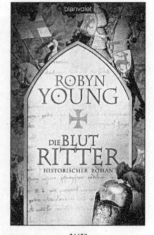

36658

Lesen Sie mehr unter:
www.blanvalet.de

blanvalet

Elizabeth Chadwick bei Blanvalet

»Die beste Autorin historischer Romane,
die es in England zurzeit gibt!«

Historical Novel Review

36345

www.blanvalet-verlag.de